MARAL A[illegible]CA

ÖTANAZİ OKULU

ÖTANAZİ OKULU I

Yazar: Maral Atmaca
Genel Yayın Yönetmeni: Mustafa Güneş
Yayına Hazırlayan: Emre Özcan
Editör: Nurdan Başalan
Düzelti: Elif Evin Musluoğlu
Kapak Tasarım: Sidem Zelal Edin
Cilt Tasarım: Beyzanur Şen
Sayfa Tasarım: Merve Polat

1. Baskı: Nisan, 2022
3. Baskı: Mayıs, 2023
ISBN: 978-625-7382-74-8

Yayınevi Sertifika No: 40169

BASKI
Yıldız Mücellit Matbaacılık ve Yayıncılık San. Tic. A.Ş. Maltepe Mah.
Gümüşsuyu Cad. Dalgıç Çarşısı Apt. No: 3/4 Zeytinburnu / İstanbul
Tel: 0 (212) 613 17 33 Sertifika No: 46025

YAYIMLAYAN
Ephesus Bas. Yay. Tic. Ltd. Şti.
Gültepe Mahallesi Şahinler Sokak No:2 Ephesus Plaza
Küçükçekmece / İstanbul Tel: 444 0 454

www.ephesusyayinlari.com
iletisim@ephesusyayinlari.com

MARAL ATMACA

ÖTANAZİ OKULU

EPHESUS®

1

SUİKASTÇI

"Hayat, bize seçimler sunar ancak zor olanı seçmek, bizim kararımızdır."

Gölge, telesekreterine düşen mesajla koşu bandını durdurdu ve bir havlu alarak yüzündeki teri kabaca sildi. Mesajın Lucas'tan geldiğine emindi çünkü onun numarasını Lucas'tan başka kimse bilmiyordu. Bir yandan mesajı dinlerken diğer yandan göğsüne doğru akan teri siliyordu. Lucas'ın, "Gölge tam senlik bir iş var elimde," diyen sesini dinledi. "Müşteri bu iş için özellikle seni istedi. Beni ara, dostum." Lucas onu sadece iş için arardı. Aralarındaki dostluk, telefon konuşmalarından ibaretti.

Lucas'ı arama konusunda acele etmeden kendisine sert bir kahve yaptı. Son yaptığı iş onu bayağı yormuştu. Kurbanının ölmeden önce attığı çığlıkları hatırlayınca farkında olmadan dudakları yavaşça kıvrıldı. Hiçbir acı, görünmeyen bir düşmandan daha korkutucu olamazdı. Telefonu ikinci kez çalınca açmak zorunda kaldı. Eğer telefonu açmazsa Lucas'ın akşama kadar arayacağını iyi biliyordu. Gölge fazlasıyla sıkılmış bir sesle, "Uzatmadan konuya gir," dedi. Hiçbir zaman uzun uzun sohbet eden biri olmamıştı.

Lucas onu sinirlendirmenin ne denli kötü olduğunu bildiği için, "Bu seferki iş çok büyük dostum," dedi. "Bakan, bizzat seni istedi." Sesi fazla heyecanlı geliyordu.

Gölge rahatlamak adına derin bir nefes aldı. Henüz üzerindeki yorgunluğu tam olarak atamamıştı. "Konuya gir, Lucas." Gölge, boş konuşmaktan nefret ederdi ve Lucas, lafı uzatmadan asıl meseleye gelmeyi bir türlü öğrenememişti. Lucas'ın gevezeliği, onu her defasında deli ediyordu.

Lucas, "Daha önce Ötanazi Okulunu duydun mu?" dediğinde

Gölge onun tedirginliğini hissetti. Lucas, şu zamana kadar aldığı tüm işleri ona ayarlayan bir aracıydı. Gölge'nin kırmızıçizgilerini çok iyi bildiği için ayarladığı işlerde seçici olurdu. Lucas'ın sesi şu anda gergin çıkıyorsa bunun tek bir anlamı olabilirdi: Gölge'nin onaylamayacağı bir işi onun adına kabul etmişti.

Herkes gibi Ötanazi Okulunu Gölge de duymuştu. İdam cezasına çarptırılan mahkûmların ölmeleri için kurulmuş bir okuldu. Okul Alaska'daydı ve doğrudan Amerika Birleşik Devletleri'ndeki bir hapishaneye bağlıydı. Evet, Ötanazi Okulu Amerika'daki bir hapishaneye bağlıydı ve hapishanedeki sıra dışı mahkûmları satın alıyorlardı. Hepsi idam cezası aldığı için okuldaki ölümler yasaldı. O okuldan kaçmak imkânsız, okulda yaşamak ise imkânsızın ötesindeydi. Er ya da geç seçilen mahkûmların hepsi öldürülüyordu. Hapishanenin aksine okulda her şey serbestti. İçki, sigara, uyuşturucu, adam öldürme ve daha birçok suç serbestti. Ötanazi yetkilileri, oradaki mahkûmları ölmeden önce kendilerince mutlu ediyorlardı. Mahkûmları hapishanedekiler değil, okuldaki öğretmenler öldürüyordu. Sıradan bir okul değildi. Öğretmenler aslında bilim insanlarıydı ve öğrencilerin hepsi de deneylerinde kullanacakları mahkûmlardan seçilmişti. Oradaki öğretmenlere göre hepsi kadavra ya da denekti. Ötanazi Okulu seri katillerin, tecavüzcülerin, hırsızların, sadistlerin ve daha birçok ağır ceza almış mahkûmların gittiği bir yerdi. Amerika'da idam cezası yasal olduğu için okulun varlığı sorun teşkil etmiyordu.

Tekrar Lucas'ın sesini duyunca kafasındaki düşüncelerden sıyrıldı. Lucas, "Enerji Bakanı Nicholas Green'in kızı o okulda," dedi heyecanla. "Babası, kızının kalbini söküp ona götürmeni istiyor. Bu senin için çocuk oyuncağı, Gölge." Gölge, doğru duyup duymadığına emin olamadı. Bakan öz kızını niye öylesine bir pislik çukuruna göndermiş olabilirdi ki?

"Hangi kızından bahsediyorsun?" diye sordu çünkü bahsi geçen Enerji Bakanı'nın iki kızı vardı.

Lucas cevap vermek yerine bir süre sustu. Fazlasıyla geveze biri olduğu için bu suskunluğu Gölge'nin dikkatinden kaçmamıştı. Daha sonra ise, "Herkesin diline dolanan melez kızı," deyiverdi.

Ne? O kızın varlığı bir söylentiden ibaret değil miydi?

Gölge koltuğuna yaslanıp kahvesinden bir yudum içerken tek kaşını usulca kaldırdı. "Gerçekten öyle bir kız var mı? Ben uydurduklarını düşünmüştüm." Bakan'ın evlilik dışı bir kızı olduğuyla ilgili kulağına bir şeyler gelmişti. Türk kökenli gayrimeşru bir kızı olduğuyla ilgili söylentileri herkes gibi o da duymuştu. Evli olduğu hâlde Türkiye'de bir Türk kadınla yaptığı kaçamak, büyük bir skandala sebep olmuştu. Bu yasak ilişkinin meyvesi olarak doğan küçük kızın varlığı da hızla yayılmıştı. Ama ne medya ne de dışarıdan biri kızdan haber almış ve onu görmüştü. Bu da haberin doğruluğunu sorgulatıyordu. Bakan'ın diğer kızları gece kulüplerinde her gece poz verirken melez kızın varlığı sadece söylentilerden ibaretti.

Gölge, üzerinde fazla düşünmeden, "İşi kabul etmiyorum," diye hızlıca kestirip attı. Küçük bir kızın hayatından daha büyük işler yapıyordu. Bu işi fazlasıyla küçümsemişti.

"Gölge, bu işin sonunda çok fazla para var." Lucas'ın sözleri üzerine kaşlarını çattı. O sıradan bir suikastçı olmadığı için bazı prensipleri vardı. Bir işi yapmam dediyse milyonları verseniz de yapmazdı. Paraya ihtiyacı yoktu çünkü sahip olduğu para, şirketteki hisseler, arsalar ve önemli yatırımlar bir şehri satın alacak kadar çoktu. Bu işi paradan çok kendini rahatlatmak için yapıyordu. Neden mi? Çünkü o, buydu; bir suikastçı. Öldürmek için doğmuştu ve öldürüyordu.

Lucas yaptığı hatanın farkına vardığında korkudan ne diyeceğini kestiremedi. Gölge ile hiç yüz yüze gelmemişlerdi ama Gölge istediği an onun kafasına sıkardı, bunu iyi biliyordu. Birkaç kez yalandan öksürdükten sonra onu ikna etmek için son kozunu oynadı. "Bu kız herkesin peşinde olduğu kalbi taşıyor. O meşhur Taşıyıcı, işte bu küçük melez." Babası Amerikalı olsa da annesi bir Türk'tü ve bu da onu, onlar için melez yapıyordu.

Son duydukları yüzünden Gölge'nin bedeni kaskatı kesildi. Çok fazla tepki gösteren biri değildi lakin son duyduklarına tepkisiz kalamadı. Herkesin aradığı kalbin sahibi demek Bakan'ın kızıydı, öyle mi? Yerinden yavaşça kalkarak camın yanında durdu.

Duvarları camlarla kaplı bir gökdelenin tepesinde oturuyordu. Buradan bakıldığında insanlar karınca kadar küçük görünüyordu ve tüm Amerika ayağının altındaydı. Bu daireyi özel olarak kendisi için tasarlatmıştı. Güvenlik sistemi üst düzeyde olduğu için kimse girmeye cesaret edemezdi. Ona selam veren insanların arasında gezerken kendi korkutucu namını alayla dinliyordu. Acaba onun Gölge olduğunu öğrenseler ona bir daha selam verirler miydi? Dudakları yavaşça kıvrıldı. Kim olduğunu bilmedikleri hâlde onunla konuşan herkes dikkatli ve tereddütlü yaklaşıyordu. Sadece soğuk bakışlarıyla bile onların kalbine korku düşürebiliyordu. Bir de onun kimliğini öğrenseler neler olurdu, tahmin bile edemiyordu. Mini bardan pahalı bir içki çıkardı ve bir kadeh doldurdu. İçkisinden keyifle bir yudum alırken, "Kız hakkında bilgi ver," dedi. Evet, bu sözleri görevi kabul ettiğini gösteriyordu.

Lucas, dostunun işi kabul ettiğini anlayınca rahat bir nefes aldı. Onu daha fazla bekletip kızdırmak istemediğinden hızlıca bildiklerini anlatmaya başladı. "Adı Yeşil Başar," diyerek kız hakkında topladığı bilgileri ona aktardı. "Henüz yirmi yaşında genç bir kız. Gayrimeşru olduğu için annesinin soyadını kullanıyor, dokuz yaşındayken annesini bir saldırıda kaybetmiş. Annesinden başka hiç akrabası olmadığı için babası, Enerji Bakanımız Nicholas Green, kızını Amerika'ya getirtmiş. Kız, babasını ve kardeşlerini sadece isim olarak biliyor, onları hiç görmemiş. Büyük bir evde bakıcısıyla büyümüş. Edindiğim bilgilere göre Bakan, kızını görmeye hiç gitmemiş. Evet dostum, baba ve kız henüz tanışmıyorlar. Tuhaf bir kız. Onun hakkında bilgi edinmek çok zordu ve inan, bulduğum her detay beni fazlasıyla şaşırttı." Lucas sesindeki şaşkınlığı gizleyememişti çünkü bu görevi kabul ederken böylesine sıra dışı bir kurbanla karşılaşmayı beklemiyordu.

Gölge, içkisini bir dikişte içip yatak odasına girdi. Konuşmaya kulaklıkla devam etti. Tişörtünü hızla üzerinden çıkarıp banyoya girerken, "Kısa kes, Lucas!" diye yine kendini onu uyarırken buldu. Gereksiz konuşulması canını sıkıyordu.

"Tamam, hemen kızma. Kızın astımı var ve kalp hastası. Doktor raporunda yazan şeylerden sonra hâlâ yaşıyor olması büyük bir mucize. Uzun süre koşamaz çünkü kalbini tetikleyecek her türlü heyecandan uzak durmalı, raporunda âşık olmasının bile yasak olduğu yazıyor." Lucas güldü. "İnanabiliyor musun, bunu gerçekten dosyasına yazmışlar. Kalbini harekete geçirecek her türlü eylemden özellikle kaçınmalı. İlaçlarla hayatta kalıyor çünkü değerli kalbi tükenmiş durumda. Doğuştan mı yoksa sonradan mı olduğunu bulamadım. Ayrıca kız konuşma engelli, yani dilsiz. Çok fazla hobisi yok ancak fobileri insanı şaşkınlığa uğratıyor: Kapalı alan, kan ve ilk kez duyduğum güneş fobisi var."

Gölge'nin eli musluğun üstünde hareketsizce kaldı. "Güneş fobisi mi?" Daha önce böyle bir şey duymamıştı.

Lucas hızla onu cevapladı: "Evet, dostum. Kızın güneş fobisi var. Anlayacağın, güneşten ölesiye korkuyor. Doğduğundan beri gündüz hiç dışarı çıkmamış, o yüzden kimse onu tanımıyor. Güneş ışıkları ölümcül derecede rahatsız ediyormuş onu. Aldığım bilgiye göre evinde bile perdeler hiç açılmazmış. Bir vampir gibi gündüz saklanıyor ve geceleri perdeleri açıp gökyüzünü izliyormuş. Hiç arkadaşı ve sevgilisi olmamış; bakıcısından başka bir yakını yok diye duydum. Zaten böyle bir kızla kim, neden arkadaş olsun ki?" Gölge bu duyduklarından sonra *Melez Kız kesinlikle ölmek için doğmuş,* diye içinden geçirdi. Kızın hayattan zevk aldığını gösteren hiçbir şey yoktu, hastalığı ve korkuları kesinlikle kızın yaşamasının bir hata olduğunu gösteriyordu. Bir insan nasıl gündüz dışarıya hiç çıkmazdı ki? İster istemez kurbanını merak etmişti ve bu, Gölge için bir ilkti. O asla avını merak etmezdi. "Hobileri neler bu kızın?" diye sorarken buldu kendini. Bunu neden merak ettiğini bile bilmiyordu.

Lucas, "Çiçekler," dedi. "Aldığım bilgilere göre çiçekleri kurutarak koleksiyon yapmayı seviyormuş." Gölge tiksinti içinde yüzünü buruşturdu. Anlaşılan, çoğu kadınla benzer zevkleri vardı. Gölge, kadınların romantik zevklerini saçma buluyordu.

Gölge banyo yapmaktan vazgeçerek musluğu kapattı. Odasına gittiğinde bir dal sigarayı dudaklarına koyup yakarken içine çektiği duman her defasında rahatlamasını sağlıyordu. Tekrar camdan dışarıyı izleyip büyük bir nefes daha çekti içine. "Devam et," dedi sigara dudaklarının arasındayken.

Lucas aldığı komut üzerine onu fazla bekletmedi. "Okula hiç

gitmemiş, evde eğitim almış. On beş yaşına girdiğinde Bakan'ın adamları bir gece ansızın onu Ötanazi Okuluna götürmüşler. Beş yıla yakındır orada ve şimdi Bakan, kızının kalbini istiyor." Lucas'ın sözleri bittiği an onu daha fazla dinlememek için telefonu Lucas'ın yüzüne kapattı. Öğrenmesi gereken her şeyi öğrenmişti.

Bitirdiği sigarasının izmaritini kül tablasına bastırıp dolabındaki siyah çantasını çıkardı. Dolabın karşısına geçti ve cebinden çıkardığı küçük kumandanın bir tuşuna bastı. On kişinin bile yerinden hareket ettiremeyeceği elbise dolabı yavaşça hareket etti. Özel olarak tasarlanmış dolap ikiye ayrıldı ve duvarın içine monte edilmiş gizli bir kapı açığa çıktı. İki parçaya bölünen dolabın içinden geçerek çelik kapının önünde durdu. Kapının üzerindeki özel bölmeye elini koyunca otomatik güvenlik devreye girdi.

Sistemden gelen, **"Merhaba, Bay Marshall. Bugün nasılsınız?"** sesini duyunca tebessüm etti. "Teşekkür ederim, biraz daha hızlı olabilir misin?" diyerek parmaklarını tarayan yeşil ışığı izledi. **"El taraması başarılı, lütfen göz taraması için yaklaşın."** Bilgisayardan gelen komutla kapıya doğru bir adım daha attı. Göz taraması yapılan bölüme yaklaştığında aynı yeşil ışık gözlerinden ince bir şekilde geçti. İki saniye içinde yine alıştığı sesi duydu. **"Göz taraması başarılı. İyi günler, Bay Marshall."**

Açılan kapıdan içeri girdi. Bu daireyi özel teknolojik cihazlarla donatmıştı. İçinde binlerce sır ve gizem vardı. Bu gizli oda, huzur bulduğu tek yerdi. Burası onun özel silah odasıydı. Odanın dört duvarı raflardan oluşuyordu. Silahlar onun için bir tutkuydu. Eski silahlardan tutun, günümüz teknolojisiyle üretilenlere kadar her türlü silaha sahipti. Tüfeklerin bulunduğu rafların yanına gittiğinde, rahatlayarak iç çekti. Uzun namlulu tüfeklerden kısa mesafeli silahlara kadar hepsi odada mevcuttu. AK-47, AR-15, Springfield 1903, Winchester model 62A, Remington model 700, Winchester pre-64 model 70, Beretta391ve daha birçok ölüm makinesinin üzerinde gezindi bakışları. Bu odanın içinde bulunmak sinirlerini yatıştırıyor, ona tedavi gibi geliyordu.

Sağ taraftaki duvarın yanına geldiğinde eline Colt 911A1. 45 ACP'yi aldı. Sevdiği bir şeye dokunur gibi gezindi parmakları tabancanın üzerinde. Sevdiği ve değer verdiği tek şey silahlarıydı. Onu yerine koyup diğerlerine baktı. Browning Hi-Poker, AR-15 ve daha yüzlercesi. Silahlarına büyük bir ilgiyle baktıktan sonra A4 makineli uzun menzilli silahta durdu bakışları. Otuz saniyede kırk üç mermi atabiliyordu. Kurbanının aksine onun koleksiyonu silahlardan oluşuyordu.

En son F92'de karar kıldı. Yirmi bir metre uzağındaki hedefi alnından vuracak şekilde tasarlanmıştı. İlk on beş metredeki hedefi vurduğunda, hedefin yaşama şansı %2'ydi. Bu odadaki her silah çok tehlikeli ve öldürücüydü.

Gerekli olan bıçağı, mermileri, iki silahı ve susturucuyu çantasına koyduktan sonra odadan çıktı. Dilsiz Kız için bunları kullanmasına gerek yoktu çünkü o, zaten an itibarıyla son nefeslerini alıyordu. Bu silahlar okulda karşısına çıkacak herkes için geçerliydi. Kumandaya bastıktan sonra dolap eski hâline gelmişti. Sanki arkasında, bir orduya yetecek kadar silahı saklamıyor gibiydi. Pantolonunu çıkararak banyoya girdi ve az önce ertelediği soğuk duşu şimdi keyifli bir şekilde aldı. Beline bir havlu sardıktan sonra saçlarını kurutmak için siyah bir havlu daha aldı. Banyo kapısından, saçlarındaki suyu kurutarak çıktı. Küçük kurbanıyla tanışmak için sabırsızlandığını fark edince soğuk bir tebessüm kondu dudaklarına. Büyük ihtimalle saniyeler içinde yaşamı son bulacaktı. Dolaptan siyah bir kot pantolon ve bir tişört çıkartıp hızlıca giydi. Deri montunu giyip, siyah gözlüklerini taktığında işi bitmişti. Çantasını aldı ve daha fazla vakit kaybetmeden evden çıktı. Bir gökdelenin en üst katında kalıyordu. Asansör yüz doksan kat inmeye başladı. Bir süre sonra, gayet sakin adımlarla dışarı çıktı. Otoparkta duran arabasına bindiğinde aklı, görevindeydi. Direksiyonu tutan parmakları karıncalanıyor, büyük yıkımın tutkusunu şimdiden hissediyordu. Arabayı çalıştırıp avına doğru yola çıktığında hız ibresini sona getirmişti.

Dilsiz Melez'in kalbi aklına gelince dudakları tehlikeli bir yavaşlıkla kıvrıldı. "Son nefeslerinin tadını çıkar, Melez Kız," diye keyifli bir şekilde fısıldadı. "Çünkü kalbini senden almaya geliyorum."

2

CEHENNEMİN İÇİNDE AÇAN GELİNCİK ÇİÇEĞİ

"Önünde sonunda bir kafesin içine girersin ama orası yuvansa parmaklıkları görmezsin."

Mektubuma başlarken size nasıl hitap edeceğimi çok düşündüm ama bulamadım. "Enerji Bakanı Nicholas Green" mi? Yoksa "Efendim" mi? Veya "Bay Green" mi? Bunun gibi birkaç şey geldi aklıma lakin doğrusunu bulamadım. Biliyor musunuz, sadece bir şeyi yazmak gelmedi içimden; "Baba" Evet, bu kelimeyi kaleme dökerken bile zorlanıyorum. Hiç görmediğim, varlığımdan rahatsız olan bir adama nasıl böyle hitap edebilirim ki? Aslında bu mektubu size neden yazdığımı da bilmiyorum. Belki de birine yazmaya ihtiyacım vardır. Yalnızlığımın içinde boğulurken belki de birilerine ihtiyacım vardır. Hissediyorum, hastalıklı bedenim daha fazla dayanamaz. Bu, ölümün kıyısındaki çaresiz kızınızın son mektubu olabilir. Lütfen efendim, sizden rica ediyorum beni görmeye gelin. Biliyorum, ilgilenmeniz gereken bir eşiniz, saçlarını okşadığınız kızlarınız var. Onların zamanından kendime pay istemeye hakkım yok ama efendim, benim de sizden başka kimsem yok. Bir annem yok, yardım isteyecek bir sesim, fazladan alacak bir gram nefesim bile yok. Tek temennim bir an önce anneme kavuşmak zira bu hasta kalbim gittikçe tükeniyor. Anlayın artık, fazla vaktim yok. Lakin ölmeden önce annemin büyük bir aşkla bahsettiği adamı tanımak istiyorum. Her çocuk gibi ben de sizden annemi dinlemek istiyorum. Onun sizi sevdiği kadar siz de onu sevdiniz mi, merak ediyorum. Ya da neden benden nefret ettiğinizi bilmek istiyorum.

Benden utandığınızı düşünmeye başladım. Konuşma engelli, gayrimeşru kızınızdan utandığınızı düşünmek canımı yakıyor. Sonra soruyorum kendime "Konuşamadığım için mi beni sevmiyor?

Yoksa evlilik dışı olduğum için mi benden nefret ediyor?" diye. Belki de her ikisi, emin değilim. Belki de saygınlığınıza gölge düşürüyorumdur. Herkesin gıpta ettiği hayatınızda kara bir lekeyimdir, bilemiyorum. Bunların hepsi olduğuna eminim, yine de beni görmeye gelmenizi isteyecek kadar çaresizim. Anlayın artık, beni sevecek bir babaya ihtiyacım var. Bu yüzden lütfen ısrarımı mazur görün.

Ben ölüyorum! Son nefeslerimi tükettiğim bu cehennemde ölüyorum ve beni buraya siz bıraktınız. Neyin cezasını çekiyorum, bilmiyorum ama size karşı bir kusurum olmalı ki bana böyle bir cezayı uygun gördünüz. Sadece bilin istedim, bu cehennemde yaşayan kızınızın size ihtiyacı var.

Biliyorum, yine saçmalıyorum. Sizinle böyle konuşmama bile tahammül edemezsiniz. Tıpkı varlığıma tahammül edemediğiniz gibi... Merak etmeyin, bu mektubum hiçbir zaman elinize ulaşmayacak. Tıpkı diğer mektuplarım gibi bir çekmecede tozlanmaya yüz tutacak. Zira size göndermeye cesaretim yok. Bir insan konuşamayınca boş sayfalara döküyor hislerini. Ben de sadece kendimi avutuyorum. Belki bir gün gönderecek cesareti bulurum diye olmayacak hayaller kuruyorum. Bağışlayın.

Kırgınım. En çok kendime mi yoksa size mi, bilmiyorum ama çok kırgınım. Sitem değil bu sözlerim, sadece yoruldum, efendim. Daha ne kadar beni istemeyen bir adam için küçülebilirim ki? Bir dilenci gibi sizden iki gram sevgi dilendiğim için en çok da gururum bana kırgın. Yirmi yaşındaki çaresiz kızınızın son dileği, ölmeden önce sizi görmektir. "Kızınız" dedim, affedin zira ben hiç sizin kızınız olmadım, olamadım.

Neden? Beni neden hiç merak etmiyorsunuz? Nasıl olduğumu, nasıl göründüğümü, sağlığımı ve en çok anneme mi yoksa size mi benzediğimi neden hiç merak etmiyorsunuz? Bir babanın kızıyla ilgili merak edeceği birçok şeyi siz neden hiç merak etmiyorsunuz? Yanlış anlamayın lütfen, sizden hesap sormak gibi bir cürette bulunmuyorum. Sadece sizin aksinize ben sizi çok merak ediyorum.

Mektubumu burada bitirmek zorundayım çünkü ilaç saatim

geldi. Beni hayatta tutan o ilaçlara muhtaç yaşıyorum ya da yaşamaya çalışıyorum. Biliyorum, hiçbir zaman gelmeyeceksiniz. Ziyanı yok, ben yine kendimi mektuplarla avuturum.

Sadece birilerine ihtiyacım var çünkü kendi yalnızlığımda boğuluyorum. Bu hayatta tutunacak tek dalım yok. İnsan yalnızlaşınca kaybettiklerinin değerini daha iyi anlıyormuş. Sonra düşünüyorum ve aslında hep yalnız olduğumu fark ediyorum. Annem ve bana tahsis ettiğiniz dadımdan başka kimsem yoktu ama artık onlar da yok.

Sadece bir kereye mahsus ben ölmeden önce beni görmeye gelin. Size yalvarıyorum, bunu yapın. Ölmek üzere olan kızınızın son isteğini ona çok görmeyin.

Saygılarımla,

Kızınız Yeşil Başar

Bu mektubun amacına hizmet etmeyeceğini bildiğim için gözyaşlarımı silerek ayağa kalktım. Elimde tuttuğum mektubu diğerlerinin yanına, çalışma masamın küçük çekmecesine koydum. Bu küçük oda huzur bulduğum tek yerdi. Küçük bir kütüphanesi vardı ve bu kütüphane, sevdiğim kitaplarla doluydu. Onun dışında çalışma masam ve pencerenin yanında iki tane puf minder vardı. Yazmak istediğimde saatlerimi çalışma masamda harcardım. Geri kalan zamanımı pencerenin yanındaki puflardan birine oturup kitap okumakla geçirirdim. İşte benim tüm günüm böyle geçerdi ve evet, dört duvar arasında çürütüyordum ömrümü. Odamın kapıları hep açık olurdu çünkü kapı kapandığında korkularım etrafımı sarardı. Lakin perdelerim, kapılarımın aksine hep kapalı olurdu. Korkularım bile birbirleriyle çelişiyordu. Odam, küçük bir daire görevi görüyordu. İçerideki tüm kapılar açık olduğu sürece ana kapının kapalı olması, beni korkutmuyordu. Banyomun ve kütüphanemin kapısının açık olması bana nefes aldırıyordu. Küçük kütüphanemden çıkarak yatağımın üzerine oturdum. Fazla ağlamaktan kesik kesik nefesler almaya başlamıştım. Ne zaman ona yazsam hep ağlıyordum.

Ayağa kalktığımda hâlsiz bedenimi taşımakta güçlük çektim. Kendimi zorlayarak makyaj masamın yanına gelmeyi başardım. Sandalyeye bıraktım yorgun bedenimi. Makyaj malzemeleri yerine beni hayatta tutan ilaçlarla doluydu tüm çekmeceler. Elimi kalbime koyarak derin bir nefes daha aldım. Boğazımdan çıkan hırıltılı nefesler göğsüme baskı yaparak aldığım her soluğu haram kılıyordu. Titreyen elimi hareket ettirerek astım ilacımı aldım, ciğerlerime doluşan ilaçtan sonra hasta kalbime iyi gelecek birkaç ilacı daha paketinden çıkardım. Elim sürahiye uzandı, suyun bittiğini görmek beni şaşırtmadı. Ne yazık ki bana su getirmeyi hep unutuyorlardı. Su olmadan zorlansam da ilaçlarımı içtim. Ayağa kalktığımda daha birkaç adım atmıştım ki yerimde sendeledim. Gözlerim kararınca üç adım uzağımda duran yatağıma ulaşmak bana imkânsız gibi gelmişti. Elim, ağrıyan kalbimin üzerine baskı uygularken kendimi zorlayarak yatağa ulaştım. Bedenimi yumuşak yatağa bıraktığımda nefes nefese kalmıştım. Her geçen gün acım daha çok büyüyor ve bedenim tükeniyordu. Ağırlaşan göz kapaklarım yine beni uykuya davet ediyordu. Fazla direnmedim ve içinde annemin olduğu güzel bir rüyaya bıraktım kendimi.

Annem sadece rüyalarımda bana geliyordu.

"Uyan, Yeşil. Öğle yemeğini yemelisin." Duyduğum sese karşılık yavaşça gözlerimi açtım. Yatakta doğrulduğumda Bayan Lisa'yı gördüm. Yanında görevlilerden biri vardı ve elinde yemek tepsisiyle duruyordu. Görevli tepsiyi komodinin üzerine bırakıp gidince Lisa kapıyı kapattı. Tepsiyi kucağıma bırakarak yemekleri gösterdi. "Bunların hepsi bitecek, Yeşil. Son zamanlarda çok fazla kilo kaybettin." Endişeli sesine karşılık tebessüm ettim. Lisa burada benimle isteyerek ilgilenen nadir insanlardan biriydi.

Otuz üç yaşında, esmer bir kadındı ama yaşıtımmış gibi davranırdı bana, benim sırdaşımdı. Siyah, kıvırcık saçlarını yine dağınık topuz yaptığını gördüm. Açık saç ona daha çok yakışıyordu ama o, saçlarını açmaktan hoşlanmıyordu. Kahverengi gözleri her zamanki gibi şefkatle bakıyordu. Lisa bana hep böyle sıcak ve içten bakardı. Uzun boylu ve dolgun vücut hatları olan çok güzel bir kadındı. Geldiğim ilk gün bana karşı çok mesafeliydi, hatta bir ara ırkçı olduğunu bile düşünmüştüm çünkü Lisa siyahiydi. Ancak sonraki günlerde bu esmer tenli kadını gerçekten sevmiştim. Hasta olduğumda, tıpkı bir anne gibi saatlerce baş ucumda beklerdi. O, burada bir öğretmen veya bilim insanı olabilirdi fakat diğerleri gibi otoriter ya da emir veren biri değildi. Sıcakkanlı ve samimi biriydi. Üstelik kalbimi istemeyen tek kişiydi.

Oysa kalbim herkese ilgi çekici gelirdi.

Yatağıma oturup kaşığı elime tutuşturdu. "Böyle aç kalmaya devam edersen daha kötü olacaksın. Bedenin büyük bir çöküşte, Yeşil," dediğinde endişesini gizleyemiyordu. "Geçen haftaki kontrollerinin sonucu çıktı. Kalbin tükenmek üzere, yaşayacağın ağır bir kriz her şeyin sonu olabilir." Sesindeki üzüntüyü fark ettiğimde elimdeki kaşığı yavaşça tepsiye bıraktım.

Ellerimi kaldırdım ve *"Ben iyiyim, sadece yemek yiyemiyorum,"* dedim. *"Sanırım iştahım yok."* İşaret diliyle anlattıklarıma karşılık, başını olumsuz anlamda salladı. Lisa benimle konuşmak için işaret dilini öğrenmişti. Bunun için ona minnettardım. Onu duyduğum için bana bazı şeyleri işaret diliyle anlatmıyor, bunun yerine benimle konuşuyordu. Fakat ben konuşamadığım için bazen yazarak bazen de işaret diliyle kendimi ona ifade ediyordum.

"İştahsızlık değil," dedi beni bir gerçeğe uyandırmak istercesine. "Sadece her zamanki gibi seni mutlu edecek şeyleri hayatından çıkarıyorsun." Yanılıyordu, bilerek yemediğimi düşünüyordu. Oysaki yediğim her lokma zehir gibi acı geliyordu bana.

Bu hapiste beni mutlu edecek ne vardı ki hayatımdan çıkartayım?

Ellerimi oynatıp, *"Beni mutlu edecek bir şey bulamıyorum,"* dediğimde gözlerini kaçırdı. Hapis hayatımda mutluluğun yer almadığını iyi biliyordu.

Onu üzmek istemediğim için tavuk çorbasından bir yudum aldım. Boğazımdan aşağıya kayıp giden bir kaşık çorba beni fazlasıyla doyurmuştu. Yiyemediğim için çok fazla zayıfladığımın farkındayım, buna rağmen gerekmedikçe yemek yiyemiyordum. Canım yemek yemeyi istemiyordu. Lisa, sıkıntıyla iç çekip tepsiyi önümden aldı ve sehpanın üzerine koydu. Tepsideki bonfile gözüme takılınca aklıma annem gelmişti. Yine mutsuz olmak için bir şeyler bulmuştum.

"Anne, televizyondaki kızın annesi ona hep etli yemekler yapıyor. Peki, sen niye hiç yapmıyorsun?" dediğimde sekiz yaşındaydım.

Annem cüzdanındaki parayı kontrol edip hüzünle bana bakmıştı. *"Bu ay kirayı tamamlayalım, paramız kalırsa sana söz veriyorum, hepsiyle et alacağım,"* demişti ve biz o kiraları hiçbir zaman tamamlayamadık. Annem de bana hiç etli yemekler yapamamıştı. Şimdi tabağımda bolca et vardı fakat ne bana et pişirecek bir annem ne de et yiyecek iştahım kalmıştı. Geçmişe dönmem mümkün olsaydı yaptığım çocukça sitemler için annemden özür dilerdim.

Annem temizliğe gittiği için bana güçlükle bakardı. Lise çağında bana hamile kaldığı için ailesi onu evlatlıktan reddetmişti. Henüz on sekiz yaşında okulu bırakıp tek başına yaşam savaşı vermeye başlamıştı. Gözlerim dolduğunda derin bir nefes aldım. Şimdi bir tabak dolusu et vardı ve yemek içimden gelmiyordu. Oysaki bir zamanlar annem bana et pişirsin diye ne çok yalvarırdım. Çocukken yaptığım her şey, büyüyünce koskoca bir keşkeye dönüşmüştü. Keşke daha az çocuk olsaydım ve onu üzmeseydim.

Lisa pencerenin yanında durduğunda düşüncelerimden ayrıldım. Perdeyi tuttuğu an başımı hızla sağa sola salladım. Karanlık, bir sis bulutu gibi beni içine çekmeye başlamıştı. Lisa'nın eli o perdeye dokunduğu sürece içine çekildiğim karanlıktan çıkamıyordum. "Tül kalsın, Yeşil," dedi. "Ama güneşlikleri açalım." Güneşe olan korkumu bildiği hâlde nasıl böyle söylerdi?

Kalp atışlarım yine kontrolüm dışında hızlanmaya başlamıştı. Telaşla ayağa kalkınca göğsümde bir acı hissettim. Gözlerim dolunca elimi sızlayan kalbime koydum ve *yapma* dercesine ona baktım. Lisa bu hâlimi görünce, iç çekerek yanıma geldi. Beni yatağıma koyduktan sonra yanıma oturdu. Nefes alışlarım iyice hızlanmaya başladı, yeni bir kriz yoldaydı. Lisa, "Sakin ol, Yeşil," diyerek beni rahatlatmaya çalıştı. "Perdeler kapalı, yani güvendesin." Değildim, her an birileri perdeleri çekebilir diye diken üstündeydim. Böyle hissederken nasıl güvende olabilirdim? Aklımdaki korkulardan kurtulmak mümkün değildi.

Kahverengi gözlerini bana çevirdi. "Güneş görmen lazım, odan çok havasız," diyerek âdeta bana yalvardı. "Sağlıklı biri bile böyle bir odada hastalanabilir ve senin durumunda işler daha tehlikeli. Güneş ışıklarının odana girmesine izin vermelisin." Bu konudaki hassasiyetimi bilmesine rağmen neden ısrar ettiğini anlamıyordum.

Nefesimi düzene sokmaya çalışırken parmaklarım tekrar suskunluğumun sesi oldu. *"Güneş bana zarar veriyor, bunu biliyorsun."* Cebinden çıkardığı telefona baktığı için ona anlatmaya çalıştığım şeyleri görmemişti.

Telefonu cebine koyarak ayağa kalktı. "Gitmem gerekiyor, dikkatli ol," dediğinde onu başımla onayladım, gitmişti. Bir konuşma daha havada asılı kalmıştı.

Yavaşça ayağa kalkarak pencerenin yanında durdum. Derin bir nefes alıp ürkekçe elimi perdeye uzattım. Bu sahneyi her gün yaşıyordum ve sonuç hep başarısız oluyordu. Titreyen parmaklarım tüle dokunduğu an kalp atışlarım hızlandı. Perdeyi avuçlarımda sıkıca tutarak kendimi cesaretlendirmeye çalıştım. Güneş ışığına olan fobim, hafife alınmayacak kadar tehlikeliydi. Kalp atışlarım hızlandıkça perdeyi daha çok sıkıyordum. *Yapabilirsin!* diye kendimi cesaretlendirmeye çalışsam da işe yaramıyordu. Göğüs kafesim hızla inip kalkarken karanlık, gizlendiği yerden çıkmıştı. Dizlerimin üzerine düşerek ağlamaya başladım. *Yapamam!* diye geçirdim içimden. Benim hayatım aydınlık olamazdı. Benim karanlığıma ışık doğamazdı. Karanlığın içinde gizlenmeye mahkûmdum. Kendimi sakinleştirmek için derin derin nefesler almaya başladım. Ben de bu karanlıktan çok sıkılmıştım fakat içinde bulunduğum durum ışığa izin vermiyordu. Yeterince güç toplayıp yatağımın üzerine uzandım. Sırtım yatakla buluşunca tekrar derin bir nefes aldım. İşte benim hayatım buydu: Uyu, ilaçlarını kullan, kitap oku ve yeniden uyu. Yıllardır tek yaptığım, bunlardan ibaretti. Kapalı kapılar ardına saklanıp kendimi kısıtlamak, bana verilen en büyük cezaydı.

Beni buraya hapseden öz babamdı.

Eskiden güneş batınca annem veya dadım beni dışarı çıkarırdı. Uzun uzun yürüyüşler yaparak temiz hava alırdım. Fakat artık ne annem ne de annemin ölümüyle babamın bana tahsis ettiği dadım vardı. İkisi de ölmüştü ve artık bir evim bile yoktu. Taşıdığım kalp yüzünden bana yakın olan herkes ölüyordu. Bu yüzden ölümlerin yoğun olduğu bir okula sürgün edilmiştim, değil mi? Belki de bu, benim cezamdı. Ötanazi Okulu benim en büyük cezamdı.

Ötanazi Okulunda en ağır suçtan yargılanan mahkûmlar kalıyordu. Burada olduğuma göre sanırım ben de pek masum değildim.

Yatağımın yanındaki saat çaldığında gözlerimi güçlükle açtım. Yataktan çıkıp ilaçlarımı elime aldım. Yine fazla uyuşmuş hissediyordum. Her zaman olduğu gibi sürahinin yine boş olduğunu görünce susuzluğum dayanılmaz bir hâle geldi. İlaçlarımı yerine koyduktan sonra astım spreyimi kullandım. Damağımdan boğazıma doğru akan serin ve ekşimsi tadı alınca yüzümü buruşturdum. Tadını hiçbir zaman sevemeyecektim. Dolabımdan ince bir hırka çıkarıp giydikten sonra kapıyı açtım. Çok susadığım için su bulmalıydım ama saat gece yarısını geçtiği için biraz korkuyordum. Bildiğim kadarıyla buradaki mahkûmların saat dokuzdan sonra odalarından çıkmaları yasaktı. Kapılar üzerlerine kilitlendiği için korkmama gerek yoktu, değil mi? Sadece bir yerlerde su bulacak ve odama dönecektim. Derin bir nefes alarak uzun zaman sonra ilk kez odamdan çıktım. Bunu yapabilirdim.

Ötanazi'ye geldiğimden beri ilk kez odamdan dışarı çıkmanın gerginliğini yaşıyordum. *Sakin ol, Yeşil! Herkes uyuyor, yani sorun yok.* Kendimi sakinleştirmek için sürekli bu sözleri tekrarladım içimden. Dudaklarım hareket ediyor lakin sesim kulaklarıma ulaşılmıyordu. Olmayan bir sesi istesem bile duyamazdım.

İnsan sahip olamadığı her şeyi özlüyordu.

Karanlık koridorda yürürken sürekli etrafımı kontrol ediyordum. Okul gerçekten çok büyüktü, neyse ki benim odam altıncı bloktaydı. Kaldığım blok benim için güvenliydi çünkü mahkûmların altıncı bloğa çıkması yasaktı. Onlar birinci katta kalıyorlardı. Burada benim dışımda öğretmenler ve gardiyanlar kalıyordu. Evet, okul normal bir okul değildi. Bu kadar sorunlu insanı kontrol altında tutmak ise hiç kolay değildi. Bu yüzden hapishanedeki gardiyanların çoğu burada çalışıyordu. Bir suçlu olmadığım için onlar gibi gözetim altında tutulmuyordum ancak bu okuldan çıkmam da yasaktı. Ben sadece burada ölmeyi bekliyordum. Bildiğim tek şey bundan ibaretti.

Suçsuz olduğum hâlde en azılı suçluların olduğu bir okulda kalıyordum.

Loş ışıkların aydınlattığı koridorda ölüm sessizliği vardı. İki koridoru geçince Lisa'nın bana tarif ettiği küçük mutfağı buldum. İçeri girdiğimde gerçekten çok küçük olduğunu gördüm. Hatta bir buzdolabı bile yoktu. Burası bir ofisin mutfağıydı, burada sadece su ve içecekler vardı. Bu mutfakta yemek pişmiyordu, belki de yemekhane ayrı bir yerdeydi. Onca mahkûmu doyurmak için illaki büyük bir mutfakları olmalıydı, değil mi? Burası görevlilerin sıcak bir şeyler içmek için geldiği bir yerdi. Lisa bana okulu anlatırken her katta böyle dinlenme yerleri olduğunu söylemişti.

Suyumu içtikten sonra küçük bir pet şişe alarak mutfaktan çıktım. Sessizce odama giderken koridorda dışarıyı gösteren bir pencere dikkatimi çekti. Pencerenin önünde durduğumda karanlık kubbeyi aydınlatan dolunayı gördüm. Bu gökyüzü, gündüz cehennemim olsa da akşamları bana cenneti vadediyordu. Annem yaşarken sadece geceleri dışarıya çıkıyordum, o da sınırlıydı. Burada kaldığım şu beş yılda, yıldızları hiç izleyememiştim. Beş yıl sonra ilk kez odamdan çıkmıştım. Daha doğrusu üst katta tedavi görmek dışında ilk kez dışarı çıkıyordum.

Neden olmasın? diye geçirdim içimden.

Sakin ama hızlı adımlarla asansörün olduğu koridora girdim. Lisa, belki dışarı çıkarım diye asansörün hemen mutfağın sağındaki koridorda olduğunu söylemişti. Okul çok büyük olduğu için kaybolmamak işten bile değildi. Asansörü bulduğumda sertçe yutkundum. Sadece altı kat aşağıya inecektim ama kapalı alan fobim gizlendiği yerden çıkmıştı. İçeri girersem yeni bir krize merhaba diyebilirdim.

Umutsuzluk içinde derin bir nefes aldım. *Sadece biraz hava almak istedim,* diye geçirdim içimden. Hayır, bu asansöre binemezdim.

Merdivenleri görünce yüzümde kendiliğinden bir gülümseme oluştu. Başkalarının kolayca yaptığı şeyi ben o kadar zor başarıyordum ki her şey bana imkânsız gibi geliyordu. Basamaklara yönelip küçük adımlar atmaya başladım. Attığım her adımda birileriyle karşılaşma fikri, nefes alışlarımı hızlandırıyordu. Bu okulda yüzlerce tehlikeli insan vardı ve kalbim onları kendisine çekiyordu. Çok şey değil, sadece bir yıl daha yaşamak istiyordum. Belki o zamana kadar babam benim için gelir diye bir yıl daha yaşamak istiyordum. Onu görmeden ölmek istemiyordum.

Şansın bana tebessüm ettiği bu dolunay gecesinde, kimseye yakalanmadan bahçeye çıkabilmiştim. Sanki ölümsüzlüğün iksirini bulmuşum gibi mutlu bir şekilde ilk adımımı bahçeye attım. Bu küçük eylem bile ne denli mutlu etmişti beni. Serin rüzgârın burnuma getirdiği çiçek kokularını içime çekince kendimi bir an bulutların üstünde hayal ettim. Bahçedeki ışıklandırma sayesinde her şeyi daha iyi görüyordum. Çam ağaçlarının içine girerek bahçeye doğru yürümeye başladım. İlkbaharın habercisi olan limon ağaçlarının çiçekleri eşsiz güzellikteydi. Şeftali ağaçları yeni tomurcuk açmıştı, zerdali ağaçları ise hâlâ uyanamamış gibiydi. Bahçenin bu denli muhteşem olduğunu yeni fark ettiğime inanamıyordum. Birbirinden farklı ağaçların arasından geçtikten sonra botanik bahçeye girdim. Bahçenin her iki tarafında zakkum çiçekleri vardı. Rengârenk çiçekler taç yapraklarını açmıştı ve bahçeye ayrı bir güzellik katıyordu. Sarı zakkum çiçeğinin beş yaprağından birini koparıp avucumda tuttum. İleride gördüğüm açelyalara tebessüm ederek birer yaprak da onlardan kopardım.

Başımı kaldırdığımda büyük bir çardak gördüm. Sarmaşık güllerinin etrafını sardığı çardak, tek kelimeyle muazzamdı. Adımlarımı oraya doğru attığımda küçük bir gül fidanındaki minik tomurcuk dikkatimi çekmişti. Çiçeklere ayrı bir ilgim olduğu için daha ilk görüşte bunun ender bulunan bir kamelya fidanı olduğunu anladım. Kamelya çiçeklerine de ayrı bir ilgim vardı. Çiçeklerle ilgili okuduğum kitaplar sayesinde çiçek diliyle ilgili birçok şey biliyordum.

Kamelyalar, her kitapta farklı bir şeyi anlatsalar da bence kesinlikle kaderi simgeliyordu. Küçük tomurcuğun üzerinde gezindi parmaklarım. Sarı bir kamelyaydı bu, sivri yapraklarından anladım. Hemen yanında duran ve yeni çiçek açmış büyük, sarı kamelyadan bir yaprak kopardım. Bu yaprağı da avucuma sakladım. Çiçeklerin koparılması bana göre bir cinayetti. Ben çiçekleri koparmak yerine onlardan bir yaprak almayı tercih ediyordum. Bunun için büyük bir defterim vardı. Çiçeklerden aldığım yaprakları oraya yapıştırır ve altına da kendimce sözler yazardım. Bu, benim için vazgeçemeyeceğim bir tutkuydu. Beni mutlu eden tek şey, çiçek yapraklarından koleksiyon yapmaktı.

Ancak yalnızca bir çiçeği kendime benzetirdim. Gelincik çiçeği... Gelincik çiçeği hüzün demekti. Bana göre gelinciğin diğer çiçekler gibi bir albenisi yoktu ya da güller gibi gösterişli değildi, papatyalar gibi güzel kokmuyordu, hatta belirgin bir kokusu bile yoktu. Karanfiller gibi birçok rengi olmazdı, gelincikler çoğu zaman kustuğum kanın rengindeydi. Yıldız çiçekleri gibi gösterişli ve kaktüsler gibi güçlü değildi, gelincik fazla hassas bir çiçekti. Kadife yapraklarına dokunduğunuz an yaprakları yere düşerdi, toprağından kopardığınızda saniyeler içinde solardı. Gelincik çiçeği hüzün demekti, gözyaşlarını akıtan bir hüzün. Hassastı ve kırılmaya müsait ince bir dalın üstünde saklıydı taç yaprakları. En küçük bir rüzgârda bükerdi boynunu, yas tutar ve matemi anlatırdı.

Beni en iyi gelincik çiçeği anlatırdı çünkü çiçek dilinde gelincik, **"Beni sevme, yarınım belli değil"** demekti.

Elimdeki çiçek yapraklarıyla bir adım atmıştım ki arkamda adım sesleri duydum, nefesimi tuttum. Arkama dönüp, iki kişi görünce sertçe yutkundum. Evet, iki kişi tam karşımda duruyordu. Bu saatte onların da odalarından çıkmaları yasaktı, değil mi? Belli ki bu okulda kimse kuralları dinlemiyordu. Gerçi bir okul dolusu sözde öğrenci ama gerçekte suçlu olan insanlardan bahsediyorduk. Kuralları yıkmak onların işiyken neden kurallara sadık kalacaklardı ki?

"Sana Dilsiz Kız'ı gördüğümü söylemiştim, Andrew." Bana bakarak konuşan adam kırklı yaşlarında, zayıf ve kısa boylu biriydi. Elindeki sigarayı bana bakarak içmesi ve gözlerinin üzerimde dolaşması beni rahatsız etmişti.

Arkadaşının Andrew dediği kişi sırıtarak bana baktı. "Demek herkesin dilinde olan o meşhur kalbin sahibi bu kız." Bana doğru bir adım atınca elimdeki çiçek yapraklarını korkudan yere düşürmüştüm. Kalbim özgürlüğümü kısıtlayan en büyük sorunumdu.

Andrew'dan korkmam onu daha çok mutlu etmiş olmalı ki gülmeye başladı. "Ne dersin, Victor... Onunla eğlenelim mi? Yoksa kalbini mi alalım?" Sözleri yüzünden nefes alışlarım hızlanmaya başlamıştı. Onlara kıyasla çocuk yaştaydım. Benim için böyle şeyleri düşünecek kadar acımasızlardı.

Sigarasını yere atan kişi, tehlikeli bir şekilde güldü. "Neden her ikisini de yapmıyoruz?" Bana doğru gelmeye başladıklarında geriye doğru korkuyla adımlar attım. Koşamazdım çünkü koşmam yasaktı. Kalbimi yoracak her türlü eylem yasaktı.

Birkaç adımda bana yetişen adamlar yüzünden dudaklarımdan çıkan bir hıçkırık zifirî karanlığa karıştı. Bedenim korkudan kilitlenmiş gibi hareketsiz kalmıştım. Sigara içen adamın eli boynuma geldiğinde korkudan ürperdim. Boynumdaki eli yavaşça elbisemin askısına gidince hızla elini ittim. Fakat bu hareketimle daha çok keyiflenen adam, "Karşı koyamayacak kadar acizsin," dedi, ne yazık ki bu konuda haklıydı. Engelim sadece dilimde değildi ki! Ben baştan ayağa kusurluydum.

Victor denen adam kolumdan tutarak beni kendisine doğru çekince ayakkabımın ucuyla dizine sertçe vurdum. Küfrederek kolumu bıraktı. Arkamı dönüp kaçacağım esnada saçlarımdan tutup kendisine doğru çekti. "Gerçekten seni bırakacağımı mı sanıyorsun?" Nefesini saçlarıma vererek söyledikleri yüzünden kalp atışlarım bana acı vermeye başlamıştı. Korkuyordum ve korkularım bile benim için ölümcüldü.

Karanlık bir harabenin içinde yaşıyordum ve orada hiç ışık yoktu.

Victor denen adam beni göğsüne çektiğinde daha çok çırpınmaya başladım. Bir kolunu belime sardığı için sırtım onun göğsüne yapıştı. Nefesim daralınca astım krizimin yaklaştığını fark ettim. Tırnaklarımı karnımdaki eline geçirdiğimde beni daha çok kendisine çekti. Diğer adam karşıma geçip elini bacağıma doğru uzatınca gözlerimi sıkıca kapattım. Kalbimdeki sızı dayanılmayacak hâle geldi ve ben, elimi kalbime bastırıp gözlerim kapalı ağlamaya başladım. Büyük bir yenilgiyle onlar bana dokunmadan ölümü beklediğim bu anlarda, karnımdaki ellerin çekildiğini hissettim. Hemen arkamda bir sarsıntı oldu, acı dolu bir feryat kulaklarımda yankılandı. Hıçkırarak gözlerimi daha sıkı kapattım. Ne olduğunu bilmiyordum ama gözlerimi açmaktan korkuyordum.

İkinci bir çığlık daha duydum ancak bu, daha çok acı barındırıyordu. "Lanet olsun! Sen de kimsin?" Bu ses bacağıma dokunan kişinin sesine benziyordu. Etrafımda bir şeyler oluyordu fakat benim, gözlerimi açmaya cesaretim yoktu.

Hemen sonrasında birinin feryadını duydum. Kalbime baskı yaparak daha çok ağlamaya başladım. Göremesem de etrafımda korkunç şeyler oluyordu ve bu, beni ölesiye korkutuyordu. Ben fazlasıyla tecrübesiz ve korkak biriydim. Asla kendimi savunamaz, en küçük tehlikede gözlerimi kapatırdım. Sanki görmeyince daha az korkacakmışım gibi hissederdim. Bir süre sonra etrafımdaki seslerin kesildiğini anlayınca yavaşça gözlerimi açtım. Konuşabilseydim gördüğüm şeyler karşısında avazım çıktığı kadar bağırırdım. Her iki adam da boğazları kesilerek öldürülmüşlerdi. Özellikle saçlarımı tutan adamın eline saplanmış bıçağı görünce gözlerim korkuyla iyice açıldı. Boğazlarından fışkıran kanları görmek başımın dönmesine sebep oldu. Beni kan tutuyordu, gözlerimin önü kararınca başımı başka tarafa çevirdim. Burada neler olmuştu, anlayamıyordum.

Gözyaşlarımı tutamadım ve koşmaya başladım. Bunun bana zarar verdiğini bile bile koştum. Okula girmeme birkaç adım kalmıştı ki tökezleyerek dizlerimin üzerine düştüm. Ellerimi yere bastırırken bir yandan ağlıyor, diğer yandan da öğürüyordum. Tüm gün bir şey yemediğim için midemden çıkan tek şey, içtiğim suydu. Gözlerimin önüne kanın korkutucu kırmızılığı geldikçe başım daha çok dönüyordu. Gördüğüm ölü bedenler beni dehşete düşürmüştü. Onlar öldürülmüştü! Hem de çok hızlı hareket eden biri tarafından. Tıpkı bir hayalet gibi etrafımda süzülüp onları bir cesede çevirmişti. O kadar hızlı ve sessizdi ki, her şey saniyeler içinde olup bitmişti. İki kişinin boğazını kesen biri, az önce bana bir nefes kadar yakındı. Büyük ihtimalle hâlâ buradaydı, belki de benim peşimdeydi. O kadar hızlı hareket eden birinin sıradaki kurbanı olacağımı düşünmek bana müthiş bir korku yaşatıyordu. Şu an beni izliyor olabilirdi.

Kendimi sakinleştirene kadar ayağa kalkmadım. Nefes alışlarımı kontrol etmeye başladığımda biraz da olsa kendimi toparlayabilmiştim. Ayağa kalkarak yavaş adımlarla okula girdim, yaşadıklarımın şokuyla merdivenleri nasıl çıktığımı bilemiyordum.

Odamın bulunduğu kata geldiğimde nihayet rahat bir nefes aldım. Koridora çıktığımda farklı bir şey hissettim. Farklı ama korkutucu bir his bedenimi ele geçirmişti. İçimdeki takip ediliyormuşum hissi gittikçe artıyordu.

Korkuyla etrafıma baktım ama kimseyi göremedim. Bu korkum öncekilere benzemediği için nefesimi kesiyordu. Arkamda tehlikeli bir şeyin varlığını hissedince hemen arkamı döndüm. Hiçbir şey yoktu. Derin bir nefes alacağım esnada duvarda gördüğüm gölge yüzünden nefesim kesildi. Tam karşımdaki duvarda, kendi gölgemin yansımasının yanında bir gölge daha vardı. Fazlasıyla uzun ve korkutucu bir gölgeydi. Nefesimi tuttuğum için bedenim titriyordu ve terliyordum.

Arkamda biri vardı!

Nefesini saçlarımın arasında hissettiğimde dehşete düşmüş gibiydim. Hareket edemiyordum, bacaklarım yere çivilenmiş gibiydi. Usulca başımı çevirmeye kalktığımda ise onun soğuk sesini duydum. "Yüzümü görenlere neler yaptığımı bilmek bile istemezsin." Ölüm meleğinin kanat çırpma sesini duyduğumda onun kim olduğunu anlamıştım. Evet, bu oydu; Gölge.

Herkes gibi ben de onun hakkında bir şeyler duymuştum. Kimsenin yüzünü dahi görmediği, tehlikeli bir suikastçı... Kurbanına acımayan bir katil olduğuyla ilgili çıkan söylentiler, tüm Amerika'ya yayılmıştı, avını en vahşi şekilde öldüren bir avcıydı. Kurbanlarına kolay bir ölüm yaşatmıyordu çünkü onların acısından zevk alan bir sadistti. Kalbinde merhamet barındırmayan, affı hiç olmayan bir canavardan farksızdı. Onu hiç görmemiştim, zaten onu gören biri yaşamıyordu. Kim olduğu, yaşı, yüzü, adresi ve onunla ilgili birçok soru gizemini koruyordu. Herkes onun hakkında bir şeyler anlatıyordu, Amerika'da âdeta bir efsaneye dönüşmüştü. Avını öldürmeden önce nasıl canice parçaladığını, aldığı bir işi tamamlamadan asla durmayacağını ve Azrail'in vücut bulmuş hâli olduğunu söylerlerdi. Hatta ölümsüz olduğunu söyleyenler bile vardı. Onun bir adı yoktu. Herkes onun hakkında farklı şeyler söylese de tek bir konuda herkes hemfikirdi.

O, ölümü parmak uçlarında taşıyan bir Gölge'ydi. Bu lakabı döktüğü kanlar sayesinde almıştı.

Şimdi ise Gölge, benim için gelmişti.

Omzumdan sertçe tutarak beni kendisine çevirdi, korkuyordum. Ona bakmadan gözlerimi sıkıca kapattım. Sırtımın soğuk duvara çarpması bile gözlerimi açmam için yeterli değildi. Ona bakamazdım çünkü o, kendisini görenleri yaşatmıyordu ve ben ölmek istemiyordum. Nefesinin sıcaklığını yüzümde hissederken burnuma gelen amber kokusu ciğerlerime doluşmuştu. Boynumda soğuk bir metal hissettiğimde ise zaman benim için durmuştu. "Senden ne istediğimi biliyor musun, Dilsiz Kız?" dediğinde kulaklarımda yankı yapan fısıltısı hırçın dalgaların karaya çarpması gibiydi.

Evet, herkes gibi onun da ne istediğini tahmin edebiliyordum.

Sıkıca kapattığım gözlerim, gözyaşlarımın akmasını engelledi. Ne istediğini biliyordum: Tıpkı herkes gibi o da kalbimin peşindeydi. Taşıdığım hastalıklı kalp o kadar değerliydi ki, herkes onu istiyordu. Okuldaki mahkûmlar bile kalbimi söküp almanın planlarını yapıyorlardı. Hayatımda daha önce hiç görmediğim mafyalar, suikastçılar, katiller ve daha birçok tehlikeli insan kalbimi istiyordu.

Kalp hastası bir kızın kalbine sahip olmak istiyorlardı çünkü taşıdığım kalp, onlar için paha biçilmez bir hazineydi.

Cevap beklediğini bildiğim için başımı olumlu anlamda salladım. Bıçak olduğunu düşündüğüm soğuk metal boynumdan göğsüme indi. Gömleğimin düğmelerinden birinin koptuğunu hissettiğimde dudaklarımı birbirine bastırdım. İkinci, hatta üçüncü düğmem de yerle buluşmuştu. Bıçağının ucuyla kopardığı her düğme yere düşüp tiz bir ses çıkartıyordu. Soğuk bıçak sütyenimin üzerinden kayıp çıplak tenime sürtününce ürperdim, göğüs kafesim aldığım hızlı soluklar yüzünden yükselip alçalırken bıçağın ucu sol göğsümün üstünde durdu. Dudaklarımdan bir hıçkırık firar ettiği sırada kalbim ağrımaya başlamıştı. Bir krizin eşiğine doğru hızla yürüyordum, ilacımı kullanmalıydım. Keskin bıçağın sivri ucunu göğsüme hafifçe bastırınca ağlamam şiddetlendi.

Onu itmiyordum, itmek için bile olsa ona dokunmaya korkuyordum. Duvarla onun arasında sıkışmış bir hâldeydim. Hiç kıpırdamadan öylece duruyordum çünkü çırpındıkça daha fazla acı vereceğini biliyordum. Keskin bıçak hâlâ kalbimin üstündeyken onun soğuk sesini duydum. "Taşıdığın hazinenin ne denli değerli olduğunu yeterince bilmiyorsun, değil mi?" Herkes kalbim hakkında o kadar çok bilgi sahibiyken bunu bilmemem söz konusu değildi.

Sıkmaktan ağrıyan gözlerimi, açmaya cesaretim yoktu. Yakaladığım küçük bir cesaret kırıntısıyla yavaşça cebimde taşıdığım kalemi ve not defterimi çıkardım. Gözlerimi açmadan aceleyle deftere bir şeyler yazmaya çalıştım. Yazdığım defteri ona doğru tuttum. *"Lütfen beni öldürdükten sonra kalbimi al, daha fazla acı çekmek istemiyorum."* Çünkü o, kurbanlarının acısından beslenirdi.

Bir kalp ne kadar değerli olabilirdi ki? Benim kalbim ölüm kokuyordu.

Soğuk bıçağın ucu göğsüme biraz daha batınca refleks olarak bıçağı tutan elini tuttum. Parmaklarım sıcacık elini sararken avuçlarımın arasındaki büyük eli hareketsiz kalmıştı. Elini tuttuğum için gerildiğini hissettim fakat elimi itmedi. "Bana direnmen yersiz bir çaba, Dilsiz Kız," dediğinde ruhsuz sesi, korkuyla çırpınan kalbimi artçı şoklara maruz bırakmıştı. Başımı yerden kaldırmadan elimi usulca elinden çektim. Titreyen parmaklarım aceleyle son kez defterin üzerinde gezindi. Gözlerim kapalı olduğu için yazdığım yazının eğri büğrü ve karmaşık bir şey olduğunu bilsem de yazmaya devam ettim.

Sayfayı ona doğru uzattığımda dudaklarımdan kaçan içli hıçkırığa engel olamadım. *"Sadece bir yıl, bir yıl daha yaşamak isterdim. Sanırım bana biçilen kaderde kamelya olmak varmış."*

Bıçağını göğsümden çekmeden bana doğru yaklaştığını kahve ve amber kokusundan anladım. Biraz da sigara kokuyordu, sakalları ürkütücü bir yavaşlıkla yanağıma sürtünürken nefesimi tuttum; o kadar çok yaklaşmıştı ki hareket eden göğüs kafesim onun göğsüne sürtünüyordu. Dudaklarını kulağımın yakınında hissettiğimde kalbim dehşete düşmüş gibi atmaya başladı, onun bana olan bu yakınlığı kalbimi ağrıtıyordu. "Kamelya ne demek?" dedi. Rüzgârın uğultusunu tenimde hissederken sesi saç diplerime kadar ürpermeme sebep oldu.

Sanki mümkünmüş gibi kafamı iyice arkamdaki duvara yasladım. Duvarla bütünleşmiş bir hâlde parmaklarım ona istediği cevabı vermek için harekete geçmişti. Yazmak için bana biraz alan sağladığını onun göğsüne değmeyen göğüs kafesim sayesinde anladım. Korku girdabına çekilen biçare ruhum, can çekişmeye başlamıştı. Gözyaşlarım yanağımdan boynuma doğru süzülürken yazdığım notu görebilmesi için yüzümün hizasına getirdim. *"Kamelya, çiçek dilinde, 'Kaderim senin elinde' demek."*

Konuşmadı, ben korkuyla kalbime saplanacak bıçağı beklerken ikimizin arasında koca bir sükûnet başladı. Ölümü hissetmek yabancısı olduğum bir duygu değildi, ölmek için çok fazla nedenim ve sayamayacağım kadar çok Azrail'im vardı. Şairlere ilham veren güneş ışıkları, herkesi güzelliğiyle büyülerken beni öldürüyordu. Kusurlu doğmuştum ben, aldığı her nefese mucize gözüyle bakılan kusurlu biriydim. Boynumdaki yakıcı nefesi tenimden uzaklaştığında kalbim huzura ermişti. Bıçağını göğsümden çekince koca bir nefes çektim ciğerlerime, büyük elleri elimi kavrayınca baştan ayağa titredim, parmaklarımın arasında tuttuğum not defterini ve kalemi ellerimin arasından çekip almıştı. Kafamı eğmekten boynum uyuşmuş ve kapattığım gözlerim ağrımaya başlamıştı. Kısa süre sonra yeniden not defterim ve kalemim parmaklarımın arasındaki yerini almıştı. Başparmağıyla elimi açıp not defterini kalemle birlikte avucuma bırakmıştı.

Bir süre sonra kokusunu kaybettiğimde yavaşça gözlerimi açtım. Ağlamaktan birbirine yapışmış kirpiklerimi ayırırken zorlanmıştım. Etrafıma baktığımda onu görememek beni afallatmıştı. Kendi etrafımda dönerek onu aradım ama yoktu. Gitmişti. Bu, beklemediğim bir şeydi. Duyduğum söylentilere göre Gölge asla kurbanının hayatını bağışlamazdı. Onun ölüm listesine adını yazdıran birinin yaşama şansı sıfırdı. Başımı yavaşça eğerek not defterime bakınca yazdığı şeyleri okumak beni bozguna uğratmıştı.

"Süren başladı, Dilsiz Kız. Geriye kalan bir yılının tadını çıkar.

Not: Kamelyalar senin aksine güçlü çiçeklerdir, Gelincik."

3

ÖTANAZİYE YOLCULUK

"Avcı da her zaman acımasız değildir. Bazen tüfeğini avını öldürmek için değil, yaşatmak için çeker. Peki, sen hangisiydin?"

İlahi Bakış Açısı

Drew arabasını şirketin otoparkına bıraktıktan sonra hızlı adımlarla yürüdü. Devasa şirketin görkemli ismi görüş açısına girince adımları yavaşladı. Büyük harflerle PASSİON HOLDİNG yazıyordu, bu ismi annesi koymuştu. Bir Fransız güzeli olan Annalees'in kökleri Fransa'ya dayansa da Amerika'da doğmuştu. Annalees köklerine bağlı, kuralcı bir kadındı. Bulunduğu yeri değil, bulunduğu yere gelmesini sağlayan köklerini asla unutmaz ve hep saygıyla anardı. Thomas Bruce ile tanıştığında henüz yirmi yaşındaydı. Kısa sürede tutkulu bir aşk yaşamışlar ve ilişkilerini evlilik bağıyla taçlandırmışlardı. Annalees mücevherler konusunda birçok bilgiye sahipti ve tasarım üzerine yüksek lisans yapmıştı. Orta gelirli bir aileden gelmesine rağmen oldukça zeki ve girişimci olan Thomas, güzel sevgilisiyle evlendikten sonra onun zenginliğini göz ardı ederek küçük bir kuyumcu dükkânı açmıştı.

Annalees daima kocasının yanında yer almış ve ona hep destek olmuştu. Annalees'in mücevherler konusundaki doğuştan gelen zevki ve eşine yaptığı olağanüstü tasarımlara Thomas'ın azmi ve ikna kabiliyeti de eklenince kısa sürede yükselmişlerdi. Annalees'in ailesinden maddi olarak hiç yardım almayan Thomas için bu, çok büyük bir gurur kaynağıydı. Zamanla yurt içine ve yurt dışına açılıp birçok güçlü bağlantı kurmuşlardı. Passion Holding sıra dışı koleksiyonları sayesinde her yıl defilelerde çok büyük markalarla iş yaparak adını duyurmuştu. Ünlü mankenlerin boynunu süsleyen mücevherler çok büyük ses getirmişti. Passion, Fransızcada "tutku" demekti. Annalees ve Thomas'ın büyük aşkını, mücevherlere olan tutkusunu anlatıyordu. Zamanla Amerika'da tanınan, güçlü ve ilgi gören bir marka hâline gelmişti. Farklı ülkelerde de birçok şube açmışlardı ama Passion onlar için farklı bir anlam taşıyordu. Passion markası birçok iş insanının gözdesiydi. Amerika'da talep gören bu şirketin müşteri sayısının bu denli çok olması, onların en çok satış yapan ilk on şirket arasına girmesini sağlamıştı. Bu başarılı çiftin iki oğlu vardı: Marcus ve Drew. Thomas öldükten sonra Marcus işleri devralmıştı, kardeşi Drew ise sık sık kayıplara karışırdı.

Drew uzun zaman sonra şirketin büyük, cam kapılarından içeri giriyordu. Cam kapının ikiye açılmasıyla şirket çalışanları patronlarını bugün holdingde görmenin şaşkınlığını yaşadılar. Özellikle kadınlar, büyük bir iç çekişle genç patronlarının kapıdan girişine hayranlıkla bakıyordu. Drew Bruce yirmi dört yaşındaydı ve oldukça ilgi çekici biriydi. Gizemli hâlleriyle merak uyandırıyordu. Uzun boyu ve yapılı vücuduyla kadınların fazlasıyla dikkatini çekiyordu. Koyu kumral saçları kulağının altında bitiyor ve her bir teli, buğday başaklarını andırıyordu. Nefes kesici lacivert gözleri daima ciddi ve keskin bakardı; çoğu insan onun gözlerine baktığında kendisini çıplak hissederdi. Keskin bakışları sanki insanın ruhuna kadar inceliyor ve anında o kişi hakkında fikir yürütüyor gibiydi. Yüzüne yakışan biçimli burnu bazen köklerinin kraliyet ailesine dayandığını düşünmelerine sebep oluyordu. Kraliyet aileleri biçimli ve onları kibirli gösteren burunlarıyla çoğu zaman gündeme gelmiş olmasalardı onlar da bu fikre kapılmazlardı. Köşeli ve erkeksi duran çene yapısıyla oldukça göz alıcı olan genç patronları, ne yazık ki bugüne kadar holdingdeki kızlara göz ucuyla bile bakmamıştı. Tüm şirket tarafından spor giyinmesiyle bilinen Drew Bruce, kesinlikle giydiklerinin hakkını veriyordu. Üzerinde tüm kaslarını gözler önüne seren siyah bir tişört ve aynı renk kot pantolon vardı ve her zamanki gibi kadınların nefesini kesiyordu. Gizemli ve ulaşılmaz havası kadınların ona ilgi duymasını sağlasa da Bruce için bunlar bir anlam ifade etmiyordu. Günübirlik ilişkilerin adamı değildi. Kadınlarla hiçbir koşulda bir araya gelmek istemiyordu. Aslında Drew, genel olarak insanları çekilmez buluyordu; bu durum sadece kadınlar için geçerli değildi. Asosyal bir yapısı vardı ve insan kalabalığından nefret ediyordu.

Etrafındaki insanların meraklı bakışlarını umursamadan asansöre bindi. Tabii bu esnada kadınların onun dış görünüşü hakkında fısıldaşmaları kulağına geliyordu. Asansör, yönetici katında durduğunda annesine yakalanmak istemediği için adımlarını hızlandırdı. Annalees oğlunu gördüğü her yerde şirkette işe başlaması konusunda ısrarcı oluyordu. Bu kadar ısrarcı olmasaydı Drew, ondan kaçmak yerine onunla bir kahve içmeyi düşünebilirdi. Gözleri, aradığı ofisi bulunca, kapıyı çalma nezaketinde bulunmadan içeri girdi. Her an bir yerlerden Annalees'in çıkma ihtimaline karşı kapıyı arkasından kapatmayı unutmamıştı.

Marcus içeriye giren ve selam dahi vermeden kendisini koltuğa atan kardeşini göz ucuyla izliyordu. Elindeki dosyayı usulca masasına koydu. "Sana da merhaba kardeşim," dedi. Her zamanki gibi küçük kardeşini iğnelemekten kendisini alamadı, "Aylardır senden haber alamayınca öldüğünü düşündüm, hatta bundan emindim."

Marcus'un bu tavrına bağışıklık kazanan Drew, rahat bir şekilde arkasına yaslandı. "Beni neden buraya, annemin çoğunlukla zaman geçirdiği bir yere çağırdın, Marcus?" Özellikle ismine vurgu yapmıştı.

"Senden iki yaş büyük olduğumu hatırlatırım, dilediğim yere çağırırım ve sen de dilediğim yere gelmek zorundasın," diyen adamı zerre kadar umursamıyordu. Marcus özünde çok iyi biri olsa da annesinin genlerini taşıyordu, konumlar ve sıfatlar ona göre bir nezaket kuralıydı ve herkes bu kurallara uymalıydı. Marcus ile bu konuyu sürekli tartışsalar da Drew, inatla onu yok sayıyordu; kuralların canı cehennemeydi.

Marcus'un bozulduğunu görmenin mutluluğuyla dudakları büyük bir kavis çizerek yukarı doğru kıvrıldı. "Bana bir kahve ısmarlamazsan hemen kalkma ihtimalim yüksek," deyince, Marcus, kaçmak için her fırsatı değerlendirebilecek olan kardeşinin tavrına güldü. Er ya da geç annesine yakalanacaktı.

Marcus, asistanını arayıp, "Megan, bize iki şekerli kahve," dedikten sonra telefonu kapattı.

Daha aradan bir dakika bile geçmeden kapısı çalınmıştı. Megan'ın bu kadar hızlı kahve hazırladığını sanmıyordu. *Gir* komutundan sonra içeri giren kızı görünce sıkıntıyla derin bir nefes aldı. Drew ağabeyinin değişen yüz hatlarını fark edince, yavaşça başını çevirip gelen kişiye baktı. Orta boylu, genç bir kadın içeri girmişti. Çikolata kahve ve kestane rengi saçları olan, kumral tenli bir kadındı. Saçlarını dağınık bir topuz yapmıştı. Kalın camlı gözlükleri, mavi gözlerini gölgede bırakıyordu. Küçük burnu ve fazla ince olmayan fakat dolgun da sayılmayan dudaklarıyla güzel bir kız izlenimi vermiyordu. Daha çok ön sıralarda oturan ve dersi can kulağıyla dinleyen öğrencileri andırıyordu.

Üzerinde vücut hatlarını kapatan bol bir tişört ve dizlerine kadar gelen çiçekli eteğiyle kesinlikle bir holding çalışanını yansıtmıyordu. Şimdi neden Marcus'un yüzünü buruşturduğunu anlamıştı: Bu kızın bakılası bir yanı yoktu ve bu kızın aksine Marcus, dış görünüşe oldukça önem verirdi.

Fakat asıl ilginç olansa, gözlüklü kızın Marcus'a bakarken gözlerinde herhangi bir hayranlığın olmamasıydı. Marshall genlerini taşıyan Marcus, yirmi altı yaşındaydı. Siyah saçları ve bal rengi gözleriyle kadınları etkisi altına almayı başarıyordu. En az Drew kadar fit vücudu ve sempatik hareketleriyle kadınların başını döndürüyordu lakin Marcus'un bu kadının üzerinde herhangi bir etkisinin olmadığını görmek, onu biraz da olsa şaşırtmıştı.

Karşısındaki kadının her zamanki paspal görüntüsüne karşılık yüzünü buruşturan Marcus, "Yine neye itiraz edeceksiniz, Bayan Lewis?" diyerek bıkkınlık içinde sordu. Her zaman şikâyet edecek bir şeyler buluyordu.

Yirmi bir yaşında, üniversite öğrencisi olan Emily Lewis'e, eğer hayatının en kötü tecrübesi ne diye sorsalardı, hiç düşünmeden patronu Marcus Bruce'un yanında stajyer olarak çalışmak derdi. İnsanlara dış görünüşü yüzünden ön yargıyla yaklaşan, çalışanlarını tanımadan fikir yürüten ve her şeyi ben bilirim diyen biriydi. Bu durum, Emily'nin öfkeden deliye dönmesine neden oluyordu. Marcus'un ona her baktığında yüzünü buruşturması kendisini çirkin bir canavar gibi hissetmesine sebep oluyordu.

Emily odadaki diğer patronuna bakmamak için kendisini zorluyordu. Ofise girerken onu göz ucuyla inceleme fırsatı bulmuştu. İnsanların onun hakkında konuşurken söylediklerini hep fazla abartılı bulsa da şimdi az bile söylediklerini düşünüyordu. Drew Bruce sadece göz alıcı bir görünüşe sahip değildi, aynı zamanda tehlikeli bir havası da vardı. Ofise girdiğinden beri kendisini ürkmüş hissetmekten geri alamıyordu. *İlginç,* diye geçirdi içinden. Drew Bruce ile hiçbir sorun yaşamadığı hâlde ondan korkmasının başka bir nedeni olmalıydı. Sanki tuhaf ve korkutucu bir aurası vardı, tehlikeli bir enerji yayıyordu çevresine; tehlikeli ve karanlık...

Emily derin bir nefes alarak korkularını, geldiği yere göndermeye çalıştı. Ses tonunu sabit tutmaya çalışarak patronuna baktı. "Haklı itirazlarımı göz ardı ederek kendimi savunma hakkımı elimden alıyorsunuz fakat buraya bunun için gelmedim, Bay Bruce." Çirkin olabilirdi ancak daima fikirlerini korkusuzca dile getiren, dobra bir karaktere sahipti.

Marcus karşısındaki kadını küçümseyerek ellerini masada birleştirdi ve ona üstten bakışlarını yöneltti. "Sizi dinliyorum, Bayan Lewis. Sizi ofisime getiren sebep nedir?" Gözlerinin sağlığı açısından bu küçük yaratığın bir an önce odasından çıkması gerekiyordu.

Emily patronunun ona çevirdiği tiksinti dolu bakışlara bu bir ayda fazlasıyla alışmıştı. Bu yüzden artık bu tür şeyleri sorun etmiyordu. "Eğer telefonda konuşmama izin verseydiniz Megan'ın bugün izinli olduğunu öğrenirdiniz. Tabii asistanınızın asistanı olduğum için bugün onun yapacağı tüm işlerin bana kaldığını da muhakkak bilirdiniz." Patronunun sözlerine aynı şekilde karşılık vermenin gururunu taşıyordu. Akıl sağlığı için bir an önce bu odadan çıkmalıydı.

Marcus kendisinden alt sınıfta olan birinden bu yersiz sözleri duymanın şokunu yaşarken afalladığını hissetti. Bu kadın sadece basit bir stajyerdi, onunla nasıl böyle küstahça konuşabilirdi? Üstelik asistanının, şirkette yarı zamanlı çalışan asistanıydı. Annesinin ricasını kırmamış ve sıradan, küçük bir üniversiteye burs vermişti. Bursun yanı sıra sınavlarda başarılı olan ilk üç öğrenciye Passion'da iki ay staj hakkı tanımıştı. Yaptığı iyiliğin karşılığı olarak yirmi bir yaşında Emily Lewis adında çirkin ve sivri dilli bir kadınla cezalandırılmıştı. Onun öz geçmişini okumuştu, okuldaki puan ortalaması normalin altındaydı. Üstelik bir yıl da sınıf tekrarı yapmıştı. O düşük puanlarla nasıl o bursu kazandığını anlamıyordu. Şu bir ayda yaptığı sakarlıklar, çıkardığı sorunlar ve her şeye itiraz etmesi Marcus'un şüphelerini gittikçe güçlendiriyordu. O sınava kendisinin yerine bir başkasını sokmuş olabilirdi. Bu çirkin yaratıktan her şeyi beklediği için öğretmenlerini kandırmış olmasına hiç şaşırmazdı.

Marcus iğneleyici tavrını koruyarak, "Patronunuzla laf dalaşına girme seansınız bittiyse bize iki kahve getirin, Bayan Lewis," dedi. "Tabii, kalıp devam etmek isterseniz sizi dinleme nezaketinde bulunabilirim." Büyük bir alayla sarf ettiği kelimeler Emily'nin utanmasına neden olmuştu. Nezaket mi demişti bu adam?

Büyük bir azar bekleyen Emily, yine alay konusu olmanın utancını ve kızgınlığını taşıyarak odadan çıktı. Marcus ve asistanının konuşmasını tuhaf bulan Drew, yavaşça kardeşine döndü. "Eğer asistanının senden nefret etmeyi bırakmasını istiyorsan ona bakarken yüz ifadeni sabit tut," diye küçük bir öneride bulundu. Küçük asistan kesinlikle Marcus'a, onu öldürecekmiş gibi bakıyordu.

"Onun nefreti ilgimi çekmiyor çünkü ona sadece bir ay daha katlanacağım." Eğer annesinden yiyeceği azar olmasaydı kesinlikle onu ilk gün kovardı. Fakat Annalees yaptığı bağışlar ve yardımlar konusunda çok hassastı.

"Çirkin bulduğun için kıza eziyet etmeyi bırak, Marcus! Sonuçta ona soyadını vermeyeceksin, sadece yanında çalışıyor." Marcus'un bu yüzeysel tavrını hiç onaylamıyordu. "Ayrıca kabul ediyorum, buradaki kadınlar gibi güzel değil ama bence o gözlükleriyle sevimli." Sebepsiz yere asistan kızı savunurken bulmuştu kendisini. Kendisi bile Marcus'a bir saat tahammül edemezken yanında çalışanlar ona iyi dayanıyordu. Eğer kardeşi ve annesinin gözde çocuğu olmasaydı, suratına yumruğunu geçirebilirdi.

"Sevimli" sözünü duyan Marcus içten gelen bir kahkaha attı. "Sevimli mi? Ne zamandır kurbağaları sevimli buluyorsun, kardeşim?" O kız için yapılacak en güzel benzetme kurbağa olurdu.

Marcus'un gülmesiyle yüzünü buruşturan Drew, "Pislik herifin tekisin, Marcus," diyerek ona ters ters baktı. Bu dış görünüş tutkusuna tahammül edemiyordu.

Konuşulanları kapının arkasında duyan Emily, bir kez daha patronundan nefret etti. Kahve fincanları, titreyen elleri yüzünden tepsinin üzerinde sallanıyordu. Gözlerine akın eden gözyaşları geçene kadar bekledi. Hayır, üzüldüğü için değil, öfkesini ona haykıramadığı için gözleri dolmuştu. Kendisini daha iyi hissedince, kapıyı çalarak içeriye girdi. Üzerindeki aşağılanma duygusunu atamadan kahveleri verdi, iki kardeşin yüzüne bakmadan hızla odadan çıkmak istedi fakat ansızın çalan telefonuyla bunu sadece istemekle kaldı. Kapıya yaklaştığı esnada eteğinin cebindeki telefonunun müziği tüm odayı doldurdu. Emily aceleyle telefonu çıkardığında sırtı patronlarına dönüktü. "Ingrid, seni daha sonra ararım," diyerek telefonu kapatmak istedi çünkü aynı sokakta oturduğu arkadaşı çok yanlış zamanda aramıştı.

Ingrid, "Bekle Emily, bu acil!" diye bağırınca eli kapıda hareketsizce kaldı.

Korku dolu bir sesle, "Neler oluyor?" dedi.

Ingrid bir süre sustu ama daha sonra onu bozguna uğratan sözleri büyük bir hızla söyledi. "Ablan, Emily! Bugün ablanın cezası belirlendi. Emily, üzgünüm ama Sofia'yı idam edecekler! Daha kötü olansa Ötanazi Okuluna ağır suçtan sevk edilmiş. Emily, ablanın infazı iki hafta sonra gerçekleşecek!" Ingrid sözlerini bitirince genç kız nefessiz kaldığını hissetti. Hayattaki tek yakınını kaybetmek üzereydi fakat bu konuda elinden hiçbir şey gelmiyordu. Bu hayatta Sofia'dan başka kimsesi kalmamıştı ve şimdi o da onu bırakıp gidiyordu. Gözyaşları hızla akarken neler yapabileceğini aceleyle gözden geçirdi. Şimdi ağlayıp yas tutamazdı çünkü söz konusu ablası olunca onun oturup ağlamaya hakkı yoktu. Kalın gözlüklerin arkasındaki mavi gözlerini yavaşça sildi. Gözlüklerini yeniden taktığında ağlamamak için yanaklarının içini ısırıyordu.

Telefonu kapatıp derin bir nefes aldı ve arkasına döndü. Kararını vererek Marcus'un masasının önünde durdu ve "İstifa ediyorum," dedi. Onun gibi bir zalime çok bile dayanmıştı. Burada geçirdiği bir ay ona fazlasıyla yetmişti.

Emily'nin zamansız istifası Marcus'u afallatmıştı. Bir ay boyunca bu çirkin yaratık kendi rızasıyla gitsin diye ona yapmadığını bırakmamıştı lakin o inatla kalmaya devam etmişti. Şimdi hiçbir şey yapmamıştı ama çirkin asistanı gitmek istiyordu, bir saniye bile beklemeden, "Kabul edildi," dedi çünkü bu fırsatı kaçıracak kadar aptal bir adam değildi.

Drew ifadesiz gözlerle bu ikiliyi izliyordu. Marcus'un aksine Drew, stajyer kızın istifasının nedeninin telefonla yaptığı konuşma olduğunu anlamıştı. Üstelik kızaran gözleri de ağladığını gösteriyordu. İçinden *arayan kimdi?* diye geçirmeden duramadı.

Emily, patronunun ondan rahatsız olduğunu biliyordu ama ondan kurtulmak için bu kadar istekli olduğunu tahmin etmemişti. Marcus'un gözlerine tüm hislerini yansıtacak bir şekilde baktı. "Şanslı gününüzdesiniz, Bay Bruce. Malumunuz, benden kurtuluyorsunuz. Fakat gitmeden önce size birkaç şey söylememe izin verirsiniz umarım." Ses tonunu oldukça yumuşak çıkarmaya dikkat etmişti.

Çirkin kurbağadan kurtulmanın sevincini yaşayan adam hiç düşünmeden, "Sizi dinliyorum, Bayan Lewis," dedi. Ne söyleyecekse hemen söyleyip gitmesini istiyordu.

Aldığı onay sayesinde masaya iyice yaklaşan genç stajyer, iki elini masaya bastırarak patronuna yaklaştı. Tebessüm ederken, bir anda kaşlarını çatıp, "Siz benim hayatımda gördüğüm en kibirli adamsınız!" diye bağırdı. Emily'nin değişken bir ruh hâli olduğu için onun yüzüne bakarak içinde kopan fırtınaları tahmin etmek kolay değildi.

Artık Passion'da çalışmadığı için şu bir ayda içinde biriktirdiği tüm hislerini bir anda ortaya döktü. "Hayatımda sizin gibi benmerkezci bir insan görmedim! Kontrol delisi, güzellik takıntısı olan yüzeysel bir manyaksınız! Hayatınızda süs bebekleri görmeye alışık olduğunuz için herkes o manken nişanlınız gibi olsun istiyorsunuz. Ama ne var, biliyor musunuz? Siz aslında bir zavallısınız! Yanınızdaki tüm kadınlar süslü ama içi boş bir paketten farkı yok, buna üzülmüyorum çünkü sizin de onlardan bir farkınız yok! Kabul ediyorum, genç ve başarılısınız. Her kadının başını döndürecek bir yakışıklığa sahipsiniz ama bir o kadar da iticisiniz! Alın çok değerli şirketiniz sizin olsun çünkü ben artık sizin o pek kıymetli yüzünüzü görmeye tahammül edemeyeceğim!" diyerek bir solukta içinde biriktirdiği her şeyi ortaya döktü.

Patronunun şoke olmuş yüzüne zevkle baktıktan sonra bir adım geriye çekilerek kendisini gösterdi. "Bu çirkin kurbağa, itici ve kibirli patronundan nefret ediyor!" diye bağırdı ve arkasına dönüp hızla kapıya doğru yürüdü. Sonunda ondan kurtuluyordu.

Emily, elini kapının koluna uzattığı esnada aklına gelenlerle durdu ve omzunun üstünde eski patronunun öfkeden küplere binmiş yüzüne baktı. "Bu arada kahvelerinizin içine de tükürmüştüm!" dediğinde henüz kahvesinden bir yudum alan Drew, tüm kahveyi püskürterek çıkarmıştı. *Tükürmek mi?*

Emily tesadüfen izlediği o Türk filminden bir şeyler öğrenmişti.

Emily kaçarcasına kapıyı açtı, hemen dışarı çıktı ve çantasını alıp hızla asansöre bindi. Eğer sinir bozucu patronunu biraz olsun tanıdıysa şoku üzerinde atar atmaz canına okumak için peşine düşecekti. "Buna bile zahmet etmez, adamlarını peşime takar o despot adam!" diye söylenerek yerinde öfkeyle tepindi. Ona gerçekten katlanamıyordu.

Emily şirketten çıkınca korkuyla etrafına baktı ve kimseyi göremeyince rahat bir nefes aldı. Saçlarındaki tokayı çıkararak dalgalı tutamlarını serbest bıraktı. Babaannesinden kalan kalın cam gözlüklerini çıkarıp çantasına koyduktan sonra devasa holdinge baktı. Başını kaldırıp patronunun ofisinin bulunduğu kata gözlerini dikti. "Sizden nefret ediyorum, Marcus Bruce Marshall!" diye kimseyi umursamadan bağırdı. "Çirkin kurbağaymış! Satanistler sizi görse şeytan diye taparlar!" Tüm kötü dileklerini patronuna sunduktan sonra koşarak oradan uzaklaştı.

Şimdi tek bir hedefi vardı: Ötanazi Okulu. Bir şekilde Ötanazi Okuluna girecek ve ablasını kurtaracaktı. Kendi okulunun açılmasına daha iki ay vardı, o zamana kadar başarırsa ablası yaşıyor olacaktı. Ötanazi'ye gideceği için Passion'da çalışmaya devam edemezdi. Fakat içindekileri despot patronunun yüzüne karşı söylediği için bir nebze olsun rahatlamıştı.

Yine de içinde büyük bir üzüntü vardı. Bunun nedeni Passion gibi herkesin hayallerini süsleyen bir holdingde çalışma şansını elinin tersiyle itmesiydi. Bu hareketiyle tüm hayatını bitirdiğinin farkındaydı. Şans eseri kazandığı fırsat uçup gitmişti. Üstelik içinden bir ses, Marcus Bruce'un bu işin peşini kolay kolay bırakmayacağını söylüyordu.

Takside giderken başını hareket hâlindeki arabanın camına yasladı ve bundan sonra yapacaklarını düşünmeye başladı. Ötanazi Okulunun nasıl bir yer olduğunu az çok biliyordu. Oraya bir kadın olarak giderse başına gelecekleri bildiği için aklında farklı bir plan vardı: Bir süre Emily olmak yerine ölen babasının ismini kullanacak ve Haris Lewis olacaktı. Eve gitmekten vazgeçip taksiciye bir alışveriş merkezinin ismini verdi. Birkaç erkek kıyafeti ve göğüsleri için korse ya da kalın bir bandaj bulabilirdi. Saçlarını kestirmeyi düşünmüyordu çünkü bunun için birkaç kutu tel toka ve bir peruk işini görebilirdi.

"Çirkin bir kız için erkek kılığına girmek ne kadar zor olabilir ki?" diye mırıldandı. Saçlarını tutsak eden toka ve gözlerini gizleyen kalın camlı gözlükleri olmadan ne kadar güzel olduğundan habersiz, bir şekilde bunları söylemişti.

Çirkin asistanının söyledikleri yüzünden şoka giren Marcus Bruce, kendisine geldiğinde asistanı çoktan gitmişti. Öfkeden ofisin içinde ileri geri yürüyor, sinirini bir yerden çıkarmamak için kendisini zor tutuyordu. Bugüne kadar kardeşinden başka kimse onunla böyle saygısızca konuşmamıştı. Duyduğu her kelimeyi kendisine hakaret sayan Marcus, bunu o çirkin kurbağanın yanına bırakmayacaktı. Bir ay boyunca sakarlığına rağmen onu Passion gibi bir yerde çalıştırmış, bunun karşılığında saygısız ergen giderayak ona hakaret etmiş, onu duygusuz ve kibirli olmakla suçlamıştı. Onunla böyle yaşıtıymış gibi küstahça konuşma cüretini kendinde bulmuştu! Küçük yaratık, nasıl da gözlerinin içine bakarak korkusuzca konuşmuştu! Bir yanı duyduğu sözlerden dolayı deli gibi ona kızarken diğer yanı cesaretini takdir ediyordu. Fakat öfkeli yanı daha ağır bastığı için kızın hakkında olumlu tek bir şey düşünmek istemiyordu.

Telefonu cebinden çıkarıp avukatı Antonio'yu aradı. "Antonio, derhâl Emily Lewis'in bursunu kes! Okul müdürüyle benim adıma konuş ve o kızın okuldan kovulmasını sağla. Nasıl yaparsın, bilmiyorum ama okuldan atılmalı! Gerekli tüm işlemleri başlat çünkü Emily Lewis'e hakaret davası açıyorum!" diyerek telefonu kapattığında bile öfkesi geçmemişti. O çirkin yaratık gelip ondan af dileyene kadar bu işin peşini bırakmayacaktı!

Hayatında ilk kez kendisinden alt sınıfta birinden bu denli sözler duymanın öfkesini tüm bedeninde taşıyordu. Ve o kişi bir kadındı! Lanet olsun, tüm kadınlar ona hayrandı fakat Emily değildi, gerçi o yaratık kendi hemcinslerine göre kadın bile sayılmazdı. Öfkeli bakışlarını odadaki tek kişiye, yani somurtkan kardeşi Drew'a çevirdi.

Drew, Marcus'un bakışlarından, öfkesini çıkarmak için kendisini kurban seçtiğini anlayabiliyordu. Oturduğu yerden, hiç rahatını bozmadan ona baktı. Tek kaşını yavaşça yukarı kaldırdı ve dudakları usulca kıvrıldı. "Emin misin?" dedi. "Son müsabakamızın üzerinden bir yıl geçti, sanırım o günü yeniden yaşamak istemezsin." Bir şirketi işletmekte Marcus kadar iyi olamayacağını biliyordu fakat dövüş ve hız konusunda bugüne kadar kimse onu geçememişti. O, Marshall ailesinin erkeklerinden farklıydı. Takım elbise giyip şirkete gelmek yerine kendi başına takılmayı seviyordu. Zengin bir aileden gelmesine rağmen kendi ayakları üzerinde durmayı tercih etmişti. Birçok yerde arsası ve evi vardı. Baskı altında tutulmayı sevmeyen, özgür bir ruh taşıyordu güçlü bedeninde.

Marcus, "Kes sesini, Drew," diyerek onu azarladı. "Burada kavga çıkarmayacak kadar itibar sahibiyim. Seni farklı bir konu hakkında konuşmak için çağırdım." Yerine oturduğunda asistan kızı düşünmemek için bakışlarını küçük kardeşine çevirdi. Drew, "Eğer şirkette işe başla diyeceksen kendini yorma," diyerek daha konuşmadan onu susturmuştu. Marcus, artık Drew'un bu serseriliklerine alıştığı için onaylamasa da onunla herhangi bir tartışmaya girmiyordu.

"Sadece başını belaya sokmadığından emin olmak istiyorum. Karanlık işlere mi bulaştın?" Doğuştan sert ve kavgacı bir yapısı olan Drew'u kontrol altında tutmak imkânsızdı.

"Bu fikre nereden kapıldığını sorabilir miyim?" Bu konuşmanın nereye gideceğini merak etmiyordu. Tek istediği, Annalees'e yakalanmadan bir an önce buradan gitmekti.

Marcus her işi kuralına göre yapar ve asla kendi çizgisinden şaşmazdı. Babası öldükten sonra baba rolüne büründüğü için tek gayesi Drew'un sorunsuz bir hayat yaşamasıydı. "Oturduğun gökdelenin sadece bir aylık kirası bile bir servet değerinde," diyerek kardeşine baktı. "Fakat sen orayı satın almışsın, nasıl?" Ses tonu fazlasıyla sorgulayıcıydı.

Kollarını göğsünde birleştiren Drew, "Ne var bunda?" dedi mesafeli bir sesle. Onu sorgulamalarından hiç hoşlanmazdı.

Sıkıntılı nefesler veren Marcus, sakin kalmak için kendisini teskin etti. "Ev almanda bir sakınca yok, Drew. Sadece hangi parayla aldığını bilmek istiyorum. Banka hesaplarını kontrol ettirdim, yıllardır hesabına yatırdığım paralara hiç dokunmamışsın. Aldığın araba, ev ve diğer harcamalarını karşılayacak parayı nasıl sağlıyorsun?" Bu konu son zamanlarda kafasını kurcalıyor ve kardeşi için endişelenmesine neden oluyordu. Ağabeyi olarak küçük kardeşini korumak istiyordu. Hiç çalışmadığı hâlde kardeşinin bu kadar parayı nasıl kazandığını merak ediyordu. Drew, Annalees ve Marcus'un onun adına açtığı hesaplara bugüne kadar hiç dokunmamıştı. Drew'un ne işler karıştırdığını bilmemek bir ağabey olarak onu korkutuyordu. Babasının ölümünden sonra kardeşi tamamen farklı birine dönüşmüştü. Evden ayrılmış ve beş kuruş para yardımı almadan lüks bir yaşam sürmeye devam etmişti. Drew'u da babası gibi kaybetmek istemediği için pis işlere bulaşmadığından emin olmak istiyordu.

Marcus'un korkularını yersiz bulan Drew, "Yirmi dört yaşımdayım, Marcus. Kendi başımın çaresine bakabilecek yaştayım," diyerek kestirip attı. Hemen arkasından farklı bir konu açarak ilgiyi kendi üzerinden çekmeye çalıştı. "Luna ile nasıl gidiyor?" Luna, Marcus'un yakın zamanda nişanlandığı manken sevgilisiydi.

Luna'nın ismi geçince derin bir nefes alan Marcus,"İyi gidiyor," dedi kuru ve sıkılmış bir sesle. Kardeşinin ne yapmaya çalıştığını anlamıştı.

Marcus'un ses tonundan Luna ile ilgili bir sorun olduğunu anladı. "Seni ihmal mi ediyor?" Bu sözleri fazlasıyla kinaye taşıyordu çünkü tam tersi bir durum olduğunu iyi biliyordu.

Yüzünü buruşturan Marcus güldü. "Emin ol, kardeşim, beni ihmal etmesi için her şeyi yapardım. Sanırım fazla ilgiye gelemiyorum." Gülerek söylemiş olması, sesindeki bıkkınlığı gizleyemiyordu.

Drew, "Bunu itiraf etmek hoşuma gitmiyor ama annem için

kusursuz bir evlatsın," diyerek yüzünü buruşturdu. "Neden annemi memnun etmek için onun seçtiği bir kızla nişanlandığını anlayamıyorum." Marcus'un, o gösteriş meraklısı mankenden hoşlandığını sanmıyordu. Sırf annesi öyle istiyor diye onunla nişanlanmıştı.

Özel hayatını Drew ile daha fazla konuşmak istemeyen Marcus, "Onu seviyorum," diyerek konuya nokta koymak istedi. Bu konuda konuşmaktan nefret ediyordu. Yaklaşan düğün zaten yeterince canını sıkıyordu.

Umursamaz bir tavırla ayağa kalkan Drew, burada yeterince kaldığını düşündü. "Kendini kandırmaya devam et çünkü Luna senin ilgini çekmiyor," diyerek güldü. "Sen kontrol edeceğin ama aynı zamanda seni kontrol edebilecek bir kadın istiyorsun. Luna bu kadar güçlü bir kadın değil, eğer onunla evlenirsen hayatındaki ikinci yanlışını yaparsın," dedi.

Marcus ortaya bomba etkisi yaratacak sözleri bırakarak kapıya doğru yürüyen kardeşine baktı. Kabul etmek istemese de Drew insanları analiz etmek konusunda çok iyiydi fakat onun aklına farklı bir soru takılmıştı. "İkinci hatan dedin, ilki neydi?" Hangi konuda yanlış yaptığını istemsiz bir şekilde merak etmişti.

Marcus'un bu soruyu soracağından adı gibi emin olan Drew, başını çevirip omzunun üstünde ona baktı. "İçimden bir his, bu asistan kızın gitmesine izin vermekle hayatının en büyük hatasını yaptığını söylüyor," diyerek bu konudaki düşüncelerini dile getirdi. "Yaptığın en büyük hata olabilir." Asistan kızı tekrar hatırlatarak Marcus'un yeniden öfkelenmesine sebep olmuştu. Bu durumdan memnun kalmışçasına dudakları kıvrıldı, Marcus'u öfkesiyle baş başa bırakıp ofisten çıktı.

Devasa gökdelenin camından karanlık gökyüzünü izliyordu. Birasından bir yudum aldı. Bu sırada televizyondaki spiker kadının söylediklerini duyabiliyordu. *Hep aynı haberler,* diye düşünerek keyifle birasını yudumladı. Tüm medya, bugün işlenen cinayeti konuşuyordu.

"Üç saat önce işlenen Danny King cinayetinin katil zanlısı hâlâ bulunamadı. Elli üç yaşındaki iş insanının göğsünde sadece bir kurşun izinin bulunması, tüm dikkatleri son zamanlarda Amerika'nın korkulu rüyası hâline gelen Gölge lakaplı seri katile çeviriyor. Yetkililerin gizemli seri katil hakkında hâlâ bir kanıt bulanamaması, insanları tedirgin ediyor."

Daha fazlasını duymamak için televizyonu kapattı. Bildiği şeyleri yeniden dinlemekten daha kötü bir şey olamazdı.

Birasını masaya bıraktıktan sonra tişörtünü ensesinden tutarak tek bir hareketle çıkardı, çıkardığı tişörtü koltuğun üzerine gelişigüzel fırlattı. Sadece bir eşofman altıyla kaldı. Cebinden çıkardığı sigarasını yaktıktan sonra büyük bir nefes çekti içine. Loş ışıkla aydınlanan odanın içine sigaranın dumanını yavaşça bıraktı. Odasına çıkmak üzereyken aklına gelenler yüzünden aniden duraksadı. Dilsiz Kız'ı son kez görmesinin üzerinden bir ay geçmişti.

Çalışma odasına giderek masasının üzerinde duran dizüstü bilgisayarı açtı. Kızın odasına gizli kamera yerleştirmek onun için çocuk oyuncağıydı. Tedavi için odasından çıkması fazlasıyla işini görmüştü. "Gelincik" yazan dosyayı bulup açtı. Yatak odasında değildi çünkü yatağı hiç bozulmamıştı, bir kitap kurdu olduğu için onu hangi odada bulacağını iyi biliyordu. İkinci kamerayı açtığında, kızın küçük kitaplığında olduğunu görmek onu şaşırtmadı. Gölge asla avına merhamet göstermezdi, acıma duygusundan yoksundu fakat hayatında ilk kez bu küçük avına bir tolerans göstermişti. Bunun nedenini sorgulama gereği duymuyordu çünkü o an için doğru olanı yaptığını düşünüyordu. O, asla pişman olacağı kararlar vermezdi, bu kıza sağladığı küçük istisnadan dolayı pişman değildi. Ölmek üzere olan bir kıza sadece fazladan bir yıl vermişti.

Kamerayı yaklaştırarak onu izlemeye başladı. Pencerenin yanındaki puflardan birine oturmuş, elindeki kitabı büyük bir şevkle okuyordu. Perdeler açık olduğu için dışarısı görünüyordu, o perdelerin sadece geceleri açıldığını artık biliyordu. Melez Kız'ın korkularından en büyüğü güneş ışıklarıydı. Kızıl saçları bukleler hâlinde omuzlarından dökülüyor, beyaz tişörtünün üzerinde alevler oluşmasını sağlıyordu. İnce kaşları arada kızmış gibi çatılıyor, daha sonra yeniden eski hâlini alıyordu. Karanlık bir ormanı anımsatan gözleri yeşilin en koyu tonuna sahipti. Gözleri meraklı bir şekilde elindeki kitabın sayfalarında geziniyordu. Küçük burnunu ekşi bir şey yemiş gibi kırıştırması onu, fazlasıyla çocukça gösteriyordu. Dolgun kan kırmızısı dudaklarını dişlerinin arasına alması ise bir an dikkatinin dudaklarına çekilmesine neden oldu. Alt dudağını dişlerinin arasına alıyor ve yavaşça dudağını serbest bırakıyordu. Bu hareket küçük bir kıza göre fazlasıyla kadınsı bir davranıştı. Bedeninin gerginlikle kasıldığının farkına varınca gözlerini Melez Kız'ın dudaklarından çekti. Bitirdiği sigarasını söndürüp yenisini yaktı ve avını izlemeye devam etti.

Melez Kız sol elinde tuttuğu kalemle kulağının arkasını kaşıdı, sanki parmaklarını kullansa dikkati dağılacak gibi davranıyordu. Kalemle, okuduğu sayfaya bir şeyler çiziyordu. Melez Kız aniden kaşlarını çatınca kendisi de istemsiz bir şekilde kaşlarını çatmıştı. Görüntüyü biraz daha yaklaştırdığında adı gibi yeşil gözlerinin hüzünlü bir hâl aldığını gördü. Dilsiz Kız'ın ruh hâlinin bir kitap yüzünden değiştiğini görünce, onun uslanmaz bir romantik olduğunu düşündü. Kitabın ismini gördüğünde yanılmadığını anladı. Melez Kız, Yıldız Tozu[1] adlı bir kitap okuyordu.

Kızıl Melez'le zevkleri kesinlikle çatışıyordu, kitap okumayı çok sevmezdi, okusa bile siyasi ya da bilimsel şeyler okurdu. Saçma bulduğu aşk kitapları kesinlikle onun tarzı değildi. Hayata karşı farklı bir bakış açısı vardı. Tüm insanları bir ormandaki vahşi yaratıklara benzettiği için ona göre güçlü olan hayatta kalmalıydı. Tam bu noktada Dilsiz Kız geliyordu aklına, onun yaşaması için bir sebep bulamıyordu. Güçsüzdü. O kadar zayıf ve hassas bir bünyesi vardı ki şu ana kadar yaşamış olması bile şaşırtıcıydı. Bahçede büyülenmiş gözlerle çiçeklere nasıl baktığını görmüştü. Eğer onu bir çiçeğe benzetseydi bu kesinlikle gelincik olurdu. Hassas ve kırılgandı. Daha kötüsü Melez Kız bir romantizm âşığıydı. Onu tanımak için onunla uzun bir zaman geçirmesine gerek yoktu. Bahçedeyken çiçeklere yönelik tuhaf hâlleri ve kütüphanesindeki kitaplar her şeyi açıklıyordu. Dilsiz Kız kesinlikle tozpembe hayaller kuran, duygularını kitaplar ve çiçeklerde yaşayan bir romantikti. İstemsiz bir şekilde yüzünü buruşturdu. Gerçek hayattan kopuk yaşayan kadınlara tahammül edemiyordu. Gökyüzüne

[1] Priscillc Sibley, Yıldız Tozu, (İstanbul: Arkadya Yayınları, 2014)

bakıp hülyalı gözlerle yıldızları izleyen bir avuç hayalperestti bu tür kadınlar.

Sadece küçük bir isteği vardı, o da bir yıl daha yaşamaktı. Eğer o gece kızın gözyaşları, kuytularda derin uykuya dalmış vicdanını uyandırmasaydı, şimdiye kalbi ellerinin arasında olurdu.

Kızın bitirdiği kitabı sıkı sıkı tuttuğunu gördü. Ve beklediği şey olmuştu, Melez Kız hüzünlü gözlerle kitaba bakarken birden ağlamaya başlamıştı. Kitap onun duygusal yönünü tetiklemişti. Ayağa kalkıp elindeki kitabı duvara fırlattığında Gölge'nin kaşları yavaşça yukarı kalktı. Bu, o küçük romantikten beklemediği bir hareketti. Sonu mutlu bitmeyen kitaba küsmüş gibi hızlı adımlarla kütüphanesinden çıktı. Gölge, vakit kaybetmeden yatak odasının kamerasını devreye soktu. Hâlâ okuduğu kitaba kapris yapan küçük yaratık, yatağın üzerindeki yastığı alıp duvara fırlattı. Gölge'nin dudakları yukarıya doğru kıvrıldı. Küçük çocuklara yakışan fevri hareketleri onu eğlendirmişti.

Bir çocuktan farkı yoktu.

Odanın içinde öfkeyle küçük adımlar atarken bir anda durduğunu gördü. Görüntüyü iyice yaklaştırdığında onun yüzünü acıyla buruşturduğunu gördü. Sağ elini kalbinin üzerine bastırdı ve tırnaklarını göğsüne geçirmek istercesine sıktı. Fazla strese girdiği için canı yanıyordu, bir kriz geçirebilirdi. İhtimaller hızla aklına doluştuğunda kaşlarını çattı. Ona fazladan bir yıl vermişti ve o, böyle gereksiz bir şey yüzünden bunu harcayamazdı!

Melez Kız'ın yerinde sendeleyerek sarsak adımlar attığını gördü. Kız, yürürken zorlanıyordu. Melez Kız ilaçlarının yanına gidene kadar nefesini tuttuğunun farkında değildi. Titreyen elleri aceleyle ilaçları çıkarmaya başladı, ilaçların hepsini avucunda topladıktan sonra eli sürahiye uzandı fakat sürahi boştu. Gölge, kızın ilaçlarını su olmadan yutmaya çalışmasını yumruklarını sıkarak izledi. Neden öfkelendiğini bilmiyordu ama onu rahatsız eden bir şeyler vardı. Astım ilacını kullandıktan sonra yavaşça yatağının üzerine oturdu. Gölge, üçüncü sigarasını yaktığında Dilsiz Kız'ın yeniden ayağa kalktığını gördü. Boy aynasının karşısında durdu ve boyunu uzun uzun inceledi.

En fazla 1,68 boylarındaydı.

Gölge yaptığı tespitte haklıydı. Yeşil, ellerini yanaklarına koydu ve yanaklarını iki yanından sıkarak çekiştirdi. Sigarasından bir nefes alan Gölge, onun etli yanaklarından memnun olmadığını anladı. Tombul yanakları yüzünü yuvarlak gösteriyordu. Sanki her iki yanağının içini yemeklerle doldurmuş gibiydi.

Dolunay surat.

Elini üzerindeki beyaz tişörtün eteklerine attı ve bir anda tişörtünü çıkardı. Üzerinde sadece beyaz teniyle uyumlu beyaz bir sütyen kalmıştı. Gölge beklemediği bu hareketi daha idrak edemeden Yeşil, altındaki eşofmanı da çıkarmıştı. Sadece iç çamaşırlarıyla kalmıştı. Gölge avını gözetlemek ve röntgenlemek arasındaki ince sınırı bildiği için hiç düşünmeden dizüstü bilgisayarı kapatmak üzere elini uzattı fakat gördüğü şeyler yüzünden eli hareketsizce kaldı. Sadece sırt kısmı görünüyor olabilirdi fakat sarsılan omuzları her şeyi açıklıyordu. Yine ağlıyordu, kendi bedenine bakarak ağlıyordu.

Vücudunu beğenmeyen kızlardan olmalı.

İstemeden de olsa avının bedenini incelerken buldu kendisini. Bir kürdanı aratmayan cılız kolları, küçük ve kemikli omuzları, uzun ve zarif bir boynu vardı. Haddinden fazla zayıftı. İnce bir beli ve sıska bedenine ters düşen orantılı ve yuvarlak kalçalarına öylesine baktı. Şaşırtıcıydı ama kalçaları dolgun ve biçimliydi. Bu ayrıntıya fazla takıldığını düşünerek bakışlarını bacaklarına indirdi. Süt beyaz vücudunda, güçsüz bacakları çok dikkat çekiyordu. Kameradan habersiz olan Dilsiz Kız, yüzünü ona dönerek yatağının yanındaki küçük dolaba doğru yürüdü. Göğüsleri küçüktü. Gölge'nin, gördüklerinden etkilenmediğini söyleyemezdi.

Yeşil'in çekmecelerin birinden şerit şeklindeki metreyi aldığını gördü. Metreyi belinin arkasından dolayıp göbeğinin üzerinde durdurmuştu. Gördükleri yüzünden sessizce ağlamaya başladı. Elbiselerini hızla giydikten sonra yatağının üzerine oturdu. Gözleri hâlâ elindeki metredeydi. Çok zayıf olduğu için bu gözyaşlarının sebebi fazla kiloları olamazdı. Geriye tek bir seçenek kalıyordu.

Çok hızlı kilo kaybediyor.

Gölge bu duruma şaşırmıyordu. Güneş görmüyordu, kalp hastasıydı, astımı vardı ve daha birçok rahatsızlığa sahipti. Bu şartlarda kilo, kaybı beklenen bir şeydi. Ağlaması hıçkırıklara dönüşen Dilsiz Kız'ın omuzları şiddetle sarsılıyordu. Hızlı hızlı nefes aldığını gösteren şey, omuzlarının düzensiz hareketleriydi. Birazdan yeni bir krizin eşiğinde bulabilirdi kendisini. Gölge'nin beklediği gibi olmuştu, bir porseleni aratmayan yüzü bir anda boğuluyormuşçasına nefessiz kalmıştı. Gölge sıkıntıyla bir nefes soludu çünkü bu kız kendisini öldürmek için elinden geleni yapıyor gibiydi.

Kelimenin tam anlamıyla umutsuz vaka!

Cebinden telefonu çıkartıp okulun müdürünü aradı. Dilsiz Kız hedefi hâline geldiği gün müdür ile telefonda küçük bir konuşma yapmıştı. Tabii herkes gibi Müdür Connor da onun gerçek kimliğini bilmiyordu. Telefon açıldığında gözlerini yatakta çırpınan kızdan ayırmadan, "Bayan Green'in odasına iki sağlıkçı gönder!" dedi. "Başar" yerine babasının soyadını söylemişti.

Telefonun diğer ucunda duran müdür Connor Wood, daha bugün Gölge hakkında çıkan haberleri izlediği için korkusuna engel olamadı. Gölge, onu ilk kez Yeşil'in odasına konulacak kameralar için aramıştı. Gölge'nin hedefi olmak istemediği için buna itiraz etmemişti. Yeşil, sağlık kontrolü için odasından çıktığı bir an istediği kameraları belirlediği köşelere yerleştirmişti, Gölge onun, "He-Hemen gönderiyorum," diyen korku dolu sesini duyduğunda insanların ondan ürkmesinin ne denli hoşuna gittiğini bir kez daha anlamıştı.

Dilsiz Kız'ın nefessiz kalarak zorla ayağa kalkmasını izledi fakat Yeşil, daha iki adım atmadan yere yığılmıştı. Elini boynuna atıp tişörtünü çekiştirmesi astım krizi geçirdiğini gösteriyordu. Bakışlarını kızdan alarak kapıya yöneltti. Nerede kalmıştı bunlar! Avını öldürme hakkı sadece ona aitti, açılan kapıdan içeriye iki sağlıkçı girmişti. Sağlık görevlisi kızın astım ilacını getirdi. Bir süre sonra nefes alışlarının normale döndüğünü gördü. Sağlıkçılar bir süre onun yanında kalmış, birkaç şey söyledikten sonra gitmişti.

Avı, yorgunluktan uykuya dalınca tekrar telefona odaklandı. "Şimdi beni iyi dinle, Connor." Sesi itiraz istemiyordu. "Bayan Green'in yanındaki odayı boşaltıyorsun, sadece iki günlüğüne ona küçük bir bahane uydur ve farklı bir odaya al. Ne demek istediğimi anladın mı?" Sesindeki itiraz istemeyen kararlılık bir emir niteliğindeydi.

Müdür Connor, sanki Gölge onu görecekmiş gibi başını hızla sallayarak onaylamıştı. "Tamam, yan odayı boşaltıyorum ama..." diyerek sustu. Sonuçta ölümden çok korksa da kendi çıkarını da düşünmeliydi.

Derin bir nefes alan Gölge, "Sen benimle konuşurken hesabına yüklü miktarda para yattı bile," dedi. "Bir daha benimle pazarlık yapma cüretini gösterirsen seninle yüz yüze görüşmek zorunda kalırız," dediğinde müdürün sertçe yutkunmasını duymuştu. Para umurunda bile değildi.

Müdür Connor, korkudan özürlerini sıralarken telefonu kapatmaya yeltendi fakat aklına gelen detayla, "Eğer bir daha Bayan Green'in odasındaki sürahiyi boş bulursam susuz bir şekilde ölmene neden olurum, Connor!" dedikten sonra telefonu onun yüzüne kapattı. Söylediklerinin harfiyen yerine geleceğinden en ufak bir şüphesi yoktu.

Yatağında her şeyden habersiz uyuyan Dilsiz Kız'a baktı. Ölmesi için Gölge'ye ihtiyacı yoktu, bu gidişle bunu kendisi yapacaktı. *Sadece bir yıl,* diye düşündü. Bir yıl boyunca Dilsiz Kız'ı hem dışarıdaki tehlikelerden hem hastalığından hem de korkularından koruyacaktı. Bir yıl dolduğunda yapması gerekeni yapacak, onu öldürecekti. Kızıl saçları yatağa dağılmış kızın, solgun yüzünü izledi. Belki de ölüm onun için kurtuluş olurdu.

"Ötanazi Okuluna gitmenin vakti geldi," dedi kararlı bir sesle. O okula gidecek ve zamanı gelene kadar avına bir nefes kadar yakın olacaktı.

ÖTANAZİ
OKULU

4

MUTLU SONLU KİTAPLAR

"Bir tutam huzur bıraktı ellerime ve ben, onu benden tekrar alacağı günü beklemeye başladım."

Koridorda amaçsızca yürürken parmaklarım destek aldığım duvarın pürüzsüz yüzeyinde geziniyordu. Elini çek, iki adım at ve tekrar duvara dokun. Her iki adımımda bu eylemi tekrarlıyordum. Her yer karanlıktı ama karanlık beni korkutmuyordu. Odamı özlemiştim ve sonunda beş yıldır kaldığım odama geri dönüyorum. İki gün önce odamda küçük bir tadilat yapacaklarını söyleyip beni başka bir odaya almışlardı. İtiraf etmeliyim ki kitaplarımdan uzak kalmak berbat hissettirmişti. Kapımın önüne geldiğimde afallayarak duraksadım. Duvardaki düğmeye bastığımda tüm koridor aydınlandı. Bakışlarımı kapıya odakladım, beni afallatan odamın kapısıydı. Sıradan metal kapım değiştirilmiş, yerine çelik kapı takılmıştı. Beni asıl şaşırtansa kapının üzerinde herhangi bir anahtar deliği veya tutacağım bir kapı kolunun olmamasıydı. Kapının sol köşesinde kare şeklinde siyah, özel bir bölme dışında bir şey yoktu. Bana eşlik eden güvenliğe afallayarak baktım. Yüzündeki şaşkın ifadeye bakılırsa onun da bu değişiklikten haberi yoktu. Kare şeklindeki bölmeye eliyle dokununca kırmızı bir ışık yandı.

"Sağ elinizi sistemin taramasına izin verin lütfen." diyen ses kapıdan gelmişti.

Kapı konuşmuştu.

Korkarak bir adım geriye gittim, ilk kez böyle bir şey görüyordum. Yanımdaki güvenlik kaşlarını çatarak sağ elini kapıdaki özel bölmeye uzattı. Fakat on saniye içinde kapı tekrar konuştu. **"El taraması uyumsuz."** dedi.

Güvenlik tekrar denedi, yine olmadı. İyice sinirlenmiş olmalı ki elini sürekli kapıdaki sisteme bastırdı ama kapı hep aynı cevabı veriyordu. *Uyumsuz.* En sonunda yanımdaki adam kızdığı için kapıya sert bir tekme attı. **"Zorla giriş tespit edildi! Güvenlik sistemi 60 saniye içinde devreye girecek. 59, 58, 57, 56..."** Kapıdan gelen sesle dehşete düşmüş bir hâlde birbirimize baktık. Kapıyı kızdırmıştı.

Aceleyle cebimdeki not defterini ve kalemi çıkardım. Hızla bir şeyler yazarak kâğıdı ona uzattım. *"Kapıya şiddet uygulamak zorunda değildin!"*

Kâğıtta yazanları okuduktan sonra afallayarak bana baktı. "Şiddet mi? Sadece küçük bir tekmeydi, Yeşil Hanım." O bana cevap verirken kapı hâlâ sayıyordu.

Cebindeki telefonu çıkarıp bir yeri aradı. Gözleri kapının üzerindeki süredeydi. "Müdür Wood, Bayan Başar'ın kapısı değişmiş, içeri giremiyoruz ve daha kötüsü, kapının güvenlik sistemi devreye girmek üzere," dedikten sonra karşı tarafı dinlemeye başladı. Acaba güvenlik sistemi devreye girince ne olacaktı?

Kapının üzerinde son on saniye yazısını görünce korkuyla geri geri gitmeye başladım. *Ya bize elektrik püskürtürse? Duman da çıkarabilir, acaba gaz bombası atabiliyor mu? Aman Tanrı'm, ya patlarsa!* İç sesim beni daha çok korkutmuştu.

Güvenliğe arkamı döndüm, kaçmak için bir adım atmıştım ki güvenlik, tişörtümün ensesinden tutarak beni yakaladı. "Kaçmayı unutun, Yeşil Hanım çünkü sistem sadece sizin parmak izinize programlanmış." Yaptığı kısa açıklamadan sonra tişörtümü bıraktı. Hangi ara parmak izim alındı da kapıdaki sisteme programlandı, anlamamıştım. Şu iki günde beni çok fazla uyutmalarının altında bir şey olduğunu biliyordum ama böyle bir şeyi beklemiyordum!

Bu kapıyı yapanı bir elime geçirirsem!

Akşam akşam yaşadığım adrenalin yüzünden kalp atışlarımın hızlanmasını görmezden geldim ve elimi üç saniye yazan bölmeye bastırdım. Yeşil bir ışık tırnak uçlarımdan başlayıp bileğime kadar elimi taradı. Bedenim, korkuyla olacakları bekliyordu. Kapıdaki sistemden, **"El taraması başarılı, iyi günler, Bayan Green."** diyen bir ses gelince kaşlarımı çattım. Kapının bana babamın soyadıyla hitap etmesi yüzünden bir tekme de ben attım.

Beni istemeyen birinin soyadıyla anılmak istemiyordum.

Kapı açılınca, somurtarak odama girdim. Odaya adımımı attığım an kapı kapanmıştı. Dışarıda kalan güvenliğin yüzünün alacağı şekil aklıma gelince kıkırdamamı durduramadım. İçeride de kapının üstünde aynı bölme vardı. Sanırım biri geldiğinde sadece onu ben içeri alabilirdim fakat aklımda farklı bir soru vardı. *"Ya kriz geçirirsem? O zaman nasıl içeri gireceklerdi?"*

Zorlukla girmeyi başardığım odama büyük bir özlemle baktım. Fakat gördüğüm şeyler yüzünden bu gece kaçıncı şokumu yaşadığımı bilemedim. Eski tüllerim ve perdelerim ipek olanlarla, ahşap dolaplarım yeni ve daha kaliteli olanlarla değişmişti. Kırık boy aynamın yerine sağlam ve küçük taşlarla süslü bir ayna gelmişti, küçük makyaj aynamdan eser yoktu; aynı boyda ama daha kullanışlı bir makyaj masası vardı ve üzerinde eskiden olduğu gibi ilaçlarım duruyordu. Üst çekmecelerden birini açtığımda en iyi firmaların, yeni çıkan makyaj ürünleriyle dolu olduğunu gördüm. Yavaşça çekmeceyi kapatıp iki adım attım. Üzerine her bastığımda tozlar çıkan halının yerinde yumuşak ve yeni bir halı gördüm, şaşkınlığım gittikçe doruklara tırmanırken yavaşça elbise dolabını açtım. Gördüklerim yüzünden gözlerim irice açıldı. Bir bavula bile sığamayacak kadar az olan kıyafetlerim gitmiş ve yerine bir dolap dolusu elbise gelmişti. Elimi uzatıp askıdan bir tanesini aldım. Krem rengi, sade bir bluzdu. Yumuşak kumaşı, insanın dokunma isteğini artırıyordu. İster istemez markasını merak ettim çünkü ilk kez böyle yumuşak bir kumaşa dokunuyordum. Benim elbiselerimi annem genelde küçük bir dükkândan alırdı. Amerika'ya taşındığımda ise dadım, ucuzluk reyonundan alışveriş yapardı. Sanırım dadım biraz cimriydi. Yaka kısmının içine bakınca Calvin Klein markasının etiketini görmeyi kesinlikle beklemiyordum.

Calvin Klein, Amerika'nın en pahalı markalarından biriydi. Bu markanın herhangi bir mağazasına gitmemiş ama televizyonda ünlülerin ön gösterimde giydikleri çoğu kıyafeti görmüştüm. O mağazada küçük bir saç tokası bile altın değerindeydi. Burada bir dolap dolusu kıyafet vardı, bunların değeri bir servet olmalıydı. Bu kıyafetler ve odadaki eşyalar kimin işiydi? *"Müdür Connor'ın olabilir mi?"* Ama o adam kendi cebinden beş kuruş harcamayacak kadar cimriydi.

"Belki de babam yapmıştır, sonuçta tanıdığım tek zengin akrabam o." Beni görmek istemediğini düşünürsek onun işi olduğunu hiç sanmıyordum.

Dudaklarımı oynatarak sessiz bir şekilde düşündüğüm şeylerin hiçbirinin olmadığını biliyordum. Elimdekini dolaba koyarak diğer kapıyı açtım. Çantalar, ayakkabılar ve daha birçok şey vardı. Derin bir nefes alarak dolaptan uzaklaştım. Gözlerim duvara kaydığında ise soluğum kesilmişti. Beyaz duvar boyasının yerine yeni, göz alıcı duvar kâğıtlarının aldığını gördüm. Sanki bir ressamın fırçasından çıkmış bir şaheser gibiydi. Krem rengi boyanın üzerinde küçük, kan kırmızısı gelincik çiçeği desenleri vardı. Yeşil yaprakları desenler çiziyor, koyu kırmızı gelincikler taç yapraklarını açıyordu. Odamda en çok duvardaki değişikliği sevmiştim. Kasvetli odamın yerine küçük bir cennet bahçesi gelmişti. Elimle gelinciklere dokunarak tebessüm ettim. Tüm hayatım dört duvar arasında geçtiği için bu gelincikler bana dışarıdaki güzellikleri hatırlatıyordu. Odam bir mahkûmun odası olmaktan çıkmış, genç bir kızın odasına dönüşmüştü.

Banyo ve tuvalet de tamamen değişmişti. Daha kaliteli şampuanlar, kremler, cilt maskeleri, saç kurutma makinesi, yeni yumuşak havlular ve daha birçok şey gelmişti. Aceleci adımlarla küçük kütüphaneme girdim. Kitaplarımın gitmesinden çok korkuyordum fakat bir kitaplıktan daha fazlası vardı. Pencerenin olduğu duvar hariç diğer üç duvarı kaplayan üç kitaplık gördüm. Soldaki benim küçük kitaplığımdı. Sanki bunu yapan kişi kitaplarımın bendeki değerini biliyormuş gibi onlara hiç dokunmamıştı. Diğer iki kitaplığın yanına gittim. Hayatımda hiç görmediğim kadar kitapla doluydu. Parmaklarım büyülenmişçesine kitapların üzerinde gezindi. Hepsi de tanınmış ve büyük yazarların kaleminden çıkan sanat eserleriydi. Bazıları seri hâlindeydi, bazıları da tek kitaptı. Asıl ilginç olansa çoğu kitap ilk baskıydı.

Bu iş gittikçe ilginçleşiyordu.

Konuşamıyordum fakat yalnız kaldığımda çoğunlukla konuşuyormuş gibi dudaklarımı oynatırdım. Bu, iyi hissetmemi sağlıyordu. Elime bir kitap alıp kitabın kapağını açtım ve ilk sayfasında el yazısıyla *"Mutlu son"* yazdığını gördüm.

Diğer bir kitaba baktım, onun da ilk sayfasının üstünde el yazısıyla *"Mutlu son"* yazıyordu.

Başka bir kitabı alıp kontrol ettim ve aynı el yazısıyla buna da *"Mutlu son"* yazılmıştı.

Hızlı bir şekilde birkaç tane daha kitabı alıp kontrol ettim ve yine aynı el yazısıyla yazılan *"Mutlu son"* yazısıyla karşılaştım.

Durmayıp birçok kitabı kontrol ettim fakat her defasında *"Mutlu son"* yazısıyla bakıştım. Biri bu kitapların üzerine mutlu son yazarak bana bir şeyler anlatmaya çalışmıştı. Genelde okuduğum kitabın sonunu bilmediğim için mutlu son ile bitmeyince çok üzülürdüm. Ağlar ve *keşke hiç okumasaydım* diye isyan ederdim. Daha sonra ise kızar ve mutsuz olurdum. Şimdi kitaplara şöyle bir göz attığımda sanki özellikle sonu mutlu biten kitaplar seçilmiş gibiydi.

Bunu kim yaptı, bilmiyordum ama kalbimde ona karşı büyük bir minnet oluşmuştu. Kitaplar bana yaşayamadığım her şeyi yaşatabilen tek hazineydi. Satırların üzerinde parmaklarım gezindiğinde kendimi farklı bir hayal dünyasının içinde buluyordum. Yıldız Tozu'nda ölen kadın Elle gibi sevgi dolu, Aşk ve Gurur[2]'daki Elizabeth kadar güçlü ve okuduğum çoğu kitaptaki kadınlar gibi sabırlı bir âşık olabiliyordum. Her kitapta farklı bir karaktere bürünüyor, kendi maceralarımı farklı bir bakış açısıyla okuyordum. Küçük hücremdeki tek özgürlüğüm kitaplardı. Dudaklarımdaki gülümsemeyle kütüphaneden çıktım. Yatağıma girip huzurlu bir şekilde gözlerimi yumdum.

Birileri vardı, değil mi? Herkes tarafından unutulmuş birini hâlâ hatırlayan birileri vardı.

"Yeşil, uyan. Kahvaltı saati." Lisa'nın sesiyle yavaşça gözlerimi açtım.

Esneyerek yatakta oturduğumda Lisa ayakta durmuş, odayı inceliyordu. "Bu hâli çok güzel olmuş." Büyük bir hayranlıkla konuşmasına tebessüm ettim. Bence de bu hâli çok güzeldi.

Bana bakana kadar bekledim, sonunda bakışları odayı ince-

[2]Jane Austen'a ait bir kitap.

lemeyi bırakıp bana odaklanmıştı. *"Bunu yapanı biliyor musun?"* Parmaklarımı kullanarak anlattıklarıma karşılık başını olumsuz bir şekilde sallayarak cevap verdi. "Hayır, hiçbir fikrim yok," dedikten sonra yatağıma gelip oturdu.

"Peki, o tuhaf kapıdan nasıl geçtin?"

Kapı hakkında söylediklerime güldü. Gülünce yüzünde yaşının getirdiği birkaç kırışık çıkıyordu fakat bu, ona farklı bir güzellik katıyordu. "Eğer dikkatli baksaydın, el taraması yapılan bölmede küçük tuşlar olduğunu görürdün. Kapı sadece senin el izinle açılmıyor, aynı zamanda biz bilimcilerin şifreyle girmesini de sağlıyor. Anlayacağın, seninle ilgilenen yetkililerde de kapının şifresi var." Bu, beni biraz olsun rahatlatmıştı. Herhangi bir kriz durumunda içeride ölümü beklemek istemiyordum.

Lisa aklımdan geçenleri okumuş gibi tebessüm ederek eliyle arkamda bir yeri gösterdi. "Yatağının yanındaki duvara küçük bir düğme monte edildi. Eğer o tuşa basarsan görevliler hemen odana gelecekler. Alarm, buradaki doktorların telsizine uyarı gönderiyor." Hızla arkama döndüm. Gerçekten doğru söylüyordu. Gece lambasının arkasındaki duvarda küçük, kırmızı bir buton vardı.

Heyecanlanarak Lisa'ya döndüm. *"Bu harika bir fikir, teşekkür ederim, Lis."* Aceleyle hareket ettirdiğim ellerimi tuttu. "Bana teşekkür etme, bu benim fikrim değildi. Aslında neden hiçbirimiz daha önce bunu düşünmedik, bilmiyorum fakat Müdür Wood, iyi iş bir çıkarmış," dedi şaşkın bir sesle.

"Müdür Wood mu?" Sanırım onun hakkında yanılmıştım. Beni bu kadar çok düşünen biri hakkında kötü düşündüğüm için suçluluk hissettim fakat ilk geldiğimde bende pek iyi bir izlenim bırakmamıştı.

"Evet, Yeşil. Bütün bu değişikleri sadece o yaptırabilir. Onun izni olmadan okulda kimsenin kendi başına bir şey yapacağını sanmıyorum." Sanırım haklıydı çünkü buradaki tüm kontrol Müdür Connor'ın elindeydi.

Lisa saçlarımı okşayıp bana gülümsedi. "Gitmem gerekiyor, bugün o can sıkıcı günlerden biri." Lisa gittikten sonra hüzünlü gözlerle arkasından baktım. Ne zaman can sıkıcı gün dese o gün bir mahkûmun infazı gerçekleşiyordu. Bir insan ölüyor, biri öldürüyor ve ölene mahkûm, öldürene bilimci diyorduk burada. Oysaki benim için ölen bir insan, öldüren ise bir katildi. Ve ne yazık ki onlardan birini seviyordum; Lisa'yı.

Ötanazi, ölümü arzulayan insanların kendi isteğiyle başvurdukları bir ölüm şekli demekti. Bazı ülkelerde ötanazi yasaldı. İnsanlar ötanazi yapılan kliniklere gider ve gereken formu doldurarak ölümü isterlerdi. Bildiğim kadarıyla şırınga kullanılarak kana enjekte edilen bir zehirle yaşamları son bulurdu. Hayattan bezmiş veya ağır bir hastalığı olan insanların tercih ettiği bir ölüm yöntemiydi. Okulun adı da bundan esinlenildiği için Ötanazi Okulu olmuştu. Seçtikleri idam mahkûmlarına bir seçenek sunuyorlardı. Hapishanedeki gardiyanlar tarafından mı yoksa Ötanazi Okulu tarafından mı öldürülmek istendikleri soruluyordu. Tabii ki hepsi ötanaziyi seçiyordu çünkü burada idam günlerine kadar yiyip içmeleri serbestti. Uyku vaktine kadar bahçeye istedikleri an çıkabilirlerdi. Burada onlara tanıdıkları ayrıcalık için denek olmaya gönüllü olduklarına dair formu dolduruyorlardı. Hemen sonrasında hapishaneden Ötanazi Okuluna sevk ediliyorlardı. Üstelik Ötanazi'de denek olmayı kabul eden mahkûmların daha önce mahkeme tarafından kesinleşen idam cezalarının süresi bir yıla kadar uzatılıyordu. Bu deneklerine sundukları bir ayrıcalıktı ve gereken tüm prosedürü yasal izinlerle tamamlıyorlardı. Fazladan bir yıl yaşamak için hepsi burada denek olmaya gönüllü oluyordu. Benim bildiklerim bunlardan ibaretti ama daha fazlası da olabilirdi.

Hangi deney için mahkûmlardan oluşan denekleri topladıklarını kimse açıklamamıştı.

Bu deney ne üzerineydi ve hangi amaca hizmet ediyordu?

Yataktan çıktıktan sonra banyoda rutin işlerimi hallettim. Yüzümü kurulayıp kahvaltı tepsime göz gezdirdim. Haşlanmış patates, brokoli ve dereotlu omlet... Kızartılmış yeşil fasulye ve iki dilim buğday ekmeğinin yanında karışık meyve suyu. Bana göre tatsız, onlara göre sağlıklı kahvaltımı görmezden gelerek kütüphaneye girdim. Bugün de her zamanki gibi aç hissetmiyordum.

Bugün bir değişiklik yaparak fantastik bir kitap aldım. Sadece bir iki sayfa okudum, ilaçlarımı henüz kullanmadığım aklıma geldi. İlaçlarımı almam için aç olmamam gerekiyordu. Sanırım haşlanmış patatesten bir iki lokma alabilirdim. Kitabı yerine koyduktan sonra kütüphaneden çıktım. Yemek tepsime doğru eğilmiştim ki gözlerim şaşkınlıkla açıldı. Patates, sebzeli omlet veya kızartılmış fasulye yoktu. Onların yerine böğürtlenli kek, akçaağaç şurubu ve eritilmiş tereyağı vardı. Bunları kim getirmiş olabilirdi? Kapının açıldığını duymadığıma yemin edebilirdim. Afallayarak etrafıma bakınırken boy aynama yapıştırılmış küçük bir not buldum.

"Bugün odadan dışarı çıkma.

Not: O kahvaltı bitecek."

Bu el yazısı ona aitti; Gölge'ye. Bir ay önce bana verdiği "Gelincik" notuyla bu yazı birbirinin aynısıydı. Notu alıp, koşarak kütüphaneye girdim. Yeni kitaplardan birini açıp tanıtım kısmına baktım. Mutlu son yazan yazıyla da aynıydı. Güzel ve özenli bir el yazısı vardı fakat benim aklım, bu yazının sahibine odaklanmıştı.

Gölge buradaydı.

Aman Tanrı'm, tüm bu değişikliğin sebebi oydu. Odamdaki tüm detaylarda onun izleri vardı. Gelincik demişti bana ve duvarlarda gelincik resimleri vardı. Kitaplar, eşyalar, kıyafetler ve geriye kalan her şeyi o yapmıştı. İyi ama neden? Öldüreceği kurbanına bu iyiliği neden yapmıştı? O gece korkarak odama geldiğimde bir yıl boyunca onu görmeyeceğim için az da olsa korkumu yatıştırmıştım, şimdi varlığı korkudan nefesimin kesilmesine sebep oluyordu. Hızlı adımlarla yeniden yatak odama gittim. Çekmecelerden bir kalem ve not defterlerimden birini çıkardım. Titreyen parmaklarımın izin verdiği kadarıyla bir şeyler yazıp boy aynasına yapıştırdım.

"Kimsin?"

Kim olduğunu biliyordum ama teyit etmeliydim. Banyoya gidip yüzümü yıkadıktan sonra ıslak ellerimi boynumda ve ensemde gezdirdim. Soğuk su biraz da olsa hızlanan nabzıma iyi gelmişti. Yatak odama girdiğimde derin bir nefes alarak boy aynasına yaklaştım. Lanet olsun, o buradaydı! Korku içinde aceleyle tüm odalara tek tek baktım ama yoktu. Peki, madem burada değildi, o hâlde kapı açılmadan bu kadar kısa sürede nasıl bu notları bırakabiliyordu? Evet, yeni bir not daha gelmişti.

"Hangisi daha büyük ahmaklık? Bildiğin bir şeyi sormak

mı yoksa bildiklerini göz ardı edip bilmiyormuş gibi davranmak mı?"

Kaşlarımı çattım. Küçük bir soru karşılığında böyle zekice ve aynı zamanda hakaret içeren bir cevap beklemiyordum. Odanın içine tekrar göz gezdirip kahvaltımı yapmaya başladım. Eritilmiş tereyağını kekin üzerine döktüm ve şurupla yemeye çalıştım. Lakin tadı güzel olsa da bir lokmayı zor yuttuğum için ikinci lokmayı alamadım. İştahsızlığım hâlâ devam ediyordu. İlaçlarımı avucumda biriktirdim, tam yutmak üzereyken iki yıldır hep boş olan sürahinin dolu olduğunu gördüm. Genelde ben söylemedikçe bana su getirmeyi unutuyorlardı. Bugün tuhaflıklara doymuyordum. İlaçlarımı içtikten sonra bedenimde yine bir kırgınlık hissettim. Yatağıma girmeden önce küçük bir not daha yazmıştım.

"Oysa kadın küçük bir düş görmüştü kapalı kapılar arkasında."

Arada sıkılınca şiir yazardım. Korktuğum soruyu sormak için yazdıklarımdan küçük bir alıntı sunmuştum ona. Beni ne zaman öldüreceğini ansızın merak etmiştim. Aramızdaki küçük anlaşmanın hâlâ geçerli olup olmadığını bilmeliydim. Uyandığımda ise onun cevabı, ateş misali yanan kalbime küçük yağmur tanecikleri serpmişti.

"Küçük bir kadın bilemezdi adamın verdiği tüm sözleri tuttuğunu."

Evet, tam olarak bunları yazmıştı.

O gün bana *odadan çıkma* demişti, bunun nedenini anlamamıştım. Ta ki sabah Lisa kapımın önünde üç ceset bulduğunu söyleyene kadar. Yıllardır olduğu gibi yine birileri beni öldürmeye teşebbüs etmişti, başarısız olmuşlardı. Bu, Gölge'nin işiydi. O günden sonra zaman hızla geçmişti ve işin tuhaf kısmı, Gölge beni öldürmek için gelen herkesi öldürüyordu. Beni de öldürecekti, bir yandan da beni koruyordu. Ondan hâlâ korkuyordum lakin ona güvenmeye başladığımı da hissediyorum. Bu geçen günlerde kokusu odama sinmişti fakat ne kadar ararsam arayayım hâlâ onu bulamamıştım. Sanki görünmezdi ve etrafımda rahatça geziniyordu. Daha ilginç olansa bu geçen günlerde onunla sayfalar üzerinden konuşmaya devam etmiş olmamdı. Yazdıklarından onu tanımak istiyordum fakat sadece benim yazdığım alıntılara zıt cevaplar veriyordu. Gizemli ve zekiydi. Şimdilik onun hakkında söyleyeceğim tek şey buydu.

Her sabah uyandığımda odamda farklı bir kahvaltı tepsisi buluyordum. Sanki yiyebileceğim bir şeyler bulmaya çalışıyordu. Bu sabah sadece karamelli bitter çikolata, meyve tabağı ve süt vardı. Genelde menüde ne olursa olsun sadece bir lokma yiyebiliyordum. Çikolatayı açıp yemeye başladım. Ağzımın içinde akışkan çikolatanın bıraktığı haz, dudaklarımdan keyifli bir mırıltı çıkmasını sağlamıştı. Bu tadı sevmiştim. Herkes gibi ben de çikolatayı seviyordum ama bana zararlı olduğu için yemem yasaktı. Tüm çikolatayı bitirdikten sonra sütümü de içtim. Dilimle dudaklarımdaki çikolatayı temizledim. Tabaktaki elmadan bir ısırık aldıktan sonra aynaya baktım ve yeni bir not daha buldum.

"Sana zarar verecek şeyleri seviyorsun."

Çikolatayı yiyeceğime emindi. Aksi takdirde ben yemeden önce bu notu yazmasının mantıklı bir açıklaması olamazdı. Yastığımın altında duran not defterimi çıkartıp hızla cevap yazdım: ***"Ama bana o zararlı şeyi getiren sensin."*** Notu yazdıktan sonra dolaptan yeşil bir tulum ve beyaz bir tişört alıp banyoya girdim. Üzerimi değiştirdikten sonra banyodan çıktım. Beni gözetlediğini anladığım günden beri banyoda giyiniyordum. Saçlarımı tararken boy aynamda yeni bir not daha buldum.

"Kalbini söküp alacak olan birinin her verdiğini kabul etmen ne kadar doğru?" Onu kızdırmış olmalıydım ama nedense bu, kıkırdamamı sağlamıştı. Bunları yazarken yüz ifadesini görmek isterdim.

Gülerek aceleyle bir yeni bir not daha yazdım. ***"Bana yardım ediyorsun ama."*** Sanırım onunla sayfalar üzerinden konuşmaya alışmıştım.

Ben lavaboya gidip geldiğimde cevabı gecikmemişti: **"Sıska bedeninde bana ait bir kalp taşıyorsun. Sadece benim olan bir şeyi bir yıl daha yaşatmaya çalışıyorum."** Okuduklarım yüzünden afalladım. Hemen sonrasında kaşlarımı çatarak öfkeyle etrafıma baktım. Tam olarak nereden çıkıyordu?

"Kalbim bir eşya değil! Ondan böyle bahsetmen hiç hoş de-

ğil." yazdım, sonra cevap yazsın diye tekrar ve tekrar banyoya girip beş dakika bekledim. Ben olmadığımda ortaya çıkıyordu. Geri döndüğümde yazdığı şeyi görünce somurtarak yatağımın üstüne oturdum.

"Kalbin benim..."

Kalbim, benim dışımda herkesindi ve herkes ona sahip olmak istiyordu. İşin ironik yanı, bu değerli kalp benim bile değildi. Sağlıklı bir kalbim varken kalp nakli yapılmıştı, ilk nakil tam bir faciaydı. O günü nasıl unutabilirdim? Benden annemi, sesimi ve tüm hayatımı alan o uğursuz günü zihnim işaretlemiş ve dönüm noktam olarak saklamıştı. Kan vardı, hiç olmadığı kadar çok kan vardı. O kadar çoktu ki kan görmeye korkar olmuştum. Ölüm vardı, ölümün en vahşi hâli... Ben yaşamaktan utandım. Bir giden vardı, ben ise geride kalandım. Bir yas, bir terk ediliş ve bir veda vardı ama en çok kan vardı. Geriye sadece herkes için değerli bir kalbin taşıyıcısı olan bir zavallı kalmıştı. Nicholas Green! Bana bir anne borçlusun.

"Sadece dört kelimeyle anlat kendini. (Karanlıkta görünmedikçe ben varım.)"

Sorduğum soruya cevabımı da eklemiştim. Yatağımın üzerinde bir süre bekledikten sonra ilaçlarımı kullanıp uyudum. Çok değil, henüz yeni uykuya dalmışken onun kokusunu çok yakınımda soludum. Usulca açtım gözlerimi fakat kimseyi göremedim. Biliyordum, buradaydı çünkü aynı odanın içinde yaşıyor gibiydik. Aniden yataktan kalkarak aynaya baktım.

"Bir ömür tutsak olmak mı? Yoksa sadece bir saat özgür olmak mı? (Karanlıkta saklananlar için varım.)"

Sorduğum soruya verdiği cevap yüzünden sertçe yutkundum. Neden tüm önceliği sadece ölümdü? Yaşamaya dair hiçbir şey yok muydu hayatında? Bana verdiği her cevap ve sorduğu her soruyla onu daha çok merak eder olmuştum. Görmediğim yüzü, bilmediğim hayatı ve neden öldürdüğüyle ilgili daha çok fazla soru vardı. Tüm haber kanalları ondan bahsediyor, herkes onun hakkında konuşuyor ve korkuyla ürperiyordu. Kimdi Gölge? Neden kimse yüzünü görmüyordu? Ya da neden yüzünü görenler hep ölüyordu?

Belki de çok çirkindir. Korkutucu bir yüzü olduğu için kendisini saklıyor olabilir.

Yaptığım tahmine, kendimi tutamayıp güldüm. Nedense bu, bana komik gelmişti. Kıkırtılarım kahkahaya dönüşmeden sorduğu soruyu düşündüm. Güneşten bahsediyordu. Fazla zeki değildim ama hiçbir zaman aptal bir kız da olmamıştım. Helyofobim yüzünden bir ömür duvarlar arasında tutsak olmuştum, şimdi ise sadece beş ayım kalmıştı. Beş ay sonra anlaşmamız bitiyordu. Evet, ilk karşılaşmamızın üzerinden yedi ay geçmişti. Bu sürede hep yanımda olmuş, benimle notlar üzerinden konuşmuştu. İlk bir ay hariç. Ve o, neden kalan zamanımı korkum yüzünden bir odada geçirdiğimi soruyordu.

"Esaretin bedeli kalbimin taşıyamayacağı kadar büyüktü."

Güneşe çıktığım an kalp krizi geçirebilirdim çünkü kalbim o kadar güçlü değildi. Yazdığım notu her zamanki gibi aynaya yapıştırdım. Eminim, onun için o nota ulaşmak hiç zor değildi. Tüm gün odamda dolanıp durdum ama hâlâ cevap gelmemişti. Sürekli kütüphaneye gidiyor ve nereden geldiğini anlamaya çalışıyordum. Gece olunca odamdaki tüm perdeleri çekerek camı açtım. Temiz havayı uzun uzun solurken dışarıyı merak ettim. Yıllar olmuştu ve sadece bir kere dışarı çıkabilmiştim. Onda da az kalsın ölüyordum. Buna yeniden cesaret edebileceğimi sanmıyordum.

Aniden odamdaki ışıklar söndü ve her yer karanlığa büründü. Korkuyla nefesimi tuttuğum esnada arkamı dönmek gibi bir hata yapmadım. O gelmişti, biliyordum. Odayı dolduran amber kokusu burada olduğunun habercisiydi. Arkamdan gelen adım sesleri gittikçe yaklaşıyordu. Onun her adımıyla ciğerlerime bir nefes çekiyordum. Sanki özellikle, bana yaklaşırken korkmayayım diye adım seslerini çıkarıyordu. Oysaki odamın içinde bir hayalet gibi dolaştığı zamanlarda da hiç ses çıkarmıyordu. Tam arkamda durdu, kalbim göğsüme sığmıyordu; korkuyla yutkundum. Başımı usulca kaldırıp bir yanı kapalı pencerenin camından ona baktım, karanlıktan dolayı onu göremiyordum fakat benden uzun olan devasa gölgesi tam arkamdaydı. Yansımasından onun da camdan bana baktığını hissettim.

"Bahçeye mi çıkmak istiyorsun?" Ölüm meleğinin kanat çırpma sesi, sessiz ve karanlık odayı yırtıp geçmişti. Suskunluğumun içinde ne düşündüğümü biliyordu.

Çenesi saçlarımın çok yakınında olmalıydı çünkü sıcak nefesini saçlarımın arasında hissetmiştim. Ona cevap vermek istedim ama yapamadım. Ondan korkuyordum, not defterim yanımda değildi ve suikastçım tam arkamdaydı.

"Korkuyorsun." Bana biraz daha yaklaştığını hissettim. Bu konudaki düşüncelerimi önceden tahmin etmek zor olmasa gerekti.

Gözlerimi kırpıştırdığımda kalbimde ince bir sızı hissettim. Acımaya başlayan kalbimle nefes alışlarım düzensiz bir hâle geldi. Sağ elimi usulca ağrıyan kalbimin üstüne getirdim. Ritmi bozulan kalbim için bu kadar heyecan çok fazlaydı. Canımın yandığını fark etmiş olmalı ki benden bir adım uzaklaştığını hissettim. "Seni öldürmem için sana dokunmama gerek yok, Dilsiz Kız." Sıkılmış sesi gözlerimin dolmasını neden oldu. Haklıydı, ölmek için o kadar çok sebebim vardı ki onun bir şey yapmasına gerek yoktu.

Bildiklerimi hatırlattığı için ağlamaya başladım. Bu, onu rahatsız etmiş olmalıydı çünkü bu sefer kızgın sesini duydum: "Ağlamaya bir son ver! Bir kriz daha geçirirsen bu sefer bir yılın dolmasını beklemeden bana ait olan kalbi alırım!" Ses tonundaki ciddiyet daha çok ağlamama neden oldu. Bana bağırarak beni susturamazdı; bu, beni daha çok ağlatırdı.

Aniden omuzlarımdan tutarak beni kendisine doğru çevirdi, saçlarım yüzüne savrulurken elleri omuzlarımdaydı. "Ağlama," diye fısıldadı. Artık bağırmıyordu. "Sadece sussan olmaz mı?" Öncekinden daha yumuşak çıkan sesi yüzünden ağlamayı bıraktım. Parmak uçlarından derime sızan cızırtılı elektrik, tüylerime kadar ürpermeme neden olmuştu.

Islak kirpiklerimi kırpıştırıp ona baktığımda yüzünü yine görememiştim. Bu kadar karanlık olmasaydı keşke, belki onu görebilirdim. Neden onu görmek istediğimi bile bilmiyordum. O, sadece kalbimi isteyen bir katildi. Bana olan yakınlığı ve büyük ellerinin omuzlarımda olması yine kalbimi harekete geçirmişti. Büyük bir nefes soludum acımı hafifletmek istercesine. Anlamıştı varlığının bana acı verdiğini. Karanlıkla eş değer gözleri, nefesimin buğusunu delip geçerken yavaşça ellerini tenimden çekti. "Söyle o kalbine atıp durmasın," diye homurdandı. "Canımı sıkmaya başladı." Ritmi değişen kalbim, onu yakınımda istemiyor olacak ki ne zaman bana yaklaşsa kan yerine acı pompalıyordu.

Ona cevap veremeyeceğim için karanlığa sığındım. Benimki basit bir ölüm kalım meselesiydi. Sorgulamazdım asla yaşadıklarımı, doğru veya yanlış, sadece basitçe yaşardım yaşayabildiğim kadar. Nefesim yettiği kadar yürüyordum ucu belli olmayan bir yolda. "Bahçeye çık." İtiraz istemeyen sesine sadece başımı olumsuz bir şekilde sallamakla yetindim. Bunu yapamam.

Korkuyordum.

Ansızın elimi tuttu ve itiraz hakkı tanımadan beni kapıya doğru götürdü. Elini kapıdaki sisteme bastığında kapının açılmasına şaşırmamıştım. Bu odadaki her şey gibi kapı da onun hükmündeydi. Zifirî karanlık koridora çıktığımızda hâlâ elimi tutuyordu. Koridordaki ışıkları açmamıştı. Buzdan daha soğuk kocaman elinin içinde elim küçücük kalmış, kaybolmuştu. Nefesimi kesen bu temasını sevmemişti bedenim, verdiğim nefesler hızlanmıştı. Hırıltılı nefesimi duyunca, adım atmayı bırakıp usulca bana döndü.

"Lisa Cruise ve diğerleri sana dokununca nefes alışların değişmiyor." Sesi sitemliydi. "Neden sıska bedenin ben dokununca acı çekiyor?" Sorgulayıcı sesine ne tepki vermem gerektiğini bilemedim. Bunu bana değil, ona karşı olan kalbime sormalıydı.

Beni öldüreceği için korkudan kalbim ağrıyor olabilirdi. Bir suikastçının dokunuşundan rahatsız olmam gayet normaldi. Elimi bıraktığında rahat bir nefes almıştım. Bunu fark edince ayın aydınlattığı koridorda bana doğru eğildi. "Söylesene Dilsiz Kız, neden küçük bedenin bana tepki veriyor?" Bunu gerçekten sormuştu. Konuşamadığımı biliyordu, o zaman neden sürekli engelli biri değilmişim gibi benimle konuşuyordu? Herkes bana bir ucubeymişim gibi davranırken o, neden normal biriymişim gibi konuşuyordu benimle? Ben asla konuşamayacağım için kendi sesimi hiç duyamayacaktım. Beni kelimelerim bile terk etmişti.

Kenara çekildi. "Önden yürü," dedi. Onu ikiletmeden ezbere bildiğim karanlık koridorda yürümeye başladım. Tüm hayatım karanlığın içinde geçtiği için karanlığı seviyordum. Karanlık, beni dışarıdaki herkesten gizliyordu.

Merdivenlerden dikkatli bir şekilde indikten sonra bahçeye açılan kapıdan geçtim. Meyve ağaçlarının kokusu burnuma geldiğinde derin bir nefes aldım. Etrafıma temkinli bakışlar atarak ağaçların arasına girdim. Botanik bahçeye doğru yürürken adımlarım sabırsız ve aceleciydi. Arkamdan, "Yavaş!" diyen homurtusunu duydum. "Can sıkıcı çiçekler bir yere kaçmıyor. Kaçsa bile hepsini kökünden söküp odana taşıyabilirim," deyince gülerek adımlarımı yavaşlattım. Evet, bunu yapardı.

Belki bu sefer koleksiyonum için birkaç çiçek yaprağı toplayabilirdim. Dışarısı okuldan daha aydınlıktı. Mimozaları gördüğümde tebessüm ettim. Mimoza ağacının sarı çiçekleri, ince dallarından sarkıyordu. Yuvarlak, küçük, sarı çiçekler tek bir dalda yan yana dizilmiş inciler gibiydi. Mimozalar, alıngan olan kişileri simgelerdi. Çabuk küsen hassas kişilerin çiçeğiydi. Kırmızı açelyanın yanından geçerken iç çektim. Açelyalar yapmak isteyip de yapamadığınız, söylemek isteyip de sustuğunuz duygularınızı anlatırdı. Sarı fulyalara doğru küçük adımlar atmaya başladığım esnada bir ses duydum. Ayaklarım yere çivilenmiş, korkudan hareketsiz kalmıştım. Hemen arkamda onun nefesini hissedince burada olduğunu unuttuğumu fark ettim.

Bana, "Korkma! Hemen arkanda olacağım," dedi. Güven veren sesi kendinden emin ve korkusuzdu. Sanki önüne kim çıkarsa çıksın hiç zorlanmadan onu alt edecekmiş gibiydi. Korkularından arınmıştı, zaafları yoktu. Fakat işe yaramıştı, avcının yanında kendisini güvende hisseden bir avdım.

"Anlamıyorsun, buradan çıkmalıyım!" Biri bağırıyordu ve bu bir kız sesiydi.

Korkuyla geriye doğru bir adım atacağım esnada onun büyük elleri arkamdan omzumu kavradı. "Devam et, Dilsiz Kız. Şunu unutma, nefes aldığın sürece korkacağın tek kişi benim." Boynum ve kulağım arasında bir yerde fısıltısını duyduğumda nefesim kesildi, ürperdim.

O, beni koruyordu ve bana o, zarar verecekti.

Suikastçımın tehlikeli varlığından güven alarak çiçeklerin arasından yürümeye başladım. Sesin geldiği yere gitmemi istiyordu, korkuyordum ve ondan başka bir şeyden korkmamı istemiyordu. *Kontrolü elinde tutmayı seviyor,* diye düşündüm. Büyük söğüt güllerinin arasına karıştım. Burnuma gelen hoş kokusu, pembe söğüt güllerine dokunma isteğimi pekiştiriyordu. Böğürtlen çalılarını geçtiğimde gördüklerim karşısında duraksadım.

Yerde biri yatıyordu.

Bir erkek.

Ve sanırım baygındı ya da ölmüştü.

Gözlerim irice açıldığında yerdeki kişiye doğru sarsak bir adım attım. Fakat Gölge arkamdan kolumu tutarak gitmeme engel oldu. Gül ağacının yanında baygın hâlde yatan kişiden gözlerimi alamıyordum. Üzerinde bol bir tişört, pantolonunun paçalarında ise çamur vardı. Kısacık, siyah saçları ve gözlerinde kocaman kalın cam gözlükler... Ayın aydınlattığı gecede yüzünün bir erkeğe göre fazla kadınsı olduğunu söyleyebilirdim. Hemen birkaç adım uzağımdaydı. Biri onu yaralamış olmalı ki hareketsiz bir şekilde çimlerin üzerinde yatıyordu. Ağaçların arasında bir çıtırtı daha duyunca yerimden sıçradım. Ona bunu yapan kişiden geliyor olmalıydı bu ses.

Gölge, "Odana git, burayı ben hallederim," diyerek kolumu iyice kavradı ama dayanamayıp yerdeki kişiye doğru atıldım. Fakat bu sefer kolumu daha sert tuttu. "Bana iki kere söyletme, Melez Kız!" Son kısmını öyle bir söylemişti ki damarlarımdaki kanın akışı değişmişti.

Yerdeki kişiyi merak ediyordum. Gölge bir katil olduğu için eminim ona yardım etmeyecekti. Fakat onu kızdırıp kalbimi şuracıkta almasını da istemiyordum. Kolumu sertçe çekerek geldiğim yöne doğru yeniden koşmaya başladım. Bu kadar bencil olması beni kızdırmıştı. "Koşma!" diye bağırdı arkamdan. "O kalbin yine teklerse bu sefer kendini benden bu kadar kolay kurtaramazsın!" O caniye kızdığım için adımlarımı daha da hızlandırdım. Kalbimin tapusunu almış gibi davranıyordu!

Okula gireceğim esnada arkama baktım, neyse ki peşimde bir gölge yoktu. Merdivenlerde biraz dinlendikten sonra yeniden basamakları tırmandım. Üçüncü kata çıktığımda nefes nefeseydim. Astım krizimin tutmasından korktum, biraz dinlenmek için yine durdum. Elimi duvara koyduktan sonra başımı yere eğdim, nefes alışlarımı düzene sokmaya çalıştım. Bir süre bekledikten sonra tekrar adım atacağım esnada arkamdan bir adım sesi duydum. Karanlığın içinde yaklaşan tehlikeyi korkuyla görmeye çalıştım.

Gelen kimse, Gölge değildi çünkü Gölge yürürken asla ses çıkarmazdı. Bu gece neden tüm koridorların ışığı kapalıydı? Sanırım beni dışarı çıkarmak için tüm ışıkları Gölge söndürmüştü. Peki, bu gelen kimdi? Gölge bana yaklaşırken korkmayayım diye bilerek adım sesleri çıkarsa da asla böyle yüksek sesler çıkarmazdı. Bu, Gölge değildi. Yalnız ve çaresiz hissedince koşarak üst kata çıkmaya başladım, arkamdaki sesler de hızlanmıştı. Dördüncü kata çıkmak üzereydim ki arkamdan bir el, ağzımı kapatarak beni kendisine doğru çekti.

"Sessiz ol, velet!" Çırpındıkça daha çok bastırıyordu dudaklarıma. Beni alt kata doğru sürüklemeye başladı, ağzımı kapatan eli canımı yakıyordu. Sürekli susmamı söylüyordu.

Ama ben nefes almaya çalışıyordum.

Konuşamayan birine sus demek çok zalimceydi.

Beni geriye doğru sürüklediği için ayaklarım yere sürtünüyor ve adım atamayacak hâle geliyordu. Kalbim korkudan kuş gibi çırpınırken astım krizim tutmuştu, nefes alamıyordum. Titreyen ellerimi dudaklarımın üzerinde duran elinin üstüne koyup çekmeye çalıştım, yapamadım. Gözyaşlarım hızla akarken içimden sessiz çığlıklar atıyordum. Boğuluyor gibi hissediyordum, nefes almaya ihtiyacım vardı. Koridoru dönünce beni sertçe yere attı. Dizlerimin üzerine düştüm, acıyan dizlerim umurumda bile değildi. Ellerimi boğazıma götürüp nefes almaya çalışıyordum ama olmuyordu. Işıkları yaktığında bomboş koridorda sadece o ve ben vardık. Tamamen siyah giyinmişti, yüzünü kapatan bir maske vardı. Nefes alamadıkça çıldıracak gibi oluyordum. Tırnaklarımı boynuma geçirip derimi sertçe yoldum. Boğazımı yırtmak ve bir delik açmak istiyordum, böylece nefes alabilirdim. Bunun mantıklı bir yanı yoktu ama şu anda mantıklı düşünecek durumda değildim. Canım yandıkça tırnaklarımı daha sert geçirdim tenime. Hırıltılı nefeslerim cılız ve güçsüzdü. Tırnak aralarımda kendi derimin kalıntıları vardı. Bakamıyordum, kan korkum nüksetmişti. Yerde, dizlerimin üzerinde, yaşlı gözlerle ona baktığımda cebinden bir bıçak çıkardığını gördüm.

"Hemen şimdi!" diye dudaklarını gizleyen maskenin ardında hırladı. "Kimsenin başaramadığını başarıp kalbini alacağım." Keyifle konuşması, göğsümde büyük bir acı oluşmasına neden oldu.

Anlamadıkları bir şey vardı: Artık ben de bu kalpten kurtulmak istiyordum.

Hıçkırıklarla ağlamaya başladım. Her yer küçülmüş ve ben sıkışıp kalmış gibiydim. Saçlarımdan tutarak, beni ayağa kaldırıp boynumu açığa çıkardı. Gözlerimi, her korktuğumda yaptığım gibi sıkıca kapattım. Bir elim boynumdaki bıçağı tutarken diğer elim sızlayan kalbimdeydi. Bıçağın keskin tarafı boynuma batınca tenimden akan sıcak kanı hissettim. Yanıyordu. Yanan yerim, bıçağın tenimde açtığı kesik izi miydi? Yoksa beni yakan, boynuma akan kanın korkutucu sıcaklığı mıydı? Gözyaşlarım bir işe yaramıyordu çünkü benimki sadece ölüm kalım meselesiydi.

Kalbimdeki inanılmaz acıyla aynı anda boynumdaki bıçak hızla çekildi. Beni tutsak alan saçlarım, özgürlüğüne kavuşunca kafam sertçe zemine düştü. Gözlerimi artık korkudan kapatmıyordum çünkü kapatırsam bir daha açamayacak kadar yorgundum. Başım inanılmaz derecede ağrırken son nefeslerimi harcadığımı hissettim. Kalbim durmak üzereydi, ciğerlerim havasızlıktan iflas etmişti ve boynumla başımın kanadığını hissediyordum.

"Ona dokunmak, hayatındaki en büyük pişmanlığın olacak!" Bir ses duyuyordum, onun kızgın ve öfkeli gürlemesiydi bu. Bir ses duyuyordum, soğuk ve ölüm barındıran bir ses. Sonra yüzümde bir el, beni sarsıyor ve telaşla bir şeyler mırıldanıyordu. "Aç gözlerini! Lanet olsun, seni yalnız bırakmamalıydım!" diyordu. Kızgın bulutların gürlemesini andıran ses, hem çok uzak hem de çok yakından geliyordu. Bedenimin havalandığını hissettiğimde karanlık beni çoktan almıştı kuytularına.

Oydu, değil mi? Bu gece belki de bir kez daha kurtarmıştı beni.

5

GECE YARISINA SAATLER KALA

"O da bilmiyordu, değil mi?
Benimle ne yapacağını o da bilmiyordu."

Kulağımda anlamsız bir çınlama vardı. Bu çınlama, daha çok monitör sesi gibiydi. Kalp atışlarımın çıkardığı sesti ya da farklı bir şeydi. Emin değildim çünkü algılayamıyordum. Gözlerimi açmak istedim fakat kirpiklerim büyük bir isyandaydı. Bilincim yavaş yavaş açılmaya başladığında en son olanları hatırlamaya başladım. Odamdaydım, sonra bahçeye çıktım ve yerde biri vardı. Gölge'nin beni azarladığını hatırlıyorum daha sonra... Aman Tanrı'm! Saldırıya uğramıştım. Gözlerimi ışık hızıyla açtıktan sonra elim, korkuyla boynuma gitti. Boynumda yumuşak bir çıkıntı fark edince bunun bir pamuk olduğunu anladım. Kanamayı durdurmak için yapıştırdıkları bir şey olmalıydı. Ellerimi yatağa bastırarak oturdum. Meraklı gözlerim etrafımda küçük bir gezintiye çıktığında revirde olduğumu gördüm. Sol kolumun damar yoluna bağlı bir serum vardı. Ağzımda yeşil bir oksijen maskesi olduğunu gördüm. Beyaz hastane önlüğü ne yazık ki yine üzerimdeydi. Küçük, mavi desenleri olan bir önlük giydirmişlerdi. Omuzlarıma kadar gelen çarşafı kaldırarak üzerime baktım. Önlüğün göğüs kısmı neredeyse yok gibiydi. Çıt çıtları önde olduğu için göbeğime kadar açıktı. Neyse ki göğüslerimi kapatan bir örtü vardı. Kalbim ve sol göğsümün hemen üstüne yapıştırılmış yuvarlak, renkli bantlar monitöre bağlıydı. Kalbimin çıkardığı düzenli ritimleri monitörde görebiliyordum. Kablolara dokunmadan gömleğin çıtçıtlarını yapıştırarak göğüslerimi kapattım. Doktor da olsa kimsenin göğüslerimi görmesini istemiyordum. Gerçi pek utangaç biri olduğum da söylenemezdi çünkü tedavi esnasında sürekli soyunmam gerekiyordu. Acaba buraya nasıl gelmiştim? Gölge beni kurtarmış olabilir miydi?

Kapı açıldığında üzerinde beyaz önlük olan bir doktor ve günlük kıyafetleriyle gelen Lisa'yı gördüm. Elindeki dosyayla yatağımın yanında duran doktora baktım. Tahminen yirmili yaşların sonundaydı. Kısa kestirdiği kahverengi saçları ve ela gözleriyle uyumlu bir gömlek giymişti. Uzun ve ilgi uyandırıcı bir yüz tipi vardı. Hafif kirli sakalı, diğer doktorlara nazaran daha rahat olduğunu gösteriyordu. Tişörtünün üzerine giydiği beyaz doktor önlüğü ütülü ve düzenliydi. Uzun boyuna göre zayıf bir bedeni vardı. Bir bütün olarak kesinlikle yakışıklı bir beyefendi diyebilirdim. Aklıma istemsiz bir şekilde Osmanlı zamanında çarşıda boy gösteren zabıtlar geldi. Ölüm okulunda bir doktoru elinde kitaplarla etrafındaki genç kızlara kur yaparken hayal edince bir anda kıkırdadım. Çok fazla kitap okumanın dezavantajlarıydı bunlar ama gülmekten kendimi alıkoyamıyordum.

Bir anda hastasını gülerken gören doktorun kaşları merakla yukarı kalktı. "Ölümden dönen bir hastayı gülerken görmek ilginç," dedi. "Sakıncası yoksa bunun nedenini öğrenebilir miyim?" Büyük bir dikkatle beni inceleyen doktora yaratıcı hayallerimden bahsetmeyi kesinlikle düşünmüyordum.

Omuz silktiğimde fazla ısrar etmedi. Elindeki dosyaya tekrar göz gezdirip bana baktı. "Nasıl hissediyorsun?" Benden cevap bekleyen doktor benimle alay ediyor olmalıydı. Emin olmak için gözlerimi kısarak onu izledim fakat hayır, şaka yapıyor gibi bir hâli yoktu.

Konuşamadığımı bilmiyor.

Onu daha önce burada gördüğümü hatırlamıyordum. Sanırım buraya yeni gelmişti ve anlaşılan, benim hakkımda bir şey bilmiyordu. İkinci kez omuz silktiğimde bu sefer kaşlarını hafifçe çatmıştı. "Omuz silkmekten başka bir şey bilmez misin sen? Mesela sana sorulan sorulara cevap vermek gibi?" Bana laf sokması yeniden kıkırdamamı sağladı. Acaba konuşamadığımı ne zaman anlayacaktı?

Hoşnutsuz bir şekilde başını iki yanına salladı. "Kaçıncı blokta kalıyorsun sen? Kelepçen de yok, bir çeşit deli olmalısın." Bana yaptığı benzetmeye karşılık kahkaha attım. Şu anda kesinlikle onun gözünde bir deliydim. Ayrıca blok demişti, sanırım beni buradaki mahkûmlardan biri sanmıştı.

Lisa'dan aldığım bilgileri kısaca gözden geçirdim. En tehlikeli mahkûmların kaldığı blok sanırım F4 olmalı. Elimle dört işareti yaptığımda önce afalladı, hemen sonrasında beni baştan ayağa inceledi. Eminim böyle sıska ve çelimsiz bir kızın nasıl F4 bloğuna gidecek kadar büyük bir suç işlediğini düşünüyordu. Başından beri sessizliğini koruyan Lisa, daha fazla dayanamamış olacak ki gerçeği açıklayarak küçük oyunumu bozdu. "Kes şunu, Yeşil," diyerek beni azarladı. "Bay Russell ile dalga geçmen çok kaba." Beni küçük bir çocuk gibi azarladıktan sonra doktora döndü. "Bu Yeşil, burada mahkûm değil. İki yıldır burada ve sanırım isim olarak onu bilmeseniz de onu tanıyorsunuz." Ilımlı sesiyle söyledikleri Bay Russell'in ilgisini cezbetmişti.

Kollarını göğsünde birleştirerek bakışlarını benden aldı. "Pekâlâ, burada tam olarak neler dönüyor ve kim bu kız?" Sıkılmış sesi, bana kızdığını gösteriyordu. Mahkûm olduğumu düşünmesi benim suçum değildi.

Lisa yatağımın ayak ucunda duran diğer dosyamı alıp doktora uzattı. "Yeşil, kalp hastası. Güneş, kan ve kapalı alan korkusu var. O, bizim özel konuğumuz olduğu için bilimcilerle aynı katta kalıyor." Lisa'yı dinlerken bir kere bile tüm geçmişimin yazılı olduğu dosyaya bakmamıştı.

"Mahkûm olmayan birinin burada kalamadığını sanıyordum. Ayrıca *özel konuk* derken neyi kastettiniz?" Kafası iyice karışan doktorun bu şaşkın hâline daha fazla dayanamadım ve yine güldüm.

Lisa ile aynı anda bana sertçe bakınca ellerimle dudaklarımı kapattım. Lisa, doktora dönerek, "O, Yeşil Başar, Enerji Bakanı Nicholas Green'in en küçük kızı Yeşil Green," deyince tüm neşem kaybolmuştu. Babamın soyadıyla anılmak istemesem de doktorun bazı şeyleri anlaması için bu şarttı.

Green ismini duyan doktor afallayarak elindeki ikinci dosyamı açıp okudu. Tüm öz geçmişimi saniyeler içinde bitiren doktor, başını kaldırarak bana baktı. "Amerika eyalet polisinin dahi peşinde olduğu kız, şu bahsi geçen kalbin taşıyıcısı sen misin?" Şoka girmiş sesine tebessüm ederek başımı salladım. Ne diyebilirim ki? Hakkımda arama kararı çıkarmaları beni suçlu yapmazdı. Sonuçta Taşıyıcı olmayı ben seçmemiştim. Neyse ki dışarı çıkmadığım için polislerin bile elinde fotoğrafım yoktu. Bir polis beni görse bile kimliğime bakmadıkça beni tanıyamazdı.

Şaşkınlığı iyice artan doktorun rengi de sararmıştı. Bana öyle bir bakıyordu ki, bu bakışlara bir anlam veremedim. Yüzü kireç gibi olmuş, nefes alışları hızlanmıştı. Elâ gözleri gittikçe değişirken gözlerindeki yoğun duygunun nedenini merak ettim. Terlemeye başladığını gördüm. Karşısında bir hayalet varmış gibi beni izlerken garip tepkiler veriyordu. "Bu nasıl olur?" dediğinde güçlükle konuşmuştu. "İki yıl önce Nicholas Green kızının öldüğünü açıkladı. Ayrıca böylesine değerli bir kalbin taşıyıcısı ölümün en yoğun olduğu bir yerde olmamalı. Bu duyulursa büyük olay çıkar." Bunları bana değil, Lisa'ya söylüyordu. Ne sorduğu umurumda bile değildi çünkü benim ilgilendiğim tek bir konu vardı. Babam herkese öldüğümü mü söylemişti?

Daha ben ölmeden beni mezara mı koymuştu?

Lisa cevap vermeden uzun uzun doktora baktı. Doktorun yüzünde ne gördü, bilmiyorum ama kaşlarını çattığını gördüm. "Sizin işiniz hasta olan mahkûmlarla ilgilenmek, Bay Russell," dedi. "Taşıyıcı'nın kalbiyle değil. Yeşil, benim kontrolüm altında. Burada sadece bir bilimci değilim, aynı zamanda onun şahsi doktoruyum. Eğer siz de diğer herkes gibi okulla yaptığınız gizlilik sözleşmesine uyarsanız emin olun, onu daha iyi koruyabiliriz. Ayrıca mahkûmların altıncı bloğa çıkmaları yasak." Lisa'nın tek bir solukta söylediği sözler beni bozguna uğratmıştı. Lisa, diğerleri gibi bana "Taşıyıcı" demezdi ama şimdi öyle hitap ediyorsa bu çok kızdığı anlamına geliyordu.

Bay Russell onu kızdıracak ne söylemiş olabilirdi ki?

Lisa'nın sözlerine bozulan Doktor Erich, "Neden onun adına konuşmak yerine ona böyle bir yerde kalmayı istiyor mu diye sormuyorsunuz?" diyerek beni savundu. Doktorun söylediği şeyle kısa bir an düşündüm. Burada, bu suç yuvasında kalmak istiyor muydum? Kesinlikle hayır!

Büyük bir hiddetle yumruklarını sıkan kadın, "Ona soramam çünkü Yeşil konuşamıyor!" diye bağırdı. Nihayet bir gerçek daha ortaya çıktı.

Aniden bana dönen elâ gözlere burukça tebessüm ettim. Dilsiz olmam onu şoka uğratmıştı, az önce yaptıklarım için bana kızan bakışlarının yerini acıma duygusu alınca kalbimde bir burukluk oluştu. "Bu yüzden mi cevap veremiyordun?" Bana böyle acizmişim gibi bakması beni rahatsız ettiği için ona bakmadan Lisa'ya döndüm. *"Lütfen ondan gitmesini iste."* Kolumdaki serumun el verdiği kadarıyla işaret dilini kullandım.

Tebessüm edip beni başıyla onayladı ve doktora döndü. "Büyük bir tehlike atlattı, dinlenmesi gerekiyor." Onu istemediğimi fark eden Bay Russell, ısrar etmeden bir süre daha bana baktı, sonra da odadan çıktı.

O gittikten sonra Lisa kapıyı kapatıp yanıma geldi, yatağımın yanına oturdu, hafifçe güldü. "Nasıl hissediyorsun?" diye sorduğunda ben de güldüm. *"Boğazıma bıçak dayanmış gibi."* Yaptığım benzetmeye gülerek başını iki yana salladı. Ağlayacak hâlimize gülüyorduk.

"Sana saldıran mahkûmlardan biri değil, her kimse dışarıdan gelmiş ve bir şekilde içeriye girmiş olmalı."

"Beni nasıl buldunuz?" Gölge'nin beni kurtardığını biliyordum ama bunu nasıl yaptığını bilmiyorum.

Lisa, "Odandaki buton alarm verince odana geldik," dedi. "Yatağında yatıyordun ve durumun gayet iyiydi fakat boynundaki sargıyı ve yatağının üzerinde duran ilaçlarını gördük. Bunlar, ters giden bir şeyler olduğunu açık bir şekilde gösteriyordu. Görevliler okulu aradığında bir ceset buldular. Saldırıya uğradığını anladık fakat bizim anlamadığımız, dördüncü bloktan nasıl odana kadar gelebildiğin ve sana yardım edenin kim olduğu. Kameralarda sadece saldırı anı var ama gerisi yok." Benden cevap bekleyen kadına ne söylemem gerektiğini bilemedim. Beni Gölge kurtarmıştı, kayıtları silen de o olmalıydı. Tıpkı bir hayalet gibi kimseye görünmeden okulun içinde geziyordu. Lisa'yı seviyordum ama içimden bir ses Gölge ile ilgili şeylerin bende gizli kalması gerektiğini söylüyordu. *Bilmiyorum* dercesine omuz silktiğimde üzerime gelmedi. Her konuda ona dürüst davrandığım için yalan söyleyeceğime hiç ihtimal vermiyordu.

Bugün ilk kez bir konuda Lisa'ya yalan söylemiştim.

"Yeşil, senin için endişeleniyorum. Lütfen sorunun ne olduğunu söyle çünkü bir şeyler olduğunu hissediyorum." Lisa'nın sıkıntılı sesine cevap vermeden battaniyeyi kafama kadar çektim. Kimseyi görmek istemiyordum.

Üzerimde battaniyeyle yatakta oturarak ona baktım. Neden herkes gibi beni yalnız bırakıp gitmiyordu. *"Uyumak istiyorum, Lis."* Parmaklarımı tutarak söylemek istediklerimi yarıda kesti. "Beni kandıramazsın, Yeşil. Şu bir ayda, ilk geldiğinde yaptığın gibi yine kendini yatağa hapsettin. Oysaki son zamanlarda gözlerinin içi gülüyordu. Yemek yemiyorsun, yataktan çıkmıyorsun, ilaçlarını aksatıyorsun ve en önemlisi kitap bile okumuyorsun. Kitaplar senin için yaşam demekti ve eğer sen kitap okumuyorsan iyi değilsin demektir." Bana bir anne şefkati gösteren kadına sıkıca sarıldım. Bu beklenmedik hareketimle gerilmişti. Ellerini belimde hissedince, bir aydır hiç yapmadığım bir şeyi yaparak hıçkırıklarla ağlamaya başladım.

O saldırının üzerinden bir ay geçmişti.

Bu hâlim onu daha çok korkutmuş olmalı ki yavaşça benden ayrıldı, elleriyle gözyaşlarımı sildiğinde onun da gözlerinin dolduğunu gördüm. "Bana anlat Yeşil, seni üzen ne?" Bunun cevabını ben de bilmiyordum. Neden içimden bir şeyler yapmak gelmiyordu, bilmiyordum.

Sanırım nedenini az çok tahmin edebiliyordum. *"Babam için ben ölü müyüm, Lis?"* diyerek ellerimi hareket ettirdim. *"Henüz beni görmedi bile ama ben hep onunla tanışmayı bekledim ve şimdi..."* Yeniden ağlamaya başladığımda sıkıca bana sarıldı. "Gelecek," diyerek beni avutmaya çalıştı. "Hiçbir baba küçük bir kıza kayıtsız kalamaz." Bu sözlerin sadece bir avuntu olduğunu iyi biliyordum. Ziyanı yoktu, benim sevgim tek taraflıydı. Benim canımı yakan, beni ölü saymasıydı. Lisa, ben iyi hissedene kadar yanımda kaldı ama o gittikten sonra yine yalnızlığımla baş başa kaldım. Yatağımdan yavaşça kalkarak kütüphaneye gittim. Küçük çalışma masamın başına geçerek bir kalem ve temiz bir sayfa çıkardım.

Merhaba Bay Green,

Artık size nasıl hitap edeceğimi buldum, bir yabancı gibi. Hayatınızda hiç olmamış gibi. Zaten hiç hayatınızda olmadım ki. Şimdiden sizden özür diliyorum zira size çok kırgınım. O yüzden bu mektubum biraz kırıcı olabilir. Biliyorum! Evet, her şeyin sebebinin siz olduğunuzu biliyorum. Kendime hiç itiraf etmesem de bu gerçeği çok iyi biliyorum.

Annemin katili sizsiniz!

Kalbimin katili sizsiniz!

Hayatımın katili sizsiniz!

Güneşe olan nefretimin sebebi sizsiniz. Kan görünce bayılmamın, kapalı alanlarda boğulmamın sebebi, kısaca hayatımın katili sizsiniz. Siz, Nicholas Green, benim katilimsiniz! Bu mektubum diğerlerinden farklı, bu mektubumda size olan özlemim değil, biriktirdiğim tüm nefretimin yanık külleri var.

İlkbahar, yaz veya sonbahar değil; benim hayatım sayenizde hep kış! Siz benim annemi öldürdünüz, yetmedi üstüne bu lanetli kalbi bana verdiniz. Ya ben ölüyorum, ölüyorum! En kötüsü ise ölmekten çok korkuyorum.

Şimdi lütfen söyleyin bana, ben her gün ölümle burun buruna yaşarken siz hangi kızınıza sevgiyle bakıyorsunuz? Benim saçlarıma bir katilin parmakları dolanırken siz hangi kızınızın saçlarını okşuyorsunuz? Benim boynumu keskin bir bıçağın izleri süslerken siz hangi kıymetli kızınıza değerli mücevherler alıyorsunuz?

Sizi asla affetmeyeceğim ama en çok da kendimi affetmeyeceğim. Beni ölüme terk eden bir adama hâlâ kalbimde sevgi beslediğim için en çok uslanmaz kalbime nefretim. Ölmemi mi istiyorsunuz? Peki, siz kazandınız çünkü size istediğinizi vereceğim. Yazdığım onlarca mektup elinize ulaşmazken size olan nefretimi anlatan bu mektubu size göndermek boynumun borcu olsun.

Siz, herkesin büyük bir gıptayla baktığı Nicholas Green, hayatımda sizin kadar kimseden nefret etmedim. Benim için herkese öldü demişsiniz. Bilin diye söylüyorum, bu mektubum elinize ulaştığı an sizin için bu sefer gerçekten ölü biri olacağım. Tıpkı sizin de artık benim için ölü olduğunuz gibi.

Benim ülkemde "Annesi olmayanın babası hiç olmazmış" derler ve ben artık bir öksüz olduğumu kabul ediyorum. Lütfen artık geleceğiniz varsa da beni görmeye gelmeyin çünkü bir babanın yolunu beklemeyi bırakıyorum.

Her şeye rağmen mutlu ve sağlıklı kalmanız dileğiyle.

Yeşil Başar

Gözyaşlarımı sildikten sonra mektubumu katlayıp ayağa kalktım. Kapıyı açacağım esnada aynamın üzerine yapıştırılmış not kâğıdını gördüm. Dışarı çıkıp mektubu oradan geçen bir gardiyana verdim. Cebimdeki not kâğıdına, mektubu ulaştıracağı kişinin adını yazmıştım. Odama girip kapıyı kapattım. Aynadaki notu görünce yavaşça adımlarımı aynaya yöneltim. Kalbimin çıkardığı sesler anlamsızca değişirken notu aldım. Bir aydır bana hiç yazmamıştı. O geceden sonra bir anda onun varlığını hissedemez olmuştum. Tam gittiğine kendimi inandırmışken şimdi yeniden dönmüştü.

"O mektubun babanın umurunda olacağını sanmıyorum.

Not: Seni görmeyen sahte insanlar mı? Yoksa yalnızlıkta saklı olan huzur mu?"

Bildiğim gerçekler yine yüzüme tokat gibi çarptığında elimdeki not kâğıdını öfkeyle parçaladım. Nedendir bilmiyorum ama ona da kızgın hissediyordum.

"Tüm hayatını yalnız geçiren biri, yalnızlığına huzur adı veremez. (Sadece huzur.)

Not: Bir aydır neredeydin?"

Notu aynaya yapıştırıp yerdeki kâğıtları toparladım. Cevap gelsin diye banyoya giderek birkaç dakika duvara bakıp durdum. Yeniden yatak odama geldiğimde cevabının gecikmediğini gördüm.

"Katilini özlemiş olamazsın, değil mi? Ayrıca nerede olduğumu bilmek isteyeceğini sanmıyorum."

Tüm harfleri alay kokan yazıları yine parçalayıp yere attım. Kızgındım, öfkeliydim ve yorgundum ama en çok da tükenmiştim. Bu öfkem kimeydi, bunu bile bilmiyordum.

"Kadın kandan korkuyordu, adam ise kan kokuyordu. Şimdi sen söyle, böyle bir durumda kadın özleyebilir mi ölüm kokan bir adamı?

Not: Nerede olduğun umurumda bile değil, git buradan. Dört ay sonra gelip alırsın sahiplendiğin kalbi!"

Notu yapıştırdıktan sonra kütüphaneye gittim. Puflardan birinin üzerine oturup kollarımı göğsümde birleştirdim. Gitmeyecektim çünkü cevabını merak etmiyordum. Biraz merak ediyor olabilirdim. Kesinlikle inat etmiştim, gitmiyordum. Ne yazdığı umurumda değil! Ne yazmış olabilir ki? Her zamanki gibi bana zıt şeyler. Merak denilen duygudan nefret ediyordum. Hem ona çok kızgındım, her ne kadar neden kızdığımı bilmesem de. Tamam, bir seferliğine bakabilirdim ama sadece bir kereye mahsus. Kendi iç mücadelemi verdikten sonra hızla kütüphaneden çıktım. Yazdığı notu görünce bir an afalladım. Böyle bir cevap beklemiyordum.

"Kadın aptaldı, adam ise kadına kör. Şimdi sen cevap ver: Her şeye, herkese ve özellikle küçük bir kadına kör olan bir adam bekleyebilir mi kadın tarafından özlenmeyi?

Not: Sen bana kapris yapıyor olamazsın, değil mi?"

Ne demek istediğini kesinlikle anlamamıştım fakat not kısmı bir an beni güldürecek gibi oldu. Hiç görmediğim birine kapris yaptığımı sanmıyordum. Beni izlediğini bildiğimden özellikle kaşlarımı çattım. Aklımdaki şeyler farklıyken aniden anlam veremediğim şeyler yazmaya başladım. Tam olarak ne hakkında konuştuğumuzu bile algılayamıyordum. Kelimeler, benden bağımsız dökülüyordu sayfalara.

"Kadın, özlemeyi bırakalı uzun zaman oldu. Adam; sabırsız, beklemez kadını. Kadın ise geride onu bekleyen birini bırakamayacak kadar yorgun.

Not: Neden sana kapris yapacakmışım? Lütfen artık gider misin çünkü kalbimi söküp alacak olan bir katille konuşmayı doğru bulmuyorum!"

Tüm gün böyle saçma şeyler yazıp durdum. Her yazdığımın

altına, gitmesi gerektiğiyle ilgili bol ünlemli notlar bıraktım. İşin ilginç kısmı, yazdığım her not onu daha fazla sinirlendiriyordu. Daha da ilginç olan ise katilimi kızdırmayı sevmiştim. Hangi akıllı insan, onu öldürecek birini bilerek kızdırırdı ki? Bir anda ortaya çıkıp bıçağını kalbime saplayabilecek birinden bahsediyordum. Yaptığımın mantıklı bir yanı olmasa da onu kızdırmaktan kendimi alamıyordum.

"Şunu kes, Dolunay Surat! Seni öldürecek birine kapris yapmak ne kadar doğru? Eğer şu saçma ergenliği hemen bırakmazsan seni öldürmek için dört ay daha beklemem!

Not: Kapris yapan kızlardan nefret ederim, özellikle küçük bir kız çocuğuysa."

Beni ölümle tehdit etmesine daha fazla dayanamadım ve kahkaha attım. Sanırım gerçekten beni öldürmek istiyordu. Bugün fazla sinir bozucu olduğumu fark ettiğimde kıkırdadım. Tuhaf ama avcım ile atışmak hoşuma gitmişti ancak tombul yanaklarıma yaptığı benzetmeyi sevmemiştim. İki yanağımda kocaman dolunayı taşımak hoşuma gitmemişti.

"Ölmek üzere olan birini ölümle tehdit etmek ne kadar doğru? Ayrıca benim yanaklarım aya benzemiyor, sadece azıcık tombul.

Not: Bu not bölümüne yazacak bir şey bulamadım. Sadece notuna notla karşılık veriyorum."

Yazdığım yazıya cevap gecikmemişti.

"Biraz tombul mu? Koskoca ayı yanaklarından taşıyorsun, kaprisli ergen.

Not: Notuma notla karşılık vermendeki mantığı çözmek bile istemiyorum. İlaç saatin geldi, git ve biraz dinlen."

Bugün onu kaprislerimle kızdırdığımı fark edince, sanki beni görecekmiş gibi tebessüm ederek başımı salladım. İlaçlarımı kullandıktan sonra yatağıma girip gözlerimi yumdum. Onun varlığı beni hem korkutmuş hem de bir anda ortaya çıkarak, son bir ayın kasvetini üzerimden söküp atmamı sağlamıştı. Fakat beni ölesiye korkutan şey ona alışıyor olmamdı. Evet, şimdi daha iyi anlıyordum. Bir aydır huzursuz olmamın sebebi babam değildi. Babam, doğduğumdan beri beni ölü kabul etmişti. Babamın yokluğuna alışmıştım. Beni huzursuz eden, altı ay boyunca notlarla konuştuğum Gölge'nin, bir ay boyunca bana yazmamış olmasıydı. Onun gelişiyle tüm hüznüm dağılıp gitmişti. Katilime alışıyordum ancak onu tanımıyordum; hatta yüzünü bile görmemiştim. En kötüsü ise doğum günüme çok az kalmıştı ve o, kalbimi söküp alacaktı.

Gerçekte sen kimsin, Avcı?

Ellerimi kızıl saçlarımdan geçirerek odada volta atmaya başladım. Ne yaparsam yapayım işe yaramıyordu, üzerimdeki korkuyu atamıyordum. Bugün, beklenen büyük gündü, yani benim doğum günümdü. Evet, geriye kalan son dört ayım onunla notlar üzerinden konuşarak su gibi akıp geçmişti. Bugün saat on ikide anlaşmamız bitiyordu. Beni öldürecekti. Yatağıma oturduğumda gözlerim dolmaya başladı. Bir yıl o kadar hızlı geçmişti ki… Onunla sürekli konuşuyordum, her mesajıyla yüzümde küçük bir tebessüm bırakıyordu. Belki yazdıkları güzel değildi ama benim hoşuma gidiyordu. Onunla konuşurken kendimi normal biri gibi hissediyordum. Sanki tuhaf korkuları olan, kalp hastası ve kusurlu bir kız değilmişim gibi gülebiliyordum.

Bana iyi geliyordu, beni öldürecekti fakat varlığı iyi hissettiriyordu.

Saat öğle vaktini gösteriyordu. Gözlerim sürekli aynaya kayıyordu, hâlâ bir şey yazmamıştı. Eminim, beni nasıl öldüreceğini düşünüyordu. Sanki ona küsmüşüm gibi somurtarak kollarımı göğsümde birleştirdim. Eskiden sadece yirmi bir yaşına girmek istiyordum. Bana göre en güzel yaş, yirmi bir olacaktı çünkü o zaman babam beni görmeye gelecekti. Fakat şimdi bir gerçeği yeni yeni fark ediyordum. Aslında en güzel yaşım yirmiden yirmi bir yaşıma geçiş sürecimdi. Son bir yılım, Gölge sayesinde geçirdiğim en sıra dışı yıldı.

"Deborah! Çek ellerini üstümden!" Hemen kapımın önünde duyduğum sesler yüzünden beni korkutan düşünce selinden çıktım.

Bu sesi sanki daha önce duymuştum.

Yatağımdan yavaşça kalkarak kapıya doğru küçük adımlar atmaya başladım. Kulağımı kapıya dayadığımda seslerin daha yoğun geldiğini fark ettim. Merak duyguma yenik düşerek kapının açılmasını sağladım. İleri bir teknolojiye sahip kapım hiç ses çıkarmadan açıldığı için dışarıdakiler beni fark etmemişlerdi. Bir erkek ve bir kız biraz ileride tartışıyorlardı. Erkeğin yüzü bana dönüktü fakat kızın yüzü erkeğe bakıyordu. Hararetli bir şekilde tartışıyorlardı. Bu çocuk bana tanıdık geldi ve gözlerimi kısarak onu incelemeye başladım.

Siyah, kısa saçları dik dikti. İri, mavi gözleri vardı. Bir erkeğe göre fazlasıyla kibar bir buruna ve ince dudaklara sahipti. Yüzü fazlasıyla pürüzsüzdü. Sakallarının izi bile yoktu. Mavi gözlerini daha iri gösteren kalın camlı gözlükleri vardı. Bu çocuk bana çok tanıdık gelmişti. Üzerindeki asker yeşili koyu gömleğin kollarını kıvırdığı için ince kolları gün yüzüne çıkmıştı. Ona en az iki beden bol gelen gömleğin içinde çok sıska görünüyordu. İncecik, dal gibiydi. Gömleğin bir kısmını pantolonun içine koymuş, diğer kısmını tıpkı bir serseri gibi serbest bırakmıştı. Ona yakışıklı demek doğru olmazdı, daha çok bebeksi bir yüzü olan, *kız güzeli* dediklerimizdendi.

Tabii ya! Bu, o çocuktu! Bahçede baygın bir hâlde gördüğüm kişiydi.

Karşısında duran sarı saçlı kız, ellerini onun omuzlarına koydu. Şuh bir sesle, "Bana direnmeni anlayamıyorum. Senin için yeterince güzel değil miyim?" diye sordu gözlüklü çocuğa yaklaşarak.

Kızın, kollarını boynuna dolayıp ona doğru yaklaştığını gören çocuk, gözlerini irice açtı. "Deborah, lütfen ısrar etme artık. İnkâr etmiyorum, her erkeğin aklını başından alacak bir güzelliğin var fakat sen ve ben olamayız!" diyerek kızın kollarını boynundan çekti.

Sesi arada fazla mı ince çıkıyordu?

Deborah, reddedilmenin kızgınlığıyla onu göğsünden sertçe geriye doğru itti. "Neden? Söylesene, neden beni istemiyorsun? Sakın bana *sorun sende değil bende* gibi klişe sözler söyleme!" diye bağırdı.

Artık isyan eden çocuk, "Ama öyle!" dedi. "Sorun gerçekten sende değil, bende. Nasıl söylesem... Ah, tamam, şey... İlgi alanımda değilsin!" Çocuğun söylediklerine karşılık Deborah susmuştu ama ben şoka girmiştim.

Gay miydi?

Deborah da benimle aynı şeyleri düşünmüş olmalı ki, "Gay misin?" diye sordu hayal kırıklığı içinde.

Sıkıntıyla yüzünü buruşturan çocuk, ensesini kaşıdı. "Sanırım," dedi acı çeken bir sesle. Sanki düştüğü duruma inanamıyormuş gibiydi.

Deborah önce sustu ama daha sonra kahkaha atmaya başladı. Bu serseri tipli çocukla aynı anda kaşlarımız havalanmıştı. Onlar hâlâ benim varlığımın farkına varamamıştı. "Sen ve gay olmak?" Deborah, eliyle onu gösterip gülmeye devam etti. "Benden kurtulmak için daha inandırıcı bir yalan söylemeni beklerdim. Geçen gizlice depoya inip dosyanı okudum. Edward, orada tecavüz suçundan yargılandığın yazıyordu. Hem de on dört yaşından küçük beş kıza tecavüz etmişsin," dediğinde korkuyla ellerim göğsüme gitti. Bu çocuk tecavüzcü müydü?

Oysaki çok tatlı birine benziyordu.

Aslında erkeğe bile benzemiyordu.

Artık ağlayacak hâle gelen çocuk, Deborah'ya yalvarır gözlerle baktı. "O lanet dosya tamamen Ingrid'in halt yemesi! Eğer Alacakaranlık[3] tutkusunu yenip Edward yerine Haris ismini kullansaydı, bütün bunlar başıma gelmezdi! Resmen tecavüzcü bir pisliğin suçunu çekiyorum! O sapık ile olan inanılmaz benzerliğimiz de cabası!" diye kükredi.

Kafam allak bullak olmuş bir hâlde ne demek istediğini düşündüm fakat hiçbir şey anlamadım. Sanırım bu konuda yalnız değildim çünkü Deborah, "Seni anlamıyorum," dedi.

Deborah'nın şaşkınlığı üzerine Edward bir anda telaşlandı. Sanki söylememesi gereken bir şeyi ağzından kaçırmış gibiydi. Ellerini panikle öne doğru sallayıp, "Sadece saçmaladım işte, unut söylediklerimi. Tamam, kabul ediyorum... Tecavüzcü pisliğin te-

[3]Alacakaranlık (İngilizce özgün adıyla Twilight), Stephenie Meyer'in 2005'te yazdığı aynı adlı romanından uyarlanan 2008 yapımı Amerikan filmi.

kiyim ve gay değilim!" Sanki şu durumdan kurtulmak için her şeyi kabul edecekmiş gibi görünüyordu.

Kabul mü etti? Lanet olsun, bu çocuk gerçekten tecavüzcü bir sapıkmış! Nedense kurbanları aklıma gelince ona karşı bir kin gütmeye başladım.

Deborah, duydukları onu mutlu etmiş olmalı ki kollarını yeniden Edward'ın boynuna sarıp ona sırnaştı. "O zaman beni reddetmen için bir sebep bulamıyorum," deyince göz devirdim. Karşısında duran serserinin bir tecavüzcü olduğunu hâlâ anlamamış olabilir miydi?

Edward sıkıntıyla oflayacağı esnada başını kaldırdı ve beni gördü. Başta afallayarak uzun uzun tepeden tırnağa beni inceledi fakat daha sonra aklına şeytani bir fikir gelmiş gibi sinsice sırıttı. Deborah'nın kollarını bilmem kaçıncı kez boynundan çekti. Yüzüne hüzünlü bir ifade kondurup Deborah'nın omuzlarını tuttu. "İnan ben de seninle olmayı çok isterdim ama özgür bir erkek değilim," dediğinde gözlerindeki haylaz parıltılardan yalan söylediğini anladım.

Kollarımı göğsümde birleştirerek ona ters ters bakmaya başladım. Mahkûm da olsa karşısında bir kız vardı ve ona yalan söylemesi hiç centilmence bir davranış değildi. "Ne demek istiyorsun?" Deborah ya biraz aptaldı ya da körkütük âşıktı. Karşısında duran sapığın yalan söylediğini göremiyordu.

Gözleri beni bulan sapık serserinin yüzünde bir gülümseme oluştu. Gözleriyle beni göstererek, "Bir sevgilim var ve şu anda kadınım tam arkanda," dedi büyük bir rahatlıkla.

Sevgili mi dedi o tecavüzcü?

Kadınım mı?

Afallayarak etrafıma baktım, sevgilisini bulamayınca başımı kaldırdım ve bana öfkeyle bakan bir çift kahverengi göz gördüm. Deborah elini beline koymuş, her an üzerime atlayacakmış gibi duruyordu. *Bu kız neden bana böyle bakıyor,* diye kendimi sorgularken fark ettiğim şey yüzünden gözlerim irice açıldı. Sevgilisi ben miydim?

Ben afallayarak yerimden hareketsizce dururken Deborah üzerime yürümeye başladı. "Seni ucube!" diye ortalığı ayağa kaldırdı.

"Hangi ara odandan çıktın da sevgilime göz koydun!" Bağırarak bana yaklaşmıştı ki sevgilim dediği çocuk kolundan onu yakaladı. "Deborah! Kes şunu ve kadınıma karşı saygılı ol!" diyerek ona kızdı.

Tanrı'm, hâlâ kadınım diyor!

Gözleri dolan kız, bana saldırmaktan vazgeçerek eliyle beni gösterdi. "Bu kızın benden üstün neyi var? Taşıdığı kalp dışında zavallının teki! Lanet olsun, Edward! Kız konuşma engelli!" Öfkeyle sarf ettiği kelimeler sertçe yutkunmama sebep olmuştu. Haklıydı.

Bakışlarını bana çeviren baş belası serseri, bulunduğum koridora baktı. Sanki bu katın yasak bölge olduğunu yeni fark etmiş gibiydi. Buradaki mahkûmların hepsi, altıncı blokta gardiyanların ve bilimcilerin dışında sadece benim kaldığımı iyi bilirdi. Bu yüzden daha yeni yeni "Taşıyıcı" olduğumu anlıyordu. Bunu yeni fark etmiş gibi derin bir nefes aldı. "Deborah, git buradan. Kimsenin engeliyle dalga geçemezsin," diyerek ona tekrar kızdı. "Eğer bir engelden bahsedeceksek, bu kız sadece konuşamıyor. Fakat senin gibi tüm ailesini uyuşturucu için öldüren bir kızın kusurları saymakla bitmez!" Sert bir sesle beni savunmasını kesinlikle beklemiyordum.

Deborah hakkında öğrendiğim kan dondurucu gerçek ise beni şoka uğratmıştı. Âşık olduğu çocuktan böyle şeyler duymanın dehşetini yaşayan kız kaşlarını çattı. "Bu söylediklerin için pişman olacaksın, ikinize de bunun bedelini ödeteceğim!" diye bağırdı ve gitti. Hayal kırıklığına uğramıştı.

O gittikten sonra bakışlarımı yavaşça bu serseriye diktim. Deborah'nın gittiği yere bakıp yüzünü buruşturdu. "Bana ne yapabilir ki zaten? Yakın zamanda infazım gerçekleşiyor," diye sessizce homurdandı. İnfazına ne kadar zaman kalmıştı ki?

Yanıma yaklaşıp tam karşımda durdu. "Seni de üzdüm, değil mi?" dedi pişmanlık içinde. "Fakat bir yıla yakın süredir bu tımarhanede neler yaşadığımı bilemezsin," dedi ve eliyle odamı işaret etti. "Senin hakkında çok şey duydum. Sen bu lanet okulda kapalı kapılar arkasında yaşam savaşı veriyorsun, ben ise suçsuz yere en azılı katillerin arasında yaşamaya çalışıyorum." Elini omzuma koyup içten bir şekilde tebessüm etti. "Emin ol, burada suçu olmadığı hâlde tutsak edilen sadece sen değilsin." Bana göz kırptıktan sonra gardiyanlar gelmeden, hemen merdivenlere yönelip gözden kayboldu.

Şaşkınlık içinde arkasından baktım. Ne tuhaf bir çocuktu. Üstelik söylediklerinden hiçbir şey anlamamıştım. Bugüne kadar burada gördüğüm erkekler yalnızca bilimcilerdi. İlk kez böyle değişik birini görüyordum. Nasıl desem, bir erkeğe göre fazla kadınsı hareketleri vardı. Özellikle sesi arada kız gibi inceliyordu.

Bu konu üzerinde daha fazla düşünmeden odama geri döndüm. Kitap okumak için kütüphaneye gidecektim fakat aynada gördüğüm not yüzünden sertçe yutkundum. Bugün benim doğum günümdü, aynı zamanda ölüm günümdü de. Gölge bana bir not bırakmıştı, bu not bir yıldır bana yazdıklarından farklı olmalıydı. Aklımdan ışık hızıyla binlerce senaryo geçti, hepsi de beni nasıl öldüreceğiyle ilgiliydi. Derin bir nefes alarak yavaşça notu elime aldım.

"Dokunsam ağlayacak gibisin. Şu ifadeden kurtul. Henüz gece yarısına saatler var, Dolunay Surat.

Not: Camdan dışarıya bak. Ölmeden önce belki güneşi görmek istersin, Dilsiz Kız."

Ne güzel moral veriyordu öyle!

Ağlamamak için kendimi sakinleştirip yavaşça pencereye doğru yürüdüm. Beni öldüreceğini açık açık söylüyordu, bunun nesi güzeldi? İnsan doğum gününde mutlu olmalıydı ama ben ağlamamak için büyük bir çaba sarf ediyordum. Gözlerimdeki yaşlar tuttuğum yasa, çekingenliğim ölümeydi. Kalbimdeki büyük matemle pencerenin önünde durdum. Ellerim, bu bez parçasının arkasında duran yanık gökyüzünün kızgın ışıkları yüzünden titriyordu. Nefes al, geri ver; nefes al ve ver. En az on defa bu eylemi tekrarladım. Nefes almaya ihtiyacım vardı. Parmaklarımın ucuyla beni düşmanımdan koruyan kalkanımı yavaşça çektim. Çok değil, sadece bir tırnak genişliğinde açtım perdeyi. Güneş ışıklarının ince kırbacını tenimde hissedince derimin altındaki etimin kavrulduğunu hissettim.

Yapabilirsin.

Kendime sürekli aynı şeyleri hatırlatsam da ritmi değişen kalbim, benimle aynı fikirde değildi. Nefes alışlarım hızlandı. Daha fazla dayanamayacağımı biliyordum. O yüzden vakit kaybetmeden camdan dışarıya baktım. Gün ışığı tüm korkutuculuğuyla bahçeyi aydınlatıyordu. Mahkûmların hepsi kendi hâlinde takılıyordu. Işıktan dolayı yaşlarla dolan gözlerim, onların üzerinde büyük bir gıptayla gezindi. Mahkûm bile olsalar gün ışığına karşı özgürdü hepsi. Benim aksime...

Dışarıya daha fazla bakamadım çünkü bedenim deli gibi titriyor, ayaklarım tutmuyordu. Güneş korkum nabzımın hızlanmasına sebep olmuştu. Perdeyi hızla kapattığımda dizlerimin bağı çözülmüş gibi yere yığıldım. Kesik kesik nefesler aldığım için ter içinde kalmıştım. Lanet olsun, bugün bir suikastçı ve ölüm çemberi arasında sıkışıp kalacaktım. Kriz geçirmek üzere olduğumu fark edince, kendimi zorlayarak ayağa kalktım. Sarsak adımlar atarak makyaj aynamın önüne oturdum. Astım ilacımı kullandıktan sonra titreyen parmaklarımı hareket ettirerek diğer ilaçlarımı aldım. Yaklaşık on dakika boyunca yaşadıklarımın şokundan çıkmak için öylece bekledim. Kahretsin! Sadece birkaç dakikada ne hâle gelmiştim. Midem bulanınca koşarak banyoya gittim. Sabah yediğim her şeyi öğürerek klozete boşalttım. Elimi yüzümü yıkadıktan sonra kasılan karnımı tutarak banyodan çıktım. Yatağıma gireceğim esnada yatağın üstünde bir not gördüm. Bunu, o bırakmıştı. Sanki unutmam mümkünmüş gibi bana ölümü hatırlatıyordu.

"Son saatlerinin tadını çıkar, Küçük Melez."

6

KAÇMAK İÇİN ÇOK MU GEÇ?

"Oysaki aşkın en güzeli, kitaplarda olanıydı. Saf, temiz ve el değmemiş masumiyetin heyecanı vardı o aşklarda."

Anlamsız düşünceler, zihnimde birikiyordu. Yaşadıklarımın hezimetine uğramıştım, yaşayamadıklarım ise içimde ukdeydi. Ben hayatı yaşamıyordum, hayatım beni yaşıyordu. Beni yönlendiriyor, biçimlendiriyor ve bana şekil veriyordu. Ben sadece hayatın beni ne denli hoyratça yaşadığını izliyordum. Beni parçalara bölüyor, kimsesizlikle çarpıyor ve acıyla yoğurduktan sonra ortaya bir ölüm çıkarıyordu. Güldüm. Hiçbir zaman melankolik bir ruh hâline giremezdim ve bu sefer de kendi doğrularıma güldüm. Ne zaman gerçekten üzülsem içten bir tebessüm sarardı beni. Sahte değil, yanılgı hiç değil; gerçek ve derinlerden gelen bir gülüştü benimkisi. Yüreğim yaslı, aklım firari ve bedenim sürgün olsa da benim gerçekten gülmek için bir sebebim vardı. *"Bugün de akşamı buldum."* İşte bu cümle beni gülümsetiyordu. Her sabah, bugün ya geceyi göremezsem diye uyanıyor; akşam ise bir gün daha bitti diye tebessüm ediyordum. Ömrümün sayılı günlerinde, her gecenin büyük bir önemi vardı.

İnsan son gününde neler yapardı, bilmiyordum fakat ben tüm günümü kitap okuyarak geçirmiştim. Lisa ara sıra odama geliyor ve beni kontrol ettikten sonra geri gidiyordu. Şimdi yine gelmişti ve sorunun ne olduğunu anlamak için yüzümü inceliyordu. "Pekâlâ," dedi sıkıntı içinde. "Neyin olduğunu merak ediyorum ama şimdi gitmem gerekiyor." Lisa saatini kontrol ederek ayağa kalkınca, elimdeki kitabı yatağa bırakıp ben de peşinden kalktım.

"Nereye gidiyorsun?" Gün arası sürekli ortadan kaybolduğu için nereye gittiğini merak ediyordum.

Sorduğum soruya tebessüm ederek bana baktı. "Yapmam gereken işlerim var." Beni avutmak için bunları söylediğini biliyordum.

"Ne gibi işler?" Sorduğum soru onu rahatsız etmiş gibi bakışlarını kaçırmıştı.

"Bilmen gerekmiyor."

"Ama bilmek istiyorum," dedim ısrarla.

"Yeşil." Bana doğru yaklaştı. "Nereye gittiğimi biliyorsun." Evet, biliyordum. O da bir infazcıydı ve zamanı dolan bir mahkûmu öldürmeye gidiyordu. Tıpkı benim zamanımın da dolmak üzere olduğu gibi.

"Beni de götür, Lisa." Daha önce ölüm görmemiştim ve birkaç saat sonra öleceğim için nasıl olacağını bilmek istiyordum.

Kaşlarını çattı. "Daha önce böyle bir istekte bulunmamıştın." Gözlerini kısarak beni şüpheyle inceliyordu. "Neden bunu istiyorsun?" Lisa fazlasıyla zeki bir kadın olduğu için bir sorun olduğunu hemen anlamıştı.

Gülerek omuz silktim. *"Sıkıldığım için merak ediyorum."* Umarsızca düşüncelerim, onu rahatsız etmiş gibiydi. "Ölümü merak etmemelisin, Yeşil. Ayrıca kalbin göreceklerine dayanamaz." Bir anne şefkatiyle benim için endişelenen kadına tebessüm ettim. Buradaki tek sığınağımdı ve yalnızlığıma ortak olan tek arkadaşımdı.

"Lütfen, Lisa. Kötü olursam odama dönerim." Ellerim ona yalvarmak için hareket edince pes etmiş gibi başını salladı. "Kendini azıcık kötü hissedersen hemen odana döneceksin, söz mü?" diye sordu. Başımı olumlu anlamda sallayınca isteğimi kabul etti.

Pijamalarımın üzerine hırkamı giydikten sonra Lisa ile odamdan çıktık. Bir üst kata gelmiştik. Merdivenlerde ilerledikçe kulağıma gelen çığlık sesleri yüzünden ürperdim. Sanki birileri acı çekiyor gibiydi, duvarlarda çığlıklar yankılanıyordu. Lisa beni göz hapsine almıştı ve her an vazgeçecekmiş gibi bir hâli vardı. Koridora çıktığımızda kapıların üzerindeki sayılar dikkatimi çekti. 721, 722 diye sıralanmıştı. Benim oda numaram 698'di. Acaba bu şatoyu aratmayan tesiste toplam kaç oda vardı? Buranın son kat olmadığını biliyordum. Daha önce Lisa bana Ötanazi'nin planını göstermişti. Projede çok fazla oda ve gizli çıkış olduğunu fark etmiştim. Fakat odamdan hiç çıkmadığım için okulu daha önce gezmemiştim, zaten gördüklerimin çoğunu unutmuştum bile.

Lisa ile özel bir sistemle korunan kapılardan geçiyorduk. Buralarda duyduğum çığlıklara ve yalvarma seslerine kulaklarımı kapatmak istedim. Bazı kapıların üzerindeki sayılar, kırmızı boyayla yazılmıştı. Bunlardan daha çok ses çıkıyordu. Siyah boyayla yazılı kapılardan genellikle sayıklama sesleri duyuluyordu. Bir doktor, kırmızı sayılı odalardan birinden çıktı. Kapı aralığından içeriye bakmak için kafamı uzattığım an kapıyı hızla arkasından çekti. İçeride olanları göremedim fakat doktorun beyaz önlüğüne sıçrayan kan lekelerini görünce başımı hemen başka bir tarafa çevirdim. Ona daha fazla baksaydım muhtemelen hemen bayılırdım. Lisa, doktora selam verdikten sonra kolumu tutarak yürümeme yardım etti.

Nihayet bir kapının önünde durduk ve Lisa, boynundaki yaka kartını çıkardı. Kapının sol tarafındaki güvenlik sistemine kartı okutunca kapı açılmıştı. Siyahla 739 yazılmış kapıdan içeri girdiğimizde ilk dikkatimi çeken, yatakta bağlı bir şekilde yatan yaşlı bir adam oldu. Elleri yatağın iki tarafından kemerle bağlandığı için uzun ve ince parmakları titriyordu. Ayak bileklerinden de aynı şekilde yatağa bağlanan adamın hâli içler acısıydı. "Merhaba, Lincoln." Lisa adama tebessüm ederek köşedeki dolabı açtı ve içinden bazı ilaçlar çıkardı. Ben de bu sırada adamı incelemeye devam ediyordum.

Altmışlı yaşların ortasında görünen ihtiyar adamın, ne suç işleyip de buraya düştüğünü merak ettim. Beyaz saçlarının bir kısmı dökülmüştü. Kırışık ve geniş alnı, kalın kaşlarını çattıkça daha çok kırışıyordu. Siyah ve gür kaşlarının altında cam gibi parlayan soluk mavi gözleri, bir yırtıcı gibi delice etrafını inceliyordu. Zayıf bedeni solgundu. Hızlı bir şekilde alıp verdiği nefesler yetersiz gibi görünüyordu.

"Sen..." Gözleri beni bulduğunda yorgun sesini işitmiştim. "Taşıyıcı ve değerli kal..." dedikten sonra rahatsız edici bir şekilde kahkaha attı. Sesindeki alayın sebebini anlayamamıştım.

Gözleri temkinli bir şekilde, sırtı bize dönük olan Lisa'yı bulduktan sonra tekrar bana baktı. "Yaklaş, Taşıyıcı," diye fısıldadı. Beni daha önce hiç görmediği hâlde Taşıyıcı olduğumu nasıl anladığını merak etmiştim.

Neden yaptım, bilmiyordum ama ona doğru kısa adımlar attım ve yatağının yanında durdum. Yaşlı olması, ondan korkmama engel değildi. Güvendiğim tek şey, yatağa bağlı olmasıydı. Ona iyice yaklaştığımda uzun uzun yüzümü inceledi. "Taşıyıcı ölürse kalp de ölür, o yüzden isteseler de şu anda seni öldüremezler," diye fısıldadı. Gözlerimi irice açtım. Sanki bana bir şeyler anlatmaya çalışıyordu.

Ona, bunu sormak istedim ama yaşlı gözleri, yazdıklarımı okuyamayacak kadar yorgun bakıyordu. Bana acımış gibi bakarken, "Sen ölürsen kalp işlerine yaramaz, o yüzden kalbi aldıklarında hayatta olman gerekiyor," dedi. Duyduklarım karşısında sertçe yutkundum. Yani biri kalbimi almaya çalıştığında bunu, beni öldürmeden mi yapacaktı? Suikastçım bunu biliyor muydu? Sanmıyordum. Karşılaştığımız o ilk gece, kalbimi oracıkta sökecekti. Daha göğüs kafesimi açmadan tek bir bıçak darbesiyle ölürdüm. Sanırım o da bilmiyordu öldüğümde kalbimin bir işine yaramayacağını.

Yaşlı adam gözleriyle Lisa'yı gösterdi. "İnfazcılara güvenme çünkü onların da senin için farklı planları..." demişti ki Lisa yanımıza gelince sustu. *"İnfazcılara güvenme"* derken Lisa'ya bakması beni korkutmuştu ama odadaki tek infazcı Lisa olduğu için onu göstermiş de olabilirdi. Böyle düşününce daha iyi hissediyordum, tek arkadaşımı da kaybetmek istemiyordum.

Yaşlı adamın söylediklerinden etkilenmiş gibiydim, şüpheyle Lisa'ya baktığımda kaşlarını yavaşça yukarı kaldırdı. "Bir sorun mu var?" diye sorduğunda kendimi toparlayıp *hayır* anlamında başımı iki yana salladım. Artık bu okulda ters giden bir şeyler olduğunu hissediyordum.

Lisa bakır tepsinin üzerine üç farklı renkte küçük şişe koymuştu. Ayrıca bir tane de büyük şırınga vardı. Tepsiyi yatağın yanındaki küçük dolabın üzerine koyduktan sonra şırıngayı eline alınca yaşlı adam daha çok çırpınmaya başladı. "Hayır! Lütfen bunu yapma!" diye bağırıp ellerini çektikçe yağlı bir urganı aratmayan kemer, ince bileklerinde yaralar açıyordu.

Üç şişeden aldığı farklı sıvıları şırıngaya çeken Lisa, onun çığlıklarını duymuyordu. Son derece soğukkanlı bir şekilde ilacın dozunu ayarlamaya çalışıyordu. "Yardım et, ne olur!" Adam bana bakarak aman dilenince nefes alışlarım hızlandı.

Aceleyle Lisa'nın yanına giderek kolunu tuttum ve bana bakmasını sağladım. *"Yapma, zaten çok yaşlı, fazla yaşamaz,"* diyerek tanımadığım bir adamın hayatı için ona yalvarmaya başladım.

Lisa, "Üzgünüm," deyip benden uzaklaştı. "Bu, benim işim. Ayrıca diğerlerine göre acısız bir ölüm yaşayacak." Sanki söylememesi gereken bir şeyi ağzından kaçırmış gibi hiç bozuntuya vermeden bakışlarını benden kaçırmıştı. Diğerlerine göre derken neyi kastetmişti?

Kırmızı numaralı odadakiler nasıl ölüyordu?

Sonuçta bu mahkûmların hepsi yapılacak deneyler için seçiliyorlardı. Oda, sıradan bir klinik odasını andırıyordu. Küçük bir dolap, kelepçeli yatak ve rengi solmuş saten bir perde dışında herhangi bir şey yoktu. Laboratuvarın buradan çok farklı bir yer olduğuna emindim. Lisa, ölmekten korkan adamın yakarışlarına aldırmadı. Ona inat acımasızca şırıngayı boynuna sapladı. Şırınganın içindeki tüm ilacı ona enjekte ettiğinde korkudan ürperdim. Yaşlı adam titreme nöbetleri geçirmeye başlamıştı. Daha kötü olansa Lisa'nın verdiği tepkilerdi. Gözleri tehlikeli bir şekilde ışıldarken dudakları bu gördüklerinden memnun kalmış gibi yavaşça kıvrılmıştı. Okuduğum kitaplardan biri, öldürmeyi alışkanlık hâline getiren insanları anlatıyordu. Başta onları rahatsız eden bu hissin, sonradan onlara hastalıklı derecede zevk verdiğinden bahsediyordu. *Acaba mı?* diye düşünmeden edemedim. Acaba Lisa ölümlerden zevk alıyor olabilir miydi? Bunun düşüncesi bile ürpermeme sebep olduğu için bu rahatsız edici düşünceden kurtulmak istedim.

Adam, ilacın etkisiyle öyle bir bağırmıştı ki bu sesi yeniden duymamak için ellerimle kulaklarımı kapatmak zorunda kalmıştım. Gözleri yuvalarından fırlayacakmış gibi irileşti, göz bebekleri büyüdü. Çenesi kilitleniyor, dişleri birbirine çarpıyordu. Ortaya çıkan ses, gözlerimin dolmasına neden oluyordu. Çırpınırken parmaklarını açıp kapatıyordu. Solgun teni, nefesini tutmuş gibi morarmaya başlamıştı. Yüzündeki ve boynundaki damarlar şiştiğinde, korkudan elimi hızlanan kalbime koydum. Adamın gözlerinden gözyaşı yerine ince bir çizgi hâlinde kan akmaya başlayınca dudaklarımdan çıkan hıçkırığa engel olamadım. Bir çizgiyi andıran kan, gözlerinden süzülüp yüzündeki kırışıklıkların arasından akmaya başladı. Bu manzara kan dondurucuydu. Ağzından köpükler ve sarı sıvılar geliyordu. Gördüklerime daha fazla dayanamayıp ağlamaya başladım. Solgun, buz mavisi gözleri beni bulduğunda çırpınmaya bırakmıştı. Yumruk olan elleri gevşeyerek açıldı, artık çırpınmıyordu. Son nefesini verirken bana bakmıştı. Onun ölümünün her saniyesine şahit olmak, berbat hissetmeme sebep olmuştu.

"Yeşil?" Lisa, adımı söyleyip koluma dokunduğunda, çığlık atarak ondan uzaklaştım. Korktuğumu görünce derin bir nefes alarak, "Odana git ve ilaçlarını kullan, iyi görünmüyorsun," dedi. Hayal kırıklığı içinde ona bakarak geri geri gitmeye başladım.

"Onu öldürmek zorunda değildin!" Öfkeliydim, daha fazla orada kalamadım ve arkamı dönüp, koşarak odadan çıktım.

Ölüm böyle dehşet verici olmamalıydı!

Adamın gözleri aklıma geldikçe çıldıracak gibi oluyordum. Bir dakika öncesine kadar bana bir şeyler anlatmaya çalışıyordu fakat sonrasında ölümünü anbean izlemiştim. Benim böyle bir yerde ne işim vardı? Babam beni ölüm okuluna gönderirken aklından ne geçiriyordu, bilmiyordum! Lanet olası okulun her yerinden ölüm fışkırıyordu. Mahkûmların attığı sessiz çığlıkları, ruhumun derinliklerinde duyabiliyordum. Sarsak adımlar atarak ilerliyordum, odama nasıl girdiğimi bilmiyordum. Sırtımı kapıya yasladığımda sanki güvenli bir alana geçtiğimi hissettim, bedenim gevşemeye başladı. Yıllarımı geçirdiğim küçük sığınağımın içinde rahat bir nefes alabilmiştim. *"Geçti..."* diye dudaklarımı oynatarak kendimi teselli etmeye çalıştım ancak geçmiyordu.

Işığı açmak için duvarın yanına birkaç adım atmıştım ki gözlerim dijital saate takıldı. Gece yarısına son iki dakika kalmıştı. Orada öylece durup saati izlemeye başladım. Hayır, ışığı açmadım. Birazdan hayatımdaki tüm ışıklar söneceği için buna gerek duymadım. Dakikalar saniyelere dönüştü. Her geçen saniye, kalp atışım daha fazla hızlanıyordu. 23.57, 23.58, 23.59 ve saat 00.00 olmuştu. Zaman gelmişti.

Bir yıl dolduğu için anlaşmamız sona ermişti, artık yirmi bir yaşımdaydım. Önce burnuma amber ve misk kokuları doluştu, hemen sonra arkamdaki adım seslerini duydum. Dakikti, tam zamanında gelmişti. Artık odamdaydı ve beni bekliyordu. İki adım atarak odanın ortasına doğru yürümek için kendimi zorladım. Yaklaştı, nefes aldım; yaklaştı, daha sık nefes aldım ve tam arkamda durdu. Ilık nefesini saçlarımın arasında hissediyordum. Alıp verdiği her nefes, ürpermeme sebep oluyordu. Hızlı hızlı nefesler alıyordum. Şiddetli derecede terliyordum. Şakaklarımda biriken ter damlası, yavaşça yanağıma doğru süzüldü. Soğuk elini boynumda hissettiğimde başım dönmeye başlamıştı. Sanki biri sert bir cisimle kafama vurmuş gibi sarsılmıştım. Bedenimdeki titreme durmuyordu, tüm vücudum artçı şoklara maruz kalmış gibiydi. Buradaydı, tam arkamda; beni öldürecekti. Gözlerim doldu, onun dudaklarını kulağımın çok yakınında hissettim. Belime sürtünen kolunun yaydığı enerjiyle nefesimi tutmuştum. Hemen sonra kalbimin üzerinde bir bıçak hissettim.

"Öleceğin gün, birinin ölümünü izlemen ne acı, Melez Kız!"

7

BENİMKİ ÖLÜM KALIM MESELESİ

"Tüm ışıklar söndüğünde bir ışık aradım. Gördüğüm tek ışık, pencereme yansıyan ay ışığı ve göğsümdeki bıçağın pırıltısıydı."

Gözlerimi kapattım, karanlıktı ama ben yine de gözlerimi kapatmıştım. Açık camdan burnuma çam ağaçlarının kokusu geliyordu. Sonbaharın son demlerini yaşayan yüreğim, amansız bir hastalığın pençesinde kıvranıyordu. Gözlerim kapalıydı ve aklımdan, okuduğum son kitaptan birkaç alıntı geçiyordu. Sahi, konusu neydi kitabın? Unuttuğumu fark ettim. Tuhaf, oysaki bu sabah okumuştum. Aradığım cevaplar aniden doluştu aklıma. Bir kadını anlatıyordu, sevdiği tarafından ihanete uğrayan bir kadını... Ancak ben kitapta adamdan çok kadından nefret ettiğimi hatırlıyordum. Bu esnada bıçak kalbimin üzerine doğru süzülüyordu ve ben, kendimi kitabı düşünmek için zorluyordum. Evet, adam yerine kadından nefret ediyordum çünkü o da adama ihanet etmişti. Nefes alışlarım gittikçe hızlanıyordu. Sırf adama kızgın olduğu için kadın da onu aldatmıştı. Lanet olsun, düşüncelerimi bıçaktan uzaklaştırmalıydım. Kadının ihanetini saçma bulmuştum. Ateşe ateşle karşılık verdiği için onu aldatan adamdan bir farkı kalmamıştı. Bana göre kadın adama ihanet etmiyordu, aşkına ihanet ediyordu. Rüzgâr saçlarımı uçuşturuyor ve her teli onun hemen arkamdaki yüzüne savruluyordu. Olmuyordu! Aklımı saçma sapan şeylerle meşgul etmeye çalışıyordum fakat arkamda nefesi, göğsümde keskin bıçağı varken bu imkânsızdı.

Bekledikçe korkum daha da şiddetleniyordu. Bir kere değil, bin kere ölüyordum. Hâlâ neyi bekliyordu? Böyle yaparak daha çok acı çektirdiğini görmüyor muydu? Derin bir nefes alarak usulca gözlerimi açtım. Kalbimin çıkardığı sesler, tüm odayı dolduruyordu. Kaçmak istiyordum, hemen şimdi ondan kurtulmak istiyordum. Aniden kalbimdeki bıçağı çekti ve omzumu kavrayıp sırtımı duvara yasladı. Her şey o kadar hızlı olmuştu ki arkamdayken bir anda kendimi onunla duvar arasında sıkışıp kalmış buldum. Şimdi tam karşımdaydı. Nefesinde bile öfke vardı, bu öfkeyi yüzümün her santiminde hissedebiliyordum. Evet, bana kızgındı. Bunu, bıçağı yeniden göğsüme dayamasından anlıyordum. İyi ama neden? Onu kızdıracak ne yapmış olabilirdim?

Bıçağı, tişörtümün üzerinden hafifçe bastırdığında gözlerim doldu. "Bu gece hiç olmadığı kadar öldürmek istiyorum seni!" Dişlerini sıkarak söylediği bu öfkeli sözler ağlamama sebep oldu.

Bıçağı tenime bastırıyordu. Ansızın aklıma hiç olmayacak bir şey geldi, afalladım. Bu olabilir miydi? Beni öldürmek konusunda kararsız olabilir miydi? Bu ihtimal, sadece benim saçma sapan düşüncelerimdi. Derin derin nefes alırken gözlerimi esir alan nem, yanaklarımın ıslanmasına neden oldu. Odamda büyük bir deprem oluyor ve ben bu sarsıntının arasında kalıyor gibiydim. Önce deli gibi ağlamak, hemen sonra nefesim kesilene kadar koşmak istiyordum. Ondan ve bu okuldan uzağa gitmek istiyordum. Hemen sonra aklıma bir şey geliyordu ve ben koşamıyordum. Kaçsam nereye gidebilirim ki? Bu gerçek, oldukça ağırdı benim için. Aklım, rüzgâra kapılmış küçük bir tüy gibi uçuşuyordu güz sancısına. Ben ne yapıyordum? Ne yapmam gerekiyordu? Daha birçok soru vardı ancak tek bir cevabım vardı: Bilmiyordum. Titreyen ellerimi ona uzatıp göğsümde duran soğuk elini tuttum. Ürperdim; eli soğuktu, fazla soğuktu. Onunla olan bu küçük teması sevmemişti kalbim. Bana baktığını hissediyordum, ne yapacağımı görmek istiyordu. Ne yaptığımı bilmiyordum. Karanlıkta birbirimizi göremiyorduk ama hissedebiliyorduk.

Ve kendimden beklemediğim bir şey yaptım.

Aniden bıçağı tutan elini kavradım ve sertçe göğsüme doğru çektim fakat bunu yapacağımı son anda tahmin etmiş gibi hızla bıçağı göğsümden çekip yere attı. Bıçağın zemine düşerken çıkardığı tok sesler, alamadığım nefeslerin günahını taşıyordu. Kendimde değildim, aklım bomboştu, her şey silinmiş gibiydi. Çığlık atmak istiyordum, tüm odayı dolduracak deli gibi çığlıklar... Yapamadım! Şu durumda bile çığlık atacak bir sesim yoktu. Onu kızdırmıştım. "Bunu yapacaktın!" diye bağırdı. "Engel olmasaydım bunu gerçekten yapacaktın!" Sesi öfkeliydi ama kaybetme korkusuyla da dolu gibiydi.

Benden ne istiyordu? Beni öldürecekti zaten, o hâlde neden engel olmuştu bana?

Her şey bir an önce olsun ve bitsin istiyordum, ağlamaya başladım. Geride bıraktığım her saniye benim için işkenceydi. Boğazımdan çıkan hırıltılı sesler kulak tırmalıyordu. Her hıçkırığım onu daha fazla kızdırıyordu. Bunu, aldığı nefeslerin yüzüme tokat gibi çarpmasından anlıyordum. Dişlerinin arasından, "Kes şunu!" diye hırladı. Yapamadım, içinde bulunduğum karamsar ruh hâli daha fazla ağlamama sebep oluyordu. "Sana şunu kes dedim!" Yumruğu hemen kulağımın yanından geçmiş ve duvarla bütünleşmişti.

Korkuyla sıçradığım esnada omuzlarımı kavrayıp beni sarstı. "Neden? Ölüm senin için kurtuluş olur!" dedi öfkesiyle ikimizi de yakıp geçerken. "Sen de bunu istiyorsun. Peki, beni engelleyen şey ne?" Öfkeli sesi tereddütlerle doluydu. Beni öldürmek istiyordu fakat bunu yapamıyor gibiydi.

Sorduğu sorunun cevabı bende de yoktu. Elini uzatıp göğsümün üzerine, tam kalbimin üzerine bastırdı. Bana o kadar yakındı ki verdiğimiz nefesler birbirine karışıyordu. Kalbimin üzerinde yırtıcı bir pençe gibi duran eli fazla sahipleniciydi. Kalp atışlarımı duyabiliyordu. Kalbim onun ellerinin altında kuş gibi çırpınıyordu. Nefes al ver, nefes al ver. Sürekli bunu kendime hatırlatsam da yutkunamıyordum bile. Yüzünün bana yaklaştığını hissedince gözlerim korkudan irice açıldı. Kalbim ağrımaktan bitkin düşmüştü. Nefes almak için yeterli alanım yoktu. Yanağıma sürtünen sakalları sertçe yutkunmama sebep oldu. Yanağı benim yanağımdaydı ve dudakları kulağımın çok yakınında duruyordu. "Kalbinin tek sahibi benim!" dedi hâlâ öfke barındıran bir sesle. Bu sözlerin ucu açıktı ve ben başka yerlere çekmek istemiyordum. Gölge için sadece değer verdiği, almak istediği kalbin sahibiydim.

Soğuk elini göğsüme biraz daha bastırınca kaburgalarımın birbirine girdiğini hissettim. Korkudan sesimi çıkaramıyor, onu kendimden uzaklaştırmak için dokunamıyordum. "Ölü ya da diri," dedi üstüne basa basa. "Benim olan kalbi senden alacağım." Bu sefer sesi daha farklıydı. Hırıltılı ve boğuk çıkmıştı. Konuşurken dudakları kulağıma sürttüğü için kalbim daha hızlı çarpıyordu.

"Ölü ya da diri" demişti.

Yanağını bir kez daha yanağıma sürttüğünde ayaklarımın altındaki zeminin kaydığını hissettim. Midemde binlerce baloncuk oluşuyor ve hepsi ona doğru uçuşuyordu. Yanağımdaki teni, derimin altına işleyip kan akışımı durduruyordu. Damarlarımdan kızgın ateşler akıyordu, sanki baştan sona beni yakıp küle çeviriyordu. Bana ne yaptığını bilmiyordum. Bana yaptığı şeyi sevmemiştim fakat iyi hissettiriyordu. Bunu kabul etmek bile ürpermem için yeterliydi. "Zaman doldu, Melez Kız," diye fısıldadığında, söyledikleri hızlanan nabzımda balyoz etkisi yaratmıştı. Evet, zaman dolmuştu.

Aniden benden uzaklaştığında rahat bir nefes almıştım ki gölgesinden yerdeki bıçağı aldığını gördüm. Duvara doğru iyice sindim. Yağmurda sırılsıklam olmuş bir kedi gibi karanlıkta sığınacak yer arıyordum. Aramızda sadece beş veya altı adım vardı. Bıçağı duvara fırlattığı için aramızdaki mesafe açılmıştı. Bana doğru bir adım atınca kapıya ne kadar yakın olduğumu fark ettim. İkinci adımıyla hemen arkamı dönüp elimi kapının kilit sistemine bastırdım. Anında açılan kapıyla kendimi odadan dışarı atmayı başarmıştım. "Koşmak bile yasak sana," diyen sesini duydum. "Gerçekten benden kurtulabileceğini mi sanıyorsun?" Arkamdan alaylı bir şekilde söylediği sözler, daha çok korkmama sebep oluyordu.

Koşmuyordu, benim aksime adımları sakin ve yavaştı. Biliyordu kaçacak yerim olmadığını. Merdivenlerden insem bile ilk katı bitirmeden tıkanacaktım. Asansör ise en büyük kâbusumdu. Lanet olsun, kapana kısılmıştım. Karanlık koridorda kendimi zorlayarak koşmaya başladım. "Benden kaçamazsın, Dolunay Surat." Sakin sesi beni çıldırtıyordu. "Ayrıca o lanet kalbin koştuğun için sana tekrar kriz geçirtirse bu sefer onu göğsünden gerçekten söküp atarım!" Aklını kaçırmış olmalıydı çünkü zaten kalbimin peşindeydi, her şekilde onu söküp alacaktı.

Asansörün yanına geldiğimde anlık bir cesaretle düğmeye bastım. Açılan kapıya korku dolu gözlerle bakarken daha çok ağlıyordum. Adım sesleri gittikçe yaklaşıyordu. Ölmek istemiyordum. Kim, bir katilin elinde ölmek isterdi ki? "Oraya girecek cesaretin olduğunu sanmıyorum." Sesi gittikçe yaklaşıyordu, üstelik karanlık koridorda gölgemi görüyordu. Bu ışıkları her defasında nasıl kontrol ediyordu ki? Koridor yine karanlığa bürünmüştü! Kalbim atmaktan yorulduğu için her an durabilirdi. Üstelik verdiğim kesik nefesler canımı yakıyordu. Hayır, bu kadar kolay olmamalıydı. Böyle pes edemezdim. Tüm cesaretimi topladım ve kapılar kapanmadan kendimi asansörün içine attım.

Aceleyle düğmelerin hepsine rastgele bastım. Kapılar tam kapanıyordu ki elini uzatarak durdurdu. Dudaklarımdan iniltiyi andıran bir ses çıktı. Dudağının köşesi yukarı doğru kıvrılırken, "Buraya kadar, Dolunay Surat," deyince keyifli sesi beni şoka uğrattı. Benimle, kedinin fareyle oynadığı gibi oynuyordu. Ben ondan kaçarken ter içinde kalmıştım fakat onun nefes alışları bile değişmemişti.

Hayatımda ilk kez öfkelendiğimi hissettim. Bu hayat benimdi ancak benim dışımda herkes, hayatımın kontrolünü eline alabiliyordu. En kötüsü de, Gölge olacak korkunç suikastçı resmen benimle eğleniyordu. İçeriye girmek için tam bir adım atmıştı ki ellerimi asansörün duvarına bastırdım, göğsüne sert bir tekme attım. Beklemediği hamlem karşısında bir an boş bulunup bir adım geriye gitti, düğmeye bastığımda kapılar kapanmıştı fakat yine de onun gülme seslerini duyabiliyordum. Ona karşı koymamın hoşuna gittiğini anlayınca gözlerim irice açıldı. *Ona vurmam hoşuna mı gitti? Ne çeşit bir manyak!* Kendi düşüncelerimi bölen, yeni fark ettiğim gerçekti. Aman Tanrı'm!

Lanet olsun, asansördeyim!

Gözlerini kapat ve nefes al, gözlerini aç ve aldığın nefesi geri ver. Ah, hayır boğuluyordum! Asansör hızla inerken elim boğazıma gitti, sanki biri parmaklarını boynuma geçirmiş gibiydi. Nefessiz kaldım. Sadece dört kat kalmıştı, dayanabilirdim! Asansör gittikçe daralıyordu sanki, içinde sıkışıp kalmıştım. Nasıl nefes alacaktım? Nefes almalıydım! Nefes alamıyordum! Aniden panikleyip kendi etrafımda dönmeye başladım. Şu otuz saniye içinde o kadar hızlı terlemiştim ki şakaklarımdan süzülen ter damlacıkları boynuma akıyordu. Saçlarım su gibi olmuştu, ensemi yakıyordu. Rahatsız oldum, saçlarımı toplamalıydım. Asansör niye bu kadar yavaştı? Bozulmuş olabilir miydi? Ellerimin titremesi beni huzursuz ediyordu. Kahretsin! Ensem kaşınıyordu! Bulanık görmek beni korkutuyordu, nefes almaya ihtiyacım vardı. Kahretsin, nefes almayı bırakmış olabilir miydim? Bana neler oluyordu? Bu kalp ağrısı niye kesilmiyordu? Son bir kat kaldığını gördüm, destek almak için ellerimi iyice asansörün duvarlarına bastırdım. Korkuyordum, ya asansör ben içindeyken arıza yaparsa? Ya burada sıkışıp kalırsam? Aklımda binlerce ihtimal, binlerce kötü senaryo vardı. Hepsi değişiyordu ama sonu hep aynıydı. Saçlarım yağlı urgan gibi ensemden boynuma dolanırken, elimi uzatıp yapıştıkları yerden onları çekmek istedim. Kapı açılınca ellerimi saçlarımdan çektim, kendimi dışarıya nasıl attığımı bilmiyordum. Asansörden çıkar çıkmaz, öksürerek nefes almaya çalıştım. Temiz havaya ihtiyacım vardı, çok fazla temiz havaya ihtiyacım vardı. Bahçeye çıkmalıydım.

Ben hiç iyi değildim.

Gücüm artık tükeniyordu. Kendimi toparlayıp okuldan çıkmıştım. Geliyordu, hissediyordum. Buradan çıkmalıydım yoksa bu okul benim sonum olacaktı. Gölge bugüne kadar hiçbir kurbanını hayatta bırakmamıştı, ben de istisna olmayacaktım tabii. Koşarak ağaçların arasına karıştım, bana çıkış kapısını açmayacaklarını biliyordum fakat bu gece hayatta kalmam gerekiyordu. Olur da kalabilirsem belki yarın bir kaçış planı yapabilirdim. Zordu ama imkânsız değildi. Ağaçların arasından geçerek okulun arka bahçesine gittim, bu tarafa ilk kez geliyordum. Burada, benim iki katım uzunluğundaki duvarlar ve onların üstünde birbirine girmiş elektrikli teller vardı. Okulun arka kapısının önünde kocaman bir cenaze arabası duruyordu, infaz ettikleri kişileri arka kapıdan çıkarıyorlardı. Arabanın kapıları açıktı, öne doğru bir adım atmıştım ki biri kolumdan tutarak beni bir ağacın arkasına çekti.

"Ne işin var senin burada?" Korkudan yerimden sıçrarken, dönüp kısık bir sesle konuşan kişiye baktım. Edward'dı. Bakışları tedirgin, hareketleri paniklemiş gibiydi. Kıpırdamayayım diye kolumu tutuyordu. Asıl onun bu saatte burada ne işi vardı?

Bir tecavüzcüyle beraber ağacın arkasında saklanmak hoşuma gitmediği için onu hemen itmek istedim. İtmek için ellerimi göğsüne koyduğumda hissettiğim yumuşaklıkla gözlerim irice açılmıştı. Hemen kendini çekmişti, bir erkeğe göre belirgin göğüslerinin olması dikkatimi çekmişti. "Hemen git buradan," dedi panikle. "Tabii, başına bela almak istemiyorsan!" Kısık sesle beni azarlamasına karşılık omuz silktim. Belanın en büyüğü peşimdeydi. Daha kötü ne olabilirdi ki?

Gitmeyeceğimi anladığında, kaşlarını çatarak bana iyice yaklaştı. Etrafına göz gezdirdikten sonra tekrar bana baktı. "Şimdi beni iyi dinle, Taşıyıcı! Tam şu anda hayatının dönüm noktasındasın. Biraz daha kalırsan sen de bu işe bulaşmış olacaksın ve inan bana, sabah olduğunda, gördüklerin yüzünden pişman olacaksın! Bu okul sandığından daha kötü bir yer. Güvendiğin o infazcıların ne haltlar karıştırdığını bilmek seni daha çok korkutur! Sen bizim gibi değilsin, daha iyi şartlarda kalıyorsun ve ayrıcalıklısın. Yapabiliyorsan git buradan, arkana bile bakmadan kaç bu ölüm yuvasından." O konuşuyordu fakat sözleri değil de fiziki görüntüsü çekiyordu dikkatimi.

Kas yerine daha yumuşak şeyler vardı göğsünde.

Sesi şu anda tamamen inceydi ve kız gibiydi.

Olabilir miydi? Aslında bir kız olabilir miydi?

Bahçedeki ışıklar sayesinde yüzünü daha iyi görüyordum. Kesinlikle bir kızdı, o gün koridorda suçsuz olduğunu söylediğinde ne demek istediğini şimdi daha iyi anlıyordum. Acaba buraya nasıl düşmüştü ve neden kimlik değiştirmişti? *Hadi git* dercesine işaret yapınca yine omuz silktim. Okula girdiğim an Gölge ensemde biteceği için bunu göze alamazdım. Gitmeyeceğimi anlayınca tişörtünün yakasını çekiştirdi. "Dediklerimin tam olarak nesini anlamadın? Aklından zorun mu var?" Şu anda bana kızgın olduğu için sesini kalınlaştırmayı unutuyordu ve bu durum, kıkırdamama sebep oldu. Ben gülünce homurdanmaya başladı. "Gerçekten bir deli olmalısın."

"Hadi, Albert! Tüm gece sizi bekleyemem." Duyduğum bir erkek sesiydi. Ağacın arkasından çıkmaya hazırlanıyordum ancak Edward kolumu tuttu.

Acaba gerçek ismi neydi?

"Aklını mı kaçırdın sen?" Kaşlarını çatarak kısık sesle beni azarladı. "Ses çıkarma ve mümkünse görünmez ol!" Kısık sesle söylediklerine başımı salladım, neden gizlendiğimizi bile bilmiyordum.

Edward, başını uzatıp cenaze arabasını gözetlemeye çalıştı. Merakla, ses çıkarmadan ben de o tarafa baktım. Cenaze arabasının arka kapılarını açan adam sabırsızca söyleniyordu. Biraz sonra okulun arka kapısından iki kişi çıktı. Biri önde, diğeri arkadaydı ve ortalarına aldıkları sedyeyi taşıyorlardı. Sedyenin üstünde siyah çarşafla örtülmüş bir şey vardı, öndeki adam sendeleyince az kalsın sedye yere düşüyordu. Dengesini bulan adam yeniden yürümeye başlayınca çarşafın altındaki bir şey yere sarktı. Bu, bir insan koluydu. Sanki bağırabiliyormuşum gibi ellerimle dudaklarımı kapattım. Birini daha öldürmüşlerdi. Burası ölüm okuluydu ama ben ölümlere hâlâ alışamamıştım.

Sedyeyi cenaze arabasına yerleştirdikten sonra adamlar, okula yeniden girdiler. Cenaze aracına da bir şoför ile başka bir adam daha bindi. Edward bir anda saklandığı yerden çıkarak arabaya doğru yavaş ve görünmeyecek şekilde yürümeye başladı. Ne yaptığını bilmediğim için peşinden gittim. Arabanın motoru çalıştığında biz çoktan arabanın arkasına geçmiştik. Yakalanmadığımız için çok şanslıydık ya da şoför dikiz aynasından bakmamıştı. Edward, araba hareket etmeden açık kasaya tırmandı. Afallayarak ona bakmaya başladım. Ne yapıyordu bu?

Aşağıya doğru eğilip elini bana uzattı. "Gelsene, hadi," dedi tedirgin bir sesle.

Tereddüt ediyordum. "Buradan kurtulmak istemiyor musun? Bu son şansımız!" Öfke ve endişe dolu sesini duymazdan gelerek bekledim.

Buradan kurtulmak istiyordum. Özellikle Gölge peşimdeyken bu benim için mükemmel bir şanstı. Fakat hissediyordum, yolunda gitmeyen bir şeyler vardı. İş işten geçmeden önce burada ne olduğunu anlamalıydım. Ters giden bir şeyler olmalıydı. Aniden beynimde binlerce ampul patladı. Arabanın hareket etmesi gerekiyordu fakat motoru çalıştığı hâlde hareket etmemişti. Bir şeyi ya da birilerini bekliyordu. Lanet olsun, benim arabaya binmemi bekliyordu! Bizi gördüğü için oyalanıyor gibi yapıyordu. Ötanazi gibi güvenliğin hat safhada olduğu bir yerde kaçmak bu kadar kolay değildi. Her gün onlarca mahkûm kaçmayı deniyordu fakat şu zamana kadar biri bile buradan kaçmayı başaramamıştı. Eğer bu kadar kolay olsaydı, birileri mutlaka bunu başarırdı. Geceleri yasak olduğu hâlde kapının kilidini bir şekilde açıp bahçeye çıkmak ile okuldan kaçmak aynı şey değildi. Bir kaleyi andıran bu devasa tesisin her kulesinde özel eğitim alan gözcüler vardı. Okulun bahçe duvarında nöbet tutan onlarca tetikçi vardı. Kaçmak bu kadar kolay olamazdı. Arabacı beni görmüş olmalıydı, bu yüzden beni okuldan çıkarmak için cenaze arabasını kullanacaktı.

Telaşlanarak arabanın kasasına iyice yaklaştım ve ellerimi kaldırarak *"Bu bir tuzak! Derhâl o arabadan in!"* dedim ama işaret dilini bilmiyor olacak ki, "Ne dediğini anlamıyorum ama biraz daha oyalanırsan yakalanacağız!" dedi ve havadaki ellerimi tuttu. Ellerimi çekmeye çalıştığımda daha sıkı kavrayıp beni arabanın kasasına çekti. Benden daha güçlü olmalı ki kendimi bir anda arabanın içinde ve onun üstüne düşmüş bir hâlde buldum. Lanet olsun!

Araba aniden hareket edince dehşete kapılmış gibi başımı kaldırıp ona baktım. Benim altımda yattığı için o da bana bakıyordu. Yüzlerimizin arasındaki mesafenin bu kadar az olduğunu yeni fark ediyordum. Önce bana baktı daha sonra üstünde olduğumu anladı ve güldü. "Biliyorum çok çekici bir erkeğim ama tipim değilsin." Bu sefer özellikle sesini kalınlaştırmıştı. Söylediği şeyler karşısında kıkırdadım. Şakacı mizacım gün yüzüne çıkınca ona doğru biraz daha yaklaştım.

Onu öpecekmişim gibi gittikçe ona daha çok yaklaşmaya başlayınca gözlüklerinin altındaki gözlerini irice açtı. "Sen... Kahretsin, kalk üstümden iffetli bir erkeğim ben!" Kıkırdamama zor hâkim oldum, iffetli erkek ha? Bunu gerçekten söylemiş olamaz.

Yattığı yerden kalkıp, sürünerek yanıma gelince gülüyorum diye elleriyle dudaklarımı kapattı. "Bu durumda nasıl gülebiliyorsun? Yakalanmak istemiyorsan sessiz ol." Başımı sallayarak onu onayladım. Araba kapıya yaklaşıp güvenlik kulübesinin yanında durmuştu. Biri, "Arabayı arayacağız, inin," deyince korkudan soluğumuzu tuttuk. Daha önce de dediğim gibi güvenliğin üst düzeyde olduğu bir yerde bu kadar kolay kaçmak mümkün değildi.

"Hadi ama dostum," diyen kişi şoför olmalıydı. "Bu gece daha kaç ceset taşımam gerektiğini biliyor musun?" Gülüşünü duydum. "Bir an önce işimi bitirip odamda birkaç brendi içmek istiyorum."

"Prosedürü benden daha iyi biliyorsun, içkini içmek istiyorsan bize zorluk çıkartmayın. İkiniz de aşağıya inin." Arama ekibine dönerek, "Sizler de kamyoneti arayın," dedi. Beklediğim gibi geri adım atmamıştı. Bakalım şimdi ne olacaktı. Kendim için endişelenmiyordum çünkü ben Taşıyıcı'ydım; beni yakaladıklarında birkaç uyarıdan sonra odama gönderirlerdi. Fakat yanımdaki çocuk kaçmaya çalışırken yakalanırsa infazı öne alınabilirdi.

Adım sesleri arabanın kasasına doğru yaklaşırken bir anda havada bir kurşun sesi yankılandı. Arabanın çok yakınında acı dolu bir inilti çıktı, "Çıkış kapısına destek istiyorum!" bu ses, geçiş izni vermeyen kişinin sesiydi. "Lussian vuruldu, derhâl buraya destek ekibi gönderin!" derken telsizle diğerlerinden yardım istiyor olmalıydı. Daha sonra şoföre, "Geç hadi!" diyen sesini duydum. Büyük ihtimalle birilerinin çıkmak için arkadaşlarından birini vurduğunu düşünmüştü. Bu yüzden şoförün ayakaltında dolaşmasını istemediği için ona geçiş izni vermişti. Bu küçük istisnanın başına açacağı beladan habersizdi. Eğer Taşıyıcı'nın kaçtığı anlaşılırsa bence kaybedeceği tek şey işi olmazdı.

Kapıdaki koşturmadan, arabanın çıkardığı seslerden okuldan çıktığımızı anlayamadım. Yanımdaki kız resmen ecel terleri dökmüştü, yakalanacağız diye çok korktuğunun farkındaydım; başımı yavaşça kaldırıp dışarıya baktığımda orman yolunda ilerlediğimizi gördüm. Yeniden, aklıma gelen korkunç gerçeklerle onun kollarından tutarak bana bakmasını sağladım. "Burada olduğumuzu biliyorlar." Birkaç defa buna benzer bir şeyler söyledim ama o, "Seni anlamıyorum," deyince sıkıntıyla karışık bir nefes aldım. Not defterim cebimdeydi ama yazdıklarımı karanlıktan dolayı okuyamazdı.

Artık neler olacağını bekleyip görecektik.

Yollar taşlı olmalıydı çünkü kasanın içinde zıplayıp duruyorduk. Araba engebeli yollardan geçerken âdeta iç organlarım yer değiştiriyordu. Edward yavaşça ayağa kalktı, düşmemek için kollarını iki yana açarak sedyenin yanına gitti. Bana gelmemi söyleyince, oturduğum yerden kalkıp yanına gitmeye çalıştım. Elini siyah çarşafın kenarına götürüp çarşafı tuttu. "Bugün infazı gerçekleşen kişi Karen'di ama bahse girerim ki buradaki bir erkek." Çarşafı yavaşça kaldırdı. Gördüğüm şeyler yüzünden yerimden korkuyla sıçradım. Elim hızlanan kalbime gittiğinde hemen çarşafı kapattı, elimi tutarak oturmamızı sağladı.

Gözlerimi bir türlü sedyeden ayıramıyordum. Ellerini yüzüme koyarak beni kendisine çevirdi: "Hey, tamam, sakin ol." Beni rahatlatmaya çalışıyordu. "Burada bir kriz geçirirsen senin için bir şey yapamam." Onu dinleyemiyordum. Aklım, sedyedeki adamın gözlerindeydi. Gözlerinin olması gereken yerde bir çift karanlık çukur vardı, gözleri yoktu. Sanki gözlerini oymuşlardı. Burası karanlık olabilirdi ama yine de ne gördüğümü biliyordum.

Dizlerimi kendime çekerek kollarımı dizlerime doladım. Kötü görüntüleri kovmak ister gibi yerimde küçüldükçe küçüldüm. Benim bu hâlimi görüp iç çeken çocuk, yanıma oturdu ve sırtını küçük kamyonun kasasına dayadı. "Aradığım biri var, bir kız," dedi içli sesiyle. "Buraya onun için geldim ama bir yıl önce infazı gerçekleşmiş. Herkes onun öldüğünü söylüyor fakat ben onun öldüğüne inanmıyorum. Ben okula gelmeden bir gün önce infaz edilmiş, bir gün önce!" Sesi ağlamaklı çıkıyordu. "Lanet olası tek bir gün yüzünden onu kaybettim!" Ellerini yumruk yapıp bana baktı. Henüz söyleyecekleri bitmemiş gibiydi.

"Açık konuşacağım, Yeşil. O okulda karanlık şeyler dönüyor. Evet, yasal bir okul ve mahkûmların üzerinde deney yaparak onları öldürdüklerini tüm Amerika biliyor fakat ya öldürmüyorlarsa?" Bana iyice yaklaşıp eliyle sedyedeki cesedi gösterdi. "Uzun zamandır ölen kişileri araştırıyorum, burada kadın mahkûmlar da var ancak ölenlerin hepsi erkek. Kayıtlara ulaşamadığım için ortadan kaybolan kadınlara ne olduğunu bilmiyorum Mahkemenin belirlediği tarihte kadın mahkûmlar infaz edildi diye gösteriliyor. Daha sonra ise kadınlar ortadan kayboluyor. Tek bir kadın bile Ötanazi Okuluna ait mezarlıkta değil. Dışarıdan bir arkadaşım gizlice birkaç mezarı açmış, hepsinin içinde erkek cesedi olduğunu söyledi. Sofia'nın mezarında da bir erkek cesedi varmış. Mezar taşında ismi yazılı ama mezarda kadın cesedi yok. Sofia ve diğer kadınlara ne olduğunu öğrenmeliyim. Öldürülmedilerse onları nerede tuttuklarını öğrenmem gerekiyor." Sesi değiştiğinde ağlamak üzere olduğunu fark ettim. Öfkeliydi, aynı zamanda üzgündü.

Kadınları öldürmüyorlarsa onlarla ne yapıyorlardı?

Sofia kimdi, bilmiyordum. Belli ki Edward ona çok değer veriyordu. Anlattıklarını kafamda değerlendirmeye başladım. Mümkün olabilir miydi? Gerçekten kadınları farklı bir yerde mi tutuyorlardı? Lisa! Ondan birkaç şey öğrenebilirdim. Lisa onlar gibi değildi, ortada gizli saklı bir şey varsa bile Lisa'nın bu işin içinde olduğunu sanmıyordum. Arabanın aniden fren yapmasıyla ikimiz de öne doğru ellerimizin üstüne düşmüştük. Edward, kolumdan tutarak beni kapıya doğru çekiştirdi. "Neler oluyor? Mezarlığın bu kadar yakın olduğunu sanmıyorum!" dediğinde farklı bir ses ona cevap vermişti. "Bak, burada kimler var Albert. Kimsenin ulaşamadığı küçük kız ve kalbi." Kasanın önünde bizi izleyen şoförün sırıtarak söylediği sözler yüzünden Edward'a öfkeyle baktım. Eğer konuşabilseydim tam şu anda, "Ben demiştim!" diye bağırabilirdim. Zaten kız olduğunu bilmeme rağmen ona erkek ismi ile seslenmek beni yeterince kızdırıyordu.

Edward biraz geriye çekildi ve beni omuzlarımdan tutarak adamlara doğru itti. "Kalbi sizin olabilir, ben gidiyorum beyler," dedikten sonra arabanın açık kasasının yan tarafından ani bir hareketle atladı. Şaşkınlık içinde karanlık ormanın içine doğru koşan Edward'ın arkasından bakıyordum.

Bana bunu gerçekten yapmış olamazdı!

Beni bırakıp gitmişti. Ben olsam yanımdakine böyle ihanet etmezdim. Gözlerim doldu, sakallarını kaşıyan bir adam kasaya çıktı ve kolumdan tutarak beni zorla arabadan indirdi. İki adamın arasında kalınca korkudan ne yapacağımı bilemedim. Sakallı adam arkama geçerek kollarımı tuttu ve ellerimi sırtımın arkasında birleştirdi. Şoföre, "Hadi, bitir şu işi," diyerek ölümümü onayladı.

Tulum giymiş olan adam güldü. "Sonunda aradığımız fırsat. Kalbi alalım, daha sonra diğerinin peşine düşeriz." Konuşmasından keyifli olduğu anlaşılıyordu. Arabanın önüne gitti. Kısa süre sonra elindeki silahla geldi, korktum ve daha çok çırpınmaya başladım. Attığım her adımda karşıma beni öldürmek isteyen biri çıkıyordu.

Kollarımı kurtarmaya çalıştıkça arkamdaki adam bileklerimi daha sert sıkıyordu. "Ölecek olman ne üzücü." Benimle alay ediyordu. Silahı bana doğrultup arkamdaki adamla birlikte kahkaha attılar. Bir hazine kadar değerli olan kalbime sahip olacak olmanın sevincini yaşıyorlardı.

Kalbim dehşet içinde sızlarken gözlerimi yine sıkıca kapattım. Kulaklarım duyacağım sese odaklanmış, bedenim birazdan yaşayacağı acıya kendisini hazırlamıştı. "Yerinde olsam o silahı indirirdim, ahbap. Tabii, beynini uçurmamı istemiyorsan!" Edward'ın sesini duyunca gözlerimi hızla açtım. Geri mi gelmişti?

Edward, bana silah doğrultan adamın hemen arkasındaydı.

Boyu adamdan kısa olduğu için onu iyi göremiyordum fakat adamın hemen arkasında olduğunu anlayabiliyordum. Geri gelmişti. Kalbim onun gelişine sevinmiş gibiydi, acısı azalmıştı. Silahı tutan adam kaşlarını çatarak tam arkasına dönüyordu ki Edward, "Bunu denersen tetiğe basarım dostum!" diye bağırınca adam durdu. Bu kız kesinlikle çetin cevizdi.

Kollarımı tutan kişi beni sertçe kendi göğsüne yapıştırdı. "Blöf yapıyor! Silahı olmadığına eminim," dedi öfkeyle.

Gözlüklü kızın, yani Edward'ın kahkahasını duydum. "Eğer kızı ve silahlarınızı bırakmazsanız blöf mü yoksa gerçek mi olduğunu bizzat göreceksiniz." Ses tonu oldukça rahat ve kendinden emin çıkıyordu. Blöf yapıyorsa bile bunu çok iyi gizliyordu.

Silahını bana doğrultan adam, arkadaşına bakarak sertçe yutkundu. "Kızı bırak," dedikten sonra elindeki silahı yavaşça yere bıraktı. Arkamdaki adam kızgınlıkla, "Bunu yapmayacağım çünkü yalan söylüyor!" diye tekrar bağırdı fakat silahlı adam, "Hayatı tehlikede olan benim, bırak şunu!" diye kükredi. Söz konusu kendi canı olunca fazla düşünceliydi. Oysa az önce kalbimi sökmek isterken çok eğleniyordu.

Arkamdaki adam hiç duymak istemeyeceğim küfürler ederek beni öne doğru savurdu. Düşmekten son anda kurtulmuştum. Koşarak kızın yanına gittiğimde, "Yerdeki silahı al," dedi, hemen eğilip yerdeki iki silahı elime aldım. Elimdeki soğuk, metalik şey ürpermeme neden olmuştu. Onun yanına gittiğimde adamın sırtına ince bir değnekle hafifçe baskı yaptığını gördüm. Korkuyla ona baktım, elinde silahı yoktu; bu kaçık kız gerçekten blöf yapıyordu! Bakışlarımdan anlamış olmalı ki hafifçe gülerek bana göz kırptı. Ani bir hamleyle silahı elimden alarak elindeki değneği yere attı. "Arkadaşının yanına git! İkiniz de arkanızı dönün ve diz çökün!" dedi silahı sıkı sıkı kavrarken.

"Gece sayımında odanda olmadığını anlayacaklar!" Artık silahın kızın elinde olduğundan şüpheleri yoktu, yine de ona itaat etmek istemiyorlardı.

Elindeki şeyi adamın iyice sırtına bastıran kız, "Sayıma kadar siz çoktan ölmüş olacaksınız." Benim gibi çıtı pıtı bir kız olmasına rağmen öyle korkusuz görünüyordu ki ona gıpta etmemek elde değildi.

Adamlar homurdanarak yan yana durdular, arkalarını dönüp diz çöktüler. Bana bakan kız fısıltıyla, "Koşmaya başla," deyince başımı *hayır* anlamında salladım, onu bırakıp gidemezdim.

Derin bir nefes verdikten sonra adamları kontrol etti. "Aptal olma ve koş. Sen kalp hastasısın, bir süre sonra koşamayacak hâle geldiğinde anında seni enselerler. Sen yeterince uzaklaştığında peşinden ben de geleceğim." Sözleri bitince *hadi* dercesine bana baktı. Onu bırakıp gitmek istemiyordum fakat haklıydı, en fazla birkaç dakika koşabilirdim. Başımı sallayarak ormanın içine doğru koştum. Bana yetişmesini umuyordum.

Ne çok hızlı ne de çok yavaş koşuyordum. Karanlıkta etrafı görmeden koşuyordum. Bazı ağaçların dalına takıldıkça yaralanma korkusuyla hızım düşüyordu. Yara alırsam kanardı ve kanarsa da işler benim için çok güç bir hâle gelirdi. Bir süre sonra nefes nefese kaldığımda dinlenmek için bir ağacın gövdesine yaslandım. Tahminen sadece beş dakika koşmuştum ama bu bile beni maratona çıkmışım gibi yormuştu. Ellerimi ağacın pütürlü gövdesine bastırıp başımı yukarı kaldırdım. Üzerimde sonbaharın solmuş yaprakları süzülürken gözlerimi yumdum. İnce dallardan kopan yapraklar, rüzgâr yüzünden oradan oraya savruluyordu. Bir ağaca yaslandım. Yeterince dinlendiğimi düşünüp ağaçla olan temasımı kestim. Henüz iki adım atmıştım ki ormanda yankılanan silah seslerini duydum. O erkek görünümlü kıza benim yüzümden bir şey olma ihtimali, geri dönme isteğimi artırıyordu. Bir süre durduğum yerde, geri dönmek ve devam etmek arasında kararsız kaldım. Galip gelen yanım yeniden koşmamı sağladı. Benden daha güçlüydü, *umarım iyi durumdadır* diye geçirdim içimden.

Vicdanımı rahatlatmak için kendimi haklı çıkarmaya çalışsam da onu orada bıraktığım için suçlu olduğumu biliyordum.

Koşmayı bırakıp uzun bir süre yürüdüm. Tüm geceyi uykusuz geçirdiğim için bir köşeye kıvrılıp uyumak istiyordum. Korkuyordum, bu ormanda beni korkutan çok fazla şey vardı. Saçlarımı uçuran rüzgâr, daldan dala atlayan sincaplar ve saatlerdir hiç susmayan cırcır böcekleri... Ayağım bir dala takılınca yüzüstü yere düştüm, sitem ederek elimi çiy tanelerinin ıslattığı yapraklara bastırdım. Oturup ayaklarımı uzattım. Yorgun ve hâlsizdim. Kalkmak için bir hamle yapacağım esnada güneşin doğmak üzere olduğunu gördüm. Gökyüzü, birazdan doğacak olan güneşin kızıllığını taşıyordu. Korkuyordum, bir yandan da telaşa kapılmıştım. Güneş benim üzerime doğamazdı, doğmamalıydı. Kendime saklanacak bir gölge ya da bir sığınak bulmalıydım. Sadece birkaç dakikam vardı. Bunu yeni fark ettiğime inanamıyordum. Nefes alışlarım hızlandığında ayağa kalkmak için öne doğru ellerimi uzattım. Fakat bacağımda hissettiğim şey yüzünden sıçrayarak kollarımı kendime doğru çektim.

Bacağımda bir şey vardı. Soğuk, kaygan ve ölümcül bir şeydi... Bir yılan! Sağ ayak bileğime dolanmış, bacağıma doğru hareket ediyordu. Sarı derisinde siyah pulları vardı. Beyaz gözlerinde siyah bir çizgi vardı. Çatallı dilini çıkartıp tıslayarak bacağımda hareket ediyordu. Diz kapağıma kadar gelince dudaklarımdan bir hıçkırık çıktı. Kıpırdamak istiyordum ama korkuyordum, en küçük hareketimde beni ısırabilirdi. Yılan, eşofmanımın yukarıya doğru sıyrılan paçasındaydı. Lanet olsun, deli gibi titriyordum. Bacağımdan gitsin, korkutucu sesi benden uzaklaşsın istiyordum. Çatallı dilinin çıkardığı fısıltılara sağır olmak istedim. Sarı derisi bacağımı sıkıca kavramıştı, beni bırakacak gibi değildi. Ağlayarak başımı iki yana salladım. Güneş doğuyordu fakat ben hareket bile edemiyordum. Göğsüm hızlı hızlı inip kalkarken her şeyin başlamadan bittiğini anladım. Oysa şu anda içimde saklı kalan tüm çığlıkları atmak isterdim. Bunu bile yapamayacak kadar kusurluydum. Canım yanıyordu fakat yardım isteyemiyordum. Aklıma annem geldi, göğsüm sıkıştı ve daha çok ağladım.

"Bana anne demeni ne çok isterdim, Yeşil'im." Annem, konuşmam için her gün ağlayarak yalvarıyordu bana. Nasıl unutabilirdim bu yakarışları? Annem en çok o gün ağlamıştı, o doktor ağlatmıştı annemi. "Üzgünüm, Handan Hanım ama kızınız bir daha konuşamayabilir," demişti. Nasıl söyleyebildiler bunları anneme?

Doktorun karşısında ağlayan annem o gün yüzüme bakamamıştı. *"Bir yolu olmalı!"* diye isyan ettiğini hatırlıyordum. *"Size yalvarıyorum, bir şeyler yapın! Benim onun sesini duymaya ihtiyacım var,"* diyordu.

Yoktu, konuşmamın hiçbir yolu yoktu. Annem, çok sonradan kabullenmişti bu durumu. Bana bakarken hep içten gülümserdi ancak bu gülümsemenin bir yanı buruktu. Bir keresinde merdivenlerden düşmüş, akşama kadar düştüğüm yerde acılar içinde kalmıştım. Annem işten gelsin de acıyan bileğime baksın diye yerimden hiç kalkmamıştım. Akşam eve geldiğinde kapıdan girer girmez ağlama seslerimi duymuş, koşarak içeriye girmiş ve şişen bileğimi görünce çok korkmuştu. Tüm gece benimle ilgilenmiş, bileğime buz koymuştu. Canım yanıyordu, annem daha fazla üzülüp ağlamasın diye ağlamayı kesmiştim. Ellerimi kaldırıp ona, "İyiyim," demek istedim ancak çok korkmuş olacak ki bana daha çok sitem etmişti: *"Kes şunu! Neden, Yeşil? Neden yardım istemiyorsun? Neden canın yandığında ağlamak dışında kendin için bir şey yapmıyorsun? Bağırsaydın komşular seni duyardı! Neden susuyorsun, Yeşil!"* diye bağırmış, sonra yere yığılıp ağlamaya başlamıştı. Kendimi savunamadığım için kahroluyordu ama öfkesi bana değildi.

Ben de ağlamaya başlayınca başını yavaşça yerden kaldırıp, *"Özür dilerim,"* demişti gözyaşları içinde. *"Sana bakamadığım için, seni yaşıtların gibi yaşatamadığım için çok özür dilerim."* Ağrıyan bileğimi umursamadan ona doğru uzanıp sıkıca sarılmıştım. O, benim hayatımda gördüğüm en iyi anneydi. Kollarıyla beni sarıp ağladığı o geceyi unutamıyordum.

Gözyaşlarımı sildim, yapacağım şey için kendimi cesaretlendirmeye çalışıyordum. Güneş her an doğabilirdi ve gökyüzü aydınlanabilirdi. Güneşe olan korkum, bir yılan tarafından zehirlenerek ölme korkusundan çok daha fazlaydı. Dizimin üzerinde duran yılan sinsice bana yaklaşıyordu. Sanki derisinden zehir saçılıyormuş gibi bacağım uyuşmuştu. Elimi yavaşça ona doğru uzattığımda sivri dişlerini gösterip tısladı. Güneşi görmektense ısırılmayı tercih ederdim. Dudaklarımı birbirine bastırdım ve titreyen parmaklarımı sivri dişlerine doğru uzattım. Beni ısırırsa güneşi görmeden ölebilirdim.

Tam o esnada bir ses duydum, kan akışımı durduran soğuk bir ses... Kalbimin ritmini aniden hızlandıran bir ses duydum. Evet, onun sesini duymuştum. Buradaydı, tam arkamda.

"Sakın kıpırdama, Dolunay Surat!"

8

İLK KALP ÇARPINTISI

"Geriye dönme şansı olsaydı, beni hiç tanımamayı dilerdi. Henüz bunu bilmiyordu."

İnsan öldüremediği şeyi uyutmalıydı. Aklındaki düşünceleri, kalbindeki yaraları ve omuzlarındaki yükü uyutmalıydı. Hepsini bir çırpıda öldürüp onlardan kurtulamıyorsa onları uyutmalıydı. Kapatmalıydı zihnini, gem vurmalıydı kalbine ve silkmeliydi omuzlarını. Kısacası hepsini uyutmalıydı. Fakat bu bir çözüm değildi ne yazık ki. Öyle bir an geliyordu ki korkularımızın uyanışı hiç beklemediğimiz bir anda gerçekleşiyordu. Derin uykuda olan korkularım esneyerek uyanmıştı uykusundan. Güneş doğmuştu, ben kafamı yerden kaldıramıyordum. Saçlarımı yüzümün iki yanına çektim. Sanki itaatkâr bir köle gibi güneşin doğuşunu selamlıyordum. Oysa kafamı yerden kaldıramayacak kadar çok korkuyordum güneşten. Dizimin üstüne kıvrılmış, sarı pulları güneşte parlayan zehirli bir canavar vardı. Belki de karşısında itaatkâr davrandığım güneş değildi. Güneşin yakıcı ışığını çıplak ensemde hissediyordum. Yılan tıslıyor, gözlerini benden ayırmıyordu. Tam arkamda ise farklı bir düşmanım vardı. Belki de hepsinden daha kötü ve korkunçtu. Güneş, yılan ve bir seri katil arasında sıkışıp kalmıştım. Etrafım tamamen sarılmıştı ve ben hangisi daha ölümcül diye düşünüyordum.

Üçünü kıyaslarsam sanırım yılan tarafından öldürülmeyi tercih ederdim.

Gölge'nin adımları tam arkamda durdu. O kadar yakınımdaydı ki bacakları sırtıma değiyordu. Üç düşmanım aynı anda beni bulmuştu, korku içinde nefesimi tutuyordum. Biri tam arkamda bana üstten bakışlar atıyor, diğeri önümde çatallı dilini çıkarıp tıslayarak beni süzüyor, bir diğeri de tam yukarıda beni yok etmek için kafamı kaldırmamı bekliyordu. Ben ise oturduğum yerde kafamı eğerek aynı anda üçüne boyun büküyordum. Gölge, "Gözlerini sıkıca kapat, Küçük Melez ve kendini hazırla çünkü canın çok yanacak!" dediğinde soluğumu tutarak gözlerimi sıkıca kapattım. Neden bahsettiğini bilmiyordum fakat canımın yanacağını söylerken ciddiydi.

Ansızın bacağımda hissettiğim inanılmaz ağrı yüzündem avazım çıktığı kadar bağırdım. Onun, "Nasıl bir dilsiz böyle çığlık atabilir ki?" diye homurdandığını duydum. "Dilsiz insanların çığlığı da olmaz," derken sesi fazla düşünceli çıkmıştı. Bu konuda kafasını kurcalayan bir şeyler olduğu çok açıktı.

Bir şey bacağımı yarıp geçmişti.

Bacağımdaki sonu gelmeyen acı yüzünden gözlerimi sonuna kadar açarak acılar içinde inledim. Gördüğüm kan donduran görüntüyle deli gibi çırpınıp geriye gitmeye çalıştım fakat onun soğuk elleri omuzlarımı kavradı. "Bayılmak istemiyorsan kapat gözlerini!" Onu dinlemediğim için sesi öfkeli çıkıyordu.

Bıçağını yılanın tam kafasına fırlatmıştı. Asıl sorun, yılanın kafatasını delip geçen bıçağın bacağıma saplanmasıydı. Yılanın kafası bıçakla bacağım arasında sıkışıp kalmıştı. Yılan ölmüştü ama kuyruğu hâlâ hareket ediyordu. Bacağıma çarpan kuyruğu ürpermeme neden oluyordu. Daha kötü olansa dizimden oluk oluk kan akıyordu. Güneşin kızgın ışıkları, korkunç kırmızı sıvı, elleri omuzlarımda olan suikastçı ve dizimde ölü bir yılan vardı. Bundan daha kötüsünü yaşayamazdım. Midem bulandığı esnada gözlerimi sıkıca yumdum. Ellerini omuzlarımdan çekince rahat bir nefes aldım. Acıyan dizimden dolayı hıçkırıklarla ağlıyordum. Zaten yapabildiğim en iyi şey, her şeye ağlamaktı.

Gölge bacağıma dokunduğunda irkildim. "Bu, biraz acıtacak," dediğini duyduğumda bıçağın bacağımdan sertçe çekildiğini hissettim.

Dişlerimi sıkarak acının hafiflemesi için beklemeye başladım. "Fazla kanaman var," dediğinde eli hâlâ bacağımın üzerindeydi. "Bıçak tahmin ettiğimden daha derine girmiş. Yarayı sarmam lazım, o yüzden tişörtünü çıkar." Gayet rahat bir şekilde söylemişti bunları. Hızla ellerimi göğüslerime koydum. Onun karşısında soyunmaya niyetim yoktu.

Sıkıntıyla karışık bir nefes aldığını duydum. "Uğraştırma beni, Dilsiz Kız. Çıkar işte şunu!" Öfkeli sesine karşılık kaşlarımı çatarak başımı olumsuz anlamda salladım. Çıkarmayacaktım.

Cebimden kalemimi ve not defterimi çıkararak gözlerim kapalı, bir şeyler yazıp ona uzattım. *"Neden bana bir iyilik yaparak kendi tişörtünle sarmıyorsun?"* Filmlerde erkekler hep böyle yapıyordu, o da yapabilirdi.

"Soyunmamı mı istiyorsun?" Sesi keyifli çıkmıştı. Afalladığımı hissettim. Ben ona soyunmasını söylememiştim ki. Sadece bacağımı kendi tişörtüyle sarmasını istemiştim.

Gözlerimi daha sıkı kapatarak başımı iki yanıma salladım. Eski sayfayı yırtıp attım, yeni bir sayfaya geçtim. *"Tişörtümü çıkarmaktansa senin tişörtünü çıkarmanı tercih ederim."* Sayfayı yırtıp ona uzattım.

Elimdeki not kâğıdını almıştı. "Unut bunu! Tişörtümü senin kanınla kirletmeyeceğim." Göremesem de ses tonundan benimle eğlendiğini anlayabiliyordum.

Kalemi öfkeyle kâğıdın üzerinde hareket ettirdim. *"Kibar biri gibi davransan ne olacak!"* Notu okuduktan sonra güldüğünü duydum. Bu davranışı beni daha çok delirtti. Ben burada kan kaybediyordum ve o, suçlu olduğu hâlde geri adım atmıyordu.

"Kesinlikle kibar biri değilim, yani kitaplarda okuduğun o uydurma adamlar gibi ucuz artistlikler yapıp üstümü kirletmeyeceğim." Benimle alay etmesi beni çıldırtıyordu.

Tişörtümün altına atlet giydiğim için kendime şükranlarımı sunarak bir çırpıda tişörtü çıkardım. Elimdeki tişörtü top şekline getirdikten sonra sesinin geldiği tarafa sertçe attım. *Umarım yüzüne gelmiştir,* diye düşündüm. "Sinirli bir ergen," diye dalga geçtikten sonra tişörtümün yırtılma sesi geldi.

Ellerini bacağımda hissedince ürperdim. Yırttığı tişörtü bacağıma sararken parmaklarının tenime yaptığı ufak dokunuşlar içimde binlerce parçanın bölünmesini neden oluyordu. Bana dokunmasını istemiyordum, o bana dokunduğunda kalbim ağrıyordu. Nihayet sargı işlemini bitirip ellerini çekmişti. Verdiğim nefesleri duymamasını ümit ettim. "Gözlerini açabilirsin," dediğinde, kendimi tutamayıp kıkırdadım. Sadece kan yüzünden kapattığımı sanıyordu fakat güneş ve o, hâlâ benimleydi, ikisinden de korkuyordum.

"Neden gülüyorsun?" Bu sefer sesi çok yakından gelmişti, sanki yüzümün birkaç santim uzağındaydı.

Derin bir nefes alarak, gözlerimi açmadan yeni bir yazı daha yazdım. Acaba görmeden yazdığım yazıların şekli nasıldı? Şu anda suikastçım dibime kadar girmişti. Bunu düşündüğüme inanamıyordum. Not kâğıdını hızla ona uzattım. *"Güneş ve sen, buradasınız."*

Kâğıdın, Gölge'nin parmaklarının arasında çıkardığı hışırtıları duyabiliyordum. "Ben mi? Beni görünce bayılacağını ya da kriz geçireceğini düşünmüyorum." Anlamazlıktan gelen tavrına dayanamadım ve bu sefer sesli güldüm. Baskı altındayken ya da çok mutsuz olduğumda hep gerçek ve içten kahkahalar atardım. Bunun sağlıklı olmadığını hissediyordum.

Yeni bir kâğıdı daha ona uzattım. Bu kez vereceği cevabı daha çok merak ediyordum. *"Yüzünü görenler ölüyor, bu da demek oluyor ki çok çirkinsin. İnsanlar çirkinliğini görünce rahatsız oldukları için onları öldürüyorsun. Ölmek istemediğim için yüzüne bakmayacağım."* Bu sefer çok uzun yazdığım için ortaya karmakarışık bir şeyler çıktığına emindim, bunu umursamadım. Biraz uğraşırsa okuyabilirdi.

En az bir dakika ses gelmedi, sanki yazdıklarımı beklemiyor gibiydi. Daha sonra ise hiç beklemediğim bir şey yaparak beni bozguna uğrattı. Sanki ona çirkin dememişim gibi yüksek sesle gülmeye başladı. Gülüşünün ortaya çıkardığı melodik ses kulaklarıma ulaştığında korkudan kasılan bedenim gevşemişti. Yalnız küçük bir sorun vardı: Bu, onu neden güldürmüştü? Şimdi kafası karışan bendim. Neden gülüyordu ki? "Haklısın," derken bile sesi neşesini yansıtıyordu.

"Sırrımı öğrendin, Küçük Melez." Sesini özellikle gizemli çıkarmaya çalışıyor gibiydi. "Dünya üzerinde görüp görebileceğin en çirkin ve korkunç adam benim." Sesi eğlendiğini belli ediyordu ve bu durum, somurtmama neden oldu. Nasıl biri, kendi çirkinliğiyle alay ederdi ki? Ayrıca yanılmamış olmak beni daha çok korkuttu.

Amber kokusunu bu kadar yakınımda solumak nefesimi kesti. Verdiği nefesler, yüzümün her zerresine işliyordu. Yakın, çok fazla yakındı. "Senin yeşil gözlerinin aksine benim gözlerim korkunç." Fısıltıyla konuştuktan sonra parmağıyla burnuma hafifçe vurdu. "Senin fındık kadar bir burnun var ama benimki büyük ve eğri." Elleri yanaklarıma indiğinde kalbim duracakmış gibi acıyla atmaya başladı. "Yanaklarımda dolunay taşımıyorum senin gibi, aksine benim yanaklarım bıçak izleriyle dolu." Soğuk elleri yanaklarımı serbest bıraktığında rahat bir nefes aldım. Fakat bu sefer de parmağını alt dudağımın üzerinde gezdirdi. "Böyle küçük ve kırmızı dudaklar yerine parçalanmış dudaklar taşıyorum."

Harika! Frankenstein'in en kötü sürümü tam karşımdaydı.

Bana acı veren kalbimin hızlı darbelerine daha fazla dayanamadım ve elimi kalbime bastırdım. Nefes alışlarım hızlandığında dudaklarımdan hırıltılı sesler çıkmaya başlamıştı. Bedenim titremeye başlayınca hızla benden uzaklaştığını hissettim. "Sana dokunmuyorum, sakinleş!" Sesi, bu durumdan rahatsız oluyormuş gibiydi.

Bir süre, tamamen benden uzaklaştığını hissedene kadar, acılar içinde kıvrandım. Gerçekten uzaklaştığını anladığımda nefesimi kontrol etmeye çalıştım. Acım hafiflediğinde büyük bir nefes çektim ciğerlerime. Çok yakınımdan gelen sigara kokusuna karşılık kaşlarımı çattım. Ben burada fazladan bir nefes almak için çırpınırken o, sigara içiyordu. Yüz ifademi görmüş olmalı ki güldüğünü duydum. "Sigara içmemden çok daha büyük sorunların var. Mesela bu ormandan gözlerin kapalı ve bacağın yaralıyken nasıl çıkacaksın? Kalbin sana yaklaşmama izin vermiyor, yani seni kucağıma da alamam." Kalbin kısmına bilerek vurgu yaptığı için güldüm. Anlaşılan, o çok istediği değerli kalbim onu kızdırmıştı.

Ve kesinlikle beni kucağına almasını isteyeceğim son kişi bile değildi.

Küçük bir not daha yazarak boşluğa rastgele uzattım. Bir an önce bir sığınak bulup gözlerimi açmak istiyordum. Sıkıca kapattığım göz kapaklarım ağrımaya başlamıştı. Sayfayı parmaklarımın arasından çekip aldı. *"Şimdi ne olacak?"* Beni ne zaman öldüreceğini merak ediyor ve korkuyordum.

Cevap vermedi çünkü bu sorunun cevabını o da bilmiyordu. Uzun süre susmasından anlamıştım bunu. O, Gölge'ydi. Amerika'ya korkunç unvanıyla nam salmış tehlikeli bir suikastçıydı. Onun tarafından bağışlanmak istedim, işlemediğim tüm günahlar için ondan af diliyordum. Sanki ona zarar vermişim gibi merhametine sığınan benliğim, büyük bir isyandaydı. Suçum yoktu ama bir suçluymuş gibi davranıyordum. Güneş ışıklarını yüzümde hissetmemek için kafamı iyice eğmiştim, şimdi de boynum tutulmuştu. *"Karanlık, güneş yok ve her yer karanlık."* İçimden hep aynı cümleleri tekrarlamaya başladım. Böyle düşünürsem belki korkularımın üstesinden gelebilirdim. Ama pek işe yaradığını söyleyemezdim.

Soğuk eli kucağımdaki elimi kavrayınca korkuyla sıçradım. Elimi çekmek istedim fakat buna izin vermedi. Avuçlarımda sıkıca tuttuğum not defterini ve kalemi aldı. Ellerimi bıraktığında yeniden bana dokunmasın diye elimi yumruk hâline getirdim. Sıkıca kapattığım ellerimi tek eliyle zorlanmadan açıp not defteri ve kalemi usulca avuçlarıma bıraktı. Nefesimi tutarak sıradaki hamlesini bekledim. Yaprakların çıkardığı hışırtıdan ayağa kalktığını anladım.

"Burada bekle, birazdan okuldakiler seni almaya geleceklerdir. Yerini bulmaları an meselesi." Ses tonundan beni burada bırakacağını anlamıştım.

Adım sesleri duyunca hızla ayağa kalktım. Benden gittikçe uzaklaşan ayak sesleri, ağlama isteğimi arttırıyordu. Neredeydi? Gözlerimi açmak istiyordum ama güneşten korkuyordum. Gözlerimi açmak istiyordum fakat onu görürsem beni öldürebilirdi. Adım attığım yeri bilmeden hareket ettim ve bu esnada yaralı bacağım yüzünden yere düştüm. Gidiyordu ve beni onlara bırakıyordu. Ne yapmasını bekliyordum ki? Beni yanında götürmezdi. Kalbini istediği bir kızı neden yanında taşıyacaktı ki? Elimdeki not defterimi sıkarak ağlamaya başladım. Okula dönmek istemiyordum ama gidecek bir yerim de yoktu. "Ağlama," dediğini duydum. "Onlar seni bulana kadar buralarda olup seni izleyeceğim." Bu sözleri karşısında daha çok ağlamaya başladım, ona ihtiyacım olduğunu daha net bir şekilde fark etmiştim. Bir katilin yardımına ihtiyacım vardı. Beni burada bırakıp gitmesini istemeyecek kadar kötü bir hâldeydim.

Kaçmayı bile becerememiştim, güneş korkum yüzünden elim kolum bağlıydı. Saçlarımı iyice yüzüme doğru getirdim ve ellerimi yere bastırarak boynumu büktüm. Emekler gibi duruyordum. Güneşin bana ulaşmaması için iyice yere doğru eğildikten sonra yavaşça birbirine yapışmış kirpiklerimi oynattım. Çok değil, sadece birazcık gözlerimi araladım. Yerdeki turuncu yaprakları buğulu bir şekilde görebiliyordum. Gözlerimi kıstığım için görüşüm bulanıktı, bulanık da olsa görüyordum. Adım sesleri uzaklaşıyordu, gidiyordu ve ben yine geride kalandım. Gitmeyeceğim demişti ama uzaklaşan adım seslerini duyuyorum. Dudaklarımı birkaç kez oynatıp kapattım. Tam şu anda bağırmak istiyordum, beni onlara vermemesi için yalvarmak istiyordum. Ağzımı aralayıp bağırmaya çalıştım, ne kadar uğraşsam da sesim çıkmayacaktı. Acizliğim bir tokat gibi yüzüme çarpmıştı. O olay yaşanmadan önce söylediğim son kelime, zihnimin duvarlarında büyük bir çatlak oluşturmuştu.

14 Yıl Önce...

Koşmaya başladım. Karanlıktı, çok karanlık ama korkutmuyordu bu karanlık beni. Önümde uzanan yol bitecek gibi değildi, bu sıkıcı yolda tek bir ağaç bile yoktu. Saklanacağım bir yer ve beni saklayacak kimse yoktu. Düz arazide sadece küçük bir tepe vardı. Ağrıyan bileklerimi umursamadan koşuyordum, tepeye ulaşmam gerekiyordu. Rüzgâr çok şiddetliydi, zayıf bedenimi uçuracak diye korkuyordum. Annemin masallarda anlattığı o kız gibi uçurtmaya takılıp gökyüzüne süzülmek istemiyordum. Gökyüzü benim için kötü ve korkunçtu. Orada güneş vardı. Ayağım bir taşa takılınca sert bir şekilde yere düşüp yokuştan aşağıya yuvarlanmaya başladım. Yuvarlanıyordum, yerdeki taşlar canımı yakıyordu..

Nihayet durduğumda acıyla çığlık attım. Hızlı hızlı nefesler alarak yavaşça başımı yattığım yerden kaldırdım. Ağzıma giren toprağı tükürüp ellerimi yere bastırdım ve gövdemi hafifçe yukarı kaldırmayı denedim. Fakat doğrulmamı engelleyen bir şey vardı. "Anne, yardım et!" diye ağlayarak bağırdım. Annem neredeydi?

"İşte orada! Kızı buldum, buraya gelin!" Pozisyonumu bozmadan başımı yavaşça kaldırdım. Tepeden bana doğru gelen üç adamı görünce daha çok bağırdım. Ayağa kalkmalıydım, onlar gelmeden kaçmalıydım ama karnıma saplı bir şey vardı ve bunu yapmam çok zordu.

Başımı yavaşça eğerek karnıma baktım. Parmak kalınlığında bir demir parçası yere gömülüydü, demirin dışarıda kalan parçası ise karnımdaydı. Toprağa damlayan kanımı görebiliyordum. Kollarım topraktan destek alarak bedenimi yukarı doğru itiyordu, ne var ki kollarım kendi küçük bedenimi taşıyamayacak kadar güçsüzdü. Bedenim acılar içinde deli gibi titrerken kendimi kurtaramıyorum. Eğer kollarım dayanmazsa demir, ikinci defa saplanacaktı zayıf bedenime. Kendimi çektikçe canım daha çok yanıyor, yaram ise aralıksız kanıyordu. Sanki bu demir parçası benimle bütünleşmişti. "An-Anne, beni bul lütfen." Hıçkırıklarla ağlamaya başladım. Bir çift ayak, tam yüzümün yanında durdu. Hayır, bu annem değildi.

"Bunu kendine sen yaptın ve şimdi yapacağım şeyi de sen yapmış oluyorsun, Yeşil." Ah hayır, onun sesini duymak yerine sağır olmayı tercih ederdim.

Ellerini belimde hissettiğim esnada, "Bırak beni!" diye çığlık attım. Bana dokunmamalıydı, bana dokunamayacak kadar kötü biriydi.

Kollarım beni daha fazla taşıyamadığı için tam yere yapışıyordum ki belimi kavrayıp hızla beni yukarı çekti. Demir aniden karnımdan çıktığında boğazım yırtılırcasına bağırdım. Yüzüme doğru gelen saçlarımın arasına yapraklar ve küçük kum taneleri dolmuştu. Yüzüm toprağa bürünüp kapkara olmuştu, gözyaşlarımın bir çizgi hâlinde yanağıma aktığını hissettim. Yere eğilip beni yavaşça bıraktı. Ellerimi kanayan karnıma bastırdım, sanki kanamayı durdurabilecekmişim gibi. Pembe tişörtümün alt kısmı kan içindeydi. Kısa pantolonumun açıkta bıraktığı dizlerim soyulmuş, küçük taşlar açılan gözeneklerin içine batmıştı. Yavaşça önümde diz çöküp dizlerime gömülü olan minik taşları nazikçe çıkardı. Bu hareketi, onu iyi biri gibi gösterebilirdi fakat o, iyi biri değildi. Ağlamamın kesilmediğini görünce karnıma baktı. "Bunu kendine neden yaptın? Yaran kötü görünüyor." Bana üzüldüğünü düşünmüyordum, kesinlikle benim için harcadığı zamanın boşa gitmesine üzülüyordu.

Ağlamaktan konuşamıyordum, sanki bir yaratığın pençeleri karnımın içine tırnaklarını geçiriyordu. İşaret parmağını kanla yıkanmış karnıma bastırıp geri çekti. Parmağını gözlerimin hizasına getirdi. "Bunun ne olduğunu biliyor musun?" Sorduğu soruya karşılık başımı olumlu anlamda salladım.

"Söyle," dedi, sustum.

"Söyle!" diye inat etti.

"Ka-Kan." Dudaklarımdan bu küçük kelime öyle boş ve ifadesiz çıkmıştı ki kendi sesime yabancı kaldım.

"Kan seni korkutmuyor," diyerek yüzüme baktı. "Oysaki tüm çocuklar kandan korkar." Ses tonunda hissettiğim tehlike yüzünden irkildim. Kandan korkmalı mıydım?

Karnımdaki ellerimi çekerek onlara baktım. "Sadece kırmızı bir su," dedim acımı kendi içimde dindirmeye çalışırken. "Korkmak aptallık olur!" Bir anda değişen ruh hâlim yüzünden ona bağırmıştım. Bu iyi bir çıkış olmayabilirdi, o bir yetişkindi ve yetişkinler kolayca sinirlenebilirdi.

Önce güldü, daha sonra kahkaha attı. Bana yaklaşıp tek eliyle yüzümü kavradı. "Ah, Küçük Taşıyıcı... Sana kandan korkmayı zevkle öğreteceğim." O gün bunu söylerken ne demek istediğini anlamamıştım. Fakat daha sonra neden bana Taşıyıcı dediğini, neden peşimde olduklarını ve kan konusunda şaka yapmadığını en acı şekilde öğrenmiştim.

O gün, her şey bitmeden önce çok şey yaşamıştım. Narkoz almadan önce düşündüğümden çok fazla şey görmüş ve kaybetmiştim. O masada yeni biri olarak uyanmadan önce son söylediğim şeyin "anne" olduğunu hatırlıyordum.

Evet, benim bir zamanlar sesim vardı.

Ve evet, ben bir zamanlar kandan korkmuyordum.

Günümüz...

Geçmişimi öyle dayanıklı ve güçlü kapılar arkasına saklamıştım ki o günden sonra bir daha sakladığım yerden çıkmalarına izin vermemiştim. Şimdi güvendiğim o kapılarda küçük küçük çatlaklar oluşmaya başlamıştı. Geçmişimin hayaletleri o kapıları yumrukluyordu, çıkmak istiyordu. Ağlamam bir anda kesildi, belki de göz pınarlarım bugünlük kurumuştu. Yerden destek alarak ayağa kalktım ve yüzümü güneşe çevirdim. Belki de bu savaşın bir sonu gelmeliydi. Sahi, savaşım kiminleydi? Ruhum çoktan enkaz olmuştu, bitik bir bedenle direnişim nedendi?

Gözlerini aç ve bitsin! diye geçirdim içimden.

Kirpiklerimi kırpıştırarak usulca gözlerimi açmaya başladım. Biliyordum, güneşe bakarsam hasta kalbim pes edecekti; artık ben de bunu istiyordum. Gözlerimi sonuna kadar açtığımda büyük bir nefes çektim içime. Beynimde binlerce vızıltı... Sinek seslerini anımsatıyordu bana. Gözlerimin önünde küçük bir kız vardı. Sürekli defterinden kopardığı sayfaların rahatsız edici sesini duyuyordum. Binlerce karınca, yuvasında hareket ediyor; küçük bir kelebek suyun içinde amaçsızca çırpınıyor; siyah ile mavi mürekkep duvarlardan aşağıya doğru akıyordu. İşte güneşe bakmak bana bunları hissettirmişti. Gözlerim yanmıyor da kanıyordu sanki. Kalbim dehşete düşmüştü, beklemediği bu hareket karşısında kan yerine acı akıtıyordu damarlarıma. Ellerim havasız kalan boynuma gittiğinde acıyla inledim. Nabzım o kadar hızlı atıyordu ki gözlerimi açık tutmakta zorlanıyordum. Sadece iki saniye... Tüm bunları sadece iki saniyede yaşamıştım. Gözlerim sadece iki saniye boyunca güneş ışıklarının aydınlattığı gökyüzünde oyalanmıştı. Başım dönmeye başladığında gözlerimi hızla kapatıp yere oturdum. Benim tüm cesaretim bu kadardı işte, her şey gibi yarım ve eksik... İki saniye gökyüzüne bakmak bile beni bitirmişti.

"Yeşil!" Bu Lisa'nın sesiydi. Şükürler olsun ki benim için gelmişti.

Ötanazi Okulu benden beş yılımı çalan bir cehennemdi. Belki oradakiler gibi bir suç işlememiştim ancak ben de orada kalmak zorunda olan bir mahkûmdum. Asla kaçmama izin vermeyeceklerdi, asla tutsaklığım son bulmayacaktı. "İşte orada Yeşil!" Elimdeki son şansı da böylece heba etmiştim. Yine olmamıştı, belki de hiç olmayacaktı.

Belki de yeterince çaba göstermemiştim.

"Bu yaptığın büyük aptallık, Taşıyıcı!" Lisa saatlerdir susmak bilmiyordu, ayrıca "Taşıyıcı" demesi de bana ne kadar çok kızdığını gösteriyordu.

"Özür dilerim, Lisa." Özrüm onu daha çok kızdırmış gibi kaşlarını çattı. Eliyle makyaj aynamın önündeki ilaçları gösterdi. "Bu ilaçların tanesi servet değerinde ve hepsini okul karşılıyor. Söylesene, gittiğin yerde ilaçlarını nasıl almayı düşünüyordun? Yeşil, sen normal bir hayat yaşayamazsın. Tanrı aşkına, güneşe bile çıkamıyorsun! Ne geçiyordu aklından? Gece çalışıp gündüz saklanmak mı? Senin durumundaki biri için geceler ne kadar tehlikeli, biliyor musun? Ayrıca her şey bir yana, genç bir kızın gece yapacağı işler sınırlı!" Ellerini saçlarından öfkeyle geçirdi. "Lanet olsun, nereye gideceğini bile bilmeden böyle başına buyruk davrandığına inanamıyorum!" Haklıydı, biliyordum fakat denemem gerekiyordu.

Bir gün bu cehennemde son nefesimi verirken kaçmayı deneyen biri olarak gözlerimi yummalıydım.

Bana kızdığı için gözlerim doldu. *"Kısa bir an için özgür olmak istedim, hepsi b*u," deyince başını olumsuz anlamında iki yana salladı. "Senin öyle bir lüksün yok!" Bu cümle bana, kendi acımasız gerçeklerimi hatırlattı. "Müdür Wood, babanı aradı. Ayrıca seninle kaçan çocuk da hâlâ aranıyor. Sana olan öfkem geçene kadar, seninle başkası ilgilenecek." Kendimi açıklama fırsatı bile tanımadan, çıkıp gitmişti.

Babam bu olayı duysa bile onun için değişen bir şey olmayacaktı. Ellerimi, Lisa'nın sardığı bacağımın üzerinde gezdirdim. Banyo yaptıktan sonra iyice temizlenmiştim. Lisa uzun, çok uzun nasihatleriyle ve azarlarıyla doyurmuştu beni. Hâlâ benimle kaçan kişiyi arıyorlarmış, kızın kaçmayı başardığına sevinmiştim. En azından birimiz özgür kalmıştı. Gölge aklıma gelince sertçe yutkundum. Ormanda, gitmeden önce defterimi aldığını hatırlayınca yavaş adımlarla banyoya girdim. Yaralı bacağım, yürürken acılar içinde sızlıyordu.

Eşofmanımı yerden alıp hemen ceplerini karıştırdım. Ön cebinde bir telefon bulunca gözlerim irice açıldı. Bana neden bir telefon vermişti ki? Burada telefon kullanmamız yasaktı. Bu telefonu o bırakmıştı, değil mi? Hangi ara cebime bir telefon koymuştu? Yanımdayken o kadar çok heyecanlanmıştım ki telefonun varlığını fark etmemişim bile. Not defterimi bulduktan sonra son sayfayı açıp baktım.

"Ve adam hayatında ilk kez küçük bir melezin canını bağışlayarak istisna denilen kavram ile tanıştı."

Onun için bir istisnaydım.

Nedense bunu düşünmek bile tebessüm etmemi sağlamıştı. Sanki kalbimde tonlarca yük vardı ve bu kelime sayesinde hepsi uçup gitmişti. Beni öldürmeyecekti, ilk kez bir kurbanını hayatta bırakıyordu ve o kurbanı bendim. Gülümseyip elimdeki notu sımsıkı tuttum. Belki özgür değildim ama olsun. Bu, son zamanlarda aldığım en güzel haberdi ve beni mutlu etmeye yetmişti. Acaba neden vazgeçmişti? Bunu bilmeyi gerçekten çok istesem de kurcalamaya niyetim yoktu. Elimdeki cep telefonu inceleyerek yatağıma girdim. Bunu Lisa ya da diğerleri görürse başım belaya girebilirdi. Telefonu titreşime aldım, bu şekilde daha iyi saklayabilirdim. Galeriye ve mesaj bölümüne girdim. Fotoğraf ya da ona ait bir mesaj bulamadım. Rehbere girdiğimde tek bir kişinin numarası kayıtlıydı: Gölge.

Onu arayamazdım ama mesaj atmaktan kendimi alamadım. ***"Okulda mısın?"*** Mesajı gönderdikten sonra beklemeye başladım, neyse ki kısa sürede cevap gelmişti.

"Hayır."

Bunu anlamıştım, kokusu odamdan silinmişti sanki. ***"Beni yine korumayı düşünüyor musun?"*** Mesajı göndermeden *önce acaba çok mu bencilce hareket ediyorum,* diye kısa bir an düşündüm. Ama yine de gönder tuşuna basmayı ihmal etmedim.

Alt dudağımı dişlerimin arasına alarak beklemeye başladım. Yataktan sarkıttığım ayaklarıma bakıyor, sabırsız bir şekilde cevap gelsin diye bekliyordum. Telefon titreyince hızla mesaj kısmına girdim. **"İlk kural: Beni asla sorgulama, Küçük Melez. İşime karışılmasını sevmem.**

Not: Dudaklarını rahat bırak!"

Mesajı okuduktan sonra şaşırdım ve odamın içini gözden geçirdim. ***"Odamda kamera var, değil mi?"*** Beni gözetlediğini bir yıl boyunca hep hissetmiştim, zaten o yüzden banyoda giyiniyordum.

"Bildiğin şeyleri sormak mı daha büyük aptallık? Yoksa bildiğin hâlde bilmiyormuş gibi yapmak mı?"

Kaşlarımı çatarak telefona baktım, mahremiyet adına bir şey bırakmamıştı. Üstüne bir de beni aptal olmakla suçluyordu. ***"Sonuç değişmiyorsa susmak iyi değil mi?***

Not: Lütfen bana banyoda kamera olmadığını söyle."

Bu soruyu sorarken sanki karşımdaymış gibi her yanımı bir utanç sarmıştı. Cevabı ise her zamanki gibi kendisine özgüydü. **"Çelimsiz vücudun dikkatimi çekmiyor, Dolunay Surat.**

Not: Bir tek banyoda kamera yok."

Yazdığı şeyler yüzünden utanmam gerekirken kıkırdadım. Parmaklarım hızla harflerin üzerinde hareket etti. ***"Benim yanaklarım azıcık tombul, hepsi bu."*** Cevap için çok beklememiştim.

"Uyu, Dolunay Surat.

Not: İlaçlarını almayı unutma."

Telefona tebessüm ederek baktım. Onunla satırlar üzerinden konuşmayı seviyordum ama en çok bana not bırakmasını seviyordum. Telefonu yastığımın altına sakladıktan sonra ilaçlarımı içip yatağa girdim. Gözlerimi kapatırken yüzümdeki tebessüm hâlâ yerini koruyordu.

Bir Hafta Sonra...

"Bayan Green, uyanın lütfen." Duyduğum yabancı sesle yavaşça gözlerimi açtım. Pekâlâ, odamda Lisa'dan başka birini görmeye alışık olmadığım için Erich Russell'ı görünce şaşırdım. Yavaşça yatakta doğrulup uyku mahmuru gözlerimi ona diktim. *"Sizin burada ne işiniz var?"* Parmaklarıma baktıktan sonra ilaçlarımın yanındaki not defterlerimden birini aldı ve bir kalemle bana uzattı.

"İşaret dili bilmiyorum, yazarsanız daha iyi anlaşabiliriz," dedi. Tek kaşımı kaldırarak, *"Bunu neden yapayım?"* dedim.

Elindeki dosyamı bir kenara koydu ve kollarını göğsünde birleştirip bana baktı. "Benimle uğraşmak hoşuna mı gidiyor, genç bayan?" deyince, *"Öyle mi dersiniz, Bay Russell?"* dedim işaret dilinde. Evet, insanlarla uğraşmak hoşuma gidiyordu.

Bu sefer tek kaşını kaldıran o oldu ve İngilizce dışında anlamadığım farklı bir dilde bana bir şeyler söyledi. "Moneo te, puella."[4] Ne söylemişti? İngilizce dışında farklı bir dil bilmiyordum. On beş yaşımdan beri İngilizce konuştuğum için bu konuda Türkçeden daha iyiydim. Üstelik okuldakilerin hepsi İngilizce konuşuyordu, onlarla bu şekilde daha iyi anlaşıyordum. Yazdıklarım bile İngilizceydi. Onun az önce ne dediğini anlamadığım için küçük defterime bir şeyler yazdım. *"Az önce ne söylediniz?"* Defterde yazdıklarımı okuyunca bir an gülecek gibi oldu ama yapmadı.

Aynı şekilde yine farklı bir dilde konuşunca kaşlarımı çattım. *"Benim anladığım dilde konuşursanız sevinirim!"* Bu sefer yüzünde küçük bir gülümseme oluştu.

"Aynı şeyi senden de bekliyorum," deyince beni, benim silahımla vurduğunu anlayıp somurttum.

"Anladığım kadarıyla oyun oynamayı seviyorsun," dedi. "Bu konuda sana uyum sağlayabilirim. Ne de olsa artık Lisa'nın yerine sana ben bakacağım." Başımdan aşağıya kaynar suların döküldüğünü hissettim. Lisa, beş yıldır sadece doktorum değil, buradaki tek arkadaşımdı. Yaptığım tek bir hatayla beni kendi yokluğuyla cezalandırmaya hakkı yoktu.

Doktor, yüzümün asıldığını görünce bu sefer daha ılımlı bir sesle konuştu. "Yakında sana kestiği cezayı kaldıracağına eminim. Şimdi giyin, seni dışarıda bekliyorum." Bana yapmam gerekenleri söyledikten sonra dışarı çıkmıştı; hem de neden giyinmem gerektiğini söylemeden. Saat sekize geliyordu, yine akşama kadar uyumuştum.

Yataktan çıktıktan sonra dolaptan kehribar renginde bir tişört ve kot pantolon alarak banyoya gittim. Pijamalarımı çıkarıp aceleyle tişörtümü ve pantolonumu giydim. Saçlarımı her zamanki gibi açık bıraktım ve odamdan çıktım. Kapının önünde beni bekleyen doktorumun yanına gidip önceden yazdığım sayfayı ona uzattım.

"Nereye gidiyoruz?"

Bana cevap vermeden merdivenlere doğru yürüdü. Oflayarak peşine takıldım. Her adımımda *cevap istiyorum* dercesine yüzüne

---

[4]Lat. "Seni uyarıyorum, kız."

bakmam, sonunda işe yaramıştı. Bir yandan basamakları inerken diğer yandan bana açıklama yapmaya başlamıştı. "Bayan Cruise ile yaptığınız programa uymak gibi bir niyetim yok. Eğer benim hastam isen bundan sonra benim programıma uyacaksın. Tüm gün odanda kapalı kalmak sağlığını kötü etkiliyor. Seni dışarı çıkarmaya bir yerden başlamamız gerekiyor, değil mi? İlk adımımız, bundan sonra akşam yemeklerini mahkûmlarla yemen olacak." Sanki normal biriymişim gibi sarf ettiği bu sözler beni şoka uğratmıştı.

Adım atmayı bıraktığımda bana doğru döndü. "Hadi, devam et." Kesinlikle benimle alay ediyordu.

Başımı iki yana sallayıp itiraz ettim. Telaşa kapılarak cebimdeki kâğıdı çıkarıp korkularımı yazdım. *"Ciddi olamazsınız. O mahkûmların hepsi beni öldürmek istiyor ve siz, beni onların yanına götürüyorsunuz!"* Kâğıdı ona uzatıp hemen arkamı döndüm. Odama gitmeliydim.

Daha iki adım atmadan kolumdan yakalamıştı beni. Kaşlarını çatarak bana bakıyordu. Hadi ama, burada kızması gereken kişi bendim. "Şu anda hangi şehirdeyiz, biliyor musun?" diyerek bana kızdı. "Alaska'nın Sitka kasabasının yakınlarındaki ormanlık bölgedeyiz. Amerika Birleşik Devletleri'nde senin için uygun olan tek kıta Alaska ve sen şu anda oradasın. Alaska'da güneşli gün sayısı çok az. Hava hep yağışlıdır. Sonbahardayız, yani yakında kış gelecek. Burası, kışın neredeyse hiç güneş görmediği için korkmanı gerektirecek bir durum yok. Neden bulutlu havalarda dışarıda gezmek yerine kendini odana hapsediyorsun? Anlamıyorsun, değil mi? Bu, senin için mükemmel bir şans! Mahkûmlardan korkuyorsun, evet, bu konuda haklısın da ama korkarak daha ne kadar saklanabilirsin?" Beni azarlamıştı ve tereddüt ederek ona bakıyordum. Lisa kusurlarımdan ötürü odamda kalmanın benim için daha güvenli olacağını düşünüyordu. Yeni doktorum, Lisa'nın tüm kurallarını yıkmaya yemin etmiş gibi davranıyordu.

Bay Russell, "Kendini onlara kanıtlamalısın," diyerek elini omzuma koydu. "Herkes gibi yaşamayı hak ettiğini onlara göstermelisin. Buradaki mahkûmların hepsi kötü değil, onları tanı ve onların da seni tanımalarına izin ver. Başta sadece kalbin ilgilerini çekecektir fakat bazıları değerli bir kalpten çok, Taşıyıcı'yı ilgi çekici bulabilir. Hepsine güvenmeni söylemiyorum ama onların içinde de güvenilecek birileri vardır." Kulağa hoş gelse de bu çok zordu. Bana resmen bir okul dolusu avcının içine girmemi söylüyordu. Doktor Russell meraklı bakışlarını bana yöneltmişti ve cevabımı bekliyordu. Bu, kolayca vereceğim bir karar değildi; ucu kalbime dokunuyordu.

Derin bir nefes aldım ve cevabımı sayfalara döktüm. *"Eğer onlar tarafından öldürülürsem ölürsünüz."* Kabul ettiğimi gösteren bu cümleler karşısında zafer kazanmışçasına gülümsedi. "Bunu göze alabilirim," dedi alayla. Sanırım şaka yaptığımı sanıyordu, ölürsem Gölge'nin onu öldüreceğini bilmiyordu. Kalbimi benden daha çok sahiplenmişti suikastçım. Tabii, Erich'in bunu bilmesine gerek yoktu.

Yavaş adımlarla ikinci bloğa geldik. "YEMEKHANE" yazan tabelaya bakıp derin bir nefes aldım. Bay Russell ben kendimi hazır hissedene kadar beklemişti. Yaklaşık on dakikalık tereddütten sonra kapıyı açmasına izin verdim. Çift kanatlı koca kapı büyük bir gürültüyle açıldı. İçeriye ürkek adımlarla girerken anında tüm bakışların hedefi oldum. İçeride yan yana dizilmiş birçok masa vardı. Tam beş masa saydım. Mahkûmlar karşılıklı oturmuştu ve önlerinde yemek tepsileri duruyordu. İlk masadaki mahkûmların sağ bileğinde turuncu, elektronik kelepçe vardı. İkinci masadaki bileğindeki kelepçenin rengi koyu yeşildi, üçüncü masadakilerin gri, dördüncü masadakilerin siyah ve beşinci masadakilerin rengi, geriye kalan dört sıranın rengini içinde barındırıyordu: Turuncu, yeşil, gri ve siyah.

Yemeği bırakıp, beni izleyen insanların bakışlarına aldırmadan Bay Russell'a baktım. Elimde sıktığım not kâğıdına aklımdaki soruyu yazdım. *"Neden her masanın kelepçesi ayrı renklerde? Kelepçelerin mahkûmların ayak bileklerinde ya da boyunlarında olduğunu sanıyordum."* Daha önce kelepçeler tek bir renkti ve boyunlarında tasma şeklinde taşıyorlardı. Şimdi ise farklı renklerdeydi ve bileklerinde bilezik gibi taşıyorlardı.

Erich *güzel tespit* der gibi bir bana baktı. "Uzun zaman önce değişti. Artık herkesin kelepçesindeki renk onun bloğunu ve cezasının büyüklüğünü gösteriyor," deyince hemen ikinci soru kâğıdını ona uzattım. *"Nasıl?"*

Gözleriyle bana bakıp kendi aralarında fısıldaşan turuncu kelepçelilerin masalarını gösterdi. "Birinci bloktakiler, Değişkenler. Diğer mahkûmlara göre daha hafif suçları olanlar. Birinci bloktaki mahkûmların hepsi neredeyse baskı altında ya da mecbur kaldıkları için o suçları işlemişler. Tabii bu, masum oldukları anlamına gelmiyor. Onlar da en az diğer bloktakiler kadar tehlikeli olabilirler. Sistem, mahkûmları suçlarına göre ayırt ettiği için onları turuncu kelepçeyle ayırdık. Birinci bloğa "Değişkenler" ismi verildi çünkü beklenmedik şeyler yaparak bizi şaşırtabiliyorlar." Lisa, bana bundan hiç bahsetmemişti. Mahkûmların suçlarına göre sınıflara ayrıldığını bilmiyordum.

Ben daha bu yeni bilgiyi idrak edemeden yeşil kelepçelileri gösterdi.

"İkinci blok "Araftakiler", yani yeşil kelepçelerin sahipleri. Araftakiler'e güvenemezsin. Onlara bu ismi vermemizin nedeni, onların cenneti ve cehennemi aynı anda yaşayan bir psikolojiye sahip olmaları. Psikolojik sorunları olanları ve psikolojik hastalık taşıyan hastaları ikinci bloğa koyduk. Karakter bölünmesi yaşayanlar, şizofrenler, bipolarlardan oluşuyor Araftakiler. Çoğu, işlediği suçu hatırlamıyor. Anlayacağın, güvenilmez mahkûmlar." Konuşmayı bitirdiğinde korkuyla yeşil kelepçelilere baktım. Yerinde sallanan birkaç kişi dışında diğerleri normal görünüyordu, yine de bu ismi almalarının bir sebebi olduğunu düşünüyordum.

"Ruhsal sorunu olan hastaların ceza ehliyeti yok diye biliyordum." diye yazıp ona uzattığım kâğıdı okuyunca omuz silkti. "Ötanazide her şey mümkün. İkinci bloktaki mahkûmlar diğer mahkûmların aksine hapishane yerine klinikten seçiliyor." Yani Araftakiler gerçekten hasta olan kişilerdi.

Bay Russell anlatmaya devam edince ona odaklandım. "Üçüncü bloktakiler, yani Bilinmezler. Bu mahkûmlar, en masum olanları. Suç işledikleri doğru ama tam anlamıyla karanlık kişiler diyemeyiz onlara, beyaz da diyemeyiz, onların rengi gri. Onlar işledikleri suçların farkında olup pişman olanlar. Burada bir gruba güveneceksen, bu kesinlikle gri kelepçeliler, yani Bilinmezler olmalı. Tabii, onların içinde de tehlikeli olanlar var ne yazık ki." Bay Russell'in gözleri özellikle Bilinmezler'de yirmili yaşlarda bir kadında durdu. Sarı saçlarını boynunun altında kesen mavi gözlü kadın, Bay Russell'e bakıp tebessümle göz kırptı. Derin bir iç çeken Bay Russell, bakışlarını kadından çekip diğer masaya yönlendirdi.

"Ve işte burada da hepsinden daha çok dikkat edeceğin, en tehlikeli grup var," dedi. "Dördüncü blok, yani Kontrolsüzler. Sistem onlara, kötülüğü ve karanlığı temsil eden siyah kelepçeleri verdi. Kontrolsüzler buradaki hiçbir mahkûma benzemez. Boyun eğmezler, itaat etmezler, asla pişman olmazlar ve merhamet göstermezler; gözlerine kestirdiklerini öldürmeden durmazlar. Onlar için yaşam bir oyundan ibaret. Öl ya da öldür ama asla durma. Kontrolsüzler en tehlikeli sadistlerin ve seri katillerin çoğunlukta olduğu bir blok. İçlerinde kendi ailesini bile tereddüt etmeden öldüren insanlar var. Bu yüzden asla bir Kontrolsüz'ün radarına girme. Buradaki gardiyanların yarısı dört bloğa bakıyorsa diğer yarısı sadece Kontrolsüzler'e bakıyor. Onlara söz geçirmek çok zor, sürekli bir tartışma ve isyan hâlindeler. Buradaki herkes birbirinden güçlü; bu yüzden de kendi aralarında anlaşmazlığa düşüyorlar. Hepsi grubun lideri olmak istiyor fakat aralarından hangisi baskın karakter diye sorarsan sana hiç düşünmeden şu masanın başındaki kişi diyebilirim." Gözlerim yavaşça herkesi eleyip masanın başında oturan kişiyi buldu.

Yirmili yaşların ortasında bir gençti. Kahverengi saçlarını kısacık kestirdiği için yüzü açığa çıkmıştı. Bir dumanı aratmayan gri gözleri vahşice parlıyordu. Çenesinin hemen altında başlayan ve boynunda biten yara izi onu hem korkutucu hem de dikkat çekici gösteriyordu. Onu incelerken aynı şekilde onun tarafından incelendiğimi hissettiğimde göz göze geldik. Bakışlarıyla ruhumu emiyordu sanki, titreyen ellerimi pantolonuma sürtüp sertçe yutkundum. Beni korkuttuğunu fark etmiş gibi dudağının bir tarafı tehlikeli bir yavaşlıkla kıvrıldı. Onun baskısı altında daha fazla kalmak istemedim, bakışlarımı ondan çektim.

Bay Russell korktuğumu anlamış gibi destek vermek istercesine elini omzuma koydu. "Taylor Wallece yirmi beş yaşında, buradaki en tehlikeli mahkûmlardan biri. Üç ay önce Kontrolsüzler'in yenilmez lideri oldu diyebilirdim. Fakat yeni gelen biri yüzünden işler değişecek gibi görünüyor ve bu durum, tüm infazcıları tedirgin ediyor. Taht savaşında ölen çok fazla insan olur." Bu konuyu konuşmak onu hem rahatsız etmiş hem de korkutmuş gibiydi.

Yeni bir soru, yeni bir not kâğıdı demekti. Yazmayı bitirdiğimde sayfayı ona uzattım. *"Taht savaşı derken ne demek istediniz?"* Meraklı gözlerle ona baktığımda sıkıntıyla soludu.

"Bir hafta önce buraya gizemli bir mahkûm geldi. Gizemli diyorum çünkü kimse onun hakkında bir şey bilmiyor. Alex Marshall adında biri. Kimdir, ne suç işlemiştir ve hangi cezaevinden sevk edildi, bilinmiyor. Müdür Wood bu konuda kimseye açıklama yapmıyor. Bu mahkûm geldiği ilk gün herkesin korktuğu Kontrolsüzler'in arasına karışmakla kalmadı, bir de Taylor'a meydan okudu. Taylor ondan güçsüz olanların üzerinde hâkimiyet kurmaya alışık bir lider ancak bu yeni mahkûm, Taylor'ın saltanatını yıkmaya kararlı gibi görünüyor. Bir haftadır ne zaman yan yana gelseler büyük olay çıkıyor. İki alfayı aynı sürüde düşün, sürekli üstün gelme çabası. Anlayacağın, her ikisi de sürüyü kontrol etmek istiyor." Onu dinlerken nefesimi tuttuğumu fark etmemiştim bile. Kaç yıldır ölüm okulundayım ama şu son yarım saatte öğrendiğim şeyleri daha önce hayal bile edemezdim.

İtiraf etmeliydim ki bu yeni gelen mahkûmu merak etmiştim. Gelir gelmez birilerine kafa tutmak her insanın yapacağı bir şey değildi. Son bloğu gözlerimle işaret ettim. Onların özelliklerinin ne olduğunu merak ediyordum, bilekliklerinin tek bir renkten oluşmaması bu merakımın iyice artmasına sebep oluyordu. Bay Russell, beni fazla bekletmeden aklımdaki soruları cevapladı. "Beşinci blok, yani Karmalar. Beşinci bloktakiler diğer dört bloktakilerin karması. Diğer dört bloktakilerin infaz vakti yaklaştığında onları beşinci bloğa alırız. Burada karma bir grup oluşur: Değişkenler, Araftakiler, Bilinmezler ve Kontrolsüzler. Bu dört gruptan infazına bir ay kalanları kendi bloğundan alır ve Karmalar bloğuna koyarız. Böylece herkes ölümü yaklaşan kişileri bilir. Dikkat etmen gereken bir blok da Karma bloğu. Orada her bloktan mahkûm var ve infazları yakın olduğu için kaybedecekleri hiçbir şey yok. Bu yüzden her an her şeyi yapabilirler." Gözlerim Karmalar'a kaydığında orada bana bakan meraklı gözlerin içinde tanıdık birini buldum. Dehşete kapılmıştım çünkü bu, o kızdı. Evet, erkek kılığına giren kız Karmalar'daydı.

Yakalanmış mıydı?

Ona baktığımı görünce gülümseyerek el salladı. "Hey, buraya gel, bebek!" diye bağırınca, kendimi tutamayıp güldüm. Yakalanmıştı ama somurtmak yerine gülerek bana el sallıyordu. Mavi gözlerini iri gösteren kalın gözlükleriyle çok sevimli görünüyordu. Bu sefer sesini daha kalın çıkarmayı başarabilmişti. İnsanlar merakla bir ona bir de bana bakıyordu. Tam onun yanına gidecektim ki Bay Russell kolumu tuttu.

"Bunu yapmadan önce iyi düşün." Hiçbir şey anlamamıştım.

"Nasıl yani?" Yazdığım sayfayı ona gösterdiğimde eliyle diğer masaları gösterdi. "Hepsi hangi bloğun masasına oturacaksın diye bekliyor, o yüzden bu kadar sessizler. Bu beş blok birbirlerinden ölesiye nefret ettiği için birini seçersen diğer dördünü düşman olarak karşına almış olursun. Bir taraf seçmek zorundasın ve seçtiğin yerde ya kabul görür, onların koruması altına girersin ya da seni dışlayıp kendi aralarında öldürmeye çalışırlar. En kötüsü, seçtiğin taraf seni korumazsa diğer gruplar için de açık hedef hâline gelirsin." Bu adam neden her konuştuğunda tüylerime kadar ürperiyordum? Bir taraf seçmek istemiyordum. Dışarı çıkmanın canı cehennemeydi! Ben odamda saklanmaya devam etmek istiyordum.

"Ya taraf seçmezsem?" diye sorduğumda elindeki kâğıda bakıp güldü.

"Tarafsız olan, bertaraf olur," dedi. "O zaman beş grup için kalbi söküp alınacak birinden başka bir şey olmazsın. Dışarıda rahat rahat dolaşmak istiyorsan seni diğer gruplardan koruyacak bir grubu seçmek zorundasın." Beni nasıl bir çıkmaza soktuğunu umursamadan tekrar bize bakan mahkûmlara döndü. Önce beni zorla odamdan çıkarmıştı, şimdi de seçim yapmaya zorluyordu.

Ayakta durmaktan sıkılmıştım ki kapı, büyük bir gürültüyle iki yanına açıldı. Başımı kaldırıp gelen kişiye baktım. Esrarengiz bir görüntüsü olan bu kişi, nefesimi tutmama sebep olmuştu. Bu nasıl olmuştu, bilmiyordum ama gözlerimi, içeri giren kişiden çekemiyorum. İzlediğim filmlerdeki gibi olağanüstü yakışıklılığı olan birini göreceğimi sanmıyordum. Bu adam hayatımda gördüğüm en muhteşem şeydi. Her şey ağır çekimde ilerliyordu sanki. Uzun, kumral saçları kulağının altına kadar düz bir şekilde dökülüyordu. İnsanı kendisine hayran bırakan lacivert gözleri nefes kesiciydi. Gözlerinin karanlık derinliği, ona bakanların içine korku tohumları ekiyordu. Belirgin yüz hatları ve onu hem kibirli hem de erkeksi gösteren kalkık burnu nefes kesiyordu. Uzun boyu ve atletik vücuduyla bu adam gerçekten baş döndürücüydü. Omuzlarını dikleştirmişti. Kendinden emin ve sert adımlar atıyordu. Attığı her adımda kalbim dehşete kapılmışçasına hızlanıyordu. Nefesimi tutmuş, onu izliyordum. Bakışları kısa bir anlığına da olsa bana değdiğinde boğazımda bir düğüm oluştu. Sadece iki saniye, bana sadece iki saniye bakmıştı. Fakat bu iki saniyede binlerce duyguyu aynı anda hissetmiştim. Elim istemsiz bir şekilde çırpınan kalbimin üzerinde durduğunda bakışları elimin durduğu yere kaydı. Yeniden gözlerime baktı. Bakışları öyle ifadesizdi ki ne düşündüğünü merak ettim. İnsanlar, bakışlarını benden çekip ona yöneltmişlerdi. Sanki herkes merakla ne yapacağını bekliyordu. İtiraf etmem gerekirse ben de hangi blokta olduğunu merak ediyordum. Gözlerim bileğine kaydığında sağ bileğinde siyah bir elektronik kelepçe olduğunu gördüm.

Kontrolsüz müydü?

Bay Russell'ın o grup hakkında söylediklerini hatırlayınca sertçe yutkundum. Acaba suçu neydi? Ya da suçları? Dikkatli bir şekilde onu incelerken o, dördüncü bloktakilerin yanına gitti. Taylor'ın tam karşısına bir sandalye çekti ve oturdu. Sandalyeye rahatça yaslanıp alay dolu bakışlarını Taylor'a çevirdi. Bakışları korkusuz ve hareketleri kendinden emindi. Taylor'ın masadaki eli yumruk olmuştu, birbirlerine tahammül edemedikleri çok açıktı. Onlara yakın olmadığım için konuşmaları duyamıyordum ama Taylor dişlerinin arasından öfkeyle bir şeyler söylüyordu. O ise gayet sakince karşısındaki adama bakıyordu, hemen sonra dudağının bir tarafı kıvrıldı. Yerine iyice yerleşip, kollarını rahatça açarak sandalyesinin kenarına koydu. İkisi de birbirine ölümcül bakışlar atarken aniden hapşırdım. Durduk yere nasıl oldu, bilmiyordum ama tekrar tüm dikkati kendime çekecek yükseklikte hapşırmıştım. Taylor ve gizemli mahkûm aynı anda bana bakınca ellerimle dudaklarımı kapattım. Derhâl buradan gitmek istiyordum!

Bay Russell boğazını temizleyip mahkûmlara baktıktan sonra onlara ithafen yüksek sesle konuşmaya başladı: "Hepinizin bildiği gibi bu genç, Bayan Yeşil Başar ya da Taşıyıcı. Yeşil bundan sonra yemeklerini sizlerle yiyecek ve kapalı havalarda bahçeye çıkacak.

Çoğunuzun aklından geçenleri tahmin edebiliyorum. Değerli kalbini almak için mükemmel bir fırsat, değil mi? Eğer saniyesinde ölmek istiyorsanız bunu deneyebilirsiniz. Yeşil'in üç adım gerisinde onu takip eden iki gardiyan olacak. Eğer içinizden biri onun izni olmadan ona dokunmaya çalışırsa aynı saniye içinde gardiyanlar tarafından orada infaz edilecek." Yüksek sesle söyledikleri yüzünden tüm bedenimi bir utanç dalgası sarmıştı. Onların karşısında koruması olmadan adım atamayan biri olup çıkmıştım. Tamam, bu yalan değildi ama yine de utanmaktan kendimi alıkoyamıyordum. Sanki dönemin ortasında okula gelen nakil öğrenciymişim gibi onlara tanıtılıyordum.

Bay Russell'ın sözlerinden sonra bazılarından hoşnutsuz homurtular çıkmaya başladı. Değişkenler'den bir adam ayağa kalkıp eliyle beni gösterdi. "Bize nutuk çekme, infazcı! Taşıyıcı hangi masada yemeğini yiyecek, onu söyle!" diye bağırdı. Korkuyla bir adım geriye gittim. Bu, onlar için neden bu kadar önemliydi?

Bu sefer ayağa kalkan kişi Karmalar'dandı. Bu kız Deborah'ydı. "Sıkıyorsa buraya gel, ucube!" diye bağırdı. Harika! Resmen beni avlamak için hangi masaya oturacağımı bekliyorlardı.

Üçüncü blokta Bay Russell'a göz kırpan o sarışın kız ayağa kalkıp arkamdaki doktora baktı. "Onu bize gönder, Erich," dedi. "Korunmasını istiyorsan Bilinmezler bunu yapabilir." Ses tonu gayet ılımlı geliyordu.

"Onu bizden koruyacağınızı mı sanıyorsun? Gerçekten buna gücünüz yeter mi?" Bunları alaylı bir şekilde söyleyen kişi Kontrolsüzler'den Taylor'dı. Geldiğimden beri gözlerini benden ayırmadığı için beni korkutuyordu. Kız, Taylor konuşunca, korkuyla yutkunup yerine oturdu. Ben ne yapacağımı düşünüyordum. Başından beri hiç konuşmayan kişinin sözleriyle yemekhanedeki herkes susmuştu. Bu adam az önce gelen mahkûmdu ve şimdi lacivert gözlerini bana çevirmiş, cevap bekliyordu. Korkuyla nefesimi tuttuğumda aklımda tek bir soru vardı: Şimdi ne yapacaktım?

O ise bana bakarak küstahça, "Evet, Taşıyıcı," dedi. "Nereye oturmayı düşünüyorsun?"

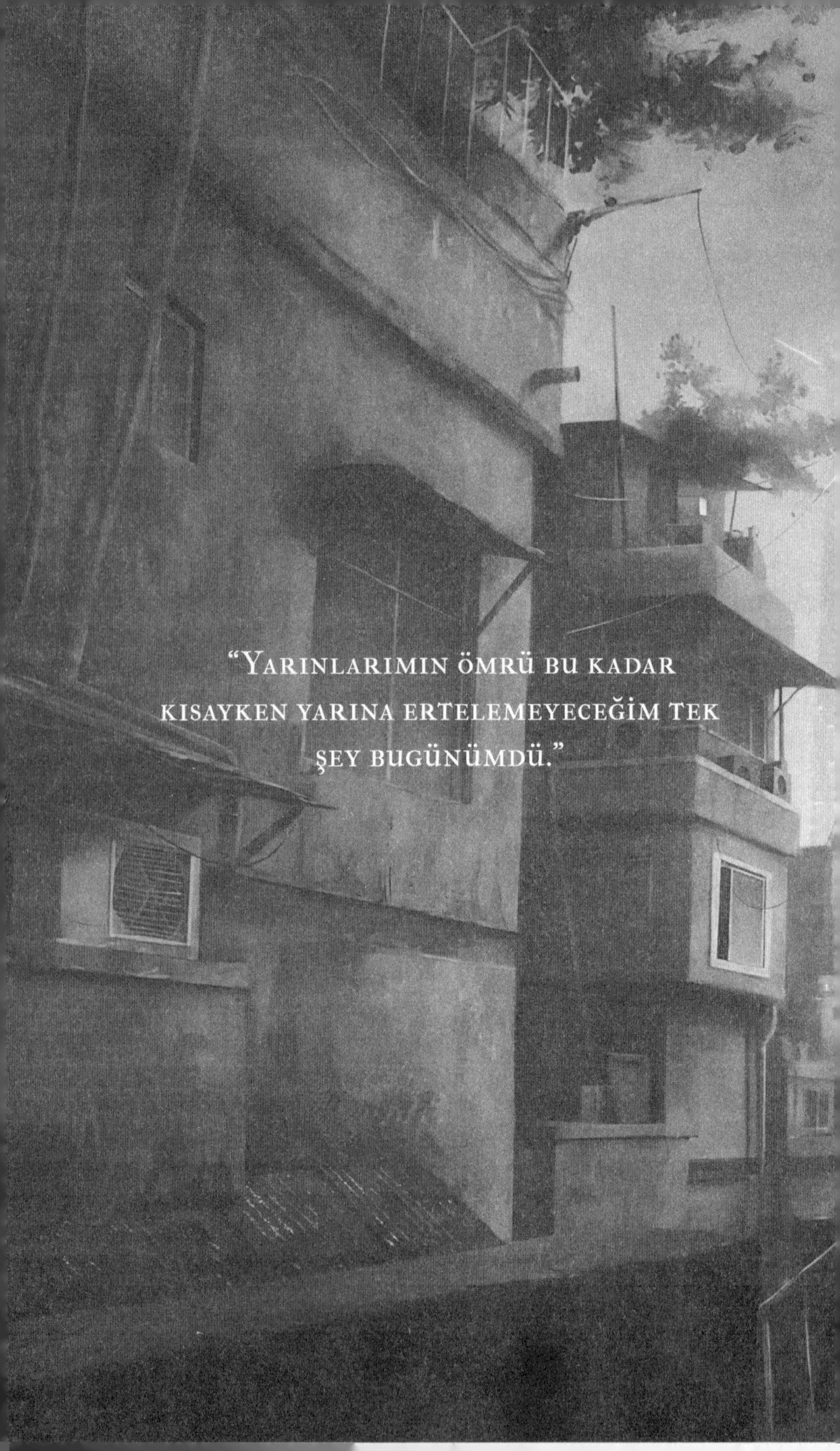

"Yarınlarımın ömrü bu kadar kısayken yarına ertelemeyeceğim tek şey bugünümdü."

9

TARAFINI SEÇ, TAŞIYICI!

"Her şey acımı sahiplendiğinde başladı.
Evet, beni sevmeye ilk acımdan başladı."

İnsanların benden cevap beklemesi tedirginliğimi giderek artırıyordu. Oysa benim aklım tek bir noktaya takılıp kalmıştı: Alex Marshall'ın sesine. Sesi o kadar tanıdıktı ki daha önce duyduğuma emindim. Gözlerimi gözlerine dikip orada aradığım cevabı bulmaya çalıştım. Yüzü yabancı adamın sesi, kalp atışlarımı değiştiriyordu. Kafamın içine doğru küçük bir yolculuğa çıktığımda aradığım cevabı bulmuştum. Yakaladığım detay korkudan aklımı başımdan aldı. Aman Tanrı'm! Bu, o olabilir miydi? Gözlerimi iyice açarak ona baktım. Gerçekten o olabilir miydi? Gölge olabilir miydi? Ah, saçmalıyordum! Suikastçım neden mahkûmların arasında olacaktı ki? Şüphelerimden arınmam için emin olmam lazımdı ama nasıl? Onun hakkında bir şey bilmiyorken nasıl Alex ve Gölge'yi karşılaştırabilirdim ki? Hem de elimde sesi dışında bir kanıt yokken. Aklıma gelen detay, heyecanlanmamı sağladı. Aslında onu tanımamı sağlayacak bir kanıtım daha vardı.

Kokusu.

Gölge'nin kokusu amber ve misk karışımı, çok güzel bir kokuydu. Eğer Alex de aynı kokuya sahipse o zaman şüphelerim doğru demekti. Evet, kullandıkları parfüm aynıysa onu bulabilirdim. Maalesef küçük bir sorun vardı ve o da Alex'in kokusunu soluyacak kadar yakınında olamamamdı. Bunu bir şekilde başarmalıydım. Yüzüne tekrar baktım, o kadar güzeldi ki *nefes kesici* diye içimden geçirdim. Bence güzellik kavramı erkekler için de kullanılmalıydı, Alex Marshall bu kavramın en güzel örneğiydi. Yakışıklı kelimesi bu adama az kalırdı ama bir durum vardı ki, tüm tezimi çürütüyordu. Gölge bana çok çirkin olduğunu söylemişti. Kafamın içindeki yıldızlar saman yolunda yönünü kaybetmeye başlamışken onun lacivert gözlerine bakıp iç çektim. Artık ona nasıl hayran bakışlar atıyorsam tek kaşını kaldırarak bana başını olumsuz anlamında salladı. Bu hareket, *herkesin içinde bana bakmaya son ver* der gibiydi.

"Eee, tüm gece seni mi bekleyeceğiz? Seç artık bir yeri!" Bilinmezlerden biri bağırınca bakışlarımı lacivert gözlerden çektim.

Bu, onlar için neden bu kadar önemliydi?

Onları daha fazla kızdırmak istemediğim için yavaşça Kontrolsüzler'in masasına yaklaştım. Taylor onun masasına gittiğimi görünce gülümsemeye başlamıştı, Alex ise sadece bakıyordu. Siyah kelepçelilerin yanından geçerek salonun arka kısmına doğru ilerledim. Ters çevrilmiş bir şekilde üst üste duran ve kullanılmayan masalar vardı. Adım atmayı kestiğimde herkes oturduğu yerden başını çevirmiş, merakla ne yapacağımı bekliyordu. Kendime bir masa alıp onlardan ayrı yemeyi düşünüyordum. Duvarın yanında duran sandalyeyi aldım ve masalardan oluşan küçük dağın yanına götürdüm. Tahminen beş ya da altı masa üst üste konulmuştu. Burası beşinci bloktakilerin masasının arkasında kalıyordu. Bu masaları, sanırım yeni mahkûm geldiğinde kolayca alabilmek için buraya koymuşlardı. Sandalyenin üstüne basarak yerle olan temasımı kestim. En üstteki masayı almalıydım, aradaki masalardan birini almaya çalışırsam üzerime düşebilirdi. Sandalyenin üstüne çıkmama rağmen boyum en üstteki masaya yetişmiyordu. Ben de ortalardan bir masanın kenarlarına tutarak üstteki masaya tırmanmak istedim. Bedenimi yukarı çekmek için ortadaki masayı kendime doğru çektim. Ancak çektiğim masa bir anda bana doğru gelince, dengemi kaybedip sandalyeden yere düştüm.

"Hemen çekil oradan!" Alex'in telaşla bağırdığını duyunca, düştüğüm yerden başımı kaldırıp yukarıya baktım. Yukarıdaki masaların hareket ettiğini gördüm. Ah, hayır! Üzerime düşeceklerdi.

Ortadaki masa yerinden oynayınca üstteki iki masa üzerime doğru kaymaya başladı. O iki masa bana doğru geliyordu ve ben düştüğüm yerde gözlerimi irice açıp izlemekten başka bir şey yapamıyordum. Korkudan tüm kaslarım felç geçirmiş gibiydi, hareket etmeden sadece bakıyordum. İki masa, hızla yukarıdan bana doğru düşerken gözlerimi sıkıca kapattım. Kendimi, gelecek olan darbeye hazırlamaya başlamıştım ki aniden biri omuzlarıma bastırarak beni yere doğru itti. Başım zemine değeceği esnada ensemi kavrayan bir el hissettim. Büyük bir gürültü duyduğumda ensemdeki el beni kendi göğsüne bastırmıştı. Evet, üzerimde biri vardı ve başım onun göğsündeydi. Burnuma tanıdık amber kokusu gelince gözlerimi hızla açtım. Başımı hafifçe geriye çekince bir çift endişeli lacivert göz gördüm. Eli hâlâ ensemdeydi ve yüzü, kokusu çok yakınımdaydı. Korkuyla başımı çevirince gördüklerim karşısında nefes alışlarım hızlandı. Tek eliyle şınav çeker gibi üzerime uzanmıştı. Ağırlığını bana vermemek için bir eliyle yerden destek alıyordu, diğer eliyle de ensemden tutarak kafamı göğsüne bastırmıştı. Fakat o iki masa sertçe onun sırtına çarparak yan tarafımıza yuvarlanmıştı. Canı yanmış olmalı ki yüzü seğirirken dudaklarını birbirine bastırmıştı. Şakaklarındaki damarlar belirginleşmiş ve alnında küçük ter damlacıkları oluşmuştu.

Burnundan hızlı hızlı nefesler alırken sıktığı dişlerinin arasından, "Aptalsın Melez Kız!" diyerek güçlükle konuştu. "Tehlike anında donup kalacak kadar aptalsın!"

Gözlerim dolduğunda ensesinden boynuna doğru akan kanları gördüm. Aman Tanrı'm, yaralanmıştı ve benim yüzümden olmuştu. Erich'in sesi geliyordu, sanırım gardiyanları gönderiyordu. Fakat benim gördüğüm tek şey, onun boynundan akan kandı. Üzerime eğildiği için boynundan yanağıma birkaç damla kan akınca gözlerim karardı. Yanağımdaki kan irkilmeme neden olmuştu. Gözlerimi boynundaki kandan ayıramıyordum üstelik kanı yüzümdeydi. Soluk alışlarım hızlanınca dişlerinin arasından, "Bakma!" dedi fakat beni uyarmak için çok geç kalmıştı, daha fazla dayanamadım; bilincimi kaybedip karanlığa çekildim.

Onu incitmek istememiştim.

"Hey, uyansana!" Birinin beni sarstığını hissedince yavaşça gözlerimi açtım. Yattığım yerden doğrulmaya çalıştım ama bunu yapamadım. Üzerimde garip bir ağırlık vardı. Gözlerimi hafifçe araladığımda korkuyla yattığım yerden sıçradım. Az önce yaptığım benzetme gerçekti, üzerimde bir ağırlık vardı. Edward isimli kız, karnımın üzerinde oturuyordu.

"Sonunda uyandın, iyi misin?" dedi. Ben ise hâlâ karnımın üzerinde ne işi olduğunu sorguluyordum. Bacaklarını iki yana açmış, üzerimde oturuyordu.

Ona cevap vermediğimi görünce, gözlerini kısarak bana baktı. "Bir sorun mu var?" dedi endişeyle. Bunu gerçekten sordu mu?

"Üzerimden kalkarsan bence bir sorun kalmaz." Önce bana, daha sonra da işaret dilini kullanmak için hareket ettirdiğim ellerime baktı. "Seni anlamadığımın farkında mısın?" deyince başımı sinirle geriye attım.

Bu kızın benim üstümde ne işi vardı? Tanrı aşkına!

Kaşlarımı çatarak gözlerimle onu işaret ettim ama bana *ne var* dercesine bakınca ofladım. Onu itmek için elimi omzuna koyduğumda kapı aniden açıldı. Bay Russell elindeki dosyayla kapıda durmuş, afallayarak bize bakıyordu. Daha doğrusu üstümde olan kişiye bakıyordu. "Ona ne yapıyorsun sen?" dedi şoke olmuş bir sesle.

Üzerimdeki erkek görünümlü kız sonunda yanlış bir konumda olduğumuzu anlamış olacak ki hemen ellerimi omuzlarından itti. "Ne yapabilirim? Sadece iyi olduğundan emin olmak istedim." Kendini savunuyordu ama üzerimden kalkmayı hâlâ akıl edememişti.

Erich gözlerini kısarak onu inceledi. "Yani onu taciz etmiyordun, öyle mi?" dediğinde gülmemek için kendimi zor tuttum. Tabii ya, onu erkek sanıyordu.

Gözlerini irice açan kız, kaşlarını çattı. "Oradan bakınca bir kızı taciz edecek birine mi benziyorum?" Öfkeli sesi tüm odayı inletmişti. Neyse ki ses tonunu kalınlaştırmayı unutmamıştı.

Doktorum düşünüyormuş gibi elini çenesine koydu. "Sen ve birini taciz etmek mi? Ah, aptallık bende. Neden dört kıza tecavüz eden biri hakkında böyle yanlış bir fikre kapıldım, bilmiyorum." Büyük bir ima taşıyan bu sözlere kahkaha attım.

Üzerimden inen kız öfkeyle homurdanıyordu. Dudaklarının içinden konuştuğu için söylediklerinin çoğunu anlamadım. Söylediklerinin içinde anladığım tek şey, "Lanet olsun sana, Ingrid!" olmuştu.

Erich Russell'in karşısında durup eliyle beni gösterdi: "Düşündüğünüz gibi ona kötü bir şey yapmıyordum. Bir sinek vardı ve sürekli vızıldaması sinirimi bozuyordu. Bir havluyla onu öldürmeye çalıştım ama sinek Yeşil'in yatağının üstünde uçmaya başladı. Ben de yatağa çıktım ama ayağım çarşafa takılınca onun üzerine düştüm." Çekingen bir şekilde elini ensesine attı ve orada bir süre oyalandı. Bana baktığında yanakları hafif kızarmıştı. "Şey... Utanarak söylüyorum, senden daha iriyim, yani üzerine düşünce bir an seni öldürdüm sandım. Tabii, böyle düşünmemin nedenlerinden biri de hareketsiz bir şekilde yatıyor olmandı. Sonra paniklediğim için seni uyandırmaya çalıştım." Bu son kısmı anlatırken renkten renge girmişti. Nedense anlattıkları daha çok gülmeme sebep olmuştu. Erich de komik bulmuş olacak ki o da benim gibi gülüyordu.

Gülmemizden rahatsız olan Edward, bir ayağını sertçe yere vurdu. "Sizi yeterince eğlendirdiğime göre gidiyorum ben!" dedi ve hızla odamdan çıkıp gitti. Kapıdaki güvenlik sistemini geçip odama nasıl girmişti acaba?

Onun arkasından bir süre bakan Bay Russell, odamın kapısını kapatıp yatağımın yanına oturdu. "Seni görmek için ısrar edince odana almak zorunda kaldım. Onun kız olduğunu biliyorsun, değil mi?" dediğinde afallayarak ona baktım. O da biliyor muydu?

"Ne zamandır biliyordunuz?" O kız adına telaşa kapıldığım için işaret diliyle konuştuğumu, bana not defteri ve kalemi uzatana kadar fark etmedim.

Aynı soruyu yazarak ona uzattım. Yazdığımı okuduktan sonra bakışları bir anda durgunlaştı. "Bir yıldır buradayım, o da öyle. Son zamanlarda hareketleri daha erkeksi olsa da ilk günlerde kendini çok açık ediyordu. Üstelik bunu yapmasa bile bir kadın olduğunu herkes anlar. Mahkûmlar da gerçeği biliyor bence." Bir süre sustu ancak yüzünün aldığı sıkıntılı ifade kötü bir şey olduğunun göstergesiydi.

"Kılık değiştiren herkes okula bu kadar kolay giremez. Mahkûmların hepsi biliyor ama susuyorlar çünkü infazcıların buna göz yumduğunu biliyorlar. Buradaki kimse infazcıları kızdırmak istemez. Bu yüzden onların işine karışmayıp kızın yalanına inanmış gibi yapıyorlar," dedikten sonra kapının açık olmasından şüphelenip kapıyı kontrol etti.

Bana biraz daha yaklaştı. "Yeşil, bir doktorun fark ettiği şeyi diğer doktorlar da fark etmiş demektir. Nasıl desem, onun kadın olduğunu biliyorlar ve bu konuda sessiz kalıyorlar. Sence de bu durum fazlasıyla tuhaf değil mi? O gözlüklü kız buradakileri kandırıp gizlice okula girmedi, onun böyle düşünmesini istediler." Sustuğunda söylediklerini düşündüm; evet, haklıydı. Okulun çok katı kuralları vardı ve bunlardan biri de gizliliğin ön planda tutulmasıydı. Eğer bunu bildikleri hâlde susuyorlarsa planladıkları bir şey olmalıydı.

Aklımdakileri sayfalara döktüm. *"Sizce neden sessiz kalıyorlar?" Bilmiyorum* dercesine başını iki yana salladı. "Geldiğim ilk günden beri yaptıkları çoğu şeyi onaylamayıp şiddetle karşı çıktım. Eğer o kız hakkında bir şey planlanıyorsa ki bence öyle, kesinlikle ters giden şeyler var bu okulda." O kızın dediğinin bir benzerini söylemişti. O da okulda kötü şeyler olduğunu düşünüyordu.

Bu sefer parmaklarım kelimeleri korkuyla yazmaya başladı. *"Sizi anlamam için lütfen biraz daha açık konuşur musunuz?"* Herkes bir şeyler söylüyordu ama kimse ne olduğunu anlatmıyordu.

Durgunlaşan gözleri tedirginlik içinde bana baktı. "Henüz bildiklerimden emin değilim, benimki sadece bir şüphe," diyerek odamdaki kapalı perdelere baktı. Onları açmayı kısa bir an için de olsa düşündüğünü biliyordum.

"Hissediyorum, yanlış giden bir şeyler var. Üstelik sadece o kız değil, sen de tehlikede olabilirsin. Sence herkesin istediği bu değerli kalbi, infazcılar neden almak için uğraşmıyorlar? Tıpkı o kız gibi seninle ilgili de planları olabilir. Emin değilim ama bence bir şeyi bekliyorlar. O gözlüklü kız da dâhil sizleri burada tutarak bir şeylerin zamanının gelmesini bekliyor olabilirler." Beni dehşete düşüren sözleri idrak edemeden kalemi sıkıca tutan elimi tuttu, tutuşu art niyet değil de bir arkadaş sıcaklığı taşıyordu. "Dün akşam bayıldın ve şu anda saat sabahın dokuzu. Tüm gece neredeydim, biliyor musun? Otuz dört doktor, yani otuz dört infazcı ve Müdür Wood'un içinde bulunduğu bir toplantıdaydım. Tüm infazcılar, dün gece seni odandan çıkardığım için huzursuzlar. Sanki onlara göre bu odada kalman ve kendini korumayı öğrenmemen gerekiyor. Yeşil, tüm gece o toplantıdan anladığım tek şey, yaptığım şeyin doğru olmasına rağmen onların bunu yanlış olarak değerlendirmesiydi. Şimdi beni iyi dinlemeni istiyorum. Ben onların planlarını öğrenene kadar sen de söylediğim her şeyi harfiyen yapacaksın." Söylediği kan dondurucu şeylerin etkisiyle kendimi, başımı sallarken bulmuştum. Şu anda kafamın içinde acı acı tehlike çanları çalıyordu. Kim doğru, kim yanlış, kararsızdım. Kime güvenmeliydim, bilmiyordum. Ayrıca bu yeni doktorun söylediklerine nasıl inanabilirdim ki? Onu tanımıyordum, belki o da bir şeylerin peşindeydi.

Burada kimin dost, kimin düşman olduğu belli değildi.

Elimi çekerek şakaklarımı ovdum. Korkudan başıma ağrı girmişti.

Doktorum içinde bulunduğum durumu fark etmiş gibi tebessüm etti. "Bunları seni korkutmak için söylemedim, sadece küçük bir tedbir. Şimdi giyinip kahvaltı için aşağıya in çünkü bugün hava bulutlu, güneş yok. Senden, en az bir saat bahçeye çıkmanı istiyorum," dedikten sonra bana göz kırptı. "Temiz hava sana iyi gelecektir." Hiç sanmıyordum çünkü ne zaman odamdan çıksam başıma bir iş geliyordu.

Bay Russell gitmek için kapıya yönelmişti, bir anda durdu ve "Yeşil," diyerek bana baktı. "Biliyorum, yeteri kadar tanımıyorsun beni ama senden bir şey isteyeceğim." Endişeliydi ve bunu benden gizleyemiyordu. "Benden başka kimseye inanıp güvenme. Ancak seni böyle koruyabilirim," derken gözlerinde yine o ilk günkü ifade vardı; anlam veremediğim bir yakınlık ve merhamet. İlk günden beri neden bana karşı bu kadar düşünceli ve korumacı olduğunu sorgulamaya başlamıştım.

Bir şeyler yazıp ayağa kalkarak ona uzattım. *"Peki, size neden güvenmeliyim? Sizin de benim için farklı planlarınız olabilir. Ne de olsa ben Taşıyıcı'yım, herkesin benimle ilgili bir planı mutlaka vardır."* Hâl böyleyken ona neden güvenecektim, değil mi?

Güldü. "Çünkü seni korumak için çok önemli sebeplerim var," dedi ve başka bir açıklama yapmadan çıkıp gitti. İyi ama o sebepler neydi? Bay Russell, kafamı iyice karıştırıp gidince banyoya girdim.

Banyoda üzerime ayak bileklerime kadar gelen beyaz, yarım kollu bir elbise giydim. Saçlarımı her zamanki gibi açık bırakıp odamdan çıktım. Merdivenlerden yavaş yavaş inip yemekhaneye doğru yürümeye başladım. Üçüncü kata geldiğimde merdivenlere yönelmiştim, Lisa'yı bir doktorla konuşurken gördüm. Adımlarım istemsiz bir şekilde durdu. Neden yaptığımı bilmiyordum ama görünmeden duvarın arkasına saklandım. Belki de yeni doktorumun söylediklerinin etkisinde kalmıştım. Onları dinlemek gibi bir amacım yoktu ama içimden bir ses, bunu yapmam gerektiğini söylüyordu. Ses çıkarmadan, yavaşça başımı uzatarak konuşmalarına dikkat kesildim.

Lisa yüzündeki hüzünlü ifadeyle karşısında duran altmışlı yaşlardaki doktora bakıyordu. "Bir yolu olmalı," diyordu. "Bir yolu olmalı, bunu ona nasıl söylerim." Sesi acı çekiyormuş gibiydi.

Kır saçlı doktor, başını iki yana salladı. "Bu işleri benim kadar iyi biliyorsunuz, Bayan Cruise. Son tahlilleri bu sabah elime geçti, üzgünüm ama durumu tahmin ettiğimizden de kötüye gidiyor. Yeterince beslenmediği için vücut direnci tamamen düşmüş. Güneş görmüyor, üstelik yeterince hareket edemediği için kemik erimesi de başlamış. En kötüsü de kalbi tahmin ettiğimizden daha hızlı radyasyon yaymaya başladı. Radyasyona maruz kalan bir kalp fazla dayanamaz. Dahası, vücudu büyük bir yıkımın eşiğinde, kalbinden dolayı vücudu sürekli yeni hastalıklar üretiyor. Bir an önce o kalpten kurtulmalı. Aksi takdirde kanser olabilir. Kalbinin salgıladığı radyasyona maruz kalan hücreler öldüğü için bunu kansere çevirmesi an meselesi." Doktor sustuğunda gözlerim doldu, elim istemsiz bir şekilde kalbimin üzerinde durdu. Evet, benden bahsettiklerini biliyordum ve evet, kalbimin sorununu da biliyordum.

Lisa, "Peki, ya kalp nakli olursa? O zaman iyileşebilir diye düşünüyorum, yanılıyor muyum?" dedi. Lisa benim için çözüm bulmaktan vazgeçmiyordu, ben ise bunun işe yaramayacağını biliyordum. Aslında o da bunu biliyordu, sadece kabul etmek istemiyordu.

Doktor başını olumlu anlamda salladı. "Uygun bir donör bulunursa küçük bir ihtimal olsa da yaşayabilir. Fakat kalp naklinin bir an önce yapılması gerekiyor çünkü bekledikçe yeni hastalıklar oluşabilir." Doktor sustuğunda Lisa'nın omuzları çökmüştü. Üzülmüştü.

"Altı yıl, tam altı yıldır infaz edilen tüm mahkûmları teste soktum ama şu ana kadar ona uygun bir kalp bulunamadı. Ona uyan bir kalp bulmak çok zor." Ellerini saçlarından geçirerek doktora baktı. "Kalp bulunamazsa yani..." deyip sustuğunda doktor onu cevaplamıştı.

"Her an, her şey olabilir. Üzgünüm, Bayan Cruise ama kendinizi buna alıştırmanız için söylüyorum, hastanız ölüyor." Son kelimeden sonra yavaşça oradan uzaklaştım. Merdivenlerden inerken, aklımda sadece bir kelime dönüp duruyordu.

Ölüyor.

Ölüyor.

Ölüyor.

Ben ölüyordum.

Gözyaşlarım yanaklarımdan süzülürken bir hayalet gibi ruhsuzca basamakları inmeye başladım. Oysa yapmak istediğim ne çok şey vardı: Güneş korkumu yenecek ve tüm gün gün ışıklarını izleyecektim, elim kanadığında korkmak yerine küçük bir peçeteyle sarıp adım atmaya devam edecektim, kalbim iyileşecekti ve ben nefessiz kalana kadar koşup doyasıya kahkahalar atabilecektim. En önemlisi de sevmekten korkmayacaktım çünkü iyileşen kalbim birini sevince bana acı vermeyecekti. Benim yaşanmamışlıklarım boyumu aşıyor, yaşanmışlıklarım sadece denizde kum tanesi kadar kalıyordu.

Hayallerim vardı kucak dolusu ve yarım kalmışlıklarım vardı ömre sığmayan.

Oysa şimdi her şey başlamadan bitecekti. Ölmek istemiyordum, ölüm için daha çok erken değil miydi? *"Anne!"* dedim sesi olmayan dudaklarımı hareket ettirerek. *"Babamı bir kez bile olsun görmeden sana geliyorum."* Gelmedi anne, babam bir kez olsun beni görmeye gelmedi.

Yemekhanenin kapısının önüne gelince gözyaşlarımı elimin tersiyle sildim. Kapıyı açıp içeri girdiğimde yine tüm gözler beni bulmuştu. Ah, hadi ama! Yine başlıyorduk. Dün gece sırf bu aptal seçimden kurtulmak için kendime ayrı bir masa kurmaya çalışmıştım, bu yüzden de az kalsın yaralanıyordum. Dün gece olanlar aklıma gelince, gözlerim hızla herkesi eleyip onu buldu. İşte oradaydı. Yine en başta yerini almış, beni izliyordu. Yaralanmıştı dün gece ama şimdi yaralı hâlinden eser yoktu. Lacivert gözleri yoğun bir şekilde beni inceliyordu. Üstelik bana kızgın gibi de görünmüyordu. Hâlbuki benim yüzümden yaralanmıştı. Aniden aklıma düşen gerçekler yüzünden kalbim korku içinde atmaya başladı. Tüm sabah bu gerçeği düşünmemek için uğraşsam da o, gözlerini bana dikmişken bu gerçekten kaçmak çok zordu. Onu amber kokusundan tanımıştım. Evet, bu oydu: Gölge.

Şimdi daha dikkatli baktım eşsiz yüzüne. Bir katile göre ne kadar da kusursuz bir yüzü vardı. Hâlbuki onu aklımda ne kadar korkunç ve çirkin hayal etmiştim. "Korkunç gözlerim var." demişti ancak gördüğüm en güzel gözler ona aitti. Eğri ve çirkin bir burnu olduğundan bahsetmişti. Tam aksine düzgün ve biçimli bir burnu vardı ve yüzüne çok yakışıyordu. Yanaklarım bıçak izleriyle dolu demiş ve benimle dalga geçmişti. Oysaki belirgin elmacık kemikleri sayesinde yanakları ne kadar da erkeksiydi. Parçalanmış dudaklarıyla ilgili söylediği şeyler, kesinlikle biçimli dudaklarına bir hakaretti. Ah, ona baktıkça bakasım geliyordu. Bugüne kadar gördüğüm tüm erkeklerden daha güzeldi. Aniden hızlanan kalbim yüzünden bakışlarımı zor olsa da ondan çektim. Aksi takdirde aklımdan geçenleri anlayacaktı.

"Bugün bir masaya oturmayı becerebilecek misin, Taşıyıcı?" Değişkenler'den bir kadının söyledikleri yüzünden herkes gülmeye başlamıştı. Sanırım artık kaçmamın bir amacı yoktu.

Yavaş adımlarla tüm blokları geçip Karmalar'ın masasının yanında durdum. Burada tanıdığım biri olduğu için daha çekilebilir olacağını düşündüm. Gözlerim o erkek görünümlü kızı aradı ancak burada değildi, onun yerine Deborah buradaydı. Tüm Karmalar bana merakla bakarken, boş bir sandalyeye oturup tarafımı seçtim. Evet, tüm blokları içinde barındıran Karmalar'ı seçmiştim.

"Karmalar mı? Ciddi olamazsın, oradakilerin hepsi bir ay içinde ölecek." Kontrolsüzler'in içinden bir adam bağırarak bunları söylemişti. Kimseyi dinlemeyip görevlinin önüme koyduğu yemeği yemeye başladım.

Deborah bana gülümseyip, "Selam, seninle tanışmamıştık, değil mi? Ben Dezli," diyerek sevimli bir şekilde tebessüm etti. Tanışmak için bana elini uzatınca elim hareketsizce kaldı. Dezli mi? Bu kızın adı Deborah değil miydi? Ayrıca o bana tebessüm mü ediyordu?

Kafam karışmış bir şekilde önce uzattığı eline daha sonra da tebessüm eden yüzüne baktım. Acaba yine neyin peşindeydi? "Onun elini sık, Taşıyıcı çünkü yapmazsan bu Dezli'yi üzer." Yanımdaki çocuktu konuşan ve yavaşça başımı çevirip ona baktım. Kıvırcık, turuncu ve kabarık saçlı bir çocuktu. Bu kabarıklık onu sevimli gösteriyordu. Elâ gözleri meraklı bir şekilde yüzümü inceliyordu. Yüzü çillerle doluydu, en çok da burnunun ve yanaklarının üzerinde vardı. Zayıf ve çelimsiz duran bu çocuğun gözlerinde bana karşı düşmanca bir tavır göremiyordum. Yaşını tam olarak kestiremesem de yirmili yaşların başında gibi duruyordu. Gözleriyle, karşımda oturan Deborah'yı işaret etti. Durumdan bir şey anlamasam da dediğini yaptım ve Deborah'nın elini sıktım.

Bana kocaman gülümseyen Deborah,"Yeşil'di, değil mi? Seni tanıdığıma çok sevindim," deyince iyice afalladım. Beni ilk kez görüyormuş gibi davranıyordu. Bir çeşit şakaya maruz kaldığımı düşündüm.

Nasıl bir oyunun içinde olduğumu düşünmeye başladığım sıralarda yanımdaki çocuk güldü. Yan yana oturuyorduk, sandalyesini iyice bana yaklaştırdı ve kısık bir sesle konuştu: "Dezli, Karmalar'a gelmeden önce Araftakiler'deydi. Kişilik bozukluğu yaşıyor, çift karakterli biri ve bu yüzden de sürekli karakteri değişiyor. İyi ve kötü kavramını düşünsene, hepimizin içinde bu ikisi mevcut değil mi? Fakat Dezli ve Deborah, bu iki kavramı aynı anda tek bir bedende barındırıyor. Deborah saf kötülükten beslenirken Dezli'nin içinde karanlık duygular yoktur." Dezli'nin duymaması için fısıldıyordu. Söylediği şeyler beni gerçekten çok şaşırtmıştı. Ciddi miydi?

Çift karakterli insanlar hakkında bir şeyler duymuştum fakat ilk kez karşımda böyle birini görüyordum. Karşımda yemeğini yiyen siyah saçlı kıza, uzaylı görmüş gibi baktığıma emindim. Bay Russell, Araftakiler'in psikolojik sorunlar yaşadığını söylemişti. Şimdi ne demek istediğini daha iyi anlıyordum. Acaba yanımda oturan çocuğun önceki bloğu neydi? Elbisemin cebindeki defteri ve kalemi çıkardım. "*Sen hangi bloktaydın?*" diye yazıp ona uzattım.

Sanki bu soruyu sormamı bekliyormuş gibi güldü. "Ben Bilinmezler'denim, Edward ise Kontrolsüzler'den geliyor. Genelde Karmalar'da Edward, Deborah ve ben takılırız." Gözlerimin dehşetle açılmasına engel olamadım. Tamam, Bilinmezler doktorun dediğine göre iyi olanlardı ancak Kontrolsüzler hakkında pek iyi şeyler duymamıştım, gözlüklü kız acaba uydurduğu tecavüz suçundan dolayı mı o bloğa girmişti? Yoksa burada o bloğa girecek suçlar mı işlemişti?

Bana ikinci kez uzatılan el yüzünden düşüncelerimi rafa kaldırdım. "Bu arada ben Stewart." Kendini tanıtan çocuğa tebessüm ederek elini sıktım.

"Hadi, gidip Edward'ı bulalım, Stew." Dezli ayağa kalktı ve Stewart onu onaylayıp peşinden ayağa kalktı. İki adım atmışlardı ki Dezli, "Bizimle gelmiyor musun, Yeşil?" diye sorunca gülümsedim. Pekâlâ, sanırım Deborah yerine Dezli'ye alışabilirdim. En azından bana ucube deyip beni tehdit etmiyordu.

Tamam dercesine başımı sallayıp yanlarına gittim. Üçümüz yürümeye başladığımızda tüm bakışlar bize dönmüştü. Bazıları bize bakıp kendi aralarında fısıldaşıyordu, bazıları ise gözlerini yalnızca bana dikip beni öldürecekmiş gibi bakıyordu. Gözlerini üzerimde hissetsem de korkumdan dönüp onlara bakamıyordum. Suikastçım ile yüzleşmeye ise henüz hiç hazır değildim. Yemekhaneden çıktıktan sonra kimse konuşmadı ya da benimle sessizliğimi paylaştılar. Okulun kapısının önünde durduğumuzda Stewart ve Dezli dönüp bana baktılar. Stewart, "Güneş korkunu herkes gibi biz de duyduk," dedi. "Bugün hava bulutlu, yine de dışarıya çıkman sorun olur mu?" Anlayışlı ve ılımlı bir ifadeyle benden cevap bekliyordu.

İki gardiyanın önünde durduğu büyük kapıya yaklaştım. Derin bir nefes alarak dışarıya baktığımda henüz sabah olmasına rağmen akşamüzeriymiş gibi gökyüzünü kara kara bulutlar sarmıştı. Yağmur yağacaktı ve güneşten eser yoktu. Lakin yine de benim için yeterli değildi. Kapıda duran gardiyan, siyah güneş gözlüğünü yakasına takınca gülümseyip ona doğru yürüdüm. Çıplak gözlerle dışarıya bakmamaya çalışıp, gardiyanın gözlüğünü gözüme takınca yaşlı adam gülümsedi. İzinsiz bir şekilde gözlüğünü almama kızmamıştı. Başındaki gri şapkayı çıkarıp şapkanın arkasındaki kayışı ayarladıktan sonra kafama taktı. "Buna da ihtiyacınız olabilir, Bayan Green." Beni koruyacak şapkayla ve gözlükle kocaman gülümseyip kendi etrafımda döndüm. Şapka yüzümün yarısını kapatıyor, gözlük ise beni gün ışığından koruyordu.

Çocuk gibi tebessüm ederek etrafıma bakmam, yaşlı gardiyanın kahverengi gözlerinde küçük bir merhamet doğmasını sağladı. "İyi eğlenceler," deyince dudaklarım en güzel gülüşlerini ona sundu.

İlk defa gündüz dışarıda gözlerim açık dolaşabilecektim. Gülüşüme karşılık veren Dezli, "Bu *evet* demek mi oluyor? Yani bizimle dışarı çıkacak mısın?" diye sordu. İtiraf etmeliydim ki onun bu sevgi pıtırcığı hâllerine alışamamıştım. Tek korkum Deborah'nın ne zaman ortaya çıkacağını bilmemekti.

Başımla onları onayladığımda, "Bu harika. Hadi gidelim, kızlar," dedi Stewart ve dışarı çıktık. Umarım yine başıma bir şey gelmezdi.

Kapının dışına birkaç adım atıp durdum. Heyecanlıydım, sesli bir şekilde havayı içime çektim. Başımı kaldırıp gökyüzüne baktım ve gözlerimi kapatarak ciğerlerimi havayla doldurdum. Yıllar sonra dışarıda olmanın huzurunu yaşıyordum. Gecenin karanlığında değil, gündüzün aydınlığında dışarıdaydım. Kara bulutlar hiç dağılmasın ve güneş hiç ortaya çıkmasın istedim. Kapalı havaları her zaman çok severdim. Kollarımı açıp yavaşça kendi etrafımda dönüyordum. Bunu yaparken gözlerim kapalıydı ve başımı yukarı kaldırmıştım. Siyah camların arkasından bile olsa gökyüzüne bakmayı sevmiştim. Mutluluk böyle bir duygu muydu? Güneşin gökyüzünde gizlenmesi miydi benim mutluluğum? Hayatımdaki her şey kısıtlı olduğu için bu küçük eylem bile bana dünyaları veriyordu. Hayata karşı olan beklentilerim genellikle sıradan şeylerdi. Başkaları için sıradan olan bu şeyler benim için paha biçilmezdi. Doyasıya kahkaha atmak, acı hissetmeden özgürce koşmak ve korkmadan güneşin altında yürümekti beni mutlu eden şeyler. İşte beni mutlu etmek bu kadar kolay ama bir o kadar da imkânsızdı.

Gündüz vakti korkusuzca dışarıda olmanın heyecanıyla bahçeye doğru koştum. "Hey, beni de bekle!" Dezli de gülerek peşimden koşuyordu. Bunu yapmayalı çok uzun zaman olmuştu.

Birlikte ağaçların arasına girdiğimizde, Stewart bağırarak peşimizden geldi. En fazla birkaç dakika koştuktan sonra nefes nefese kalmıştım. Elimi kalbime koyup durduğumda diğerleri bana yetişmişti. Bu küçücük eylem bile bana acı olarak dönmüştü. Yine de nefesimi düzene koyup ellerimi açtım. Tekrar başımı yukarı kaldırıp kendi etrafımda dönmeye başladım. Ağaçların kokusu burnuma geldikçe yüzümdeki gülümseme büyüdü. Şu anda o kadar huzurluydum ki kalbim mutluluktan duracak gibiydi. Dezli'nin, "Ne yapıyor?" diyen sesini duydum.

"İlk kez dışarı çıkıyor olmalı." Onu cevaplayan kişi, Stewart'tan başkası değildi.

Temiz havanın tadını çıkarmaya devam ederken bir hıçkırık sesi duydum ve yavaşça durdum. Merakla etrafıma baktığımda kimseyi göremedim. Dezli sessiz olmamızı işaret edip ağaçların arasına daldı. Stewart ile onu takip etmeye başladık. Bir süre sonra Dezli durunca biz de adım atmayı bıraktık. Bir yere bakıp yutkunarak, "Edward?" dedi fısıltıyla.

Stewart ile göz göze geldikten sonra Dezli'nin baktığı yere döndü bakışlarımız. Edward dedikleri kız, bir ağacın gövdesine sırtını yaslamış, ağlıyordu. Dezli öne doğru atılınca Stewart onun kolunu tuttu. "Git, bir yerlerden su bul," dediğinde karşısındaki kız hızla itiraz etti. "Edward kötü, Stew. Onun yanında olmalıyım." Sesi acı çekiyor gibi geliyordu. Onun erkek değil de kız olduğunu bilmeden onu sevmeye devam ediyordu.

Kaşlarını çatan çocuk, başını olumsuz anlamında salladı. "Olmaz, Dezli. Biz erkekler ağlarken kızların bizi görmesinden rahatsız oluruz. Şimdi ben onun yanına gidiyorum ve sen de su getiriyorsun." İtiraz istemeyen sesi, Dezli'nin pes etmesine neden olmuş gibiydi.

Stewart, Dezli su getirmek için gözden kaybolana kadar bekledikten sonra, "Emily," diye mırıldanıp ağlayan kızın yanına gitti. Emily mi? Gerçek adı bu muydu? Ve Stewart onun kız olduğunu biliyordu.

Bizi gören kız, hemen gözlerini sildi ve yerdeki gözlüğünü alıp taktı. "Neyin var, Emily?" Stewart sevecen bir şekilde onun karşısında diz çöküp ellerini tuttu. Yakın gibiydiler.

Ağlamaktan gözleri kızaran kız, yeniden ağlamaya başladı. Bir süre sonra ondan cevap bekleyen çocuğa sarıldı. "Ablam, Stew!" dedi içli bir sesle. "Ondan bir mesaj aldım. Sofia yaşıyor, biliyordum," dedi hıçkırıklarının arasından.

Sofia... Bu isimde birini aradığını söylemişti, demek ablasıydı. Bu kızın hayatını merak ettiğimi fark ettim. Aslında buradaki herkes başlı başına bir gizem olduğu için merak uyandırıyordu. Stewart onun omuzlarını kavradı, kendisinden ayırdıktan sonra gülümsedi. "Bu harika bir haber, sonunda onu buldun," dedi onun sevincine ortak olarak.

Emily'nin ağlaması artınca başını iki yana salladı ve yumruk yaptığı elini açarak arkadaşına uzattı. Avucunda buruşmuş bir kâğıt parçası vardı. "Oku lütfen." Kaşları merakla havalanan çocuk, kırışmış sayfayı alıp açtı. Ne yazdığını ben de çok merak ediyordum.

O kâğıtta ne yazıyordu, bilmiyordum fakat Stewart'ın kaşlarını çatmasına neden olmuştu. "Emily, bu demek oluyor ki tahminlerimiz doğru." Emily gözlüğünü çıkarıp yeniden gözlerini sildi. Ne tahmin ettikleri hakkında bir fikrim yoktu fakat Emily ona onaylayan gözlerle bakıyordu.

Merak ettiğim için Stewart'ın yanına gidip kâğıdı bana vermesi için elimi uzattım. Not kâğıdını bana vermeden önce onay almak için gözlüklü kıza baktı. Gözleri beni bulan Emily, "Ver okusun, Stew," diyerek başını salladı. "Ateş kafa sandığımızdan daha çok şey biliyor hakkımda. Sana sabah söylemiştim kız olduğumu biliyor diye. Odasının önünden ayrılmadan önce o infazcının benim hakkımda söylediklerini duydum." Afallayarak ona baktım. Kapımı dinlediğini bu kadar rahat söylediğine inanamıyordum. Ayrıca onun hakkında bildiğim tek şey, kız olduğuydu. Daha fazlasını bilmiyordum.

Şimdi Stewart'ın Dezli'yi gönderdikten sonra benim yanımda neden rahatça konuşabildiğini anlıyordum. Bildiğimi biliyorlardı, Dezli'nin bilmesini istemedikleri için de Stewart onu göndermişti.

Stewart mektubu bana uzatınca, hiç düşünmeden alıp okudum. Tamam, kayıp ablasından sevgi dolu bir mektup beklediğimi kabul ediyordum fakat bu uyarı dolu cümleler, kesinlikle beklemediğim şeylerdi.

"Emily, beni aramayı bırak ve buradan git! Neyin içinde olduğunu bilmiyorsun, lütfen hemen kaç buradan! Bu notu okuduğun an arkana bile bakmadan git, Emily! Senin için yaptığım şeyi benim için yapmana gerek yok! Beni arama, bulmana izin vermezler. Beni öldü say ve git, kardeşim.

Suçluluk duyduğunu biliyorum ama bu doğru değil. Sen masumsun ve öyle kalmalısın. Emily, ben senin ablanım, söz konusu kardeşim olduğunda tercihlerimden asla pişman olmadım. Yine olsa senin için aynı şeyleri yapardım. Ailemize bir söz verdim ve seni korumak benim işim. Lütfen Emily, sana yalvarıyorum git buradan. Seni korumaya daha fazla devam edemem. Eğer bana olanlar sana da olursa buna dayanamam. Bu gece sen uyurken uzun zaman sonra ilk kez seni izledim. Tıpkı küçüklüğümüzde olduğu gibi saçlarını okşadım. Tıpkı eskiden olduğu gibi aklımdaki tek şey, seni nasıl koruyacağım düşüncesiydi.

Benim için çok geç, kardeşim ama senin için değil. Bana son bir iyilik yap ve git buradan. Bu, ölmek üzere olan birinin son isteğidir. Ah, Emily... Nasıl bir şeyin içinde olduğunu bilsen bir saniye bile burada duramazdın. Kötü... Aklına ve hayaline sığamayacak kadar kötü. Bu mektubu buradaki bir arkadaşımın yardımıyla sana ulaştırıyorum. Bir daha sana ulaşabilir miyim, bilmiyorum. Kimsenin başı benim yüzümden belaya girsin istemiyorum. Bana söz verdi, gitmek istediğin an seni buradan çıkaracak. Onun sözünde duracağından hiç şüphem yok. Sadece gitmeyi iste, o zaman gelip seni bulacak

Seni çok seven ablan

Sofia Lewis"

Okumayı bitirdiğimde parmaklarımın titrediğini fark ettim. Artık emin olmuştum, bu okul göründüğünden daha karanlıktı. Sofia'nın mektubu beni o kadar etkilemişti ki gözlerimin dolmasına engel olamadım. Emily ayağa kalkıp elimdeki mektubu aldı. Mektubu cebine koyduktan sonra ağlamaktan kızaran gözlerini bana çevirdi. "Gördüğün ve okuduğun şeyleri unut, Alev Kafa!"

diyerek beni uyardı. "Bu benim meselem, ablamı almadan bu okuldan ayrılmayacağım. Gerekirse bu okulu içindekilerle birlikte ateşe veririm ama yine de ablamı alırım. Bu ölüm okulu bana bir abla borçlu ve emin ol, onlardan ablamı alacağım!" dedikten sonra Stewart'a gitmek için bir işaret yaptı.

İkisi gitmeye hazırlandığı esnada Dezli elindeki pet şişesiyle koşarak geldi. Soluk soluğa Emily'nin karşısında durup suyu ona uzattı. "İyi misin, sevgilim?" dediğinde benim gözlerim irice açılırken Stewart gülüşünü saklamak için başını başka tarafa çevirmişti. Dezli de mi ona âşıktı?

Emily burnundan solurken yüzünde bıkkınlık dolu bir ifade oluştu. "Defol git, Deborah. Bugün seninle uğraşamam!" diye öfkeyle bağırdı.

Gözleri dolan Dezli'nin elinde tuttuğu su yere düştü. "Be-Ben üzgünüm." Konuşurken sesi titremişti, nedense bu hâli beni üzmüştü.

Emily bir şey fark etmiş gibi gözlerini irice açtı. "Dezli?" dedi endişeyle. Az önceki kızgın hâli bir anda kaybolmuş, yerini büyük bir merhamete bırakmıştı.

Dezli, gözlerinde yaşlar akarken geriye doğru bir adım attı. "Şey, ben gitsem iyi olacak," dedikten sonra aceleyle arkasına döndü. Fakat kendisine bağıran Emily, Dezli'nin kolunu tuttu. "Özür dilerim, Dezli. Gerçekten zor bir gün geçiriyorum. Hadi, beni affettiğini söyle, sevgilim." *Sevgili* kısmına yaptığı vurguyla Stewart artık gülüşünü saklamaktan kırmızıya dönmüştü. Her an dayanamayıp kahkaha atacak gibi görünüyordu.

Sevgilim sözünü duyan Dezli'nin yüzü anında güldü. "Ben sana küs kalamam ki, Edward," deyip, gülücükler saçarak Emily'ye sarıldı. Emily başını iki yana sallayıp, gülerek kollarını ona sardı. Dezli'yi önemsiyordu.

Dezli ondan ayrılınca, elini uzatıp onun yüzüne gelen saçlarını kulağının arkasına sıkıştırdı. "Hadi gel, gidip ilaçlarını alalım, güzelim," dedi içten gelen bir sesle. Dezli'nin duygularını incitmek istemediği için onun yanında düşünceli bir erkek gibi davranıyordu. Oysa Edward'a bakan herkes onun bir kız olduğunu anlardı. Bir peruk ve gözlük, hiçbir kadını erkek gibi gösteremezdi; erkek kıyafeti giyip sesini kalınlaştırsa bile...

Mutluluktan havaya uçan Dezli aceleyle başını salladı. "Gidelim, Edward," dedikten sonra Emily onun elini tuttu ve ikisi bizi bırakıp gittiler.

Aklıma gelen uçuk düşünceyi Stewart'a yöneltmeden duramadım. *"Emily ve o? Yani bilirsin işte, birlikteler mi?"* Az önce kesinlikle sevgili gibilerdi.

Yazdığım şeyi okuyan Stewart kahkaha attı. "Hayır, Yeşil. Öyle bir şey değil. Deborah'nın aksine Dezli çok hassas ve kırılgan. Emily, söz konusu Dezli olunca ona karşı fazla nazik. Çünkü bir seferinde Emily onu azarladı diye Dezli intihar etmeye kalkıştı. O gün Emily'yi görmeliydin, çok kötü olmuştu. O olaydan sonra Deborah'ya aklına geleni söylüyor ama Dezli ile sevgili rolünü oynuyor." Stewart bunları anlatırken öyle bir şekilde söylüyordu ki Emily için üzülmek yerine gülmeye başlamıştım. Gerçekten zor bir durumdu. Erkek kılığına girdiği yetmiyormuş gibi üstüne bir kız ile sevgili olmak zorunda kalmıştı. Trajikomik bir durumdu.

Stewart bir süre sonra onların peşinden okula girmişti. Okula beraber girmeyi teklif etse de gitmemiştim. Bugün kapalı havadan faydalanıp tüm gün bahçede gezmek istiyordum. Yerdeki sararmış birkaç pelit ağacı yaprağını toplayıp yürümeye başladım. Yarım saat boyunca yalnız başıma ağaçların arasında yürüyüş yaptım. Yağmur yağacak diye kimse dışarı çıkmamıştı. Beyaz boyayla süslenmiş çardağı görünce adım atmayı bıraktım. Beni durduran şey çardak değildi, çardağın içinde gözleri kapalı uyuyan kişiydi. Kollarını başımın altında birleştirmiş, bankta sırt üstü uzanıyordu. Beyaz çardağın altında, siyah kıyafetleriyle göz kamaştırıcı görünüyordu. Yerdeki yaprakların ses çıkarmaması için parmak uçlarıma basarak ona doğru yürüdüm. Ondan ölesiye korkuyordum, buna rağmen beni ona çeken bir şeyler vardı. Çardağın içine girdiğimde nefes alışlarım hızlanmıştı.

Gözleri kapalı ve nefesi düzenliydi, uyuyordu. Uzun, kumral saçları yüzüne dökülmüştü. Onları yüzünden çekmek istedim. Dudakları düz bir çizgi hâlindeydi, ister istemez gözlerim dudaklarına kayıyordu. Lacivert gözlerini gizleyen uzun kirpikleri bir süre daha onu uykuda tutsun istedim. En azından ben onu yeterince izleyene kadar… Bu adam çok bakılası bir güzelliğe sahipti. Ne kadar uğraşsam da ona bakmadan duramıyordum. Ellerimi dizlerime koyarak ona doğru iyice eğildim. Yüzümü ona doğru o kadar çok yaklaştırdım ki nefesini dudaklarımda hissedebiliyordum. Bunu neden yaptığımı bilmiyordum ama sanki onu yakından izlemem gerekiyordu. Ilık nefesi dudaklarıma çarparak bedenimi uyuşturuyordu. Ona dokunmak, belki de onu öpmek istedim. Bunun nasıl hissettirdiğini sebepsizce merak ettim. Bir erkek tarafından öpülmek, sahiplenilmek ve sevilmek nasıl bir duyguydu, merak ettim. "Beni öpmeyi düşünmüyorsun, değil mi?" Gözleri kapalıyken söylediği şeyler yüzünden korkudan sıçrayıp bir adım geriye gittim. Uyanık mıydı?

Yattığı yerden yavaşça doğrulup oturdu. Sırtını oturduğu banka yaslayıp bana baktı. Az önce uyuyan birine göre gözlerinde yeni uyandığını gösteren mahmurluk yoktu. Beni yanlış anladığını düşünüp telaşla cebimdeki not defterimi çıkardım. Aceleci bir şekilde kendimce bir şeyler yazıp ona uzattım. "*O dediğin şeyi yapmayı aklımdan bile geçirmem, sadece bakıyordum.*" Düşündüğüm şeylerin tam tersini yazmıştım. Oysa doğruydu, kısa bir anlığına onu öpmeyi istemiştim.

Açıklamamı okuduktan sonra tek kaşı büyük bir kavis çizerek yukarı kalktı. "Neden bakıyordun?" Ses tonundan anladığım kadarıyla bana inanmıyordu.

Oflayarak gerçek nedenlerden birini yazdım ve ona uzattım. "*Çünkü çok güzelsin.*" Yazdığım notu tam alıyordu ki ne yazdığımı fark edince hızla kâğıdı kendime doğru çektim. Bunu okuması benim açımdan büyük bir rezillik olurdu.

Böyle bir şeyi gerçekten yazdığıma inanamıyordum. Bu adamın yakınlarındayken düşünme yetimi kaybediyordum. Gözleriyle elimdeki kâğıdı işaret etti. "Oraya ne yazdın?" diye sorduğunda hiç dercesine omuz silktim. Bunu asla ona söyleyemezdim.

Ayağa kalkıp, gözlerini kısarak bana bakmaya başladı. "Onu bana ver, Melez Kız." Bana yine Melez Kız demişti, yani onun Gölge olduğunu bildiğimi biliyordu. Belki de hareketlerimden anlamıştı, bilmiyordum.

Bana doğru bir adım atınca hemen kâğıdı arkama sakladım. Başını yana eğip alay edercesine bana baktı. "Sadece beş saniye içinde onu almış olacağım." Kendinden emin çıkan sesini duyduktan sonra arkamı döndüm ve ondan kaçmaya çalıştım.

İki adım, sadece iki adım atmıştım ki kolumu tutarak beni kendisine doğru çevirdi. Ani bir şekilde dönmek zorunda kaldığım için saçlarım, ona doğru savrulup, yüzünü yalayarak geçmişti. Kısa bir an iç çektiğini gördüm. Sanki saçlarımın yüzüne yaptığı küçük dokunuşu sevmiş gibiydi. Göz göze geldiğimizde irkilerek ona baktım. Bir kolumu sıkıca tutmuştu, kaçamıyordum. "Titriyorsun," dediğinde gözleri, hızlanan göğüs kafesimde oyalandı. "Tek sebebi korku mu?" Alaylı sözlerinden ne çıkarmam gerektiğini anlamamıştım. Fakat titrememin sadece korkudan kaynaklanmadığını imâ etmişti.

Ondan kurtulup gitmek istedim fakat tuttuğu kolumu belimle birleştirdi ve beni göğsüne çekti. Bunu sadece bir elini kullanarak yapmıştı. Boştaki elimi onu itmek için göğsüne koyduğumda diğer eliyle elimi tuttu, soğuk elinin dokunuşuyla hareket etmeyi bıraktım. Küçük temasını hissetmek, kaçma isteğimi köreltmişti. Parmakları, göğsünde yumruk olan elimi yavaşça açıp notu alırken gözlerimi gözlerinden ayıramıyordum. Kâğıdı almıştı fakat beni bırakmıyordu. Gözlerime baktığımda hızlanan nefeslerim dudaklarına çarptı. Başını biraz daha eğdi ve nefesim daha da hızlandı. Neden bana böyle baktığını bilmek istedim. Asıl soru şuydu: Ben ona nasıl bakıyordum? Kalbim, bu yakınlığı çok fazla bulmuş olmalı ki yine hızlanmıştı. Lakin kokusu o kadar huzur vericiydi ki güneşe inat ortaya çıkan gökkuşağının dinginliği vardı içinde.

Kalbim ağrımaya başlamıştı ama ben onun kokusunu bırakmak istemiyordum. Bu yakınlığa uzak kalmak istemedim. Belki de uzaklaşırsam bana bakmayı bırakacaktı, bunun olmasını istemedim. Ondan ayrılmak istemesem de yakınlığı yüzünden kalbimde oluşan acı dayanılmaz hâle geliyordu. Yüzümü aynı ifadede tutmak istedim ama bir süre sonra acıyan göğsüm yüzünden gözlerim doldu. Sancılar içinde gömleğini tutan elim yumruk olunca, kaşlarını çatarak hemen beni bıraktı. Benden iki adım uzaklaştığında geri geri giderek bankın üzerine oturdum. Elimi göğsüme bastırıp acımın geçmesini bekledim ama geçmiyordu. Canım yanıyordu ve acım geçecek gibi değildi. "O kadar kötü mü?" Bana doğru bir adım atacaktı ki aniden durdu. Yaklaşırsa kalbimin daha fazla acıyacağını fark etmişti, korku ve heyecan kalbimi tetikliyordu. Normal bir kalp taşımıyordum ki.

Kalbimin aramıza koyduğu mesafeyi o da sevmemiş gibiydi. Yerdeki solmuş yapraklara öfkeyle bir tekme attı. "Şu anda yanına gelip seni oradan kaldırmama kimsenin ama kimsenin gücü yetemez!" diye hırlayıp ellerini sinirle saçlarının arasından geçirdi. "Ama kalbin!" dedi bana ters ters bakarak. "O aptal kalbin bir tek beni durduruyor, sana yakın olunca harekete geçiyor!" Küfreder gibi kalbime kızınca gözlerim dolu dolu kıkırdadım. Şu anda öfkesi had safhaya ulaşmıştı ama beni mutlu eden bir şey vardı: Benim için endişeleniyordu. Beni düşünmesi acıdan dolan gözlerimin gülümsemesini sağlamıştı.

Gülüşümle öfkesi geçmişti. Fakat benim için endişelendiğini düşünen kalbim, bu kez de mutlulukla hızlanmaya başlayınca yine canım yandı. Dudaklarımdan çıkan inilitiye engel olamadım. Bana bakıp homurdanarak, "Acın geçsin istiyorsan beni düşünmeyi bırak, Dolunay Surat!" diyerek öfkeli ve alaylı bir tavırla beni uyardı. Söyledikleri beni utandırmasına rağmen gülümsedim. Aklımdan geçenleri biliyordu ancak bilmesi beni rahatsız etmiyordu.

Kendimi daha iyi hissedince ayağa kalktım. Başımı kaldırıp ona baktığımda benden aldığı notu okuduğunu gördüm. Dudakları iç çektirecek şekilde kıvrıldı. Kaşlarını yukarı kaldırdı ve elindeki kâğıdı havaya kaldırıp bana baktı. "Güzel mi?" dedi iğrenerek. "Beni betimleyecek başka bir kelime bulamadın mı?" Eğlenen sesine karşılık, tebessüm ederek omuz silktim. Bence çok güzeldi.

Yere düşen not defterimi alıp yazmaya hazırlanıyordum ki, "Yazmana gerek yok," diyerek beni durdurdu. "Orduda eğitim sırasında dudak okumayı öğrendim. Dudaklarını oynatırsan söylemek istediklerini anlarım." Gözlerime baktı. "Tabii, bana baktığın sürece..." Baştan ayağa ürpermiştim. Onun hakkında öğrendiğim her yeni bilgi, farkında olmadan beni ona hayran bırakıyordu.

Lisa, işaret dilini biliyordu ama onunla konuşurken bile asla kendimi bir bütün olarak hissedemezdim. Bazen odamda kendimi diğer insanlar gibi normal hissetmek isterdim. Bu yüzden dudaklarımı oynatıp konuşuyormuş gibi yapardım. Şimdi suikastçım beni anlayacağını söylüyordu. Parmaklarımla ya da kalem ve defter yardımı olmadan sadece dudaklarımı oynatmam gerektiğini söylüyordu. Bu muhteşem bir şeydi, normal hissetmem için çok güzel bir şanstı. Gerçekten dudak okuduğundan emin olmak için, *"Beni anlamak için sürekli dudaklarıma mı bakacaksın?"* dedim, sadece dudaklarımı oynatarak.

Yüzünde alayla karışık küçük bir gülümseme oluştu. "Teknik olarak öyle oluyor," deyince kıkırdadım.

"Sürekli dudaklarıma bakacak olman fazla müstehcen değil mi?" Son söylediğim şeyle neyi kastettiğimi anladığı için bu sefer gülüşü büyüdü. Gülüşü hayranlık uyandırıyordu.

Bana doğru bir adım atarak kaşlarını yukarı kaldırdı. "Bugün fazla mı utanmazsın sen?" dedi eğlenen bir ses tonuyla.

Sanırım yakın zamanda öleceğimi duymak bende pek iyi etkiler bırakmamıştı. Aramızda iki adım kala durmuştu. Ona doğru bir adım attığımda kalbim yine hızlanmaya başlamıştı. Hissettiğim acı yüzünden yüzümü buruşturup ona baktım. Az önceki eğlenen hâli gitmiş, yerine ciddi bir yüz ifadesi gelmişti. "Bana bağlanmak gibi bir hata yapma, Dolunay Surat." Beni uyardıktan sonra geriye doğru iki adım daha atarak aramızdaki mesafeyi korudu. Bunu yaparken bir saniye bile gözlerini gözlerimden çekmemişti.

Aniden böyle şeyler duymak beni bozguna uğratmıştı. Ona bağlanmayı düşünmüyordum, neden böyle düşünmüştü ki? *"Bir katile bağlanacak kadar aptal değilim!"* Ellerim istemsiz bir şekilde yumruk olduğu için kaşlarımı çatmıştım. Benden böyle bir şey istemesi anlamsız bir şekilde beni kızdırmıştı.

Öfkeli duruşum onu sadece güldürmüştü. "Demek o kadar aptal değilsin, Küçük Melez," dedikten sonra bana doğru üç adım atarak sınırı geçti. Şimdi ayakkabısı benimkilere değecek kadar yakınımdaydı. Uzun boyluydu, ona bakmak için başımı yukarıya doğru kaldırdığımda eğildi. Nefes alışlarım hızlandı. Yüzünü iyice benimkine yaklaştırdı ve bunu yaparken göz temasını kesmedi. Kalp atışlarım yükseldiğinde biraz daha yaklaştı. Yanağını yanağıma sürterek dudaklarını kulağımın yakınına getirdi. Nefesinin sıcaklığını hissedebiliyordum. Dudaklarını kulağımla boynumun arasında bir yerlerde hissettiğimde kalbim acı salgılamaya başlamıştı. Göğsüm, hissettiğim yoğun duygudan dolayı hızla hareket ediyor, nefes alışlarım artıyordu. Boğazımdan hırıltılı nefesler çıkmaya başlayınca neden bu kadar acıdığını düşünmeye başladım. "Sence neden kalbin sadece bana tepki veriyor, hiç düşündün mü?" Sesi boğuk ve fısıltılıydı. "Neden bir tek benim varlığımla hızlandığını hiç düşündün mü?" Elini koluma sürterek kaldırdı ve parmakları boynumda durdu. Her konuştuğunda dudakları kulağıma sürtünürken işaret parmağını boynuma bastırdı. Sesli bir şekilde nefes alarak irkildim. "Neden sana yakın olduğumda acı çektiğini hiç merak etmedin mi?" Kısık sesi baştan çıkarıcıydı, hem de fazlasıyla.

İşaret parmağı boynumda gezindi. Tenim parmağının altında eriyor gibiydi. "Bu acıtıyor, değil mi?" Acıttığını biliyordu. "En küçük bir dokunuşumda bile neden sana acı verdiğimi düşünmeni istiyorum. Ben bunların nedenini biliyorum, ya sen? Sen biliyor musun?" Konuşurken dudakları kulağıma değdiği için tüylerim ürpermişti. Bilmiyordum, kalbimin neden onun yanında acıdığını bilmiyordum. Belki de bir katil olduğu içindi. Ondan korktuğum için kalbim böyle tepkiler veriyordu, değil mi?

Hissettiğim acı dayanılmaz bir boyuta ulaşınca, elimi kalbime atarak hıçkırdım. Geri çekilmeye çalışacağım esnada belimi kavrayarak beni durdurdu. Titremelerim artmıştı, her an bir kriz geçirebilirdim. Buna rağmen beni bırakmıyordu. Parmağı boynumda oyalanıyor, dudakları kulağımın yanından uzaklaşmıyordu. "Hissettiğin bu acı sana yaşatacaklarımın yanında bir hiç, Dilsiz Kız." Başını geriye çekerek benimle yüz yüze geldi. Bu, biraz da olsa beni rahatlatmıştı. Kızaran gözlerimi görünce başını iki yana sallayıp derin bir iç çekti. "Canını bağışladığım tek kurbanımsın, Dilsiz Kız. Seni öldüremiyorum, bunu çok istiyorum ama sende beni engelleyen bir şeyler var. Senin yaşamana izin vermemi istiyorsan bana bağlanmaman gerekiyor. Böylece bağışladığım kalbin sana acı vermez." Yavaşça ellerini bedenimden çektikten sonra tekrar üç adım geriye gitti. İhtiyacım olan mesafeyi bana yeniden tanımıştı.

Kalbimin ağrısı geçmiyordu. Keskin sancılar yüzünden gözlerim karardı, nefesim boğazımda sıkışıp kaldı ve öksürmeye başladım. Başlarda küçük gibi görünen öksürük, saniyeler içinde o kadar şiddetlenmişti ki yerimde sendeledim. Elim kalbimi bırakıp boynuma gidince acılar içinde hıçkırdım. Kesilmeyen öksürüğüm yüzünden ciğerlerimin söküldüğünü hissettim. Ağzımın içindeki ekşimsi ve metalik tatla birlikte dudaklarımdan çeneme akan bir sıcaklık hissettim. Titreyen parmaklarım dudaklarıma dokununca parmaklarıma bulaşan kanı gördüm. Doktor haklıydı, ölüyordum. Kan kustuğumu görünce bunu daha iyi anlamıştım. Çok yakında, hiçbir zaman ait hissetmediğim bu dünyadan silinecekti tüm izlerim.

Başımı usulca kaldırıp ona baktığımda lacivert gözlerinde büyük bir yıkım gördüm. O da biliyordu çok fazla zamanımın kalmadığını. Dudaklarımda kırgın bir gülümseme oluştu. *"Beni yaşatamayacaksın, Avcı,"* dedim acımasızca. *"Beni öldürmeyi de yaşatmayı başaramayacaksın çünkü ben zaten ölüyorum. Bu sabah doktorun söylediklerini duydum."* Gözlerim dolu dolu baktım gözlerine. *"Bana biçilen ömür, yok denecek kadar az,"* dediğimde parmaklarıma bulaşan kanın korkunçluğunu daha yeni yeni fark ediyordum. Kan görmeye daha fazla dayanamadığım için dizlerimi büküp yere doğru yığıldım. Son anda beni kollarına alarak düşmekten kurtarmıştı. Acılar içinde onun kollarında kendimden geçmeden hemen önce hayal meyal bir şeyler söylediğini duydum. "Bir ölüm olacaksa bu seninki olmayacak, Dolunay Surat," demişti. "Unutma, papatyalar en güzel soldukları zaman kokarmış. Solmana neden olacağımı biliyorum ama ölmene asla, Dilsiz Kız!"

10

GREEN KARDEŞLER

"İlk ön yargılı davranışımızda kaybetmeye başlıyoruz."

İlahi Bakış Açısı

Gelen e-postaları kontrol eden Vanessa, sıkıntıyla yüzünü buruşturduktan sonra oturduğu yerden kalktı. Ne görmeyi beklediğini bilmiyordu fakat ne istediğini iyi biliyordu. Çantasını sandalyenin üzerinden alarak İngilizce binasına doğru yürüdü. Columbia Üniversitesinde Gazetecilik okuyan Vanessa Green, yabancı dil ve psikoloji dersleri de alıyordu. Bunun tek nedeni, geçen yıl üniversiteye gelen genç Profesör Peter Miller'dı. Üniversitede başına böyle bir şey geldiğine inanamıyordu. Yasak olduğunu bile bile kampüste bir profesöre gönlünü kaptırmıştı. Platonikti, onunki kesinlikle platonik bir aşktı. Ablası bunu öğrendiğinde büyük ihtimalle ona bir ay ya da bir yıl boyunca nutuk atardı. Merdivenleri çıkarken, dün gece olanlar aklına gelince derin bir iç çekti. Bu aralar babasının gözüne pek görünmese iyi olurdu.

"Vanessa!" Arkasından gelen sesi duyunca, derin bir nefes alarak merdivenlerde durdu. Chloe, canını sıkmak için hiçbir fırsatı kaçırmıyordu.

Yabancı dil dersleri almayı sevmiyordu, ablası Chloe de bu bölümdeydi. Fakat iyi bir gazeteci olmak istiyorsa her dile hâkim olmalıydı. Başını yavaşça çevirdi ve merdivenleri hızlı bir şekilde çıkan Chloe'ye baktı. Sarı saçlarının arasına yaptırdığı siyah balyajlar, ona farklı bir hava vermişti. Bunu yeni mi yaptırmıştı? Koyu göz makyajı mavi gözlerini açığa çıkarmış, dudağındaki siyah ruj da oldukça iddialı görünmesini sağlamıştı. Üzerinde, göbeğini açıkta bırakan siyah metal işlemeli bir tişört vardı. Altındaki yırtık jean, kesinlikle gotik ve marjinal karışımı bir tarzı olduğunu gösteriyordu. Tuhaf tarzı nedense ona yakışıyor ve onun daha da güzel görünmesini sağlıyordu. Fakat bu kıyafetler, Vanessa'nın cesaret edip giyebileceği şeyler değildi.

Chloe, yanına gelip tam karşısında durdu. "Bugünkü aile yemeğine katılacak mısın?" diye sorduğunda yüzünü buruşturdu. Vanessa, geleneksel aile yemeklerini hep fazla sıkıcı bulmuştu.

"Başka şansım varmış gibi konuşma, Chloe." Bay Miller'ın dersi başlamak üzereydi ve vakit kaybetmek istemiyordu.

Chloe dudağındaki pirsingle oynarken kız kardeşine üstten bakıyordu. Vanessa böyle anlarda neden ailedeki tek kısa boylunun kendisi olduğunu sorguluyordu. Chloe, "Beni bu gece idare edebilir misin?" diye sordu. "Akşam bizimkileri bir şekilde oyalamanı istiyorum." Aile yemeklerinden nefret eden Chloe, büyükbabasını dinlemektense Vanessa'ya yalvarmayı tercih ederdi.

Vanessa henüz yirmi bir yaşında olmasına rağmen kendisinden iki yaş büyük olan ablasından daha olgundu. Kendisinden daha asi olan Chloe'nin yüzüne dikkatle baktı. "Geçen hafta ve ondan önceki dört hafta da seni idare ettim. Bunu daha fazla yapmak istemiyorum çünkü büyükbabama karşı takındığın bu tavrı sevmiyorum," diyerek onu azarladı. Büyükbabası sadece haftada bir kez yemeğe geliyordu ve Chloe her defasında onun olduğu yemeklerden kaçıyordu. Merdivenlerin başında durup aile sorunlarını konuştuklarına inanamıyordu.

Kaşlarını çatan Chloe yine sinirlenmişti. Hep çok kolay sinirlenirdi. "O bunakla aynı kanı taşımam, onu seveceğim anlamına gelmiyor!" diyerek kardeşine ters ters baktı. "Bu konuda bu kadar kayıtsız olduğuna inanamıyorum!" diye etrafındaki öğrencileri umursamadan bağırdı. "Sen de onun gibisin, Vanessa!" Yine başlıyordu. *Bana bunu hatırlatmaktan hiç vazgeçmeyecek,* diye düşündü. Chloe onun için kalpsiz bir insandan farklı değildi.

Vanessa, "Bu benim suçummuş gibi davranmayı bırak," derken sesi fazlasıyla incinmiş çıkıyordu. Onu hep aynı yerden vurmayı bırakmalıydı.

Chloe'nin dudakları büyük bir kibirle kıvrıldı. Küçük kardeşine öyle bir bakıyordu ki sanki onu görünce midesi bulanıyordu. "Her zaman tetiği çeken suçlu olmaz, kardeşim," deyip alay edercesine güldü. "O tetiği çeken kişilere boyun eğmek de bir suç." Aralarındaki bir adımlık mesafeyi kapatarak Vanessa'nın yakınında durdu. "Sen de en az onlar kadar günahkârsın. Bu kadar zayıf ve korkak olman midemi bulandırıyor!" Bunları özellikle sesini yükselterek söylemişti. Etraftakilere karşı onu utandırmıştı.

Yapısı gereği çabuk utanan Vanessa, birileri onları gördü mü diye etrafını kontrol etmekten kendini alamadı. "Sesini alçalt lütfen. Böyle yaparak sadece beni değil, babam ve annemi de cezalandırıyorsun." Bazen ablasının mı yoksa kendisinin mi daha büyük olduğunu kestiremiyordu.

Chloe güldü fakat bu gülüşü gerçek değildi. Green ailesinden nefret ediyor ve kız kardeşine tahammül edemiyordu. "Şu anda onlarla değil, seninle konuşuyorum," dedi. "Ama sen ahmağın teki olduğun için bunu bile anlayamıyorsun!" Yapamıyordu, her gün Vanessa'nın ve diğerlerinin yüzünü görmeye tahammül edemiyordu. Hepsi o kadar sahte ve çıkarcıydı ki onlarla aynı kanı taşımaktan utanıyordu. Para uğruna insanları harcamaktan çekinmeyen kalpsiz insanlardı bunlar. Vanessa'nın gözlerinin dolmasını görmezden gelmek her zaman yaptığı şeydi. Onun timsah gözyaşlarına aldanmayı bırakalı çok olmuştu.

Kardeşinin titreyen elleri daha çok gülmesine sebep oluyordu. Gözleriyle onun titreyen parmaklarını gösterdi. "Ne oldu? Bugün ilaçlarını almayı mı unuttun?" Şu anda ona acı çektirdiğinin farkındaydı, canının daha fazla yanmasını istiyordu.

Titreyen ellerini cebine saklayan Vanessa, kendisini toparlamak için derin bir nefes aldı. "Akşam yemeğinde evde ol," diyerek kararlı bir şekilde ona baktı. "Aksi takdirde seni zorla eve getirtirim, Chloe," deyip merdivenleri çıkmaya başladı.

"Canın cehenneme pislik!" Arkasında bağıran ablasını duymazdan gelmeyi tercih etti. Bağırıp hakaret etmek hep yaptığı şeydi.

Chloe, Vanessa'nın kendisinden iki yaş küçük olmasına rağmen ona üstünlük taslamasından nefret ediyordu. "Kimse umurumda değil! Bu gece arkadaşlarımla dışarıda olacağım. Sen de salı gecesinin lanetini yaşa, kardeşim!" diye bağırdıktan sonra hızla merdivenlerden inmeye başladı.

Chloe'nin ondan nefret etmesi, Vanessa'nın canını yakıyordu. Onu geri kazanmak için elinden gelen her şeyi yapmasına rağmen başarılı olamamıştı. Olmuyordu, Chloe onu olanların sorumlusu olarak görüyorken bu çok zordu. Eğer akşam yemeğinde olmazsa babası çok kızacaktı. Ertesi gün New Times gazetesinde Enerji Bakanı Nicholas Green'in büyük kızının sarhoş hâllerini tüm halk gördüğünde olacakları tahmin bile edemiyordu. Chloe başına buyruk bir kızdı, Nicholas Green yeni bir skandala karıştığı takdirde onu Teksas'taki teyzelerinin yanına göndermekte kararlıydı. Vanessa, ablasını kovboy şapkaları takan insanların olduğu eyalette hayal bile edemiyordu. Aslında Teksas'a tatillerde gitmiş, orayı çok sevmişti fakat Chloe için aynı şeyleri söyleyemezdi.

Geç kaldığını fark edince, adımlarını hızlandırarak merdivenleri çıkmaya başladı. Bu sırada telefonu çaldı ve aceleyle çantasındaki eşyaların içinde telefonu bulmaya çalıştı. Ona göre büyük çantasının içinde sadece gereken şeyler vardı ve kesinlikle çantasının içinde küçük bir dünya taşımıyordu. Biber gazının yanına sıkışmış telefonunu çıkardığında maraton koşmuş gibi terlemişti.

Büyükbaba Sam arıyordu.

Ekranda onun ismini görünce sertçe yutkundu. Büyükbabası bu akşam onlara geleceğine göre onu neden arıyordu? Aslında nedenini biliyordu ve bu, onu ölesiye korkutuyordu. Babası saygın bir siyasetçi olsa da büyükbabası karanlık biriydi. Babaların günahlarını evlatlar çekemezdi. Sam Green'in yaptığı yasa dışı işler yüzünden asla Nicholas Green ve ailesi suçlanamazdı. Telefonu açmazsa büyükbabasını kızdıracağını biliyordu, kızdığında neler yapabileceğini ise düşünmek istemiyordu. Gergin bedenini yatıştırmak için derin bir nefes alarak telefonu açtı. "Merhaba, büyükbaba."

Karşısındaki yaşlı adamın tok sesini duymak gerilen sinirlerine pek iyi gelmiyordu. "Chloe yanında mı?" dediğinde o göremese de başını olumsuz anlamda salladı. "Bu hafta sınavı var, kütüphanededir." Yine yalan söylemek zorunda kalmıştı. Sırf bu yalanlar yüzünden Chloe'ye çok kızıyordu.

Telefonun diğer ucundan alaylı fakat daha çok sinirli bir kükreme yayıldı. "Bu gece ikinizle konuşmam gereken ciddi bir konu var! Gece kulüplerinden hiç çıkmayan sorumsuz kardeşinin orada olmasını sağla, Vanessa Green!" Büyük babasının söyledikleri üzerine afallayarak yerinde donakaldı. Neden sinirliydi?

"Chloe ile ne konuşacaksın?" Düşündüğü şeyi yapmasını istemiyordu. Kendi karanlığına Chloe'yi çekmesine izin veremezdi. Bunun için zaten bir kurban verilmişti.

Büyükbabası, "Senden daha güçlü," diyerek yine onu kışkırtmaya çalıştı. "Seninle yeterince vakit kaybettim, Vanessa. Yaşlanıyorum artık ve birinin işlerin başına geçmesi gerekiyor." Büyükbabasının söylediklerine karşılık sinirle güldü. Chloe mi ondan daha güçlüydü?

Yanlış bir izlenimdi çünkü Vanessa'nın yarısı kadar bile güçlü değildi.

Babası, sırf Sam Green'in karanlık işlerine bulaşmamak için üstüne düşen kefareti ödemişti. Tek amcası ise Green soyadını ve kendisine düşen tüm hakları hiçe sayıp kayıplara karışmıştı. Şimdi büyükbabası hedef olarak torunlarını seçmişti. Kendi yerine geçecek bir varis arayışına girmişti. "Chloe asla olmaz! Buna ne babam ne de ben izin veririm!" dedi dişlerinin arasından. Chloe sandığı kadar güçlü biri değildi. Onun karanlık dünyasına bir kez girerse asla eskisi gibi çıkamazdı.

Telefonun diğer ucunda onun soğuk kahkahasını duymak, tüm cesaretini kırıyordu. "Baban, bana karşı çıkmaması gerektiğini öğreneli çok oldu. Ve sen Vanessa..." dedi üstüne basa basa. "Söylesene, kendi gölgesinden bile korkan bir kız bana ne yapabilir ki?" Onu kışkırtarak kardeşi üzerinden ona oynuyordu. Vanessa'nın neler yaptığını ve yapabileceğini ondan daha iyi kimse bilemezdi.

"Beni köşeye sıkıştırmaktan vazgeç, büyükbaba. Yeri geldiğinde meydan okumaktan çekinmeyeceğimi bil!" diyerek telefonu öfkeyle onun yüzüne kapatmıştı. Tek istediği okulunu bitirmekti, eline bir silah alıp ateş etmek değil.

Henüz yirmi bir yaşında olmasına rağmen tüm hayatı Chloe'nin peşinde koşmakla geçmişti. İçki içmekten nefret ederdi ancak Chloe yüzünden alkollü mekânlardan çıkamıyordu. Kavga sevmeyen ve uzlaşmacı bir yapısı vardı, buna rağmen ablası yüzünden başına gelmeyen kalmıyordu. Bazen annesinin sırf Chloe'ye bakıcılık yapsın diye onu doğurduğunu düşünüyordu. Green ailesinin en katı kurallarından biri de maalesef buydu. Eğer aileden biri yanlış bir şey yaptıysa bunun cezasını tüm aile çekerdi. Yıllardır ailesi ne zaman Chloe'ye ceza verse Vanessa da payına düşeni alırdı. Şimdi ise Sam Green ya onu ya da ablasını kendi dünyasına çekmeye kararlıydı. Sinirleri bozulan Vanessa güldü. Uzun zaman önce ışığı unutmuştu, hangi karanlıktan bahsediyordu?

Sınıfın kapısının önünde durdu, dersin bitmesine sadece yirmi dakika kalmıştı. Derin bir nefes alarak yavaşça kapıyı açtı ve içeri girdi. Herkes Profesör Miller'ı dinlediği için kimsenin dikkatini çekmeden en arkada bir yere oturdu. Projeksiyondan bir şeyler anlatan adamı görünce yüzündeki gülümsemeye engel olamadı. Yaş takıntısı olduğu hâlde onu gördüğü günden beri aralarındaki yaş farkını bile görmezden geliyordu. Profesör otuz üç yaşındaydı ve Vanessa, gözlerini ondan alamıyordu. Bu sırada Profesör'ün kehribar rengi gözleri sınıfta geziniyor, sorduğu soruya cevap arıyordu. Ortalama bir boya sahipti, fit vücuduysa giydiği her şeyin üzerinde mükemmel durmasını sağlıyordu. Söz isteyen öğrencileri dinliyor, arada başını sallayarak tebessüm ediyordu. Her hareketini izleyen Vanessa, kendini onun etkisinden nasıl kurtaracağını düşünüyordu. Yeni bir skandala imza atmak istemiyordu fakat kalbine de söz geçiremiyordu.

Kalçasını masaya dayayan profesör kollarını göğsünde birleştirdi. "Evet," dedi. "Sömürge dönemi ve Tanrı kabileler hakkında verdiğim ödevin çevirisini kimler yapmaya başladı?" Bu soru karşısında kalabalık salondaki herkes el kaldırmıştı.

Herkesin dersine karşı ilgili olması onu mutlu etmişti. "Peki, kimler tamamladı?" Bu soruyu sorarken kimsenin el kaldırmayacağından emindi. İki gün önce verdiği on üç sayfalık çeviriyi bu kadar kısa zamanda kimse bitiremezdi.

"Ben bitirdim." Arka sıralardan gelen ince sesi duyunca başını yavaşça kaldırdı. Biri bitirmiş miydi? Kim olduğunu görünce hiç şaşırmadı, tabii ki Vanessa'ydı. Bu kız onun gelecek vadeden öğrencilerinden biriydi.

El kaldıran kızı daha iyi görmek için yerinde doğruldu. "Bitirdiğine emin misin?" diye sordu ona bakan öğrencisine.

Böyle bir soru duymayı beklemeyen Vanessa, kısa bir anlığına afalladı ama hızla kendini toparladı. "Emin olmadığım bir konuda konuşmam, Bay Miller," diye cevap verdi. İçinde kopan deli fırtınalara rağmen konuşurken kolay kolay tıkanmazdı.

Vanessa bir erkekten hoşlansa bile duygularını o kişi dâhil kimseye yansıtmaz ve kendi içinde yaşardı. Hoşlandığı adamın karşısında dili tutulan ve yanakları kızaran kızlardan değildi. Vanessa her konuda kendine güvenen biriydi. İçinde kopan hırçın fırtınaları asla dışarıya yansıtmazdı. Fakat bazen istisnalar olmuyor değildi. Verdiği cevaptan sonra Profesör küçük adımlarla onun yanına geldi. "Madem bitirdin, o zaman ödevini bana verebilirsin." Elini uzattığında Vanessa çantasından zor olsa da kırışmış dosyasını çıkartıp uzattı.

Dosyanın kapağına yapışmış çilekli sakızı gören Bay Miller, usulca sakızı yapıştığı yerden çıkartarak genç kızın masasına koydu. Vanessa sakızı hangi ara çantasına açık bir şekilde koyduğunu düşünürken bu sefer açılan dosyadan yere bir şey düştü. Hiç ifadesini bozmayan profesör yere eğildi ve gördüğü şey karşısında gülümsemesini son anda durdurdu. Parmak uçlarıyla tuttuğu pedi genç kızın masasına bıraktı. Anlaşılan Vanessa Green pek düzenli bir kız değildi. "Ödevlerinizden önce çantanızı düzenlemenizi tavsiye ediyorum, Bayan Green," dedikten sonra dosyayı incelemeden ona geri uzattı. "İçinden özel ihtiyaçlarınızın çıkmayacağına emin olduktan sonra bana getirebilirsiniz," deyip karşısındaki kızın renkten renge girmesini zevkle izledi.

"Ben..." diyen genç kız konuşmakta güçlük çekiyordu. "Onun oraya nasıl girdiğini bilmiyorum." Utançtan kafasını kaldıramıyordu. Bu olağanüstü bir durum değildi ama söz konusu Profesör olunca utanmıştı. Tam şu anda tıpkı deve kuşları gibi kafasını kuma gömmek istiyordu.

Ellerini genç kızın masasına koyan adam ona doğru hafifçe eğildi. "Olması gereken yer çantan dosyanın içi değil. Özel gününde olduğunu tüm sınıfa göstermek zorunda da değilsin."

"Ne? Tanrım, kimseye bir şey göstermek değil amacım. Ayrıca özel günümde de değilim." Kendini savunmak isterken aslında daha fazla dibe vurduğunu anlayınca utançla inledi. Susmak, bu durumda daha iyi olacaktı.

Geri çekilerek ona üstten bir bakış atan adam, eğlenen gülüşünü saklayamadı. "Bu bilgiyi bizimle paylaştığın için sınıfım adına teşekkür ederim," dediğinde genç kızın utançtan başını kaldırmadığını gördü.

Dosyayı aceleyle alan kız yerine oturdu. Herkesin ona güldüğünü görmesi utançtan ağlama isteğini artırıyordu. Az önce platonik bir şekilde âşık olduğu adama içinde ped olan bir dosya uzattığına inanamıyordu. Bir daha asla onun yüzüne bakabileceğini sanmıyordu. Eve gidip boğazı yırtılana kadar çığlık atmak istiyordu. Peter, onu daha fazla utandırmamak için yanından ayrılarak masasına gitti. Öğrencilerin hâlâ güldüğünü görünce, boğazını hafifçe temizleyerek mikrofonu dudaklarına yaklaştırdı. "Dersin bitmesine son beş dakika kaldı fakat öncesinde size küçük bir şey söylemek istiyorum. Size arada dil eğitimi veriyor olsam da bildiğiniz gibi asıl uzmanlık alanım psikoloji. Bu hafta sonu yeni araştırmam için farklı bir okulda olacağım. Aranızdan birinin araştırmamda bana yardım etmek için asistanım olmasını istiyorum," deyince sınıfın yarısı el kaldırmıştı.

"Araştırmam boyunca asistanlığımı yapan öğrencim hem bunun ücretini alacak hem de benimle birçok şey öğrenecek." Bu sefer bir kişi dışında tüm sınıf el kaldırmıştı, anlaşılan Bayan Green'in kafasını yerden kaldırmaya niyeti yoktu.

Şimdi söyleyeceği şey için özellikle tüm öğrencilere bakmıştı. "Araştırmam için gideceğim okul sıradan bir okul değil... Ötanazi Okulu," dediğinde havadaki eller anında inmişti.

"Profesör! O okul, ölüm okulu! Bu, çok tehlikeli olabilir," dedi arka sıralarda oturan bir öğrencisi.

Başka biri başını sallayarak onu onayladı. "O okul pek tekin değil. Gazetede okumuştum, okul hakkında korkunç şeyler yazıyordu. Bildiğiniz gibi sadece ismi 'okul'. Aslında bir cezaevinden farklı değil hatta daha tehlikeli. Orada mahkûmları diğer cezaevlerinde olduğu gibi bir hücreye kapatmıyorlarmış, gece saat on ikiye kadar tüm mahkûmlar okulun içinde ve bahçesinde serbest bir şekilde dolaşabiliyormuş. Üstelik normal hayatta bile yasak olan çoğu şey orada serbestmiş. Demek istediğim ne yapacakları belli değil, yani neden araştırmanız için farklı bir okul seçmiyorsunuz?" Ötanazi Okulunun adı bile herkesi korkutuyordu.

Oturduğu sandalyesinde arkasına yaslanan Peter, öğrencilerini korktukları için kınamadı. Haklıydılar, okul oldukça tehlikeliydi. Fakat mahkûmların oradaki psikolojilerini incelemek, yazmakta olduğu kitabı için oldukça önemliydi. Öyle bir okulda baskı altında olmaları, aynı zamanda diledikleri çoğu şeyi yapmak için özgür olmaları onları nasıl etkiliyordu? Psikolojileri normal bir insana göre ne hızla değişiyordu? Ve daha bunun gibi birçok sorunun cevabını bulmak, kitabı için oldukça önemliydi.

"Endişenizi anlıyorum ama orada güvenlik önlemlerinin üst düzeyde olduğunu göz önünde bulundurmayı unutmayalım," dedi her zamanki gibi ılımlı bir sesle. Sınıftakilerin hâlâ ona korku dolu bakışlar attığını görünce onların fazla üstüne gitmedi. Bu konuda kimseyi zorlayamazdı. Ders bittiğinde çıkabileceklerini söyledikten sonra masadaki evraklarını toplamaya başlamıştı.

Vanessa son beş dakikadır, duyduğu ismi idrak etmeye çalışıyordu. Ötanazi Okulu! Hiç görmediği kız kardeşinin öldüğü okul. Altı yıldır bu gerçeği göz ardı etmeye çalışsa da korkuları yeniden gün yüzüne çıkmıştı. Bir kız kardeşinin olduğunu altı yıl önce öğrenmişti ve aynı gün babası tarafından Ötanazi'ye sürgün edilen kız kardeşinin öldüğünü öğrenmişti. Chloe'yi bu kadar değiştiren o lanet haber! Altı yıl önce ansızın televizyonda Nicholas Green'in gayrimeşru bir kızı olduğuyla ilgili çıkan haberleri izledikten sonra şoke olmuşlardı. Hemen ertesi gün kimsenin yüzünü dâhi görmediği kızın ölüm haberi gelmişti. Nerede, nasıl ve neden öldüğünü kimse bilmiyordu. Sadece kayıp kızın ölüm haberi gelmişti. Babası gayrimeşru bir kızı olduğunu inkâr etmemişti, annesiyle neredeyse boşanıyorlardı. Babası, Türk kadınından olan kızını Ötanazi'ye gönderdiğini söylerken çok soğukkanlıydı, kızın oraya gittikten bir hafta sonra öldüğünü söylerken ise kalbinde hiçbir duygu barındırmıyormuşçasına konuşmuştu. Adını dahi bilmedikleri bu kızın, Ötanazi Okulunda öldüğünü sadece Green ailesi biliyordu. Medya ve diğer herkes ölümünden çok ölüm nedenini sorguluyordu.

Chloe, gayrimeşru bir kardeşin varlığı ile çıldırmış, herkesten nefret etmeye başlamıştı. Vanessa ise bugüne kadar bu konuda ne düşündüğünü hiç sorgulamamıştı. Ölen kardeşinin ona ne hissettirdiğinden ya da bu konuda düşünmesi gerekenlerden hep kaçmıştı. Ölen biri için üzülmek ya da mutlu olmak gibi duyguları hissetmeyi reddediyordu. Ayrıca o kız, babasının annesine olan ihanetinin bir meyvesiydi, belki de ölmesi en doğru olanıydı. Ondan sadece altı ay büyük olduğuna inanamıyordu. İkisinin aynı yaşta olması ondan daha çok nefret etmesine neden oluyordu çünkü babası o yıl annesini aldatmıştı. Sadece annesiyle değil, o kızın annesiyle de birlikte olmuştu.

Daha anne karnındayken ikinci kardeşe sahip olmuştu ve bu iğrenç bir şeydi. Ayağa kalktığında sınıfta yalnız olduğunu gördü. Herkesin gitmesi onun için daha iyiydi, böylece kimse dolan gözlerini göremezdi. Başı dönmeye başladığında koskocaman sınıf, üzerine geliyor gibi hissetti. Bacakları titredi, dizlerinin üzerine düştüğünde gözlerinden akan yaşları durduramadı. Ne zaman sinirlense bedeni kontrolü dışında tepkiler veriyordu. O kızın varlığı ortaya çıktığında Chloe ve Vanessa çok zorluk yaşamıştı. İnsanları susturmak hiç kolay olmamıştı ve şimdi o kötü anıları tekrar gözünde canlanıyordu. Telefonu çaldığında telefonu yavaşça çıkardı. Arayan kişiyi görünce gülümsememeye başladı. "Merhaba, amca," dedi ağladığını belli etmemeye çalışarak.

Onun neşeli sesini duyunca yüzünde küçük bir gülümseme oluştu. "Seni özledim, tatlım," diyen adamın sesinde gerçekten özlem vardı. Vanessa da onu çok özlemişti.

Gülüşü dudaklarında titrerken aldığı nefes göğsünde düğüm oldu. "Ne kadar oldu? Bana bir asır gibi gelen süre senin için nasıl geçiyor?" Yeniden dolan gözlerine engel olamadı. Onu, şu anda görmeyi ne çok isterdi. Amcası ona kendisini değerli hissettirebilen tek kişiydi.

Sıkıntılı bir iç çekişten sonra, "Bir yıl," diyen sesini duydu. "Bu sürede tek düşündüğüm, nasıl olduğundu, Vanessa." Bunu biliyordu, özlediği kadar özlendiğini biliyordu fakat bu, ondan çok uzakta olduğu gerçeğini değiştirmiyordu.

Daha fazla dayamadı ve "Erich, seni görmeye ihtiyacım var," dedi acı çeken bir sesle. "Sensiz yapamıyorum. Benim ne suçum var? Neden beni yokluğunla cezalandırıyorsun?" Dudaklarından çıkan hıçkırığa engel olamadı. Amcası onunla ilgilenen tek kişiydi ve şimdi o da yoktu.

"Ağlamaman konusunda yaptığımız anlaşmayı unuttun mu yoksa?" Muzip çıkan sesi sadece onu güldürmek içindi. "Ayrıca sana gönderdiğim hediyeyi almadın mı?"

İçten gelen bir kahkaha attı genç kız. "Dün elime ulaştı, yaşasın tek boynuzlu atlar," diyerek kıkırdadı. Erich ona pelüş oyuncaklar almaktan bir türlü vazgeçmiyordu.

"Tedavin nasıl gidiyor?" Aniden sorduğu soru Vanessa'nın somurtmasına neden olmuştu.

"Bir doktor olarak bunu en iyi sen biliyorsun, Erich Russell. Soyadını değiştirmen gerçeklerden kaçabileceğin anlamına gelmiyor." Bu konuda amcasına kızmadan yapamıyordu. Sırf büyükbabasına olan öfkesi yüzünden Green ailesiyle olan tüm bağlarını koparmıştı.

"Bu konuyu konuştuk ve seni gerçekten merak ediyorum."

"Benden ölümcül bir vaka gibi söz etmekten vazgeç, Doktor. Sen de iyi biliyorsun ki küçük bir depresyondu ve şimdi tamamen düzeldim." Altı yıl önce başlayan uyku problemi zamanla ani duygu geçişleri yaşamasına neden olmuştu. Fakat iyi bir psikoloğun rehberliğinde artık eskisinden daha iyiydi.

Erich sessizleşmişti. Amcasının sessizleşmesinin ne anlama geldiğini iyi biliyordu. Konuşmayı seven biri susuyorsa muhtemelen onu üzen bir şeyler vardı. "Sorun ne, amca?" dedi hâlâ yerde otururken. Çocukluğundan beri onu arkadaşı olarak gördüğü için nadiren amca diye hitap ederdi.

Erich Green, ya da yeni ismiyle Erich Russell, Green ailesinden sadece Vanessa ile olan bağını koparmamıştı. Ne zaman bir sıkıntısı olsa küçük yeğeniyle dertleşirdi. "Bir hastam var, Vanessa. Onun için bir şeyler yapmak istiyorum," dedi sesindeki hüznü saklayamadan.

"Seni engelleyen ne?" Psikoloji okuduğu için yeri geldiğinde tıpkı bir psikolog gibi karşısındaki kişiyi konuşturmayı ve rahatlatmayı iyi biliyordu.

"Çok fazla şey… O, ölüyor ve ben sadece izliyorum." Amcası bugüne kadar ona hiç hastalarından bahsetmemişti. İster istemez aklına farklı bir soru takıldı. "Senin için özel biri mi?" Bu soruyu sorduğunda Erich'in güldüğünü duydu. "Evet, benim için özel biri ama düşündüğün anlamda değil. O benim için senden ya da Chloe'den farklı değil," diye cevap vermişti.

Kafası iyice karıştığı için bu konu dikkatini çekmiş gibi yere bağdaş kurarak oturdu. "Şu özel hastanın nesi var?" Nedense aniden bunu öğrenmek istemişti.

Ve yine rahatsız edici bir sessizlikten sonra gelen derin bir ses... "Kalp hastası ve ona uygun bir donör bulamıyoruz. Elimizde onlarca kalp var ama hiçbiri ona uygun değil, böyle devam ederse onu daha fazla hayatta tutamayız."

"Kaç yaşında?" Bu hastayı neden bu kadar merak ettiğini anlamaya çalışıyordu.

"Yakın zamanda yirmi bir yaşına girdi." *Çok genç, hatta daha çocuk sayılır,* diye geçirdi içinden. Onunla aynı yaştaydı.

Vanessa kendisini her zaman olduğundan daha olgun görürdü. Ona göre yirmi bir yaşındaki bir kızın bedenine sıkışıp kalmış yaşlı bir ruh taşıyordu. Bulunduğu ortamlarda daima az ve yerinde konuşurdu. Yaşıtları gençliğinin getirisi olan çılgınlıklar yaparken onun tek çılgınlığı uslanmaz ablasını korumaktı. Erich'in gerçekten üzgün olduğunu anlayınca onu neşelendirmek için kendince bir espri yaptı. "Neden benim kalbimi almıyorsun? Bakarsın aranan kalp benimkidir," dedi gülerek. Bu şakayı ileride neler yaşayacağını bilmeden yapmıştı.

"Kes şunu, Vanessa Green!" Amcasının uyarı taşıyan öfkeli sesini duyunca kahkaha attı. "Kızma hemen," dedi umursamaz bir sesle. "Hem bende bir işe yaramıyor, belki o kızın işini görür."

"Hâlâ mı Profesör'e âşıksın?" Vanessa da tıpkı Erich gibi kimseye anlatmadığı şeyleri sadece ona anlatırdı. Erich otuzuna merdiven dayamış olsa da Vanessa için amcadan ziyade sadık bir arkadaştı.

"Az önce pedlerimden birini elinde tutuyordu," dedi yarı utanç, yarı şakayla karışık.

Telefonun diğer ucundan bir kahkaha sesi geldi. "O şeyi tutmasına nasıl sebep olduğunu merak etmiyorum."

Erich'in gülmesine dayanamayan Vanessa da kendi içler acısı hâline güldü. "Sanırım bir süre ona görünmesem iyi olur." Sesi bu durumdan rahatsız olmuş gibi çıkmıştı. Onu görmeden bir gün bile geçirmeyi düşünemiyordu.

"Vanessa?" Erich'in ciddi tavrı ile Vanessa gülmeyi bıraktı.

"Seni dinliyorum." Amcasının bir sıkıntısı olduğunu fark etmişti, ona yardımcı olmak istiyordu.

"Vanessa, buraya gelmeni istiyorum. Onun çok fazla zamanı yok, ölmeden önce seninle tanışmasını istiyorum." Sertçe yutkunan genç kız yerinde kaskatı kesilmişti. Bu da neydi şimdi?

"Be-Ben anlamıyorum, yani neden hastanla tanışmamı istiyorsun?" Ters giden bir şeyler olduğunu hissetti. Gerginlikten elleri titremeye başlamıştı.

Erich'in iç çeken sesi daha çok korkmasına neden oldu. "Bunu sana telefonda söylemek istemezdim fakat yüz yüze yapabileceğimi de sanmıyorum." Erich susunca Vanessa konuşmanın devamını getirmediği için ona kızdı. Merak etmeyi sevmiyordu.

"Lütfen konuş," dedi ne duyacağını bilmeden.

Yine uzun bir sessizlikten sonra onun sesini duydu. "Vanessa, bak, bu anlattıklarımı kimse bilmeyecek; özellikle baban ve büyükbaban bilmemeli. O, şu anda Ötanazi Okulunda, senin de buraya gelmeni istiyorum. Buraya geldiğinde seni farklı bir isimle ona tanıtacağım. Henüz senin kim olduğunu öğrenmeye hazır olduğunu sanmıyorum. Korkarım ki kalbi bunu kaldıramaz." Vanessa iyice tedirgin olmuştu. Özellikle Ötanazi ismini duymak onu deliye çeviriyordu.

Boştaki eliyle saçlarını stresten karıştırırken, "Kim?" dedi. "Lanet olsun, beni korkutmayı bırak ve o hastanın kim olduğunu söyle!" diye bağırdı boş sınıfta. Aslında içten içe kimden bahsettiğini biliyordu fakat kabul etmek istemiyordu.

"Vanessa, önce sakin ol."

"Erich Green, bana o hastanın kim olduğunu derhâl söyle!" Sesi son derece öfkeli olan Vanessa cevabını almıştı. "Yeşil! Hastamın adı Yeşil Başar ya da Green! Ölmek üzere olan hastam, senin kız kardeşin! Vanessa, küçük kardeşinin sayılı günleri var ve onunla tanışmak istiyorsan bu son şansın." Telefon elinden kucağına düşerken gözlerini irice açmıştı. Yeşil mi?

Yeşil Başar!

Kız kardeşin!

Ölüyor!

Beyninin içinde hep aynı kelimeler yankılanıyordu. Genç kız, nefessiz kaldığını hissetti. Bunun olması mümkün değildi. "Öl-Ölmüştü," dedi fısıltıyla. Gözleri istemsiz bir şekilde dolarken ne için ağladığını bile bilmiyordu. Düşünme yetisini kaybetmiş gibiydi, ağlamaktan başka bir şey yapmıyordu. Kardeşi yaşıyor muydu? Yaşıyordu fakat buna sevinemiyordu. Neden? Neden tam şu anda duygusuz hissediyordu? Neden annesi aklına geldikçe korkuyordu? Neden yaşadığına sevinmediği bir kızın ölecek olmasına üzülüyordu? Duyguları o kadar karmaşık bir hâle gelmişti ki, birbirlerine savaş açmış gibi kıyasıya yarışıyorlardı. "Yeşil" demişti amcası, adı Yeşil miydi? Adı babasının soyadının Türkçesiydi. Ölüyor muydu? O kızın varlığını da yokluğunu da altı yıl önce böyle bir günde öğrenmişti. Şimdi tarih tekerrür ediyordu sanki. Yine sadece bir gün içinde varlığını ve kısa süre sonra öleceğini öğrenmişti. Bütün bunlar bir kâbus olmalıydı.

Kucağındaki telefonda amcası hâlâ bir şeyler söylüyordu. İyice kendinden geçmişti, çığlık atarak elindeki telefonu duvara fırlattı. Ellerini saçlarına geçirip acı içinde bağırmaya başladı. Ne yapması gerektiğini kestiremiyordu, deliriyordu sanki. Bu bilgi tüm dengesini bozmuştu. Yumruk yaptığı ellerini soğuk zemine vurup ağlamaya başladı. "Yalan! O öldü!" diye bağırdı. "Yaşıyor olamaz!" Yaşamamalıydı. Belki bu acımasızlıktı ama onlara yaşattıklarından sonra o yaşamamalıydı. Gölgesi bile tüm ailesinin üzerine kara bulut gibi çökmüşken bir gün çıkıp gelme ihtimali ailesinin üzerinde ne gibi etkiler yaratacak, kestiremiyordu. Vanessa onun yaşadığını duyunca hiç mutlu olmamıştı. Bu habere sevinecek tek Green, ablası Chloe'ydi.

Peter Miller, telefonunu sınıfta unuttuğunu fark edince okuldan çıkmadan hemen geri döndü. Sınıfın kapısının önüne geldiğinde içeriden gelen sesleri duydu. Büyük bir merakla kapıyı açtığında gördükleri kısa bir an afallamasına neden olmuştu. Öğrencilerinden biri yerde oturuyor ve hıçkırarak ağlıyordu. Parçalanan telefonu gördü, genç kızın aldığı kesik kesik nefesleri duydu. Bunlar genç kızın sinir krizi geçirdiğini gösteriyordu. Adımlarını aceleci bir şekilde yerdeki kıza doğru yöneltti. Diz çöküp, yüzüne bakınca onu hemen tanıdı. Bugün dersine geç kalan, aynı zamanda o dağınık dosyanın sahibiydi bu kişi. Yerde yumruk olan ellerinin kızaran boğumları dikkatini çekti. "Siz iyi misiniz, Bayan Green?" dedi temkinli bir sesle. Fakat genç kız onu duymuyor gibiydi. Sürekli ağlıyor ve bir şeyler fısıldıyordu.

Elini uzatıp onun yumruk olan ellerini tuttu. Bu temasıyla ağlamayı bırakan öğrencisi, kızaran gözlerini ona çevirdi. Elini çekmeye çalıştığı esnada, "Sakin ol, sorun yok," diyerek onu sakinleştirmeye çalıştı. Kendisini tekrar yaralamasını istemiyordu.

Yumruk olan sağ elini açmaya çalıştı fakat Vanessa elini öyle bir sıkıyordu ki tırnakları avuçlarının içine batmıştı. "Rahatlamaya çalış ve bana izin ver," dedi. "Bedenini kasmayı bırakmalısın." Hıçkırmaktan konuşamayan genç kız başını olumsuz anlamında salladı. "On-Onlar açılmıyor." Küçük bir çocuğun sitemini taşıyan bu sözler Profesör'ün tebessüm etmesini sağlamıştı. "Sinir boşalmasıydı, hepsi bu. Şimdi seni ağlatan şeyi aklından kısa bir süreliğine çıkar ve bana bak." Mesleği gereği bu durumdaki vakalarla nasıl iletişim kuracağını iyi biliyordu.

Dikkatli bir şekilde eli bir süre onun parmaklarının üzerinde oyalandı. Kasılan sinirleri gevşetmek için tedbirli bir şekilde parmaklarını açmaya başladı. Her iki elini açmayı bitirdiğinde avuçlarındaki tırnak izlerini gördü. Hilal şeklindeki izler çok kötü görünüyordu. Başını kaldırıp onu izleyen kıza baktı. "Krem sürsek iyi olur." Kollarından tutarak ayağa kalkmasına yardım etti.

Vanessa, karmaşık duyguların esiri olmuş bir hâlde ona bakıyordu. Bir yıldır ilk kez onunla bu kadar uzun konuşmuştu. "Gerek yok, Bay Miller. Ben gitsem iyi olacak." Onun karşısında zayıflığını daha fazla göstermek istemiyordu.

Kendisini güçlükle toparlayarak yerdeki çantasını aldı. Parçalanmış telefonu aceleyle çantasına koyarken avuçlarındaki acıyla inledi. Ne zaman kontrolünü kaybetse avuçlarını hep bu hâlde buluyordu. Gitmek için bir adım atmıştı ki Peter kolundan tutarak onu durdurdu ve "Bu daha önce de oldu mu? Ayrıca bileklerindeki izlerin sebebini öğrenebilir miyim?" deyince yerinde kaskatı kesilen kız, hızla kolunu çekti. Adamın bunu bilmesine gerek yoktu.

Bileklerindeki izleri gizlemek için özel bir makyaj ürünü kullanıyordu. Yakından bakıldığında bile kolaylıkla fark edilmeyen izleri nasıl görmüştü? "Şey, kazaydı," diye bir şeyler geveledi. "Bileğimdekiler sadece küçük bir kazaydı ve daha önce böyle bir şey olmadı," diye açıklama yapınca, gözlerini kısarak onu izleyen adamın bakışlarından nasıl kaçacağını düşündü.

Peter insan psikolojisinde doktora yapmıştı, duyduklarının yalan olduğunu biliyordu. "Pekâlâ, öyle olsun fakat konuşmak istersen..." demişti ki Vanessa hızla onun sözünü kesti. "Hayır! Yani evet ama yine de hayır." Saçmaladığını fark ettiğinde buradan gitmeyi daha akıllıca buldu. "İyi günler, Bay Miller," dedikten sonra hemen kapıya doğru yürüdü.

Sınıftan çıktığında arkasında bıraktığı Profesör'ün onun hakkında ne düşündüğünü merak etti. Vanessa duygularını gizleyememekten korktuğu için onunla konuşmayı göze alamıyordu. Kampüsten çıktığında, arabanın yanında altı koruma görünce sıkıntıyla yüzünü buruşturdu. Ona kapıyı açan şoförün yanında durup kaşlarını çattı. "İki koruma bile fazlaydı, altı ne demek oluyor?" Babasını bir türlü anlayamıyordu. Chloe'nin tek bir koruması varken onun altı tane vardı. Üstelik Chloe gibi başını belaya sokacak yerlere gitmek yerine sadece ev ve okul arasında gidip geliyordu. Bu kadar tedbirin amacı neydi? Babası onu kimden veya kimlerden korumaya çalışıyordu? Peki, bu altı adam yeterli miydi onu korumaya? Vanessa hiçbir zaman babasının masum kızı olmamıştı. O kadar çok pis işe karışmıştı ki peşindeki adamların haddi hesabı yoktu. Kimseden korkmuyor, özgürce gezip tozmak istiyordu ancak babası onunla aynı fikirde değildi. Vanessa'nın peşine adam takarak onu büyükbabasının karanlığından kurtaramazdı. Işığın anlamını öğrenebilmek için önce karanlığın içinden geçmek gerekiyordu. Vanessa karanlığın içine dalalı çok olmuştu, görünürde ışık da yoktu. Yine de çabalıyordu. Büyükbabasından uzak durup, tekrar okula ağırlık vererek kendisi için bir şeyler yapmaya çalışıyordu. Vanessa'yı bekleyen iki gelecek vardı. Ya büyükbabasının küçük vârisi olarak yeraltı dünyasına atılacak ya da hep hayalini kurduğu gibi fotoğraf makinesiyle dünya turuna çıkacaktı.

"Evet," dedi. "Neden korumaların sayısı birdenbire arttı?"

Üç yıldır onun şoförlüğünü yapan Benjamin, ellerini saygıdan göbeğinin altında birleştirdi. "Bu konuda bir bilgim yok, efendim," deyince bu konudaki muhatabının babası olduğunu anladı.

Açılan kapıdan tam içeri geçiyordu ki başını sağa çevirmek gibi bir hata yaptı. Profesör Miller'ın arabasının yanında olduğunu gördü. Ona, daha doğrusu yanındaki korumalara baktığını görünce utancından ağlamak istedi. Bir günde daha ne kadar rezil olabilirdi ki? Bakıcıları olmadan adım bile atamayan bir kız çocuğu gibi görünmek istemiyordu. Peter'ın kehribar rengi gözlerine son kez baktıktan sonra hızla arabaya bindi.

Yola çıktıklarında şoförün yanında oturan korumaya seslendi: "Bana telefonunu ver, Max. Benjamin, arabayı sağa çek, eve gitmiyoruz." Ses tonunun fazlasıyla emredici çıktığının farkında bile değildi.

Max'ten aldığı telefondan Chloe'nin yakın koruması King'i aradı. Telefon anında açılınca derin bir nefes aldı. "Bana onun nerede olduğunu söyle, King." Büyükbabasından hoşlanmasa da ondan bazı huyları aldığı ortadaydı: Çalışanlarla konuşurken tıpkı büyükbabası gibi sert bir tavır takınıyordu.

Adresi alıp telefonu yeniden uzattı. "Mesajda yazan adrese gidelim, Benjamin," dedikten sonra arkasına yaslandı. King adresi atınca kontrol etme gereği duymamıştı çünkü gece kulüplerinden birine gittiklerini biliyordu. Şimdi geriye, ablasını eve götürmek kalmıştı.

Akşam saat dokuz olmasına rağmen Chloe'yi hâlâ eve gitmek için ikna edememişti. Körkütük sarhoş olan kız, sinir bozucu arkadaşlarıyla içmeye devam ediyordu. İnsan kalabalığından rahatsız olan Vanessa yanında duran adama baktı. Yirmi beş yaşındaki Avustralyalı genç adam Chloe'nin elini tutan sevgilisine öldürücü bakışlar atıyordu. "Ona neden hâlâ vurmadığını anlamıyorum, King. Sen de biliyorsun ki Chloe'yi aldatıyor," derken gülüşünü saklamaya çalıştı. King'in Chloe'ye olan duygularının farkındaydı.

Bakışlarını Chloe'nin sevgilisi Richard'tan çeken koruma, "Benim işim Bayan Chloe'yi korumak, efendim. Onun özel hayatına müdahale etmek değil," deyince Vanessa güldü. Asla işini ve duygularını birbirine karıştırmıyordu.

King'i bu yüzden seviyordu. İkisi de platonik olarak birilerine âşıktı ve duygularını gizlemekte çok iyilerdi. "Ben arabaya gidiyorum, bu müziğe daha fazla dayanabileceğimi sanmıyorum. Sen de git, Chloe'yi o masadan kaldırıp dışarıya getir." Gözlerini genç adamın kahverengi gözlerine dikti. "Sana rica et demiyorum, gerekirse o baş belasını zorla çıkar buradan. Merak etme, kovulmayacağını garanti ediyorum," dedikten sonra insanların arasından geçip dışarıya çıktı. Bu gürültülü mekânda çok bile kalmıştı.

Vanessa dışarı çıkıp arabasının yanında onu bekleyen korumalarına doğru yürüdü. Saatini kontrol ettiğinde büyükbabasının çoktan gelmiş olacağını düşündü. Yaklaşık iki dakika sonra gece kulübünün kapısında duyduğu çığlıklara karşılık dudakları kıvrıldı. King'in omzunda baş aşağı sallanan kız kardeşinin çığlıkları, Vanessa'yı kahkahalara boğmuştu. Yanında duran adam Chloe'yi yavaşça indirdiğinde yerinde sendeleyen kızı son anda tuttu. Kaşlarını çatan Chloe hızla onun ellerinden kurtardı kendini. "Bana bir daha dokunmaya cüret bile etme!" diye bağırırken işaret parmağını öfkeyle korumaya doğru sallıyordu. "Bu saygısızlığın yüzünden kovuldun!"

"Böyle bir şey olmayacak, şimdi bin şu arabaya." Chloe duyduğu tanıdık sese doğru başını çevirdi, Vanessa'yı görünce daha çok sinirlendi.

"Seni ucube!" diyerek kardeşinin üzerine yürüdü. "Daha kaç kez hayatıma karışmaman gerektiğini söyleyeceğim!" Sarhoş olduğu için kelimeler parça parça çıkıyordu dudaklarından.

Chloe'nin bu tavrına alışkın olan Vanessa, "King, şunu arabaya bindir," dedi ve Chloe'nin bağırışlarını dinlemeden kendi arabasına bindi.

Yolda iki kez benzin istasyonunda durmak zorunda kalmışlardı. Chloe midesini boşalttıktan sonra kendisine gelebilmişti. Şehrin göbeğinde olan evlerinin önünde durduklarında büyük demir kapı onlar için açılmıştı. Dört araba bahçeye girince bahçedeki korumalar kızların geldiğini anladılar. En öndeki arabada inen Chloe, büyükbabasının yirmiden fazla adamının arasından hızla geçti. Kapıda durup arkasına baktığında Vanessa'nın daha yeni indiğini gördü. Korumaları gören kardeşinin yüzünü ekşitmesini zevkle izledi. Fakat hemen sonra onu şoka uğratan bir şey gördü.

Vanessa omuzlarını dikleştirdi ve kendinden emin bir şekilde yürümeye başladı. Onun geldiğini gören tüm adamlar ceketlerinin önünü düğmelediler ve başlarını öne eğerek ona saygılarını sundular. Bu sahnenin bir benzerini büyükbabası onların yanından geçerken de görmüştü. Bu adamlar Sam Green'in adamlarıydı. Babası bile geçerken başlarını eğmeyen adamlar, küçük kardeşine saygıda kusur etmiyorlardı. Hızlı bir şekilde geçmişe yolculuk yapınca son altı yıldır bu manzaranın hep böyle olduğunu fark etti. Altı yıldır Sam Green'in adamları küçük kardeşine saygıda kusur etmiyorlardı. Her biri özel eğitim almış adamlardı ve patronları dışında kimseye itaat etmezlerdi. Hatta babası Enerji Bakanı Nicholas Green'e bile. Sam Green yaşlanıyordu ve müttefikleri vârisini belirlemesi için ona baskı yapıyordu, düşmanları da kan dökmek için varisin belirlenmesini bekliyordu. Yeraltı dünyasının korkulan mafyalarından biri olan Sam Green'in yerine geçecek vâris, herkes tarafından merak ediliyordu. Şimdi büyükbabasının ikiye ayrılan adamlarına ve onların arasından dimdik bir şekilde yürüyen kardeşine bakınca gerçeği daha iyi anlıyordu. Sam Green'in adamları kendi patronlarını çoktan seçmişlerdi. Bu adamlar paraya değil, güce itaat ederdi.

"Bu da ne demek?" diye sessizce mırıldanırken Vanessa çoktan onun yanına gelmişti.

"Anlamadım," diyen kız kardeşine kaşlarını çattı. "Biliyordum!" diyerek kolunu sertçe sıktı. "Sen inkâr etsen de bu işin içinde olduğunu biliyordum!" diye bağırdı.

Hiçbir şey anlamayan Vanessa şaşkınlığını gizleyemedi. "Chloe, sorun ne?" Aniden yediği tokat yüzünden başı sağ omzuna doğru düştü.

Vanessa'nın yediği tokat yüzünden anında tüm korumaların kaşları çatılmıştı. Onlara bakıp daha fazla sinirlenen Chloe, kardeşini omuzlarından tutarak sertçe itti. "Sen pisliğin tekisin! Senden nefret ediyorum, Vanessa Green çünkü Sam Green'den hiçbir farkın yok!" diye bağırırken Vanessa elini sızlayan yanağından çekti. Bu konuşmanın yeri burası değildi. Bu kadar adamın yanında ağlamamak için kendini zor tuttu. Derin bir nefes aldı ve "İçeri geçelim, Chloe," dedi duygudan yoksun bir sesle.

Sinirden kahkaha atan Chloe, "Bana emir verme!" diye bağırdı ve aceleyle cebindeki telefonu çıkardı.

Vanessa yaşadıklarının nedenini bildiği için sustu. Chloe bir suçlu arıyordu ve Vanessa yıllardır susarak ona o suçluyu veriyordu. Chloe, "Merhaba, Profesör," deyince kız kardeşinin telefonla kiminle konuştuğunu merak etti.

Gözlerinin içine bakarak sırıtan Chloe'nin ne yapmaya çalıştığını anlayamıyordu. "Sizi bu saatte rahatsız ettiğim için üzgünüm, Profesör Miller fakat bu bekleyemezdi." Miller soyadını duyan Vanessa, korkuyla Chloe'ye baktı. Yine neyin peşindeydi?

Chloe onun gözlerinin içine baktı ve "Janet bana Ötanazi Okuluna gideceğinizi söyledi. Eğer sizin için de bir sakıncası yoksa asistanınız olmak istiyorum," deyince Vanessa beyninden vurulmuşa döndü. Bunu ona yapamazdı.

O kızın olduğu yere mi gidecekti?

"Bu harika! Çok teşekkür ederim, Profesör. Yarın okulda bana bu konu hakkında kısa bir bilgi verirseniz sevinirim," dedikten sonra telefonu kapatmıştı.

"Se-Sen ne yaptın?" Vanessa şoka girmiş gibiydi, konuşamıyordu. Bunu gerçekten yapmış olamazdı.

Chloe, kardeşinin bu korku dolu hâlinin sebebini biliyor ve bu hâlini görmekten zevk alıyordu. Ölen küçük kardeşlerine mezar olan yere gitmesini istemiyordu. "Senden ve bu evdekilerden kısa süreliğine kurtuluyorum. En azından hafta sonları da olsa sizi görmeyeceğim!" Vanessa'dan kurtulmanın tek yolu buydu çünkü kardeşinin, peşinden gelmeye cesaret edemeyeceği tek yer orasıydı.

Chloe gülerek, "Şimdi yapabiliyorsan peşimden gelmeyi dene," dedikten sonra eve girdi. Ötanazi ona kötü şeyler hatırlatsa da Vanessa'nın acı çekmesi için bu gerekliydi.

Yaşadığı şoktan dolayı başı dönen Vanessa çaresizce inledi. Chloe ondan kurtulmak için o okula gidiyordu ancak bilmediği bir şey vardı: Öldü sandığı kardeşi hâlâ oradaydı. İkisinin beklenmedik karşılaşması bir felaket olurdu. Chloe ve Yeşil bir araya geldiğinde olacakları düşünemiyordu. Bu karşılaşmayla Chloe'nin hayatı tepetaklak olurdu. Vanessa sadece okulunu bitirmek istiyordu fakat Chloe oraya giderse karşısına bir engel daha çıkacaktı. Bir şekilde buna engel olmalıydı ama nasıl?

Arkasında duran King'den telefonunu isteyip vakit kaybetmeden amcasını aradı. Telefon açıldığında hızlı hızlı nefesler alırken, "Erich!" dedi. "Chloe oraya geliyor! Nasıl yaparsın, bilmiyorum ama o kız ile Chloe'nin karşılaşmasını engellemek zorundasın," dedi korku içinde. Eğer o kızın varlığı tekrar ortaya çıkarsa Green ailesini yeni felaketler bekliyor olacaktı.

Vanessa bir şekilde bunun olmasını engellemeliydi.

11

KALBİNE İNAT!

"Ölüm herkesin ortak korkusuydu. Kimilerine yaşadıkları az gelirdi, kimilerine ise fazla ancak ölüm gelip onları bulduğunda, hepsinin tek bir ortak bahanesi vardı: Daha çok erken."

12 Yıl Önce…

"Yeşil, uyan!" Annemin telaşlı sesini duyunca gözlerimi açtım.

Elinde küçük bir çanta vardı. Dolabımı açtı ve hırkamı çıkarıp aceleyle bana giydirdi. "Anne, ne oluyor?" dedim uyku akan gözlerle fakat annemin bir türlü işaret dilini öğrenemediğini unutmuştum. Hırkamın fermuarını çektikten sonra beni yataktan çıkardı. Paniklemiş gibi elleri titriyor ve hızlı hızlı nefesler alıyordu. "Gidiyoruz, Yeşil! Seni onlara vermeyeceğim!" dedi gözleri dolarken.

Onların kim olduğunu sormama fırsat vermeden elimden tuttuğu gibi beni odamdan çıkardı. Evden çıktıktan sonra karanlık bir sokağa girdik. Nereye gittiğimizi bilmiyordum ama anneme yetişmekte güçlük çekiyordum. Karanlık ara sokaklara giriyor, sürekli arkasına bakıp duruyordu. Koşarken elimi öyle bir sıkıyordu ki canımı yaktığının farkında bile değildi. Nefessiz kalınca, zor da olsa elimi ondan kurtarıp dizlerimin üzerine düştüm. Elimi kalbime bastırıp acısı geçsin diye beklerken annem önümde diz çöktü. "Yeşil, kalk!" dedi telaşla. "Gitmemiz gerekiyor, peşimizdeler!" Bağırarak bana yalvarmasına başımı olumsuz anlamında sallayarak karşılık verdim. İstesem bile göğsümde atan yeni kalbim izin vermiyordu devam etmeme.

Üzerimde pijamalarım vardı, giyinmeye bile fırsatım olmamıştı, bu yüzden defterimi de yanıma alamamıştım. Ona koşamayacağımı bir şekilde anlatmalıydım. Yüzümü ellerinin arasına alarak ağlamaya başladı. "Şimdi beni dinle, Yeşil'im," diye fısıldadı. "Sen yedi yaşındayken kalbine bunu yapan adamlar peşimizde. Kalbin için geri geldiler, Yeşil, seni benden alacaklar," diye ağlamaya başladı. "Kalk! Sana yalvarıyorum benim için kalk!" Annem ağladığında saç diplerime kadar korkuyla ürperdim. Aceleyle kendimi toparladım. Evet, zor oldu ama ayağa kalkabildim. Şimdi annemin neden bu kadar çok korktuğunu anlayabiliyordum. O adamlar çok kötüydü. İki yıl önce bana yaptıkları şeyler aklıma gelince ağlamamak için kendimi zor tuttum. Bu sefer annemin elini daha sıkı tuttum ve yeniden koşmaya başladık. Her adımda daha çok yanıyordu canım. Fakat o adamların eline düşmektense nefessiz kalarak ölmeyi yeğlerdim. Sokağın bitişiğindeki yola çıktığımızda siyah bir araba görünce aniden durduk. Annem yutkunarak beni arkasına çekti. Kendini bana siper ederek arabaya bakıyordu. Araba bir sokak lambasının altında durduğu için gece olsa bile arabayı görebiliyorduk.

Annemin bacaklarının arkasından kafamı uzatıp arabaya bakmaya başladım. Şoför kapısı açıldığında içinden otuzlu yaşlarda sarışın biri çıktı. Anneme ve bana bakarak rahatlamış gibi bir nefes verdi. "Şükürler olsun yaşıyorsunuz," dediğinde annem daha çok ağlamaya başladı. "Levent, kızım!" dedi ona yalvararak. "Onlar kızımın peşindeler!" dedi hıçkırıkların arasından.

Annemin Levent dediği kişi başını sallayarak hızla yanımıza geldi. "Biliyorum, Handan Hanım," dedi. "Buraya sizi daha güvenli bir yere götürmek için geldim." Aniden beni kucağına alınca korkuyla onu itmeye çalıştım.

"Yeşil, o bizim tarafımızda." Annem huzursuzluğumu anlamış gibi bana açıklama yapınca kıpırdamayı bıraktım.

"Hemen gidelim." Beni kucağına alan adam konuştuğunda annem aceleyle başını salladı.

Daha arabaya doğru iki adım atmıştık ki üst üste üç kez silah sesi duydum. Nefesimi tuttuğum esnada annemin acı çığlığı kulağıma geldi. "Handan Hanım!" Beni daha sıkı tutan adamın bağırışıyla yutkundum. Ellerimi omuzlarına, bastırıp korkarak annemin olduğu yere baktım.

Annemi yerde kanlar içinde görünce benim için dünya tersine dönmüş ve kıyamet kopmuştu. *"Anne!"* diye bağırdım sanki sesim çıkacakmış gibi. Lakin dudaklarımı kıpırdatmaktan ileriye gidemedim. Yere atlamak istedim ama beni tutan kollar buna izin vermedi. Annemin etrafında nefret ettiğim kandan küçük bir göl oluşmuştu. En çok kan, kafasının olduğu yerdeydi. Hareket etmiyordu, gözleri açık bir şekilde öylece yatıyordu ama hareket etmiyordu. Yüzü kandan görünmüyordu ve alnında bir delik vardı. "Kurşun kafasından girip alnından çıktı," dedi beni tutan adam. "Onun için yapacağımız bir şey kalmadı, Yeşil." Levent denen adamın acı çekercesine söylediği şeyleri anlamıyordum. Annemin gözleri açıktı. Belki hareket etmiyordu ama gözleri açıktı işte! Yaşıyordu, değil mi? Gözleri açık olduğuna göre yaşıyordu, değil mi? Filmlerde ölen insanların gözleri hep kapalı olurdu ama benim annem bana bakıyordu.

Tırnaklarımı öfkeyle adamın yüzüne geçirdiğimde beni bırakmak zorunda kaldı. Yere atlar atlamaz, koşarak anneme sarıldım. *"Anne bir şey söyle!"* Sesimin çıkmaması umurumda bile değildi çünkü o, beni hep anlardı.

Kanlar içinde kalmış başını kucağıma alıp ağlamaya başladım. Ne kadar da çok kan vardı. Yüzünü kandan dolayı göremiyordum. Hıçkırıklarla ağlarken küçük ellerimle yüzünü silmeye çalıştım. Bu kırmızı su yakışmamıştı annemin güzel yüzüne. *"Anne, lütfen!"* Tam şu anda kendimden nefret ettim. Belki o çok duymayı istediği sesimi duysa bana cevap verirdi. Fakat ben bunu ona hiç yaşatamamıştım. Kendimi zorladım konuşmak için. Annemin kanlı yüzünü göğsüme bastırırken ona sesimi duyurmak için kendimi zorladım. Olmadı, yapamadım ama yapmalıydım! Annem sesimi duyunca buna kayıtsız kalamaz, bana gelirdi. Lakin ben onu geri getirmek için sesimi bulamıyordum. Göğsüm onun ılık kanıyla ıslanırken ona duyuracak sesimi bulamıyordum. Kurşun sesleri çoğalmıştı fakat bunlar umurumda değildi. Annemin başı dizlerimdeydi, kafasını göğsüme bastırarak üzerine eğilmiştim. Küçücük bedenimi ona siper ederek etrafımdaki kurşun yağmurundan kurtarmaya çalışıyordum. Bilmiyordum ki artık korunmaya ihtiyacı olmadığını. Henüz dokuz yaşımdaydım, çoktan ölmüş birini koruyamayacağımı bilmiyordum. Bunu ileride öğrenecektim. Her kan gördüğümde annemin kurşundan delinen alnını ve kanlı yüzünü hatırlayarak öğrenecektim. Türkiye'de geçirdiğim bu son gecemde bunu bilmeyecektim. Fakat bu geceden sonra Amerika'ya olan yolculuğum bana bunu öğretecekti. Daha sonra tıpkı dalından kopmuş bir yaprak gibi Amerika'dan Alaska'ya savrulurken öğrenecektim ölümü. Bir ölüm okuluna sürgün edildiğimde böyle bir gecede kimsesiz kaldığımı öğrenecektim. Yaşananlar sinsi bir yılan gibi her gece kâbuslarıma çöreklendiğinde çığlık çığlığa gerçeklere uyanacaktım.

Bu gece değildi ama ileride annesizliğin ne demek olduğunu anlayacaktım.

"Oradalar, acele edin!" Arkamdaki sokaktan sesler gelince anneme daha sıkı sarıldım. Levent, "Yeşil, gitmeliyiz, geliyorlar!" deyince ağlayarak başımı iki yana salladım. Bu adam gitsin istiyordum, herkes gitsin... Sadece annem ve ben kalayım istiyordum.

Dudaklarımı kanla yıkanmış yanağına bastırdım. *"Anne, bana bunu yapma."* Sessiz kelimelerim boğazıma kadar geliyor lakin dudaklarımdan çıkmıyordu. *"Anne, uyan artık. Bak, gitmeliymişiz. Ne olur uyan!"* Sessiz yakarışlarımı duymalıydı. Neden uyanmıyordu?

"Uyan anne, uyan!" Yüzünü avuçlarımın arasına alıp onu sarsmaya başladım. Ağlamam şiddetlendiğinde aldığım nefesler bana acı vermeye başladı. *Lütfen uyansın.*

Alnına dikkatli bakınca gözlerim irice açıldı. Alnındaki açıklıktan o kadar çok kan akıyordu ki korkudan titremeye başladım. Annem kanıyordu! Şoka girmiş bedenim bu yarayı yeni kavramış gibi acıyla kıvranıyordu. Hızla ellerime baktım, ellerimde de kan vardı. Kıyafetimde, boynumda hatta dudaklarımda bile annemin kanı vardı. Ölmüştü! Ölmüştü ve kanı üzerimdeydi. Öldüğünü yeni fark ediyordum. Ölüm böyle bir şey miydi? Hep böyle korkutucu muydu? *"Hayır!"* Dehşet içinde ellerime bakarak öyle bir çığlık attım ki yanımdaki adam bir adım geriye gitmişti. Dokuz yaşında bir çocuğun yaşayacağı en büyük travmayı yaşamıştım. Annemin elime bulaşan kanına bakınca farklı hissetmeye başladım. Midem bulanıyor, başım dönüyor ve korkudan saklanacak yer arıyordum. Kucağımda annemin kanlar içinde kalmış başı ve üzerimde kanı vardı. Tam şu anda kaybolmuş hissediyordum. Daha fazla dayanamayan benliğim beni hızla sonsuz karanlığına çekti. Gözlerim kapanmadan önce son gördüğüm şey, annemin solmuş yüzü ve kandı. Çok fazla kan.

Annem uyanmadı, çok yalvardım ama uyanmadı.

Günümüz...

Sıçrayarak gözlerimi açtığımda elim, ağrıyan göğsümün üzerinde durdu. Kâbustu, geçmişimin kâbusu rüyalarıma girmişti. Alnımdaki boncuk gibi ter damlacıkları boynuma doğru süzülürken nefessiz kaldığımı hissettim. Büyük bir nefes çekmek istedim içime fakat biri boğazımı sıkıyormuş gibi nefes alamıyordum. Gece lambasını açtığımda dudaklarımdan garip iniltiler dökülüyordu. Yataktan kalkmaya çalıştım ancak bedenim yeni bir krize kucak açmışken bu çok zordu. Elim boynuma gittiğinde ağlamaya başladım. Nefes almalıydım çünkü astım krizim tutmuştu. Kahretsin, ilaçlarıma ulaşmalıydım. Titreyen ayaklarımı hareket ettirip yataktan yalpalayarak çıktım. Henüz iki adım atmıştım ki oksijen eksikliğinden boğulduğumu hissettim. Bedenim süratle yere çekilirken biri beni yakaladı. Beni kucağına alan suikastçımı görünce afalladım. Burada mıydı?

Kızgın bakışlarını yüzüme çevirip kaşlarını çattı. "Yatağının yanındaki acil butonuna basmak hiç aklına gelmedi mi?" diye beni azarladığında acı çekercesine yüzümü onun göğsüne sakladım. Artık onu odamda görünce eskisi kadar şaşırmıyordum.

Amber kokusu beni biraz rahatlattı ama hâlâ nefes alırken zorlanıyordum. Kollarımı boynuna dolayıp başımı göğsüne gömdükten sonra ağlamaya başladım. Bedeni kaskatı kesilirken ne yapacağını, beni nasıl susturacağını bilemez bir hâlde donup kalmıştı. Anneme vedamı hatırlamak, gözyaşları içinde beni yeni krizlerin kollarına itiyordu. "Şşt tamam, geçti," dedi fısıltıyla. "Sadece bir kâbustu, uykucu kadın." Ne zaman ağlasam şaşkına dönüyordu.

Beni yatağımın yanına götürüp yavaşça kucağından indirdi. Kısa süre içinde elinde ilaçlarımla geri geldi. Ensemden tutarak beni hafifçe öne çekti ve astım ilacımı kullanmama yardım etti. Ciğerlerime giren serin hava sayesinde büyük bir nefes çektim içime. Sırasıyla sanki ezbere biliyormuş gibi tüm ilaçlarımı çıkarıp sol elinde topladı. Sürahiden bir bardak su doldurup yanıma geldi. İlaçları elinden alırken kalp atışlarım yine değişmeye başlamıştı. Tüm ilaçlarımı aldıktan sonra suyu içtim. Bardağı sehpanın üzerine koyup, bana çok yaklaşmadan ayak ucumda oturdu. Yatak başlığına yaslanarak rahat bir nefes aldım. O gelmeseydi şu anda ne hâlde olacağımı düşünmek istemiyordum.

Lacivert gözleri büyük bir dikkatle yüzümü inceliyordu. "Uyurken ağlıyordun," dediğinde gözleri kısılmıştı. "Şimdi de ağlıyorsun."

Birinin bana karşı bu kadar şefkatli olması uzun zamandır tatmadığım bir duygu olduğu için burnumu çekerek hıçkırdım. Bana ters ters bakan adam, "Ağlamayı kesmen için ne yapmalıyım?" dedi. "Gözyaşların sinirimi bozuyor," diye homurdanınca ıslak gözlerle bu sefer de gülmeye başladım. Ne biçim bir katildi bu? Bu şaşkın hâlleri hoşuma gidiyordu.

Ben gülünce, rahatlayarak nefesini verdi. "Geçmişin düşündüğümden daha sancılı, değil mi?" dedi. Sesi hissiz çıktı lakin gözleri farklı bakıyordu. Kâbuslarımın geçmişimden kaynaklandığını tahmin ediyordu.

Geçmişim var mıydı benim? Yedi yaşıma kadar insan yüzü görmeden dört duvarın içinde yaşamıştım. Daha sonra lanetli bir kalbe sahip olmuş ve dokuz yaşımda annemi kaybetmiştim. Bir anda tanımadığım bir ülkeye getirilmiş ve on altı yaşıma kadar yeni kafesimde nefes almaya devam etmiştim. Son durağım burasıydı, yani onlarca suçlunun olduğu bir ölüm okulu. Son beş yılım da burada geçmişti işte. Başımı kaldırıp ona tebessüm ettim. *"O kadar da kötü değildi."* Kolay kolay yalan söyleyemezdim fakat geçmişimi birine anlatmaya hazır değildim.

Beni anlamak için her defasında dudaklarıma bakması beni anlamsız duyguların esiri yapıyordu. Kaşları huzursuzca çatıldı. "Bir şeyi öğrenmek istiyorum, Dilsiz Kız ve bu sefer az önceki gibi yalan söylemeyi aklından bile geçirme!" Dişlerinin arasından kızgınlıkla söyledikleri korkmama neden oldu. Sanırım yalana tahammülü yoktu, aniden çatılan kaşlarının başka bir sebebi olamazdı.

Başımı salladığımda, "Doğuştan mı konuşamıyorsun?" dedi ve gözlerime baktı. "Yoksa sonradan mı sesini kaybettin?" diye sordu. Bu soru, beklemediğim bir yerden gelmişti. Bana öyle bir bakışı vardı ki sanki vereceğim cevap onun için hayati önem taşıyordu.

Yüzüme en gerçekçi gülümsememi kondurup dudaklarımı

oynattım. "Doğuştan," dediğimde yüz ifademi gerçekçi tutmak için çok uğraşmıştım. Asla konuşamayacaktım, o yüzden herkesin doğuştan olduğunu sanmasını istiyordum.

Uzun uzun yüzümü inceledikten sonra derin bir nefes verdi. Yenilgi içinde çöken omuzları istediğim gibi bana inandığını gösteriyordu. Bu cevabım sanki onu hayal kırıklığına uğratmış gibi derin bir iç çekti. "Yani sesini hiç duyamayacağım," dedi fısıltıyla. Bunu bana değil de kendisine söylemiş gibi sesi kısık çıkmıştı.

Ellerimi oyunbaz bir şekilde çenemin altında birleştirdim. *"Sesimi duymayı mı isterdin?"* dedim. Daha sonra tıpkı bu öğlen bahçede bana yaptığı gibi onu taklit ederek kaşlarımı yalandan çattım. *"Ölmek üzere olan bir kızın sesini neden merak ediyorsun? Sakın bana bağlanma, canın yanar, Avcı."* İnsanları taklit etmeyi seviyordum. Onun bana söylediklerinin bir benzerini söyleyip kıkırdadım. *"Ölmek üzere olduğumu unutma ve bana bağlanma."*

Fakat gülmemişti, benim yaptığım bu küçük şaka onu susturmuştu. Bakışları durgunlaşmış, lacivert gözleri bir şeyi düşünüyormuşçasına durulmuştu. "Ölüm kelimesini çok sık kullanıyorsun, Dolunay Surat," dedi. "Bunu sevmedim, ayrıca birine bağlanmak bana göre değil," dediğinde tebessüm ettim. En azından bu konuda dürüsttü.

"Haklısın, birinin bana bağlanacağını sanmıyorum." Buna üzülmem gerekiyordu ama doğru olan kimsenin bana bağlanmamasıydı.

Tek kaşını kaldırarak bana baktı. "Bu da ne demek?" dediğinde gülüşüm büyüdü. Elimle kendimi gösterdim ve ne dediğimi anlasın diye dudaklarımı yavaşça oynattım. *"Kalp hastasıyım ve birçok saçma korkum var. Hepsini geçtim, kim dokunamadığı bir kadını sever ki? Mesela sen?"* diyerek başımı eğdim. *"Söylesene, sen hiç dokunamayacağın bir kadını sever miydin?"* Sustu. Zor bir soru değildi ki.

Elimi ona doğru uzatıp parmaklarımı açtım. Elimi havada ters çevirdiğimde avucum ona bakıyordu. *"Onun elini tutamayacaksın, asla kokusunu içine çekemeyeceksin ve ona sarılıp öpemeyeceksin. Bunlardan birini dahi yapmaya kalkıştığında o acı çekecek. Hangi erkek sevdiği kadının acı çekmesine dayanır ki? Ve hangi erkek sevdiği kadın yanında, yakınında ve bir nefes kadar uzağındayken ondan uzak durabilir? Söylesene Avcı, sen hiç dokunamayacağın bir kadını sever miydin? Sadece uzaktan izleyeceğin ama hiçbir zaman senin yanında uyanamayacak birini sever miydin?"* Başta gülerek başladığım cümleler sonrasında nedense canımı yakmıştı. Şimdi ben merakla onun vereceği cevabı bekliyordum. *Bana bir şeyler söyle.*

Dudaklarım hareket etmeyi bıraktığında sertçe yutkundu. Sanki olaya daha önce hiç bu tarafından bakmamıştı ve şimdi bazı şeylerle yüzleşiyormuş gibi lacivert gözlerinde fırtınalar kopuyordu. Havadaki elime bakıp dizlerinin üzerinde duran elini sıkıyordu. Gözlerini elimden çekmeden yumruk olan elini daha fazla sıkıyordu. Elimi tutmamak için kendisiyle mücadele ediyor olabilir miydi? Tutsun istedim elimi. *"Tutarsan hemen ölmem ki,"* dedim küçük bir umuda sarılarak. Elimi tutsun ve bana bir erkeğin benim gibi birini de sevebileceğini kanıtlasın istedim. Bir çocuk saflığıyla baktım ona ama o, hâlâ kararsızlıkla elime bakıyordu. Belki de tutacaktı. İşte bu küçük umut kırıntısı ruhumun hasta bedenimi terk etmesini sağladı. Bir kuş gibi hafif ve özgür şekilde yükseldi boşlukta. Bir anlığına umut ışığım oldu ve dağıttı karanlığımı. Bu gece farkında olmadan beni özgür bırakmıştı.

Başını kaldırıp yüzüme baktı. "Haklısın," dedi fazla acımasızdı. "Ölmek üzere olan bir kadının elini hiçbir erkek tutmaz." Sözleri bir bıçaktan daha keskin ve ölümcüldü.

Elim boşluktan kayıp düştü yan tarafıma. Ruhum ise tekrar düştü hasta bedenime. Tüm ışıklar söndü, karanlık tekrar kucakladı beni.

Bu sessizliğini sevmemiştim. Kendimi toparlayıp işi yine muzipliğe vurdum. Gülerek elimi yüzüne doğru salladım. *"Zaten elimi tutmanı gerçekten istememiştim. Hem sende birini sevecek bir kalp olduğunu da sanmıyorum,"* dediğimde az önceki dalgın ruh hâlinden çıkıp alayla bana baktı. "Benim kalpsiz olduğumu söylemeye mi çalışıyorsun?" Sesinde hafif sitem sezmiş olmam kesinlikle hayal gücümün bir ürünü olmalıydı.

Öyle olmasaydın elimi tutardın.

Hızla başımı salladım. *"İma etmiyorum ki doğrudan söylüyorum. Bir katilin kalbi olmaz ve olabileceğine de hiçbir güç beni inandıramaz. Birini öldüren birinin duygusu olmaz ve olmamalı da."* Gülüşüm aniden solmuştu. Annemi benden alan katilin de bir kalbi yoktu. Öldüren insanlar kalpsiz, duygusuz insanlardı.

Söylediklerim onu kızdırdığı için kaşlarını çatarak bana ters ters baktı. "Haklısın, benim bir kalbim yok," diyerek benden kurtulmak istercesine beni azarladı. "Şimdi uyumaya devam et, Melez Kız!" Melez kısmını tükürürcesine söylemişti. Bir şeyi fark ettim: Bana Melez Kız diye hitap ettiği zamanlarda bana kızgın oluyordu. Sanırım onu yavaş yavaş tanımaya başlıyordum. Sakinken Dilsiz Kız, keyifliyken Dolunay Surat ve kızgınken Melez Kız diye sesleniyordu. Şu bir yılda adımı bir kez bile söylememişti ama üç farklı isim takmıştı.

Işıkları kapatınca odam tekrar karanlığa bürünmüştü. Kapımın açılıp kapanmasıyla gittiğini anladım. Kalbimde anlamsızca bir huzursuzluk oluştu. Acaba fazla mı ileri gittim? Bir yanım onu üzdüğümü düşünüp kahrolurken diğer yanım o asla üzülmez diye beni teselli ediyordu. Karanlıkta yanıp sönen dijital saat henüz gecenin üçü olduğunu gösteriyordu. Bölünen uykum yüzünden bir sağa bir sola dönüp durdum. Yaklaşık kırk dakika boyunca yatakta uykumun gelmesini bekledim. İşe yaramayınca, yataktan çıkarak ışıkları açtım. Üzerime hırkamı giydim ve her ihtimale karşı not defterimle kalemi de alarak odadan çıktım. Evet, pijamalarımla odamdan çıktım. Bu kat bana ve infazcılara aitti, yani mahkûmlar binde bir gizlice çıkıyor olsa da oldukça güvenliydi. Biraz koridorda gezmek belki de uykumu getirirdi. Işıkları açmadan yavaşça yürümeye başladım. Gözlerim arada pencerelere kayıyor, dışarıyı izliyordum. Koridorun bitişine geldiğimde sola dönerek düz bir şekilde yürüdüm. Merdivenlerin yanına gelince odama geri dönmeye hazırlanıyordum ki duyduğum gürültü yüzünden adım atmayı bıraktım.

Ellerimi merdivenlerin tırabzanlarına bastırıp alt kata bakmaya çalıştım. Karanlıkta bir şey göremesem de beşinci katın koridorundan ayak sesleri geliyordu. Koridordaki ışıklar otomatik olarak yanıyordu ancak birileri sigorta ile oynayıp bu aptal ışıkları söndürdüğü için koridor karanlıktı. Şu anda iki seçeneğim vardı: Birincisi hemen odama gitmek, ikincisi ise alt kata inip bakmak. Eğer mahkûmlardan biriyse Gölge beni onlardan korurdu çünkü o, hep beni izlerdi. Suikastçıma güvenerek yavaşça merdivenlerden inmeye başladım. Beşinci kata indiğimde kulağıma sesler doluşunca koridorun ışığını açtım. Işıklar otomatik olsa da duvarlarda açıp kapama düğmesi mevcuttu. Aniden karşımda yüzü maskeli üç kişi görünce korkuyla bir adım geriye gittim. İki gardiyanı baygın bir hâlde görünce nefesimi tuttum.

Maskelilerden biri hızla üzerime yürümeye başlayınca, koşarak merdivenlere doğru gittim. Fakat daha ilk basamağa yetişmiştim ki kolumdan yakaladı beni. Kolumu kurtarmak için çırpındığımda, "Senin bu saatte odanda olman gerekiyordu, Yeşil!" diye fısıltıyla azarladı beni. Bu ses çok tanıdıktı.

Maskenin altından duyduğum tanıdık ses nedeniyle çırpınmayı bıraktım. Bu ses Emily'ye aitti. Bu saatte onun burada ne işi vardı? Maskenin altından görünen gözlerine dikkatle baktığımda rahat bir nefes aldım. Kolumu ondan kurtarıp eşofmanımın cebindeki not defterimi çıkardım. *"Yüzündeki ince çorap mı?"*

Ben gülmeye başlayınca, burnundan sert bir nefes vererek eliyle arkadaki maskelilerden zayıf olanı gösterdi. "Dezli'nin çorapları. Böyle bir yerde maske bulmak çok zordu." Hafif sitemli çıkmıştı sesi. Böylece ikinci maskeli kişiyi de öğrenmiştim.

Diğer maskeli kişi ise tedirginlikle etrafına baktı. "Artık harekete geçecek miyiz? Işıklar açık olduğu için her an gelebilirler ve bu çorap kokuyor. Neden bana kullanılmış bu şeyi verdiniz ki?" Bu ses ise Stewart'a aitti, onun isyanı beni daha çok güldürdü.

Stewart'ın omzuna vuran Dezli, "Sadece bir kere giydim, yalan söyleme! Ayrıca şu ucubeyi odasına gönderin de işimize devam edelim!" diyerek onu azarladı. Sert ve alaycı çıkan sesi yüzünden Dezli'nin neden bana böyle dediğini düşünürken Emily ve Stewart aynı anda, "Deborah?" deyince bu kızın Dezli olmadığını anladım.

Kollarını göğsünde birleştirmişti ve maskenin altından bile bana ölümcül bakışlar atıyordu. "Evet canım, benim. Şimdi ben bir şey yapmadan gönderin şu böceği!" dediğinde sıkıntıyla bir nefes aldım. Bu kızın benimle ne sorunu vardı?

"Ne ara geldin sen? Az önce Dezli buradaydı!" Emily dişlerinin arasından sıkılmışçasına konuşmuştu.

Deborah'nın güldüğünü duydum. "Gerçekten mi? O aptal kızın böyle tehlikeli bir görevi korkmadan sonuna kadar devam ettireceğine inandınız mı? Fazla heyecanlandı, korkusundan beni gelmemi istedi," dediğinde bu kişilik değiştirme işini nasıl yaptıklarını merak etmedim desem yalan olurdu.

"Deborah! Geldiğin cehenneme geri git ve bana Dezli'yi gönder!" Sanırım Deborah'ya katlanamayan bir ben değildim ki, Emily de sabırsızca ona bakıyordu.

Yumruklarını sıkan Deborah, başını olumsuz anlamında salladı. "Henüz yeni geldim ve seninle vakit geçirmeden bir yere gideceğim yok! Ayrıca sen de biliyorsun ki bu işte benden iyisini bulamazsın, Edward!" diye kısık sesle bağırdı.

Emily tam atak yapıp bir şey söyleyecekti ki, "Neden tartışmayı bırakıp şu lanet yerden gitmiyoruz?" diyen Stewart yüzünden sustu. Hepsi bu casusluk işinde başarılı olduğunu düşünüyordu ama az önce ışıkları yaktığımda çoktan izlenmeye başlanmıştık. Şu anda kaç kişi kameralardan bizi izliyordu, kim bilir? Müdahale etmemeleri, bizi izlemedikleri anlamına gelmiyordu. Yukarıdakiler garip bir şekilde bize göz yumuyordu. İyi ama neden? Öğrenmemiz gereken asıl şey buydu.

Bana bakan Emily eliyle üst katı gösterdi. "Yeşil, derhâl odana gidiyorsun, Stew, sen de ışıkları kapat." Emily'nin komutuyla ışıklar kısa sürede söndü. Güvenlik odasında kaç kişinin gece nöbeti tuttuğunu biliyorlar mıydı? Işıkların sönmesi kameraları kısa süreliğine imha etmişti. Bunu bile gördükleri hâlde aptalı oynayıp müdahale etmiyorlardı. Bu okul bazı şeylere göz yumuyordu. Bunun mutlaka bir sebebi olmalıydı. Emily çoğu zaman altıncı bloğa bile çıkıyordu, üstelik Emily'nin kız olduğu da çok belliydi. Okulun Emily'ye sağladığı bu ayrıcalığın bir sebebi olmalıydı.

Onlar tekrar karanlığın içinde hareket edeceği esnada hemen Emily'nin kolunu tuttum. Karanlıkta bana kızgın bakışlar attığına emindim. "Hayır, Alev Kafa! Sen bu işe bulaşmıyorsun!" diye sessizce beni azarladı.

Kolunu daha sıkı tutunca bir süre sessiz kaldı fakat hemen sonra, "Tamam, ama kriz geçirirsen seni orada bırakırım, ona göre!" dediğinde beni göremese de gülerek başımı salladım.

"Ciddi misin? O da mı bizimle gelecek!" Bu öfkeli sesin kime ait olduğunu ne yazık ki iyi biliyordum.

"Kes sesini, Deborah!" Aynı anda Emily ve Stewart ona kızınca Deborah susmak zorunda kaldı.

Yürümeye başladığımızda Emily yavaşça yanıma gelerek kimsenin duyamayacağı bir sesle konuştu: "Onunla nasıl bir ilgin var? Ne zaman yemekhaneye insen gözlerini senden ayırmıyor, zaten eski patronlarımdan birini ve özellikle en ürkütücü olanı böyle bir yerde görmek beni tedirgin ediyor. Öyle zengin ve asil bir aileden gelen birinin bu pislik çukurunda ne işi olduğunu merak ediyorum. Fakat ondan ölesiye korktuğum için bunu ona soramıyorum. Belki sen biliyorsundur nedenini." Kimden bahsettiğini ve ne demek istediğini düşündüm çünkü söylediklerinden tek kelime bile anlamamıştım.

Öylece yüzüne baktığımı karanlıkta anlamış olacak ki, "Ah, boş versene... O aileyi anlamak imkânsız," dedi ve önden yürüdü.

Yeniden yürümeye hazırlanıyordum ki biri arkadan sertçe omzuma çarptı. Birkaç adım sendelediğimde karşımda beliren kızın öfkeli sesini duydum. "Edward'a yakın olmayı aklından bile geçirme! Yoksa o kalbini söker ve ayaklarımın altında ezerim, ucube!" Tiksinti dolu sesinden bana katlanamadığını ne yazık ki bir kez daha anladım. Deborah'nın radarına girmemeye dikkat ederek onların peşinden gittim.

Nereye gittiğimizi bilmeden yavaşça merdivenlerden inmeye başladık. Adım atarken oldukça sessiz ve dikkatliydik. Gardiyanlar genelde yatakların olduğu yerde, yani mahkûmların odalarının önünde olduğu için koridor bomboştu. Karmalar beşinci kattaydı ve odalarının önünde nöbet tutan gardiyanlardan onları bayıltarak kurtulmuşlardı. Giriş katına geldiğimizde hepimiz durduk. Şimdi nereye gittiğimizi bilmiyordum. Emily bize öncülük ediyordu, dışarı çıkınca ses çıkarmadan onu takip ettik. Bahçeye çıktığımızda portakal ağaçlarının arasına girince onu kaybetmemek için adımlarımızı hızlandırdık. Nereye gittiğini biliyor gibi bir hâli vardı. Ağaçların arkasında duran beyaz çardağı geçip bu sefer botanik bahçeye girmiştik. Sonbahardan dolayı çiçeklerini döken bitkiler, solmuş bir çalıyı andırıyordu. Hemen arkamda bir inilti koptuğunda durmak zorunda kaldım.

"Lanet olsun, bu çalının dikeni parmağımı kesti!" Deborah'nın çalı diye bahsettiği yaban böğürtleniydi.

"Yakınmayı bırak, sadece küçücük bir yara, hadi devam edelim." Emily sabırsız adımlar atarken bir yandan da konuşuyordu.

"Küçücük mü? Parmağım kanıyor, Edward." Sevdiği adamdan ilgi beklercesine oyunbaz çıkan sesine güldüm.

Emily adım atmayı bırakıp arkasına döndü. Yıldızların bize ışık tuttuğu karanlık gecede kaşlarını çattığını görebiliyordum. İşaret parmağını tehdit edercesine Deborah'ya doğru salladı. "Bana bak, beni başka erkeklerle sakın karıştırma! Kadınlara el kaldırmam diyenlerden değilim, aksine kadınları dövmek ilgi alanım! O yüzden kes sesini ve peşimden gel!" diye tıslayınca Deborah derin bir iç çekip, "Haşin erkeğim benim," dedi. Emily çıldırırken biz kahkaha attık.

"Başlarım haşin erkeğine!" diye delirerek Deborah'nın üzerine yürüyen kızı zor olsa da durdurabildik. Bu gidişle yakalanacaktık.

Botanik bahçeyi geçtikten sonra bahçenin köşesinde tenha bir yerde küçük ama ürkütücü bir kulübenin önünde durduk. "Bu gece bekçilerin burada olmayacağını nasıl bildin?" Stewart'ın meraklı sesine Emily güldü. "Burayı korumakla görevli gardiyan sevgilisiyle telefonda konuşurken duydum. Kız arkadaşının doğum günü olduğu için bir geceliğine gizlice çıkacağını söylemişti."

Aklımda birçok soru vardı ama karanlıkta yazdıklarımı okuyamazlar diye sessizliğimi korudum. Fakat Deborah'nın sorduğu soru aklımdan geçenlerden biriydi. "Bu kulübeyi niye kafaya taktığını anlamıyorum." Kesinlikle buraya neden geldiğimizi ben de bilmek istiyordum.

Etrafını kolaçan eden Emily, eliyle kulübeyi gösterdi. "Burayı tesadüfen bulmadım. Üç ay önce infazı gerçekleşen bir kızı sürekli gözetledim. Gece yarısı gardiyanlar kızı zorla odasından çıkarıp buraya kadar sürüklediler. Görmeniz gerekiyordu kızın ağzını nasıl kapattıklarını, kızın kurtulmak için nasıl çırpındığını. Ağaçların arkasına saklanıp her şeyi izledim. Kızı zorla kulübeye kapattıktan kısa süre sonra infazcılar geldi. İnfazcılar gelene kadar kızın çığlıkları dinmemişti. Tam üç saat burada bekledim, infazcılar çıkıp gittiler ama kızın cesedi çıkmadı. Her ne yapıyorlarsa bu kulübeyi kullanıyorlar. Bu küçük barakanın kayıp kadınlarla bir ilgisi var." Aniden içime dolan korkularla geri dönme isteğim çoğaldı. Kulübe sadece tek oda büyüklüğünde görünüyordu, burada ne saklıyor olabilirlerdi ki?

Fazla vakit kaybetmeden kulübenin demir kapısının önünde durduk. Tuhaftı, tahtadan yapılan bir yere demir kapı takmaları çok tuhaftı. Stewart montunun cebinden el fenerini çıkarıp yaktığında hepsi yüzlerindeki komik çoraptan kurtuldu. Feneri kapıya tutan çocuk, başını olumsuz anlamda salladı. "Kilitli, nasıl açacağız?" dediğinde herkesin yüzünde yenilmişlik ile mutsuzluk karışımı bir ifade oluştu.

Aceleyle cebimdeki defterimi çıkarıp yazdığım sayfayı feneri tutan çocuğa uzattım. *"Kilidi kıramaz mıyız?"* Belki sağlam bir taş işimizi görürdü.

Stew, "Olmaz, Yeşil. Kilit çok sağlam görünüyor. Ayrıca kilidi kırarsak buraya birilerinin geldiğini anlarlar. Bir yolunu bulup bekçiden anahtarı almalıyız," dediğinde Emily'nin iç çeken sesini duydum. "Bugün de olmadı. Ona ne zaman yaklaşsam sanki onu bir parça daha kaybediyorum." Ablasını arayan çaresiz bir kızdı. Buradaki herkes ona yardım etmek için belayı göze almıştı. Peki ya ben? Benim burada ne işim vardı?

Aslında aradığım cevap en başından beri gözlerimin önündeydi. Emily diğerleri gibi değildi, en az benim kadar suçsuz olduğu hâlde buradaydı. Ona yardım etmek istiyordum. En başından beri benim istediğim onun bu okuldan gitmesiydi. Kız olduğunu öğrendiğim andan beri buradan kurtulsun istiyordum. Bir karar vererek derin bir nefes aldım ve aklımdakilerden vazgeçmeden yazarak ona uzattım. "Bu nedir?" dediğinde "oku" dercesine gözlerimle yırttığım sayfayı gösterdim.

Işığı Stewart'tan alarak yazdıklarımı okumaya başladı. *"Anahtarı gardiyandan ben alabilirim. Siz mahkûm olduğunuz için onlara yaklaşmanız yasak fakat ben bunu yapabilirim. Yarın bana hangi gardiyan olduğunu göster, gerisini ben halledeceğim."* Bir şekilde o anahtarı alacaktım.

Yazdıklarımı okuyunca, aceleyle başını kaldırıp bana baktı. "Ger-Gerçekten bunu yapar mısın?" Sesi heyecandan titrediği için içim burkuldu. Ablasını çok seviyor olmalıydı.

Gülerek başımı salladığımda aramızdaki mesafeyi kapatıp bana sarıldı. "Bunu yaparsan hayatım boyunca sana borçlu kalırım." Tebessüm ederek, sarılışına karşılık verdiğimde Deborah'nın öfkeli sesini duydum. "Derhâl onu bırak, Edward! Bana onunla sevgili olmadığını söylemiştin!" diye öfkeyle tısladı. Bu kızın gerçekten ciddi sorunları vardı.

Sıkıntıyla burnundan soluyan Emily yavaşça benden ayrıldı. "Sevgilim değil, arkadaşım. Bırak artık şu gereksiz kıskançlığı." Bıkmış sesinden, Deborah'nın onun çok fazla üzerine gittiğini anlamıştım.

Omuz silken Deborah beni iterek onun yanındaki yerini aldı. "Ben kıskanç bir kadınım ve sevgilimin başka bir kadına sarılmasına dayanamam," diyerek Emily'nin elini tuttu.

Panikleyerek elini çeken Emily, "Ne ara sevgili olduk? Sana tipim olmadığını söylemiştim!" Öfkeyle bağırdıktan sonra okula doğru ağaçların arasına yürüdü.

Ayağının birini sertçe yere vuran Deborah da bağırarak onun peşinden gitti. "Buraya gel ve bana senin tipin kimmiş onu söyle!" diyen bağırışını hâlâ duyabiliyordum.

İkisinin arkasından kahkaha atan çocuğa baktım. Sanırım bu durumda en çok eğlenen oydu. *"Deborah diğer karakterinin yaptıklarını hatırlıyor mu?"* Bu soruyu dünden beri sormak istiyordum.

Gülmeyi bırakıp yazdığım şeye bakınca *hayır* dercesine bir hareket yaptı. "Deborah ve Dezli aynı bedende iki farklı karakter. İkisi de diğeri ortaya çıktığında ne yaptığını bilmez ve asla sorgulamazlar." Yaptığı açıklamayı yetersiz bulduğumdan ikinci bir soru yazıp uzattım.

"Peki, birbirlerini biliyorlar mı?" Bu konunun ilgimi çektiğini görünce hafif tebessüm etti.

"Hadi gel, bu güzel havada biraz yürüyüş yapalım. Böylece aklındaki sorulara cevap verebilirim." Tebessümüne karşılık verip, onunla ağaçların arasına girerek yürümeye başladık.

Sürekli cevap isteyen bakışlarıma daha fazla dayanamadı ve iç çekerek anlatmaya başladı. "Deborah'nın, aslında Dezli'nin hayal gücünün bir ürünü olduğunu biliyor muydun?" dediğinde adım atmayı bıraktım. Ben dünden beri ikinci karakterin Dezli olduğunu düşünüyordum çünkü Deborah daha baskın bir karakterdi. Dezli ise aynı bedende misafir ruh gibiydi fakat tam tersi olduğunu bilmek beni afallatmıştı. Stewart kahkaha atarak saçlarımı karıştırdı. "Karanlıkta bile yüzünün aldığı komik şekli görebiliyorum," deyince ben de güldüm. Kim bilir daha neler öğrenecektim.

Tekrar yürümeye başladığımızda Stewart anlatmaya devam etti. "Dezli, Emily ve beni bir araya getiren şey, aynı kaderi yaşamış olmamız. Üçümüz de kimsesizler yurdunda büyüdük. Farklı şehirlerde birer yabancı olarak aynı kaderi yaşadık. Ta ki burada tanışana kadar... Dezli, içimizde en kötü kaderi yaşayan kişi. Bakma Deborah rolündeyken sinir bozucu biri olduğuna. Aslında bu, onun kendini koruma çabası. Henüz beş yaşındayken evlatlık alınmış ve her çocuğun hayali olan aileye kavuştuğunu düşünmüş. Fakat yanıldığını anlaması uzun sürmemiş ne yazık ki. Onu evlatlık alan aile uyuşturucu kaçakçılarının lideriymiş. Polisler tarafından gözetim altında tutulduğu için sahte bir evlilik yapıp bir çocuk evlat edinmişler. Böylece iyi aile imajı çizerek polislerin dikkatini dağıtacaklarmış." Bu tür insanlar mide bulandırmaktan başka bir işe yaramıyordu.

"Başarmışlar da. Bir villa satın alarak dışarıya mutlu aile pozları vermişler. Kimse bodrumda yetişen uyuşturuculardan şüphelenmemiş. Dezli, henüz çocuk olduğu için yeni ailesinin karanlık yüzüyle hemen tanışmamış. Gece yarıları eve gelen adamlar, gizli gizli dışarı çıkarılan kargoları anlayacak yaşta değilmiş. Fideler bodrumda yetiştikten sonra üst kattaki laboratuvarda toz haline getiriliyormuş. On bir yaşına geldiğinde onu da bu pis işin içine çekmeye çalışmışlar. Zorla onu müşterileri için kurye yapmaya çalışmışlar. Bazı şeylerin farkına varan Dezli bunu reddedince şiddet görmüş, hem de aklının alamayacağı kadar kötü şekillerde." Aman Tanrı'm, bu korkunç bir şeydi! Sırf kendi çıkarları için küçük bir çocuğun hayatını harcamak korkunçtu. Belki onlar Deborah'yı evlat edinmeseydi, daha iyi bir aile onu evlat edinecek ve bütün bunları yaşamayacaktı. Onlar sadece Deborah'nın hayatını bitirmekle kalmamış, aynı zamanda daha mutlu bir ailede yaşama şansını da elinden almışlardı.

Henüz söylediklerini beynim algılayamazken Stew susmadı. "Kendinden geçene kadar yediği dayakların haddi hesabı yokmuş, duyduğu hakaretler bitmek bilmemiş ve son olarak zorla ona uyuşturucu vermişler. Her gün düzenli bir şekilde kullanmaya zorlamışlar. İstedikleri olmuş, sırf uyuşturucuya olan bağımlılığı yüzünden onların istediğini yapmış. Laboratuvarda çalışıp işi öğrenmiş, henüz çocuk olduğu için çabuk kavramış. Kimse bir çocuktan şüphelenmeyeceği için kuryelik bile yapmış." Ne düşünmem gerektiğini bilmiyordum.

"On dört yaşına geldiğinde ise sözde ailesi taşınacağı için onu yanlarında götürüp ayak bağı olmasını istememişler. Bir fuhuş evine satıldığını öğrenince çıldırmış. Satıldığını öğrendiği o gece adamlar onu almaya gelmeden hemen önce Deborah ortaya çıkmış. Tüm hayatını bir evde binlerce farklı insanla geçiren kız, tek gecede yalnızlığından sıyrılıp kendine onu koruyacak ikinci bir karakter yaratmış. Dezli, kendisinin yapmaya korktuğu her şeyi Deborah'ya vermiş. Cesareti, kararlılığı ve karanlık biri olmayı ondan öğrenmiş. Hepsini tek bir karakterde bütünleştirmiş. Deborah'ya dönüştüğünde ilk işi polisi aramak olmuş. Birazdan ailesini öldüreceğini söyleyerek kendisini ihbar etmiş." Şu anda şoka girdiğime yemin edebilirdim. Kötü diye bildiğim kızın hayatı beni çok etkilemişti. Stew'un aksine ben Deborah'nın bir gecede doğduğunu düşünmüyordum. Dezli'nin orada gördüğü işkenceler ve çektiği acılarla Deborah, Dezli'nin içinde günden güne hayat bulmaya başlamış olmalıydı. Tanık olduğu şeyler yavaş yavaş Deborah'ya nefes olmuştu, Deborah'nın içinde doğması yılları bulmuş olabilirdi. Uzun yıllar boyunca onu beslemiş olabilirdi. İnsan psikolojisi yavaş yavaş ama bir anda çökerdi. Yavaş yavaş Deborah'ya hayat vermiş ve tek bir gecede onu ortaya çıkarmıştı. Her şey kafasında olup bitiyordu.

Devam etsin diye ona baktığımda, durup başını gökyüzüne çevirerek yıldızlara baktı. "Yaptı," diyerek başını salladı. "Ona bunları yaşatan tüm o insanları bir gece uykularında katletti. Ertesi gün muhtemelen tüm gazeteler on dört yaşındaki bir çocuğun uyuşturucu için ailesini öldürdüğünü yazmıştır. Küçük bir çocuk paravan bir aileden oluşan beş kişiyi öldürdü. Sadece biz, seninle birlikte dört kişi, bunu neden yaptığını biliyoruz. Diğerleri uyuşturucu için yaptığını düşünüyor çünkü Deborah böyle bilinsin istiyor." Gözlerini bana dikip buruk bir tebessüm gönderdi.

"Dezli psikolojik sorunları olan bir çocuktu ve o gün kendisine yardım etsin diye karakterini böldü. Fakat iyi tarafını korumak için beynini öyle bir hâle getirdi ki Deborah ile aynı şeyi yaşasalar bile farklı düşünmelerini sağladı." Yani biri ışığa çıktığında diğeri karanlıkta kalıyordu. Çift karakterli insanlarda bu çok yaygın bir durumdu. Haftada iki kez psikologla bir saat boyunca görüşmek zorunda olduğum için bazı şeyleri biliyordum. Haftanın iki günü beni üst kata çıkarırlardı. Kendimi bir hastane odasında bulur ve iki günümü makinelere bağlı geçirirdim. Çıktıktan sonra ise dağılan psikolojimi toparlamak için psikologla olan iki günlük seanslarım başlardı. Gölge hayatıma girdiğinden beri o seansları almayı bırakmıştım.

Suikastçım bugüne kadar hiçbir psikoloğun yapamadığını yapıp beni mutlu ediyordu.

Stew, "İyi ve kötü olarak ayırdı kendini ve gerçek kişiliği olan Dezli'nin düşüncelerini kirletmedi," diyerek tekrar yürümeye başladı. "Ama maalesef tıpkı bu gece olduğu gibi korktuğunda ve çaresiz hissettiğinde bir şekilde asıl benliği gidiyor ve Deborah ortaya çıkıyor. Kimse doğuştan kötü olmaz, Yeşil. Yaşadıklarımız bazen bizi karanlık tarafa itebilir. Bazılarımız gittiği karanlığa alışır ve onu kendisine yuva bilerek yoluna devam eder. Fakat bazılarımız da seçtiği karanlığın içinde bizler gibi boğulur," dedikten sonra omzuma büyük bir merhametle dokunup gitti.

Stewart düşünce olarak çok olgun birisiydi. Konuşurken sesindeki pişmanlığı hissetmiştim. Her ne yaptıysa bir yanı hâlâ onun pişmanlığıyla yanıyordu. Deborah... Bu kızın hırçınlığının altında böyle içler acısı bir yaşanmışlık olabileceğini tahmin edememiştim. Sanırım kulaktan dolma düşüncelerle insanlar hakkında fazla ön yargılı hareket ediyordum. Uyuşturucu için ailesini öldürdüğünü ilk duyduğumda ondan korkmuş hatta onu kınamıştım. Şimdi ise aslında neler yaşadığını öğrenmiştim. Bir anda Deborah'ya karşı büyük bir merhamet hissettim. Onlarla daha çok vakit geçirip kendimi bir şekilde ona kabul ettirmeliydim ama nasıl? Karmalar'daki birinin vakti kısıtlıydı ve onlar Karmalar'daydı. Onlarla nasıl arkadaş olacaktım? Fark ettiğim acı gerçekle derinden sarsıldım. O kadar yalnızdım ki yalnızlığımı paylaşacak bir arkadaş arayışına girmiştim.

"Göz yaşartıcı bir sahneydi." Tam arkamda duyduğum alay dolu sesle sıçrayarak arkamı döndüm.

Taylor Wallece.

Kontrolsüzler'den Taylor'ı hemen bir adım uzağımda görmek korkudan ürpermeme neden olmuştu. İki adımda aramızdaki mesafeyi kapatıp karşımda durdu. "Gerçekten o anahtarı alıp başını derde sokacak kadar cesaretli misin?" dediğinde bizi duyduğunu anladım. Sesinden anladığım kadarıyla benimle alay ediyor ve beni küçümseyerek benimle eğleniyordu.

Ondan korktuğum için hemen arkamı dönerek oradan uzaklaşmak istedim fakat aniden kolumu tutunca nefessiz kaldım. Canımı acıtacak şekilde kolumu sıkarak ona doğru dönmemi sağladı. Yıllardır aldığım ilaçlar yüzünden bedenim çok hassastı. Kolumda sıktığı yerin kızaracağına emindim. "Bela istiyorsan şanslı günündesin, Taşıyıcı." Kolumu daha çok sıkınca acıyla inledim. Bu hâlimden keyif aldığını gösteren gülüşünü görmek midemi bulandırıyordu.

Gri gözleri tiksinerek üzerimde oyalandı. "Ne kadar da acınası görünüyorsun" deyince gözlerim doldu, kolumu çekmek istedim ancak bunu denedikçe daha çok sıkmaya başladı.

Kolumu sıktığı için acı içinde çırpınırken, "O elini çek!" diyen tanıdık bir ses duydum. "Ona yaşattığın acının daha fazlasını yaşamak istemiyorsan çek o elini!" Ağaçların arasından onun sert sesini duyduğum an gölgesi hızla yanımda bitmişti. Bahçenin ışıklandırması, bulunduğumuz bölgeyi aydınlatıyordu; Gölge'nin gözlerindeki öfkeyi rahatça görebiliyordum. "Gözlerini kapat, Küçük Melez!" dediği an hemen gözlerimi kapattım. Yapacağı şeyleri görmek istemiyordum.

Koluma acı veren el, aniden tenimden uzaklaştı. Bunu o yapmıştı. Taylor'ın koluma işkence eden elini tenimden söküp atmıştı. "Kendi iyiliğin için ellerini ondan uzak tut!" dediğini duyduğumda Taylor'ın acı dolu iniltisini duydum. Bu adamın kimseden korkusu yoktu.

"Onun için beni karşına alman aptallık olur, Marshall! Şu anda hayatının hatasını yapıyorsun!" Taylor'ın sesi acı çekiyor gibi çıksa da kendinden emin ve kararlıydı.

"Hata mı?" dedi alayla gülerek. "Sahip olduğum tek doğruma uzanan elleri kırıp atmamak en büyük hatam olur!" dediğinde buz kestim. Tek doğrusu olarak saydığı kişi ben miydim?

Sustular fakat sonrasında kulağıma gelen gürültülere dayanamayıp gözlerimi açtım. Gördüklerim yüzünden gözlerimin büyümesine engel olamadım. Gölge ve Taylor karşı karşıya durmuş, birbirlerine öldürücü bakışlarını atıyorlardı. Fakat beni afallatan asıl şey, Gölge'nin Taylor'ın elini sıkıyor oluşuydu. Uzaktan gören biri onları el sıkışıyor sanabilirdi. Tabii, birleşen ellerinin arasından akan kanlar olmasaydı. Birbirine meydan okuyan gözlerle baktıkları için her iki taraf da elini çekmeye yeltenmiyordu. Tek fark, Gölge'nin yüzünde kas oynamaması ve Taylor'ın dişlerini sıktığı için çenesinin seğirmesiydi. Buna rağmen elini çekmiyordu. Hâlâ kuyruğunu dik tutmaya çalışıyordu. Oysaki kurdun olduğu yerde çakallar barınamazdı.

Suikastçım, "Bu sadece bir uyarıydı," dedi soğukkanlı bir sesle. "Ona dokunduğun her an ölümünü hızlandırıyorsun!" dediğinde elini ilk çeken Taylor oldu. Dedim ya, kurdun olduğu yerde çakallar uzun süre gövde gösterisi yapamazdı. Taylor'ın elini ilk çeken taraf olması bile bu ikisinden kimin kurt, kimin o kurdu taklit etmeye çalışan sırtlan olduğunu açıklıyordu.

Taylor, elinden kan akarken öfkeyle kaşlarını çattı. Midem bulandığı için eline bakmamaya çalıştım. "Ölümden korkmadığımı koruduğun kıza her saniye dokunarak göstereceğim!" dedikten sonra hırslı ve büyük adımlarla okula doğru gitti.

Suikastçımın dudakları kıvrıldı. "Dene ve gör!" dedi. Sanki Taylor'dan kurtulmak için onun bu hatayı yapmasını istiyordu. Bir sebebe ihtiyacı vardı ve Taylor'ın ona bu sebebi vereceğine çok emindi. Kan dökmek için gereken bir sebep...

Elini açıp, avucundaki bıçak gibi şeyi yere atınca telaşa kapılarak ona doğru bir adım attım. Küçük bir bıçaktı, jiletten biraz büyüktü. Eli kanıyor muydu acaba? O şey onun da elini kesmiş olmalıydı. Neden böyle bir şey yaptığını anlamıyordum. Sadece ona değil, kendisine de zarar vermişti. Bana dönerek kanlı elini pantolonun cebine soktu. "Yüzün daha da sararmış," diyerek homurdandı. "Her an bayılacak gibisin, sana bakmamanı söylemiştim! Bazen hiç söz dinlemiyorsun." Beni azarladığında durmak zorunda kaldım. Kan görmek bana iyi gelmiyordu. Ayrıca yüzümün sarardığını gördüğünden değildi, tahmin ediyordu. Yüzümü detaylıca görecek kadar ışık yok burada.

"Elin acıyor mu?" dediğimde, "Karanlıkta dudaklarını iyi göremiyorum, Dilsiz Kız. O yüzden düş önüme, odana gidiyorsun!" dedi. Sanki karşısında altı yaşında küçük bir çocuk varmış ve onu azarlıyormuş gibi çıkan sesi kıkırdamamı sağlamıştı. Oysaki aramızda en fazla birkaç yaş vardı.

Güldüğümü duyunca, "Her şeyde de gülecek bir şey buluyor," dedi. Bu sessiz ve huysuz homurtusu beni daha çok güldürdü. Gülmem onu rahatsız etmiyordu, aksine bundan memnun gibiydi.

Onu ikiletmeden dediğini yaptım. Ben önden giderken o, üç adım geriden geliyordu. Evet, bana özellikle yaklaşmıyordu. Sonunda odamın önünde durduğumuzda arkamda olduğunu biliyordum. Elimi taratıp, kapıyı açarak odama girdim ve yatağımın üzerine oturdum. Başımı kaldırdığımda onu göremedim. Telaşa kapılarak hemen etrafıma bakınca, ıslak ellerini bir havluyla silerek banyodan çıktı. Nasıl bu kadar hızlı olabildiğini aklım almıyordu. Ya ben çok yavaş yürüyüp kaplumbağa gibi hareket ediyordum ya da o gerçekten fazla hızlıydı. Gözlerim eline kaydığında avuçlarında herhangi bir kesik görmemek beni rahatlatmıştı. Taylor'ın kanını silmişti. Yanıma gelmedi. Tam karşımda duran duvara sırtını yaslayarak bana bakmaya başladı. Gözlerim, iri bedenindeki kusursuz yüzüne kaydığında iç çekerek onu izlemeye başladım. Bu kadar güzel olması diğer insanlara haksızlıktı. Ona olan yoğun bakışlarım hoşuna gitmiş olmalı ki dudağının bir tarafı yavaşça yukarıya doğru kıvrıldı. "Bana böyle bakmaya devam edersen yine kalbin sana acı verecek." Eğlenen sesine karşılık tebessüm ettim çünkü içimden nasıl geliyorsa öyle bakıyordum. Ayrıca bakışlarımı seviyordu. Sürekli bu konudan şikâyet ediyordu ama onu izlemem hoşuna gidiyordu.

Gözlerinin içine baktım ve dudaklarımı oynatarak, *"Bir dilek hakkım olsun isterdim,"* dedim.

Biçimli kaşları yavaşça yukarı kalktı. "Söyle," derken sanki tüm dileklerimi gerçekleştirmeye gönüllü gibiydi.

"Gerçekleştirecek misin?" Ona göre söylemek istiyordum.

Sırtını duvara yasladı ve kollarını göğsünde birleştirip bana baktı. Her hareketi büyüleyiciydi ya da bana öyle geliyordu. Sonsuzluk kavramı ne kadar uzundu, bilmiyordum ama onu sonsuza kadar böyle izlemek isterdim. "Sadece bu gece için evet." Onay verdiğinde bu sefer heyecandan atan kalbim varlığını yine hatırlatmıştı.

Onun hakkında bilmek istediğim ilk soruyu da böylece sordum. *"Adın ne? Alex Marshall gerçek adın mı?"* Onu tanımadığım için onunla ilgili bir şeyler bilmek istiyordum.

Kaşları usulca yukarı kalktı. "Dileğini böyle bir şey için mi harcamak istiyorsun?" Sanırım benden daha farklı istekler duymayı bekliyordu.

Başımı hızla salladım. *"Kimseye söylemem, sadece adını bilmek istiyorum."* Kimsenin hakkında en küçük bir şey bilmediği katilin ismini bilmek istiyordum. Sanırım bu soru yüzünden şuracıkta beni öldürse bu benim suçum olurdu.

Lacivert gözleri bir süre sadece yaslandığı yerden bana bakmakla yetindi. Fakat daha sonra istediğim cevabı bana verdi. "Bruce Marshall," deyince ismini birkaç kez içimde tekrarladım. Bruce Marshall, çok güzeldi.

Büyük bir ödül kazanmışçasına gülümsedim. *"Bana yalan söylemiyorsun, değil mi?"* İsmi konusunda bana dürüst olsun istiyordum. Gerçi gözlerinden anlayabiliyordum bana yalan söylemediğini.

Kaşları hafiften çatıldı. "Ben asla yalan söylemem," diyerek kendisi hakkında yeni bir bilgiyi bana vermiş oldu. "Sana söylediğim ismin eksiği var fakat fazlası yok." Yalan konusunda çok hassas olduğunu bir kez daha anladım.

Eksiği var demesi aklıma takıldı. *"Eksiği var derken?"* Ne demek istediğini anlamamıştım.

Bu sefer yüz ifadesi kararsızdı, donup kaldı. Sanki söyleyip söylememek arasında bir çelişkiye düşmüş gibiydi. "Bruce, sembolik bir isim," diyerek pes etti ve benim için bir gizemin kapısını araladı. "Marshall ailesini tanıyan herkes bunu bilir. Dokuz kuşaktır ailenin erkekleri oğullarına iki isim koyarlar. Bunlardan biri gerçek isimlerimiz, diğeri ise ölen büyükbabamın adı, yani Bruce. Kayıtlarda ikisi geçse de asıl ismimiz ilk konulandır. Örneğin, Marcus

Bruce Marshall gibi. Yabancılar ona Bruce diye hitap ederken biz Marcus deriz. Bu bir aile geleneği hâline geldiği için dokuz kuşaktır böyle devam ediyor. Ailemde de babam dâhil isminin içinde Bruce olan birçok erkek var. Marshall ailesi oldukça köklü ve geleneklerine bağlıdır." Bugün yaptığı en uzun konuşması sanırım buydu. Genelde kısa cevaplar verirdi.

Bir ailesi olmasına sevinmiştim. Aslında onun gelenekçi biri olduğunu hiç düşünmemiştim çünkü kural tanımayan biri gibi duruyordu *"Oğlun olursa sen de mi ikinci ismini Bruce koyacaksın?"* Nedense kıkırdamama engel olamadım.

Gözleri gülüşüme takıldığında bana olan bakışları yumuşadı. "Oradan bakınca kurallara uyan biri gibi mi görünüyorum?" diyerek bana takıldı. "Ayrıca bir aile kurmaya niyetim yok, hele ki baba olmak asla!" dedi. İsyankâr ve aykırı bir ruhu olduğunu zaten anlamıştım. Fakat evliliğe ve bir çocuğa karşı olduğunu şimdi öğreniyordum.

Aniden farklı bir soru sordum. Bu gece tüm sorularıma cevap versin istiyordum. *"Daha önce hiç birini sevdin mi?"* Kendi sorduğum soru kalbimin hızlanmasına neden oldu. Tüm benliğim vereceği cevaba odaklandığı için nefes dahi alamıyordum.

Yüzü birden karardı. "Sadece bir kez," dedi. "Ne öncesi oldu ne de sonrası sadece onunla bir ilişkim oldu." Sanki bir şeyleri hatırlamış gibi bakışlarında öfke ve farklı bir duygu daha vardı. Özlem gibi... Evet, o gözlerde özlem gördüğüme emindim. "Öyle bir hataya düştüm ergenlik denilen illette." Bana karşı, her şeye rağmen dürüst olması ona bir kere daha hayran olmamı sağladı.

Belki de geçmişi yüzünden birine bağlanmak istemiyordu. Ona sevgilisinden neden ayrıldığını sormak istesem de bu soruya cevap vermeyeceğini bildiğimden sustum. Ama içimdeki çocuk, oyun oynamak istiyordu. Belki onu biraz kızdırabilirdim. Yataktan kalkarak elimle onu gösterdim. *"Onu neden bıraktın?"* dediğimde bu konudan sıkılmış gibi derin bir nefes aldı. *"Bu konu konuşmaya açık değil, Dilsiz Kız."* Dilsiz Kız dediği için sakin olduğunu düşündüm.

Ona doğru bir adım atarak elimi düşünüyormuş gibi çeneme koydum. *"Onu aldattın, değil mi? Ah, kesinlikle bir ilişki adamı değilsin, her çiçekten bal alırsan böyle olur."* Tek kaşını kaldırarak bana onaylamaz bakışlar attı. Susmamı istiyordu.

"Kes şunu, Dilsiz Kız!" Ses tonundan hafiften kızmaya başladığını hissediyordum. Bana melez diyene kadar durmayacaktım. Sadece melez dediğinde gerçek anlamda sinirleniyordu.

Neden öfkesi beni mutlu ediyordu?

Bir adım daha atarak durdum. Aklıma bile gelmeyecek, gerçek olma ihtimalinin en düşük olduğu şeyi söyleyiverdim. *"Yoksa seni aldattı mı?"* deyip güldüm. Buna asla inanmazdım çünkü o, her kızın hayalini süsleyecek bir güzelliğe ve güce sahipti.

Aniden kaşları büyük bir kavis çizerek çatıldı. Boynundaki damarın atmasıyla yanlış bir şey söylediğimi anladım. "Kes sesini!" diyerek dişlerini sıktı. "Aldatmayı hepiniz aynı şekilde değerlendiriyorsunuz fakat aldatmanın da farklı şekilleri vardır. İlla farklı birileriyle olunca aldatma yaşanmaz, yalanlar da aldatmadır. Bir halt bilmeden konuşma, Melez Kız!" diye bağırdığında korkuyla yerimden sıçradım. Şimdi yalan konusundaki hassasiyetinin nedenini anlayabiliyordum. Onun yüzündendi.

Belki susmam gerekiyordu ama maalesef boş bulunup susmam gereken yerde dudaklarımın hareket etmesine engel olamadım. *"Dolaylı yoldan olsa bile seni aldatmış. İşte buna inanmam çok güç."* Afallayarak söylediklerim onun sabrının sonuna gelmesine sebep olmuştu. Kesinlikle işim bitmişti.

Aniden duvarla olan temasını kesip üzerime yürüdü. Daha ben ne olduğunu anlamadan, kolumu sertçe tutarak beni kendisine doğru çekti. Boyu benden çok uzun olduğu için başımı kaldırıp ona baktım. Burnundan verdiği öfkeli nefesi tokat gibi yüzüme çarpıyordu. Kolumu sıkarak beni iyice kendisine doğru çekti. "Canın mı yansın istiyorsun?" diyerek bana gözdağı verdi. "Bunu yaparım! Benimle oyun oynamayı bırak ve uslu dur Melez!" Dişlerinin arasında tıslarcasına söyledikleri, kan akışımı durdurmaya yetmişti. İlk kez bana karşı bu kadar tahammülsüzleşmişti.

Ona olan yakınlığım yüzünden kalp atışlarımın ritmi bozulurken sesli bir şekilde kokusunu içime çektim. Bunu çok açık bir şekilde yapmıştım. Lacivert gözlerine tebessüm ederek baktım. Koluma işkence eden elleri umurumda değildi çünkü ben, bana acı verse de yakınımda olmasını seviyordum. *"Ne yaparsın?"*

dedim alay edercesine. *"Söylesene Avcı, ölmek üzere olan bir kızı öldürür müsün? Hâlâ anlamadın, değil mi?"* dedim gözlerine bakarak. *"Bu hikâyede Avcı, bir geyiğin kalbiyle cadıyı kandırıp prensesi kurtarmıyor,"* dedikten sonra kolumdaki elini tutup kalbimin üzerine bastırdım. *"Prensesin kalbi zaten ölü. Yakın zamanda gözlerimi sonsuzluğa yumduğumda beni uyandırmak için bir öpücükten fazlası gerekecek,"* dedim.

Dudaklarım titrediğinde yalvarırcasına ona baktım. *"Doktorların bana biçtiği sadece birkaç aylık bir ömür. Sınırı geçersem bana ne yapabilirsin ki? Son birkaç ayımı elimden mi alırsın?"* Korkarak da olsa cesaretimi toplayıp söylediklerim yüzünden dişlerini sinirden sıktı. Beni öldüremiyordu bile.

Benim neyim vardı böyle? Neden sırf bana yakın olsun diye onu kızdırıyordum? O ne kadar kızıyorsa ben de o kadar mutlu oluyordum. Belki de mutluluğum, kokusunu hissedecek kadar ona yakın olmamdan kaynaklanıyordu. Kalbim dehşet içinde ondan uzaklaşmam gerektiğini haykırıyordu. Canımı yakan kolumu tutan elleri değildi, bana acı ve mutluluk veren fiziksel yakınlığıydı. Kendimi kontrol etmeye çalışsam da bir süre sonra hissettiğim acı yüzünden dudaklarımdan bir inilti firar etti. Kolumu bırakmadan bana doğru yavaşça eğildi. Bir eli hâlâ kalbimin üzerindeydi. Ondan kısa olduğum için yüzlerimizi aynı mesafeye getirene kadar eğildi. Nefesini dudaklarımda hissetmek sertçe yutkunmama neden oldu. Gözleri titreyen dudaklarıma kaydığında bakışları daha da koyulaştı. Lacivert gözleri tehlikeli bir yavaşlıkla gözlerimi buldu. "Ne yapacağımı gerçekten bilmek ister misin?" Sesi fısıltılı ve boğuk çıkmıştı.

Başımı usulca salladığımda yüzünü iyice yüzüme yaklaştırdı. Artık kalbim duracak gibiydi. Nefes almayı bırakmıştım çünkü her an yeni bir krize merhaba diyebilirdim. Bana o kadar yaklaştı ki burnunu hafifçe benim burnuma sürttü. Elini göğsüme biraz daha bastırdı ve sinirli gözlerle bana bakıp, "Ağrıyan kalbine inat öperim seni kadın!" dedi. Evet, zaman benim için durmuştu.

12

BANA GÜNEŞİ ANLAT

"Önce yaşat, sonra öldür beni. İçinde öldüğüme emin olana kadar bu eylemi sürekli tekrarla. Bakalım işe yarıyor mu?"

Nefes dahi almadan heykel gibi, beni tutan adamın gözlerine bakıyordum. Lacivert gözleri karanlık geceden sonra ortaya çıkan şafağın güzelliğine bürünmüştü. Yüzü çok yakınımda, nefesi ise dudaklarımdaydı. Kıpırdamıyordum ve kıpırdamıyordu. Sanki en küçük hareketinde dudaklarımızın arasındaki mesafe kapanacaktı. Burnu benim burnuma değecek kadar yakındık. Onun bu yakınlığıyla aklım beynimi terk etmiş gibiydi. Düşüncelerim ansızın yok olduğu için ne düşünmem ve ne yapmam gerektiğini bilmiyor, mantıklı olanı bulamıyordum. Dudaklarından dökülen o cümleler ikimizi de farklı bir boyuta çekmişti.

"Ağrıyan kalbine inat öperim seni kadın!" Anlık bir öfkeyle çıkan bu sözler, ikimizi de susturmaya yetmişti.

Peki, bu sözleri duyduğum an neden içimi bir heyecan dalgası sarmıştı? Neden bedenim onun hükmü altına girmişti? Ve neden oyunbaz kalbim bu büyülü anın içine etmek ister gibi kontrolden çıkıp bana acı veriyordu. Kuruyan dudaklarımı dilimle ıslatarak derin bir nefes aldım. *"Beni öpmek mi istiyorsun?"* Dudaklarımı oynatarak sorduğum bu soru kararan gözlerinin dudaklarıma kaymasına sebep olmuştu. Evet, bunu çok istiyordu.

Âdemelmasına bakıp yutkunduğunu anladım. "Bilmiyorum!" diyerek öfkeyle hırladı. "Sen bana böyle baktıkça bunu yapmaya bir adım daha yaklaşıyorum!" diye kızdıktan sonra aniden vebalıymışım gibi benden ayrıldı. Bunu sevmemiştim.

Benden uzaklaşması, yüzümün asılmasına neden olmuştu. Kollarımı göğsümde birleştirerek kaşlarımı çattım. *"Madem öpmeyeceksin, o zaman ne diye öyle söylüyorsun?"* diye alınmış bir şekilde sitem ettim. Öperim dediyse beni öpmeliydi!

Ölmeden önce yapmak istediğim şeylerin arasında bu da vardı.

Beni öpmediği için ona sitem etmem, sinirli çehresinin yumuşamasını sağlamıştı. Gülerek başını iki yana salladı. "Bazen hangimizin daha tehlikeli olduğunu bilmiyorum," dedi iç çekerek. Daha sonra eliyle yatağımı gösterdi. "Geç oldu. Uyu hadi, küçük haylaz." İyi de ben uyumak istemiyordum ki. Uyumak yerine yapacak daha eğlenceli şeyler bulabilirdik.

Hâlâ huysuzca bana baktığını fark edince, gülerek yatağıma girdim. Kim bilir aklım benden bağımsız yine neyin hesabını tutuyordu. Yatağa girdiğimde ışıklar kapanmıştı. Odamdan gittikten sonra, istemsiz bir şekilde beni öpseydi nasıl hissedeceğimi düşünmeye başladım. Hayali bile kalp atışlarımın hızlanmasına neden olunca elimi öfkeyle kalbime bastırdım. *"Hayal kurmak bile yasak, bu bedende resmen baskı altında yaşıyorum!"*

Zamanın tek çare olduğu tatlı ızdırabı göğsünde toparlayabilmekti aşk. Kadın bunun farkındaydı lakin yüzleşmeye hazır değildi. Her gün penceresinin pervazına yaslanır, uzun uzun bahçesindeki ıhlamur ağacını izlerdi. Tüm ağaçların içinde kendisine yakın bulduğu tek ağaçtı. Ihlamur ağacı hiç çiçek açmazdı, tıpkı kadının gönül bahçesine hiç bahar uğramadığı gibi. O kadar ağacın içinde ilkbaharda tüm ağaçlar çiçekleriyle göz kamaştırıcı bir şekilde salınırken onun dalları boynu bükük kalmaya mahkûmdu. Her sabah yalnızlığına ortak olmak için bir alaycı kuş konardı dallarına. Belki de çiçekleri olmadığı için onunla alay ederdi bu kuş. Fakat ıhlamur ağacı arkadaş olarak görmüştü onu yalnızlığına. Kadın iç çekerek yitirdiği aşkı için döktü son gözyaşlarını. Camı kapatarak yine hapsetti kendisini sonsuz karanlığına.

Oysaki "Gelirim" demişti, değil mi? Yine gelmemişti. Bir eylül daha geride kalmış ve ıhlamur ağacı son yapraklarını dökerken bir umut daha küle dönmüştü.

"Aşk..." diye fısıldadı kadın, "Aşk, hiç bu kadar ölüme yakışmamıştı," dedi elindeki boş ilaç kutularına bakarak.

Kadın sıkılmamıştı beklemekten. Geçen her saniye ruhunda bir parçayı gömmüştü çiğ toprağa. Oysaki başı zemine sertçe düşüp son nefeslerini tükettiğinde bile adamın, "Gelirim," diyen hayali vardı gözlerinin önünde.

Burnumu çekerek elimdeki kitabı sertçe yere fırlattım. Başlarda çok güzel olan kitap, nasıl böyle mutsuz bir sonla bitebilirdi ki? Hain adam verdiği sözü tutmamış ve gelmemişti. Kadın ise canına kıymıştı. O sahneyi aklıma getirdikçe daha çok ağlamaya başladım. Tüm kitaplar, başta aşkı çok güzel anlatıyorlardı ama finale kadar âşık olan kişilerin başına gelmeyen kalmıyordu. Ah, ne büyük çelişkiydi! Bir duygu nasıl cenneti ve cehennemi aynı anda yaşatabilirdi ki? Ölmeden önce yaşamak istediğim şeylerden biri de aşktı. Aşk konusunda o kadar bilgisizdim ki nasıl bir duygu olduğu hakkında en ufak bir fikrim yoktu. Fakat Lisa'nın bana yasakladığı şeylerden biri de ne yazık ki aşktı. *"Gönül meseleleri kesinlikle hayatında olamaz, Yeşil,"* diyen sesi hâlâ kulaklarımdaydı.

"Bir gün intiharı düşünürsem gidip âşık olacağım. O zaman ölüm yüzde yüz garanti."

Sanırım Lisa'yı özlemiştim.

Hemşire, göğsümdeki kabloların bantlarını sökerken sabırla onu bekledim. Kitabın son sayfasını okuyana kadar işini yapmasına engel olmuştum. İki gündür üst katta tedavi gördüğüm için odamı özlemiştim. Bana taktıkları her şeyi çıkardıktan sonra monitörleri kapattı. Erich ise raporlarıma bakıp iç çekmekle meşguldü. "Son zamanlarda kalbini yoracak neyle meşgulsün?" deyip raporlarımı gösterdi. "Raporların içler acısı. Koşuyor musun? Kalbinin ritimlerinin hızlanmasının sebebi nedir?" Ben bunu nereden bilebilirdim? Kalp doktoru olan oydu.

"Yeşil, aşırı heyecandan kaçınman gerekiyor. Senin kalbin hızlandıkça yavaşlıyor, bunu neden anlamıyorsun?" diye bana bakıp sitem etti. "Kalbini bir batarya olarak düşün," diyerek kaşlarını çattı. "Batarya tükenirse onu tekrar prize takıp şarj etme gibi bir lüksün yok!" Kalbimin nasıl çalıştığını ben de biliyordum. Sürekli bana bunları hatırlatmalarına gerek yoktu. Ben sıradan bir kalp hastası değildim. Eğer öyle olsaydım en küçük heyecan, bu kadar hızlı bir şekilde canımı yakmazdı. Ben bir Taşıyıcı'ydım ve kalbim onu harekete geçirecek her şeye tepki gösteriyordu. Bu yüzden heyecanlanınca canım yanıyordu.

Hemşire odayı toplarken yatağın üzerinde yorgunca oturdum. Çıplak göğüslerimi gören doktorum güldü. "Giyinmeyi düşünmüyor musun?" Haftada iki gün o kabloları göğsümün her yerine yapıştırdıkları için hâliyle üst kısmım çıplak oluyordu. İlk başlarda bu beni çok utandırıyordu fakat aradan yıllar geçtikçe buna alışmıştım. Bir mandalinadan daha küçük olan göğüslerimi doktorların görmesi artık beni utandırmıyordu. Onca yıldır yabancıların içinde yaşıyordum, hâliyle bazı konularda onlara benzemiştim. Bu yüzden bedenim konusunda utanç duygum pek yoktu.

Bay Russell az önce bana kızdığı için ona surat asıp omuz silktim. "Senin iyiliğin için seni uyardım," dedikten sonra dolaptaki kıyafetlerimi alıp yanıma geldi. Genelde hemşire giyinmeme yardım ederdi ama bu sefer bu işi ona bırakmıştı.

Erich sütyenimi bana uzattığında gözleri sol göğsümde oyalandı. Bakışlarında herhangi bir arzu yoktu, öylesine bir şeye bakar gibi bakıyordu. Fakat gözleri sol göğsümdeki ameliyat izinde biraz fazla oyalandı. "Bu iz..." dediğinde başımı sallayarak onu onayladım. Sağlıklı kalbimi bir Taşıyıcı'ya dönüştüren izdi. Bana bunu neden yaptıklarını bir türlü anlamıyordum. Bir anda koskoca bir ülkenin aradığı kişi hâline gelmiştim. Federaller, Amerika'yı didik didik arayıp beni bulmaya çalışıyordu. Oysaki ben ABD'ye bağlı Alaska eyaletinde saklanıyordum. Bu, kimin aklına gelirdi ki? Kalbini sökmek için aradıkları kızın Ötanazi adında bir ölüm okulunda olduğunu tahmin edemezlerdi.

Sütyeni taktıktan sonra Erich'in uzattığı atleti ve balıkçı yaka beyaz kazağımı giydim. Kızıl saçlarımı yün kazağın içinden çıkartınca rahat bir nefes aldım. Ayağa kalkıp kazağın uzun eteklerini aşağıya doğru çektim. Kazağın etekleri dizlerimin üzerinde duran siyah, kısa eteğimin biraz üstünde bitiyordu. Eğilip uzun çizmelerimi de giydim ve fermuarını çektim. Doğrulduğumda aldığım ilaçlar yüzünden hâlâ başım dönüyordu.

Duvardan destek alarak yürüyüp pencerenin yanında durdum. Derin bir nefes alarak perdeyi biraz araladım. Havanın bugün de bulutlu olduğunu görmek beni mutlu etmişti. Aceleyle not defterim ve kalemimi elime alarak odadan çıktım. Eteğimin cebi olmadığı için defteri tişörtün altına, yani eteğin kemerine sıkıştırmıştım.

Bay Russell peşimden gelip, "Daha konuşacaklarımız bitmedi," dedi huzursuzluk içinde. Bana yetişince birlikte merdivenleri inmeye başladık.

Not defterimi çıkardım ve *"Sonra konuşalım çünkü bahçeye çıkmak istiyorum,"* yazıp defteri ona uzattığımda derin bir nefes aldı. "Dışarı çıkmak için bu kadar istekli olman güzel. Sana eşlik edeceğim çünkü odandan çıktığında kalbini yoracak bir şey yapıp yapmadığını görmek istiyorum." Başımı *tamam* dercesine sallayınca yürümeye başladık. Düşündüğü gibi bunun için ekstra bir çabaya girerek koşmuyordum. Kalbimi eskisinden daha hızlı tüketen en büyük sebep Gölge'ydi. Bir tek onun yanında hızlanarak hayatımı daha da kısaltıyordu. Bir tek o beni heyecanlandırarak doktorun kalbimi benzettiği bataryayı yarıya indiriyordu. Fakat bunu Bay Russell'a asla söyleyemezdim. Aksi takdirde onu görmemi bana yasaklayabilirdi.

Saat öğlen on ikiye geliyordu. Yemekhanedeki yemekleri yememiştim ya da yemeyi istememiştim, iştahsızlığım hâlâ devam ediyordu. Ben koridorda oyalanırken Erich, odamdan daha önce bir gardiyandan aldığım şapkayı ve gözlüğü benim için getirdi. Onları takınca içim rahat bir şekilde bahçeye çıkmaya karar verdim. Okuldan çıktığımızda koridorlarda mahkûmlara hiç rastlamamam dikkatimi çekmişti. Bahçede de görünmüyor olmaları tuhaftı. Durup bunu yazarak Bay Russell'a sordum. *"Herkes nerede?"*

Önce düşünüyormuş gibi etrafına baktı, daha sonra yeni aklına gelmiş gibi parmağını şıklattı. "Bunu sana söylemeyi unutmuş olmalıyım. Bildiğin gibi burası ölüm okulu olsa da yemek, içki, sigara ve farklı spor salonları gibi birçok şey mahkûmları kısıtlamamak amacıyla onlara serbesttir. Ve buna oyun gibi aktiviteler de dâhil. Bugün pazartesi olduğu için bloklar arası basketbol maçı var. Geçen hafta Karmalar'ın ve Değişkenler'in maçı vardı, bu hafta sanırım Kontrolsüzler'in ve Bilinmezler'in maçı var. Maçlar genelde eğlenceli ve bol rekabetli geçtiği için hiçbir mahkûm bunu kaçırmak istemez." Bu, bildiğim bir şeydi. Lisa bana ölmeden önce mahkûmların burada mutlu olmaları için birçok şey yaptıklarını söylemişti.

Bu tıpkı birini zamanı gelene kadar güzel vaatlerle kandırmak, cadı ortaya çıkana kadar Hansel'in kendisini Mutluluklar Diyar'ında sanması gibi bir şeydi. Daha sonra büyü bozuluyor ve kısa süreliğine güzel sandığı her şeyin aslında bir tuzaktan ibaret olduğunu görüyordu. Her güzel şeyin ardında mutlaka aldatıcı bir şeyler vardı. Tıpkı gülümseyen herkesin gerçekten mutlu olmaması gibiydi.

"Onları izlememin bir sakıncası var mı?" diye yazarak sordum.

Bu isteğim onu memnun etmiş gibi birkaç mutlu homurtu çıkardı. "İnsanların arasına karışman iyi bir şey, sana yolu göstereyim," dediğinde onu takip etmeye başladım.

Okul sadece yönetim olarak değil, yapı olarak da diğer normal okullardan çok farklıydı. Alaska'nın ıslak ormanlarının içinde koskoca bir taş yapıttı. Görünüş olarak bir kale ya da büyük bir kuleyi andırıyordu. On katlı koskocaman bir okuldu. Eski yüzyıllarda yaşayan sınır savaşçılarının kaldığı o büyük kaleler gibi sekiz kubbesi vardı. Her katta, sayamayacağım kadar çok oda ve kolonlu balkon bulunuyordu. Benim odamda bile bugüne kadar çıkmaya cesaret edemediğim bir balkon kapısı vardı. Okulun giriş katı tamamen kolonlardan oluşuyordu. Bahçesi inanılmaz büyüktü ve birçok ağaç, çiçek ve bankla süslüydü. Bahçenin bir ucundan diğer ucuna gitmek Lisa'nın dediğine göre bir saati buluyormuş. Bahçesi de en az okul kadar büyükmüş. Bugüne kadar ben sadece bahçenin botanik kısmına kadar gitmeyi başarmıştım. Duvarları bir insan boyunun üç katı uzunluğunda inşa edilmişti. Sanki o düz ve kalın duvarlara tırmanmak mümkünmüş gibi duvarların üstünde birbirine halka şeklinde geçirilmiş dikenli elektrik telleri vardı. Bu okuldan kaçmak imkânsızdı. Her şeyiyle bir hapishaneyi andırıyordu. Gece on ikide her mahkûmun kapısı kilitleniyordu ve gardiyanlar sabaha kadar nöbet tutuyordu. Allah aşkına, hangi okulda gözetleme kulesi olurdu ki? Camdan ne zaman baksam o kuleyi görmemek için kafamı başka tarafa çevirirdim. Sanırdınız askeri kamp! Tek fark burada kışla yerine binlerce çeşit ağaç, çiçek ve yasak olması gerektiği hâlde birçok aktivite vardı. İçki içmek serbestti. Zaten yeterince tehlikeli olan mahkûmların içip içip sarhoş olarak birilerine saldırmasını mı istiyorlardı? Gerçi duyduğuma göre alkol dâhil her şey günlük dozunda ve sınırlı bir şekilde veriliyordu. Aksi olsaydı çok korkunç şeyler yaşanılabilirdi.

"Geldik." Erich'in sesiyle okulu incelemeyi bırakıp başımı kaldırdım.

Basketbol sahasını görünce ağzım kocaman açıldı. Koskocaman bir saha görmeyi kesinlikle beklemiyordum. Devasa bir açık saha ve etrafında yapılan düzenli tribünler beni şaşırtmıştı. Sanki milli sporcular yetiştireceklermiş gibi yapılan bu gösterişli basketbol sahasını çok abartılı bulmuştum. Karşılıklı iki pota nelerine yetmiyordu ki? Bunlar hep boşa masraftı. Kınarcasına başımı sallayıp geldiğimiz yola baktım. Bahçenin bu tarafını ilk kez gördüğüm için herhangi bir aksilik olursa kaybolmak istemiyordum. Ben etrafıma delice bakışlar atarken doktorum, "Ne yapıyorsun?" deyince cevabı bir kâğıda yazarak ona uzattım. *"Bu okulun sponsorunu merak ediyorum ya da labirent gibi bir yer tasarlayan mimarını,"* dediğimde gülerek başını iki yana salladı.

Mahkûmların arasına fazla karışmadan kendime oturacak yer aradım. Fakat sanki ülkeler arası maç varmış gibi tüm koltuklar doluydu. Ön sıralardaki sarışın bir kız bizi görünce, ayağa kalkıp el salladı. Bu, o kadındı; kantinde doktoruma göz kırpan sarışın kadın. Sanırım adı Anastasia'ydı. Erich elini omzuma koyarak beni ona doğru yönlendirdi. Kızın oturduğu yer en ön sıraydı. Yanılmıyorsam bu kadın Bilinmezler'dendi, onların bloğunun maçıydı bu.

Yanında durduğumuzda kadının mavi gözleri Erich'in omzumda duran eline takıldı. Kısa ve sarı saçlarını arkaya doğru taramıştı, üzerinde gri bir tayt ve uzun bir kazak vardı. Gözleri hâlâ omzumdaki eldeyken, "Merhaba, Bay Russell," dedi hafif alınmış bir sesle.

Doktorum omzumdaki elini çekerek kadına baktı. "Maç nasıl gidiyor, Ana?" dediğinde kadın eliyle basketbol sahasını gösterdi. "Biz öndeydik ama ikinci yarıda Kontrolsüzler'den Alex Marshall oyuna girdi. Bizimkileri bayağı zorluyor gibi," dedi sitem ederek. Gölge miydi?

Gölge'nin de oynadığını duyunca bakışlarım hemen basketbol oynayanları buldu. Çok geçmeden onu görmüştüm. Üzerindeki beyaz tişörtü ve bacaklarını saran siyah pantolonuyla çok dikkat dağıtıcıydı. Havalar soğumaya başladığı için tişörtünün üstüne giydiği siyah sweatshirtle nefes kesiciydi. Kollarını dirseklerine kadar düzenli bir şekilde toplamıştı. Fazla terlemiş olmalı ki uzun, kumral saçları yüzüne yapışmıştı. Hareket ettikçe saçları rüzgârda ahenkle dans ediyordu sanki. Topu sağ eliyle ritmik bir şekilde yerde sektirdiğini gördüm. Çevik bir hareketle önündeki rakibinin boşluğundan yararlanıp bulunduğu yerden topu potaya attı. Topu uzak bir mesafeden attığı için potadan geçme olasılığı düşüktü. Fakat top, potanın içinden geçtiğinde tribündeki Kontrolsüzler heyecanla ayağa kalkıp tezahürat yaptılar. Çoğunun kadın olduğu mahkûmların hayran bakışları beni rahatsız ettiği için bakışlarımı onlardan çektim. Alt tarafı çemberin içinden geçen bir toptu, onu fazla şımartıyorlardı.

"Beni duyuyor musun?" Karşımda duran Anastasia elini yüzümün önünde sallayınca hafifçe tebessüm ettim.

Bana doğru elini uzatarak, "Ben Anastasia," dedi. "Bilinmezler'denim." Gülümseyerek kendini tanıtınca elini sıktım.

"Bu da Yeşil Başar, onu zaten tanıyorsunuz." Erich benim yerime beni tanıtınca Anastasia başını salladı.

"Her yer dolu, Yeşil. Sen benim yerime otur, ben de Bay Russell'a arka taraflardan bir yer bulayım." Daha ben cevap veremeden, omuzlarımdan tutarak beni kendi yerine oturtmuştu.

Erich'in karşısında durarak eliyle merdivenleri gösterdi. "Beni takip edin lütfen," deyip göz kırpınca doktorumun yüzünde ima dolu bir gülümseme oluştu ve onun peşinden gitti. Beni burada bırakıp gittiğine inanamıyordum.

Oflayıp yeniden oyun oynayanlara baktım. Tabii, etrafımdaki mahkûmların bana bakışlarını görmezden gelmeye çalışıyordum. Açık havada olduğumuz için üşümeye başlamıştım. Sanırım hırkamı almadan dışarı çıkmak pek akıllıca bir karar değildi. Hafif hafif esen rüzgâr tenimi ısırıyordu. "Sence üzerindekini ne zaman çıkaracak?" Hemen yanımda oturan bir kadın yanındaki arkadaşına bunları söylemişti.

İç çeken diğer kadın, "Onu üstsüz görmeyi ne çok isterdim!" dediğinde sesi mest olmuş gibi çıkmıştı. Hülyalı bir sesle söyledikleri yüzünden yanaklarım hafifçe kızardı. Kimden bahsediyordu bunlar? Gözlerini bile kırpmadan baktıkları yere döndüğümde gördüğüm kişi yüzünden kaşlarımı çattım. Avcı'ya mı bakıyorlardı? Bu sapık kadınlar resmen suikastçımı gizli gizli taciz ediyorlardı!

Etrafıma dikkatli bir şekilde baktığımda çoğu kadının bakışlarının onda olduğunu gördüm. Ah, hadi ama! Orada bir teyze gördüğüme emindim. Adam resmen küçük büyük her kadının dikkatini çekiyordu. Kollarımı göğsümde birleştirerek şovlarıyla herkesi büyüleyen kişiye baktım. Maçın geri kalanını bir hayalet gibi sessizce izlemiştim. Taylor ile aynı takımdaydılar ama şu ana kadar ikisi de birbirlerine hiç pas vermemişti. Sanki karşı takımla değil de kendileriyle yarışıyor gibiydiler. Maçın bitmesine henüz yirmi dakika vardı ama Kontrolsüzler açık ara öndeydi. Ve sayıların çoğunu Gölge almıştı. Bu adam her konuda mükemmel olmasa da olurdu bence.

Elindeki topu sektirdikten sonra tam potaya atacaktı ki aniden başını kaldırdı ve gözleri beni buldu. Zaten en ön sırada oturuyordum. Lacivert gözleri büyük bir özenle beni incelediğinde oturduğum yerde baştan ayağa ürperdim. Elindeki topla öyle durmuştu. Sanki maç durmuş gibi herkes bir ona bir bana bakmaya başlamıştı. Bazıları devam etmesi için bir şeyler söylese de onları duymuyor gibiydi. Topu arkasında duran birine fırlatarak bana doğru gelmeye başladı. Çoğu kişi oyunu bıraktığı için sitem etse de onları umursuyor gibi görünmüyordu. Yanıma gelip tam karşımda durduğunda onunla olan göz temasımı kesmeden yavaşça ayağa kalktım. Kalbim yine hızlanmaya başladı.

Erich yanımda olsaydı kendi gözleriyle kalbimi yoran sebebi görebilirdi.

Ona büyük bir merakla baktığımda kaşlarının çatılmış olduğunu gördüm. Eliyle baştan ayağa beni gösterip, "Bu soğuk havada neden üzerinde bir hırka yok?" dedi. "Ayrıca bu etekten nefret ettim, Melez Kız," diye beni azarladığında gülümsedim. *"Yarım saatten fazladır buradayım,"* dedim dudaklarımı oynatarak.

Başını olumsuz anlamda iki yana sallayarak, üzerindeki sweatshirtü çıkarıp yüzüme fırlattı. "Giy şunu, hasta olacaksın!" Yere düşmeden son anda yakaladığım şeyi aynı hızla onun yüzüne fırlattım. O kadınlara kaslarını göstermesine gerek yoktu bence.

Sweatshirtü havada yakaladığında, tek kaşını kaldırarak bana baktı. "Bu da neydi şimdi?" Ona karşı çıkmam onu hem afallatmıştı hem de herkes bize bakarken böyle bir şey yaptığım için kızdırmıştı.

Benden cevap bekleyen adama gözlerimi kısarak baktım. Elimle az önce onun hakkında konuşan o iki kadını gösterdim. *"Bu kadınlar seni üstsüz görmeyi istiyorlarmış! Diğerlerinin de ne düşündüğünü anlamak hiç zor değil. Neden bu şeyi hemen giymiyorsun?"* diye bu sefer ben onu azarladım. Diğerleri sesimi duymadıkları için beni anlamıyorlardı.

Başta kaşları şaşkınlıkla havalandı ama daha sonra aklına bir şey gelmiş gibi dudağının bir tarafı yavaşça yukarıya doğru kıvrıldı. "Bu seni neden bu kadar rahatsız ediyor, Dolunay Surat?" Eğlenen sesine *bilmiyorum* dercesine omuz silktim. Sebebini ben de bilmiyordum.

"Sana bakmalarını sevmedim," dedim alınganlık yaparak. *"Sen benim suikastçımsın, onların değil."*

Bu hâlim onun yüzünde küçük bir tebessüm oluşmasını sağlamıştı. Yanıma gelip kapüşonlu sweatshirtü kollarımdan geçirerek bana giydirdi. Fermuarını çenemin altına kadar çekti. "Senin sağlığın daha önemli, Dolunay Surat," dedikten sonra burnumu sıkarak başımı iki yanıma doğru salladı. "Ayrıca bu kadar açık etme," deyip göz kırpınca hiçbir şey anlamadım.

Neden bahsettiğini anlamadım.

Amber kokusunu hissetmek için bana giydirdiği şeyin yaka kısmını burnuma yaklaştırdım. Kokusunu uzun uzun içime çektikten sonra gülümseyerek ona baktım. *"Kokun çok güzel,"* dediğimde sesli bir şekilde kahkaha attı. "Ben az önce kime konuştum?" diye sorduğunda, kıkırdayarak omuz silktim.

"İlaçlarını aldın mı?" dedi.

Başımı sallayarak, *"Evet,"* diye dudaklarımı oynattım.

Gözleri bir şeyi anlamak ister gibi yüzüme baktı. "Solgun görünüyorsun, yemek yedin mi?" *Hayır* der gibi bir işaret yaptım. Çok sık yemek yiyemediğimi o da biliyordu.

Kaşları yine usulca çatılmıştı. Sıkıntıyla bir nefes verdikten sonra eliyle yolu gösterdi. "Anlaşıldı, hadi gidip karnını doyuracak bir şeyler bulalım." Sabırsız sesine tebessüm ederek insanların arasından geçtim. İki gün boyunca üst katta tedavi gördüğüm için onu özlemiştim. Beni görür görmez oyunu bıraktığına göre o da beni özlemişti.

Herkesin ilgi odağı olmak istemesem de taşıdığım kalp ve Gölge yüzünden yine tüm gözler bizdeydi. Bahçeden okula doğru yürürken ben öndeydim ve o, aramızda üç adım olacak şekilde arkamdan geliyordu. Etrafımdaki ağaçları izlerken küçük adımlarla yürüyordum. Aniden burnumdan akan sıcaklıkla durdum. Elim refleks olarak burnuma gideceği esnada kendimi durdurdum. Burnum kanıyordu ama kan göremezdim. Fakat onun hırkasını kendi kanımla da kirletmek istemiyordum. Ben durunca onun da durduğunu hissettim. "Neden durdun?" diye sordu. Yüzümü göremediği için kanayan burnumdan habersizdi.

Elimi usulca uzatarak eteğime sıkıştırdığım not defterimi ve kalemi çıkardım. *"Bir dileğim olsun isterdim,"* yazdım ve ona doğru dönmeden omzumun üstünden yırttığım sayfayı arkaya doğru uzattım.

Vaktim gittikçe azalıyordu.

Sayfa parmaklarımın arasında çekilip alındığında bana çok yakın olduğunu anladım. "Söyle." Tok çıkan sesini duyunca derin bir nefes aldım.

"Bana güneşi anlat, Avcı," yazıp aynı şekilde ona uzattım. Bugün bile hava bulutlu diye dışarı çıkabilmiştim. Üstelik bunu yaparken güneş gözlüğü ve burnuma kadar gelen şapka takmıştım. Bana yasak olan güneşi merak ediyordum. Güneşi hiç göremesem de hep merak etmiştim. Ona bakan bir insanın düşüncelerini, nasıl hissettirdiğini ve sıcaklığını merak ediyordum. İnsan kendisine yasak olan şeylere ilgi duyuyordu.

Okuduğunda sıkıntılı bir şekilde iç çekmesini saç diplerimde hissettim. Başım dönmeye başlamıştı. "Bu dileğin bende saklı kalsın, Dilsiz Kız," dedi sıkıntıyla. "Şimdilik onun yerine başka bir şey dile." Sesi düz ve ifadesizdi fakat yüzde tebessüm uyandırıyordu.

Burnumun kanaması duracak gibi değildi. Onun sweatshirtüne damlayan kanı görmemek için gözlerimi karşımda duran akasya ağaçlarından çekmiyordum. Dizlerim de titremeye başladığı için sessizce tutunacak bir şeyler aradım. *"Öleceğim, değil mi?"* Bildiğim bir şeyi ona onaylatmak istiyordum. Sanki o söylerse kabul etmesi daha kolay olacaktı.

Yazdıklarımı okuduğunda sertçe yutkunduğunu duyabiliyordum. Cevap vermedi, oysaki bilmiyordu sessizliğinin bana ne çok şey anlattığını. Gözlerim dolduğunda bir kâğıda daha yazarak omzumun üzerinde ona uzattım. *"Evet veya hayır, demelisin."* Bunu söylemek onun için kolay olacaktı ama ya benim için? Benim için kolay olan neydi?

Üzerine gitmemden hoşlanmadığı için, "Kes şunu, Melez!" diyerek beni susturmak istedi. Ölüm hakkında konuşmam onu kızdırmıştı. Oysaki şu anda ayakta bile zor duruyordum.

Göremese de başımı sallayıp bir adım atmıştım ki aniden büyük parmakları kolumu yakaladı. "Bana doğru dön!" dedi sabırsız bir sesle. Garip davranışlarımdan ters giden bir şeyler olduğunu anlamış gibiydi.

Yapamadım, benim bile bakmaya cesaret edemediğim kanlı yüzümü görsün istemedim. Parmakları kolumu daha sıkı sardığında sıcak nefesini boynumda hissetmek hasta kalbimi harekete geçirmişti. "Bana bak, Dolunay Surat." Fısıltıyla çıkan sesini duyunca sertçe yutkundum. Beni ikna etmek için bu sefer daha ılımlı konuştu.

Derin bir nefes alarak, yavaşça başımı çevirip ona baktım. Lacivert gözleri kanayan burnumu görünce, kaşlarını çatarak bir küfür savurdu. Aceleyle cebinden bir mendil çıkarıp burnuma bastırdı. "Kahretsin, bu da ne!" diye sertçe konuştuğunda onu duymakta zorlanıyordum. Başımın dönmesi gittikçe şiddetleniyordu.

Sol göğsümde hissettiğim keskin ağrı yüzünden kolum uyuşmaya başlamıştı. Elimdeki kalem yere düştü. Başımı ellerinin arasında çekmek isterken bedenim yorgunluktan tükendiği için olduğum yere yığıldım. Son anda beni belimden yakalayıp hemen kucağına aldı. Ayaklarım yerden kesildiğinde onun kollarında gözlerimi kapattım. Göğsüne sokulurken yorgunca baygın gözlerimi araladım. Göğsünde soluklanmak, hatta uyumak istiyorum. Başımı kaldırıp benim için endişelenen gözlerine yorgunca baktım. *"Kadın korkuyordu, ölüm onu korkutuyordu Avcı,"* dedim dudaklarımı oynatarak. Söylediklerim yüzünden tüm bedeni kaskatı kesilmişti.

Çaresizlik içinde gözlerime baktı. "Oysaki adam, öldürmeyi biliyordu; yaşatmayı değil. En büyük çelişkim oldun, Dilsiz Kız," diyerek iç çektiğinde sözlerini idrak edemeden onun kollarında karanlığa çekildim.

Ölmek istemiyordum. O hayatıma girmeden önce ölümden bu kadar korkmuyordum.

Gözlerimi usulca araladığımda her yerin karanlık olduğunu gördüm. Yatakta yavaşça oturup gece lambasını açtım. Odamdaydım. Üzerime baktığımda kıyafetlerim değişmişti, pijamalarım giydirilmişti. Bunu o yapmıştı, değil mi? Beni iç çamaşırlarıyla görmüş olduğu gerçeği beni utandırdığı kadar kalp atışlarımı da hızlandırmıştı. Yavaşça yataktan kalkıp ışığı açtığımda aynanın önünde bir yemek tepsisi gördüm. Küçük adımlarla tepsinin yanına gittim. Sosis ve haşlanmış patates salatasının yanında bir dilim milföy keki gördüm. Kızılcık şerbetinin içindeki susam yaprakları çok güzel görünüyordu. Tepsinin bir köşesine sıkıştırılmış notu görünce hemen alıp okudum.

"Bu yemeklerin hepsi bitecek.

Not: İki gün okulda olmayacağım. Bu süre zarfında odandan çıkarsan yalnız olma."

Not kısmında yazan şeyleri görünce zaten az olan iştahım hepten kaçmıştı. Yatağımın üzerine oturup yastığımın altına gizlediğim telefonu çıkardım. ***"Neredesin?"*** Hızlı bir şekilde yazdığım mesajı gönderdim.

Yaklaşık beş dakika cevap gelsin diye sabırsızca bekledim. Sonunda mesaj gelmişti. **"Manhattan."** Ciddi miydi? Alaska'dan Manhattan'a arabayla gitmek çok zaman alırdı. Tabii, arabayla gitmemiş de olabilirdi.

"Evin Sitka'da sanıyordum, Manhattan'da mı oturuyorsun?"

Manhattan'da genelde zenginler, ünlüler ya da lükse düşkün insanlar otururdu. Amerika'nın en canlı bölgesiydi. Şehrin göz kamaştırıcı bir ışığı olduğu söyleniyordu. Alaska öyle değildi, yağmur ormanlarıyla meşhur olan kırsal bir bölgeydi. Fakat ikisi arasında bir seçim yapsam ben Alaska'yı seçerdim. Doğayla iç içe olmak, ağaçların rüzgârla dans edişini izlemek ve yağmurdan sonra ıslak toprağı solumak gibisi yoktu. En güzeli ise burada hava hep yağışlı ve bulutluydu. Benim durumumdaki biri için ideal olan buydu. Yeni bir mesaj geldiğinde, vakit kaybetmeden telefona baktım.

"Sitka mı? Benim için çok küçük bir şehir. Alaska'ya gelme nedenim sendin, Dilsiz Kız. Şimdi küçük bir işim var ve sen de oyalanmayı bırakıp yemeğini yiyorsun.

Not: Bir süre telefon yanımda olmayacak, uslu dur."

Telefonunu bile yanına almayacak kadar mühim olan işini merak etmiştim. Ama daha sonra zihnimin derinliklerinde aradığım cevabı buldum. Öldürmek! Yeni bir iş almış olmalıydı. Gözlerim istemsiz bir şekilde dolarken beni görecekmiş gibi yüzümü eğdim. Onun birini öldürmesini istemiyordum. Ölüm bana annemi hatırlattığı için son bir yıldır kendime yakın gördüğüm adamın parmakları daha fazla kan koksun istemiyordum.

"Burada olmanı istiyorum!

Not: Özlediğimden değil, birinin beni koruması gerekiyor, bencil adam."

Yazdığım mesajı vazgeçmeden gönderdim. Bu sefer cevabı için beklememe gerek kalmamıştı çünkü mesaj hemen gelmişti. **"Duygularını saklamayı dene bakalım, işe yarıyor mu?**

Not: Bazen beni kullandığını düşünüyorum."

Mesajı okuyunca, dayanamayıp kıkırdadım. Belki de gerçekten bencillik ediyordum fakat yeni ve ultra yakışıklı korumamı kaybetmek istemiyordum. Yüzümdeki tebessümü koruyarak ayağa kalktım ve benim için getirdiği yemeklerden birkaç lokma aldım. İlaçlarımı içerek yeniden yatağıma girdim. Son zamanlarda çok sık uyumak beni korkutuyordu. Enerjim çabuk tükendiği için hâlsizliğim artmıştı.

Telefonu tekrar elime alıp bir şeyler yazdım. ***"Kadın baktığı her yerde onu görmek istiyordu ama adamın gözleri hiç değmiyordu kadının olduğu yere.***

Not: Sen de beni görmek istiyor musun?"

Biraz tereddüt etsem de mesajı gönderdim. Hastaydım ve ölüyordum, yani bazı şeyleri utangaçlığım yüzünden erteleyecek zamanım yoktu. Beni mutlu edecek şeylere sıkıca asılıp peşinden koşmalıydım. O beni mutlu ettiği için onunla ilgili her şeyi kalan birkaç aya sığdırmalıydım.

Yarınım bile belli değildi ve onu yarına erteleyemezdim.

Gelen mesajı okuyunca dudaklarım kıvrıldı. Küçük bir alıntıyla bana cevap vermişti. **"Bir insan bir yere bakıyorsa orada ilgilendiği bir şey vardır, bir insan bir yere hiç bakmıyorsa orada ilgilendiği bir şey kesinlikle vardır.** [5]

Not: Şu anda seni izliyorum."

Odamdaki kamera aklıma gelince, tebessüm ederek yatağa uzandım. Beni izliyordu. Farklı şehirlerde ve farklı yerlerde olsak bile şu anda beni izliyordu. Yeni bir mesajı başlatmak için aklıma takılan başka bir soruyu yönelttim. Sorumu doğrudan değil, dolaylı yoldan sordum çünkü bunu anlayacak kadar zeki olduğunu biliyordum. Neden çok az konuştuğunu merak ediyordum. O genelde kendiliğinden konuşan biri değildi. Konuşmazsan konuşmaz ve yazmazsan yazmazdı. Fazla suskun biriydi. ***"Sessizlik de bir intihardır doğrusu. Cümlelerin infazı, kelimelerin ölümü değil midir? Mühürlü dudaklarında kaç yarım kalmış satırların ölümü var?***

Not: İnsanların konuşmasını sevmiyor musun?"

Mesajı gönderdikten sonra yatakta oturarak cevabın gelmesini bekledim. Ben konuşamadığım için onunla olan yazışmalarımız çok hoşuma gidiyordu çünkü böylece iki taraf da eşit oluyordu. Hiçbir konuda onunla kıyaslanamazdım ve yarışamazdım ama bazen böyle avuturdum kendimi. Eksikliğimi daha az hissettirdiği için böyle anlarda daha az acırdım kendime. Mesaj geldiğinde ise kalbim mutluluktan duracak sandım. Küçük bir mesajı bile beni ne denli mutlu ediyordu. **"İnsanlar seni kurduğun cümlelerde tanımıyorsa susmak en doğru olan değil miydi?**

Not: Konuşursan seni dinlerim."

Yazdıkları hoşuma gitmişti ama notu beni biraz kederlendirmişti. Konuşamadığım için son yazdıklarında bir sitem sezmiştim. Üstelik yazdığı şeylerde bir sitem sezmiştim. İnsanlara gücenmesinin bir sebebi olmalıydı. Onu insanlardan uzak tutan ve öldürme isteğini körükleyen bir şeyler olmalıydı. Kendiliğinden eline silahı almamıştı ya bu adam. Onu, buna iten bir şeyler yaşanmış olma-

---

[5]Sigmund Freud'a ait bir söz.

lıydı. Bir anda geçmişini merak ettim. Onun hakkında hiçbir şey bilmediğim gerçeğini acı içinde göğüsledim. Kimdi bu karanlık ve gizemli adam? Herkes için soğukkanlı bir katilken bana karşı nasıl bu kadar derin biri oluyordu? Onun hakkında çıkan söylentileri duymuş, haberleri izlemiştim. Hangi Gölge gerçekti? Herkesin kâbuslarında yer alan o soğukkanlı katil mi yoksa herkesten daha fazla bana değer veren ve üzerime titreyen bu adam mı? Evet, bana değer verdiğini biliyordum. Aksi olsaydı kalbimi söküp giderdi. Fakat o bunu yapmadığı gibi bir de benim için burada kalıyordu. Bu, bir insana verilen değeri göstermek için yeterli değil miydi?

"Bazı insanlar kırıldıkları yerden sessizleşir, sen de onlardan biri misin?

Not: Sesim sen olsana... İsteyip de söyleyemediğim her şeyi sen benim yerime söyle. Olmaz mı?"

Mesajım gittiği an cevabı çok hızlı geldi.

"Onlardan biri olduğumu sana düşündüren sebep nedir? Beni belli kalıpların içine koymaya çalışmak ve tanımadan değerlendirmek de bir ön yargı değil midir?

Not: En çok ne söylemek istiyorsun?"

Yataktan çıkarak odada yürümeye başladım. Gözlerimi elimdeki telefondan bir saniye bile ayırmıyordum. "Ön yargı" demişti. Bunu öylesine seçmiş olamazdı. İnsanlarla bir sorunu olduğu çok belliydi çünkü işi bile insanları öldürmekti. O, herkes tarafından bilinen bir seri katildi. Haklı olarak insanlar onun hakkında pek de iyi şeylerden bahsetmiyordu. Bunu ön yargı olarak görüyor olabilir miydi? Yoksa ön yargılı olarak gördüğü kişi ben miydim? Bir katile olan tutumumu ondan hiçbir zaman gizlememiştim. Belki de bu serzenişi banaydı. Derin bir nefes alıp, aklımdakiler uçup gitmeden önce mesajımı yazıp gönderdim.

"Senin, hakkındaki ön yargıları umursadığını sanmıyorum.

Not: Ne söylersem orada sesli bir şekilde söyleyecek misin? O zaman şunu söyle: Seni seviyorum."

Son yazdıklarımı okuyunca kıkırdadım. Okuduğunda yüz ifadesini görmek için her şeyi verebilirdim. Onunla uğraşmayı gerçekten seviyordum. Notumu okuyunca vereceği tepkileri aslında tahmin ediyordum. Önce gözlerini kapatıp tekrar açacak ve mesajın hâlâ orada durduğunu görecek, daha sonra gerçekten böyle bir şey yazdım mı diye ikinci hatta üçüncü defa okuyacak. Yine onunla oyun oynadığımı anlayınca kaşları usulca çatılacak, belki de telefonu kenara koyup bilgisayarın ekranından bana ters ters bakacaktı. Ben şu anda odanın ortasında durup güldüğüm için büyük ihtimalle sinirli bakışları üzerimdeydi. Tam şu anda gözleri gülüşüme takılmış olmalıydı. Şimdi çatık kaşları yavaşça düz bir çizgi hâline geldi, siniri yatışmaya başladı. Gülüşümü seyre daldıkça içine ılık bir şeyler akıyor gibi rahatlıyordu. Gülüşümün onu sakinleştirdiğini biliyordum çünkü ne zaman gülsem gözleri dudaklarımda oyalanır ve bakışları yumuşardı. Çoktan sakinleşmiş olmalıydı. Belki de beni izlerken o da farkında olmadan tebessüm ediyordu. Derin bir nefes alıp başını iki yana sallayacak ve beklediğim mesajı yazmaya başlayacaktı. Büyük ihtimalle otuz saniye içinde mesaj geldiğini gösteren küçük, sarı kutucuk telefonun ekranında belirecekti. Hissettiklerinin tam tersi şeyler yazarak o da beni kızdırmaya çalışacaktı. Tahmin ettiğim gibi otuz saniye içinde mesaj gelince kıkırdadım. Onu yavaş yavaş tanımaya başlamıştım.

"Çok mu şımarttım ben seni? Sana neden kızıyorum ki? Tüm kabahat benim, baktım şımartacak kimsesi yok, ben şımartayım dedim.

Not: Aptalca cümleler kurmaya vaktim yok!"

"Huysuz!" diyerek mesajına ters ters baktım. Espri yeteneği hiç yoktu bu adamın. Ne zaman bir şaka yapsam beni tersliyordu. İhtiyar insanlar gibi sürekli surat asıp duruyordu. Omuzlarımı onun gibi dikleştirip hep yaptığı gibi kaşlarımı çattım. Ekşi bir şey yemiş gibi yüzümü buruşturup dik dik karşımdaki boşluğa bakarak yürüdüğümde ikinci mesaj geldi.

"Beni mi taklit ediyorsun sen?" Nasıl da biliyordu kendini. *Sakın gülme, Yeşil.*

Başımı yukarı kaldırıp duvardaki gelincik buketine bakarak ağzımı eğdim. *"Beni mi taklit ediyorsun sen?"* deyip tekrar onu taklit ettiğimde yeni bir mesaj daha geldi. **"Oraya gelirsem o ağzını..."** yazmış ama gerisini hayal gücüme bırakarak devamını getirmemişti. Demek ki yanılmamıştım, kameralardan biri gerçekten buketin içindeydi.

Telefonu sıkıca tutarak sandalyeyi aldım. Sandalyeyi duvarın yanına bırakıp üstüne çıktım. Bukete doğru yüzümü yaklaştırıp dudaklarımı oynattım. *"Ne yaparsın ağzımı? Öper misin?"* dedim. Bakalım buna nasıl bir cevap verecekti.

"Kırarım!"

Gülerek başımı iki yana salladım. Kırarmış, istese bile yapamazdı. Gözlerimi telefondan ayırıp tekrar gelincik buketine çevirdim. *"Kıyamazsın."*

Yeni mesaj, çok hızlı gelmişti. Böylelikle o mesajlar üzerinden, ben ise bukete bakarak konuşmaya başlamıştık. Barbar adam, **"Bahse var mısın?"** yazıp gönderdi. Çenemi dağıtmak mı istiyordu?

Aklıma gelen şeyler yüzünden sinsice sırıtıp bukete baktım. Gizlediği kameraya çok yaklaştığım için dudaklarımı okuyabilirdi. *"Dudaklarım bana sağlam lazım. Henüz hiç öpülmemişken birinin onlara şiddet uygulamasına izin vermem."*

"Öpülmek mi istiyorsun?"

"Evet, öpecek misin?"

Şu anda güldüğüne emindim ama mesajında inadıma, **"Hayır!"** yazmıştı.

"Ben de öpecek birini bulurum."

"Denemekle kalırsın."

"Neden?"

"İnsanlar yaşamayı seviyor."

"Hepsini de öldürmezsin."

"Şüphen mi var?"

"O zaman sen öp."

"Uyu artık, arsız kadın!"

"Bir gün beni öpeceksin."

"Hayal kurmaya devam et."

Sandalye üstünde sürekli başımı eğip telefona bakmak ve başımı kaldırıp kameraya karşı konuşmak beni çok yormuştu. Başım dönünce duvara tutunarak dengemi korumaya çalıştım. Yavaşça yere inip yatağıma uzandığımda üzerimde tatlı bir yorgunluk vardı. Bu sefer gözlerimi mutlu bir şekilde yumdum. Onunla olan yazışmalarımız beni mutlu etmeye yetmişti.

Mutluluk bana hiç ummadığım bir adamla gelmişti.

Sabah öksürük kriziyle uyandım. O kadar çok öksürüyordum ki ciğerlerimin ağzımdan çıkacağını düşündüm. Ağzımın içinde hissettiğim iğrenç tat yüzünden üzerimdeki ince çarşafı dudaklarıma bastırdım. Avuçlarımda sıktığım beyaz kumaşın kendi kanımla kirlendiğini görünce gözlerim doldu. Sadece kalp hastasıydım ama son günlerde çoğalan bu kanlar kalp hastası birinde olacak şeyler değildi. Bunun en büyük sebebi Taşıyıcı olmamdı. Kimin kalbi radyasyon yayardı ki? Gözyaşlarım yanaklarımdan süzülürken titreyen dudaklarımdan tek bir kelime döküldü.

Baba...

Lütfen gel ve bana ne yaptığını gör!

Hıçkırarak dudaklarıma bastırdığım çarşafı sertçe yere fırlattım. Bu uğursuz kanı görmek bile beni hasta ediyordu. Sendeleyerek banyoya girip ağzımın içini kan kokusundan kurtulana kadar suyla çalkaladım. Banyoya ağlayarak girmiştim ama yüzümde küçük bir tebessümle çıktım. Bu hep böyle oluyordu, ne zaman canım yansa gülümsememi durduramıyordum. Çok gülen insanlar acılarını gülüşlerinin ardına saklardı. Bunu kendi gülüşlerimin arasında öğrenmiştim. Üzerimi değiştirip kahvaltı için odamdan çıktım. Nefes nefese merdivenleri bitirip yemekhaneye gelebilmiştim. Kapıdan girdiğimde yine tüm gözler bana dönünce ağlamak istedim. Artık onlarla yemek yememe alışsalar olmaz mıydı? Evet, aradıkları Taşıyıcı bendim ve evet, kalbim servet değerindeydi. Fakat gardiyanlar varken kalbimi söküp alamazlardı. O hâlde neden her defasında uzaylı görmüş gibi bana bakıyorlardı ki? Artık beni etrafta görmeye alışmalılardı.

Gözlerim istemsiz bir şekilde Gölge'nin bloğuna kaydı. En baştaki sandalyesinde Taylor oturuyordu. Bu baştaki sandalye sanki Taylor ve Gölge için kutsaldı. Genelde ilk gelen hep oraya oturuyor, diğeri sağına ya da karşısına yerleşiyordu. Fakat ikisi dışında kimse oraya oturamıyordu. Acaba hangisi daha baskın diye düşünmeden edemedim. Fakat hemen sonra bir şey fark ettim: Taylor Kontrolsüzler'i kontrol etmeyi seviyordu ve tıpkı bir alfa gibi sürünün desteği arkasında olmadan hareket edemiyordu. Ama suikastçım kimseyi umursamıyor, aklına eseni yapıyordu. Kontrol etmek umurunda değildi; o, kontrol altına girmeyi sevmiyordu. Taşıdığı asi ruh birilerinin hükmü altına girmeyi reddediyordu. O bir devrin kurallarına uymak yerine, o kuralları tek tek yıkıp kendi kurallarını yazmayı seviyordu.

"Ne o? Aradığını bulamadın mı, Taşıyıcı?" Taylor'ın alayla söylediklerine, sanki komikmiş gibi çoğu kişi gülmüştü.

"Ah, tabii ki buldu. Buraya gel, bebek." Emily meydan okur gibi ayağa kalkıp Taylor'a gözlerini dikti.

Oturduğu yere iyice yayılan adam, kollarını iki yanına açarak bir bacağını diğerinin üzerine attı. "Kes sesini, Karma. Sayılı ömrünü sıfıra indirmemi istemezsin," dedi sinir bozucu bir sesle.

Gerçeklikten uzak bir kahkaha atan Emily, "Kurtlar olmayınca meydan itlere kalırmış, Wallece," diyerek alay etti. "Neden Marshall buradayken Taşıyıcı'ya bulaşmayı denemiyorsun?" dediği an herkes susarak Taylor'a bakmaya başlamıştı. An itibarıyla Emily'nin helvasını kavuruyorduk.

Taylor sandalyesini sertçe yere itti ve büyük bir hışımla ayağa kalkıp Emily'nin yanına gitti. Ellerini aniden boynuna geçirip öfkeyle sıktığında Emily, nefes almak için çırpınmaya başladı. "Bırak onu, Taylor!" Stewart ve Deborah aynı anda Taylor'a doğru yürüdüler. Fakat biri kız, üç kişi Kontrolsüzler'in masasından kalkarak yollarını kesmişti.

Rengi morarmaya başlayan kızın gözlerinde kızarıklık oluşmaya başlamıştı. Taylor dişlerinin arasından, "Hani, nerede Marshall?" diye tısladı. "Odasında saklanacağına neden buraya gelmiyor?" Taylor'ın söylediklerine karşılık kaşlarımı çattım. Gölge burada bile değildi, ne saklanmasından bahsediyordu?

O burada değil demek istesem de sustum. Sonuçta bir mahkûmun elini kolunu sallayarak dışarıda dolaşması akıllarda soru işareti bırakabilirdi. Üstelik Gölge'nin buradayken taktığı elektronik kelepçe bile gerçek değildi. Emily'nin çırpınışlarına daha fazla kayıtsız kalamadığım için hemen yanına gittim. Ayakkabımın sivri ucuyla Taylor'ın dizine sert bir tekme atarken ne yaptığımı bilmiyordum. Attığım tekme canını fazla yakmasa da Emily'yi sertçe itmesine neden olmuştu. Ellerini boğazına götüren kız, nefes almak için öksürürken Stew ve Deborah koşarak onun yanına gitmişlerdi. Taylor ölümcül bakışlarını dikip, üzerime gelmeye başlayınca son duamı etmeye başladım. "Bak sen!" dedi sırıtarak. "Dilsiz Kız'a bir cesaret gelmiş." Alay dolu cümleleri kalbimin korkuyla atmasına sebep oldu. Neden karışıyordum ki! Şimdi Emily'ye yaptığını bana da yapacaktı.

Bana ulaştı ve ensemdeki saçlarımı kavrayıp başımı yukarı kaldırdı. "Söylesene, bu cesaretinin kaynağı o mu?" Tükürürcesine söyledikleri yüzünden gözlerimin acıyla dolmasına engel olamadım. Saçlarıma kötü asılıyordu.

Saç diplerimde hissettiğim inanılmaz acı yüzünden gözlerimi sıkıca kapattım. "Aç gözlerini ve bana bak, Taşıyıcı!" diye bağırdığında daha sıkı yumdum gözlerimi. Korkunca hep gözlerimi kapatırdım. Sanki gözlerimi tekrar açtığımda korktuğum şeyler kaybolup gidecekmiş gibi hissederdim.

Ona itaat etmediğim için bu, onu daha fazla öfkelendirmiş olmalı ki saçlarıma daha sert asıldı. "Aç gözlerini!" diye emrettiğinde korkuyla gözlerimi açtım.

Gözlerim, zoraki bir şekilde onun duman rengi gözlerine bakmak zorunda kaldı. Ona olan tüm nefretimi gözlerime yansıtarak baktım. "Korkuyor musun?" Benimle alay etmesine dayanamıyordum çünkü korktuğumu iyi biliyordu.

Titreyen ellerimi kaldırıp ensemdeki elini tuttum. Saçlarıma asıldıkça kafatasıma binlerce küçük iğne batıyormuş gibi hissediyordum. Tırnaklarımı ensemdeki eline geçirdiğimde, küfrederek beni sertçe yere itti. Yere düşüp kafamı zemine vurduğumda neden gardiyanların ona engel olmadığını düşünüyordum. Başım soğuk zemine çarptığında gözlerim kararmaya başladı. Kalbim ağrıyordu, inleyerek elimi zemine bastırdım. Saçlarım yüzüme savrulmuş, yere doğru sarkarken onun karşımda bir ayağının üzerine diz çöktüğünü gördüm. Elini uzatıp çenemi sıkarak yere bakan yüzümü kaldırdı ve zorla ona bakmamı sağladı. "Bu küçücük hamle bile seni ne hâle getirdi, Kızıl." Acımdan zevk aldığını görmek beni afallatmıştı. Sadist olabilir miydi?

Erich, Kontrolsüzler'in arasında sadistlerin de olduğunu söylemişti. Bunu hatırlamak bile korkumu üst düzeye taşımıştı. Çenemi elinden kurtarmak için başımı geriye çekmeye çalıştım fakat parmaklarını etime geçirecek şekilde sıkıyordu. "Ona fazla güvenme çünkü kimse seni benden koruyamaz." Büyük bir öz güvenle çıkan sesini duyunca ona ne yaptığımı düşündüm, hiçbir şey yapmamıştım.

Çenemden tutup, beni kendisine doğru çekince yüzlerimiz arasındaki mesafeyi azalttı. Gri gözleri, yakından bakınca daha korkutucu bir hâl almıştı. "Yarın Kontrolsüzler'in masasına oturacaksın ve oturacağın yer benim yanım olacak. Anlaşıldı mı, Kızıl?" Benden neden böyle bir şey istediğini anlamamıştım fakat başımı korkuyla sallamaya çalıştım. Yarını düşünmüyordum, tek düşündüğüm şimdiki zamandı.

"Güzel," dedikten sonra elini çenemden çekerek ayağa kalktı. Sanki üzerine pislik bulaşmış gibi ellerini çırpıp yemekhaneden çıktı. Diğer üç arkadaşı da peşinden gitmişti. Derin bir nefes alarak kendime gelmeye çalıştım. Beni öldüreceğini sandım.

Korkudan *evet* demiştim ama kesinlikle onunla aynı masaya oturmayı düşünmüyordum. Gölge gelene kadar yemeklerimi odamda yesem daha iyi olacaktı. Gölge olmayınca yemekhanedeki gardiyanlar bile Korkusuzlar'ın işine karışmıyordu. "İyi misin?" Emily yanıma gelerek beni yerden kaldırmıştı. Kızaran boynundaki parmak izleri görünüyordu.

Başımı sallayarak diğerlerine baktım. Stewart endişeli gözlerle bize bakarken Deborah yine bana tiksinen bakışları atıyordu. "Hadi gelin, biraz bahçeye çıkalım. Gerçi yağmur çiseliyor ama çok fazla değil." Stewart'ı onaylayarak yemekhaneden çıktık. Biraz ıslanmak belki bana iyi gelebilirdi. Hırpalandığım için şapkamı ve gözlüğümü düzeltirken somurttum. Bana saldırmak zorunda değildi.

Bahçeye çıkana kadar Stewart bize Taylor'dan uzak durmamız için nasihatler veriyordu. Emily ise Taylor'a bol bol hakaret ediyordu. "Kendi kız arkadaşını doğrayan bir sadistte merhamet ne arar!" Emily'nin son söyledikleri yüzünden ayağım eşikte, hareketsiz bir şekilde kaldım. Beni durduran şey, bulutlu havada görünmeyen güneşi kontrol etmek değildi; duyduklarımdı. Sonbaharda olduğumuz için Alaska'nın yağışlı ikliminde güneşten eser yoktu. Fakat Taylor hakkında öğrendiklerim en az güneş kadar korkutucuydu.

"Doğramak derken?" Çiseleyen yağmur yazdıklarımı ıslatıyordu.

Uzattığım kâğıdı alan kız derin bir iç çekti. "Duyduğuma göre eski sevgilileri dâhil yedi kız arkadaşını parçalamış. Sanırım sevme şekli farklı bu pisliğin. Tanrı'm! Onun ilgisini çekecek kızlara yanıyorum çünkü adam kan akıtmadan sevemiyor!" O, banklardan birine otururken ben donmuş bir şekilde ayakta duruyordum.

Parçalamak ve sevmek? İkisi nasıl bir arada oluyordu ki?

Stew korkmuş hâlime bakıp güldü. "Korkma, burada öyle bir şeye kalkışamaz." Bu beni biraz rahatlattı. Bundan sonra Taylor Wallece adını duyduğumda oradan kaçmayı aklıma kazımıştım.

Deborah kendini Emily'nin yanına atarken bana bakıp sırıttı. "Aslında seni doğraması bize iyilik olur. Fakat kalbin dışında onun ilgisini çekecek bir özelliğin olduğunu sanmıyorum." Söylediklerine karşılık sadece gözlerimi devirdim. Bu kız için kısa bir anlığına içimde merhamet beslemiştim fakat ölmemi isteyen birine ne kadar anlayış gösterebilirdim ki?

"Bu o!" Emily, heyecan içinde eliyle bir yeri gösterip ayağa kalktığında hepimizin bakışları gösterdiği yere döndü.

Üzerinde gri üniformasıyla ağaçların arasından bir adam çıktı. Okula doğru yürüyen kırklı yaşlarda bir adamı gösteriyordu. "Kim?" Deborah'nın kısa sorusuna Emily, "Kim olacak, anahtarın sahibi," dedi.

Dikkatli bir şekilde baktığımda belindeki silahın yanında bir çembere takılı birçok anahtar olduğunu gördüm. Yağmurun ıslattığı saçlarımı yüzümden çektim ve aceleyle bir şeyler daha yazıp Emily'ye uzattım. *"Doğru anahtar hangisi? Orada çok fazla anahtar var,"* dediğimde gözlerini adamdan ayırmadan güldü.

"Doğru anahtarı biliyorum. Baksanıza, sırılsıklam olmuş. Büyük ihtimalle nöbeti bir başkasına devredip üzerini değiştirmeye gidiyordur." Aniden ayağa kalkıp üçümüze baktı. "Planı açıklıyorum, çaylaklar. Onu takip edip odasını öğreneceğiz. Ben ve Stew kapısının önünde yalandan tartışmaya başlayacağız. Gardiyan bizi ayırmaya çıktığında o hengâme arasında biri anahtarı alacak. Anlaşılmayan bir şey var mı?" Sanki askeri eğitimdeydik çünkü yeni gelen askerlere taktik veren bir komutan edasıyla bize bakıyordu.

Stewart onu bozmadan öğretmeninden konuşmak için izin isteyen öğrenciler gibi elini kaldırdı. "Tartışmak derken? Ve onun odası altıncı blokta, yani yasaklı olan bölgede," dediğinde Emily onun kafasına hafifçe vurdu.

"Doğaçlama dedikleri bir şey var, asker! Onu o zaman düşünürüz, ayrıca yasaklı bölgede kalan bir casusumuz var," derken bana bakıyordu. Kesinlikle yanılmamıştım, kendisini bir komutan ve bizi birer asker olarak görüyordu. Bahsi geçen casus da sanırım ben oluyordum.

Bu sefer Deborah elini kaldırdı. "Ben neden düşman askeriyle aynı görevi yapmak zorundayım? İtiraz ediyorum, bu ucubeyle asla çalışmam, Edward!" diye bağırdığında Emily anında, "İtirazın reddedildi, emir komuta bende, bebek," diyerek onu susturunca, Deborah bana öfkeyle bakıp homurdanmaya başladı.

Ben de elimi kaldırdığımda Emily güldü. "Ah, sen zaten hiç eksik kalma, resmen bana karşı bir isyan bu!" diye sitem ettiğinde güldüm. Sanırım bu komutan-asker işini fazla benimsemişti.

Elimdeki not defterinden yırttığım sayfayı ona uzattım. *"Ben niye casus oluyorum?"* diye sorduğumda Stew kahkaha atarken Emily ağlayacak bir yüz ifadesine bürünmüştü.

"Tanrı'm, sizin gibi bir ekiple ben ne yapacağım? Biraz sonra büyük bir operasyon yapacağız ve senin takıldığın tek nokta bu mu?" İnanamıyormuş gibi bana sorduğu soruya kafamı evet anlamında sallayınca Stew'un artık gülmekten rengi atmıştı.

Sabır dilenerek yanıma geldi. "Sen bizim gizli silahımızsın, Alev Kafa. Hem casusları hafife alma, ne büyük devletlerin yıkımında büyük rol oynadıklarını bir bilsen." Yatıştırıcı çıkan sesine karşılık kaşlarımı çattım. Sırf altıncı blokta kalıyorum diye casus olacak değildim.

"Ben casus olmam, Deborah olsun!" diye inat ettiğimde yazdığım şeyi okuyan Deborah hızla ayağa kalktı. "Ben niye düşman askeri oluyormuşum? Buna da itirazım var ve tekrar söylüyorum, bu hastalıklı kız işimizi tehlikeye atar!" diye bağırdığında ciddi anlamda ayakkabımı çıkarıp kafasına fırlatmayı düşündüm.

Yerinde sinirle tepinen Emily, "Tamam, casus da benim, komutan da! Şimdi adamı kaybetmeden gidelim!" Önde giderken hâlâ gülen Stew'un kafasına sertçe vurmuştu. "Yukarıda yüzüne yumruk atarken de böyle gülmeni bekliyorum, ajan bilmem kaç sıfırlı!" diye söylenerek önden gidince hepimiz bu sefer ona güldük.

Beşinci bloğa kadar sorunsuz bir şekilde adamın peşinden çıkmıştık. Altıncı kata çıkan merdivenlerin orada iki gardiyan sohbet ediyordu. Saklandığımız koridorda adamlara bakıyorduk. Anahtarı olan gardiyan çoktan asansörle altıncı bloğa gitmişti bile. Benim asansör korkum yüzünden merdivenleri tercih ediyorduk. "Onları nasıl atlatacağız?" dedi Stew fısıltıyla. Asıl sorun şu anda bizi gözetleyen kameralardı.

"Biz değil, Yeşil yapacak. Bizi görürlerse bir şey olduğunu anlarlar." İçlerinde en kısa ben olduğum için başımı kaldırıp başımın hemen üstünde olan Emily'ye baktım. Bir duvar düşünün ve o duvarda dört kafanın üst üste dizili olduğunu varsayın, işte bu hâldeydik. Ben diz çöküp kafamı uzatmıştım, Emily hemen üstüme eğilerek kafasını uzatmıştı. Deborah, Emily'nin arkasında hafifçe belini bükerek kafasını uzatmıştı ve Stew ayakta durup Deborah'nın arkasından kafasını uzatmıştı. Sonuç olarak ortaya farklı ve komik bir şey çıkmıştı.

Nasıl yapacağım der gibi yüzüne bakınca Emily sırıttı. "Hadi, Alev Kafa. Bul bir şeyler, unutma ki görevimiz tehlike," dediğinde havaya girmiştim, bu kız çok iyi gaz veriyordu.

Aniden ayağa kalktığımda kafam Emily'nin yüzüne çarptı. Burnunu tutup inleyerek bir adım geriye gidince Deborah'nın ayağına bastı. Çığlığını son anda engelleyen Deborah, ağrıyan ayağının üzerinde zıplarken Stew'un üzerine düştü. Düştüğü yerde bize küfürler eden çocuk, Deborah'yı üzerinden itmeye çalışıyordu. Gözlerimi kocaman açarak onlara baktım. Zincirleme kaza dedikleri bu olsa gerekti. Aynı anda hepsinin öldürücü bakışlarına maruz kalınca, yalandan sırıtıp arkamı dönerek oradan uzaklaştım. Bilerek olmamıştı.

Gardiyanların yanına koşarak gittiğimde nefes nefeseydim. İkisi de konuşmayı bırakıp bana baktılar. "Bayan Green, bir sorun mu var?" dedi içlerinden birisi.

Kaşlarımı çatarak cebimden ıslanan not defterimi çıkardım.

"Başar! Benim soyadım Başar!" diye kızarak kâğıdı ona uzattım.

Bir an gülecek gibi olsa da yüz ifadesini sabit tutarak, "Bir sorun mu var, Bayan Başar?" dediğinde zafer kazanmışçasına gülümseyip ikinci kâğıdı ona uzattım.

"Üçüncü blokta mahkûmların arasında çok kötü bir tartışma çıktı. Bay Russell acilen sizi oraya bekliyor." Yalan söylemeyi pek sevmesem de bu gerekliydi.

Yazdıklarımı okuyup birbirine bakan adamların bakışları şüpheyle bana döndü. "Nasıl olur? Daha yeni oradan geldim. Emin misiniz, Bayan Green?" Bu konuşan diğer adamdı.

Derin bir nefes alarak yeni bir not daha yazdım. Islanan sayfalar yüzünden yazı yazmak çok zordu. *"Yeni çıkmış olmalı ve adım Yeşil Başar!"* diyerek bir hatırlatma yapma gereğinde bulundum.

Bir süre kuşkuyla bana bakan adamlardan biri, cebindeki telsizi çıkardı. "Hemen şimdi öğreniyorum," deyince panikle öne atılarak telsizi tutan elini tuttum. Kahretsin! Sadece gitseler olmaz mıydı?

Tek kaşını kaldırarak bana bakan adama sırıtıp telaşla yeni bir yazı yazdım. *"Siz aramayla vakit kaybedene kadar çok fazla kişi yaralanabilir!" Lütfen gidin* der gibi yüzlerine bakmaya başladım.

Tam bu işi beceremediğimi düşünmüştüm ki, "Pekâlâ, biz gidip bir bakalım. Siz lütfen odanızda bekleyin, Bayan Green," diyerek asansöre bindiler ve gözden kayboldular.

Başar! Bunu söylemek bu kadar zor olmamalıydı!

"Bir an hiç gitmeyecekler sandım." Koşarak yanıma gelen Stew rahatlamış gibi bir nefes verdi.

Diğerleri de gelince Emily, "Onları nasıl gönderdin?" diye sorduğunda gülerek omuz silktim.

Göz deviren Deborah'nın, "Abartmayın. Basit bir işti, hadi gidelim," demesine hiç şaşırmadım. Kıskançtı.

Merdivenleri hızla çıktıktan sonra altıncı bloğa gelmiştik. Her katta olduğu gibi burada da çok fazla oda vardı. Tam *onu nasıl bulacağız* diye düşünürken yerdeki çamur izlerini görmek hepimizi gülümsetmişti. Yağmur yağdığı için toprak ıslaktı, adamımız da bahçeden geldiği için ayakları çamur içindeydi. Çamurlu ayak izlerini takip ederek koridorda yürümeye başladık. Bir yandan da yakalanmamak için etrafımıza bakıyorduk. Çamur izleri 33 numaralı odanın önünde bitince durduk. Emily, "Şimdi onu dışarıya çıkarmanın vakti," dedikten sonra gardiyanın kapısına iki kere üst üste tekme attı. Yukarıdaki kameralardan izlendiğimizi söylememe gerek var mıydı?

Gözlerini irice açan Deborah, "Kapısını tekmeleyerek mi onu dışarı çıkaracaksın?" dedi afallamış bir sesle.

Emily elini kaldırıp *bekle* dercesine bir hareket yaptı ve bir tekme daha attı kapıya. Odanın içinden gelen sesler yüzünden hepimiz bir adım geriye gittik. Kapının kolunun oynamasıyla Emily, Stewart'a dönerek yalandan kaşlarını çattı. "Bana hemen şimdi hesap vereceksin!" diye bağırdı. Ne yapıyordu bu?

Stewart şaşkın gözlerle kapıya bakıyordu. Yavaşça başımı çevirip kapıya baktım. Gördüğüm şeyler yüzünden gözlerimin büyümesine engel olamadım. Adam banyodan yeni çıkmış gibiydi, beline sardığı kısa bir havlu dışında çırılçıplaktı. Havlunun üzerine sarkan kocaman göbeği ve göğsündeki köpüklerin altından bile belli olan tüyleriyle karşımızda duruyordu. Deborah dâhil hepimiz adama bakarken, Emily hâlâ rolünün hakkını vererek Stewart'a bakıyordu. "Cevap versene bana!" diye bağırdı. Sanırım adamı görmediği için onun banyo sefasını böldüğümüzden haberi yoktu.

"Edward, doğruyu söyle, senin de göğsün böyle kıllı mı? Ve lütfen bana gizli bir göbeğin olduğunu söyleme." Deborah gözlerini adamın çıplak göğsünden ayırmadan şoka girmiş gibi konuştu.

Kaşlarını çatan Emily, "Ne kılı be?" diyerek başını yavaşça çevirdi ve kapıdaki adamı gördü. "Kahretsin, gözlerimin ırzına geçtin! Lanet!" diye bağırıp hızla Stewart'a geri döndü. Az kalsın kahkaha atacaktım.

"Sizin bu katta olmanız yasak! Ne işiniz var burada?" Gardiyan bizi azarlayınca Emily yeniden rolüne büründü ve Stewart'ı göğsünden itti. "Demek benim sevgilime asılırsın ha!" diye bağırdığında Stew afallayarak ona bakıyordu.

Eliyle kendisini gösterdi. "Ben mi sevgiline asılmışım? Kime? Deborah'ya mı?" dedi şaşkınlıkla.

Yüzünde aniden bir gülümseme oluşan Deborah, koşarak Emily'nin yanına gitti. "Sevgilim dedin! İnanmıyorum, Edward.

Beni kıskanacak kadar çok sevdiğini biliyordum," diyerek mutluluktan kuş gibi şakıdı. Bu plan böyle miydi ya?

Stewart şoka girerek eliyle Deborah'yı gösterdi. "Onu gerçekten benden mi kıskanıyorsun? Ben de sana inanamıyorum, Edward," deyince asıl şoku Emily yaşadı.

"Ne oluyor ya? Böyle mi konuştuk, aptallar!" diye sinirle yerinden tepindi.

"Biri bana burada neler olduğunu derhâl açıklasın!" Gardiyanın sabırsız ve öfkeli sesi yüzünden hepsi susmuştu. Koca göbeğiyle gidip tam Emily'nin karşısında durdu. "Akşama hepiniz hücre cezası almak istemiyorsanız konuşun!" diye bağırdı.

Emily ölümcül bakışlarını yanındaki arkadaşlarına çevirdi. İkisi de olayı ciddiye aldıkları için tüm planı batırmışlardı. "Şimdi şöyle oldu..." Emily korkuyla bir şeyler gevelemeye başlayınca kapısı açık oda gözüme takıldı.

Emily'nin saçmalıklarını dinleyen adamın yavaşça arkasına geçtim. Küçük adımlarla odaya girdiğimde yatağın üzerine çıkarttığı üniformayı gördüm ve gülümseyip oraya gittim. Aceleyle pantolonu elime alıp kemerindeki anahtarlığı çıkarmaya çalıştım. Kalbim yakalanma korkusuyla atarken ellerimin titremesine engel olamıyordum. Sadece beş saniye süren ama bana saatler geçmiş gibi gelen bu süre zarfında anahtarlığı çıkarmayı başarmıştım. Çengel gibi olan demir halkaya tahminen on beşten fazla anahtar takılıydı. Bunların hangisi doğru anahtardı? Hepsini alırsam hemen anlardı. Bir çözüm yolu bulamadığım için anahtarlığın hepsini almak zorunda kaldım. Ses çıkarmadan, adamın biraz arkasında durarak hafif sola kaydım. Hâlâ bir şeyler geveleyen Emily beni görsün diye elimdeki anahtarlığı yavaşça yukarı kaldırdım. Anahtarlar birbirine çarpıp ses çıkarmasın diye çok dikkatli davrandım. Emily'nin gözleri anında elimdeki anahtarlığı bulunca rahat bir nefes aldı. Dikkat çekmemek için onu azarlayan adama bakıyormuş gibi yapıyordu ama bakışları bendeydi. Parmağımı sırasıyla tüm anahtarların üzerinde gezdirirken ona bakıyordum. Doğru olanı o biliyordu ve doğru anahtara geldiğimde bana işaret versin diye gözlerimi ondan ayırmıyordum. Kollarım hafif yukarıda olduğu için yorulmuştum, üstelik Emily hâlâ bir işaret vermemişti. Anahtarlar ses çıkarmasın diye havaya kaldırdığım kolumu hiç kıpırdatmıyordum.

Parmağım ortadaki anahtarın üzerine gelince derin bir nefes alarak ona baktım. Gözleri ışıldayarak başını hafif sağa doğru salladı. *Anlamadım* dercesine ona bakınca yine aynı işareti yaptı fakat ben yine anlamamıştım. Ortadaki anahtarı tutarak, *bu mu* der gibi dudaklarımı oynattım.

Sıkıntıyla bir nefes alırken yeniden adama baktı ve "Sağdaki," dedi.

Gardiyan, "Sen beni duymuyor musun? Size *hemen gidin* diyorum!" diye bağırınca Emily kısa bir an benim olduğum tarafa baktı ve adam şüphelenmesin diye tekrar ona baktı. "Ne duruyorsun, yapsana!" diye adamın yüzüne karşı bağırdı.

"Yapmak mı? Ne yapmalıymışım?" Gardiyanın sesindeki şaşkınlığı buradan bile fark etmiştim.

Emily tekrar bana baktı ve hâlâ ona baktığımı görünce burnundan soluyarak, "Yap artık şu lanet şeyi!" diye öfkeyle bağırdı.

Deborah afallayarak Emily'ye baktı. "Gardiyanın sana ne yapmasını istiyorsun?" dedi fakat hemen sonra aklına bir şey gelmiş gibi gözlerini irice açtı. Eliyle yarı çıplak adamı gösterdi ve "Umarım düşündüğüm şeyi sana yapmasını istemiyorsundur! Kahretsin, Edward! Gay olmadığını söylemiştin!" diye cırlayınca Emily şoka girmişti.

"Kes sesini, Deborah!" diye bağıran kız hâlâ hareketsiz bir şekilde ona baktığımı gördü. Ağlamaklı bir ifadeyle bir şey anlamasın diye yeniden adama döndü. "Sana yalvarıyorum, yap artık!" dedi.

Deborah öfkeyle, "Edward, o sana bir şey yapamaz. Buna izin vermem!" diye bağırdığında gardiyan, "Ben evliyim ama," deyince Stewart kahkaha attı. "Sen yine de yap gitsin," dedi. Bir yandan gülerken bir yandan da bana bakıyordu.

"Başka biri yapsın, karım beni öldürür," diyen gardiyana Emily sabrının sonuna gelmiş gibi, "Yap be artık!" diye bağırdı gözleri bir an sabırsızca bana kayarken.

"Yapamaz diyorum, sen benimsin! Beni bu göbekli adam ile gözlerimin önünde aldatamazsın!" Deborah öfkeyle bağırınca kafam karışmıştı. Burada tam olarak neler oluyordu?

Aniden kafamda şimşekler çakınca olayı kavradım. Fark ettiğim şeyler yüzünden gülmemi son anda durdurup küçük adımlarla geriye çekildim. Ses çıkmasın diye gardiyandan yeterince uzaklaştıktan sonra sağdaki anahtarı aldım ve cebime koydum. Başından beri yap derken parmağımın yanındaki anahtarı kastediyordu. Anahtarlığı yerine taktıktan sonra kapının önündekilere baktım. Yakalanmadan dışarı çıkmam için Emily karşısında duran gardiyanın kollarını tuttu. Bir şeyler söyleyerek adamı sarsınca, koşarak odadan çıktım. Başımı tamam anlamında salladığımda Emily ve Stew *sonunda* der gibi rahat bir nefes aldılar.

Gardiyan, "Sana yapamam diyorum!" diye bağırıp, arkaya doğru bir adım atınca belindeki havlu yere düştü. Lanet olsun, Emily onu çok fazla sarsmış olmalıydı.

Havlu düşünce adam çırılçıplak kalmıştı. Gardiyanın arkasındaydım ve gördüğüm şeyler karşısında gözlerim irice açıldı. Allah'ım, bu neyin cezasıydı? Hemen başımı o kısımdan çevirip başka tarafa baktım. Ben yine iyiydim çünkü görmemem gereken şeyleri arkadan görmüştüm. Fakat Emily gardiyanın tam karşısında duruyordu. Emily şoka girmiş bir şekilde adamın malum yeriyle bakışıyordu. "Tanrım, ölmek istiyorum!" dediğinde dayanamayıp kahkaha attım.

Bence her operasyonda böyle küçük pürüzler çıkabilirdi.

"Eğer gülmeyi kesmezseniz çok fena olacak!" Emily'nin öfkeli sesi daha çok kahkaha atmamızı sağlamıştı. Hatırladıkça gülüşümü durduramıyordum.

Gülmekten ağrıyan karnını tutan Stewart, oturduğu yerde güçlükle ayağa kalktı. "Yalnız senin her *yap* deyişinde gardiyanın yüzünün aldığı ifadeyi görmeliydin." Yeniden gülmeye başlayınca fazla gülmekten kalbim acımıştı.

"Ben de bir an korktum şey yapacak diye." Deborah'nın gülerek söyledikleri yüzünden Emily çıldırdı.

"Hiçbiriniz işe yaramazsınız! Benim neyime üç aptal ile operasyon yapmak! Biri sevgilin kim der, diğeri üstüne alınıp saçmalar ve bir diğerinin laf anlamaktaki üstün yeteneğini saymıyorum bile! Resmen o kadar insan arasından seçilmiş gibi beni buldunuz!" diye bağırıp isyan edince tekrar kahkaha attık. Orada adamın havlusu düşünce arkamıza bile bakmadan nasıl kaçtığımızı hatırlamıyordum.

Şimdi bahçedeki kamelyalardan birine oturup durum değerlendirmesi yapıyorduk. Ya da Emily'nin oradaki içler acısı hâlini hatırlayıp gülüyorduk. Hayatım boyunca bu kadar çok güldüğümü hatırlamıyordum. İlk maceram her ne kadar rezaletle sonuçlanmış olsa da eğlenmediğimi söyleyemezdim.

Deborah'nın yüzünde sinsi bir sırıtma oluştu. "İyi ki adam evliymiş ve karısından korkuyormuş, yoksa o havlu çok önceden inermiş," dediğinde başımı geriye atarak kahkaha attım.

Stewart adamın sesini taklit ederek, "Israr etme, başkasını bul," dediğinde Emily yerdeki solmuş yaprakları bize fırlatmaya başladı.

"Benim bir yıldır sizden ve bu okuldan çektiğim ne böyle!" diye bağırırken sinirden rengi kızarmıştı.

Yarım saatin sonunda kendimize gelebilmiştik. Stewart'ın kıvırcık saçlarından tüm yaprakları temizledikten sonra arkamı döndüm ve o da benim saçlarımı temizlemeye başladı. Kafamdaki şapkadan dolayı biraz zorlansa da temizlemeyi başarmıştı. Biz güldükçe Emily yerdeki tüm yaprakları üstümüze boca ediyordu. Şimdi homurdanarak Deborah'nın saçlarını temizliyordu. Deborah bir çığlık atarak yüzünü buruşturdu. "Edward, saçlarımı yolmayacaksın. Sadece yaprakları alacaksın," dediğinde Emily, "Hâlâ umutluyum, bir gün hepinizden kurtulacağım!" diye homurdanıyordu.

Sanırım onu çok fazla kızdırmıştık. Nihayet saç temizleme işi bitince hepimiz rahat bir nefes almıştık. "Yeşil, anahtarı bana ver. Akşama kulübeye giriyoruz ve umarım aynı performansı akşam da sergilemezsiniz." Stewart onun sözlerine yeniden güleceği esnada kolunu çimdikledim. Yeniden Emily'yi delirtirsek bu sefer yapraklarla yetineceğini sanmıyordum.

Cebimdeki anahtarı çıkarıp ona uzatmıştım ki Emily'den önce biri anahtarı elimden çekip aldı. Anahtarı alan kişi Stew ya da Deborah değildi, hiç tahmin etmeyeceğimiz biriydi. Hepimizin yüzünde korku dolu bir ifade oluşurken onun söyledikleri bizi bozguna uğratmıştı. "Anahtar bende kalacak çünkü bu gece ben de sizinle o kulübeye geliyorum!"

Lanet olsun!

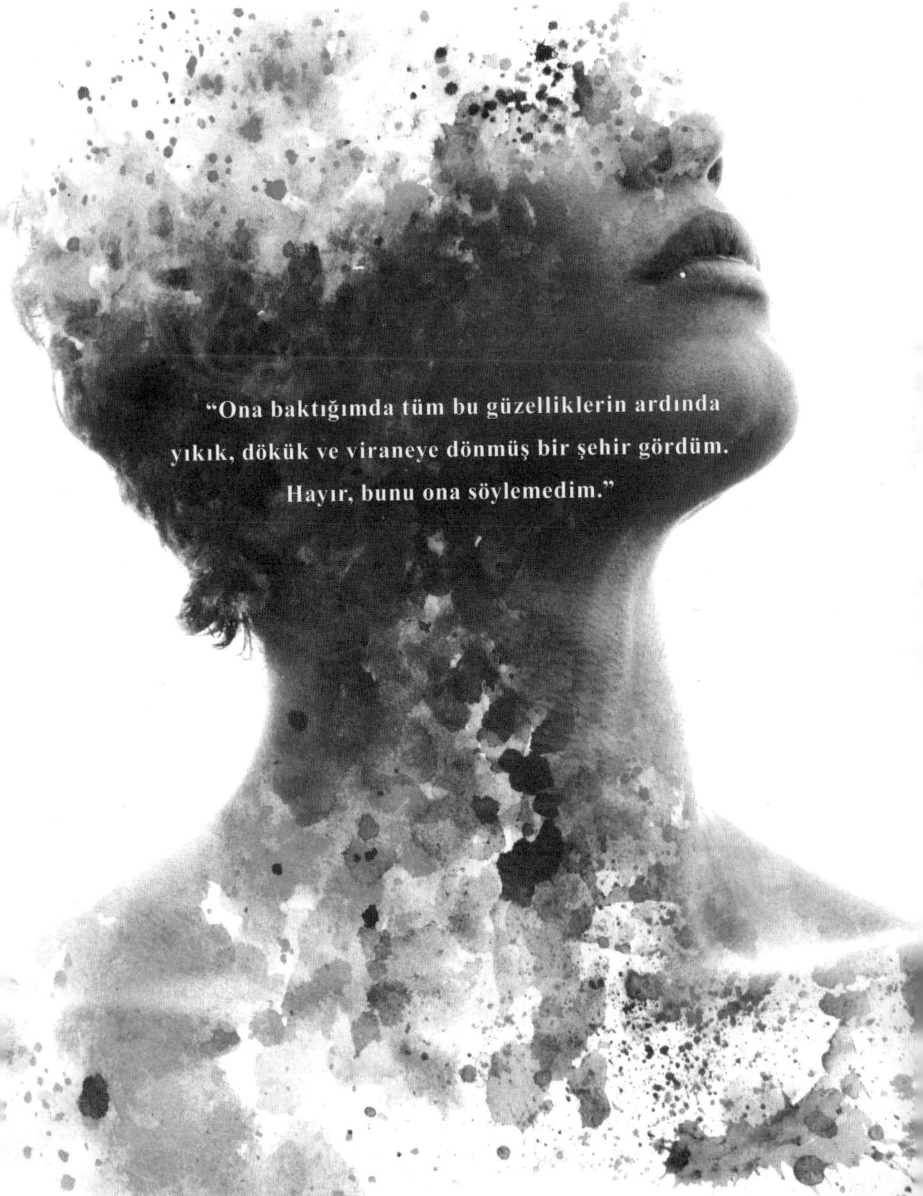
"Ona baktığımda tüm bu güzelliklerin ardında
yıkık, dökük ve viraneye dönmüş bir şehir gördüm.
Hayır, bunu ona söylemedim."

13

HEM VARLIĞI HEM YOKLUĞU AZAP

"Bugün yokluğun canımı yaktığında ilk kez senden nefret ettim."

Anahtarı elimden alıp, *"Ben de geliyorum"* diyen kişiye korkuyla baktım. Şu anda bu kelimeyi onun dışında herkesten duymayı yeğlerdim fakat o olmazdı. Elindeki anahtarı sıkıca tutmuş, yüzünde korkunç bir gülümseme oluşmuştu. Daha bugün bana ve Emily'ye saldırmış bir psikopattı o. Gri gözlerindeki parıltılar yine bizi dinlediğini gösteriyordu. Anlaşılan, kimse ona gizli gizli birilerini dinlemenin ayıp olduğunu söylememişti. Kontrolsüzler'in en tehlikeli üyelerinden biri neden sürekli bizim peşimizdeydi ki? Gölge'nin yokluğunda meydan ona kalmış gibiydi, bu fırsatı değerlendiriyor ve bizi korkutmaktan vazgeçmiyordu. Diğerlerine baktığımda hepsinin büyük bir endişeyle onu izlediğini gördüm. Korkmakta haklıydılar, adam hem sadist bir psikopattı hem de yaşça bizden büyüktü. Hepimizin dili tutulmuş gibi ona bakması canını sıkmış olmalı ki derin bir nefes aldı. "Konuşmayı düşünüyor musunuz?" diyerek bizimle alay etti. Bizi korkuttuğunun farkındaydı ve bu, onu mutlu ediyordu.

Aramızda kendine gelen ilk kişi Emily oldu. Ayağa kalkıp, kaşlarını çatarak Taylor'a baktı. "Konuşmak mı? Akıl mı bıraktın ki konuşalım? Şimdi ver şu anahtarı ve toz ol, Wallece!" dediğinde gözlerim irice açıldı. Bu kız hiç akıllanmayacaktı. Kızları doğrayan birine kafa tutmaması gerektiğini öğrenemedi mi daha?

Emily'nin sözleriyle daha da keyiflenen adam gülerek ona yaklaştı. "Ses tonunu ayarlamazsan bunu zevkle yaparım, Karma," dediğinde Emily'nin eli istemsiz bir şekilde boynuna gitti. Hâlâ onun sıktığı yerlerde parmak izleri duruyordu.

"Bizden ne istiyorsun, Taylor? Bu gece neden bizimle gelmek istiyorsun?" Stewart konuştuğunda sesindeki bıkkınlık çok belli oluyordu.

Rahat tavrını bozmayan kişi omuz silkti. "Burası fazla sıkıcı, belki siz beni eğlendirirsiniz," dedikten sonra bana kısa bir an baktı ve geldiği gibi sessizce gitti.

"Palyaço muyuz biz!" Emily onun arkasından bağırsa da çoktan ağaçların arasında kaybolmuştu.

Stewart ellerini sıkıntıyla saçlarından geçirdi. "Şimdi ne yapacağız? Ona güvenmiyorum."

Oflayan Emily ağlamaklı bir ifadeye büründü. "Kaybedecek bir şeyimiz yok, zaten hepimiz öleceğiz, bize ne yapabilir ki?" Emily konuştuğu an ben devreye girdim. Hızlıca yazdığım sayfayı ona uzattım. *"Ne yani, bizimle gelmesine izin mi vereceğiz?"* Hepsi hep bir anda, "Başka çaremiz mi var?" dediğinde kollarımı göğsümde bağlayıp somurttum.

"Gece gizlice kulübenin yakınlarında buluşuyoruz, şimdi daha fazla dikkat çekmeden dağılalım." Emily'nin sesiyle bahçeden ayrılmak zorunda kalmıştık.

Merdivenleri yavaşça çıkarken bir yandan da ıslak saçlarımı düzeltmeye çalışıyordum. Gece ne olacaktı acaba? O kulübede neler göreceğimizi merak ediyordum. Öte yandan Gölge'nin yokluğu beni korkutuyordu. O olmayınca kendimi çok savunmasız hissediyordum. Dördüncü kata çıktığımda Erich'i gördüm. Koridordaki pencereden dışarıyı izliyordu. Arkası dönük olduğu için beni görmüyordu, sanırım telefonla konuşuyordu. Olduğum yerde durarak ona baktım, kiminle konuşuyorsa sesi sıkıntılı geliyordu. "Bir yıl ve bu sürede tek düşündüğüm nasıl olduğun," dediğinde sesinde büyük bir özlem vardı. Belki de sevgilisiyle konuşuyordu.

Yüzünü net göremesem de gözlerindeki kederi yandan bakınca bile görebiliyordum. "Ağlamaman konusunda yaptığımız anlaşmayı unuttun mu yoksa?" Sesini neşeli çıkarmaya çalışıyordu ama üzüntüsünü gizleyemiyordu. "Ayrıca sana gönderdiğim hediyeyi almadın mı?" dediğinde onun özel alanını daha fazla işgal etmemek için merdivenleri çıkmaya başladım.

Büyük ihtimalle sevgilisiydi.

Acaba nasıl bir duyguydu? Kitaplardaki karakterler âşık olunca sevdikleri kişiyi kendi hayatlarından üstün tutuyorlardı. *Gerçek hayatta da böyle mi* diye düşünmekten kendimi alamadım. Odama girdiğimde günün yorgunluğuyla kendimi yatağımın üzerine attım. Fakat yastığımın üzerinde duran zarfı görünce, yavaşça yatağıma oturup zarfı elime aldım. Üzerinde yazan ismi okuduğumda sertçe yutkundum. Bu gerçekten doğru muydu? Bana mektup mu göndermişti? Gözlerim dolduğunda elimde tuttuğum zarfı dikkatlice kontrol ettim. Evet, gerçekten onun ismi yazıyordu. Ondan gelen mektup beni öyle etkilemişti ki dudaklarımdan çıkan hıçkırığıma engel olamadım.

Nicholas Green...

Mektubun üzerinde bu isim yazıyordu. Babam bana bir mektup göndermişti. Elim, ağrıyan kalbimin üzerinde durduğunda heyecan ve acı karışımı duyguları iliklerime kadar hissettim. Mektubu yatağımın üzerine koyduktan sonra kendimi zorlayarak ayağa kalktım. İlaçlarımı aldığımda nefes nefesteydim. Beklenmedik bu mektup tüm dengemi bozmuştu. Astım ilacımı da kullandıktan sonra yatağımın üzerine oturdum. Titreyen parmaklarım mektubu tuttuğunda onu açmak için kendimde yeterince cesaret bulamadım. Ben uzun süre onunla karşılıksız bir konuşma içindeydim, onunla olan her şey kafamın içinde sınırlıydı. Adı dışında hiçbir şeyini bilmediğim birinden ansızın gelen mektup, beni korkutmuştu. Evet, mutlu ettiği kadar korkutmuştu da çünkü içinde yazan şeyler beni üzebilirdi, sanırım korkumun sebebi buydu.

Çoktan akşam olmuştu ve ben yatağımın üzerinde oturmuş, öylece elimdeki mektuba bakıyordum. Korkuyordum, okuyacaklarımın beni daha çok üzmesinden korkuyordum. Onu özlüyordum, insan hiç görmediği birini özler miydi? Görmediğim, sesini duyamadığım birini özlemekten vazgeçemiyordum. Ben, bana bunca acıyı yaşatan bir adamı özlüyordum. Beni Amerika'ya getirttiğinde, o benim için lüks bir ev, yeni eşyalar ya da eğitimim için gelen hocalardan daha değerliydi. Fakat zamanla bana verdiği değerin o lüks eşyalarla sınırlı olduğunu görmüştüm. Yapamadım, içinde ne yazdığından emin olamadığım satırları okuyamadım. Gözlerim ağlamaktan ağrımaya başladığında zor olsa da kendimi toparladım. Mektubu, bitirdiğim bir kitabın arasına sakladıktan sonra banyoya girdim. Sıcak bir duştan sonra gevşeyen bedenimi yatağa atmakta gecikmemiştim. Fakat uyumadan önce yastığımın altındaki telefonu elime almış hâlde buldum kendimi.

Onunla en son kameraya bakıp konuşmuştum. Fakat o günden beri hiç mesaj gelmemişti, kendisi de öyle. Hâlâ dönmediği için ona kızgındım ama yine de ona mesaj yazmaktan kendimi alamadım. ***"Şu anda ne yaptığını merak ediyorum."***

Ve ikinci bir mesaj daha yazıp gönderdim. ***"Bazı tahminlerim var ne yaptığınla ilgili. İlk tahminim, yine birilerini öldürüyorsun. (Bunu yapmanı sevmiyorum.) İkinci tahminim, ailenle birliktesin. (Sen de haklısın, bir yıldır beni öldürmeye çalışıacağım derken onları görmeye fırsatın olmadı.)"*** Bunu gönderirken cevap hızlı gelsin diye dua ediyordum.

"Üçüncü tahminim, tüm gününü bir kız ile geçiriyorsun. (Okulda da birçok kadın var, bence oralara gitmek yerine kendi bloğundan birini bulabilirdin.)" Son gönderdiğim mesaj beni rahatsız etmişti. Nedenini bilmiyordum ama bunun düşüncesi bile beni kızdırmıştı.

Telefonu yatağın üzerine atarak öfkeyle kaşlarımı çattım. Durduk yere sinirlerimi bozmakta üstüme yoktu. Allah'ım, resmen bir kadın için beni burada savunmasız bırakıp gitmişti. Düşüncesiz! İnsan geride kalanı da düşünür! Gözlerim yeniden dolduğunda telefonu alarak son bir mesaj attım ve yatağıma girip gözlerimi kapattım.

"Buraya gelmek zorunda değilsin, beni korumak zorunda da değilsin; hayatına sana değer veren birilerini al, Avcı." Canımın yanması umurumda değildi, ben asla bencil biri olmamıştım. Belki de yeniden severse sevdiği kişi onu değiştirirdi. Mümkün değil gibi görünüyordu ama belki de o kız ona öldürmeyi bıraktırabilirdi. Kimi kandırıyordum ki? Bana gelmesini her şeyden çok istiyordum. Bir de bencil değilim diyordum, en azından kendime karşı dürüst olmalıydım.

Saat gece 2 olunca sözleştiğimiz gibi odamdan gizlice çıkıp bahçeye gelmiştim. Biri dışında herkes oradaydı. Şimdi kulübenin biraz uzağındaydık ve bir ağacın arkasına saklanmıştık ve onu bekliyorduk. Üzerime hırkamı almama rağmen üşümeye başlamıştım. "Bu lanet sadist nerede kaldı?" Emily öfkeyle söylenirken ben, üşüyen ellerimi birbirine sürtüyordum.

Deborah ise tedirgin bir şekilde etrafını kontrol ediyordu. "Acaba bizi tuzağa düşürmüş olabilir mi? Ona güvenmiyorum, birazdan onun yerine infazcılar gelirse hiç şaşırmam." İlk kez ona katılıyordum çünkü Taylor'ın ne yapacağını kestirmek zordu. Ayrıca bence infazcıların zaten bizden haberi vardı, sadece müdahale etmek yerine sessiz kalıyorlardı.

"Bence geri dönelim, anahtarı bir şekilde ondan alırız." Stew yeni konuşmuştu ki "Hiç sanmıyorum," diyen Taylor'ın sesini duyunca korkuyla sıçradım. Hayalet gibi her yerden çıkıyordu.

Sessizce yaklaşmayı alışkanlık edinmiş olmalıydı. Yanımıza geldiğinde her zamanki gibi rahat tavırlar sergiliyordu ve bu, sinir bozucuydu. Deborah'nın kaşlarını çattığını kızgın çıkan sesinden anladım. "Nerede kaldın? Burada seni beklemek zorunda değiliz!" dedi dişlerinin arasından.

Deborah'nın kızması onu rahatsız etmiş gibiydi ve bir adım attı. "Eğer bir daha bana sesini yükseltirsen buradaki tek konuşamayan 'Taşıyıcı' olmaz!" dediğinde yüzümü buruşturdum. Beni niye katıyordu?

Deborah korkuyla bir adım geri gidince bu sefer Emily devreye girdi. Deborah'yı kolundan tuttuğu gibi arkasına çektikten sonra Taylor'ın tam karşısında durdu. "Bu lanet yerde Deborah'ya kızabilecek tek kişi benim! Bir pislik olman umurumda bile değil çünkü ona yaklaşırsan seni buna pişman ederim!" Bunları söylerken sesi o kadar soğuk ve kararlı çıkmıştı ki Taylor bile afallamıştı.

Sanırım Emily, Deborah'yı sürekli azarlasa bile onu gerçekten seviyordu. Tuhaf ama Taylor ona cevap vermedi. Korktuğunu sanmıyordum. Birbirine ölümcül bakışlar atan ikilinin yaydığı negatif enerji etrafımızı sarmıştı. Deborah neşeli bir şekilde, "Edward, bu sert hâllerine bayılıyorum," dedi ve ortamdaki gerginliği bıçak gibi kesip attı.

Bu sefer öfkesini Deborah'ya yönelten kız, "Şurada iki dakika havaya girmiştim, keyfimi kaçırmasan olmaz, değil mi?" diyen Emily'nin sitem etmesi beni güldürmüştü.

"Artık kavga etmeyi bırakıp harekete geçelim mi?" Stew her zamanki gibi yerinde bir söz söylemişti. Bence aramızda en mantıklı olan ya da daha az saçmalayan oydu.

Taylor, "En azından içinizden biri akıllı," diyerek önden yürüyünce, herkes homurdanarak onu takip etmeye başladı.

Kulübenin yakınlarına geldiğimizde kulübeyi koruyan gardiyanı gördük. Her şey buraya kadar tamamdı fakat o gardiyandan nasıl kurtulacaktık? Emily usulca başını Taylor'a doğru çevirdi. "Onu etkisiz hâle getirebilir misin?" Nedense bunu yapacağını sanmıyordum.

"Hayır." Bu cevap beni yanıltmamıştı.

Sıkıntıyla burnundan nefesler veren Emily, "Neden?" diye sorduğunda ise, "Buraya eğlenmeye geldim, sizin için parmağımı oynatmam," cevabını almıştı.

Taylor'ın bize yardım etmeyeceğini hepimiz böylece öğrenmiş olduk. Bir süre düşünen Emily aklına bir plan gelmiş gibi gülümsedi. Stew ve Deborah'ya bakarak eliyle ağaçların çoğunlukta olduğu yeri gösterdi. "Deborah oraya git ve çığlık at. Stew, sen de Deborah'nın olduğu yerin yakınlarında saklan. Deborah gardiyanın dikkatini dağıtırken sen, arkadan onu etkisiz hâle getir ve geri dönün." Emily sustuğunda benim aklımda tek bir soru vardı: Bu kadar kısa sürede bu planı nasıl yapmıştı?

Stewart kendini beğenmiş bir tavırla sırıttı. "O iş bizde, iki dakikaya döneriz," dedikten sonra ağaçların sık olduğu yere doğru yürüdüler. Onlar gözden kaybolunca Deborah'nın çığlığını duyduk. Sanırım Stewart'ın dediği gibi iki dakikada biterdi bu iş.

20 Dakika Sonra...

"Giderken iki dakika yerine yirmi dakika dediler de ben mi yanlış anladım?" Emily'nin hayret nidaları beni güldürmüştü. Ben de iki dakika diye anlamıştım.

Stewart ve Deborah gideli neredeyse yarım saat olacaktı ama

hâlâ gelmemişlerdi. "O beceriksizleri bırakıp içeri girmeyi teklif ediyorum. Farkındaysanız, kapıyı koruyan kimse yok." Taylor'ın sesine karşılık yüzümü buruşturmamak için kendimi zor tuttum. Onları bırakıp gitmeyi doğru bulmuyordum.

"Ben gidip bakayım." Emily konuşurken Taylor'a bakma zahmetine bile girmiyordu.

Emily hareket edeceği esnada ağaçların arasından bize yaklaşmakta olan gölgeleri gördüm. Gözlerimi kısarak baktığımda gelenlerin onlar olduğunu fark ettim. Fakat neden Stew yürürken sarhoş gibi sendeliyordu ve neden Deborah kolundan tutarak yürümesine yardımcı oluyordu? Yanımıza geldiklerinde Deborah kolunu çekerek rahat bir nefes aldı. Emily'nin, "Nerede kaldınız?" sorusuna Deborah güldü. "Gardiyanı bayıltıp Stew'u ayıltmam biraz zaman aldı," dediğinde kıs kıs gülüyordu.

Kaşlarım merakla yukarı kalktı. Emily afallayarak Deborah'ya baktı. "Anlamadım?" dediğinde sesi fazlasıyla şaşkın çıkmıştı.

Ayakta durmakta zorlanan çocuğu eliyle gösterip güldü. "Ben plana sadık kalarak yere düşmüş gibi yaptım ve çığlık attım. Gardiyan yanıma gelene kadar her şey yolundaydı, ta ki Stew kendi ayağına takılıp yere düşene kadar. Arkasını dönen adam Stew'u yerde baygın görünce afalladı. Ben de bulduğum taşı arkadan kafasına geçirdim. Tabii, o Stew gibi hassas olmadığı için hemen bayılmadı. En az on kere o taşla kafasına vurmak zorunda kaldım. Onun beynini patlatmış olabilirim çünkü ben gelirken nefes almayı bırakmıştı. Sonra Stew'u ayılttım ama uyanıp yerde beyni patlamış adamı görünce tekrar bayıldı, ben onu yeniden ayılttım ve lanet olsun ki Stew yine bayıldı! Sonuç olarak dört bayılma ve dört ayıltma işleminden sonra buradayız." Elini aniden havada şaklattı. "Ah, bir de iki kere kustu, sanırım ölü görmeye alışık değil." Deborah sustuğunda Taylor dâhil hepimizin ağzı açık kalmıştı.

Sanırım şoka girmiştim.

Deborah birini öldürdüğünü nasıl böyle rahatça söyleyebilmişti? Bir insanın hayatı bu kadar basit olmamalıydı. Az önce kapının önünde gördüğüm adam şu anda ölüydü. Ve bunu iki adım uzağımda duran kız yapmıştı. Bu çılgınlıktı! Birinin yaşam hakkı başka birinin elinde olmamalıydı. Bir kutunun içine sakladığım tozpembe gerçeklerimin içine acı gerçekler bir sis misali sızarken beynimden vurulmuşa döndüm. Deborah ne yaşarsa yaşasın katil olduğu gerçeğini değiştiremezdi. Birini öldürmüştü ve sanki hava alıp gelmiş gibi bunu basit bir şekilde anlatmıştı. Bunu herhangi bir pişmanlık olmadan, acıma duygusu hissetmeden yapmıştı. Acaba annemi benden alan katil de böyle mi yapmıştı? Ölü bedenin üzerine basarak yoluna devam mı etmişti? Öldürdüğü kadını, öksüz bıraktığı kızını düşünmeden birileriyle gülerek sohbet mi etmişti? Gözlerim istemsiz bir şekilde dolduğunda göğsümde bir ağırlık oluşmuştu. Böyle olmamalıydı, etrafımda katil görmek istemiyordum. Ansızın nefret ettim Deborah'dan, ona merhamet beslediğim yanım ise çürüdü. Sonra Gölge, suikastçım... Bugün fark ettiğim gerçekler yüzünden ondan da korktuğumu hissettim.

Şoku üzerinden ilk atan Taylor olmuştu. Belki de kendisi de bir ruh hastası olduğu içindi. "İşte şimdi beklediğime değdi," demişti ki Emily gözlerini irice açarak Deborah'ya baktı.

"O-Onu öldürdün mü?" Yüzündeki ifadenin bir benzerini taşıdığıma emindim.

Deborah gayet rahat tavırlarla omuz silkti. "Benden onu etkisiz hâle getirmemi isteyen sendin, ben de yaptım," dediği an Emily hızla kaşlarını çatmıştı. "Seni ahmak! Size onu öldürün demedim! Sadece bayılacaktı!" diye öfkeyle bağırdı.

Bir ayağını sertçe yere vuran Deborah hâlâ kendisini haklı görüyordu. "Bana bağırmayı kes, Edward!" derken kendisinin de bağırdığının farkında değildi.

Öfkeden deliye dönen Emily, Deborah'nın üzerine yürüdü. "Birini daha öldürdün! Bana öldürmeme konusunda söz verdiğin hâlde birini daha öldürdün! Defol git, Deborah. Bana Dezli'yi gönder! Aksi takdirde elimden bir kaza çıkacak!" Emily'yi daha önce bu kadar öfkeli gördüğümü hatırlamıyordum. O da benim gibiydi ve sanırım daha önce böyle bir olaya şahit olmamıştı.

Deborah alıngan bir sesle, "Ben istesem de şu anda o korkağın geri gelmeyeceğini iyi biliyorsun," dedi. Emily daha çok çıldırıp yerinde tepindi.

"Be-Ben..." diyen Stew'un durumu çok kötü olmalı ki konuşurken kekeliyordu. Onu çok iyi anlıyordum.

Gözleri Stew'u bulan Emily, derin bir iç çekti. Yanına giderek anaç bir tavırla onu kollarının arasına aldı. "Kıyamam sana ben, ne yaptı o deli iki dakikada!" Onun sırtını sıvazlarken bir yandan da onu sakinleştirmeye çalışıyordu. "Geçti, dostum. Ben buradayım. Söz veriyorum, bir daha ölüm görmek yok." Daha sonra gözlerini kısarak onu izleyen Deborah'ya baktı. "Manyak! İki dakikada çocuğun psikolojisinin içine ettin! Seninle adam gönderende kabahat, o benim en sadık adamımdı!" diye bağırdığında gülmek ve ağlamak arasında kaldım. Hâlâ bizi emrindeki askerleri olarak görüyordu.

Yüzünü buruşturarak Emily'den ayrılan çocuk, "Mümkünse bir daha sen beni teselli etme," diyerek yavaş adımlarla kulübeye doğru gidince, Emily, "Hepiniz mi nankörsünüz?" diyerek sessizce isyan etmişti.

Etrafı kolaçan ederek kulübenin kapısının önünde durduk. Bu süre zarfında mümkün olduğu kadar Deborah'dan uzak duruyordum. Taylor sinir bozucu bir yavaşlıkla demir kapıyı açtı. Herkes birbirine bakıyordu. Anlaşılan, kimse ilk giren kişi olmak istemiyordu. "Salak gibi birbirinize bakmak yerine niye içeri girmiyorsunuz?" diyen Taylor'a hepimiz kaşlarımızı çattık. Kendi niye girmiyordu?

Eğer karanlıkta yazdıklarımı okuyabileceğini bilsem ona bir çift sözüm olurdu, lakin gece gözlüğü olduğunu sanmıyordum. Emily'nin altta kalmaya niyeti yokmuş gibi yine çenesini tutamadı. "Sözde kötü çocuk sensin, yaşın da hepimizden büyük. Neden lakabının hakkını verip ilk sen girmiyorsun?" dedi. Bu kızı bu yüzden seviyordum işte, asla sözünü esirgemezdi, dobraydı.

Korkusuzluğundan mı yoksa Emily'nin sözlerine karşılık mı, emin değilim fakat Taylor içeri giren ilk kişi olmuştu. Karanlık kulübeye onun arkasından sırayla biz de girdik. İçeride hiçbir şey görünmüyordu, çok fazla karanlıktı. Aniden kulübenin içi loş bir ışıkla aydınınca yerimde sıçradım. Emily'yi elinde fenerle görünce, elimi kalbime koyup rahat bir nefes aldım. El fenerinin ışığını kulübenin içinde gezdirmeye başladı. Bir oda büyüklüğündeki kulübe bomboştu. Ne bir eşya ne de başka bir şey vardı. Taylor'ın öfkeli homurtusu tüm kulübede yankılandı. "Bu boş yer için mi uykumdan oldum? Burada bir şey yok ve bu gece yeterince eğlenemezsem size işkence yaparak eğlenirim!" dediğinde şaşkınlıkla ona baktım. Eğlenmek için ne görmeyi bekliyordu?

Taylor'ın sözlerini duyan Emily, el fenerini onun yüzüne tutarak dikkati kendi üzerine çekti. "Psikopatların zekâ yapısının ortalama bir insana göre yüzde altı daha düşük olduğunu okumuştum. Emin ol, Wallece, içimizdeki tek geri zekâlı sensin. İnsan konuşmadan önce aklını çalıştırır, değil mi? Gardiyanlar neden bu boş yeri koruyor diye düşünür, değil mi? Ama yok, her şeyi ben düşünmek zorundayım," dediği an Taylor dışında hepimiz kahkaha attık. Bu kız dayak yese bile akıllanacak gibi değildi.

"Sen benim geri zekâlı olduğumu mu ima etmeye çalışıyorsun?" Taylor'ın sesi öyle korkunç çıkmıştı ki ayazda kalmışçasına titredim.

Emily homurdanarak, "Aslında doğrudan söyledim ama neyse," dedi.

Son duyduklarından sonra öfkeden deliye dönen adam, ağzından tükürükler saçarak Emily'nin üzerine yürüdü. "Sana bir ders vermenin zamanı geldi, Karma!" dedikten sonra Emily'nin ensesinden tutarak yüzünü sertçe duvara çarptı. Bu kadar ileri gittiğine inanamıyordum.

Gözü dönmüş bir şekilde üst üste acımasız hareketlerine devam etti. Emily kendinden geçene kadar yüzünü duvara vurmuştu. Korkudan gözlerim dolduğunda, "Bırak onu!" diyen Stew'un endişeli sesini duydum.

Taylor bir eşyayı elinde tutuyormuş gibi Emily'yi yere fırlattı. Yerde acı içinde inleyen kız ağlamama neden olmuştu. El feneri yere düştüğü için sadece duvarı aydınlatsa da yüzünün kanlar içinde kaldığını görebiliyordum. Onun yanına gitmek istedim ama kan yüzünden tek bir adım dahi atamadım. Emily'yi o hâlde gören Deborah, "Edward!" diye çığlık atarak onun yanına koştu.

Stew ani bir şekilde Taylor'ın yüzüne yumruk atınca iyice sinirlenen adam yumruğunu Stew'un çenesine geçirdi. Stew yere düşünce Taylor onun üzerine çıkıp daha fazla yumruk atmaya başladı. Stew ondan daha güçsüz ve zayıftı. Bir şeyler yapmalıydım ama ne yapabilirdim? Kalbim korkuyla hızlanırken ne yapacağımı düşünüyordum. Korkuyordum ondan ama ona engel olmazsam Stew'u öldürebilirdi. Stew'un karnına attığı tekmeler çok sertti.

Deborah, kendinden geçen kızın başını dizlerinin üzerine aldı. Ağlayarak onun adını haykırıyordu. Başını kaldırıp yerde iki büklüm olan çocuğu görünce, kaşlarını çatarak bana baktı. "Yeşil, oradan izleme! Derhâl yanıma gel!" İlk kez bana "ucube", "ezik" veya "hastalıklı" demek yerine ismimle seslenmişti. Onun sesini duyunca şoktan çıktım ve ona doğru koşmaya başladım. Yanında durduğumda Emily'ye bakmamaya çalışıyordum. Astım krizim kapıda olmalıydı ki nefes almakta zorlanıyordum.

Deborah ağlıyordu, burnunu çekerek cebinden bir şey çıkardı. Karanlık olsa bile elime tutuşturduğu şeyin küçük bir çakı olduğunu fark etmiştim. "O aşağılık herif, Stew'u öldürmeden onu durdur!" diye emretti.

Kalbim dehşetle atarken başımı *hayır* anlamında salladım. Bu bıçağı kullanamazdım, ben kimseye zarar veremezdim. Elimi daha sert sıkan kız yüzünden ağlamamak için kendimi zor tuttum. "Şimdi beni iyi dinle, ucube! Kabul etmek istemesem de sen bu ekibin bir parçasısın! Biz üç kişi öleceğimizi bilsek bile birbirimizi hep koruduk ve bir yıl sonra aramıza aldığımız tek kişisin! Yerdeki sen olsaydın o, senin için bunu yapardı çünkü o, seni bizden sayıyor!" Dudaklarım titrediğinde bıçağı onun eline bırakıp geri çekildim. Benden istediği şeyi yapmam mümkün değildi.

"O zaman sen gel, Edward'ın burnuna tampon yap, ben hallederim!" Yine başımı olumsuz anlamda salladığımda çıldırıp bana küfretmeye başladı. Emily'nin kanayan burnuna dokunamazdım. Benden istediği şeyleri yapamazdım.

"Cehennemde görüşürüz, Karma!" Taylor altında acılar içinde kıvranan Stew'un başını tutarak hafifçe yukarı kaldırdı. Olacakları anladığımda nefesim kesildi. Eğer başını yine yere vurursa bu sefer Stew beyin kanaması geçirebilirdi. Yeterince darbe almıştı, bunu kaldırabileceğini sanmıyordum.

O an kendimden beklemediğim bir şey yaptım. Stew'u korumak için Deborah'nın elindeki bıçağı hızla aldım ve koşarak Taylor'ın arkasında durdum. Amacım onu öldürmek değil, sadece Stew'u bırakmasını sağlayacak kadar küçük bir yara açmaktı.

Pekâlâ, sadece dikkatini dağıtsam bile olurdu. Bıçağı kaldırıp tam omzuna saplayacaktım ki aniden varlığımın farkına varmış gibi hızla arkasını döndü. Havadaki elimi tutup, bileğimi sıkınca bıçak elimden düştü. "Bak sen şu küçük Kızıl'a." Alayla sırıttıktan sonra bileğimi bırakmadan ayağa kalktı.

İyi haber onu yaralamadan Stew'dan uzaklaştırmıştım. Kötü haber, onun dikkatini kendi üzerime çekmek gibi bir halt yemiştim.

Bileğimi çekmeye çalıştıkça daha fazla sıkarak gülmeye başladı. "Belki de beni sen eğlendirirsin, Taşıyıcı." Bir anda tuttuğu bileğimi kendisine doğru çekince kendimi onun göğsünde buldum.

Korkudan hızlanan kalbimin sancısına daha fazla dayanamadım. Dudaklarımdan dökülen acı iniltiler onu durdurmak yerine daha fazla mutlu ediyordu. Beni bırakması için çırpındıkça kendimi onunla daha çok bütünleşmiş buluyordum. Artık alacağım nefes bana zulmetmeye başlayınca bacağımı kaldırdım ve malum yerine dizimi gömdüm. Acı dolu bir sesle, "Seni sürtük!" diye bağırdı ve yüzüme şiddetli bir tokat attı.

Yanağımdaki acının etkisiyle dizlerimin üzerine sertçe yere düştüm. Ellerimi tozlu zemine bastırıp kalkmaya çalıştığımda karnıma yediğim tekmeyle nefes alamadım. Boğazımdan kesik kesik hırıltılar çıkmaya başladığında üzerime geldiğini gördüm. Elim, ağrıyan kalbimin üzerinde durdu. Hissettiğim acının bir tarifi yoktu. İlaçlarımı almalıydım çünkü kriz geçiriyordum. Tükenmiş hâlimi umursamadan önümde diz çöktü ve saçlarıma asılarak yüzümü açığa çıkardı. "Bana karşı gelinmeyeceğini anlamış oldun, Kızıl." Saçlarıma daha sert asılıyordu. Gözlerimi açık tutmakta zorlanıyordum.

Deborah'nın sinirli sesini güçlükle duymuştum. "Cehenneme kadar yolun var, pislik. Derhâl bırak onu!" Taylor arkasını döndüğü an acı çığlığı kulaklarımda yankılanmıştı.

Neler olduğunu algılayamıyordum, kalbim tehlike çanları çalarken gözlerimi açık tutamıyordum. Özgür kalan saçlarım beni rahatlatmıştı. Başım zemine düşmeden önce biri, elini uzatarak başımdan tutmuştu. "Hey, sakın öleyim deme çürük elma! Hemen gözlerini açıyorsun!" Deborah'nın telaşlı sesini duyduğumda çoktan krizle buluşmuştum.

Ertesi Gün...

Şiddetli bir baş ağrısıyla açılmakta inat eden gözlerimi usulca açtım. Etrafımda gördüğüm tanıdık şeyler sayesinde okulun sağlık bölümünde olduğumu anladım. Elimi uzatarak yüzümdeki oksijen maskesini çıkardım. Monitörden gelen uyumlu seslere bakılırsa kalbim bir krizi daha geride bırakmıştı. Kolumdaki bitmiş serumdan kurtulmak için sanırım birinin gelmesini beklemeliydim. Odanın içi aydınlıktı ama perdeler kapalıydı. Yerimden doğrulmaya çalıştığımda başımda ve karnımda hissettiğim ağrılar yüzünden durdum. Kapım aniden açıldı, içeriye Lisa ve Erich girmişti. Uyanmamın ikisini de rahatlattığını gözlerinden anlayabiliyordum.

"Nasıl hissediyorsun?" Erich'in üzgün sesini duymazdan gelerek Lisa'ya baktım.

Siyah, kıvırcık saçlarını sıkı bir topuz yapmıştı. Dizlerinin biraz altında biten yeşil bir elbise ve beyaz bir önlük giymişti. Tam karşımda duruyordu. Bedenimdeki ağrıları umursamadan onu daha iyi görebilmek için yatakta oturdum. Sadece birkaç hafta yoktu ama onu çok özlemiştim, gözlerimin dolmasına engel olamadım. *"Lütfen beni affettiğini söyle, Lis. Ben seni çok özledim."* Titreyen parmaklarım onun gelişiyle yeniden hareket etmişti.

Buğulu gözleriyle bana bakıyordu. "Hangi biri için, Yeşil? Dün geceki vukuatınız tüm okulun dilinde." Duyduklarım yüzünden suçluluğu her zerremde hissederek bakışlarımı kaçırdım.

"Eğer yeniden doktorum olursan söz veriyorum ki bir daha seni üzecek şeyler yapmam." Bu konuda ciddiydim, eğer beni affederse beladan uzak duracaktım.

Başını *hayır* dercesine oynatarak yanıma geldi. Yatağımın üzerinde duran elimi tutup içli bir şekilde bana baktı. "Sana olan kızgınlığımın geçmesi uzun sürmedi fakat doktorun olamam. Bunu ben de çok istiyorum ama beni farklı bir bölüme verdiler. Üzgünüm, Yeşil. Doktorun artık Erich." Duyduklarımdan sonra kaşlarım istemsiz bir şekilde çatıldı. Lisa'dan başka kimsenin benimle ilgilenmesini istemiyordum.

Elimle Erich'i göstererek Lisa'ya baktım. *"Onu istemiyorum, benim doktorum sensin!"* diye itiraz etsem de bir işe yaramadı.

"Doktorun olmasam da seninle ilgilenmeye devam edeceğim." Bu beni yeteri kadar rahatlatmıyordu çünkü burada kendime yakın bulduğum tek kişi Lisa'ydı. Beni kendisine alıştırdıktan sonra böyle bırakıp gidemezdi. Alıştığım herkes bir süre sonra beni bırakıp gidiyordu, o da gitmişti. Gölge de beni bırakıp gitmişti.

Lisa beni görmeye devam edeceği konusunda beni ikna ederek gitmişti. Beni kandırdığını biliyordum, bu yüzden de gidişine çok üzülüyordum. Evet, Erich işinde iyiydi fakat Lisa yıllardır doktorumdu ve ondan başkasını istemiyordum. Konuşmalarımızdan bir şey anlamadığı için kendince tahminleri olan Erich ile bir bakışıp duruyorduk. "Aynı okuldasınız, onu yine göreceksin." Beni teselli etmeye çalıştı fakat somurtmaktan kendimi alamıyordum.

Ona hiç pas vermediğimi görünce muzip bir şekilde gülümsedi. "Tamam, kabul ediyorum. Esmer bir tenim ve silikonlu göğüslerim yok ama bence ben de fena bir doktor değilim." Söylediklerine karşılık kıkırdadım. Elindeki dosyayı aldığımda gömleğinin cebindeki kalemi bana uzattı. *"Lisa'nın göğüsleri silikon mu?"* İri göğüsleri olduğunu fark etmiştim ama bu, aklıma hiç gelmemişti.

Sorduğum soruya kahkaha attı. "Bir doktor olarak söylüyorum ki o kadar büyük olup da doğal olan göğüs görmedim. Evet, öyle büyük göğüsleri olan kadınlar var ama onlarınki genelde biraz sarkık olur ve normal olan büyükken sarkık olması." Verdiği cevapla daha çok gülmeye başladım. Onunla Lisa'nın göğüsleri hakkında utanmadan konuştuğuma inanamıyordum. Bu, Erich'ten kaynaklanıyordu, onun farklı bir enerjisi vardı. Sanki ruh hâli her yaşa kolaylıkla uyum sağlıyordu.

Aklıma gelen şeyler yüzünden gülüşüm anında yüzümden silindi. *"Emily ve diğerleri nasıl?"* Uzattığım dosyada yazan şeyleri okuyunca o da gülmeyi kesti.

"Demek o baş belasının adı Emily. Durumu gayet iyi ama burnunda küçük bir çatlak oluşmuş. Hemen endişelenme, tedavisi yapıldı. En kısa zamanda eskisi gibi olacağına eminim. Diğerleri Emily'nin kız olduğunu anlamasın diye onunla bizzat ben ilgilendim. Bunu hâlâ bildiklerini düşünüyorum ama konumuz bu değil. Stewart iki gün yoğun bakımda kalmak zorunda, beyninde ödem oluşma ihtimaline karşı kontrol altında tutuyoruz. Deborah'nın bir şeyi yok fakat gece yarısı odasından kaçıp yasaklı yere gittiği için hücre cezası aldı. İki gün boyunca yemek verilmeyecek ve hücreden çıkmayacak. Eğer diğerlerinin sağlık durumu söz konusu olmasaydı onlar da ceza alacaktı. Ve Taylor, omzuna hafif bir yara almış. Müdür Connor pek yanaşmasa da onun da hücre cezası almasını sağladım. Deborah her şeyi anlattı, Taylor sana yaptıklarının cezasını çekmeliydi." Sustuğunda yüzüne boş gözlerle bakmaktan başka bir şey yapamadım. En azından sağlık durumları iyiydi. Bu, biraz da olsa beni rahatlatmıştı.

Bana bakarken kaşlarını yavaşça çattığını gördüm. "Özel durumundan dolayı onlar gibi ceza almıyor olman, kuralları çiğneyebileceğin anlamına gelmiyor," diyerek bana kızdı. "Her şeyden önce kalbini düşünmelisin. Yaptığın büyük sorumsuzluktu, bu yüzden iki gün boyunca odandan çıkmanı yasaklıyorum. Saçma bir iddia oyunu yüzünden o kulübeye gittiğinize inanamıyorum. Ayrıca ölen gardiyanın katili de hâlâ bulunamadı. Taylor bunu yapanın Deborah olduğunu söyledi ama Emily, Stewart ve Deborah katilin Taylor olduğunu iddia ediyor. Anlayacağın, ortalık karışık," dediğinde gülüşümü durduramadım. En azından üçü aynı şeyi savunarak suçu Taylor'a atmıştı.

O kulübeye iddia yüzünden gittiğimizi düşünüyorlardı ve içimden bir ses, bunun Emily'nin başının altından çıktığını söylüyordu. Oda cezası almıştım, zaten bu yaşıma kadar en iyi yaptığım şey bir odanın içinde tıkalı kalmaktı. Bu, benim için yabancısı olduğum bir ceza değildi. Diğer konu ise cinayeti işleyenin Deborah olduğuydu ama suçu Taylor'ın üzerine atmışlardı. Bence en doğrusunu yapmışlardı çünkü hepimiz Taylor yüzünden bu hâle gelmiştik. O pislik her şeyi hak ediyordu. Adam King Kong gorili gibi tek başına hepimizi dövmüştü!

Hatırladıkça kemiklerim sızlıyordu. Eğer Deborah zamanında yetişmeseydi kim bilir, şu anda ne hâlde olurdum. Deborah'nın hayatımı kurtardığını fark etmem beni yeni bir şoka uğratmıştı.

"Yeşil?" Erich'in düşünceli çıkan sesini duyunca başımı kaldırıp ona baktım.

Bu derin bakışlarının nedenini anlayamadım. "Gizlemeye çalışıyorsun ama yatağının altına sakladığın kanlı çarşaflardan haberim var," deyince yutkunarak gözlerimi kaçırdım. "Kalbin artık seni yaşatamayacak durumda, sana yaşam yerine zehir pompalıyor. Kan kusmanın nedeni bu," dediğinde benden daha fazla acı çekiyor gibi görünüyordu. Bana olan bu yakınlığının nedenini anlayamıyordum. "Kalbin düzenli çalışmıyor ve kanında birçok hastalık belirtisi oluşmaya başladı." Bildiğim gerçekleri duymak beni şu an olduğundan daha fazla üzemezdi. Bütün bunları zaten biliyordum.

Acı çekercesine gözlerime baktı. "Zor, biliyorum ama bir süre daha dayan." Bu sözler dudaklarından çıktığı an benden çok onun canını yakmış gibi hızla odamdan çıkmıştı. Dayanmıyordum da ne yapıyordum? Ben dayanmasına dayanırdım da bu, öleceğim gerçeğini değiştirmiyordu.

Açık kapıya, burukça tebessüm ederek baktım. *"Benim için çok geç, doktor."* Gülüşüm büyüdüğünde yatağıma yeniden yattım. Canım yandıkça gülümsemek, hep yaptığım ve hep yapacağım bir şeydi. İnsan bir yerden sonra acılara gülümsemeyi de öğreniyordu. Baktı ki sevecek kimsesi yok, o zaman acılarına sıkı sıkıya tutunup onlara gülümsüyordu. İnsanlar mutlu olduğunda gülerdi ancak benim hayatımda beni mutlu edecek hiçbir şey olmamıştı. Bir süre sonra ben de bana sadık acılarıma gülmeyi öğrenmiştim. Acılarım insanlar gibi değildi, beni terk edip gitmeyen tek şeydi.

Dün bana biçilen cezanın süresi dolmuştu. Hava güneşli olduğu için cezam bittiği hâlde odamdan dışarı çıkmamıştım. Bugün güneş bana bir iyilik yaparak bulutların arkasına gizlenmiş, dinleniyordu. Aynanın karşısında durmuş, kazağımı sıyırmış, karnıma bakıyordum. İlk gün kızaran yerler şimdi morarmıştı. Bana attığı tekmeye lanetler okuyarak kazağımı düzelttim. Üç gün boyunca infazcılar ve gardiyanlar resmen beni sorguya çekmişlerdi. Sözde, ölen adamın katilini arıyorlardı ama ölen gardiyandan çok kulübeyi soruyorlardı. Bizi izlediklerini zaten biliyordum ama kulübeye girmeyi başaracağımızı beklemiyorlardı.

Saçlarımı dağınık topuz yaptıktan sonra kaşlarımın tam altına kadar gelen kâküllerimi düzelttim. Üzerimde çoğunlukla olduğu gibi yine pantolon ve kazak vardı. Sıcak havalarda tişört giymek idealdi ama hava soğuk olunca ince kazakları tercih ediyordum.

Kelimelerimi insanlarla buluşturan kalemimi ve not defterimi çantama koyarak odamdan çıktım. Merdivenleri dikkatlice inerken aklımda sadece Emily'nin ve diğerlerinin iyi olup olmadığı vardı. Birkaç moladan sonra sonunda basamakların hepsini bitirmiştim. Yemekhaneye girdiğimde herkes anında bana baktı ve yine kendimi sahneye en son çıkan assolistler gibi hissettim. Acaba bir gün beni gördüklerinde böyle uzaylı muamelesi yapmak yerine işlerine bakacaklar mıydı? Gözlerim istemsiz bir şekilde Kontrolsüzler'in masasına kaydı. Elliden fazla insanın arasında o haydudu görebilmiştim. Yine en baştaki yerini almış, sırıtarak beni izliyordu. Gri gözleri üzerimde dolaştıkça, bana attığı tokat yüzünden yanağım yeniden sızlıyordu. Onun küçümser bakışlarına daha fazla maruz kalmadan bakışlarımı çektim.

Karmalar'ın masasına geldiğimde somurtmaktan başka bir şey yapmayan üçlüye baktım. Emily'nin burun kemerinde bir yara bandı vardı ve dudağı çok kötü patlamıştı. Üzerine giydiği kırmızı, kareli siyah, gömleği ütüsüzdü. Kısa, kahverengi saçları gelişigüzel taranmıştı. Stewart'ın ise gözlerinde gözlük varmış gibi her iki gözü mosmor hâldeydi. Sol kolu sargıyla boynuna asılıydı ve yanağında kızarıklıklar vardı. Deborah ve ben sanırım en az hasarla kurtulan kişilerdik. Kendimi tutamayıp kıkırdadığımda üçünün bakışları hemen beni buldu. "Tanrı aşkına, gülmek dışında bir şey bilmez misin sen? Şu hâlimize bak, resmen komalık olduk!" Emily'nin haklı isyanına karşılık kahkaha attım. Biliyordum, komik değildi ama aynı zamanda komikti de.

Gülüşümü duyunca homurdanmaya başlayan Stew'un yanına oturdum. "Abartma bence, o kadar da kötü durumda değiliz." Stew'un sözleriyle iyice kaşlarını çatan Emily, "Abartmak mı?" dedi ve dudağını gösterdi. "Şu dudağımın hâline bak, neredeyse pipetle çorba içeceğim! Adam resmen tek başına hepimizin ağzını burnunu dağıttı!" Doğru söze ne denirdi ki!

Deborah onun bu dağılmış hâline bakarak iç çekti. "Edward, sen bir daha dayak yeme, sevgilim. Şimdi dudağın iyileşene kadar beni öpemezsin." Bu sözlerden sonra Stew bile yaralarını umursamadan benimle kahkaha atmıştı. Tek düşündüğü bu muydu?

Emily sabır çekerek elindeki elmayı Deborah'nın kafasına fırlattı. "Normalde seni hep öpüyorum, değil mi? Ayrıca dayak yemedim ben, sadece bana vurmasına izin verdim." Tıpkı bir erkek gibi hâlâ gururunu kurtarmanın derdindeydi. Bir yıl boyunca erkek taklidi yapmak ona iyi gelmemişti.

Deborah avucunun içini öptü ve elini açarak karşısında duran kıza doğru üfledi. "Aşkım, sen niye stresleniyorsun? Ben onu bıçaklayarak hepinizin intikamını aldım." Masum bir şekilde söylediklerine karşılık Emily gözlerini devirdi. "Aşkım demiyor mu, deli ediyor beni," diye homurdandı.

Sağlam kolunu uzatarak masadaki meyve suyundan bir yudum alan Stewart, yaralı dudağı yüzünden inlemişti. "Oraya boşuna gittik, hiçbir şey bulamadığımız gibi hepimiz perişan olduk," Ona katılıyordum, o kulübede hiçbir şey yoktu.

Emily işaret parmağını uzatıp burnundan kayan gözlüğü hafifçe yukarı kaldırdı. "Boşuna değildi, orada bir şeyler var ve ortalık durulduğunda tekrar gideceğiz," deyince tüm keyfim kaçmıştı. Oraya yeniden gitmek istemiyordum.

Stewart tabağındaki zeytinleri ayırırken *olmaz* dercesine bir hareket yaptı. "Orada bir şey yok, yeniden gitmek aptallık olur. Ayrıca kilidi değiştirdiklerine eminim. Daha fazla dikkat çekemeyiz, hâlâ katili arıyorlar." Seçtiği zeytinleri Deborah'nın tabağına koyarken söylemişti bunları. Zeytin sevmiyor olmalıydı.

Emily ne yazık ki yine itiraz etmişti. "Sorun da tam olarak bu, dostum," diyerek bize baktı. "Siz görüneni arıyorsunuz ama önemli olan görünmeyeni bulmak. Kulübede bir şeyler olduğuna eminim." Sanırım ne söylersek söyleyelim kimseyi dinlemeyecekti.

Acıktığım için ayağa kalktım. Yemeklerin olduğu büfeden kendime bir şeyler alsam iyi olacaktı. Tepsiye biraz mevsim salatası ve bir dilim yaban mersinli kek koyduktan sonra masama doğru yürüdüm. Yerime oturacaktım ki tüm heybetiyle kapıdan giren kişiyi görünce durdum. Onu yeniden görmenin heyecanıyla kalbim bir kuş gibi çırpınmaya başlamıştı. Nabzım hızlandığında, verdiğim sesli nefesler yüzünden göğüs kafesim inip çıkıyordu. Gelmişti, belki geri dönmek için geç kalmıştı ama gelmişti. Günlerce ortadan kaybolan o değilmiş gibi büyük bir öz güvenle atıyordu adımlarını. Omuzları dikti ve kendi gücünün farkındaydı. Üzerindeki beyaz tişörtü ve siyah deri ceketi her zamanki gibi çok yakışmıştı. Henüz bana bakmadan yürüyen adamdan gözlerimi alamıyordum. Bana bakmıyordu, bana bakmasını istiyordum. Gözlerinin beni görmesi için inanılmaz bir istek vardı içimde. Günler sonra onu yeniden görenler aniden başını kaldırmıştı. Taylor'ın yüzündeki hoşnutsuz ifadeyi görmemek elde değildi. O kadar zaman boyunca onu beklediğim hâlde benim olduğum tarafa hiç bakmaması beni üzmüştü.

Üzüldüm, çok da kızdım. Kaşlarımın büyük bir hüsranla çatılmasının sebebi oydu. Deborah'nın elinde duran elmayı bir anda çekip aldım. "Hey, onu yiyecektim!" diye kızmasını umursamadan elmayı havaya kaldırdım ve masasına doğru yürüyen adamın kafasına fırlattım.

Attığım elma kafasına çarparak yere düştü ve yuvarlanmaya başladı. Emily ürkerek, "Sakın, Yeşil! O adam Taylor'dan yüz kat daha tehlikeli!" diye fısıldadı. "Daha yeni dayak yedik, manyak!" Sesi kulağımda yankı yapsa da şu anda ona bakmıyordum.

Beni görmeliydi, onun da benim gibi gözlerinde özlem var mı, bilmeliydim.

Yaptığım şey yüzünden bir anda herkes konuşmayı bırakmıştı. İnsanlar sessiz bir şekilde nefes dahi almadan onun ne yapacağını bekliyordu. Kafasına çarpan elma yüzünden başını yavaşça eğdi. Hareketleri öyle yavaştı ki sanki uykudan uyanan bir canavarın korkutuculuğunu taşıyordu. Başını çevirdi ve yerdeki elmaya baktı, sonra başını usulca kaldırıp bana baktı. Lacivert gözleri beni bulunca nefesimi tuttum. Aramızda on beş adımdan daha az vardı ve ikimiz de ayaktaydık. Lacivert gözleri tüm hücrelerime işlercesine beni hedefine alınca boğazımda oluşan düğüm yüzünden yutkunamadım. Kalbim maraton koşmaya başladığında soluksuz bir şekilde onun bakışlarında kayboldum. Gözlerini benden ayırmadan yere eğilip ayaklarının önüne düşen elmayı aldı. Elmayı avucundan sıkıca tuttu ve doğruldu. Bana doğru gelmeye başladı. Nefesimi kesecek bir şekilde yavaş ve ürpertici adımlar atıyordu. Attığı her adımla nefes alışlarım hızlanıyor, kalbim varlığını bana hatırlatarak göğsümü yumrukluyordu. O bana yaklaştıkça ona doğru koşmak ve geri gitmek gibi çelişkiler yaşıyordum.

Tam karşımda durduğunda etrafımdaki herkes yavaş yavaş silindi ve koca salonda sadece onun iri bedeni kaldı. Elinde tuttuğu elmayı ikimizin arasına uzatarak durdu. "Hikâyenin sonunda elmayı prenses yer ve ölür," dedi gözlerimin içine bakarak. "Senin bildiğin gibi prensin dudakları şifa taşımıyor ve zehirlenen prenses uyanmıyor." Ölüm meleğinin kanat çırpma sesini duyduğumda sertçe yutkundum. Sesini duymayı özlediğimi fark ettim. Bana uzattığı elmayı titreyen elime aldım. Yerimde kaskatı kesilmeme sebep olan bu sözlere verecek bir cevap arıyordum.

"Belki de prensesi öldüren zehirli bir elma değildi," dedim ona bakmaya devam ederek. *"Elmayı ondan almak için geç kalan prenstir asıl katil."* Dudaklarımı oynatarak söylediklerimden sonra derinden bir iç çekti. Kim bilir aramıza karışan nefesinde kaç sönmüş ruhun enkazı vardı.

"Belki de prensesin prens sandığı aslında masalın korkunç büyücüsüdür," dediğinde kaşlarını usulca yukarı kaldırdı. "Masallarda prensesler iyi ve esas karaktere tutulurlar," derken bir konuda beni gerçeklere uyandırmak ister gibiydi. "Hiçbir hikâyede yazmaz esas kadının yan karakterlerden biriyle olduğu." Gözleriyle titreyen parmaklarımın sıkıca tuttuğu elmayı işaret etti. "Elinde tuttuğun elmayı kimin kafasına attığına dikkat et çünkü senin hikâyende gökten üç elma düşmeyecek," dedikten sonra beni anlamsız kelimelerin hükmüne bırakarak gitmişti.

Uzun zaman sonra geri dönmüştü ama soğuk bir şekilde.

Parmaklarımda hissettiğim yapışkan sıvıyla tırnaklarımı elmaya geçirdiğimi anladım. Gidip Taylor'ın tam karşısında durdu. Ellerini masaya koyarak Taylor'a doğru eğildi ve dudaklarını oynatıp sadece onların duyacağı bir şeyler söyledi. Taylor oturduğu yerde sırtını sandalyesine yaslayarak rahat bir tavırla ona baktı. Taylor gözleriyle beni işaret ederek konuşunca suikastçımın dudakları tehlikeli bir yavaşlıkla kıvrıldı. Bu sakin hâlleri beni korkutuyordu. İkisinin arasındaki soğuk rüzgâr tüm salonu sarmıştı. Elleri hâlâ masadaydı ve omzunun üzerinden başını çevirerek bana baktı. Lacivert gözleri, yüzümden çok karnımda oyalandı. Taylor onu kışkırtmak için ne söyledi, bilmiyordum ama gözleri kazağın altını görmek ister gibi karnıma bakıyordu. Gözleri yavaşça yüzümü buldu ve dudaklarını oynatarak sadece iki kelime söyledi. "Kapat gözlerini!"

Gözlerimi kapatmam için beni uyardıktan sonra aynı yavaşlıkla Taylor'a döndü. "Şimdi buradaki herkese Taşıyıcı'ya dokunmanın ne anlama geldiğini senin üzerinden göstereceğim!" dedi ve bir anda önüne dönüp Taylor'ın gömleğinin yakasından tuttuğu gibi onu ayağa kaldırdı. Yakasını tuttuğu adamı kendine doğru çekip yüzüne kafa atınca yutkundum. Taylor'ın burnundan çıkan sesi duyduğumda nefes alamadığımı hissettim. Gölge dişlerinin arasından, "Seni uyarmıştım!" diye hırladığında az önceki sakinliğinden eser kalmamıştı. "Kimse ona dokunmayacak!" diye öfkeyle öyle bir bağırmıştı ki sesi tüm duvarlarda yankılandı.

Burnundan kanlar fışkıran adamı sertçe geriye itince Taylor sandalyesinden yere devrildi. Emily ise "Tanrı'm, şu anda mutluluktan ölebilirim," diyerek, elini kalbine koyup kıkırdadı. Afallayarak ona baktım. Bu sahne onu mutlu mu ediyordu?

Taylor kanayan burnunu umursamadan, aynı öfkeyle ayağa kalkınca olacakları korkuyla bekledim. "Konuşmayı bırakıp bitirelim şu işi!" dedi ağzındaki kanı tükürerek. Burnundan akan kanın tüm çenesini kapladığını görünce bakışlarımı hızla ondan çektim.

Gölge'nin dudakları bunu bekliyormuş gibi yukarı doğru kıvrıldı. "Zevkle," dedikten sonra büyük kavga başlamıştı. Kahretsin! Geri döner dönmez ortalığı karıştırdı.

Taylor'ın ilk yumruğundan başını sola çekerek kurtulmuştu fakat ikinci yumruk çenesini bulmuştu. Kalbim aldığı darbeyle sızlarken onun pek de umurunda değil gibi görünüyordu. Taylor'ın yumruklarından biri karnına geldi ve yeni bir yumrukla hafif geriye sendeledi. Kaşlarımı çattım; ne yani, dövüşmeyi bilmiyor muydu? "Neden kendisini dövdürüyor?" diyen Emily de en az benim kadar şaşkındı. "On dokuz yaşındayken okullar arası boks maçında birinci olduğunu duymuştum. Üstelik kafes dövüşleri dâhil birçok yasa dışı dövüşe katıldığı için gözaltına alındığını bilmeyen yok. Eski bir boksörün yumruk yemesi çok tuhaf." Emily'e döndüm. Gölge'yi tanıyor olabilir miydi?

Yanımızda duran kıvırcık saçlı çocuk bize cevap vermişti. Stewart insanları gözlemlemek konusunda fena değildi. "Düşündüğünüz gibi yenilmiyor, aksine rakibiyle oynuyor," diyerek sırıttı. "Böyle karanlık adamların tehlikeli kompleksleri olur. Önce kendini savunamadığını göstererek rakibinin zafer kazandığını düşünmesini sağlar fakat daha sonra rakibini çıkardığı o tepeden hızla yere düşürür." Stew gözlerini kırpmadan onları izliyordu. Önce yumruk yemek, daha sonra yumruk atmak mı? Hangi aklı başında insan bundan zevk alır ki?

Onun yara aldığını görmemek için başka tarafa bakıyordum. Onları ayırmak için gardiyanlar geldi ama mahkûmlar, gardiyanların yolunu kesip onları durdurmuştu. Anlaşılan, bugün herkes Kontrolsüzler'in liderinin kim olacağını merak ediyordu. Taylor yumruğunu Gölge'nin çenesine geçirirken sırıttı. "Korkudan odandan çıkmamanı artık anlıyorum," dedikten sonra tekrar ona vuracağı esnada elimdeki elmayı bu sefer tüm gücümle ona fırlattım.

Gölge'ye vurmasını istemiyordum.

"Yine mi?" diyen gözlüklü arkadaşım sinir krizleri geçiriyordu. "Ne elmaymış arkadaş, tüm belalıların kafasına çarpıp duruyor!" Emily bu sefer korkmaya başlamıştı çünkü Taylor'da vicdan denilen bir duygu yoktu.

Taylor gözüne çarpan elma yüzünden kaşlarını çatarak bana döndü ve "Yediğin tokat az mı geldi?" dedi sırıtarak. Bunu duyan Gölge'nin gözlerinde şimşekler çakmıştı. Elleri anında yumruk olmuştu ve gardını almıştı. Dişlerini öfkeden o kadar çok sıkıyordu ki boynundaki damarı nabız gibi atıyordu. Yüzündeki kaslar seğirirken dudaklarındaki kanı elinin tersiyle sildi. Dişlerinin arasından, "Bu kadar oyun yeterli!" dedi ve yumruğu Taylor'ın çenesini buldu.

Bundan sonrası tam bir katliamdı. Gölge'nin geldiğinden beri pusuda yatan öfkesini herkes iliklerine kadar hissediyordu. Taylor, yediği yumruk yüzünden sersemleyerek bir adım geriye gittiği an karnına gelen tekmeyle sarsıldı. Elini yumruk yapıp gelişigüzel bir şekilde Gölge'ye savurdu fakat suikastçım onun elini havada yakaladı. Gölge ikinci yumruğunu daha sert bir şekilde onun göğsüne geçirdi. Taylor'ın acı dolu feryadı yemekhanede yankılandığında kaburgalarının kırıldığını anladım. Bu, Gölge'nin öfkesini dindirmemiş olacak ki tuttuğu eli bırakmadı. Taylor'ın bileğini biraz bükerek onun arkasına geçmişti. Taylor'ın bileğini belinde sabitlediği için adam istese de hareket edemiyordu. Gölge boştaki eliyle rakibinin ensesinden tuttuğu gibi yüzünü yanındaki duvara çarptı.

"İşte bu! Süpersin, patron! Al intikamımızı!" Emily büyük bir coşkuyla bağırıp yumruk yaptığı elini havaya kaldırdı. "Yalnız onu nasıl harekete geçireceğini iyi biliyorsun, Alev Kafa. Taylor'a elma atmak iyi bir fikirdi." Kısacık bir an bana bakıp göz kırptıktan sonra tekrar büyük bir heyecanla Gölge'ye dönmüştü. Az önce öyle demiyordu ama.

Patron derken lafın gelişi mi söyledi acaba?

Gölge'nin acımasızca Taylor'ın yüzünü üst üste duvara vurmasıyla kalbim korkudan kasılmıştı. Taylor çoktan bayılmıştı, Gölge elini çekse adam yere yığılacaktı ama o, durmak bilmiyordu. Taylor'ın ağzından ve burnundan çıkan kanlar duvara fışkırmıştı. Bayılan adamı yere savurdu ve üzerine çıkarak dağılmış yüzüne yumruklarını geçirmeye başladı. Beyaz tişörtü Taylor'ın kanıyla kirlenmişti. Yüzüne fışkıran kanlar da çok korkutucu görünüyordu. Kan yüzünden midem bulanıyordu, tüm korkularım saklandıkları yerden çıkmaya başladı. Bugüne kadar gördüğüm suikastçının gerçek yüzü buydu işte. Lacivertleri hedefine kilitlenmiş, nefesi rakibine ölüm üflüyordu. O gece bana vururken Taylor'ın gözlerinde nefret dahi olsa bir duygu görmüştüm. Ama onun gözlerinde ölüm dışında herhangi bir duygu yoktu. Herkesten sakladığı seri katil kimliği açığa çıkmıştı. Gözlerim dolduğunda bakışlarımı bu caniden çektim. Evet, onun için uygun sıfat buydu, cani! İnsanları öldürmekten çekinmeyen bir cani! Onun da Taylor'dan ya da diğerlerinden bir farkı yoktu. Tıpkı annemi öldüren katil gibiydi.

"Anne!"

"Anne, lütfen uyan! Anne, çok kan var, korkuyorum."

"Anne, ölme!"

Yıllar önce sustuğum sessiz çığlıklarım zihnime doluşunca korkuyla bir adım geriye gittim. *"Yeşil, onlar seni benden alacaklar."* Ağlayan annem gözlerimin önüne geldi. Dudaklarımdan bir hıçkırık firar ettiğinde başımı iki yana salladım.

Biri omzuma dokununca tüm salonda duyulacak yükseklikte çığlık attım. Deborah gözlerini irice açmış, bana bakıyordu. "Sakin ol, sadece ağladığın için dokundum." Ellerini havaya kaldırarak bana bakıyordu.

Herkes yine bana bakıyordu. Bu insanlar en küçük hareketimde bana bakıyordu! Çığlığım yüzünden Gölge'nin gözleri anında beni bulmuştu. Ellerinin işkence ettiği yaralı bedeni bırakıp ayağa kalktı. Lacivert gözleri büyük bir dikkatle beni incelemeye başladı. Yüzümde ne gördüyse öfkesi yavaşça kaybolmuş, yerini endişe almıştı. Bana doğru bir adım attığında, *"Yaklaşma!"* dedim dudaklarımı oynatarak.

Kaşlarını çattı ve dişlerinin arasından, "Sakin olmalısın, sana bakmamanı söylemiştim!" diye beni azarladı.

Kafamda susmak bilmeyen annemin sesi yüzünden daha çok ağlamaya başladım. Ondan kurtulmak için geriye doğru gitmeye başladım. *"Git! Git buradan!"* dedim titreyen dudaklarımı oynatarak.

Öfkesi yeniden harlandı çünkü bunları benden duymak onu rahatsız etmişti. İki yanında duran kanlı yumruklarını sıktı. "Bunu yapmayacağımı iyi biliyorsun, Melez!" Bana doğru gelmeye başlayınca, arkamı dönerek koşmaya başladım. Bana yasak olmasına rağmen ondan kurtulmak için koşmaya başladım.

Arkamdan koştuğunu fark ettiğimde adımlarımı daha da hızlandırdım. Yemekhaneden çıktığım gibi rastgele bir koridora girdim. Ona güveniyordum, bana zarar vermezdi ama yine de ondan korkuyordum çünkü bana annemin katilini anımsatıyordu. Annemin o geceki kanlı hatırası kirpik uçlarıma düşmüş, her göz kırpmamda bana yeniden o geceyi yaşatıyordu. Bomboş koridora çıktığımda daha fazla dayanamadım ve yere yığıldım. Koşmak bana iyi gelmiyordu. Avuçlarımı zemine bastırırken hıçkırıklarıma engel olamıyordum. Arkamdan bana yaklaşmakta olan adım seslerini duydum. Aceleyle ayağa kalktım ama daha ilk adımımda onun öfkeli ve sabırsız sesini duydum: "Benden kaçmayı aklından bile geçirme!" Bana o kadar yaklaşmıştı ki hızla ona döndüğümde saçlarım uçuşup yüzüme savrulmuştu.

Hemen geriye doğru adımlar atarak ondan uzaklaştım. Aramızda on adıma yakın bir mesafe vardı ve bana bakıyordu. Ağlarken omuzlarım sarsılıyordu ve bunu durduramıyordum. Dudağındaki kanı görmemek için sadece öfkeli gözlerine bakıyordum. Gitmeyeceğimi anlayınca yeniden bana doğru yürüdü. Elimi sızlayan kalbime koyup yalvarırcasına ona baktım. *"Lütfen yakınıma gelme,"* dedim burnumu çekerken. Sakinleşene kadar bana yaklaşmasın istiyordum.

Kaşlarını mümkünmüş gibi daha fazla çatarak bana ters ters bakmaya başladı. "Kendini benden uzaklaştırmana izin vermem!" diye bağırdığında korkuyla yerimden sıçradım. Daha önce bana sesini hiç bu kadar yükseltmemişti.

Bir adım geriye attığımda bakışlarındaki fırtınalar anında beni esir aldı. Dişlerini kırarcasına sıkarken, "Benden kaçmayı bırak!" diye öyle bir kükredi ki soluğum kesildi. Gök gürültüsünü aratmayan sesi tüm hücrelerime işlemişti.

Ellerindeki kanı görünce ben de çıldırdım. *"Katil!"* dedim. *"Sen bir katilsin!"* diyerek dudaklarımı oynattım. Sanki beynim son bir yıldır bu gerçeği yeni fark etmiş gibi dehşet içindeydim. Onu orada, o hâlde görmeyi hayal dahi etmemiştim. Gözlerinin adım adım değişimini görmüştüm. Taylor'ı gerçekten öldürmek istemişti ve yapacaktı da! Çığlık atmasaydım bunu gerçekten yapacaktı.

Fevri çıkışım onu iyice zıvanadan çıkarmıştı, boğazından hırlamayı andıran garip bir ses çıktı. Omuzları aldığı hızlı soluklar yüzünden inip kalkarken, "Sana gözlerini kapatmanı söylemiştim!" diyerek sesini tekrar yükseltti. "Beni dinleseydin şu anda benden korkuyor olmazdın!" Aramızda sadece beş adım vardı ve her bağırdığında şakaklarında belirginleşen damarlar beni daha fazla korkutuyordu. O bir katildi ve şu anda beni öldürmesine bir engel yoktu.

Ne düşündüğümü gözlerimden anlamış gibi yumruk olan elini sertçe yanındaki duvara vurdu. "Bana şöyle bakmayı kes! Sana asla zarar vermem!" diye kükredi. Sanki bakışlarım onu daha çok delirtiyor gibiydi.

Yüzüme yapışan saçlarımı geriye çektim ama ağlamamı durduramıyordum. Artık rahat nefes alamıyordum. *"Katilsin sen!"* Sanki bu gerçeği kendime hatırlatmaya ihtiyacım vardı. *"Katilsin sen, katil!"*

"Şunu kes!" diye bağırarak koridoru öfkesiyle inletti.

Durmadım ve *"Taylor'dan farkın yok!"* dedim.

Üzerime yürüyüp, "Sana zarar vermesine sessiz kalamazdım!" diye bağırdı.

Burnundan soluyarak hızla aramızdaki mesafeyi kapattı. Daha ben bir adım atamadan, kollarımdan tutarak sırtımı koridorun duvarına yasladı. Kollarımdaki elleri bu ürkütücü öfkesine rağmen canımı yakmıyordu. Sadece ondan kaçmamı engelliyordu ama bunu yaparken asla canımı yakmıyordu. Yakıcı öfkesine rağmen tutuşu sert değildi. Lacivert gözlerinde öfke ateşleri yanarken bana doğru iyice yaklaştı. "Kendim hakkında sana hiç yalan söylemedim!" diyerek sinirden deliye dönmüş bir hâlde bana baktı. "Bir yıl önce yine böyle benimle bir duvarın arasında sıkışıp kalmış bir hâldeydin. Yine böyle korkmuş ve ağlıyordun ama kim olduğumu biliyordun! Evet, ben bir katilim ama sen bu katile her gün biraz daha sığındığını biliyordun! O lanet gülüşünü bana sunarken bir katile gülümsediğini biliyordun! Küçük bir kız çocuğu gibi etrafımda dönüp dururken bir katille oynadığını biliyordun! Yokluğumda bana yazarken bir katile yazdığını biliyordun! Sana gelmediğimde beni özlerken bir katili özlediğini biliyordun! Ben seni hiç kandırmadım çünkü sen en başından beri kim olduğumu biliyordun!" diye bağırınca beni susturmayı başarmıştı. Üstüne basa basa söylediği şeyler yüzünden dudaklarımı birbirine bastırdım.

Bilmek ve görmek aynı şey değildi.

Evet, biliyordum fakat hep göz ardı etmiştim. Şimdi bu durumda hangimiz suçluyduk, bilmiyordum. Haklıydı, ben en başından beri onun kim olduğunu biliyordum. Onun kokusuyla uyuşan zihnim yine gerçeklerin üzerine toprak atmaya başlamıştı. Ya kalbim? Kalbim neden bana olan yakınlığıyla ritmini değiştiriyordu. Bunu istemiyordum. Kendi hastalıklı zihnimi ve kalbimi söküp atmak istiyordum. Onun için yanıp tutuşan ve suçlu olmasına rağmen onu haklı çıkarmaya çalışan her uzvumdan kurtulmak istiyordum. Fakat yapamıyordum çünkü varlığı, yakınlığı bana her şeyi unutturuyordu! Böyle anlarda kendimden hiç olmadığı kadar çok nefret ediyorum. Göğsümdeki acı gittikçe artarken nefes almaya ihtiyacım vardı. *"Beni bırak ve çık git artık hayatımdan,"* diyerek dudaklarımı oynattım. *"Bir katili kendi küçük dünyama alamam,"* derken kendimi tutamadım ve hıçkırdım. Islak gözlerle ona yalvardım. *"Lütfen beni azat et, Avcı."* Annemin katilini hatırlatan birine daha fazla bağlanmak istemiyordum. Yaralı kalbim bunun üstesinden gelemezdi.

Dudaklarım hareket etmeyi bıraktığında ıslak gözlerime bakarak sertçe yutkundu. Sanki bunları duymayı beklemiyor ya da gerçekliğine hazır değilmiş gibiydi. Sustu, gözlerimin içine bakıp sustukça bana olan bakışları değişti. Lacivert gözlerinde oluşan sis bulutu gittikçe büyüdü ve gözlerindeki tüm sıcaklığı alıp götürdü. Geçen her saniye gözlerinde beni nasıl bitirdiğini izledim. O gözler önce beni öldürdü daha sonra yeniden onun bakışlarında yer edinmeyeyim diye üzerime ölü toprağını serpti. Derin bir iç çekişten sonra gözlerini kapattı. Açtığında ise bana bakan bir çift yabancı göz vardı. "Eğer istediğin buysa, Dilsiz Kız..." deyip soğukça bana baktı. "Artık hayatının kıyısına bile uğramam. Bugünden sonra benim için herhangi birinden farkın olmayacak. Ağlamayı bırak ve yeniden gül çünkü artık özgürsün." Ellerini yavaşça üzerimden çektikten sonra bir adım uzaklaştı. Bana son kez baktıktan sonra arkasına dönüp yürümeye başladı. Böyle olması gerekiyordu çünkü ona gittikçe bağlanan kalbim beni korkutuyodu.

Koridorda gözden kaybolunca, daha fazla dayanamadım ve dizlerimin üzerine sertçe düştüm. Başımı yere eğerek kendimden geçene kadar ağlamaya başladım. Bunu isteyen bendim, o zaman neden canım yanıyordu? Beni bırakması en doğru olanıydı ama gitmesini de istemiyordum. Kendi çelişkilerimin içinde sıkışıp kalmıştım. Gözyaşlarımın çizdiği çizginin bir adım ötesine yalnızlığım dışında kimse geçmiyordu. Yine en başa dönmüştüm, yine çaresiz ve yalnız... Dokuz yaşındaki bir kızın kimsesizliği vardı üzerimde, daima yalnız kalmaya mahkûm küçük bir kızın...

Koridorda ne kadar durduğumu bilmiyordum ama gözlerim ağlayamayacak bir hâle geldiğinde ayağa kalktım. Bir elimle duvardan destek alarak yavaşça yürümeye başladım. Yorgun hissediyordum, odama gidip uyumak ve şanslıysam uyandığımda her şeyi unutmak istiyordum. Koridoru bitirip merdivenlere yöneldim ama merdivenleri tamamlayacağım konusunda şüphelerim vardı. Basamakları teker teker çıkarken başım dönmeye başlamıştı. İkinci katın en üst basamağına çıktığımda her şey yerinde oynamaya başladı. Titreyen parmaklarım başımı bulduğunda yerimde sendeledim. "Bana yalan söylemeyi kes! Amcamın burada olduğunu biliyordun, Vanessa!" Bir kızın sinirli sesini duydum, sanırım merdivenlerden iniyordu.

Elimi duvara bastırıp soluklanmaya çalıştım. Fakat sürekli dönen başım yüzünden dengemi kaybettim. Ayakta durmak için geriye bir adım atmaya hazırlanmıştım ki, "Hayır, yapma!" diye bir bağırış duydum.

Başımı kaldırmak isterken geriye attığım adımım boşluğa geldi ve kendimi düşerken buldum. Dudaklarımdan korkudan bir çığlık firar ettiğinde düşmeye kendimi hazırlamıştım. Fakat birinin kolumdan tutarak beni kendisine doğru çekmesini beklemiyordum. "Beni korkuttun!" Çok yakınımda biri bağırıyordu. Gözlerim bulanıklaştı. Başımı kaldırdım fakat daha onu görmeden, sıkıca bana sarılarak beni basamaklardan bir adım uzaklaştırdı. Düşmemden korkarcasına elleri belimde sıkıca duruyordu. Şoka girmiş olmalıydım ki onun kollarında titremekten başka bir şey yapmıyordum. Burnuma gelen çikolata kokusu bana iyi gelmişti. Güzel kokuyordu. En az benim kadar korkmuş olmalı ki hızlanan nefeslerini duyuyordum. "Neredeyse düşecektin," dediğinde benim için korktuğunu gizleyemiyordu.

Belimdeki ellerini usulca çekerek benden ayrıldı. "Sen iyi misin?" dediğinde başımı kaldırdım ve onunla göz göze geldim.

Ona baktığım an kalbimde ince bir sızı hissettim. Saç diplerime kadar ürperirken hissettiğim bu yoğun duygunun ne olduğunu anlayamadım. İşin tuhaf kısmı yüzüme baktığı an karşımdaki mavi gözlü kızın da bakışları değişmişti. Benim hızlanan nefesimle yarışır bir şekilde seslice nefes almaya başlamıştı. Sarı saçlı, güzel bir kızdı. Saçlarının arasına yer yer parmak kalınlığında balyaj yaptırmıştı. Siyah bir göz makyajıyla öne çıkardığı mavi gözleri dikkat çekiyordu. Alt dudağının sağ tarafına taktığı pirsing ve boynundaki siyah kelebek dövmesiyle çok farklıydı. Daha önce okulda böyle bir mahkûm görmemiştim. Belki de daha fazla dışarı çıkmalıydım. Üzerinde şort bir tulum vardı ve öylece bana bakıyordu. Bu kızda farklı hissetmemi sağlayan bir şeyler vardı.

"Ben, yani sen daha iyi misin?" Bana bakarken konuşmakta zorlanıyor gibiydi. O da farkındaydı garip bir şeyler olduğunun.

Anlamsız duyguların pençesine düşmüş hâlde başımı salladım. Hâlâ yüzümü inceliyordu. Bir süre hiç konuşmadı fakat bu, uzun sürmedi. Gülmeye çalıştı. "Tamam, bu iş gittikçe tuhaflaşıyor," dediğinde ellerini nereye koyacağını bilmezcesine amaçsızca salladı. "Nedense hemen gitmek istiyorum." Sanki o da benim gibi tuhaf bir şeyler hissediyordu.

Yere eğilip düşen telefonunu aldıktan sonra cebine koydu. Anlaşılan, benim yanıma gelmeden önce telefonla konuşuyordu. Karşımda durunca geçmesi için kenara çekildim. Garip bir şekilde durmaksızın bana bakıyordu, sanki bir şeyleri anlamak ister gibiydi. Merdivenlere doğru yönelmişti ki bir anda durdu. Bana bakıp içimi ısıtacak bir şekilde tebessüm etti ve tanışmak için elini uzattı. Fakat dudaklarını oynatıp söyledikleriyle yerimde kaskatı kesildim.

"Bu arada ben Chloe, Chloe Green!"

Green mi?

"Bir gün onun için bir ninni dökülecekti dudaklarımdan ve benden duyacağı ilk ses aslında benden duyduğu son ses olacaktı."

14

HER ZAMAN GERİDE KALAN BİRİLERİ OLUR

"'Söz ver,' dedi. 'Kimse bilmeyecek.'
Ve ben, her şeyi unutarak onun sırrını önce kendimden saklladım."

Bazı anlar olurdu ya, hani durduğunuz yerde taş kesildiğinizi hissedersiniz. Ya da içinize attığınız her şey boğazınıza kadar gelir, düğüm olur, yutkunamaz ve boğulduğunuzu sanırsınız. İşte tam böyle bir anın içinde olduğumu hissediyordum. Bu, olabilir miydi? Karşımda bana tebessüm eden kız aslında ablam olabilir miydi? Hayır, saçmalık! Varlığımı kabullenmeyen, benden nefret eden kardeşim burada olamazdı! Böyle bir tesadüf olamazdı. Bu kızın buradaki mahkûmlarla ya da infazcılarla bir bağı olmalıydı. Gelişi benimle ilgili olamazdı, olmamalıydı. Bileğine baktım ama herhangi bir bloğa ait olduğunu gösteren kelepçeler yoktu. Geriye kalan seçenek doktorlarla bir ilişkisi olduğuydu. İçimdeki şüpheden kurtulmalı ve emin olmalıydım yoksa kalbimin çarpıntısı durmayacaktı.

"Green" demişti.

Aceleci bir şekilde çantamdan defter ve kalem çıkardım. Kelimelerimi yazarken elim titrediği için harfler eğri büğrü oluyordu. Alacağım cevaptan korkarcasına sayfayı yırtıp ona uzattım. *"Nicholas Green ile bir bağın var mı?"*

Lütfen, lütfen, olmasın.

Hâlâ bana garip bir şekilde bakıyordu ve uzattığım kâğıdı yavaşça aldı. "Nicholas Green ile olan bağlantımı mı soruyorsun?" Gözlerini kırpıştırıp, bana bakarken doğru okuduğuna emin olmak ister gibiydi.

Başımı salladığımda merdivenlerden aceleyle inen Erich'i gördüm. Sarışın kızın sorduğu soru yüzünden telaşlı gibiydi. "Chloe, hayır!" diyerek onu susturmak istediği için basamakları ikişer ikişer iniyordu.

Neler oluyordu?

Erich'e göz deviren kız yeniden bana baktı. "Nicholas Green ne yazık ki babam oluyor, onu tanıyor musun?" dediği an Erich'in bir küfür savurduğunu duydum.

Baba mı?

Nicholas Green'in kızı mıydı?

O zaman bu kız...

Ablam.

Elim, hızlanan kalbime gittiğinde gözlerim doldu. Yıllarca kafamda hayal ettiğim yüzüne bakarken düşmemek için duvardan destek aldım. Bu mavi gözleri, sarı saçları ve buğday teni o kadar farklıydı ki benden. İlk kez gördüğüm kıza baktım dolu gözlerle. Ona baktıkça kalp atışlarım inanılmaz bir şekilde hızlanmaya başladı. Hep yalnızlık çekmiştim, küçük bir evin içinde yalnız bir çocukluk geçirmiştim. Ne bir arkadaşım ne de bir akrabam olmuştu. Fakat ben yalnızlığımı kendime dost edinirken bir babam ve iki ablam olduğunu biliyordum. Benden utanan kişileri hep biliyordum. Onlar benden utandıkça ben daha çok çekilmiştim kabuğuma. Şimdi içlerinden biri, beni sürgün ettikleri cehenneme peşimden gelmişti. Neden buraya geldiğini, bunu bilinçli yapıp yapmadığını bilmiyordum. Ama buradaydı, benim cehennemimdeydi. Sanki yaşadığı cennetten sıkılmış gibi soluğu benim cehennemimde almıştı. Benim için gelmediğini biliyordum, babam herkese benim öldüğümü söylemişti; varlığımdan haberi yoktu ablamın. Yaşarken öldü sandıkları birinin mezarına yıllar sonra geliyorsa bunun sebebi ben olamazdım. Gitsin ve bir daha dönmesin istiyordum çünkü artık Green ailesinden kimseyi görmek istemiyordum.

Yerimde sendelediğimde bana doğru bir adım atmıştı ki elimi güçlükle kaldırarak onu durdurdum. Boğazımdan yine hırıltılı sesler çıkıyordu. Öksürmeye başlayıp başımı yere doğru eğdim. "Hey, sana ne oluyor?" diyerek telaşlandı. Benim kim olduğumu öğrendikten sonra böyle endişeleneceğini sanmıyordum.

Dudaklarımdan sızan kanı elimin tersiyle silerek başımı kaldırdım. Gördükleri karşısında dudakları bir balığı aratmayacak şekilde açılmıştı. Artık kalbim sınıra geldiği için daha fazla ayakta duramayıp tökezledim. Fakat çevik bir hareketle beni tutmuştu. Bilincimi kaybetmeden hemen önce söyledikleriyle ikinci bir sarsıntı yaşadım. "Amca, yardım et!"

Amca mı?

İlahi Bakış Açısı

Chloe bir ayağını stresten yere vuruyordu. Gözleri duvardaki saatteydi. Yarım saattir amcasının dışarıya çıkmasını bekliyordu, beklemek ona göre değildi! Sırtını duvardan ayırarak üç adımda kızın kapısının önünde durdu. Odanın içinin görünmesini sağlayan camın önüne geçerek içeriye baktı. Amcası dâhil dört doktor yatağında uyuyan kızın başında bir şeyler konuşuyorlardı. Dudaklarını ve burnunu kapatan oksijen maskesi, içinde uyku ilacı varmış gibi onu uyutmuştu. Buradan baktığında bile kalp ritimlerini gösteren monitörün düzensiz sinyallerini görüyordu. Kan kustuğunu görmüştü, o an nedenini bilmese de berbat hissetmişti. *Acaba kanser mi,* diye düşündü. Chloe onun için üzülüyordu.

Cama biraz daha yaklaşıp dikkatlice kızı inceledi. Bir kar tanesini andıracak kadar beyaz bir teni vardı. Bir insanın teni nasıl bu kadar beyaz olabilirdi ki? Bileğindeki ince damarları bile görebiliyordu. Porselen teni sanki hiç güneş görmemiş gibiydi. Başının üzerindeki kızıl saçları, solgun yüzüne tezat oluşturacak şekilde gür ve parlaktı. Daha önce çok fazla kızıl saçlı insan görmüştü ama bu kadar koyu olanı ilk kez görüyordu. Sanki cehennem ateşinin rengini saçlarında taşıyordu. Ve yeşil gözleri, o kadar farklı bakmıştı ki, Chloe nedenini bilmediği bir şekilde rahatsız olmuştu. Bu kızda bir şeyler vardı, ona böyle bakmasının bir nedeni olmalıydı? Peki ya kendisi? Kendisi neden onu gördüğü andan beri garip hissediyordu? Hastaydı, hastalığı onu etkilemiş olabilir miydi? Chloe'nin kollarına yığılıp kaldığında kızın sırtındaki kemikler koluna batmıştı. Kollarında içi boş bir bedeni tuttuğunu düşünecek kadar hafifti. O kadar zayıftı ki bedeni...

Arkasında duyduğu adım seslerine döndü ve ona doğru yaklaşan korumasını gördü. Genç adam karşısında durduğunda şüphelerini dile getirmekten çekinmedi. "King, sence ben lezbiyen ya da biseksüel olabilir miyim?" İçerideki kıza karşı böyle hissetmesinin nedenlerini bulmakta kararlıydı.

Bu beklenmedik ve tuhaf soru karşısında genç koruma bir an afalladı. "Anlamadım efendim?" *Kim bilir aklından neler geçiyor yine,* diye düşünmeden duramadı.

Chloe eliyle camın arkasında duran kızı gösterdi. "Bu kızı görür görmez çok farklı hissetmeye başladım. İçimde bir kıpırtı oluştu ve ben, onu aklımdan çıkaramıyorum. Acaba bende bir sorun olabilir mi?"

"Öyle olsa şu anki sevgiliniz erkek değil, kadın olurdu, efendim." King sevgili kısmını dile getirdiğinde, Chloe ağzında ekşi bir tat hissetti.

Richard aklına gelince tekrar yüzünü buruşturdu. O, pisliğin tekiydi ve sadakatsizdi. Evet, Chloe aldatıldığını biliyordu ama yine de ondan ayrılmıyordu. Bunun nedeni Richard'a sırılsıklam âşık olması değildi, onunla olmasının nedeni farklıydı. Richard, kızlarla düşüp kalkan bağımlının tekiydi. İşte bu nedenden dolayı onun çıkma teklifini kabul etmişti. Öyle biriyle takılıp gazetelere poz vermekle babasının imajını sarsıyor olması onu mutlu ediyordu. Richard, Chloe'yi arkasından iş çevirdiği aptal bir kız gibi düşünerek aldatsa da Chloe'nin amacı onu babasına karşı kullanmaktı.

Telefonu çaldığında korumasıyla olan kısa muhabbetine son verdi. Vanessa aradığı için hiç düşünmeden telefonu sessize aldı. Şu anda kontrol delisi küçük kardeşiyle uğraşamazdı. Kısa süre içinde King'in telefonu çalınca gözlerini devirdi çünkü kimin aradığını biliyordu. Anlaşılan Vanessa pes etmeyecekti. Telefonuna bakan King arayan kişiyi görünce Chloe'den biraz uzaklaştı. "Buyurun, Bayan Green," dediğinde Chloe'nin kaşlarını çatarak ona baktığını gördü.

"Neredesiniz, King?" Vanessa'nın telaşlı sesinin nedenini biliyordu.

"Alaska'dayız, efendim. Ötanazi Okulunda," dediği an Vanessa'nın ettiği küfürleri duymuştu.

Vanessa'nın korku dolu sesi kulaklarını delip geçti. "Bana tanışmadıklarını söyle!" dediğinde King onun endişesini bildiğinden, "Henüz değil," diye cevap verdi.

Kısa bir süre susan patronunun aklından geçenleri merak etmeden duramadı King. "O vakit neden hâlâ oradasınız? Chloe'yi al ve Chicago'ya geri getir." Duyduğu şeylerden sonra ona ölümcül bakışlar atan Chloe'ye baktı. Onu buradan nasıl zorla çıkarabilirdi ki? Küçük patronu fazlasıyla inatçıydı.

"Buna izin vermeyecektir," diye cevap verdiğinde telefonun diğer ucundan kırılan bir şeylerin sesi geldi. "Sana fikrini sormadım, King! O aptalı gerekirse zorla çıkar o lanet yerden! Unutma, senin patronun benim, Chloe değil ve emirlerime karşı çıkılmasından nefret ederim!" Yüzüne kapatılan telefon yüzünden ne yapacağını şaşırdı. İki ateş hattının arasında kalmış gibi hissetti ve ister istemez hangisine itaat etmesi gerektiğini anlamak için Green kardeşleri birbiriyle kıyasladı. Chloe'ye bakarak onu zihninde değerlendirdi. Esip gürlerdi ama öfkesi saman alevi gibi hemen sönerdi. Fakat Vanessa öyle değildi. Gözünü karartınca, yoluna çıkan herkesi ezip geçecek kadar deli fişekti. Ele avuca sığmayan, kolay kolay boyun eğmeyen ve elinde tuttuğu gücü kaybetmemek için her şeyi yapabilecek biriydi. King'in değerlendirmesini Vanessa açık ara farkla kazandığı için kime itaat etmesi gerektiğini bir kez daha anladı. Bazen Vanessa'nın asla yanından ayırmadığı o üç korumasına acıyordu çünkü King'in aksine onlar her gün Vanessa'ya maruz kalıyordu.

Çatık kaşlar eşliğinde onu göz hapsinde tutan kızın yanına gitti. "Gitmeliyiz," dediğinde Chloe kollarını göğsünde birleştirerek ona alayla baktı. "Senden neden nefret ettiğimi bilmek ister misin, King?" diyerek tiksinircesine ona baktı. "Çünkü benden çok Vanessa'nın emirlerine sadıksın!" Kendi korumasının bile ona itaat etmemesi iğrenç bir durumdu.

Genç koruma bunları her gün duyduğu için hiç bozulmadan, "Bana zorluk çıkarmayın ve benimle gelin, efendim. Aksi takdirde sizi zorla götürmek zorunda kalacağım," dedi. Vanessa eğer *onu getir* dediyse götürecekti.

Chloe ellerini öfkeyle saçlarından geçirerek işaret parmağını korumasına doğru salladı. "Hiçbir yere gitmiyorum. Bana dokunmayı aklından bile geçirme!" diye bağırdı. King'in geçen gece bir çuval gibi onu omzuna attığını hâlâ unutmamıştı.

Onların çıkardığı sesler yüzünden dışarı çıkan Erich, Chloe'yi bir an önce buradan göndermesi gerektiğini biliyordu. "Sana gitmeni söylemiştim, Chloe," diyerek o da King'in tarafındaki yerini almıştı. "Burada olmaman gerekiyor."

Erich'in sesini duyan Chloe, aceleyle onun yanına gitti. "Gideceğim, amca ama önce sorularıma bir cevap istiyorum." Herkesin neden gitmesini istediğini anlayamıyordu.

Erich yeğeninin kararlı bakışlarından kolay pes etmeyeceğini anladı. "Neyi bilmek istiyorsun?" Bir şekilde onun aklındaki şüpheleri gidermeliydi.

Chloe eliyle içeride yatan Yeşil'i gösterdi. "O kız kim? Neden babamın adını duyunca fenalaştı ve en önemlisi neyi var?" Onun için endişelenmeden yapamıyordu.

Erich farkında olmadan tebessüm etti, Chloe, şu anda küçük kardeşi için endişelendiğini bilmiyordu. Hırçın tavırlarıyla bilinen asi yeğeni kardeşi için korkuyordu. Tam şu anda *"O senin kardeşin"* demeyi çok istedi ama yapamadı. Chloe'nin ne tepki vereceğini kestiremiyordu. "Burada kalıyor ama mahkûm değil. Birçok hastalığı var, bunlardan biri de kalp hastalığı. Senin yanında kriz geçirmesi sadece tesadüf, Nicholas ile alakası yok. Babanı tanıdığını bile sanmıyorum." Ona yalan söylemekten başka çaresi yoktu.

Chloe duyduklarının içinde sadece tek bir şeye odaklanmıştı. "Ölecek mi?" diye sorarken hissettiği şeylere artık katlanamıyordu. Onu tanımıyordu bile, bu neden umurundaydı ki?

Bu sorunun cevabı Erich'in içini yakıyordu çünkü o, ölüyordu. Küçük yeğeni gözlerinin önünde her gün biraz daha ölüyordu ve o, çaresizce izliyordu. Son tahlil sonuçlarını gördüğü için kaçınılmaz sona yaklaştığını biliyordu. Oysa buraya gelirken yeğeninin ölümünü izleyebileceğini tahmin bile edemezdi, zira yeğenini burada bulması da onun için bir sürprizdi. Yeşil, hayatının son günlerini yaşıyordu ve Erich onunla tanışacağını bilseydi asla Ötanazi'de çalışmayı kabul etmezdi. Green ailesiyle tüm bağını kopardıktan sonra hepsinden uzakta, yeni bir hayata başlamak istemişti. Fakat kader ona kötü bir oyun oynayarak kaçtığı yerde küçük yeğenini karşısına çıkarmıştı. Ötanazi gibi bir yerde Yeşil'i korumaya çalışıyordu ancak düşmanın en büyüğü göğüs kafesinin içindeydi. "Amca, gözlerinin dolmasına neden olacak kadar çok mu değer veriyorsun ona?" Chloe'nin kısık bir sesle söylediklerini duyana kadar gözlerinin dolduğunu fark etmemişti.

Erich, "Birlikte geldiğin profesör çoktan gitti. Hadi, sen de git," diyerek onu geçiştirdi. En azından gelecek hafta sonuna kadar onu buradan uzak tutabilirdi.

Chloe, amcasının üzerine daha fazla gitmek istemediği için başını salladı. Gitmek için bir adım atmıştı ki durdu. "Adı ne?" diyerek Erich'e döndü. Bu kız hakkında sorduğu sorular bitmiyordu.

Erich, "Yeşil," deyince Chloe aldığı cevaba alayla güldü. "Babam çok sever yeşil rengi," dedi ve amcasını arkasında bırakarak yürüdü. Babasını düşündüğüne inanamıyordu!

Asansöre bindiğinde de korumasına ters ters bakmayı sürdürdü. Ona ne söylerse söylesin adam buz gibiydi ve cevap vermiyordu. *Sıkıcı,* diye düşündü. Dördüncü katta duran asansöre iki mahkûmun binmesiyle bir adım geriye gitti. Sırtı King'in göğsüne çarptığında, yavaşça başını çevirip ona baktı. King, mahkûmlardan korkan kız kendisine yaklaştığında yutkundu. Kızın çikolata kokusunu soluduğu anlarda görevini düzgün yapamıyordu. King, başını hafifçe eğerek patronuna baktı. Kızın, az önce ona öfkeyle bakan mavi gözleri şimdi korku doluydu. Bir an onun bu hâline gülecek gibi oldu ama kendisini tuttu. Yeniden pençelerini çıkarmasını istemiyordu. Kendi aralarında konuşan mahkûmlara kısa bir an baktıktan sonra yüzünü iyice ona yaklaştırdı. "Bana bu iki adamdan korktuğunuzu söylemeyin," dedi eğlenen bir sesle. Herkese kafa tutan kızın bu ürkek hâline çok yabancıydı.

Chloe'nin sırtı, hâlâ King'in göğüs kaslarıyla temas hâlindeydi. Kafasını arkaya çevirdi ve King'le göz göze geldi. Bakışlarını onun kuzguni siyahlarından alamıyordu. Daha önce onu bu kadar yakından incelememişti. Açıkçası göz renginin siyah olduğunu bile yıllar sonra yeni fark etmişti. Chloe yanında çalışan kişilere göz ucuyla bile bakma zahmetine girmezdi. Oysaki şimdi King'den gözlerini alamıyordu. Siyah gür kaşları, kısa kestirdiği saçlarıyla uyum içindeydi. Tıraş olmuş pürüzsüz yüzündeki belirgin elmacık kemikleri bir estetisyenin elinden çıkmış gibiydi. Ve dolgun dudakları, yüzünün bu kadar yakınındayken yoldan çıkan hormonlarına yardımcı olmuyordu. Koruması gerçekten etkileyiciydi. Eğer bir koruma olmasaydı belki onunla birkaç gün takılabilirdi. Evet, Chloe kimseyle ciddi bir ilişki düşünmüyordu, birine bağlanmak ona göre değildi. Zaten kendisinden alt sınıftan biriyle de sadece birkaç gün kaçamak yaşayabilirdi. Fakat kendi çalışanlarıyla bunu yapması ihtimal dâhilinde değildi.

Kendisini toparlayarak King'den bir adım uzaklaştı. "Bazen gerçekten sınırlarını aşıyorsun," dediğinde King gülümsemesine engel olamamıştı. "Ben nerede durmam gerektiğini iyi biliyorum, efendim," diye cevap verdi.

Ona ters ters bakan Chloe, "Bundan emin değilim," diye homurdandı.

King'in gülüşünün genişlemesiyle başını başka tarafa çevirdi. Harika! Artık çalışanlar bile onu yeteri kadar ciddiye almıyordu. Aklını dağıtmak için asansördeki dövmeli adamlara baktı. Adamların bileklerinde gri kelepçe vardı ve onlara arkası dönük bir şekilde konuşuyorlardı. İçlerinden biri, kafasına kadar dövme yaptırmıştı. Chloe dövmeleri severdi, onun da dövmeleri vardı ama bu kadar abartılı değildi. Kulağında kurşun küpesi olan mahkûm, "Kıza bir şekilde ulaşmalıyız," diye bir şeyler söylemişti.

Asansör beşinci kata geldiğinde dövmeli adam konuşmuştu. "Çok zor çünkü kız Alex'in koruması altında. Taylor'ı haşat eden birinin bize yapacağı şeyleri düşünmek bile istemiyorum." Adamın sesi korku doluydu.

"O zaman biz de kıza ulaşmak için önce Alex'in işini bitiririz." Bunu söylediği an arkadaşı korkuyla ürpermişti. "Taylor'ı alt eden birinden bahsediyoruz, ölmek istiyorsan sen deneyebilirsin." Dövmeli adam yemekhanede olanlardan sonra kıza yaklaşmayı aklından bile geçiremezdi.

Chloe konuşmayı gittikçe ilgi çekici bulmuş ama bu esnada asansörün kapısı açılmıştı. Fakat ikisi inmeden önce kulağında zevksiz bir küpe taşıyan adamın söyledikleri yüzünden kaskatı kesildi. "Bir şekilde Taşıyıcı'ya ulaşmalıyız," dedikten sonra asansörden indi.

Taşıyıcı mı?

Tüm dünyanın bildiği tek bir Taşıyıcı vardı.

Kardeşinden bahsediyorlardı!

Fakat o, yıllar önce ölmüştü.

Chloe yutkunarak, "Ötanazi," dediğinde nerede olduğunu daha yeni yeni idrak ediyordu. Şu anda Ötanazi'deydi ve ölen kardeşi de bir zamanlar burada kalıyordu. O iki mahkûmun son söylediklerini hatırlayınca dehşete düştüğünü hissetti. "Kahretsin!" derken taşlar sonunda yerine oturmaya başlamıştı.

Kardeşinden mi bahsediyorlardı?

King, rengi atan kıza baktı. Adamlardan korktuğunu düşündüğü için bu hâlini korkusuna yordu. Kolundan tutarak asansörden çıkmasına yardım etti. Fakat Chloe fark ettiği gerçeklerle yüzleştiği için kafası allak bullaktı. Babası, Taşıyıcı'nın Ötanazi'de öldüğünü söylemişti. Şu anda Ötanazi'deydi ve o adamlar Taşıyıcı demişti. Taşıyıcı'ya ulaşmaktan bahsetmişlerdi fakat ölen birine ulaşamazlardı. Tabii, ölümü yalanlar üzerine kurulu değilse. Bu olabilir miydi? Taşıyıcı aslında yaşıyor olabilir miydi? "Lanet olsun!" diyerek kolunu King'den kurtardı.

Koşar adım okulun kapısından çıkarak bahçeye telaşla baktı. O adamları birkaç adım uzağında görünce onlara doğru koştu. "Bir dakika bakar mısınız?" diye bağırarak onları durdurdu.

Adamlar onun sesini duyunca durmuştu. Ona bakan adamların yanına koştu, heyecanı yüzünden nefes nefeseydi. Kalbi göğsünde korku ve heyecandan çırpınırken adamların karşısında durdu. Soluksuz kalmış gibi soğuk terler döküyordu. "Taşıyıcı mı?" diyerek derin bir nefes aldı. "Taşıyıcı yaşıyor mu?" dediğinde duyacaklarından korkuyordu. Olumsuz bir cevap, onu büyük bir hüsrana uğratabilirdi.

Adamlardan biri güldü. "Eğer sen de onun kalbini istiyorsan dikkat et çünkü onu koruyan kişi kolay lokma değil," dedikten sonra onu orada bırakıp gitmişlerdi.

Yaşıyordu.

Yerinde sendelediğinde King onu kolundan tuttu. Bomboş gözlerle korumasına baktı. Ne hissedeceğini, ne düşüneceğini bilemiyordu. Bir uçurumdan aşağıya paraşütsüz atlıyor gibiydi. Duyduklarından sonra King'in hiç şaşırmadığını görünce gözleri doldu. Herkesin haberi vardı, değil mi? Yakın koruması, amcası ve kardeşi... Herkes biliyordu, bir tek o bilmiyordu. Bu yüzden amcası ve Vanessa onu okuldan çıkarmaya çalışıyordu. Bu hep böyle olmuştu, kendi ailesi tarafından hep dışlanan biri olmuştu. Bir süre sonra onlardan ilgi beklemeyi bırakmıştı. Onların böyle davranmasına sebep olacak çok şey yaptığını iyi biliyordu. Fakat onun da böyle davranmasına sebep olacak çok şey vardı "Kim?" dedi King'den uzaklaşarak. Bu adamdan gün geçtikçe daha çok nefret ediyordu. "Kardeşim kim?" Ne acıydı, değil mi? Türk bir kadından bir kardeşi vardı ama daha onun adını bile bilmiyordu.

Chloe'nin gözlerinde kendisine olan düşmanlığı gören adamın omuzları yenilmişliğin getirdiği mağlubiyetle çöktü. "Az önce gördüğünüz kız," diyerek itiraf etti. "Yeşil denen o hasta kız, aradığınız Taşıyıcı, yani küçük kardeşiniz."

Yeşil mi? Ölecek olan o kız mıydı?

Her şey etrafında dönerken Chloe gözleri dolu dolu başını iki yana salladı. "Hayır, o olamaz!" diye fısıldadı. "O ölecek, kardeşim o olmamalı!" diye bağırdığında ayakta zor duruyordu. O olmamalıydı. Kardeşiyle aslında az önce tanışmıştı, değil mi? Kollarında kan kusan kız onun küçük kardeşiydi. Şimdi neden böyle tuhaf hissettiğini anlıyordu. Ah, kader denilen şey kesinlikle onunla oyun oynuyordu.

Şimdi neden onu görünce garip hissettiğini anlıyordu. Merdivenlerde olanları tekrar hatırlayınca yanaklarından bir damla gözyaşı süzüldü. Kim olduğunu söylediğinde Yeşil onu tanımıştı, değil mi? Bu yüzden ona babasını sormuştu. Yeşil'in gözlerindeki değişimi adım adım izlemişti. Önce şaşırmıştı çünkü gözlerini irice açarak Chloe'ye bakmıştı. Fakat daha sonra büyük bir keder yeşil harelerini esir almıştı. Kardeş olduklarını anladığında Yeşil buna sevinmemişti. Aksine ağlamaklı gözlerle ablasına bakıp kederlenmişti. Belki de Chloe'den de nefret etmişti. Onu ölümün eşiğine getiren ailesindeki herkesten nefret etmeye hakkı vardı. Chloe onun solgun tenini, zayıf bedenini hatırlayınca yanaklarından süzülen ikinci bir damlaya engel olamadı. Çok zayıftı, zayıf ve hastaydı. Küçük bedeni üflesen uçacakmış gibi duruyordu, onun yeri burası değildi. Son günlerini bir ölüm çukurunda geçirmemeliydi. Güçlü bir ailesi olmasına rağmen burada kimsesiz ve korumasız olmamalıydı. Asansördeki mahkûmlar bile onun kalbini almanın peşindeyken burada olmamalıydı. Ölümün kıyısında dolaşan küçük kardeşi böyle bir yerde son nefeslerini tüketmemeliydi. Babası buna nasıl göz yummuştu? Yaşayan kızına merhamet etmeden nasıl onu ölü göstermişti? Bu acımasızlıktı.

Chloe'nin kendini toparlaması zor olmuştu ama bunu başardıktan sonra duygudan yoksun bir sesle, "Gidelim," dedi. Eğer Profesör Miller'ın asistanlığını kabul etmeseydi belki de bugün buraya gelmeyecek ve Yeşil'in yaşadığını öğrenmeyecekti. Chicago'dan Alaska'ya olan uçak yolculuğunun onu kardeşine götürdüğünü asla bilmeyecekti. Ondan böylesine değerli bir bilgiyi sakladıkları için ailesine karşı büyük bir kin gütmeye başlamıştı. Böylesine önemli bir şeyi tesadüfen öğrenmesi büyük haksızlıktı.

Arkasından gelen korumayı fark ettiğinde ona doğru dönmeden yerinde durdu. "Onu arayacağını biliyorum," dedi Vanessa'yı kastederek. "Ona söyle, gardını alsın çünkü saflar Taşıyıcı'nın varlığıyla birlikte yeniden belirlendi. Green kardeşlerin asıl savaşı yeni başlıyor. Bu sefer onu kaybetmeyeceğim!" dediğinde arkasında bıraktığı adamın yüzünün aldığı şekli görmeden arabasına bindi. Belki de yeni bir başkaldırının zamanı çoktan gelmişti.

Chloe araba kullanmakta çok iyi olduğu için King'i atlatması zor olmamıştı. Bir uçurumun kenarında durmuş, kalçasını arabanın kaportasına dayamış bir şekilde öylesine sisli havayı izliyordu. Paketten bir sigara daha çıkarıp yaktı. Dumanını içine çekerken öylece boşluğa bakıyordu. Yalnız kalmalıydı ve şu anda yalnızdı. Ağlamak istiyordu, deli gibi hıçkırıp gözyaşlarına boğulmak istiyordu. Ama yapamıyordu çünkü hâlâ onun yaşadığını öğrenmenin şoku vardı üzerinde.

"Yeşil..." diye fısıldadı. "Beni hatırlıyor musun?" Daha ilk görüşte kardeşi olduğunu anlamalıydı. O merdivenlerde hissettiği duyguların aynısını dokuz yaşındayken de hissetmişti.

Kendisini zehirlemek ister gibi büyük bir nefes daha aldı parmaklarının arasında duran sigarasından. Gözleri dolduğunda alayla güldü. "Sözünü tuttuğunu görmek güzel, kardeşim." O sözü Chloe'ye verirken henüz yedi yaşındaydı ve söz verdiği kişinin ablası olduğunu bilmiyordu.

"İlk ve son kez," dedi tutamadığı gözyaşları yanaklarından süzülürken. Onu ilk ve son kez dokuz yaşındayken görmüştü, küçük kardeşini kurtarmak için elinden geleni yapmıştı ama başaramamıştı. Çünkü o zamanlarda Chloe de henüz bir çocuktu. Ansızın o yıllar aklına gelince kalbi sıkışmaya başladı. Keşke unutmayı başarsaydı fakat geçmiş, unutulmuyordu.

14 Yıl Önce...

Chloe geldiğinden beri sürekli ağlayıp, "Annemi istiyorum ben!" diyen çocuğa baktı. Sızlanmaktan başka hiçbir şey bilmiyordu. Üstelik Türk olduğu için Chloe, onun ne söylediğini bile doğru düzgün anlamıyordu. Aslında kurduğu kısa cümleleri anlıyordu fakat hızlı konuşunca Chloe sadece onu izlemekle yetiniyordu. Şimdi babasının onlara neden Türkçe öğretmeni tuttuğunu daha iyi anlıyordu. Küçük kardeşleri bir Türk olduğu için sevgili babası iki kızını bu konuda eğitmişti. Onları zorla aldırdığı yabancı dil derslerinin asıl sebebi bu çocuk olmalıydı.

Aralarında demir parmaklıklar vardı. Oturduğu yerde yan hücresindeki çocuğu izliyordu. Sürekli demirlere asılıp bağırması canını sıkmaya başlamıştı. "Greenlerle en küçük bir benzerliği yok," diye sessizce homurdandı. Çocuk olmasına rağmen Chloe asla düşmanlarının karşısında ağlamazdı, ilk kez kaçırılmıyordu. Babası yine onu bulurdu.

"Hey, mızmız! Bağırmayı kesecek misin artık?" dedi yüksek sesle. Aldığı dersleri asmasaydı şimdi onunla anlaşmak için Türkçe kelimeleri özenle seçmek zorunda kalmazdı.

Chloe'nin sesiyle korkulu bir şekilde sıçrayan kızıl saçlı çocuk, "Sen de kimsin?" dedi yaşlı gözlerle. Harika, kardeşi henüz onu tanımıyordu. Aslında ikisi henüz tanıştırılmadığı için Chloe ona kızamıyordu, o da yeni bir kardeşin varlığını iki gün önce öğrenmişti.

Babası daha önce bir kızı daha olduğundan hiç bahsetmemişti. Fakat onları kaçıran adamların konuşmalarına tanık olmuştu.

Bir hafta önce dedesi Sam Green iki torununu da alıp tatil için Türkiye'ye gitmişti. Fakat Chloe uyuduğu otel odasından kaçırılmıştı. Gözlerini tekrar açtığında kendisini bu hücrede bulmuştu. Dedesi ve Vanessa şu anda endişeden deliye dönmüş olmalıydı. Bu seyahate üç kişi çıkmışlardı ve Chloe şu anda onların yanında değildi. Chloe iki gün önce onu kaçıran adamların konuşmalarını duymuştu. Adamlar iki kardeşi aynı hücreye almanın kötü bir fikir olacağını söylüyorlardı. Chloe gözlerini henüz yeni açtığı için yan hücresinde Vanessa'nın kaldığını düşünmüştü. Fakat gözlerini açınca kızıl saçlı, çilli bir çocuk görmüştü. Afallayarak onunla kardeş olmadığını söyleyince adamlardan biri gülmüştü. "Nicholas Green sana metresinden olan küçük kızından bahsetmemiş anlaşılan," diyerek alay etmişti. İşte o an tüm taşlar Chloe'nin kafasında yerine oturmaya başlamıştı. Babası bu yüzden sık sık Türkiye'ye seyahat ediyordu çünkü orada da bir ailesi vardı, değil mi? Bu yüzden sürekli annesiyle tartışıp duruyordu. Türk kızını bir gün yanına alma ihtimaline karşı diğer iki kızını Türkçe öğrenmeleri için zorluyordu. Gayrimeşru kızını Amerika'ya getirdiğinde kardeşleri onunla aynı dili konuşsun istemiş olabilirdi.

Chloe öğrendiği bu gerçeğe başta çok şaşırmıştı ama daha sonra sevinmişti. Çocuk olmak böyleydi işte, şaşkınlığı bile sadece birkaç dakika sürmüştü. Yalnızlık çeken bir çocuk olduğu için yeni bir kardeşin varlığı onu mutlu etmişti. Yeni kardeşi belki onunla oynardı. Vanessa tüm gününü büyükbabasıyla geçirdiği için bir oyun arkadaşı yoktu. Ondan cevap bekleyen çilli çocuğa, "Kim olduğumu boş ver, sadece bağırma artık. Sen bağırdıkça ben de korkuyorum," dedi. Türkçe dersleri için babasına teşekkür edecekti.

Henüz adını bile bilmediği küçük kardeşi bağırmayı kesip onun olduğu demir parmaklıklara yaklaştı. "Seni de mi kaçırdılar?" dediğinde Chloe güldü. "Çok zekisin," diye onunla dalga geçti. Keyfinden bu hücreye girmemişti herhâlde, değil mi? Aptal bir oyun arkadaşı çok sıkıcı olurdu. Sürekli ona oyunun kurallarını anlatmak istemiyordu.

Kızıl saçlı kızın yeşil gözleri ağlamaktan kızarmıştı. Burnunu tişörtünün önüne silerek ona baktı. "Bize ne yapacaklar?" diye sordu.

Bunu Chloe de bilmiyordu. Onu kaçıran adamların kendi aralarında bir şeyler konuştuğunu duymuştu ama anlamamıştı. Sırtını dayadığı rutubetli duvardan dolayı üşümüştü. "Bilmiyorum, o adamlar bizden birine kalp gibi bir şey takacaklarını söyledi. Tek duyduğum, ikimizden birinin bahsi geçen kalbi taşıyacak olan Taşıyıcı olacağı. Ama bu ne anlama geliyor, bilmiyorum." Acaba duvardan uzak bir yere mi otursaydı, bir duvar nasıl böyle iğrenç kokabilirdi ki? Tuvalete yapmak yerine buraya mı işemişlerdi?

Küçük kardeşi yeşil gözlerini irice açarak elini kalbine koydu. "Ama benim kalbim var, yoksa senin yok mu?" dediğinde ağlamak istedi. Kesinlikle oyun arkadaşı fikrini gözden geçirmeliydi.

"En son kontrol ettiğimde benimki de yerinde duruyordu," diye gülerek alay etti.

Bu sefer gözleri yerinden fırlayacakmış gibi dehşetle açılmıştı. "Şimdi gitmiş mi kalbin? Aman Allah'ım, ya geri gelmezse?" Küçük kardeşinin söylediklerine kahkaha attı. Fazla komik bir çocuktu.

Yerinden kalkarak onun karşısında durdu. Yan yana gelmelerini engelleyen tek şey, lanet demirlerdi. Fazlasıyla saf olan kardeşine tebessüm ederek baktı. Bu iki günde oturduğu yerde uzun uzun onu inceleme fırsatı olmuştu. Tuhaftı ama onunla henüz konuşmadan ona ısınmış ve onu sevmişti. Elini uzatarak, demirleri tutan elini tuttu. "Seninle bir oyun oynayalım mı?" diye sordu.

Kızıl saçlı çocuk elini uzatmadı, ondan da korktuğunu görebiliyordu. "Nasıl bir oyun?"

Chloe herkesin sandığının aksine zeki bir çocuktu. Büyüklerin konuştuklarını anlamasa da hisleri ona aradığı cevapları veriyordu ve şu anda tehlikede olduklarını hissedebiliyordu. "Oyunun adı, 'asla geriye dönme' ve oyun sadece iki kişiyle oynanıyor. Yani sen ve ben oynayacağız," dedikten sonra kardeşinin ağlamaktan ıslanan yüzüne baktı. "Oyun şöyle oynanıyor: Biri geride kalıyor ve büyükleri oyalıyor, diğeri ise o boşluktan faydalanıp kaçıyor. Yalnız oyunun adından da anlaşıldığı gibi kaçan kişi asla geriye dönmüyor. Koşabildiği kadar uzağa kaçmalı çünkü yakalanmazsa oyunu kazanabiliyor," dediğinde aklındaki planın detaylarını düşünüyordu. Burada abla olan Chloe'ydi ve bir abla olarak küçük kardeşini buradan çıkarmalıydı.

Fakat küçük kardeşi onu afallatacak bir soru sormuştu. "Ya geride kalan?" demişti. "Söylesene, geride kalana ne oluyor? O nasıl bu oyunu kazanıyor?" Bu soru Chloe'yi bozguna uğratmıştı çünkü geride kalana ne olacağını düşünmemişti. Geride kalana ne olacağını bilmiyordu ve belli etmek istemese de bu, onu deli gibi korkutuyordu.

Chloe öksürmeye başladı ve demir parmaklıklardan destek aldı. Ağız dolusu öksürükleri küçük kardeşini endişelendirmişti. "Sen iyi misin?" Öksürükleri hafifleyince kardeşine başını salladı. "Hücrede kalmak beni hasta ediyor," dedikten sonra derin bir nefes aldı. "Kaçan kişi oyunu kazanırsa geride kalan da kazanıyor," diyerek onu kandırdı. Henüz dokuz yaşında olabilirdi ama bu küçük kızdan iki yaş büyüktü ve yeni oyun arkadaşını kaybetmek istemiyordu.

Kapıdan giren adamları görünce fazla vaktinin olmadığını anladı. Uzanıp yeni bulduğu kardeşinin elini sıkarak, "Söz ver bana," dedi. "Eğer seçilen sensen bir şekilde yaşamanın yolunu bulacaksın!" Küçük bir kızın belki de son isteğiydi onunki. Ne için seçildiklerini bilmiyordu ama bu adamlar iki gündür onlara birçok test yapmıştı. Bahsi geçen kalbi kim taşırsa taşısın hayatta kalmalıydı.

Kapıdaki adamları görünce korkudan tekrar ağlamaya başlayan küçük kardeşi, "Söz," demişti. Ne için söz verdiğini bilmeden o gün, "Söz," diyerek ablasına hayatta kalacağına dair söz vermişti.

Günümüz...

Duygusuz bakan mavi gözlerinde aktı geçmişin kirli oyunları. Kimseye söyleyemediği, kendisine sakladığı kirli bir sırrı saklıyordu zihninde. Biten sigarasının izmaritini uçurumdan aşağı fırlattığında dudaklarından kaçan hıçkırığına engel olamadı. "Kimse bilmemeli geride kalana ne olduğunu," diye fısıldadı sessizce. Kendi çığlıklarına kulaklarını kapatalı on dört yıl olmuştu.

Ailesi, Chloe'nin Yeşil'in varlığını herkesle birlikte beş yıl önce öğrendiğini düşünüyordu. Aslında küçük kardeşiyle henüz dokuz yaşındayken karşılaşmışlardı. Öfkesinin nedeni gayrimeşru kardeşinin varlığı değildi, onun kızgın ve kırgın olmasının sebebi o yerde gördükleriydi ve bunu yapan, ailesiydi.

Yeşil

Gözlerimi açtığımda yine kendimi hastane kokan bir odada bulmuştum. Yaklaşık beş dakika önce uyandığım hâlde boş gözlerle oturduğum yatakta, karşımdaki duvara bakıyordum. Beynim, bayılmadan önce öğrendiğim şeyleri tıpkı bozulmuş bir yemek gibi ısıtıp ısıtıp önüme koyuyordu. Tadı iğrençti çünkü kötü anılardan bir tabak yemek vardı sanki önümde. Çöpe atmak gibi bir şansım yoktu, yemeğin hepsi bitmeliydi. Aldığım her lokma ağzımda iğrenç bir tat bırakarak boğazımda düğüm düğüm oluyordu. Bugün dolaylı yoldan da olsa kardeşlerimden biriyle tanışmıştım. Bu konuda düşünmeyi bırakmış gibi hissizdim. Ve Erich... O kız ona amca demişti, değil mi? Umarım onun üvey amcasıdır ve benimle herhangi bir kan bağı yoktur. Kardeşlerimi görmek istemiyordum, özellikle de sürpriz bir amcayı hiç istemiyordum. Bugüne kadar nasıl varlığıma kör, çığlıklarıma sağır oldularsa bundan sonra da öyle olmasını istiyordum. Son nefeslerimi verirken onları etrafımda görmek istemiyordum. Kapım açıldığında Erich'i görmek, yorgun kalbime iyi gelmemişti. Neden buradaydı ki?

Kapıyı yavaşça kapatarak bana dikti mahcup bakışlarını. "Nasıl hissediyorsun?" diye sorduğunda ona cevap verme zahmetine bile girmedim.

Bana söyleyebilirdi.

Cebinden bana ait olduğunu düşündüğüm kalemi ve not defterini çıkardı. Bayıldığımda düşürmüş olmalıydım. Yanıma gelip onları kucağıma koyduğunda bile onu yok saydım. Parmaklarımın kalemle buluşmadığını görünce sesli bir şekilde nefesini verdi. "Bana nasıl olduğunu söyle, Yeşil!" Bir cevaba ihtiyacı vardı ve o cevabı ona vermeye niyetim yoktu.

"Artık biliyorsun." Sanki kelimeler dudaklarından zorlukla çıkıyordu.

Ela gözleri derin bir iç çekişten sonra beni buldu. "Sana kardeşlerini anlatmamı ister misin?" Başımı *hayır* anlamında salladım. Onlar hakkında bir şeyler duymayı bugüne kadar hiç istemedim ve hâlâ da istemiyordum.

Erich, cevabımı kendince evet olarak saydı ve konuşmaya başladı. "Chloe ailenin yaramaz kızı," diyerek istemediğim bilgileri bana vermeye başladı. "Kesinlikle onunla hem fiziksel olarak hem de karakter olarak çok farklısınız. Chloe sadece aileyle değil, arkadaşlarıyla da iyi geçinemez. Her konuda kavgacı ve isyankârdır. Skandalların ve olayların göbeğinde olmayı seviyor. Fakat bütün bunlar Chloe'nin görmemizi istediği şeyler çünkü eskiden böyle değildi. Sürekli mutlu, cıvıl cıvıl bir çocuktu lakin yaşadığı bir olay birdenbire onu değiştirdi. Öyle bir değişti ki, eski Chloe'yi herkesten sakladı. Etrafına ördüğü kabuğu o kadar sert ki, asıl benliğinin oradan çıkmasına asla izin vermiyor. Belki de amcası olarak ben böyle düşünmek istiyorum çünkü yeğenimin doğuştan arızalı biri olduğuna inanmak kolay değil." Ondan bahsederken gözlerinin içi gülüyordu. Kardeşim hakkında bu kısacık bilgi bile beni istemsiz bir şekilde heyecanlandırmıştı. Duymayı istemiyordum ama bir yanım da duymayı ve onu tanımayı istiyordu.

Orada bana endişeyle bakan o gözleri unutmam mümkün değildi. Fakat asıl soru şuydu: Kim olduğumu öğrendiğinde de bana öyle içten bakabilecek miydi? Hayır, sanmıyordum. Erich, "Ve Vanessa..." diyerek sustu. Gözlerindeki ifade aniden değişmiş, daha sıcak bakar olmuştu. Demek diğerinin adı Vanessa'ydı. Ne acıydı, değil mi? İsimlerini bile daha yeni öğreniyordum.

Kardeşlerimin isimlerini yıllar sonra böyle bir yerde öğrenmek garip ve kötü hissettirmişti. Erich, "Vanessa ile bazı ortak yönleriniz var," diyerek tebessüm etti. "Mesela aranızda sadece altı ay olduğunu biliyor musun? Onun da gözleri senin gibi ürkek bakar. Tabii, üzerine gitmediğin sürece." Durup derin bir nefes aldı. Daha çok birazdan söyleyeceklerine beni hazırlıyor gibiydi.

"Vanessa'nın bazı psikolojik sorunları var. İyileştiğini söylese de henüz tam olarak iyileşmediğini biliyorum. Altı yıl boyunca antidepresan kullandı," dediğinde afalladım. Bu ilaçlar, ağır ilaçlardı. "İlaçlarını düzenli kullandığında sorun yok ama aksattığında ani tepkiler verebiliyor. Merak etme, rahatsızlığı artık ciddi bir boyutta değil. Sadece ruh hâli çabuk değişiyor. Geçirdiği sinir krizleri onu bambaşka birine dönüştürüyor. Bazen mazoşistler gibi kendisine, bazense başkalarına zarar verdiği oluyor. Neyse ki tüm bunlar geçmişte kaldı. Onunla iyi anlaşacağınıza eminim. Yaşından daha olgun bir kız ve empati yapabiliyor." Sanırım Vanessa'yı çok seviyordu çünkü onun hakkında konuşmaya başladığı andan itibaren yüzünden tebessüm silinmedi.

Kucağımdaki kâğıdı ve kalemi aldım. *"En çok hangisini seviyorsunuz?"* Bu sorum çok yersizdi. Sanki birine anneni mi yoksa babanı mı daha çok seviyorsun diye sorar gibiydim. Ama yine de sormaktan kendimi alamadım.

Sorduğum soru onu güldürmüştü. "Vanessa ile daha çok vakit geçirdiğim için genelde herkes onu daha çok sevdiğimi düşünür. Ancak Vanessa'yı ne kadar çok seviyorsam Chloe'yi de bir o kadar seviyorum. Sadece Vanessa ile daha iyi anlaşırız çünkü amca yeğenden daha çok, iki arkadaş gibiyiz," dediğinde başımı salladım. Benimle iyi anlaşma zahmetine giren akrabam hiç olmamıştı.

"Babamın nesi oluyorsunuz?" Bu, ona soracağım son soruydu. Üvey ya da öz; bir amca istemiyordum.

Yazdıklarımı okuduğunda yüzündeki gülümseme soldu. "Nicholas ile aynı anne ve babaya sahibiz, yani senin de amcanım. Nicholas'ın küçük kardeşiyim," diyerek bana kötü haberi verdi. "Biliyorum, sana önceden söylemediğim için kızgınsın ama özel durumunu göz önünde bulundurmalıydım." Sıkıntılı sesine hiç tepki vermedim. Bazı şeyleri idrak etmem için daha çok zamana ihtiyacım vardı. Erich bir süre daha kaldıktan sonra gitti.

Ben de yeniden bugün yaşadıklarımla yüzleşmek zorunda kaldım.

Babamla tanışmak istemiştim, kızlarıyla değil.

Aradan geçen bir hafta boyunca kendimi odama hapsetmiş, Chloe'yi düşünüp durmuştum. Beni görmeye hiç gelmemişti. Bu, beklediğim bir şeydi. Erich bir seferinde bana Chloe'nin gerçekleri öğrendiğini söylemişti. O an onun için üzülmüştüm, öldü sandığı gayrimeşru kardeşinin yaşaması onu çok üzmüştü. Peki, beni görmeye gelmesini istiyor muydum? İşte bu da cevabından emin olamadığım sorulardan biriydi. Yeniden kendimi küçük dünyama, odama hapsetmiştim. Ve o suikastçı... Şu bir haftada odamdan çıkmadığım için onu da hiç görmemiştim. Yokluğu fazlasıyla zorluk çıkarıyordu bana, sanırım onu özlüyordum. Böyle olmasını ben istemiştim ama onu özlemeden de duramıyordum. Acaba şu anda neredeydi? Manhattan'a geri dönmüş olabilir miydi? İster istemez ona söylediğim şeylerin pişmanlığını yaşıyordum. Bu konuda kendimce haklıydım ama haklı olmam, onu aklımdan söküp atmama yardımcı olmuyordu.

Kapımın açıldı ve içeri Erich girdi. Elimdeki kitabı yatağın üzerine bırakırken tek düşündüğüm, neden odama girerken kimsenin kapıyı çalmadığıydı. Bir genç kızın odasına böyle girilmezdi. Görgü kurallarından haberleri yoktu sanırım.

Karşımda durup, pijamalı hâlime bakarak yüzünü buruşturdu. "Pijamalar gece uyumadan önce giyilmek için vardır, tüm gün üzerinde olması doğru değil. Hadi, hazırlan. Gidiyoruz," dediğinde gözlerimi kısarak yeni tanıdığım amcama baktım. Yine ne işler karıştırıyordu?

Üzerinde her zamanki gibi beyaz gömleği yoktu. Bugün gayet rahat ve spor giyinmişti. Yastığımın altındaki not defterimi çıkardım. *"Nereye gidiyoruz?"* Odamdan çıkmak istemiyordum.

"Bugün hava yağışlı, yani senin dışarı çıkman için uygun çünkü güneş yok. Okulun arka bahçesindeki blokların arasında paintball sahası var, senin de oynamanı istiyorum." Duyduğum şeylerden sonra sinirden güldüm. Şaka yapıyor olmalıydı.

"Ciddi olamazsın? Mahkûmların eline bir silah vereceksiniz ve beni hedef tahtası gibi aralarına mı atacaksınız?" O oyunu oynamak kesinlikle çılgınlıktı.

Başını olumsuz anlamda sallayarak yatağıma oturdu. "Gardiyanlar oyun alanının her yerinde olacak. Ayrıca her blokta en az yüz kişi var ve hepsi oynamayacak. Kendi bloklarını temsilen on iki kişi çıkartacaklar Yeşil, yani kalabalık olmayacak. Sen de Karmalar'dan seçilen on iki kişiden birisin." *Seçilen* dedi, acaba hangi akıllı beni böyle bir oyun için seçti ki?

"Karmalar kendi bloğunu temsil edecek ekibin içine beni de mi dâhil ettiler? Oyunu kaybetmek istediklerini bundan daha iyi gösteremezler." Delirmiş olmalılardı çünkü o oyunu daha önce hiç oynamamıştım ve sağlık durumum oyunu tamamlamama müsaade etmeyebilirdi. Bloklar arasındaki rekabeti bildiğim için diğerlerinin en iyi oyuncularını sahaya çıkaracaklarını tahmin etmek zor olmamıştı.

Erich güldü. "Tüm Karmalar değil," dedi. "Emily, Stewart ve Deborah seçimlerini senden yana kullandı. Seçimlerde genelde dört kişi birinde karar kılıyorsa o seçilir." Bu mantıklı ama bir o kadar da mantıksız seçim sistemine güldüm. Üç kişinin beni seçmiş olması otomatik olarak beni yarışmacılardan biri mi yapmıştı?

"İyi ama sen dört dedin. Onlar üç kişi," dediğimde gözleri haylaz pırıltılarla ışıldadı. "Oyundaki hakemlerden biri olarak ben de kendi oyumu küçük yeğenime vermiş olabilirim." Haylaz bir çocuk gibi çıkan sesine karşılık kıkırdadım. Kabul etmek istemesem de amcam olacak adamı sevmeye başlamıştım.

Güldüğümde göz kırparak elimden tuttu ve beni ayağa kaldırdı. "Dışarıda seni bekliyorum. Kapının önünde kök salmamı istemiyorsan çabuk hazırlan." Elini çekeceği esnada daha sıkı tuttum.

Hareket etmeyi bırakınca, elini bırakıp defteri elime aldım. *"Neden pes etmiyorsun? Öleceğimi biliyorsun."* Bana her baktığında gözlerinde oluşan hüznü daha fazla görmek istemiyordum. Öleceğimi kabul etmesi gerekiyordu.

Yazdıklarımı okuduğunda sertçe yutkundu. Her defasında ela gözlerinin buğulanması canımı yakıyordu. "Biliyorum," diyerek iç çekti. "Ama bunu kabullenmek kolay değil. Ben sadece son anlarında mutlu olmanı istiyorum." Bu kelimeler dudaklarından fısıltıyla çıkmıştı. *Amca, baba yarısıdır* diyenler meğerse haklıymış. Babamın bana yapmadığı babalığı onun yerine amcam yapmaya çalışıyordu.

Bana karşı dürüst olmasına içtenlikle tebessüm ettim. *"Gerçekten mutlu olmamı istiyor musun?"* diye yazdığımda hemen cevap vermişti. "Evet."

Eğreti bir şekilde tebessüm ettim. "O vakit bana babamı getir, lütfen," yazıp not defterini ona uzattım. Nicholas Green ile yüzleşmeden ölmek istemiyordum.

Okuduklarından sonra gözlerini büyük bir kederle benden kaçırdı. "Biliyor musun, hiç evlenmedim ama hep çocuğum olsun istemişimdir," dedi ve burukça tebessüm etti. "Çoğu erkek gibi baba olmayı ben de çok istiyorum. Şimdi diyeceksin ki henüz gençsin, hâlâ baba olabilirsin fakat yapamam. Nicholas'ı ve beni büyüten adam, bizim için iyi bir baba değildi. Baba sevgisini bilmeyenlerden yeteri kadar iyi bir baba olmaz. Hiçbir şey dışarıdan göründüğü gibi değil Yeşil," diyerek gözlerimin içine baktı. "Nicholas sana gelemiyorsa vardır bir sebebi Artık seninle birlikte üç çocuğum var sayılır. Yeşil, babanı getiremem ama sana sevgimi verebilirim." Güzel kalpli bu adamın söylediklerine karşılık gözlerimin dolmasına engel olamadım. En azından artık beni seven bir amcam vardı.

"Teşekkür ederim." Son yazdıklarımı okuyunca, tebessüm ederek beni elbise dolabına doğru hafifçe itti. "Bu kadar dram yeter, git hazırlan artık," dedikten sonra odamdan kaçarcasına çıkmıştı. Tıpkı benim gibi duygusal biri olduğu için uzun süre böyle konuları konuşamıyordu belli ki.

Üzerime kot pantolon ve gri bir tişört, tişörtün üzerine de kırmızı çizgili gömleğimi giydim. Gömleğin eteklerini göbeğimin üzerinde birleştirerek bir düğüm attım. Gömleğin kollarını kıvırdıktan sonra işim bitmişti. Kızıl saçlarımı gevşek bir şekilde ördüm ve sağ omzuma bıraktım. Solgun tenime rağmen kızıl saçlarım sayesinde güzel görünüyordum. Sırf saçlarım dökülmesin diye kemoterapi dâhil, birçok tedaviden kaçınıyordum. Fakat sancılı geçen diğer tedaviler ve kullandığım ağır ilaçlar yüzünden uzun süre saçlarımı korumam mümkün değildi.

Erich ile büyük salona geldiğimizde tüm mahkûmların içeride olduğunu gördüm. Hepsi de kendi bloğunu gösteren yerlere oturmuştu. Büyük salonu ilk kez gördüğüm için biraz şaşkındım. Üstü kapalı saha, koskoca bir konferans salonunu anımsatıyordu. Beşe ayrılan bloklar hâlindeydi ve yuvarlak bir tribüne benziyordu. Sağ taraftaki tribünlerde Bilinmezler oturuyordu, onların karşısında da Değişkenler vardı. Sol tarafta Araftakiler, onların sağında Karmalar yerini almıştı. Karmalar'ın karşısında ise Kontrolsüzler vardı. Orta alanda ise bir kürsü ve üzerinde mikrofon vardı. Sanırım bu salon toplantı ya da duyurular için kullanılıyordu.

Gözlerim Kontrolsüzler'in oturduğu yerde Gölge'yi aradı ve çok geçmeden beni izleyen bir çift lacivert göz gördüm. En ön sıradaydı, göz kamaştırıyordu. Kollarını rahat bir şekilde oturduğu koltuğun kenarlarına koyup arkasına yaslanmış, bana bakıyordu. Üzerinde gözlerinin rengini ortaya çıkaran lacivert bir gömlek vardı. Gömleği tam üzerine oturmuştu ve fit vücudunu gözler önüne seriyordu. Kollarını dirseklerine kadar toplamıştı, bu hâli ona daha çok yakışıyordu. Göz göze geldiğimizde kalbim hemen varlığını hatırlatmıştı. Varlığıyla birlikte içimde anlamsız bir mutluluk oluştu. Tanrı'ya şükürler olsun ki gitmemişti. Ona *git* desem de gideceği fikri beni çok korkutmuştu. Bu adam benim için belirsiz biriydi. Hayatıma girdiğinden beri kendimi çelişkilerin içinde buluyordum. Gözlerine dikkatlice bakınca onun uçsuz lacivert gözleri, mutluluğumu paramparça etti. Neden bana bu kadar soğuk ve duygusuz bakıyordu?

Hak ettiğimi biliyordum ama yine de sadece onun gözleri kendimi özel hissettiriyordu. Şu anda o soğukluk saçan gözlerin bana hissettirdiği tek şey, koca bir hiçlikti. Yanındaki sarışın kadın ona sırnaşarak kolunu tutunca kaşlarımı çattım. Kadının eli yavaşça kol kaslarını okşayarak omuzlarına kadar geldi. Yerinde dikleşen sarışın kadın, ona doğru eğildi ve kulağına bir şeyler fısıldamaya başladı. Dibine kadar girerek kulağına ne söylüyordu? Ona yakınlaşmasını sevmemiştim, hatta hemen ondan uzaklaşsın istiyordum. Kadına bakmıyordu, hâlâ beni izliyordu. Kadının dokunuşlarından etkilenmemiş gibiydi fakat onu kendinden uzaklaştırmıyordu. Sadece boş gözlerle beni izliyordu. İster istemez elim, sızlayan kalbimin üzerinde durdu. O kadın ona yakın oldukça canım yanıyordu. Bu katille ilgili her şey kalbimi ağrıtıyordu. Yüzümü acıyla buruşturduğumda kaşları yavaşça çatıldı. Hâlâ acımı önemsiyordu. Kadın şimdi de dudaklarını kulağından çekmiş, boynunun yakınına getirmişti. Kadının dokunuşları yüzünden gözlerim dolunca nefes alışlarım hızlandı. Gözleri anlamsızca neyim olduğumu anlamak ister gibi beni inceliyordu.

Elim hâlâ kalbimin üzerindeyken ona baktım ve kelimeleri yitik dudaklarımı oynattım. *"Bir dileğim olsun isterdim."* Kabul etmesi için yalvaran gözlerle ona bakıyordum.

Bu uzaklıktan bile dudaklarımın hareketinden ne demek istediğimi anlamıştı. Bana kızgınken bile dudaklarını oynatıp, "Söyle!" dediğini anladım.

Gözlerimle onun boynuna dudaklarını bastıran kadını gösterdim. *"Onu uzaklaştır çünkü sana yakın olmasını sevmedim!"* Kaşlarımı çatmadan duramıyordum. Kiminle olduğu beni ilgilendirmezdi ama birlikte olduğu kişi kalbimi acıtıyorsa buna bir son vermeliydi.

Söylediğim şeylerden sonra soğuk bakışları bir an yumuşar gibi olsa da geri adım atmak istemiyor olacak ki sert tavrından ödün vermedi. Fakat dileğime daha önce olduğu gibi kayıtsız kalamadı. Kadına doğru yaklaşıp ona bir şeyler söyledi. Kadın gülümseyerek, ondan ayrılıp önüne döndü. Kadının gülüşü sanki *daha sonra devam ederiz* der gibiydi. Ben bu kadının bir gülüşüne binlerce anlam yüklerken Emily'nin sesini duydum.

"Yeşil! Neden her geldiğinde yerine geçmeden önce en az on dakika ayakta duruyorsun?" Koca salonda bağırarak söyledikleri yüzünden utandım. Bu Gözlüklü Şirin gerçekten ayarsızdı.

Erich'ten ayrılarak Karmalar'ın yanına gittim. Emily ve diğerleri en önde oturuyorlardı, Stewart yanında bana yer tutmuştu. Yerime oturduğumda üçü de bana doğru baktı. Yüzündeki sinsi sırıtmasını saklamayan Emily, "Resmen bakışlarınla adamı soydun, o nasıl bakmadır öyle?" dediğinde afallayarak başımı *hayır* anlamında salladım. Öyle bir şey yapmadım.

Utanarak, *"Yok öyle bir şey, ben Alex'e bakmıyordum,"* diye telaşla bir şeyler yazıp onlara uzattım. Fakat yazdıklarımı okuyan Stewart kahkaha attı. "Fazla açık ediyorsun," deyince hiçbir şey anlamadım. Lakin Deborah gülerek, "Edward isim vermemişti," deyince utançtan yerin dibine girdim. Şimdi nerede açık verdiğimi anlamıştım.

Stewart gülmeye devam ederken omzuyla yaramaz bir şekilde omzuma vurdu. "Kontrolsüzler'in yeni lideriyle ha? Sen de az değilsin. Odandan bile doğru düzgün çıkmıyordun, onu nasıl ayarttın?" Bu sözlere diğer ikisi kahkaha atarken ben utanmakla meşguldüm. Bir dakika, Kontrolsüzler'in yeni lideri mi dedi? Ah, tabii ya, Taylor'ı herkesin içinde devirerek liderliği ondan almıştı. Adam yalnız kurt gibi takılıyor olabilirdi ama gittiği her yerde alfayı devirip yeni alfa olarak sürüye hükmediyordu.

"Aslında bu iyi bir şey çünkü Alex, Yeşil sayesinde buradaki en tehlikeli bloğu kontrol eder ve onların bize yaklaşmasına izin vermez." Deborah'nın çıkarcı düşüncelerini Emily anında onayladı. "Bence de çok işimize yarayabilir. İkisinin arasında bir şey olduğunu biliyordum," dedi övünerek. "Gerçi buradaki herkes biliyor, onlara bakan biri aralarındaki çekimi anlar." Emily yanılıyordu çünkü ikimizin arasında düşündükleri gibi bir şey yoktu.

Ben yokmuşum gibi konuşmaları canımı sıktığı için onlara ters ters bakmaya başladım. *"Yok, öyle bir şey ama!"* diye sitem ettiğimde yazdıklarımı ciddiye almıyorlardı. Bir suikastçıyla aramda sandıkları gibi bir şey olamazdı.

Deborah hülyalı gözlerle bana baktı. "İlk aşama inkâr çünkü bana da öyle olmuştu," diyerek aşk dolu gözlerini Emily'ye çevirdi. "Bir yıl önce Edward'ı gördüğümde onun normal bir erkeğe göre ne kadar sıska ve çelimsiz olduğunu düşünmüştüm. Üstelik kendi hemcinslerine göre her şeyden korkmasını da çok itici bulduğum için her fırsatta onu ezmeye başlamıştım." Deborah'nın aşk dolu bir sesle söylediklerine ben ve Stewart gülerken Emily somurtmakla meşguldü.

Aceleyle bir şeyler yazıp ona uzattım. *"Sonra ne oldu?"* Ona nasıl âşık olduğunu bilmek istiyordum.

Deborah gülerek Emily'yi gösterdi. "Bu korkak hâlleri sinirimi bozduğu için bir gün onu dövmek için yolunu kestim. Suratına yumruğumu geçirdiğimde yere düşüp ağlamaya başladı. O hâli o kadar sevimliydi ki daha önce ağlayan bir erkek görmediğim için beni etkilemişti. Ondan sonra Edward'ın o tatlı hâlini görmek için her fırsatta onu dövdüm," deyince kahkaha attım, bu kızın âşık olması bile normal değildi.

Emily utandığı için anında itiraz etti. "Ağlamamıştım bir kere! Sadece sen bana vurunca gözlüğüm kırıldığı için hassaslaştım. Babaannemin tek hatırasıydı o gözlükler. Yoksa ağlamamıştım!" diye homurdandı. Erkek kılığında geze geze erkeklerin egosuna sahip olmaya başladığının farkında değildi. Bir yıl boyunca erkek taklidi yapmak ona kim olduğunu unutturmuş olmalıydı.

Deborah bir kedi gibi ona sırnaştı. "Ertesi gün sana vurduğumda yine ağlamıştın ama sevgilim." Bu çok hoşuna gitmiş gibi gözlerini Emily'den ayırmıyordu. "Yine çok tatlıydın."

Emily'nin az önceki kızgın hâli bir anda yok oldu. Deborah'ya bakıp, tebessüm ederek onun yüzüne gelen saçlarını kulağının arkasına sıkıştırdı. "O zaman da yere düşmüştüm ve yerler yeni silindiği için kullanılan deterjanlar gözlerimi yakmıştı," dedi gülüşünü bozmadan.

Deborah şuh bir şekilde kıkırdadı ve elini uzatarak Emily'nin yüzüne dokundu. "Sonuna kadar inkâr diyorsun, öyle mi?" dedi flörtöz bir şekilde.

Emily yanağındaki eli tuttu ve kucağına koydu. "Aynen öyle, bebek," diyerek göz kırpınca afalladım. Bunlar flört ediyor olamazdı, değil mi? Tamam, Deborah bunu her gün yapıyordu ama genelde Emily ona karşılık vermezdi. Şu bir haftada odamda tam olarak neyi kaçırdım?

Aklıma gelen şeyler yüzünden gözlerimi irice açarak Stewart'a baktım. O da en az benim kadar birbirine bakan çifti şaşkınlıkla izliyordu. Aceleyle bir kâğıda bir şeyler yazıp gizlice Stewart'ın avucuna sıkıştırdım. *"Emily ne yapmaya çalışıyor?"*

Bana bakan çocuk, "Bilemiyorum," dedi kulağıma eğilip. "Bu konuda daha önce hiç konuşmadık ama aralarında bir şey olduğunu sanmıyorum. İkimiz yalnız kalınca bir seferinde Emily bana eskiden sevdiği biri olduğunu anlatmıştı. Sevdiği kişi onu okulda hep küçük düşürdüğü için ondan artık nefret ettiğini söylemişti. Belki de aynı şeyleri Deborah'ya yaşatmamak için böyle garip davranıyordur." Fısıltıyla söylediklerinde haklı olabilirdi. Emily geçmişte yaşadığı o olaydan etkilenmiş olabilirdi. Geçmişi hatırladığı için Deborah'ya karşı olan tutumunu değiştirmiş olabilirdi.

Tekrar bir şeyler yazarak Stew'a uzattım. *"O yıllarda onu üzen sevdiği kişinin cinsiyeti neymiş?"* dediğimde yüksek sesle güldü. "Onu sormak aklıma gelmedi." Verdiği cevaba kıkırdadım. Belki de Deborah'nın yanında dura dura bir şekilde ona karşı hisleri oluşmaya başlamıştı.

"Lütfen herkes beni dinlesin!" Kürsüdeki Müdür Connor

Wood'un sesini duyunca bakışlarımı ona çevirdim. Kim bilir yine ne gibi can sıkıcı şeyler anlatacaktı. Bu adamı zerre kadar sevmiyordum.

Ellerini masaya bastırmış, mikrofona doğru eğilmişti. Altmışlı yaşların başında gösteriyordu ama tam yaşını kestirmek güçtü. Tıknaz biriydi. Yemek yemeyi çok seviyor olmalı ki çenesinin altında oluşan gıdığı yağ tulumu gibi kat kattı. Boynunda asılı duran bir deve hörgücü vardı sanki. Teni fazlasıyla kırmızıydı, özellikle sinirlendiğinde daha da kızarırdı. Sanki bu şişman hâliyle koskoca okulun etrafında on tur koşmuş gibi verdiği nefes sesleri mikrofondan duyuluyordu. "Oyundan önce sizi buraya toplamamızın farklı bir nedeni var," diyerek dikkat çekmeye çalıştı fakat buradaki kimse onu umursamıyordu. Gözleri sürekli arkasında duran öğretmenlere, yani infazcılara kayıyordu. Onların içinde Erich de vardı. Mahkûmlarla pek içli dışlı olmadığı için biri ona saldırırsa diye arkasındakileri kontrol ediyordu. Eğer arkasında güvendiği o adamlar olmasaydı kürsüye çıkıp bu konuşmayı yapamazdı.

"İlk olarak hafta sonları okulumuza Columbia Üniversitesinden gelecek olan Profesör Peter Miller ve onun asistanı Chloe Green ile sizleri tanıştırmak istiyorum. Lütfen onlara karşı saygı çerçevesinde yaklaşımlar sergileyerek okulumuzun göründüğü kadar kötü olmadığını gösterin." Müdür Connor hâlâ konuşuyordu fakat Green soyadını duyan tüm mahkûmların gözleri bendeydi. *Berbat bir güne merhaba de, Yeşil.*

"Kardeşin mi?" Emily'nin ve diğerlerinin sorularına cevap verecek durumda değildim.

Gözlerim Gölge'yi bulduğunda bu duruma diğerleri gibi şaşırmadığını gördüm. Fakat kaşları hafif çatılmıştı, anlaşılan o da bu durumdan memnun değildi. Benimle olan göz temasını keserek kapıya bakıyordu. Kalbim korkuyla atarken kapıdan girenlere baktım. Kapıdan ilk giren sarışın bir adam oldu. Bu, Profesör Miller dedikleri kişi olmalıydı. Hemen arkasından giren sarışın kızı ise ikinci kez görüyordum. Chloe, saçlarını atkuyruğu yaparak asi tutamlarını toplamıştı. Üzerinde uzun kollu, siyah bir kazak ve kısa kot şort vardı. İtiraf etmeliydim ki yine çok güzel görünüyordu. Gözleri etrafındaki insanlara değmeden havalı bir şekilde öğretmenini takip ediyordu. Acaba buraya ikinci kez benim için mi gelmişti? Yoksa işini mi yapıyordu? Bunun cevabını merak ediyordum. Bu, benim için önemliydi.

Kürsüye yaklaşan Profesör'e, Bay Wood yol verdi. Müdürün kenara çekilmesiyle Profesör Miller mikrofona yaklaşıp, "Öncelikle hepinize merhaba," diyerek dikkatleri kendi üzerine çekti.

Genç bir öğretmendi, aksanı da biraz farklıydı. "Burada olduğum sürece hepinizle olmasa da çoğunuzla küçük sohbetler gerçekleştireceğimizi umuyorum. Tabii, bu konuda bana yardımcı olduğunuz sürece mümkün bu," dedi buradakileri hor görmeyen içten bir sesle. İyi bir giriş yapmıştı ama ben dâhil buradaki kimse psikologları sevmezdi. Ben bile kendi psikoloğumda tedavi almayı bırakmıştım.

"Peki, bizim ne çıkarımız olacak?" Bu ses çok yakınımdan geldi, sanırım ses ile aramda sadece Stewart vardı. Deborah'nın alay dolu sorusunu duyan Genç Profesör ona baktı. "Anlamadım?" diyen adama göz deviren kızın susmaya niyeti yok gibiydi.

"Diyorum ki size yardımcı olduğumuzda siz kazançlı çıkacaksınız. Peki, ya biz? Bana neden size yardım etmemiz gerektiğini söyleyin," dedi. Mantıklı bir soruydu aslında.

Daha Profesör cevap veremeden Müdür Connor şiddetle araya girdi, "Haddini aşma!" diyerek onu azarladı. "Yine mi hücre cezası almak istiyorsun? Zaten birazdan siz dördünüzle cezanız hakkında konuşacağız!" Müdür herkesin içinde Deborah'yı azarlayınca bu sefer Emily kaşlarını çattı. Fakat ben hâlâ alacağımız cezayı düşünüyordum. *Dördünüz* demişti, yani ben de bu cezadan muaf tutulmayacaktım. Hadi ama, alt tarafı bir kulübeye girdik. Sanki buna göz yuman onlar değilmiş gibi ne cezasıydı bu? Kameralardan gece gizlice dışarı çıktığımızı gördükleri hâlde müdahale etmeyen onlardı.

Emily omuzlarını dikleştirerek arkasına yaslandı. "Ona haddini bildirecek son kişi bile değilsin, Müdür," diyerek tıpkı bir serseri gibi güldü. "Arkandaki adamlar olmadan içimize karışmaya cesaretin bile yok. Burada tutuklu olmamız, kafana göre bizi küçük düşüreceğin anlamına gelmiyor!" Emily'nin bıçak gibi keskin sözlerini duyan Chloe, benim olduğum tarafa baktı. Büyük ihtimalle bu insanların arasında ne işim olduğunu düşünüyordu ama arkadaşlarım, sanıldığı kadar kötü değillerdi.

Göz göze geldiğimizde ağlamamak için kendimi zor tuttum. Bu gözler sanki bana bir şeyleri ya da birilerini hatırlatıyordu. Yakın ama bir o kadar da uzak gibiydi. İfadesizce oradan beni izliyor gibi duruyordu ama gözlerinde binlerce duygu vardı. Canı yanıyormuş gibi sertçe yutkununca bakışlarını benden çekti. Bana birini hatırlatıyordu ama kim olduğunu çıkaramıyordum. Müdür'ün kükremesini duyunca yeniden ona odaklandım. Emily'ye bakıp, "Sen ne cüretle benimle bu şekilde konuşursun!" diye öfkeyle bağırmıştı. Güvendiği adamları olmasaydı bağırmak şöyle dursun, konuşmaya bile cesaret edemezdi.

Emily'nin dudakları usulca kıvrıldı. "Alayına isyan diyorum, Müdür!" dedikten sonra Bay Wood'un gözlerine meydan okurcasına baktı. "Biz Karmalar'ın kaybedecek bir şeyi yok."

"Bu da ne demek?" dedi Lisa şaşkınlıkla.

Emily oturduğu yerden yavaşça ayağa kalktı. "Deborah'nın infazı yarın gerçekleşirse tüm Karmalar'ın büyük bir isyan çıkaracağını söylüyorum!" dediğinde şoka girerek Deborah'ya baktım. Aman Tanrı'm, Deborah yarın infaz mı ediliyordu? Şimdi Emily'nin neden ona iyi davrandığı anlıyordum. Deborah yarın ölecekti!

"Başlatacağınız bir isyanın anında durdurulacağını iyi biliyorsunuz. Daha önce de denendi ve zararlı çıkan mahkûmlar oldu! Güvenlik önlemlerimiz üst düzeyde!" Müdür'ün öfkeli sesini duyan Stewart, gülerek beni gösterdi. "Evet, ama daha önce Taşıyıcı hiçbir blokta değildi. Şu anda Taşıyıcı, Karmalar'da ve bu da biz Karmalar'ı diğer blokların bir adım önüne geçirir. Seçim senin, Müdür. Ya Deborah'nın infazını Edward'ın ve benim infaz tarihimize kadar ileri atarsın..."

"Ya da?" diyen Erich hızla Stewart'ın sözünü kesmişti. Sanırım konunun benimle alakası olmasını sevmemişti. Lanet olsun, konu benimle mi alakalıydı?

Stewart ona attığım soru dolu bakışları görmezden gelerek Erich'e baktı. "Ya da Taşıyıcı'nın burada olduğunu tüm Amerika öğrenir." Müdür'ün anında rengi attı çünkü bu, göze alabileceği bir şey değildi. Burada olduğum bilinirse tüm polisler, ajanlar hatta bakanlar bile anında buraya gelirdi. Daha kötüsü, Amerika'da ne kadar suçlu varsa benim için buraya gelirdi. Stewart gerçekten Deborah için beni mi gözden çıkarmıştı?

"Bu imkânsız!" diye sinirle bağırdı Müdür. "Dışarıyla tüm iletişiminiz kopuk, bunun bilinmesi imkânsız! Ayrıca mahkeme kararıyla Deborah yarın infaz edilmeli, kurallar böyle!"

"Tüm kurallara uyuyor musun sen? Küçük bir istisna yapılabilir, zaten bizim infazımıza da çok az kaldı!" Emily yerinden kalktığında iki gardiyan hemen bir adım öne çıkmıştı. Müdür'e saldırmasından korkuyorlardı.

Öğretmenlerden biri canı sıkılmış gibi ters ters Emily'ye baktı. "Deborah'ya küçük bir istisna yaparsak diğer mahkûmlar da aynı şeyi isteyecektir!" dedi, ne yazık ki o da bu konuda haklıydı.

Profesör Peter ve Chloe dikkatle konuşmaları dinliyorlardı. Sanırım buraya gelirken böyle bir şeye tanık olmayı beklemiyorlardı. Emily kendinden emin bir şekilde omuzlarını dikleştirdi. "O zaman beş bloğun liderlerine bunu soralım. Sonuçta her bloğun lideri kendi bloğundaki mahkûmları kontrol ediyor," dedikten sonra elini havaya kaldırdı. "Karmalar'ın lideri olarak Deborah'nın infazının ertelenmesini istiyorum! Bu konuda diğer Karmalar'dan en küçük bir şikâyet almayacağınızı garantisini veriyorum!" Bu kız bu ufak tefek hâliyle nasıl lider olmayı başardı, hâlâ aklım almıyordu.

Benim dışımda tüm Karmalar ayağa kalktılar ve "Kabul ediyoruz!" diye hep bir ağızdan bağırdılar. Deborah Karmalar'dan biri olduğu için hâliyle diğer bloklara karşı birlik olmuşlardı. Üstelik Karmalar'ın Karma olmasının sebebi, infazı yaklaşan her mahkûmun bu bloğa verilmesiydi. Şu anda Karmalar'da olan herkes bir zamanlar Bilinmezler, Değişkenler, Araftakiler veya Korkusuzlar'da olan kişilerdi. Fakat blokları değiştiği an eski blokları onları dışlıyordu. Hangi bloktaysan artık o bloğa aittin.

Emily gerçekten Karmalar'ın lideri miydi? Bu bilgi de aslında benim için çok yeniydi. Şimdi Karmalar'ın masasına oturduğumdan beri neden onlardan kimsenin bana zarar vermediğini anlıyordum. Emily, tanıdığım erkek kılığında olan kız, nasıl başarmıştı lider olmayı? Sonuçta burada tek bir kural geçerliydi: Kral olmak istiyorsan kralı devirmelisin.

Bilinmezler'den Anastasia da ayağa kalktı. "Ben de kabul ediyorum ve Bilinmezler'in lideri olarak biz Bilinmezler'in bu konuda susacağının garantisini veriyorum!" Yok artık! Anastasia da mı liderdi? Buradaki kadınlar tek başına bir devrim yapacak nitelikteydi. Erkek egemenliğini tamamen yıkacak kadınların hepsi Ötanazi'nin çatısı altında toplanmıştı.

Sadece iki blok onları ikna edemezdi. Baskın taraf olmamız için en az beş bloktan üçünün bizimle aynı fikirde olması gerekiyordu. Diğer blokların bize katılacağını sanmıyordum fakat Kontrolsüzler'den yana hâlâ şansımız vardı. Taylor artık lider değildi, duyduğuma göre o kavgadan sonra hâlâ klinikte tedavi görüyordu. Anlaşılan, Gölge onu düşündüğümden daha fena benzetmişti. Kontrolsüzler'in yeni lideri Gölge'ydi fakat o da izlemek dışında bir şey yapmıyordu. Deborah ile başta anlaşamadığımızı kabul ediyordum ama Edward'a karşı bir şey hissetmediğimi anlayınca bana karşı yumuşamıştı. Onun ölmesini istemiyordum. Ayağa kalktım ve karşı bloğa doğru yürümeye başladım. Her hareketim dikkatleri çektiği için ne yazık ki yine tüm konuşmalar anında kesilmişti. Herkesin beni izlemesinin tedirginliğiyle suikastçımın karşısında durdum.

Lacivert gözleri benim üzerimdeydi ve ne yapacağımı izliyordu. *"Sen niye kabul etmiyorsun?"* dedim dudaklarımı oynatarak.

Oturduğu yere iyice yaslandı ve alay edercesine bana baktı. "Bunu neden yapayım? Bana geçerli bir sebep söyle." Soğuk çıkan sesi ürperticiydi. Bunu yapmak için bir sebep aramamalıydı çünkü insanların hayatı söz konusu olduğunda sebep aranmazdı.

Dudaklarımı hareket ettirdim ve *"Birinin hayatı söz konusu olduğu için olabilir mi?"* dedim. Sesim çıkmıyor olabilirdi ama dudaklarımın hareketinden ne demek istediğimi anlıyordu. Gerçekten düşündüğümden daha kalpsizdi.

Yüzünde kibir dolu bir gülümseme oluştu. "Unuttun mu? Ben bir katilim, bir insanın hayatı neden umurumda olsun?" Sorduğum her soruya soruyla karşılık veriyordu. Ona katil deyip ondan kaçtığım için bana kızgındı. Bu sözleri aslında bana bir ders vermek içindi, benden intikam alıyordu.

Yüzümde küçük bir gülümseme belirdi. *"Beni özlemiş olamazsın, değil mi?"* dediğimde yine onunla oyun oynadığım için kaşlarını çattı. "Yerine geç, Melez çünkü arkadaşın umurumda değil," dedi sert bir sesle. Herkes bize bakıyordu.

Sinir bozucu bir şekilde özellikle güldüm. *"Özlemediğini söylemedin, Avcı,"* dediğimde bana ters ters bakarken dizindeki eli yumruk olmuştu. Yalan söylemezdi. Büyük ihtimalle hangi cesaretle ona böyle meydan okuduğumu düşünüyordu, zira farklı bloktaki biri Korkusuzlar'ın lideriyle kolay kolay böyle konuşamazdı.

Cevap vermedi, inkâr da etmedi. Onda en çok sevdiğim şeylerden biri de buydu. Ne olursa olsun asla yalan söylemezdi. Ona doğru iyice yaklaştım, oturduğu yerden boş gözlerle beni izliyordu. *"Bir dileğim olsun isterdim,"* dediğimde sert tavrı yavaşça kırıldı, hatta bir an sinirden gülecek gibi oldu.

"Çok mu şımarttım ben seni?" diyerek tek kaşını yukarı kaldırdı. "Bana karşı hep bunu kullanıyorsun." Söylediği şeylere karşılık gülümseyerek başımı salladım. Dileklerim konusunda çok hassastı, bana kızgın olsa bile gerçekleştiriyordu.

Gözlerimi kırpıştırıp ona sevimlice baktım. *"Dileğimi gerçekleştirmeyecek misin?"* dediğimde bana olan öfkesi hâlâ geçmemiş olacak ki burnundan sertçe soludu. "Söyle!" dedi ama daha çok *bitmiyor dileklerin* der gibiydi.

En içten gelen tebessümüm dudaklarımdaki yerini aldığında hızlanan kalbimi görmezden geldim. Gözlerine baktım ve *"Ben ne söylersem söyleyeyim hayatımın son anına kadar hep yanımda ol,"* dedim. Bu sözlerim Deborah için değildi, kendim içindi. Onsuz geçirdiğim bir hafta azap gibi gelmişti bana. Kabul etmek istemesem de kalbim onu istiyordu. Benim hasta kalbim ona tutunmuştu ve bunu şimdi fark ediyordum.

Söylediğim son sözler kırdı gözlerindeki tüm buzları. Gözleri yine bana eskisi gibi bakmaya başladı. Yerinden yavaşça kalktı ve aramızdaki mesafeyi kapattı. Uzun boylu olduğu için başımı kaldırıp ona baktım. Lacivert gözleri bir şeylerden emin olmak ister gibi bana bakıyor, içime işliyordu. Parfümünün kokusu bana geldiğinde iç çekmeme engel olamadım. Amber kokusunu özlemiştim. Kalbim bana olan yakınlığı yüzünden yine ağrımaya başladı ama ondan uzaklaşmak istemiyordum. Kararımı vermiştim, katil bile olsa son nefeslerimi verirken yanımda olmasını istiyordum. "Sadece bir kere soracağım ve sadece verdiğin ilk cevabı kabul edeceğim. Ondan sonra bu konuda vereceğin hiçbir cevap seni benden kurtaramaz," dedikten sonra üzerime eğilerek bana yaklaştı. "Hâlâ kendini bu katilden kurtarman için bir şansın var. Aksi takdirde sen istesen de istemesen de seni bırakmam," diyerek kararlı bir şekilde gözlerime baktı. "İyi düşün çünkü bu dileğinin bir geri dönüşü olamaz. Şimdi söyle bana, beni gerçekten hayatında istiyor musun?" dedi sadece ikimizin duyacağı bir fısıltıyla.

Kaybedecek bir şeyim yoktu, bir canım vardı ve o da yakında son bulacaktı. Bu konuda mantığımı dinleyecek kadar zamanım yoktu, bu yüzden hep olduğu gibi yine kalbimi dinledim. Başımı sallayarak dudaklarımı oynattım. *"Olduğun kişiyi sevmiyorum, yaptığın işi de öyle ama evet, hayatımda kal,"* dediğimde tuttuğu nefesi sesli bir şekilde vermişti. Kabul etmeyeceğim diye kısa bir an korktuğunun farkındaydım, beni özlediğinin de... Hasta bir kızda ne bulduğunu bilmiyordum ama en az benim kadar yakınımda olmayı özlediğini görebiliyordum.

Yüzünde beni büyüleyecek bir gülümseme oluştuğunda, "Şanssız günündesin, Dolunay Surat çünkü dileğin kabul oldu," dedi beni sonsuza kadar kendisine mühürleyerek.

"Zaman bile günahın esiri olmuşken hangi bahanelerle toplanıyordu tüm o bavullar? Giden gerçekten dönecek miydi geri?"

15

TENİ ZEHİRLİ KADIN

"Bazen o mu bana geç kaldı yoksa ben mi ona geç kaldım, anlamıyorum. Sanki benden önce uğrayan kişi, ondaki tüm güzellikleri yok etmiş; bana bir enkaz bırakmış gibiydi."

Derin bir uçurumu andırırdı gözleri. Herkeste olan ama onda apayrı bir güzellikte duran lacivert gözlere bıraktım kendimi. Onunla ilgili aldığım tüm kararların yükümlülüğü sadece onu görene kadar geçerliydi. Eli kanlı bir katile değmiyordu parmak uçlarım, yüreğimle dokunuyordum adı çıkmış kelimelere. Bu sert yüz ifadesi, bu inatçı tutum ve kararlı bakan lacivert gözlere sürgün etmiştim nefesimi. Nasıl bir teslimiyetti ki bile bile ölüme koşuyordum. Yasaklı olduğu kadar günahkâr ve cezbediciydi. Kalbime zarar bir zehirdi varlığı, her geçen gün beni usul usul zehirleyen kalbimden farkı yoktu. Hislerim onun nefesinde birikmiş, bensiz verdiği tüm nefesleri benliğimde toplamak için kıvranıyordu. "Şanssız günündesin, Dolunay Surat çünkü dileğin kabul oldu," demişti ya, işte o zaman sorguladım şansımı.

Şans neydi ki? Bugüne kadar o yanımda yoktu ve başıma gelmeyen kalmamıştı. Yaşadıklarımı düşününce benden şanssızı yok diyebilirdim. O, bana daha fazla acı veremezdi; onun vereceği tek zarar kalbimeydi. Üstelik göğsümde taşıdığım hasta kalp, acı çekmeye alışıktı. Hâlâ gözlerimin içine baktığını görünce elimle Deborah'yı gösterdim. *"Barıştığımıza göre hadi kurtar onu."* Dudaklarımın söylediği şeyi anladığında bir an gülecek gibi olmuştu. Deborah için ona geldiğimi iyi biliyordu.

"Çıkarcı kadın." Bana bunları söyledikten sonra gözleriyle Karmalar'ı işaret etti. Yerime geçmemi istediğini anlayınca başımı salladım.

Kontrolsüzler'in yerinden uzaklaştığımda Chloe ile göz göze geldim. Gözlerini kısarak bir bana bir de Gölge'ye bakıyordu.

Onunla nasıl iletişime geçeceğimi bilmiyordum. Acaba benimle konuşmak ister miydi? Peki ya ben? Ben onunla konuşmak ister miydim? Hiç sanmıyordum, kız kardeşlerim mümkünse benden uzak durmalıydılar. Yıllarca varlığımı merak etmeyen kardeşlerimi şimdi yakınımda istemiyordum. Stewart'ın yanına oturduğumda Emily hâlâ orta yerde durmuş, Müdür ile münakaşa ediyordu. Emily ciddi anlamda Müdür Wood'u yormuş olmalıydı ki Müdür sürekli cebinden çıkardığı mendili alnına bastırıyordu. Müdür, "Derhâl kesin şunu, bu isteğiniz kabul edilemez!" diyerek bu tartışmaya son vermek istedi.

Müdür'ün bağırtısına karşılık Gölge'nin tok sesi tüm salonda yankılandı.

"Kontrolsüzler'in lideri olarak söylüyorum ki tekrar düşün, Connor!" Onun kabul ettiğini gösteren bu cümleyle yüzümde kocaman bir gülümseme oluştu. Biliyordum, her zaman olduğu gibi bu isteğimi de geri çevirmeyeceğini biliyordum.

Müdür Wood'un Gölge'nin sesini duyunca sertçe yutkunduğunu herkes duymuştu. Rengi atmış, korku dolu bakışlarını suikastçıma çevirmişti. Ondan korkuyor muydu? Fakat onun gerçek kimliğini bile bilmiyordu, karşısında nasıl böyle titrerdi? Bunu fark eden yalnızca ben değildim, şu anda buradaki herkes bu tuhaf bakışmaya şahit oluyordu. Gölge'nin itiraz istemeyen bakışlarına daha fazla dayanamayan adam başını salladı. "Çoğunluğun isteği üzerine Deborah'ya küçük bir istisna sağlayabiliriz," dediğinde boğuluyormuş gibi kravatını çekiştirerek nefes almaya çalıştı. "Fakat ileride diğer mahkûmlar da aynı şansı istediklerinde ve tarafımızdan reddedildiğinde çıkacak olan kargaşadan biz sorumlu olmayacağız," dediğinde rahat bir nefes aldım. Deborah bir süre daha güvende olacaktı.

Deborah mutluluktan gözleri dolu bir şekilde Emily'ye sarıldı. "Teşekkür ederim, Edward; çok teşekkür ederim." Dudaklarından çıkan hıçkırık yüzünden içim burkuldu. Sadece fazladan bir ay için ne kadar da mutlu olmuştu.

Öleceğini bilerek yaşamak zordu, öleceğin günü bilmek ise bir felaket.

Buradaki mahkûmların hepsi hangi ayda, hangi günde ve hangi saatte öleceğini biliyordu. Kalın gözlüklerinin altındaki gözleri dolan Emily, "Bir süre daha sana katlanmak zorundayım anlaşılan," diye sitem ederek mutluluğunu gizlemeye çalıştı. Oysa az önce Deborah için Müdür'ü isyan çıkarmakla tehdit eden ondan başkası değildi.

Kahkaha atan Deborah kollarını sıkıca ona doladı. "Birlikte öleceğiz, sevgilim," dediğinde Emily hemen onun kollarının arasından çıktı. "Kendi adına konuş, kızım. Ben henüz ölmeyeceğim ve hemen yılışma! Madem bir süre daha ölmeyeceksin, o zaman aramızdaki mesafeyi korumaya devam ediyoruz."

Onlar yine kaldıkları yerden itişmeye devam ederken Anastasia'nın sesini duydum. "Sorumlu olmayacağız derken neyi kastettiniz?" Anastasia bu soruyu Müdür'e sormuştu fakat Erich ondan önce cevapladı.

"Üç blok kabul etmiş olabilir fakat diğer iki blok, yani Değişkenler ve Araftakiler bu konuda sessizliğini koruyor. Bu da demek oluyor ki ileride bu konuda sorun çıkartacaklar. Öyle bir durumda biz infazcılar bu sorumluluğu almıyoruz." Erich'in düşündüren sözleri yeni bir kaosun habercisi olabilirdi.

Değişkenler'den kırklı yaşlarda iri kıyım bir adam gülerek arkasına yaslandı. "Tabii isteyeceğiz, Karmalar'daki kız bizim umurumuzda bile değil. Zamanı geldiğinde hakkımızı almasını biliriz," dedi sırıtarak.

Yanımdaki Stewart'a bakarak gözlerimle, konuşan kişiyi gösterdim. *"O adam kim?"* Aceleyle yazdığım soruyu görünce yüzü düştü. "Gregory Hamilton, Değişkenler'in lideri, aynı zamanda Bilinmezler ile bir savaş hâlindeler. Burada bloklar üstünlüğünü kanıtlamak için gözüne kestirdiği bloğu hep ezer. Bilinmezler ve Değişkenler her fırsatta kavga hâlindeler." Yaptığı açıklamayla bloklar hakkında ne kadar az şey bildiğimi bir kez daha anladım.

Anastasia Değişkenler'in liderinin söyledikleriyle o tatlı kız edasından çıkarak kaşlarını çattı. "Sen ve deli bloğunu alt edeceğimize eminim." Büyük bir öz güvenle söylediklerine karşılık Gregory kahkaha attı. Onu ciddiye almıyordu.

Gregory, Anastasia'yı hedef alarak, "Sen ve senin bloğun bizimle yarışamayacak kadar hassassınız. Neden gidip bir yerlerde saklanmıyorsunuz?" derken sesi hem kızgın hem de mutlu çıkıyordu. Üstelik kaşlarını çatıyor ama dudaklarındaki sırıtma silinmiyordu. Sanırım Erich haklıydı, Değişkenler gerçekten psikolojik sorunlar yaşıyordu. Vücutları bile tek bir doğrultuda hislerini dışarıya yansıtmıyordu.

"İki blokla aynı anda savaşmaya hazır değilsiniz bence." Bunu söyleyen Emily'di, anlaşılan iki lider müttefikti.

Başından beri hiç konuşmayan Araftakiler'den kibirli bir ses yükseldi. Bu kişi tüm liderlerden daha yaşlıydı. Tahminen ellili yaşların ortasındaydı ama dik duruşundan bir şey kaybetmemişti. Adamın sol gözü bembeyazdı. göz bebeği yoktu ve bu, onu korkunç gösteriyordu. Emily'ye bakıp, "Durumu eşitleyelim, Karma," dedi. "Bakalım Araftakiler'le yarım kalan savaşınızı tamamlayacak kadar yaşayabilecek misiniz?" Sanırım Karmalar'ın düşmanını da böylece öğrenmiştim.

Dört blok birbirine meydan okurken suikastçım oturduğu koltuğuna yaslanarak tehlikeli bir şekilde güldü. "Liderlerin savaşı diyorsunuz demek... İzlemesi eğlenceli olacak." Gölge'nin konuşmasıyla tüm bloklar gözlerini kaçırmıştı; o, en tehlikeli bloğun lideriydi. Sanki bu sözlerin altında farklı bir tehdit saklıydı.

Sanırım sonunda bazı şeyleri anlamıştım. Bilinmezler ve Değişkenler savaş hâlindeydi, aynı zamanda Karmalar ve Araftakiler arasında da büyük bir güç yarışı vardı. Kontrolsüzler'e, yani içlerindeki en tehlikeli bloğa kimse meydan okumaya cesaret edemiyordu. Anladığım kadarıyla Kontrolsüzler'in ne müttefiki vardı ne de düşmanı. Onlar genelde tek başına takılıyor ve sadece kendi bloğuna saygı duyuyorlardı. İşin garip yani, Taylor liderken bile Kontrolsüzler'in başka bir bloktan birine sataştığını çok fazla görmedim. Sanki üstün olduklarını biliyorlar ve bunu başka blokların üzerinde kullanmak yerine onları izlemekle yetiniyorlardı. Tabii, diğer bloklardan birinin onlara meydan okuması durumunda neler yapabileceklerini kestirmek zordu. Emin olduğum bir şey varsa o da tüm blokların, liderlerine ölümüne bağlı olduklarıydı. Çünkü geldiğim günden şu ana kadar liderler dışında kimse konuşmamıştı. Tabii, Deborah ve Stewart'ı saymazsak.

"Lütfen tamamlamama müsaade edin," diyen Müdür bir süre sustuktan sonra tekrar mikrofonu eline aldı. "Profesör Peter ve asistanı Bayan Green ile bundan sonra daha sık görüşeceksiniz. Ona göre davranacağınızı umuyorum," dedikten sonra Profesör'e baktı. "Söylemek istediğiniz bir şey var mı, Bay Miller?" dediğinde Peter'ın gözleri Deborah'yı buldu. "Evet, tekrar geldiğimde oradaki genç bayanla ilk sohbetimi gerçekleştirmek istiyorum." Deborah'nın yüzünün aldığı şekli görünce kıkırdamamı durduramadım. Şoke olmuştu.

Kaşlarını çatan Deborah, "Neden ben?" diye sordu.

Onun bu tepkisine Profesör güldü. "Bugün ölümden dönen biriyle konuşmak ilginç olacak."

Deborah her an kürsüye doğru fırlayacak gibi duruyordu. "Sizinle konuşacak bir şeyim yok! İlla ölümden dönen biriyle konuşacaksanız gidin Yeşil ile konuşun. Bence aramızda ölüme en yakın kişi o." Tıpkı Stewart gibi Deborah da topun ağzına beni koyunca ona ters bir şekilde baktım.

"Niye sürekli beni karıştırıyorsunuz?" Deborah yazdıklarıma göz ucuyla baktıktan sonra güldü. "Çünkü senin dokunulmazlığın var." Göz kırparak söylediklerine yüzümü buruşturdum. Dokunulmazlığım olsaydı burada olmazdım.

"Nasılsa buraya daha sık geleceğimiz için arkadaşınla da görüşme fırsatımız olacak. Fakat yarın geldiğimde seninle görüşmek istiyorum." Profesör, itiraz istemeyen bir şekilde konuştuktan sonra Müdür'le ve diğerleriyle vedalaştı. Nihayet gidiyorlardı.

Bay Miller, Chloe'nin peşinden gitmediğini görünce yavaşça arkaya dönüp ona baktı. "Gelmiyor musun, Chloe?" diye sordu.

Chloe başını kaldırınca onunla göz göze geldik. Gözlerinde öyle bir duygu vardı ki ne olduğunu çözemiyordum. Gitmek ve kalmak arasında sıkışmış gibiydi. Öğretmenine cevap vermeden yavaşça bana doğru yaklaşmaya başladı. Neden yanıma geliyordu? Onunla yüzleşmeye hazır değildim. O aileden babam dışında kimseye tahammülüm yoktu. Gelip karşımda durduğunda buradan gitmemek için kendimi zor tuttum. Gözleri duygu yoğunluğuyla yanıp tutuşurken yüz ifadesi çok sertti. "Sana tek bir sorum var," dedi huzursuzluk içinde. "Neden konuşmak yerine sürekli yazıyorsun?" dediğinde yutkundum. Konuşamadığımı bilmiyor muydu?

Onunla olan göz temasımı keserek titreyen ellerimle merak ettiği cevabı yazdım. Yırttığım sayfayı ona uzatırken suikastçımın bakışlarının bende olduğunu gördüm. Chloe yavaşça sayfayı aldı parmaklarımın arasından. *"Ben konuşma engelliyim."* Herkese söylediğim yalanı ona da söylemiştim. Eğer sonradan konuşmayı bıraktığımı öğrenirlerse nedenini de bilmek isteyeceklerdi.

Okuduklarından sonra kâğıt parçası elinden kayıp düştü. Mavi gözleri, afallamış bir şekilde bana bakıyordu. "Bu mümkün değil çünkü daha önce konuştuğunu duydum!" dediğinde kaskatı kesildim. Bunu nasıl bilebilirdi?

Chloe'nin söylediklerini duyan Gölge, şu anda kaşlarını çatarak bana bakıyordu. Kahretsin, yalan söylediğimi anlamıştı ve yalanı hiç sevmezdi. Onun keskin bakışlarından kaçmak için karşımdaki kıza baktım. *"Daha önce tanışmışız gibi konuşmayı kes! Seni tanımıyorum ve tanımak da istemiyorum."* İkinci sayfam ona ulaştığında yüzünde buruk bir gülümseme oluştu. Artık gitsin istiyordum.

"Haklısın, beni tanımıyorsun," derken dudakları titremişti. "Karıştırmış olmalıyım ve evet, ben de gayrimeşru bir kardeşle tanışmak istemiyorum!" dedikten sonra arkasını dönerek hızlı adımlarla onu bekleyen öğretmeninin yanına gitti. Onlar gittiğinde gözlerimin dolmasına engel olamadım. İşte ben buydum, tek gecelik bir ilişkiden doğan kızdım.

Bir kez daha bunu duymuş ve bir kez daha bu gerçekle yüzleşmiştim. Tek fark, bunu söyleyen kişiyle aynı kanı taşıyordum. Diğer insanlar da bu kelimeyi kullanmışlardı ama hiç bu kadar canım yanmamıştı. "Böyle kardeş mi olur be! Hiç çekinmeden nasıl da zehrini kustu!" Emily, uzaklaşan Chloe'nin arkasından küfrederek yanıma gelmişti.

Başımı çevirip suikastçıma baktığımda yerinde olmadığını gördüm. Chloe'den sonra onun aniden ortadan kaybolması ilginçti. Müdür yine mikrofonu eline alınca tüm mahkûmlar homurdanmaya başladı. Artık gitmek istiyorlardı ve Müdür'ün susmaya niyeti yok gibiydi. "Hepinizin sıkıldığını biliyorum ama son bir duyurum daha var." Asla susmayacak gibiydi.

Bay Wood derin bir nefes alarak mahkûmlara göz gezdirdi.

"Eminim hepiniz Passion Holdingi duymuşsunuzdur. Mücevher tasarımında çığır açan Passion Holding, okulumuza çok büyük bir yardım yapmaya hazırlanıyor. Şirketin kurucularından biri olan Annalees Marshall'ın bağışlar konusundaki hassasiyetini bilmeyen yoktur diye düşünüyorum. Her yıl birçok farklı kuruma destek veren Bayan Marshall'ın bu yıl bağış yapacağı kurumların içinde bizim okulumuz da var. Fakat bu, bildiğiniz bir bağış olmayacak çünkü çok yüksek bir meblağ söz konusu. Passion Holding, düzenleyeceği defiledeki tüm mücevherlerin gelirini okulumuza bağışlayacak. Tek bir mücevherin bile değerinin ne kadar yüksek olduğunu eminim çoğunuz dergi ya da gazetelerde okumuşsunuzdur. Bayan Marshall ile telefonda görüştüm. Bizden istediği tek şey, defilenin okulda yapılması," dedikten sonra biraz soluklanmak için bir nefes aldı. Bir yandan da onu dinliyor muyuz diye bizi kontrol ediyordu.

"Ötanazi'nin geniş araziden oluşan bahçesi buna çok uygun," diyerek kaldığı yerden devam etti. "Defile onların kararlaştırdığı günde ve saatte okulun botanik bahçesinde ya da onların belirlediği bir yerde yapılacak. Şirketin başkanlarından biri olan Marcus Bruce Marshall, bu iş ile bizzat ilgileneceğini söyledi. Bugün buraya gelip okulu gezecek. Sizden tek bir isteğim var, o da Bay Marshall ve ekibi buradayken herhangi bir sorun çıkarmamanız. Bay Marcus, tüm cemiyette disiplini ve ani kararlarıyla bilinir. Ona karşı yapacağınız en küçük bir saygısızlığa tahammül edemez ve her şeyi aniden bitirir. Söz konusu para çok fazla ve bu defile olmazsa siz de zararlı çıkarsınız. Çünkü gelirin yüzde ellisi sizin ailelerinize bağışlanacak. Eminim ki ölecek bile olsanız geride bıraktıklarınıza yardım etmek isterseniz, değil mi?" Bir solukta anlattığı şeyler tüm mahkûmların ilgisini cezbetmişti. Hepsi bu habere çok sevinmişti çünkü geride kalan ailelerine bir faydaları dokunacaktı. Bu çok iyi bir haberdi. En azından mahkûmların aileleri bir nebze olsun mutlu olacaklardı. Zaten yakınlarından birinin ölecek olması onlar için büyük bir acıydı.

Çoğu mahkûmun yüzünde benim gibi bir gülümseme oluştu. Sanırım gerçekten geride bıraktıklarını düşünüyorlardı. Hatta Anastasia'nın dolu gözlerle "Anne" diye mırıldandığını fark ettim. Belki de annesinin maddi durumu çok kötüydü. Emily'nin yerinde taş kesildiğini gördüm. Gözlerini irice açmıştı, sanki şoka girmiş gibiydi. Stewart ve Deborah da ondaki tuhaflığı fark etmiş olacaklar ki yanına gittiler.

"Emi... Yani Edward, sen iyi misin?" Stewart az kalsın ona gerçek ismiyle hitap ediyordu. Neyse ki Deborah fark etmeden son anda değiştirdi.

Deborah hareketsiz duran kızın kolunu dürttü. "Edward, bebeğim, rengin solmuş. Yoksa hasta mısın?" Emily büyük bir şoktan çıkmışçasına bir küfür savurdu.

"Lanet olsun, buraya geliyor!" diye haykırdı.

Merak duygum ortaya çıkınca bir kâğıda sorumu yazdım. "Kim geliyor?" diye sorduğumda sıkıntıyla ofladı. "O kibirli despot! *Her şeyi ben bilirim* diyen ukala! Sürekli emirler veren çokbilmiş adam! Sanki soyağacına küfretmişim gibi bana hakaret davası açan diktatör! Okuldan kovulmama neden olduğu yetmezmiş gibi gitmediğim dava yüzünden beni yüklü miktarda para cezasına çarptıran cimri! O manken nişanlısıyla dergilere poz verirken ben burada en yakın arkadaşıma evimi sattırdım be! Sırf ona olan borcum bitsin diye ama bitti mi? Tabii ki hayır! Çünkü daha önce hayatımda hiç görmediğim bir meblağdan bahsediyoruz! Lanet olsun, ben bittim! O defile bitene kadar ayakaltında dolaşmasam iyi olacak! Sırf şirketinde ona hakaret ettim diye bir yıldır üst üste açtığı davalarıyla peşimde. Tanrı aşkına, onunla olan duruşmama gitmedim diye de bana dava açan bir deli! Bir yıldır olur olmadık şeyler yüzünden beni dava edip duruyor!" diye öfkeyle bağırdıktan sonra Stewart'ın omzuna çarparak gitmişti.

Şimdi üçümüz de şaşkınlık içinde birbirimize bakıyorduk. Deborah ensesini kaşıyarak bize baktı. "Az önce tam olarak ne oldu? Ben bir şey anlamadım da..." dediğinde güldüm.

"Sanırım bu konuda yalnız değilsin." Yazdıklarımı okuyunca o da güldü. "Edward bazen çok tuhaf olabiliyor," dediğinde hepimiz oyun alanına gitmek için salondan çıktık. Haklıydı, Emily'nin söylediklerinden tek kelime bile anlamamıştık. Tek anladığım, Gölge'yle aynı soyadı taşıyan biriyle başı ciddi anlamda dertteydi. Emily'nin anlattıklarından sonra Marcus denen adamın intikam almak istediğini anladım. Böyle kinci bir adamın Emily'nin kaldı-

ğı bir okulda defile düzenlemesi tesadüf olamazdı. Bence bir yıldır izini sürdüğü kızın nerede olduğunu bulmuş ve sırf onun canına okumak için küçük bir serveti gözden çıkartıp buraya gelmeye karar vermişti. Okula ve mahkûmların ailelerine yaptığı tüm o bağışlar burada dokunulmazlık kazanmak içindi. İstediği de olmuştu, parayı duyan çoğu kişi daha o gelmeden ona saygı duymaya başlamıştı. Şimdi geriye kalan tek şey, okula gelip istediği gibi top koşturarak Emily'den intikam almaktı. Emily onun buraya gelmesini tesadüf olarak gördüğü için ondan saklanmayı düşünüyordu. Ama bence buraya gelişi planlıydı. Acaba Emily öylesine kinci bir iş insanını kızdıracak ne yapmıştı? Sırf hakaret etti diye bir yıl boyunca durmadan kızı dava edecek bir deli değildi, değil mi?

Bahçeye çıktığımızda oyunu oynayacak gruplar öne çıktı. Hava kapalıydı, bu da oyuna katılmama olanak sağlıyordu. Erich, "Hazır mısınız?" dediğinde yarışmacılar onu onaylamıştı.

Erich elindeki boya tabancasını gösterdi. "Dağılın ve işaretimle birlikte başlayın. Unutmayın, paintball için bahçenin D-2 bölgesini kullanacaksınız. Diğer bölgelerde meyve ağaçları ve çiçek seraları olduğu için oralarda koşuşturmak yasak," dediğinde etrafıma baktım. Orası neresiydi acaba?

Tam olarak nerede oynayacaktık? Evet, devasa bir bahçe olduğunu biliyordum fakat çok az dışarı çıktığım için D-2 bölgesini bilmiyordum. Ensemi kaşındıran maskeyi çıkartarak Emily'ye baktım. Bakışlarımdan anlamış gibi bana doğru gelmeye başladı. Mahkûmların hepsi ağaçların yanında ya da çimlerin üzerinde oturuyordu. Lakin her bloktan on iki kişi orta alanda durmuş, oyun için bekliyordu. Kontrolsüzler'in içinde Gölge'yi aradım ama daha gelmemişti. Chloe o sözleri söyledikten sonra Gölge ortadan kaybolmuştu. Açıkçası bana kızdığı için yine gitmesinden korkuyordum. Diğer ihtimal ise Chloe'yi sorguya çekiyor olmasıydı çünkü salondayken daha önce konuştuğumla ilgili bir şeyler saçmalamıştı. Beni daha önce görmüş gibi davranması sinir bozucuydu.

Şimdi ise ellerime yapışan siyah deri eldivenlerden nasıl kurtulacağımı düşünüyordum. Kıyafetlerimin üzerine giydiğim siyah tulum çok rahatsız ediciydi. Nefes almamı zorlaştıran, aynı zamanda yüzümü koruyan bir kask takmıştım. Gerçekten bunları taşımak işkence gibiydi. Tüm bloklar bu sefer tek bir renkte giyinmişti: Siyah. Evet, oyunu oynayacak herkesin üzerinde siyah tulum vardı. Fakat hangi bloğa ait olduğumuzu anlamak için kolumuzda ince bir bandana bağlıydı. Herkesin bandanası bulunduğu bloğun rengindeydi ve biz Karmalar'ın bandanası tıpkı kelepçelerimiz gibi rengârenkti.

Emily başındaki kask ve üzerindeki kamuflaj ile çok farklı görünüyordu. Elinde yuvarlak boya kapsüllerini yerleştireceği bir tabanca vardı. Acaba o da giydiklerinin içinde benim gibi rahatsız olmuş muydu? Üzerimdeki siyah plastik zırh, gelişmiş ekipmanlar ve koruyucu eldivenlerle tanınmaz hâldeydim. Hepsine tamamdı ama kafamı koruyacak olan kaskı takmak beni boğuyordu. Bu şeylerin içinde kaybolmuştum.

"D-2 bölgesini düşünüyorsun, değil mi?" Yanıma gelen Emily'yi başımla onayladım.

Elini kaldırıp çam ağaçlarının sıklıkta olduğu yeri gösterdi. "Bahçenin sağ kanadı D-2 bölgesi, sol kanadı, yani meşe ve söğüt ağaçlarının olduğu yer D-1 bölgesi. Palamut ağaçları ve sincapların yoğun olduğu bölgeye ise D-3 diyorlar. Bahçe çok büyük olduğundan alandaki bitki ve ağaçlara göre işaretlenmiş. D bölgesi mahkûmların oyun alanına göre hazırlanmış. Basketbol, paintball ve birkaç çeşit oyun daha oynamakta ve D bölgesinde istediğini yapmakta serbestsin. Zaten mahkûmların hemen hemen hepsi içmek için D bölgesini tercih eder. A bölgesi şu anda bulunduğumuz noktalara göre belirlenmiş. B bölgesi botanik bahçesi ve meyve ağaçlarıyla dolu. Orada sadece yürüyüş serbest, tabii çiçeklere zarar vermediğin sürece bu geçerli. C bölgesinde türü çok az olan bitkileri yetiştiriyorlar. Bu bitkileri deneylerinde kullanıp ilaç ve zehirleri hazırlıyorlar. E-1 ve E-2 bölgesini daha önce gördüğünü sanmıyorum çünkü oralar yasaklı bölge. E bölgesinde ne var, gerçekten ben de bilmiyorum. Duvara yakın bir bölge, hiç o kadar uzağa gitmedim. Anlayacağın, bahçeyi harflere ve sayılarla bölmüşler. Hangi bölgeye yaklaştıysan bunu anlaman için mutlaka bir işaret ya da pankart görürsün. Bahçeyle ilgilenen bahçıvanların sayısı neredeyse bir bloktaki mahkûmlarla eşit. Sanırım Müdür'ün doğaya karşı bir zaafı var. Yoksa kim böyle bir bahçeye servet yatırır ki? Bir gün gezmeye kalkıştım ama üç saatimi aldı, üstelik E bölgesine varamamıştım bile. Sanki bahçe değil, küçük bir köy." Gülerek anlattıkları kafamı karıştırmıştı. Bana anlattığı bölge isimlerini aklımda tutabileceğimi sanmıyordum.

"Edward! Yeşil, hadi gelin, başlıyoruz!" Stewart el sallayarak bize seslenince kendi grubumuzun yanına gittik.

Mecburen kaskımı kafama takarak yüz maskesini aşağıya doğru çektim. Emily tüm Karmalar'a bakarak bir lider edasıyla konuştu. "Pekâlâ, ekip. İlk kuralı söylüyorum: Yolunuza çıkan herkesi acımadan vurun. Diğer kural, sakın vurulmayın!" diye bağırdığında gülmemek için kendimi zor tuttum. *Birileri şu kızı bir şeylerin komutanı yapsın da hepimiz rahat bir nefes alalım* diye düşündüm.

Erich işaret verince, herkes koşarak dağılmaya başladı. Koşamadığım için adımlarımı hızlandırarak en arkada onları takip etmeye başladım. Çam ağaçlarının arasına girdiğimde elimdeki boya tabancasının neden bu kadar ağır olduğunu sorguluyordum. Daha ilk adımda bile birçok ses duymuştum. Bakalım hangi blok bu oyunu kazanacaktı? Açıkçası umurumda da değildi çünkü tek istediğim, geldiğim gibi tek parça hâlinde geri gitmekti.

Yaklaşık yarım saatlik yürüyüşün sonunda kendimi yorgun bir şekilde yere attım. Şansıma kimse çıkmamıştı karşıma ya da yanlış bölgeye girmiş olabilirdim çünkü çam ağaçlarını geride bırakalı çok olmuştu. Kafamdaki kaskı çıkardığımda nefes nefese kalmıştım. Bu zırhın içinde resmen eriyordum. Arkamdaki ağaçların arasından hışırtılar duyunca, ürkerek ayağa kalktım. Elimdeki tüfeği hareket eden ağaçlara doğrultarak korkuyla beklemeye başladım. Ağaçların arasından çıkan suikastçımı görünce rahat bir nefes verdim. Beni gerçekten korkutmuştu ama neyse ki mahkûmlardan biri değildi. Oyuna katılmadığını doğrulayan şey, normal kıyafetleriyle bana doğru gelmeseydi. Ben ise kendimden daha ağır olan bu kostümün içinde can çekişiyordum. Attığı her adımla kalbimin ritmi bozulurken bakışlarımı ondan alamıyordum. Fakat bana doğru gelmesine rağmen hâlâ bana bakmıyordu. Gözleri öylesine karşısına odaklanmıştı. Yanımdayken bana bakmaması beni hep kızdırıyordu. Ben gözlerimi ondan alamazken o niye bana bakmıyordu?

Kaşlarımı çatarak tabancamın namlusunu ona doğru tuttum. Yüzümdeki sinsi gülüşü koruyarak tüm konsantrasyonumu topladım ve ıskalamamaya çalışarak tetiğe bastım. Tuhaftı ama daha önce hiç ateş etmediğim hâlde onu tam kalbinden vurmuştum. Göğsüne çarpan mavi boya kapsülü gömleğinde dağılarak iz bıraktığında, inleyerek başını kaldırdı ve bana baktı. Yüzündeki afallama ifadesi beni mutlu etmişti. "Sen, beni vurdun mu, Dilsiz Kız?" derken şaşkındı.

Dudaklarımı oynatıp gülerek, *"Hem de tam kalbinden, Avcı,"* dedim.

Nedense gömleğini kirlettiğim için ya da canını yaktığım için bana kızmamıştı. Aksine verdiğim cevap hoşuna gitmiş gibi gözlerinde yaramaz parıltılar oluştu. Gözlerimin içine manidar bir şekilde baktı ve "Evet," dedi. "Beni kalbimden vurmayı başardın." Sesinde anlam veremediğim bir şeyler vardı.

Gömleğinin cebinde metal bir sigara tabakası çıkartıp kontrol etti. Eğer sigaralarının bir kısmını koyduğu o kutu olmasaydı, boya kapsülü gerçekten canını çok yakabilirdi. Kutuyu tekrar cebine koymasını izledim. Bana doğru bir adım atarken artık gözlerini benden ayırmıyordu. "Senin dışında başka bir yere bakmam hoşuna gitmiyor, değil mi?" diye sordu. "Gözlerimin odağında olmak hoşuna mı gidiyor?" Cevabım hayırdı, sadece bana baktığı sürece beni anlayabilirdi çünkü dilsizdim ben.

Başımı iki yana sallayıp itiraz ettiğimde dudakları küstahça kıvrıldı. "Sana her bakmadığımda bana ya elma fırlatıyorsun ya da göğsümde küçük bir sızı bırakıyorsun." Aramızda bir adım kala durdu. *"Az önce o kapsül canımı yaktı ve intikamcı biri olarak şimdi ben de senin canını yakacağım,"* dediğinde korkudan elimdeki tüfek yere düşmüştü.

"Bana zarar mı vereceksin?" dedim yutkunarak.

İfadesiz bir şekilde yüzüme baktı. "Evet, ama önce soyun." Söylediği şey yüzünden korkuyla birkaç adım geriye gittim.

Neden soyunmamı istiyordu? Aklıma gelen şeyler yüzünden afallayarak ona baktım. Bu hâlimi görünce gözlerindeki merhametle bana baktı. "Sana soyun dedim çünkü üzerindeki şeyin içinde çok rahatsız görünüyordun," diyerek homurdandı. "Kostümün içinde kaybolduğun için sadece onu çıkarmanı istemiştim. Anlayacağın şekilde anlatıyorum, Dolunay Surat. Sadece oyun için giydiğin şeyleri çıkar, kıyafetlerin ve iç çamaşırların üzerinde kalsın. Şimdi oldu mu?" Tıpkı bir çocuğa laf anlatır gibi konuşması beni güldürdüğü için sinirli bir şekilde bana bakıyordu.

"Bunu niye en başından söylemedin? Ben de şey yapacaksın sandım," diye homurdanarak üzerimdeki tulumu çıkarmaya başladım. Onun yüzünden çok fazla korkmuştum.

Güldü. "*Şey* derken kastettiğin kesinlikle ilgimi çekmiyor, küçük fesat," dediğinde yanaklarımın kızarmasına engel olamadım.

Üzerimdeki tulumu ve eldivenleri çıkardığımda gerçekten çok fazla terlediğimi fark ettim. Tişörtümün boyun ve koltuk altı kısımları su içinde kalmıştı. Saçlarımınsa yüzüme yapışması ayrı bir işkenceydi. Başımı kaldırıp beni izleyen suikastçıma baktım. Aramızda sadece üç adım vardı ve genelde kalbim yüzünden o üç adımlık mesafeyi hep korurduk. *"Ama canımı yakacağını söylemiştin."* Böyle dediğine emindim.

Olduğu yerde dik duruşunu koruyup beni cevapladı. "Birazdan yapacağım şey canını yakacak ve ben acı çekeceğini bildiğim hâlde bunu yapacağım." Söylediği her kelime bende balyoz etkisi bırakıyordu. Bana nasıl acı çektireceğini düşünmek dâhi istemiyordum.

"Sanırım yine korkmaya başladım." Geriye doğru gitmemek için kendimi zor tutuyordum. Bu adam bana hem güven veriyordu hem de tehlikeyi iliklerime kadar hissetmeme sebep oluyordu.

"Saçlarını aç," dedi.

İtiraz istemeyen sesine bir anlam veremedim ama tek örgü yaptığım saçlarımı çözmeye başladım. Örgüden kurtulan saçlarım özgürlüğüne kavuşup omuzlarımdan bukleler hâlinde süzüldü. Saçlarımı arkaya atacağım esnada yine onun sesini duydum. "Öyle kalsın." Gittikçe ürkmeye başlamıştım ve ellerimi yavaşça saçlarımdan çektim. Bu adam ne yapmaya çalışıyordu, anlayamıyordum.

Lacivert gözleri tüm hücrelerime işlerken bana doğru temkinli bir adım attı. Aramızdaki mesafeyi kapatıp karşımda durduğunda nefesimi tuttum. "Sadece bir dakika," diyerek bana baktı. "Senden tek istediğim bir dakika, Dolunay Surat. Dayanabilir misin?" Bana baktıkça bakışları daha çok derinlik kazanıyordu. Ne için bir dakikalık süre istiyordu?

Bedenim bir bilinmezliğe doğru hızla savrulurken, *"Ne için dayanmalıyım?"* dedim. Hava bulutlu olabilirdi ama gözlükler olmadan dışarıda durmakta zorlanıyordum. Beni anlamak için bakışları dudaklarıma kaydığında sertçe yutkunduğunu duyabiliyordum. Bana böyle bakması daha önce varlığından bihaber olduğum duyguları yaşatıyordu bana.

Bana doğru eğilince nefesimi tuttum. Yüzlerimizi aynı hizaya getirerek gözlerimin içine baktı. "Sana dokunmama izin ver." Boğuk çıkan sesini fark ettiğimde kaskatı kesildim. Dokunmak mı?

Kalbim yeniden devreye girdiğinde nefes alışlarım hızlandı. Bunun farkına vardığı için derinden bir iç çekti. "Fazla değil, sadece bir dakika," dedi fısıltıyla. "Kendini kontrol edebilir misin? Mümkün olduğundan daha az acı çekmeni istiyorum."

Ne için izin verdiğimi bilmiyordum ama başımı yavaşça *evet* anlamında salladım. Bana dokunmaktan kastını anlamadım lakin bakışlarındaki yoğun istek, kontrolümü ele geçiriyordu. Bana doğru iyice yaklaştı. "İçinden say ve süre dolduğunda geri çekil," diyerek istediği süreyi farkında olmadan geçebileceğine değindi. İçinde bulunduğum atmosfer öyle büyüleyiciydi ki sanki farklı bir boyuta çekilmiştim. Bakışlarıyla beni etkiliyor, sözleriyle de bana hükmediyordu.

Gözlerimle onay verdiğimde yüzünü yavaşça eğerek boynumun yakınlarına getirdi. Burnunu tişörtümün açıkta bıraktığı tenime sürtünce kalbim dehşet içinde kıvranmaya başladı. İçine çektiği büyük nefes, benim nefesimi kesiyordu. Yüzü boynumda keşfe çıkıp, kokumu içine çekerken elleri usulca belimi kavramıştı. Beni iyice kendisine çekince kalbimdeki sızı inanılmaz bir hâl aldı. Onun kollarında mutlu olduğumu fark ettim fakat inanılmaz bir acı da çekiyordum. Fazla heyecandan dolayı nefes alışlarım bana zarar verirken titreyen ellerimi kaldırdım ve omuzlarını tuttum. Amber kokusu beni mest ediyordu, dokunuşumla bedeni kasılmıştı. Verdiği sıcak nefesi kalbime zarar, ruhuma şifaydı. Acım dayanılmaz bir hâl aldığında dudaklarımı birbirine bastırdım. Kokusunu sevdiğim için biraz daha hissetmek istiyordum. Gözlerim doldu, yaşadığım heyecan yüzünden her an bir kriz geçirebilirdim. Kendimi zorladım, canım yansa bile onun kollarında mümkün olduğunca uzun kalabilmek için kendimi zorladım. Dudakları boynuma sürtünerek biraz aşağıya kaydı. Aklımı başımdan alan dudaklarını köprücük kemiğime bastırdığında, irkilerek kollarını daha sıkı kavradım. Yaptığı şeyin daha fazlasını arzulayarak başımı eğip ona daha fazla alan açmaya çalıştım. Acı ve tutkuyu aynı anda hissediyordum. Tenime değen dudakları ikimiz için de doyumsuzdu. Eğer normal bir kalbim olsaydı tam şu anda ikimiz de tüm sınırları yıkabilirdik. Ben de onun gibi daha fazlasını arzuluyordum.

Fakat kalbim önümüzdeki en büyük engeldi. Belki normal bir kalp hastası olsaydım birbirimize dokunmamız sorun olmazdı. Fakat göğsümde taşıdığım kalp normalin çok dışındaydı. Taşıyıcı'nın kalbi, bana tüm heyecanları yasaklamıştı. Bu yüzden bu küçük teması bile bir yerden sonra beni derin acılarla kıvrandırmaya başlamıştı. Artık kontrolümü tamamen kaybedince dudaklarımdan firar eden hıçkırığıma engel olamadım. Bana yakın olması canımı yakıyordu. Evet, söylediğini yapmıştı ve bana acı çektirmişti. Kısa süreliğine mutluluk vermiş olsa da çektiğim bu acı gerçekti. Dudaklarımdan çıkan hıçkırık onu kendisine getirdiği için hızla benden ayrılmıştı.

Bir adım geriye giderek elimi kalbimin üzerine bastırdım. Gözleri yanağımdan boynuma akan gözyaşlarımı takip etti. Kendini suçluyordu, bunu görebiliyordum. Kendimi sakinleştirmek için iki adım daha geriye gittim. Onun kokusundan uzaklaştığımda kalbimde kırık bir duygu oluştu. *"Ben iyiyim,"* dedim nefes nefese ama bunu söylerken dudaklarımı bile güçlükle kıpırdatmıştım. Benim yüzümden kendine kızmasını sevmemiştim.

Bakışları hâlâ gözyaşlarımı takip ediyordu. "Değilsin," dedi harlanan öfkesiyle. "Sana her yaklaştığımda böyle olacaksın!" Bunu kabul etmek onu mahvediyor gibiydi, bu gerçek canını yakıyordu. Her erkek gibi o da arzuladığı kadına dokunmak istiyordu ama bana üç adımdan daha fazla yaklaşamıyordu.

Bana baktı ve elimin altında duran kalbimi işaret etti. Gözlerindeki yıkımı izledim ve yenilgiyi kabul ederek, "Sana acı veren kalp bana atmasın, Dilsiz Kız," diyerek kimseye değil, kalbime yenildi. Kalbim, kimsenin sırtını yere seremediği bir adamı bugün yenmişti. Onun için atan kalbim, beni ona yasaklamıştı.

Gözyaşlarımı sildiğimde göğsümdeki sızı biraz olsun dinmişti. Yüzümde ansızın bir gülümseme oluştu. *"Sanırım kalbim senden nefret ediyor,"* dediğimde amacım, onu bu karamsar düşüncelerin pençelerinden çekip almaktı.

Lacivert gözleri gülüşüme takıldığında büyük bir nefes çekti ciğerlerine. "Kalbin benim," dedi beni tersleyerek. "Benim olan bir şey benden nefret edemez." Aramızdaki sınırı geçmeden düşünceli gözlerle beni izlemeye başladı. Tam şu anda ne düşündüğünü bilmeyi çok isterdim.

Gözleri az önce dudaklarının izini bıraktığı boynuma değindi. "Tenin zehir kokuyor, kadın," dedi içi acıyarak. "Öyle bir yangın var ki teninde, ikimizi de yakıyor. Benim için tıpkı yasak bir meyve gibisin. Ne dokunabiliyorum sana ne de senden vazgeçebiliyorum." Büyük bir özenle sarf ettiği kelimeleri göğsümde bir ağırlık oluşmasına sebep olmuştu. Aramızdaki sınırı geçemezdik, çok istesek de bunu yapamazdık. Hem yakın hem de uzak olmak zorundaydık. Bunu kabul ediyordum, doğru olan buydu. Fakat neden gün geçtikçe güvenliğimi sağlayan o üç adımlık sınır bana acı veriyordu? Haklıydı, kendimle birlikte onu da yakıyordum ama benden uzaklaşmasını da istemiyordum. Kalmalıydı, kalmalı ve benimle bu ateşte yanmalıydı.

"Benden gitme," dedim aniden. Bu durumdan sıkılıp gitmesinden çok korkuyordum.

Yüzünde yorgun ve buruk bir gülümseme oluştu. "Giden ben olmayacağım," dediğinde nefes alamadım çünkü giden ben olacaktım ve bu, ona acı veriyordu. Öleceğimi biliyordu o, öleceğimi kabul etmiş gibi görünüyordu.

Sustu, kalbimi delip geçen sözlerine prangalar vurdu. Ne güzeldi onu böyle izlemek. O an içimden bir dilek diledim. Son nefesimde gördüğüm son yüz, onun kusursuz siması olsun; duyduğum son fısıltı onun dudaklarından çıksın; son nefesim onun sıcak nefesine veda etsin istedim. Karşı karşıya durmuş, birbirimizi izlerken ondan habersiz ne çok şey istedim. Şiddetini artıran rüzgâr saçlarımı uçuşturuyordu. Yüzüme gelen saçlarımı çektikçe rüzgâr yeniden onları savuruyordu. *"Gerçekleştirmediğin bir dileğim var,"* dedim ansızın aklıma gelenlerle. *"Bana hâlâ bir dilek borçlusun."* Bana güneşi anlatmamıştı.

Olduğu yere ayaklarını uzatarak oturdu. Cebinden çıkardığı sigarasından bir dal çıkarıp yaktı. İçine büyük bir nefes çekip bana baktığında bu gözlerde hep bir yerim olsun istedim. Gri duman, dudaklarının arasında süzülürken, başını geriye atarak siyah bulutlara baktı. "Dileğin hâlâ bende saklı," dedi.

Tam o anda bir şey hissettim ya da gözlerimin önünde küçük bir sahne canlandı. Tüm dileklerimi gerçekleştiriyordu ama onu sona saklıyordu. Söylemese de bakışlarından anlamıştım. Hani bazen kendi geleceğinizi önceden görürsünüz veya yaşayacağınız şeyler önceden küçük bir kesit gibi hayal meyal canlanır ya gözlerinizin önünde, işte tam da böyle bir anı yaşıyordum. Kendimi görüyordum, hem de tüm korkularıma meydan okumuş bir hâlde. Bana yasaklı olan ne varsa korkmadan yaşadığımı görüyordum, son anlarımı yaşıyordum. Kalbim duracağı için korkmadan onun kollarındaki yerimi alıyordum. Kalbim son kez atarken onun dudaklarından güneşi dinlediğimi gördüm. Ben son nefeslerimi tüketirken o, son dileğimi yerine getiriyordu. Hissetmiştim, bu sahne yaşanacaktı. Bana güneşi anlattığı an, bu dünyadaki misafirliğim sona erecekti. Bu yüzden bu dileğimi sona saklıyordu; aslında sakladığı son, benim sonumla yaşanacaktı.

Ayakta durmakta zorlandığımı fark ettim. Oturmaya yeltenmiştim ki beni durdurdu. "Rüzgâr benden yana esiyor. Karşıma değil, yanıma otur," dediğinde içimdeki sıkıntıya inat gülümsedim. Bir gün ölürsem beni yüzümdeki tebessümle hatırlasın istedim. Sigarasının dumanı bana gelsin istemiyordu, o yüzden yanına oturmamı istemişti.

Küçük adımlarla yanına gittim ve aramızda biraz mesafe bırakarak oturdum. Kemikli parmaklarının arasında duran sigarayı içerken karşısındaki ağaçlara bakıyordu. Bu yakınlıkta yüzü daha da göz kamaştırıcıydı. Bu adam güzeldi, gerçekten çok güzeldi. Yeni çıkmaya başlamış sakallarına dokunmak istedim. Bana bakmıyordu ama ona baktığımı biliyordu. Bu, onu rahatsız etmiyordu. Aksine benimle ilgili kalbim dışındaki her şey hoşuna gidiyordu. Bir nefes daha aldı parmaklarının arasında duran zehirden. "Değişen nefes alışlarını duyabiliyorum, Dolunay Surat." Bu sözler küçük bir uyarı gibiydi. Birazdan yine aşırı heyecandan canımın yanacağını söylemeye çalışıyordu.

"Neden yalan söyledin?" Beklenmedik bir şekilde gelen bu soru yüzünden bakışlarımı kaçırdım.

Bana baktığını hissediyordum fakat ona bakmıyordum. Bu sorunun cevabı, bir canavarın kanlı avuçlarının arasında saklıydı. "Bana bak, Dolunay Surat." Israrcıydı, aradığı cevap konusunda fazla ısrarcıydı.

Yavaşça başımı kaldırıp ona baktığımda lacivert gözlerinin büyük bir şüpheyle beni izlediğini gördüm. "İlk ve son olsun," diyerek derin bir nefes aldı. "Cevap veremeyeceğin bir şey olduğunda her zamanki gibi sus ama bana asla yalan söyleme." Pişmanlığı tüm zerremde hissederken başımı salladım. Ona yalan söylemek benim de hoşuma gitmiyordu.

Biten sigarasını yere bastırarak söndürdü. "Çok mu kötü?" dedi içi acıyarak. "Sesini kaybedecek kadar kötü mü geçmişin?" Bilmek istiyordu, geçmişimin gölgelerini tanımak istiyordu. Fakat ben onları tanıştırmaya henüz hazır değildim.

Yapamazdım, benden her şeyimi alan karanlığın içine onu da çekemezdim. Hoş, istesem de o günleri birine anlatamazdım. O kızın çığlıkları kulaklarımda yankı yaptığında gözlerim doldu. Orada, gördüğüm şeyleri bana unutturacak bir güç yoktu. *Affet beni,* dedim içimden. Benim yüzümden yaşadıkları dayanılır gibi değildi. Yaşıyor muydu acaba? *Vicdan azabım olan çocuk, lütfen bir yerlerde yaşıyor ol, diye* sessizce yalvardım içimden.

"Yeşil! " diye fısıldadığında hızla ona baktım. Bir yıl sonra ilk kez adımı söylemişti.

Dikkatli bir şekilde gözlerime bakıp beni yanılttı. "Yeşil gözlerinde, neden hep gözyaşı var?" dediğinde kıkırdadım. Gözlerimin renginden bahsetmiş gibi yaptı ama "Yeşil" derken Türkçe adımı kastediyordu.

"Adım Yeşil, neden bana hiç adımla hitap etmiyorsun?" dedim oyunbaz bir ifadeyle.

Ayağa kalkıp bana da *kalk* dercesine baktı. Ayağa kalktığımda o çoktan yürümeye başlamıştı bile fakat kısa bir an durup bana baktı. "Birine renk ismiyle hitap etmek çok rahatsız edici bir durum. Bu, tıpkı karşındakine mor ya da kahverengi demek gibi," diye homurdandığında kahkaha attım.

"Adım mor değil ama."

"Evet."

"Kahverengi de değil."

"Biliyorum."

"Yani, neymiş adım?"

"Yürü, Dolunay Surat," dediğinde kahkaha attım.

Gülerek öne geçtim, o yine üç adım arkamda beni takip ediyordu. Oyundan firar eden bir oyuncu olarak tüm yükümü yere bırakmıştım. Rahatsız edici kostümü ve tabancamı bırakmıştım. Geldiğim yönü yeniden yürümek çok yorucuydu. Okula doğru giderken gördüğüm ağaçların bazı yerlerinde rengârenk boyalar vardı. Sanırım mahkûmlar bayağı eğlenmişti. Üzerine fışkıran boya desenleriyle yürüyen birkaç mahkûm görmüştüm. Neyse ki ellerinde tuttukları silahı bana doğrultmamışlardı. Sanırım oyun çoktan bitmişti. Onlar tavşan misali ağaçların arasında sekerken ben, kaplumbağa kadar yavaş yürüdüğüm için hepsini kaybetmiştim.

Açık alana geldiğimde Anastasia'yı gördüm. Benim geldiğimi görünce durmuştu. Arkamı döndüğümde Gölge'yi görememek beni şaşırtmadı. Adı gibi bir gölgeydi ve varlığı belirsizdi ama beni izlediğine emindim. Anastasia'nın yanına gittiğimde gülümsedi. "Okula doğru beraber yürüyelim mi? Bahçeden çıkmamıza hâlâ yarım saatlik bir mesafe var." Onunla tek benzerliğimiz benim gibi sürekli tebessüm ediyor olmasıydı, bu tebessümü etrafa pozitif bir enerji yayıyordu.

Başımı salladığımda benim gibi üzerindeki kamuflaj kıyafetlerini çıkartıp bana eşlik etmeye başladı. Onu tanımadığım için ben pek yazmıyordum ama Anastasia'nın susmaya niyeti yoktu. "Erich ile iyi anlaşıyorsunuz sanırım." Bu, cevabını bildiği bir soruyu tekrar dile getirmesiydi.

Cebimdeki not defterimi çıkardım. *"Sanırım onu sevmeye başlamış olabilirim."* Yazdıklarımı okuyunca yutkundu.

Gülen yüzü soldu ve bakışlarını kaçırdı. Sahte olduğu uzaktan bile belli olacak bir şekilde güldü. "Öyle mi? Buna sevindim, Erich iyi biri," dedi gönülsüz bir sesle. Bu tavrını başta anlamadım ama olayı kavramam uzun sürmedi. Anastasia, amcamdan hoşlanıyor olabilir miydi?

Yüzümdeki gülümsemeyi saklayarak ona ikinci bir kâğıt daha uzattım. *"Çok tatlı ve sempatik biri, sanırım o da beni seviyor."* Okuduğu şeylerden sonra yüzünün aldığı ifadeye kahkaha atmamak için kendimi zor tuttum. İnsanlarla küçük oyunlar oynamayı seviyordum.

"Bu-Bunu o mu söyledi?" dedi kekeleyerek.

Başımı salladım. *"Bana ihtiyacım olan tüm sevgiyi vereceğini söyledi. Sanırım bensiz yapamıyor,"* dediğimde Anastasia hayal kırıklığına uğramış bir şekilde bana bakıyordu. Acaba fazla mı abarttım? Ama hayır, söylediğim çoğu şey gerçekti. Tabii, Anastasia'nın düşündüğü gibi değildi.

Bu kadın gerçekten Erich'e karşı hisler besliyordu. Hangi akıllı onu öldürecek bir infazcıya tutulurdu ki? Tıpkı bir av ile avcının durumu gibiydi. Belki de onun infazını gerçekleştirecek kişilerden biri de Erich'ti. Av ve avcı olarak bana kendimi hatırlattığı için yutkundum. Anastasia ile bir ortak nokta daha...

"Ciddi misin?" dedi kırgın bir sesle. "Ama sen ve Alex birliktesiniz sanıyordum Sonuçta tüm bloklar birbirinize nasıl baktığınızı görüyor." Söylediği şeylere gözlerimi irice açarak itiraz ettim. Hangi ara konu bana dönmüştü?

"Bu doğru değil." Aceleyle yazdığım şeyleri okuyunca omuz silkti. "Sen öyle diyorsan..." dedi inanmamış bir ses tonuyla.

İnsanların beni nasıl bir katille düşündüğünü anlayamıyordum. Onunla böyle bir şey yaşamam imkânsızdı. Lanet olsun, gönül ilişkileri bile yasaktı bana. Yerdeki çam kozalaklarından birini eline aldı ve parmağını kozalağın çıkıntılarında gezdirdi. "Bunu görüyor musun?" dedi elindeki kozalağı göstererek.

Evet dercesine başımı salladım. Parmağıyla en alttaki sırayı gösterdi. "Ötanazi'yi bu kozalak gibi düşün. En altta Karmalar var. İlk eksilecek olanlar hep onlar," dediğinde sesindeki hüznü saklayamadı. "Ama işin ironik yanı Karmalar buradaki dört bloktan oluşuyor, yani hepimizin sonu Karmalar. Hiçbir blok kendini en üst sıraya taşıyamaz." Eliyle alt sıradaki kozalağın kurumuş yapraklarını tek tek söktü. "Biz yok oldukça yenileri gelecek ve onlar da alt sırada kalmaya devam edecek. Bu kısır döngü hep devam edecek."

Bir üst sırayı gösterdi. "Bu sırada infazcılar var, yani tüm mahkûmların nefret ettiği Azrailler. Diğer sıralarda gardiyanlar, Müdür, yönetim kurulu, hükmümüzü onaylayan savcılar ve bakanlar var. Anlayacağın, biz mahkûmlar bu besin zincirinde onlar için en kolay avlarız." Meraklı gözleri yavaşça beni buldu. "Söylesene, Taşıyıcı. Bu ölüm halkasının bir parçası olmayı nasıl başardın? Senin baban zincirin en üst sıralarındaki yerini korurken sen nasıl en dipte olmayı başardın?" Sustum, beni hazırlıksız yakalayan bu soru yüzünden sustum. Diyemedim babam en üst sıradaki tahtına çıkarken beni bir basamak olarak gördü diye. Oraya çıkmak için üzerime basıp geçti diyemedim.

Duyduğumuz bağırtı yüzünden bu tatsız konu kapanmıştı. Aceleyle çalılıkların sık olduğu yeri geçtiğimizde kavga eden üçlüyü görünce tebessüm ettim. Anastasia elini omzuma koydu. "Yol arkadaşlığımız buraya kadar. Görüşürüz, Yeşil," dediğinde gitmeye hazırlanıyordu. Ona yalan söylediğim hâlde benimle konuşurken çıkan içten sesi içimi ısıtmıştı. Gitmeden hemen önce son bir not yazarak avuçlarına sıkıştırdım. *"Erich benim öz amcam."* Yüzündeki şaşkınlığı göremedim çünkü onu arkamda bırakıp arkadaşlarımın yanına doğru yürüdüm. Umarım kırdığım kalbini telafi etmişimdir.

Kendi aralarında konuşan üçlüye baktım. Kafalarındaki kaskı çıkarmışlar ve renkli boyalarla bezenmiş tulumların içinde karşılıklı tartışıyorlardı. Kendilerini tartışmaya o kadar çok kaptırmışlardı ki hemen arkalarında durduğumu fark etmediler. Emily yanındaki Stew'a ters ters bakıyordu. "Sana geri dön ve onu bul demiştim! Lanet olsun, ya bir yerlerde kriz geçirdiyse!" diye bağırdığında tartışmanın sebebini anladım.

Sanırım benden bahsediyordu çünkü onun tanıdığı kriz geçirecek tek kişi bendim. Stew homurdanarak "Geri döndüğümde yoktu," diyerek surat astı. "Onu bulacağım diye her bloktan bir kurşun yedim." Sızlanarak üstündeki renkli boyaları göstermişti.

Gözlerini deviren Emily elindeki silahı Stew'a doğrulttu. "Beceriksizliğine bahane üretme, asker!" dedi ve tetiğe bastı. Bu kız kendini gerçekten bir komutan sanıyordu!

Omzundan vurulan Stew inleyerek yüzünü buruşturdu. "Şunu yapmayın artık!" dedi ve o da elindeki tüfekle Emily'nin karnına ateş etti. Bu şeyler gerçek kurşun olmayabilirdi ama bildiğim kadarıyla acıtıyordu.

Emily bir adım geriye sendeleyince ayağı taşa takıldı ve sırt üstü yere düştü. Deborah gözlerini irice açarak çığlık attı. "Edward!" diye bağırdı. İşler iyice karışmıştı.

Daha Emily yerden kalkamadan Deborah panikledi. Onun karnının üzerine oturduğunda bacaklarını iki yana açtı. "Edward, konuş benimle!" diye bağırırken zavallı kızı omuzlarından sarsıyordu.

Emily zayıf bedeniyle Deborah'nın altında acıyla inlerken, "Derhâl kalk üstümden! Tanrı'm, ölüyorum sanırım," dediğinde Deborah daha çok paniklemişti. Bunu Deborah gibi birine söylemek büyük hataydı.

Deborah altındaki kızın omuzlarını sertçe tutmuş sarsıyordu. "Ölemezsin, beni bırakamazsın! Biri ambulansı arasın!" diye bağırdığında kahkaha atmamak için kendimi zor tuttum. Normal değildi.

Deborah'nın son söylediği şey yüzünden Emily şoka girmiş bir şekilde onu izliyordu. Fakat Deborah o kadar telaşlanmıştı ki hâlâ onu sarsarken Stew'a da kızıyordu. "Katil! Sevgilimi öldürdün!" diye feryat ettiğinde Stew, şaşkınlıkla elindeki silahı kontrol etti. Büyük ihtimalle gerçek bir silah olup olmadığını anlamaya çalışıyordu.

Emily artık içinde bulunduğu duruma akıl erdiremez hâle gelince ağlamaklı gözlerle üzerinde oturan kıza baktı. "Deborah," demişti ki, Deborah hemen onun sözünü kesti: "Konuşma lütfen," dedi dolu dolu gözlerle. "Kendini yorma, seni iyileştireceğim," dedikten sonra kulağını Emily'nin göğsüne yapıştırdı. Başını kaldırdığında gözlerini irice açmıştı. "Edward, nefes almıyorsun! Kalbin durmuş, sana suni teneffüs yapmam lazım!" diye bağırdığında daha fazla dayanamayıp kahkaha attım. Ciddi olamazdı.

Deborah dudaklarını Emily'ye doğru yaklaştırdığında, "Sakın Deborah!" diyen Emily'nin sesi yüzünden gülmekten kalbim ağrıdı.

Deborah kurtarma eylemini gerçekleştiremeden Emily onu üzerinden attı. Aceleyle ayağa kalkan Emily'yi gören Deborah,"Yaşıyorsun sevgilim, gerçekten yaşıyorsun," diye mutluluktan bağırdı. "Hayata geri döndün!" Önceden ölmüş müydü?

Emily sinirle ona bakıp, "Yaşıyorum tabii, fırsatçı sapık!" diye onu tersledi. Az önce yaşadığı şeyin şokundan çıkamamış gibiydi.

Stew baştan ayağa Emily'yi süzdü ve dudakları titreyerek, "Ama seni öldürmüştüm," dedi masum bir sesle ve Emily çıldırdı. Eliyle Stew'u göstererek Deborah'ya baktı. "Sana kaç kez şunun psikolojisiyle oynama dedim! Bak, yine şuurunu yitirdi," dedikten sonra Stew'un yanına gitti. "Başımda bir deli varken ikincisini istemiyorum, derhâl fabrika ayarlarına geri dön!" Deborah var oldukça o iş biraz zordu.

"Yeşil?" Deborah beni fark edince diğer ikisinin bakışları da beni bulmuştu.

Gözlerindeki rahatlamayla bana bakan Stew derin bir nefes aldı. "Bizi çok korkuttun." Samimi çıkan sesine tebessüm ettim. *"Salonda beni hemen sattınız ama."* Uzattığım kâğıdı okuduğunda güldü. "Biz asla bizden birini satmayız, Deborah için blöf yapıyorduk." Yaptığı açıklama sayesinde içim rahatlamıştı, yanlış arkadaş seçimi yapmak istemiyordum. Gerçi bu tuhaf üçlüden oluşan grup ne kadar doğruydu, orası da tartışılırdı. Açıkçası onların bu çılgınlıkları bana samimi geliyordu.

Emily yanıma gelerek hasar tespiti yaptı. Üzerimde çizik olmadığını görünce güldü. "En azından içimizden biri bu oyundan tek parça çıkmayı başarmış." Onların dağılmış hâlini görünce kendi hâlime şükrettim.

"Tamam, yenilmiş bir takım olarak hepimiz yaşıyoruz. Ama artık okula gidebilir miyiz? Bu boyalar çok da güzel kokmuyor."

Deborah'nın yüzünü buruşturarak söylediklerinden sonra okula doğru yürümeye başladık.

Sonunda bahçeden çıktığımızda rahat bir nefes aldım. Deborah ansızın durarak yüzündeki gülüşüyle üçümüze baktı. "Okulun girişine kadar yarışalım mı? Kaybeden bu akşamki yemek hakkını kazanana verir," dediğinde Emily ve Stew eliyle beni göstermişti. "Yeşil koşamaz." İkisinin aynı anda yaptığı açıklama Deborah'yı bir süre düşündürdü.

Parmağını havada şıklatarak bana baktı. "Buldum! Biz üçümüz burada bekleyeceğiz ve sen şu bir dakikalık yolu yarıladığında koşmaya başlayacağız. Böylelikle şartlar eşitlenmiş olur." Mantıklı bir teklifti. Diğer ikisi de kabul edince karşımdaki okula doğru yürüdüm.

Arkamdan Stew'un sabırsız sesini duyunca kahkaha atmıştım. "Bu yavaşlıkla yürürsen akşama yolu yarılar, sabaha ise okula girmeyi başarırsın," demişti.

Adımlarımı hızlandırarak umduğumdan daha çabuk yolu yarılamıştım. Tahminen bir dakika sürmüştü. "Geliyoruz, koş!" Emily'nin bağırtısını duyunca, gülerek koşmaya başladım. Bu üçüyle insan zamanın nasıl geçtiğini anlamazdı.

Merdivenleri çıkmaya başladığımda Deborah gülerek yanımdan geçti. Hemen arkasındaki Stew de beni geçince son bir gayretle üçüncü olmak için acele ettim. Tam merdivenleri bitirmiş, okulun giriş kapısına yetişmiştim ki Emily, "Seni geçtim!" diye bağırarak yanımdan geçti. En azından denedim.

Deborah ve Stew kapının önünde bizi bekliyorlardı. Emily onlara yetişmişti ki ayağı kaydı ve yüz üstü yere düştü. Gülerek yanında durduğumda sanki güneşleniyormuş gibi hiç pozisyonunu bozmamıştı. "Edward, niye kalkmıyorsun?" Stew ve Deborah da yanımda durarak yerdeki kıza baktılar.

Emily yanağını betona yapıştırmış, kollarını ve bacaklarını açmış bir vaziyette duruyordu. "Bugün o kadar çok düştüm ki inanın hiç kalkasım yok. Nasılsa yine düşerim ben, neden kalkayım ki?" Yaptığı açıklama hepimizi güldürmüştü. Üçümüz ayakta durmuş, yerde boylu boyunca yatan kıza bakıyorduk. Okulun kapısından Müdür Wood ve gayet şık giyimli bir adam çıktı.

Bu adamı daha önce burada görmediğime yemin edebilirdim. Siyah, gür saçları ve bal peteğini andıran gözleri vardı ve çok yakışıklıydı. Belirgin ve fazlasıyla dikkat çeken yüz hatları nefes kesiyordu. Göbekli müdürümüzün yanında bir güneş gibi parlıyordu. Üzerinde kaliteli olduğu her hâlinden belli olan siyah takım elbisesi vardı ve ona çok yakışmıştı. Müdür elini göbeğinde birleştirmiş, hafifçe eğilerek ona dalkavukluk yapıyordu. Bay Wood karşısında bir ilah varmış gibi konuşurken adamın gözleri yerde yüz üstü uzanan erkek kılığındaki kızı buldu. Bir eli kumaş pantolonunun cebinde duruyordu, yavaşça Emily'nin yanına geldi.

Ayakları Emily'nin kafasının yanında durdu. Uzun boyundan dolayı başını eğerek her şeyden habersiz yatan kıza baktı. "Hey sen?" dedi mesafeli bir sesle. "Derhâl yolumun üzerinden çekil." Yanından da geçebilirdi, değil mi?

Emily'nin yüzü zemine baktığı için başını kaldırmadan rahat bir şekilde kollarını iki yanına açtı. "Kenardan geç, dostum," dediğinde kıkırdadım. Cidden mi?

Bal gözlü yakışıklı kaşlarını çatarak Emily göremese de eliyle kendisini gösterdi. "Dostum mu? Bu ne samimiyet, derhâl ayağa kalk!" diye emir verince Emily yattığı yerden oflayıp başını hafifçe kaldırdı. Adamın ayakkabılarıyla öpüşüyordu sanki çünkü ayakları, tam yüzünün yanında durmuştu.

Yattığı yerden başını kaldıran kızın ilk gördüğü şey, bal gözlü adamın ayakkabıları olmuştu. Onu daha iyi görebilmek için başını iyice geriye doğru kaldırdı. Ayaktan başlayıp adamın yüzünde biten bakışlarıyla gözlerini irice açmıştı. Sanki en büyük kâbusunu görmüş gibi rengi sararmıştı. "Hayır, ama ya!" dediğinde başını aceleyle eğip tekrar yerle temas hâline girdi.

Adını bilmediğim adam gözlerini kısarak ayaklarının dibindeki kızı incelemeye başladı. Emily korkuyla başını geri indirmişti. Hatta o kadar hızlı kafasını yere doğru eğmişti ki alnı betona çarpmıştı. Acıyla inleyen kız, zeminle burun buruna iken, "Tanrı'm, o despot adam burada!" diye kısık bir sesle bir şeyler söylenmişti.

Emily'nin söylediklerini duyan adam kaşlarını çatarak Müdür'e baktı. "Söyleyin şu şeye, kalksın ayağa." Emily *şey* kısmını duyunca başını bir an kaldırır gibi olsa da yapmadı.

Adamın isteği üzerine Müdür telaşlanarak Emily'nin yanına koştu. "Oğlum, kalksana ayağa," diyerek onu ikna etmeye çalıştı. "Bay Marshall'a bizi daha fazla mahcup etme."

Müdür'ün bu iyilik pozlarının nedenini şimdi anlamıştım. Bu adam şu ünlü iş insanı olmalıydı. Beklediğimden daha genç ve yakışıklıydı. Ben Müdür gibi yaşlı birini bekliyordum fakat bu adam yirmi altı veya yirmi yedi yaşlarında duruyordu. Müdür'ün ısrarı üzerine yattığı yere daha çok uzanan kız, "Israr etme müdür kalkmam," diyerek huysuzluk çıkardı. Kollarıyla başını gizleyerek yüzünü gömdüğü zeminde uzanıyordu "Şu anda değil sen, silindir gelse yine de beni sökemezsiniz buradan," diye cevap verdiğinde Deborah ve Stew kahkaha atmıştı.

Bay Marshall yerdeki erkek görünümlü kızın kalkmayacağını anlayınca, pantolonunun kirlenmesini umursamadan bir ayağının üzerine diz çöktü. İşaret parmağıyla Emily'nin kafasını birkaç kez dürttü. "Sen kalkacak mısın yoksa bunu ben mi yapayım?" dediğinde Emily'nin ettiği küfürleri duymuştum. İkisi de çok inatçıydı. Biri ısrarla yerden kalkmıyor, diğeri ise o kalkmadan buradan geçmiyordu. Nedense bu işte bir gariplik olduğunu düşündüm.

Adam emily'yi tanımış olabilir miydi?

16

BİR DİLEĞİM OLSUN İSTERDİM

**"Herkes kolay olanı sever.
Peki, benimle zor olana da var mısın?"**

İlahi Bakış Açısı

Bazen içinde bulunduğumuz evren bize küçük sürprizler yapardı. Ummadığımız şeylerle sınanırdık ya da beklemediğimiz bir anda beklemediğimiz biriyle karşılaşabilirdik. Emily Lewis işte tam da böyle bir durumun içinde bulmuştu kendisini. Marcus Bruce Marshall'ı her yerde görmeyi bekleyebilirdi ama Ötanazi gibi bir yerde görmeyi aklına dâhi getiremezdi. O, burada olmamalıydı; buradaysa bile onu kesinlikle tanımamalıydı. Başını iyice zemine bastırmış, kendince tanınmamak için yüzünü koruma altına almıştı. O an için aklında olan tek şey, ne olursa olsun asıl kimliğini açığa çıkarmamaktı.

Müdür Connor ile olan görüşmesine bahçede devam etmek isteyen Marcus Bruce, kapıdan çıktığı an yerde bir mahkûm görmüş ve küçük bir afallama yaşamıştı. İşin ilginç yanı, bu tuhaf mahkûm ısrarla yerden kalkmak istemiyordu. Evet, yanından geçerek işine bakabilirdi fakat bunu yapmayacaktı. Marcus doğası gereği mücadele etmeyi seven biriydi, işi yokuşa sürmeden rahat edemezdi. İş ortaklarını bu huyundan dolayı canlarından bezdirmiş olsa da genelde istediğini hep alırdı. Aslında Ötanazi projesiyle ilgilenmesi gereken kişi, sorumsuz kardeşiydi. Fakat Drew her zamanki gibi yine kayıplara karıştığı için o kadar işinin arasında okula gelmek zorunda kalan Marcus olmuştu. Ne yazık ki Marcus'un projeyi bizzat üstlenmesinin tek sebebi, Drew'un sorumsuzluğu değildi. Birini arıyordu ve onu hak ettiği gibi demir parmaklıkların ardına göndermeden durmayacaktı. Henüz onu bulamamış, üstüne bir de yürüyeceği yolu kapatan dengesiz bir mahkûmla uğraşıyordu. Yerdeki kişinin kalkmayacağını anlayınca bir ayağının üzerine diz çöktü. Ona dokunmak istemediği için işaret parmağının ucuyla kafasını birkaç kez dürttü. Hastalık falan kapmak istemiyordu.

"Sen kalkacak mısın yoksa ben mi yapayım bunu?" diye sordu sıkılmış bir sesle. Yerde ne yapıyor olabilir ki?

Şansına lanetler yağdıran kız, ağrıyan alnını umursamadan yattığı yerden konuştu. "Sanmıyorum, burası çok rahat." Bu adamın bu kadar inatçı olduğunu yeni fark ediyordu. Neden yanından geçip gitmiyordu ki?

Aldığı cevap üzerine bir süre düşünen Marcus, yerdeki mahkûmun ensesinden tuttuğu gibi başını kaldırdı. Kendini kurtarmaya çalışan mahkûmu bırakmadan yüzüne dikkatle baktı. Emily, bu ansız hareket karşısında panikleyerek onun elini ensesinden çekmeye çalışıyordu. Fakat kahretsin ki bu adam bir milim kıpırdamadan gözlerini kısmış bir hâlde onu izliyordu. Ona çok tanıdık gelen bu yüze uzun uzun baktı Marcus. Görsel hafızası çok iyiydi ve gördüğü bir yüzü kolay unutacak biri değildi. Onu daha önce gördüğüne çok emindi. Bir erkeğe göre fazla yumuşak yüz hatlarına sahipti. Kız olduğuna adı gibi emindi ama kim olduğunu çıkaramamıştı. Bir yerlerden tanıdık geliyordu. Acaba onu daha önce nerede görmüştü?

Emily, Marcus'un ellerinden kurtulamayacağını anlayınca çırpınmayı bırakıp pes etti. "Tamam, kalkıyorum," dediğinde içinden ona küfürler yağdırmayı ihmal etmemişti.

Emily ellerini yere bastırarak, bir anda kafasını sertçe kaldırınca başı, üzerine eğilen Marcus'un burnuna çarptı. Çarpmanın etkisiyle diz çöktüğü yerden geriye düşen adam, kanayan burnunu tutarak inledi. Emily yaptığı sakarlık yüzünden bir an boş bulundu ve panikle ayağa kalktı. Endişeyle eski patronunun yanına gidip diz çöktü. "Ah, ne yaptım ben! İyi misiniz, Bay Bruce?" Telaşlandığı için sesini kalınlaştırmayı unutmuştu ve bunun farkında bile değildi. Üstelik ona ikinci ismiyle hitap etmişti.

Marcus bu ince sesi duyunca, kanayan burnunu görmezden gelerek başını hemen kaldırdı. Bu ince sesi hatırlıyordu. Bu sefer daha dikkatli baktı onun endişeli yüzüne. Yüzünün çok yakınında duran tanıdık mavi gözleri görünce afalladı. Bu yüzü daha önce gördüğüne çok emindi. Zihnini kurcalayarak dikkatle ona baktı.

Aynı tarzda kalın gözlükler, ona korkuyla bakan mavi gözler ve onun ince ama telaşlı sesi... Kimdi bu çocuk? Karşısında duran kişi erkek gibi giyinmişti fakat yüz hatları bir erkekten çok uzaktı. Yüzünde tüy bile yoktu, üstelik ona çok tanıdık geliyordu. Aniden geçmişten bir ses yankılandı kulağında ve onun kim olduğunu anladı.

"Bir aydır en az on kez size ismimi söyledim zaten."

"Kim olduğunu söyle ve git, bana kahve getir."

"Adım Emily! Emily Lewis ve sizin asistanınızın asistanı olduğum için size değil, ona kahve götürmekle görevliyim. İyi günler, Bay Bruce."

Marcus bunu fark edince, yutkunarak ona baktı. Bugüne kadar tüm çalışanları ona Bay Marshall diye hitap ederdi. Çalışanlarından kimse cesaret edip de ona ikinci ismiyle hitap etmezdi. Fakat bir yıl önce şirketinde stajyerlik yapan çirkin asistanı ona inatla "Bay Bruce" derdi. Şimdi de bu kısa saçlı çocuk ona Bruce diye hitap etmişti. Üstelik kaçak asistanıyla olan inanılmaz benzerliği de ayrı bir olaydı. Gerçekleri anladığında küçük çaplı bir şok geçirmişti. Parçaları yavaş yavaş birleştirdiğinde aradığı cevabı bulmuştu. Dudakları sinsi bir şekilde kıvrıldı. *Emily Lewis, buldum seni,* diye geçirdi içinden. Onun burada saklandığını biliyordu ama erkek kılığında bunu yapması ona da sürpriz olmuştu.

Emily, eski patronunun yüzündeki tehlikeli gülüşü görünce, aklını toparlayıp hemen ayağa kalktı. Birkaç adım uzaklaşarak yüzünü başka tarafa çevirdi. Az önce onun yakınına girmek gibi büyük bir hata yapmıştı. *Umarım gerçeği anlamamıştır,* diye geçirdi içinden. Kalbi ağzında atarken gelecek olan hamleyi korkuyla bekledi. Patronu çok zekiydi, ona bu kadar yakınken kim olduğunu anlamaması mümkün değildi. Kahretsin, böyle bir aptallığı nasıl yapmıştı? Eğer adam onu tanırsa bu sefer para cezasıyla bile kurtulamazdı. Bu adam birkaç kötü sözü şahsına hakaret saymış ve bir ordu dolusu avukatla onu yüklü miktarda para cezasıyla cezalandırmıştı. Sırf o borçtan kurtulmak için ölen ailesinden kalan tek şeyi, yani evini sattırmıştı. Arkadaşı Ingrid başta çok itiraz etmişti lakin daha sonra onun için satış işlemlerini halletmişti. Fakat lanet olsun ki evi gittiği hâlde hâlâ borcunun büyük bir kısmı duruyordu! Bu adam onun hayatında sahip olduğu sayılı şeyleri elinden almıştı. Evini, okulunu ve özgürlüğü elinden alınmıştı. Evet, Marcus Bruce'un adamları hâlâ her yerde onu arıyordu. Despot patronu ona özür diletmeye kararlıydı. Fakat bilmediği şey, Emily Lewis bir konuda kendisini haklı görüyorsa hiçbir güç ona boyun eğdiremezdi.

Müdür Connor, Marcus'un burnunun kanadığını görünce korkudan ne yapacağını bilemez hâle gelmişti. "Bay Marshall, iyi misiniz?" dedi cebindeki mendili ona uzatarak.

Marcus büyük bir kabalık yaptığını umursamadan Müdür'ün uzattığı mendili almadı. Ceketinin ön cebinde duran ipek mendili çıkararak burnundaki kanı sildi. Başkasının elinin değdiği bir bez parçasını asla yüzüne yaklaştırmazdı. Bu hareketine Bay Wood bozuldu fakat belli etmemeye çalıştı. Sonuçta o, büyük bir holdingin başkanlarından biriydi ve Marcus'a kızmak gibi bir lüksü yoktu. Marcus ayağa kalktığında nezaketen Müdür'ü cevapladı ama gözleri kaçak asistanındaydı. "Küçük bir sorun, önemli değil."

Emily, patronunun yoğun bakışlarını hissedebiliyordu. Bu, onu rahatsız ettiği için bir an önce buradan gitmek istedi. "Gidelim, hadi," diyerek yanında duran Yeşil'e kapıyı gösterdi. Mümkün olduğunca Marcus'a bakmamaya çalışıyordu.

Henüz iki adım atmıştı ki Marcus'un sesini duyup durmak zorunda kaldı. "Bekle, adın ne senin?" Marcus onun kim olduğunu tabii ki anlamıştı fakat bu kaçak kızdan alacağı bir özür borcu vardı.

Emily'nin onun yakınında kaldığı her saniye korkuları çığ gibi büyüyordu fakat sakin kalmak adına derin bir nefes aldı. "Adım Edward. Şimdi izninizle," diyerek onu geçiştirdi ve tekrar gitmeye yeltendi fakat Marcus, "İzin vermiyorum," diyerek ikinci kez gitmesine engel oldu.

Ne izninden bahsediyordu bu adam?

Kaşlarını çatarak eski patronuna döndü. "Anlamadım!" Artık bu adamın yanında çalışmıyordu ve işi bıraktığı için de hiç pişman değildi.

Bu kibirli yüzü her gün görmek felaket olurdu.

Marcus, "Gitmek için izin istemedin mi? Ben de vermiyorum," dediğinde yaptığı açıklamadan sonra çirkin asistanının yüzünün aldığı ifadeyi zevkle izledi. Saçlarını erkek gibi kestirmiş olabilirdi, hatta erkek kıyafetleri giyiyor da olabilirdi ama o, hâlâ tanıdığı çirkin kurbağaydı. Ve bu kurbağa ondan bu kadar kolay kurtulacağını düşünüyorsa yanılıyordu.

Emily, eski patronunun yine bir yıl önceki gibi ona bakarken yüzünü buruşturduğunu görünce sinirlendi. Bu adam yüzeysel manyağın tekiydi. Hangi kılığa girerse girsin, kadın ya da erkek fark etmez, onu görünce mutlaka yüzünü buruşturuyordu. Dişlerinin arasından, "Sizden izin istemedim," diye söylendi. "Nezaketen söylediğim bir şeydi, yani lafın gelişi öyle dedim." Neyse ki patronu onu tanımamıştı, belki de Bay Bruce sandığı kadar zeki değildi.

Gülüşünü zor saklayan adam, "Ben lafın gelişini veya gidişini bilmem. Benden izin istedin mi? İstedin. O vakit ben git diyene kadar buradan ayrılmıyorsun," dediğinde kaçak asistanının ona yönelttiği ölümcül bakışları zevkle karşıladı.

Bu daha hiçbir şey, çirkin kurbağa. Yarının gelmesini iple çekiyorum, diye geçirdi içinden.

Bay Wood mahkûmlar yüzünden bu işi kaybetmek istemediği için hafifçe öksürdü. "Size bahçeyi gezdirmeme izin verin lütfen," derken Marcus'un kızıp buradan gitmesinden çok korkuyordu.

Marcus, gözlerini Emily'den ayırmadan, "Siz değil, bu..." diyerek tekrar yüzünü buruşturdu ve Emily'yi gösterdi. "Neydi bu yaratığın adı? Ah, Edward. Bundan sonra benimle bu çocuk ilgilenecek," dediğinde Emily renkten renge girerken, adam eğlenerek onu izliyordu. Onca hakareti sarf ettikten sonra gerçekten ondan kaçabileceğini mi düşünmüştü?

Deborah hiç vakit kaybetmeden itiraz etti. Araya girmişti. "Olmaz! Edward benim dışımda kimseyle ilgilenemez!" diye bağırdığında Emily'nin yanında durmuştu. Garipti ama kadınlık içgüdüleri bu adamı bir tehdit olarak algılamıştı.

Marcus tek kaşını kaldırarak ona bağıran kıza baktı. "Sen de kimsin?" diye sorduğunda tiksintiyle Deborah'yı da inceliyordu. Anlaşılan, bu kadın Bayan Lewis'in buradaki arkadaşlarından biriydi.

Deborah gövde gösterisi yapmak ister gibi aceleyle Emily'nin elini tuttu. Birleşen ellerini havaya kaldırarak Marcus'a gösterdi. "Ben Deborah, Edward'ın sevgilisiyim. Edward gay değil," dediğinde Emily utanç içinde inlerken Yeşil ve Stewart her zamanki gibi kahkaha atmıştı.

Marcus duyduğu şeylerin şaşkınlığıyla küçük asistanına baktı. Bu kız *sevgilisiyim* mi demişti? Fakat Deborah denen kız onun gay olmadığını söylemişti. Bu da demek oluyordu ki onun kız olduğunu bilmiyorlardı. Buna benzer bir haber okuduğunu hatırladı. Bir kız, arkadaşına âşık olduğu için iki yıl boyunca erkek gibi davranmıştı. Sosyal medya üzerinden iki yıl boyunca arkadaşıyla sevgili olmuştu. Üstelik buluştuklarında bile arkadaşı bir şey anlamasın diye onun gözlerini hep kapatırmış. Sanırım aynı vakaya bu kez bizzat şahit oluyordu. Gözlerini kısarak, "Demek sevgilin, ha?" dedi iğneleyici bir sesle. Bayan Lewis'in yönelimine saygı duyabilirdi ama arkadaşını böyle kandırmasına saygı gösteremezdi.

"Evet, Edward bana âşık." Deborah kıskandığı için yalan konusunda kendisini aşınca Emily, ne yapacağını bilemedi. Marcus bir şey anlamasın diye elini çekmemişti ama yalandan sırıtarak Deborah'ya yaklaştı. "Ne ara sana âşık oldum?" dedi kısık sesle. "Artık tek kelime etmiyorsun!"

Fakat Deborah'nın durmaya niyeti yoktu. Sanki Emily ona güzel bir şey söylemiş gibi şuh bir kahkaha attı. "Akşam için ben de çok sabırsızlanıyorum, bebeğim," dediğinde Emily saklanacak yer arar olmuştu.

Bunu sesli söylemiş olamaz!

"Lanet olsun, bu bir şaka olmalı!" diye mırıldandığında sesi ağlamaklı çıkmıştı.

Marcus duyduğu şeyleri idrak etmeye çalışırken Stewart ve Yeşil iri gözlerle Emily'ye baktı. "Siz ikiniz o işi yaptınız mı?" Stewart bunun nasıl mümkün olduğunu düşünürken kafasına Emily tarafından bir darbe aldı. "Şimdi olmaz, Stew!" dedi çaresiz durumda kalan kız. Stewart akıllı biri olsa da bazen beyni kısa devre yapabiliyordu.

Deborah, Emily'e bakıp, "Tecavüz suçundan burada olan biri için fazla utangaçsın," dedi.

Kaşlarını çatan Emily artık çıldırmanın eşiğine gelmişti. "Deborah, susmazsan seni boğmak zorunda kalacağım!" diye onu azarladı.

Marcus dehşet içinde asistanına baktı. "Tecavüz mü?" Bugün duyduklarını bir türlü idrak edemiyordu. Ayrıca bu Deborah denen kız onun tecavüz suçundan burada olan bir erkek olduğunu düşünüyordu ve buna rağmen sözde bir tecavüzcüye âşık mıydı? Kesinlikle kızın psikolojik sorunları olmalıydı. Diğer iki arkadaşı tecavüz konusu açıldığında bile rahatsız olmuşlardı. Fakat bu kız böyle iğrenç bir şeyi kendince meşrulaştırmıştı. Bu da sağlıklı bir düşünce yapısı olmadığını gösteriyordu. Doğru veya yalan, Marcus tecavüzün şakasına bile katlanacak bir adam değildi.

Emily patronunun değişen yüz hatlarıyla Deborah'nın çok ileri gittiğini anladı. Sadece Marcus değil, bu konudan Emily de çok rahatsızdı. Buradaki çoğu mahkûm bir tecavüzcü olduğunu düşündükleri için ona zamanında yapmadıklarını bırakmamışlardı. Böyle çirkin bir konuyla anılmak istemese de maalesef gerçekleri söyleyemiyordu. Marcus'a gerçekleri söyleyemeyeceğine göre mecburen kabul etti. "Evet, zamanında farkında olmadan yapmışım öyle şeyler," dedi çekingen bir sesle. Farkında olmadan mı dedi? Harika gidiyorsun, Emily!

Onun yalan söylediğini iyi bilen adam, "Ne yani, sen şimdi bana farkında olmadan birilerine tecavüz ettiğini mi söylüyorsun?" diye sordu. Bu konuşmanın nereye gideceğini merak ediyordu. Üstelik asistanını köşeye sıkıştırmaktan zevk alıyordu.

Emily ensesini kaşıyarak yüzünü buruşturdu. "Böyle deyince de kulağa tuhaf geliyormuş."

Kolundaki saate bakan Marcus, toplantısına geç kaldığını fark etti. İlk uçakla tekrar Manhattan'a gitmeliydi. Sessizliğini koruyan Müdür'e baktı. "Benim şimdi gitmem gerekiyor. Tekrar geldiğimde bu tecavüzcü sapığın burada benim asistanlığımı yapmasını istiyorum. Defile gününe kadar burada bana yardımcı olacak," dedi ve kimseye itiraz hakkı vermedi. Tecavüz kısmına bilerek vurgu yaptığı için Emily'nin değişen yüzüne bakıp gülmemek için kendisini zor tutmuştu. Burada kesinlikle bir şeyler ters gidiyordu ve kaçak asistanının ne işler karıştırdığını öğrenecekti. Tabii, bu süre zarfında ondan alması gereken küçük bir intikam vardı.

Emily homurdanarak, "Yalnız tecavüzcü ve sapık kısmı hiç hoş olmuyor," diye sitem etti. "Üstelik asistanınız olmayı kabul etmedim." Onun gözünde tecavüzcü konumuna düştüğüne inanamıyordu. Despot patronu gittiğinde Deborah'nın ondan çekeceği vardı.

Bay Wood, Emily'nin itirazını yok sayarak hemen kabul etti. "Siz hiç merak etmeyin, Bay Marshall. Zaten Edward ve arkadaşlarının küçük bir ceza olayı vardı. Arkadaşlarının ceza almasını istemeyecektir." Müdür'ün gizli tehdidini anlayan kız ona ters ters bakmıştı. Müdür para için arkadaşlarını ona karşı kullanıyordu.

Marcus bir kez daha kazanmış olmanın gururuyla tehlikeli bir şekilde güldü. "Güzel, o zaman tekrar geldiğimde görüşürüz," dedi. Emily nasıl bir tuzağa düştüğünden habersiz mecburen kabul etti.

Marcus gitmeye hazırlandığı esnada başını çevirdi ve kızıl saçlı bir kızın yüzünü buruşturarak bakışlarını kaçırdığını gördü. Bu yaptığı Marcus'un dikkatinden kaçmamıştı. İki adımda kısa boylu, kızıl saçlı kızın karşısına geçti. "Bana bakarken yüzünü buruşturacağın kadar çirkin miyim, genç bayan?" dedi hayretler içinde. Bugüne kadar kadınların hepsi ona hayranlıkla baktığı için Yeşil'in bu yaptığı onu şaşırtmıştı.

Yeşil hâlâ yere doğru bakarken kendisine sorulan soruya dayanamayıp kıkırdadı. Anlaşılan, yaptığı şey yanlış anlaşılmıştı. Elinde tuttuğu not kâğıdına cevabını yazdı ve Marcus'a bakmadan sayfayı ona uzattı. Hâlâ yüzüne bakmamak için ısrar eden garip kızın verdiği kâğıt parçasını yavaşça aldı. *"Çirkin mi? Hayır, aksine çok yakışıklısınız. Sadece çenenizin altında bir damla kan kalmış ve kan beni rahatsız ediyor. Eğer o kanı da silerseniz büyük bir hayranlıkla kaldığım yerden sizi izleyebilirim."* Küçük bir kıza göre fazla cüretkâr olan bu sözleri okuduğunda başta afalladı fakat okudukları hoşuna gittiği için sesli güldü. Saçları kor gibi yanan bir ateşin kırmızılığındaydı.

Küçük kızılın isteği üzerine çenesindeki kanı sildi. "Sanırım oldu," dediğinde Yeşil, başını kaldırıp ona baktı. Adam, karşısındaki ufak tefek yaratığın ona olan meraklı bakışlarını sevmişti.

Yeşil, gözlerini kırpıştırarak başıyla onu onayladı. İkinci bir not daha yazdı ve karşısında duran adama uzattı. *"Tanışalım mı? Ben Yeşil."*

Marcus ikinci sayfayı okuduğunda karşısında duran sevimli yaratığa içtenlikle tebessüm etti. Heyecanlı bir şekilde gözlerini kırpıştırıyor ve tanışmak için uzattığı elini sıkmasını bekliyordu. "Ben de Marcus Bruce Marshall, ufaklık," diyerek onun narin elini hafifçe sıktı.

Kızıl saçlı ufaklığın elini sıkınca kızın yüzündeki gülümsemenin büyüdüğünü gördü. Çok zayıftı ve fazla solgun bir teni vardı bu kızın. Kız kısa boylu olduğu için onu görmek için eğilmek zorunda kalmıştı. Ama hareketleri kesinlikle doğal ve içtendi. "Konuşamıyorsun, değil mi, Yeşil?" diye sordu. Bugüne kadar engelliler için açılan kurumlara çok fazla bağış yapmış ve onları ziyaret etmişti. Bu ufaklığın gözleri onlar gibi bakıyordu, kırgın ve yarım... *Acaba ne suç işledi de böyle bir yere düştü?* diye düşünmeden edemedi. Bir suç işleyemeyecek kadar masum bakıyordu yeşil gözleri.

Yeşil, usulca elini çekti ve bir not daha yazarak ona uzattı. Diğerleri onun ne yazdığını görmemişti ama merakla ikisini izliyorlardı. Marcus sayfayı okuduğunda güldü çünkü Yeşil, *"O, kimseye tecavüz etmedi, kimseyi incitmeyecek kadar iyi biri,"* diyerek arkadaşını savunuyordu. Marcus bu tecavüz saçmalığına zaten inanmamıştı.

Yeşil'e doğru iyice eğildi ve sadece onun duyacağı bir fısıltıyla, "Biliyorum ama bildiğimi ona söyleme, bu aramızda," deyip göz kırpınca Yeşil tebessüm ederek başını salladı.

Marcus son kez ona merakla bakan asistanına baktı ve onları arkasında bırakarak okuldan çıktı. Arabasına bindiğinde uzun zamandır bu kadar eğlenmediğini fark etti. Bir yıl boyunca aradığı kadını, hiç ummadığı bir yerde bulmuştu. Şimdi aklında yeni bir soru vardı: Oraya ne için gitmişti? Söyledikleri tecavüz saçmalığı neyin nesiydi? Ve daha birçok soru vardı cevaplanmayan. "Hepsini öğreneceğim," dediğinde Emily'nin onun için keşfedilmeyi bekleyen yeni bir oyuncaktan farkı yoktu. Bir yıl önce ona hakaret edip çekip gitmesi Marcus için yeni bir eğlence yaratmıştı.

Arabayı çalıştırırken Emily'nin onu görünce verdiği tepkileri hatırladı, güldü. "Bu daha hiçbir şey, Bayan Lewis. Söylediklerin için af dileyene kadar benden kurtuluşun yok," diye mırıldandı.

Vanessa dersten çıktığında hâlâ kafasındaki sorulara cevap bulamamıştı. İşler gittikçe içinden çıkılmaz bir hâle geliyordu ve ne yapacağını gerçekten bilmiyordu. Öğrencilerin arasından geçerek kitaplarını dolabına koydu. Arkasına döneceği esnada çok yakınında duran iki kızın konuşmaları yüzünden durdu. "Profesör Miller'ın gitmesi kötü oldu. Bayan Cedit hiç çekilmiyor," demişti kızlardan biri.

Bu bilgiyi yeni duyduğu için hemen arkasına döndü. "Bay Miller gitti mi?" diye dayanamayıp sordu.

Elindeki kalemi dudaklarına götüren kız başını salladı. "Sen de biliyorsun ki o bir psikolog. Bayan Cedit ile yakın arkadaşlar ve Miller, Cedit iyileşene kadar onun yerine derslerimize giriyordu. Bayan Cedit tamamen iyileştiği için fakülteye geri döndü. Bay Miller ise kendi kliniğine döndü." Konuşmasını bitiren kız, arkadaşıyla gidince Vanessa'nın rengi solmuştu. Gitmiş miydi?

Bu gerçeği bilmiyordu, aslında Bay Miller hakkında hiçbir şey bilmiyordu. Vanessa onu bu okula atanmış bir eğitmen sanıyordu. Şimdi öğrendikleri onu sarsmıştı. Aslında bunu anlamalıydı, derslerinde sürekli Bayan Cedit ile olan yakın arkadaşlığından bahsederdi. Onun rahatsızlığından dolayı hissettiği üzüntüyü dile getirdiği olmuştu ve derslerinde genelde psikolojiyi daha ön planda tuttuğu için öğrencileri analiz ederdi. Adamın asıl mesleğinin öğretmenlik olmadığına üzüldü, artık onu asla göremeyecekti. Hissettiği yoğun üzüntüyle kampüsten çıktı. Onu bekleyen korumaları umursamadan arabasına doğru yürümeye başladı. Korumaların açtığı kapıdan içeri girdi ve "Eve gitmiyoruz," dedi. Kendini toparlamadan eve gitmek istemiyordu.

Vanessa yol boyunca yapacağı şeyi çok düşünmüştü ama başka çaresi yoktu. Chloe o okula gitmiş ve o kızı görmüştü. Bu da yetmezmiş gibi dün gece yemekte onun yaşadığını, üstelik onu görmeye devam edeceğini söylemişti. Annesinin ne kadar üzüldüğünü hatırlayınca gözlerini yumdu. Chloe ne yaptığını kesinlikle bilmiyordu. Nasıl bir şeye bulaştığı konusunda en küçük bir fikri dâhi yoktu. Gerçekleri asla öğrenmemeliydi, bunun için elinden gelenin fazlasını yapacaktı. Lakin ne yapacağını hâlâ bulamamıştı. Sadece ablasını korumalıydı, gerekirse onu, ondan korumalıydı. Artık Taşıyıcı'nın varlığını, bilmemesi gereken herkes öğrenmişti. Ailesi, hatta büyükbabası bile öğrenmişti.

Yarım saatlik yolculuktan sonra arabadan inip kaldırımda amaçsızca yürüdü. Belki güzel bir film ona iyi gelebilirdi. Kısa süre sonra Korku Seansı'na[6] dört bilet almıştı bile. Elindeki diğer üç bileti asla yanından ayırmadığı korumalarına uzattı. "Umarım korku filmi seviyorsunuzdur." Gülerek söylediklerinden sonra üç adamı bir adım geriye giderken gördü.

"Hadi ama!" diyerek onlarla alay etti. "Silahlardan korkmayan adamlar küçük bir filmden korkuyor olamaz." Üç korumanın hiç kıpırdamadığını görünce gülerek başını iki yana salladı. İnanılır gibi değildi.

"Pekâlâ, o zaman orta yolu bulalım," diyerek onlarla uzlaşmak istedi. "Herkes tercihini söylesin, çoğunluk kazanır." Vanessa'nın hayatı boyunca hiç arkadaşı olmamıştı. Gittiği her yere çocukluğundan beri bu üç adamla giderdi. Evet, babası yakın zamanda ona yeni korumalar tahsis etmişti ama onları arabanın yanında bırakmıştı. Bu üç adamla ailesinden çok vakit geçiriyordu. Gittiği her yerde iki adım arkasında oluyorlardı. Zamanla onları arkadaşı gibi görse de sadece yalnız kaldıklarında aradaki mesafeyi kapatıyordu. Başkalarının yanında kibirli tavrına kaldığı yerden devam ediyordu.

Vincent, "Bence komedi izleyelim," diyerek film tercihini belirtti. Vanessa bu uzun korumanın yanında küçücük kalıyordu. Uzun boyunun yanında iri bir vücuda da sahipti Vincent. Otuz beş yaşına yeni girdiğini biliyordu, yaş gününde ona bir pasta almıştı. Vincent eski bir asker olduğu için refleksleri çok kuvvetliydi. Kahverengi gözleri tehlikeyi nerede olursa olsun hemen bulur-

[6]Korku Seansı (İngilizce adıyla The Conjuring), James Wan'ın yönetmenliğini yaptığı, Chad ve Carey Hayes'in yazdığı 2013 yılında gösterime giren Amerikan doğaüstü korku filmi.

du. Sırtına kadar gelen saçlarını çoğunlukla yukarıdan bağlayıp ördüğü için her defasında Vanessa'ya Vikingleri hatırlatırdı.

Hanks anında itiraz etti. "Aksiyon her zaman iyidir," diyerek o da kendi tercihi dile getirdi. Hanks ise Vincent'ten beş yaş küçüktü, yani otuz yaşındaydı. Hanks önceden bir kuryeydi fakat taşıdıkları, pek masum şeyler değildi. Bir mafya, onu hapishaneden çıkarıp satın almadan önce pek iyi şeyler yapmıyordu. Gerçi Vanessa ile tanışana kadar da iyi şeyler yaptığı söylenemezdi. Karıştığı pis işlerden dolayı yüzünde kalan derin bir iz vardı. Sağ yanağı boylu boyunca kesilmişti. Fakat buna rağmen küt kestirdiği kahverengi saçları ve dikkat çeken fiziğiyle farklı bir cazibesi vardı. Özellikle muzır bakan kahverengi gözleri ona çok yakışıyordu.

Ve üçüncü koruması Elijah... Elijah diğer iki korumadan çok daha farklı bir karaktere sahipti. Çok az konuşurdu, üstelik hiç çıkarmadığı siyah gözlüğüyle oldukça gizemliydi. Vanessa bazen onun yatarken bile gözlük taktığını düşünürdü, yıllardır yanında olmasına rağmen hâlâ göz rengini öğrenememişti. Elijah içlerinde en genç olanıydı. Henüz yirmi altı yaşında olmasına rağmen en az diğer iki koruması kadar tecrübeliydi. Elijah eskiden bir tetikçi olduğu için eline silah aldığı zaman bir kez bile ıskalamazdı. Her attığını vuran, korkusuz biriydi. Vanessa siyah gözlüklerden dolayı onun gözlerini hiç görmemişti ama saçlarının renginden dolayı gözlerinin de siyah olduğunu düşünüyordu. Elijah'ın hayvanlara karşı inanılmaz bir tutkusu vardı fakat bahsi geçen hayvanlar hiçbir zaman kedi ve köpek gibi zararsız hayvanlar olmamıştı. Genelde tehlikeli ve ölümcül hayvanlara karşı bir ilgisi olurdu. Bu tutkusu çoğu zaman Vanessa'yı deli ederdi çünkü hayvan sevgisi ölümcül boyutlardaydı.

Elijah ise, "Korku iyidir," diyerek kendi film seçimini söyleyince, Vanessa gülerek elini yukarı kaldırdı. "Ben de korku diyorum," dedikten sonra diğer iki korumaya baktı. "Çoğunluk korkudan yana olduğu için biraz korkmaya gidiyoruz, beyler," dediğinde diğer iki korumanın ölümcül bakışları Elijah'ın üzerindeydi. Vanessa onların bu hâline gülerek içeri girdi. Tabii, kendisini izleyen bir çift kehribar rengi gözden habersizdi.

"O kızı tanıyor musun?" Chat, arkadaşının az önceki kızı izlediğini görünce merak etmişti.

Peter başını sallayarak onu onayladı. "Eski bir öğrencimdi, hadi girelim," dedikten sonra onlar da içeri girdi. Vanessa'nın korumalarıyla bu kadar iyi anlaşıyor olması Peter'ı şaşırtmıştı.

Peter biletini kontrol etti ve orta sıralarda bir yere oturdu. Fazla kalabalık olmadığı için Vanessa'nın hemen arkasında oturduğunu fark etti. Chat de yerini alınca ışıklar kapanmış ve film başlamıştı. Peter filmin başından beri Vanessa'nın ve korumalarının çıkardığı sesler yüzünden filme odaklanamıyordu. Vanessa'nın korkudan çığlık atarak yanındaki korumasının göğsüne yüzünü gömdüğünü gördü. Peter istemeden de olsa arada onu kontrol ediyordu. Çok gürültücüydü.

"Elijah, kadın öldü mü?" Vanessa onun göğsünden kafasını kaldırmadan konuşmuştu.

Patronuna gülen Elijah, onun bu tavırlarını ölen karısına benzetti. O da hep böyle derdi. "Evet, öldü, efendim. Kadının gövdesinden dökülen iç organları tüm eve dağıldı, yani bence çoktan öldü. Bu arada kalbi hâlâ bedeninde ama ciğerleri için aynı şeyleri söyleyemem." Onun yaptığı bu açıklamayla Vanessa hızla başını kaldırdı. "Bir dahaki sefere detaya girme, Elijah!" diye homurdanarak önüne döndü.

Hanks gözlerini filme dikip solgun bir yüzle, "Sanırım kusacağım," deyince Vanessa panikleyerek elindeki mısır kutusunu ona uzattı. "Sakın buraya kusma, bunu kullan!" Peter gittikçe ilginç olan bu kızı arkasına yaslanarak izlemeye başladı. Çalışanlarıyla bu kadar samimi olduğunu daha önce görmemişti.

Hanks içi mısır dolu olan kutuya bakıp Vanessa'ya döndü. "Bu dolu, efendim," dediğinde Vanessa sinirden siyah saçlarını karıştırdı. Yalnız kaldıklarında üçü de Vanessa'nın yanında çok rahat davranırdı. Vanessa kendisine kıyafet seçerken bile bu üçü bir koltukta oturup jüri olurdu.

Peter, Vanessa'nın hareketlerini merakla izlemeye devam etti. Mısır kutusunu aldı ve tüm mısırları çantasının içine boşalttı. Sinirli bir şekilde kutuyu tekrar korumaya uzattığını gördü. "Artık dolu değil ve bana bir ödev borçlusun çünkü sayende hepsi yağlı mısır oldu!" Korumasını azarlayan genç kızın çanta faciasını hatırlayan Peter, sessizce güldü. Anlaşılan Bayan Green çantanın ne amaçla kullanıldığını hâlâ öğrenememişti. O çantanın içinde neler olduğunu düşünmek dâhi istemiyordu.

Mısır kutusunu alan adamın omuz silktiğini gördü. "Dünkü ödevinizi zaten ben yapmıştım."

Uzun saçlı adam itiraz etti. "Hayır, dünkü projeyi ben yaptım, sen ondan öncekini yapmıştın." Peter duyduğu şeyler yüzünden afallarken karanlık salonda bile gözlük takan diğer kişi, "Siz bir haftadır yapıyorsunuz ama ben üç aydır yapıyorum. Artık uykumda bile çizim yapıyorum. Tanrı aşkına, mimarlık bölümü okumamasına rağmen bana sürekli bir şeyler çizdiriyor." Gözlüklü korumanın söylediklerini duyan Peter, kollarını göğsünde birleştirmişti. Şimdi tüm ödevlerini nasıl bu kadar hızlı bitirdiğini anlıyordu. Derslerle alakası yok gibiydi.

Vanessa ona sitem eden adamlarına güldü. "Hadi ama, sadece birkaç ödev yaptınız. Ayrıca hepsini ben yapıyorum diye hatırlıyorum," dediğinde Hanks kusmayı bırakıp ona döndü. "Şu öğretmenin ilgisini çekeceksiniz diye tüm ödevlerinizi bize yaptırıyorsunuz, efendim," dedikten sonra kaldığı yerden kusmaya devam etti.

Vanessa korumalarının bunu anlamış olmalarından utandı. Onu çocukluğundan beri tanıkları için bunu bilmelerini istemiyordu. "Siz iyice haddinizi aştığınız için gidiyorum ben," diyerek kaçarcasına ayağa kalktı. "Bu konu hakkında içinizden bile konuştuğunuzu duymayacağım!" diyerek onları tersledi. Korumaların gülmemek için verdiği savaşı fark etmemişti.

Üç adamı da onunla ayağa kalkınca kaşlarını çattı. "Filmin sonunu akşam bana özet geçeceğiniz için burada kalıyorsunuz. Aksi hâlde iç organları her yere dağılan sadece filmdeki kadın olmayacak!" diye bağırdığında etrafındaki insanların uyarı dolu sözlerini görmezden geldi.

Çantasını almak için eğildiğinde gördüğü kişi yüzünden gözleri irice açıldı. Bay Miller burada mıydı? Hem de tüm konuşmaları duyacak kadar yakınındaydı. Yanakları kızardı ve çantasını alıp, koşarak salondan çıktı. Sinemadan çıkınca hemen merdivenlere yöneldi fakat eski öğretmeninin, "Bir dakika, Vanessa," diyen sesini duyup durmak zorunda kalmıştı.

Vanessa derin bir nefes alarak arkasına döndü ve Peter'ın gelip karşısında durmasını izledi. "Bay Miller?" deyip gülümsemeye çalıştı. "Şey... Siz de mi buradaydınız?"

Peter, o dosya kazasından sonra ikinci kez onu böyle kızarmış bir hâlde görünce tebessüm etti. "Tesadüf diyebiliriz," dedikten sonra az önce çıktığı salonu gösterdi. "Sanırım iyi bir komedi izledim," diyerek içeride olanlara dair küçük bir imada bulundu.

Vanessa onun ne demek istediğini anlamadığı için kendince bir açıklamada bulundu. "Ama film, korku filmiydi. Tabii, kan ve ölüm size komedi gibi geliyorsa bilemem."

Dudakları yavaşça kıvrılan Peter, "Adamlarınla olan ilginç diyaloğundan bahsediyordum," dedi.

Onun karşısında ikinci kez rezil olduğunu düşünen kızın durumu içler acısıydı. Bir an önce buradan uzaklaşmak istiyordu. "Ne kadarını duydunuz?"

Kahverengi gözlerini ondan kaçıran kıza dikkatlice baktı. "Tüm ödevlerini adamlarına yaptırdığını öğrenecek kadar," diyerek kaşlarını yukarı kaldırdı. "Bir de dikkatini çekmeye çalıştığın öğretmeninle ilgili olan kısmı da duymuş olabilirim. Söylesene, bu gerçekten doğru mu? Duyulduğunda sana olacakların farkında mısın?" Onun daha zeki bir kız olduğunu düşünüyordu, bu durum duyulursa okul hayatında sıkıntılar yaşanabilirdi.

Vanessa hoşlandığı adamdan bunları duyunca başını kaldırdı. O, gerçek bir öğretmen bile değildi, neden başı belaya girecekti ki? Eskiden olsa hep kendini suçlardı ama şimdi onunla olmasına bir engel yoktu. Tabii âşık olduğu kişinin ona karşı hiçbir şey hissetmediğini saymazsa. "Siz onları ciddiye almayın çünkü öyle bir şey yok," diyerek yine yalan söyledi. "Ayrıca bahsi geçen kişiyle aramda bir hayli yaş farkı var ve ben yaş takıntısı olan biriyim. Sadece adamlarımın yanlış anlaması," dediğinde eve gitmek ve ona bugünü unutturacak bir kutu ilaç içmek istiyordu. Ona aslında *o kişi sensin* diyemeyeceğine göre inkâr etmek en mantıklı olanıydı.

Peter bu duyduklarına memnun olmuş bir şekilde başını salladı. "Buna sevindim, kendi yaşında ve kendi konumunda biriyle arkadaş olman senin için en doğrusu," dedikten sonra ona tebessüm ederek yeniden sinema salonuna girdi.

Vanessa onun arkasından umutsuz gözlerle bakarken iç çekti. "Bugün harika bir gün çünkü yine her şeyi batırdım." Sevdikleri tarafından sevilmemek, kötü talihi olsa gerekti.

Erich elindeki test sonuçlarını masaya bırakarak saatine baktı. Çoktan gece yarısı olmuştu bile. Üzerindeki gömleği çıkardıktan sonra biraz hava almak için bahçeye çıktı. Bugün fazla yorulmuştu, biraz temiz hava almak istiyordu. Bahçedeki kamelyalardan birinde oturan arkadaşını gördü. Sigarasını içerek gökyüzünü izleyen arkadaşının yanına doğru yürüdü. "Sen ve yıldızları izlemek, ha?" diyerek onun dikkatini çekti. "Sanırım yaşlanıyorsun, dostum. Yoksa kendi köşene çekilmenin bir nedeni olamaz," dedi ve karşısına oturdu.

Gölge başını eğerek ona baktı. Gökyüzüne bakıyordu ancak orada gördüğü şey, yıldızlar değildi. "Yıldızlardan daha önemli işlerim var."

Erich'in yüzünde manidar bir ifade oluştu. "Yeğenimin aklını karıştırmak gibi mi? Yoksa yasak olduğunu bildiğin hâlde onun kalbinde yer edinmek gibi mi?" Drew'u Ötanazi'den önce de tanıyordu ama ikisi de okulda bu gerçeği gizliyordu. Drew'un Ötanazi gibi bir yere neden geldiğini bir türlü anlamıyordu. Israr etse de bu konuda ondan bir cevap almayacağını bilecek kadar iyi tanıyordu onu. Her zaman fazla suskun ve içine kapanık biri olmuştu. Zorlayarak ona hiçbir şey yaptıramazdınız. O, keskin çizgileri olan biriydi. Drew'un Yeşil'e zarar verdiğini anlaması gerekiyordu.

Melez Kız'ın bahsi geçince Gölge sigarasından büyük bir nefesi içine çekti. "Buradan gittiğimde mutlu olacağını bilsem şu anda burada olmazdım." Dilsiz Kız'ın hasta kalbi onun için atıyordu ve işin kötü yanı o, buna sevinemiyordu.

"Sana âşık, bunu biliyorsun. Yeşil henüz bunun farkında değil ama farkında olmaması sana olan hislerini yok etmiyor." Erich'in söyledikleri onu mutlu etmemişti.

"Yanımda acı çekiyor." Onu herkesten koruyor, tüm kötülükleri onun hayatından uzakta tutuyordu. Peki, ya kendinden? Dilsiz Kız'a en büyük acıyı kendisi yaşattığı hâlde neden kendisini ondan uzak tutamıyordu?

Erich arkadaşının düşünceli yüz ifadesini görünce afalladı. Düşündüğü şey olabilir miydi? Şu zamana kadar Yeşil'i tek taraflı bir aşk yaşıyor sanıyordu, bu konuda bir türlü Drew ile konuşma fırsatı olmamıştı. Onu daha önce sadece bir kere böyle görmüştü ve bu, yıllar önceydi. "Drew, sen yoksa ona..." diye başladığı cümlesinin devamını getiremedi. O da Yeşil'e âşık olabilir miydi?

Drew, "Bilmiyorum!" dedi anlık bir öfkeyle. "Bilmiyorum, Erich... Bilmiyorum!"

"Ne demek bilmiyorsun? Evet veya hayır, bu kadar basit bir şey."

Kaşlarını çatarak arkadaşına döndü. "Onunla ilgili hiçbir şey basit değil!" diyerek sitem etti. "Her defasında bana korunmasız bir çocuk gibi bakınca kendimi çaresiz hissediyorum! Erich beni iyi tanıyorsun, yapacaklarımın bir sınırı yok! Peki, neden o kan kusarken ben sadece izlemekle yetiniyorum!" Bu hasta kız, onun tüm dengelerini yıkmıştı. Onun yanında farklı hissetmekten nefret ediyordu. Canı yansa bile o gülümsemesi yok mu, gülüşü tüm kontrolünü kaybetmesine neden oluyordu. Küçük ve yaramaz bir çocuktan farkı yoktu. Gözlerini kırpıştırarak ona gülümsemesi tüm iplerini onun eline vermesine sebep oluyordu. Öldürmeye geldiği kızı yaşatmak için her yolu deniyordu. Bu, daha önce hiç yapmadığı bir şeydi ama lanet olası yaratık fazla masum ve güzeldi. Olgun kadınlar dikkatini çekerken bu kızın çocukça hâllerini benimsemişti. Sanki kendisi bir köle ve o da onun efendisiydi. Her dileğini yerine getirmeden rahat edemiyordu. Sırf ona bunları hissettirdiği için bile ondan nefret etmek istiyordu lakin tüm nefreti onun tek bir gülüşüyle yok oluyordu!

Erich onun değişen yüzünden cevabını almıştı fakat bunu açıkça arkadaşına söylemedi. "Sanırım bazı şeylerin farkına varamayan sadece Yeşil değil," diye mırıldandı.

Uzun bir sessizlikten sonra Erich iç çekerek, "Onun özel durumunu biliyorsun," dediğinde Drew'un bunu mümkün olduğunca erken kabul etmesini istiyordu.

Drew bu konuşmanın devamını dinlemek istemediği için ayağa kalktı. Erich'ten Dilsiz Kız'ın öleceğiyle ilgili bir şeyler duymak istemiyordu. "Yarın o testlere ben de gireceğim ve bunu sen yapacaksın," dedikten sonra Erich'in bir şey söylemesine fırsat vermeden oradan uzaklaştı. O kalbi bir şekilde bulacaktı!

Testleri yaptıracaktı ve uyumlu çıkarsa yapacağı şey belliydi. Okula girdiğinde her zamanki gibi kendini Dilsiz Kız'ın odasının önünde buldu. Her gece yaptığı gibi sessizce onun odasına girdi. Işıkları açmaya gerek duymadı, yine yatağının yanındaki gece lambası yanıyordu.

Aslında karanlıktan korkuyordu, değil mi? Güneşe çıkamadığı için karanlığı sevdiğini sanıyordu ama uyumadan önce gece lambasını hep açık bırakıyordu. Güneşe olan korkusunda da bir anormallik vardı. Açık alana karşı fobisi olan insanları duymuştu fakat onlar evden dışarı çıkmaya cesaret edemezdi. Sadece gündüz değil, geceleri bile dört duvar arasında hapis hayatı yaşarlardı. Dilsiz Kız ise geceleri dışarı çıkabiliyordu. Üstelik kapalı havalarda da korkusuzca gezebiliyordu. Onun tek sorunu, güneş ve güneşin yaydığı ışıklardı. Evet, bu da ciddi bir rahatsızlıktı fakat şu zamana kadar kayıtlara geçmiş bir fobi değildi. Böyle bir sendromu ilk kez onda görüyordu. Fobilerin çoğu psikolojik sorunlardan sonra ortaya çıkardı. Bu yüzden Yeşil'in sorunu sonradan mı yoksa doğuştan mı diye merak ediyordu. Fakat sormaya kalkışsa asla cevap vermeyeceğini iyi biliyordu çünkü geçmişi hakkında asla bir şey anlatmıyordu! Nasıl Taşıyıcı oldu? Neden güneşten bu kadar çok korkuyor ve neden konuşamıyor? Tüm bu soruların cevabını bilmemek onu deli ediyordu!

Sessiz bir şekilde yatağının bir kenarına oturdu ve muhtaç hissettiği yüzü izlemeye başladı. Yastığın üzerine dağılan kızıl saçları karanlıkta bile ışıldıyordu. Ellerini yanağının altında birleştirmişti. Dayanamayıp elini uzattı ve onun solgun tenine dokundu. Yanağına yaptığı bu küçük temas bile Dilsiz Kız'ın kaşlarını çatmasına sebep olmuştu. Güldü, kalbi o uykudayken bile onun varlığını hissediyordu. Yavaşça elini çekti, onu uyandırmak istemiyordu. Ona dokunmak istiyordu, her erkek gibi o da ilgisini çeken kadına dokunmak ve kokusunu içine çekmek istiyordu. Hatta daha fazlasını istiyordu ama yapamıyordu. Onu durduracak hiçbir güç yokken bu Küçük Melez'in gözlerinden akan tek bir damla, tüm iradesini kırıyordu.

Ona bu işi ayarladığı için Lucas'a çok kızıyordu ama en çok da kendisine kızıyordu. Neden işi kabul etmişti ki? Masum birini öldüremeyeceğini en başından beri biliyordu, şu zamana kadar suç dosyası olmayan kimseye zarar vermemişti. Fakat onun Taşıyıcı olduğunu duyunca işler değişmişti. Onun kalbini istiyordu ve kalbine sahip olmak için kendi prensiplerinden vazgeçip bir masumu öldürebileceğini düşünmüştü. İşi kabul ederken bu çok kolay gibi görünmüştü. Fakat ay ışığında onu çiçek toplarken gördüğü o gece, başının büyük belada olduğunu anlamıştı. Kurbanı çok sevdiği çiçekleri bile koparmaya kıyamayıp her çiçekten bir yaprak topluyordu. Böyle bir kadına nasıl kıyabilirdi? Bir yıl daha yaşamak için karşısında gözleri kapalı bir şekilde ona yalvarmışken ona nasıl hayır diyebilirdi? Onu her gördüğünde aldığı hızlı nefesler, kuş gibi titremesi ve ürkek bedeni karşı koyulmazdı. Buraya onun kalbini almak için gelmişti ve istediği kalbi dolaylı yoldan da olsa almıştı. Dilsiz Kız'ın kalbi artık onun için atıyordu, onundu. Ancak buna bile yeterince sevinemiyordu çünkü Dilsiz Kız da verdiği kalbi karşılığında ondan bir şey almış gibiydi. Ne olduğunu bilmiyordu ama eskisi gibi değildi.

"Hangi erkek hiç dokunamayacağı bir kadını hayatından ister ki?" dediğini hatırladı. *"Düşünsene, ona hiç dokunamayacaksın, kokusunu içine çekemeyeceksin ve elini tutup öpemeyeceksin. Söylesene, Avcı. Sen böyle bir kadını sevebilir miydin?"* Yeşil'in söyledikleri aklına gelince sıkıntıyla karışık bir nefes verdi. O an ona cevap verememişti ama isterdi. Eğer onu bırakıp gitmeyecekse Drew, fiziksel olan tüm arzularından vazgeçebilirdi. Bazı şeyleri dışarıya yansıtamıyordu ama bu, istemediği anlamına gelmiyordu. Tıpkı o gece Dilsiz Kız'ın ona uzattığı elini tutmayıp o uyuduktan sonra tutması gibi.

"Kimse kolay olacağını söylemedi," diye fısıldadı. "Ne var ki seninle zor olan da güzel."

Yataktaki kız ansızın huzursuzca kaşlarını çattığında o da kaşlarını çatmıştı. Kâbus görüyordu yine ve yine! Bazı geceler uykusunda ağladığı bile oluyordu. Gölge neredeyse her gece o uyurken izliyordu onu, bu yüzden uykusundayken yaşadıklarına bile şahit olabiliyordu. "Geçmişinde ne var böyle? Seni susturan şey ne, Dolunay Surat?" diye sessizce konuştu. Kız kardeşi onun eskiden konuştuğunu söylemişti. Fakat Melez Kız daha önce ona bu konuda yalan söylemişti, ona rağmen bu gerçek büyük salonda ortaya çıkmıştı. Ondan sesini alan şeyi öğrenecekti. Onun tüm geçmişini en ince ayrıntısına kadar öğrenecek ve ezberleyecekti. Onun sesini yeniden duyana kadar durmayacaktı.

Ama o ölüyordu.

Gölge, bir yıldır onun gölgesi gibi arkasında dolaşarak onu koruyordu. Okulda olmadığı zamanlarda odasındaki kameralardan onu izleyip iyi olduğundan emin olmak isterdi. Okulda olduğu zamanlarda ise bir dakika bile onu yalnız bırakmazdı. Kendini göstermeden ona bir alan sağlamak için uzaktan takip ederdi, Dilsiz Kız ise onun tarafından izlendiğini hep bilirdi. Bu yüzden korkmadan dilediği gibi okulda gezerdi. Gölge, Yeşil'in hayatını tehlikeye atan bir şeyler olduğu an ortaya çıkıp kendisini gösterirdi. Taylor'a gereken dersi verdiğinde ise herkes ona dokunmaması gerektiğini çok iyi anlamıştı. Tabii, devamında olanlar ona öfke nöbetleri geçirtmişti. Yeşil'in ondan korkup kaçmasına katlanamıyordu. Bunu yaptığı an tüm sağduyusunu kaybedip gerçek anlamda Gölge'ye dönüşüyordu.

Dilsiz Kız bir tek ondan kaçtığı zaman onu gerçek anlamda kızdırıyordu. Öyle anlarda şuurunu tamamen yitirip ona zarar vermekten korkuyordu. Eğer güvende olmak istiyorsa ondan kaçmak yerine yakınında olmalıydı. Fakat bu uyuyan yaratığın korktuğunda yaptığı ilk şey, hep kaçmak oluyordu. Gölge için de bazı şeyler hiç kolay değildi. Böyle bir yerde onu korumak oldukça zor olsa da bunu başarıyordu. Lakin yenemediği bir düşmanı vardı ve o düşmanı Dilsiz Kız'ın göğüs kafesine saklanmıştı. Onu bir tek o kahrolası kalbinden koruyamıyordu! Onunla ilgili her şey neden imkânsız olmak zorundaydı ki?

"Kalsan olmaz mı?" Uyuyan kızı izlerken sesi yalvarır gibi çıkmıştı. "Yeşil," dedi her gece yaptığı gibi onun adını zikrederken. Yüzüne baktı ve içi acıdı. "Ölmesen olmaz mı?"

Ölüm için çok küçük değil miydi?

Gördüğü kâbusun etkisiyle yattığı yerden sıçrayarak uyanan kız, gözlerini açtığında onu hemen yanında bulmuştu. Dudaklarını birkaç kez oynatıp bir şeyler söylemeye çalıştı fakat yapamayınca bu sefer de ağlamaya başladı. Korktuğunu görebiliyordu. "Sadece rüya..." diyerek onun ıslak gözlerine baktı. "Gerçek değil."

Rüyasında annesini gören kız elini, ağrıyan kalbine koydu. *"Ne zaman bitecek?"* diyerek dudaklarını oynattı.

Onu daha iyi görebilmek için ışığı açan adam bu soruya cevap vermemişti. Öleceği günü soruyordu ve buna cevap vermek hiç kolay değildi. Kızın, yatakta bağdaş kurup oturduğunu gördü. Çok terlemişti. İlaçlarıyla birlikte bir bardak su aldı. "Şunları iç hadi," dedikten sonra ona uzattı.

İlaçlarını içen Yeşil, yüzündeki tebessümü silmeden ona baktı. Ondan gelen ilgiyi seviyordu. Onun gibi güçlü ve yakışıklı bir adamın yanında olması bile kalbinin hızlanmasını sağlıyordu. Gölge, Dilsiz Kız'ın yine ona bakarak dalıp gittiğini fark edince tek kaşını yavaşça kaldırdı. "Beni izlemek hoşuna mı gidiyor?" diye sorup onun kıkırtısıyla iç çekti. İşte yine yapıyordu, yine gülüşüne onu esir ediyordu. Bundan rahatsız değildi ama bu kadar çok gülmesi de canını yakıyordu çünkü gülüşlerinin çoğu, çektiği acıdan kaynaklanıyordu. Acısını gülüşüyle gizlemek için bu kadar çok gülüyordu. Şair haklıymış, çok ağlayan kadınlar çok güzel gülermiş.

"Çok güzelsin." Yeşil'in itirafına güldü. Daha önce hayatında bu kadar utangaç ve bir o kadar utanmaz bir kız görmemişti. Aklına gelen her şeyi hiç çekinmeden ve sonuçlarını düşünmeden söylüyordu.

Ayakta dikilmeye bir son verip, ona çok fazla yaklaşmadan yatağın kenarına oturdu. "Seni buradan götürmemi ister misin?" diye sordu. Eğer bunu istiyorsa bir daha kimsenin onu bulamayacağı bir yere götürebilirdi. Onun için küçük bir cennet kurabilirdi. Onun için tüm gücünü ve konumunu kullanıp onu mutlu etmek istiyordu. Yeter ki istesin, onun için her şeyi yapacak durumdaydı.

Kız, duydukları karşısında gözlerini şaşkınca açtı ve tıpkı çocuklar gibi emekleyerek ona yaklaştı. Bir kedi yavrusu gibi kırpıştırdığı gözlerini gören Gölge güldü. "Rahat dur," diyerek onu uyardı. Birazdan yine ona sırnaşacaktı ve lanet kalbi canını yakacaktı.

Yeşil ona yeterince yaklaşıp, başını onun dizine koyarak uzandı. Başı dizlerindeydi ve çocuksu yüzü haylazca onu izliyordu. *"Seni kızdırayım mı?"* Çocuk gibiydi, onunla oynamayı seviyordu.

Gölge onun sorusunu geçiştiren kızın üzerine daha fazla gitmedi. Ona buradan gitmeyi teklif etmesine rağmen cevap vermek yerine konuyu değiştirmenin peşindeydi. Babasını beklediğini biliyordu, yine de şansını denemek istemişti. Dizlerinde yatan kızın bu yakınlığı bile bedeninin kasılmasına sebep olmuştu. Onu arzuluyordu ama ona dokunamıyordu. Buna alışabilirdi, belki de hiç alışmayacaktı. Yaşadığı sürece bunu sorun etmeyecekti, zor olsa da bununla baş etmeyi öğrenecekti. Nefes aldıkça ve ona böyle gülümsedikçe, dokunmadan da onu izleyebilirdi.

Lakin kucağındaki küçük kadının, dudaklarını birbirine bastırdığını gördü. Gülümseyen yüzü solunca kahrolası kalbinin yine ona acı verdiğini anladı. Oysa sadece dizlerine yatmıştı. Farkında olmadan kaşlarını çatarak, "Yine acı çekerek beni kızdırmayı başardın," deyip onu tersledi. "Şimdi kalk ve yerine geç, Melez Kız!" Ses tonu, farkında olmadan sert çıkmıştı. Kız ne zaman acı çekse Gölge kendini yetersiz bulur ve bu düşünce onu kızdırırdı.

Yeşil onun dizinde sadece birkaç dakika daha kalmak istemişti. Ancak yediği azar ve kalbinin yine ona ihanet etmesi üzerine sinirli bir şekilde yerinden doğruldu. *"Bir dileğim olsun isterdim!"* dedi kızgın ve küsmüş bir ifadeyle.

Gölge onun bu çocuksu isyanına güldü. Anlaşılan Dilsiz Kız da ona çok kızmıştı. "Söyle," dedi her zamanki gibi. O ne dilerse dilesin bunu yerine getirmeyi kendisine amaç edinmişti.

Yeşil derin nefes alarak iyice katiline yaklaştı. Canı yansa da geriye çekilmedi. Fazla zamanı kalmadığını biliyordu; yarına çıkar mıydı, emin değildi. Bu yüzden bunu denemeden ölmek istemiyordu. Yüzlerinin arasında çok az mesafe kala durdu ve onun lacivert gözlerine büyük bir kararlılıkla baktı. Suikastçısının onun dileklerine zaafı vardı ve ne olursa olsun yerine getireceğine emindi. Belki bu dilek kalbinin sonu olacaktı ama bunu yapmalıydı. Titreyen ellerini onun yüzüne koydu ve yavaşça dudaklarını hareket ettirip dileğini karşı tarafa bildirdi. Bu dileğinin geri dönüşü yoktu çünkü karşısındaki adam her dileğini mutlaka gerçekleştiriyordu. Üstelik Gölge'nin bakışlarının anında değişmesiyle onun tüm sınırlarını kırdığını anladı.

"Öp beni..."

"Bir kelebeğin üç günlük ömründen birini aldım ve ikisini ona bıraktım. Benimki az, onunki fazla olandı. Yani ben giden, o ise geride kalandı."

17

NEDEN SANA DOKUNAMIYORUM?

"Sorsam büyük ihtimalle 'evet' derdin ama beni zihninden silseler yine beni tanır mıydın? Yoksa farklı birine dönüşüp beni ilk kanatan sen mi olurdun?"

Yeşil

Çoğu zaman hayat acı çekmek değildi, aslında o acıların beni çekmesini izlemek gibiydi. Sahi, ben mi çekiyorum tüm bu acıları yoksa acılarım mı çekiyor beni kendisine? Ne kadar da karışık bir soruydu, cevabı bilinmeyen bir denklem gibi. Çektiğim acıyı bırakmak istemezcesine sahiplenmiş gibiydim. Bana yaklaşan herkes payına düşeni alıyordu bir şekilde. Elimde bir bıçak, kendimi kesiyordum. Sonra bir iğne alıp ilmek ilmek dikiyordum açtığım yaraları. Doktor da benim, hasta da... Ta ki onu tanıyana kadar... Koskoca ülkenin üzerine karabasan gibi çöken bir suikastçı elimi tuttu ve o bıçağı benden aldı. Yeni yaralar açmama izin vermeden sardı tüm yaralarımı. Başkasına tebessüm eden dudaklarım, en güzel kahkahalarını ona sakladı. Ruhumdaki tüm küller döküldü önünde, diz çöktü acılarım bir çift lacivert göze. Kendi karanlığında ağırladı tüm gözyaşlarımı, benimsediğim karanlığıyla tanıştırdı beni. Korktuğum gün yüzüne, ilk adımı atmamı sağladı. Nefesimi kendi ellerinde tutarak baştan sona şekillendirdi beni. Şimdi fark ettim de ben ona muhtaç hâle gelmiştim. Beni öldürmek için gelen katilime saklamışım kalbimi.

"Öp beni!" deyip, tüm cesaretimi toplayarak istedim bunu. Zamanım gittikçe daralıyordu ve bunu onunla yaşamak istiyordum.

Sertçe yutkunuşu böldü sessizliğimizi. Bir rüzgâr sardı suskunluğuyla yüreğimi, üşüdüm. O, bana böyle derin bakarken ve karşı koymak için kendisiyle mücadele ederken üşüdüğümü hissettim. "Sana zarar vermemi isteme benden," derken sesi sıkıntılı çıkıyordu. Beni öpmeyi her şeyden çok istiyor fakat neden bunu yapamayacağını kendisine hatırlatıp duruyordu.

Elimi uzattım ve yanaklarına bastırıp üzerine eğildim. *"Dileğimi gerçekleştirmeyecek misin?"* Ona dokunmak bile canımı yakıyordu ve sadece birkaç saniye daha dayanabilirdim.

Yüzünü çekmedi ellerimin arasından, büyük elini koydu yanağındaki elimin üstüne. Sonra sımsıkı kavradı elimi, hem de bırakmak istemezcesine. Lacivert gözleri acı çeker gibi gözlerime bakarken tuttuğu elimin avuç içine bastırdı dudaklarını. Ürperdim, bu küçük teması bile kalbime fazla geldi. "Dileğin gerçekleşti," dedi avuçlarıma ikinci bir öpücüğünü bırakırken. Öp beni demiştim ve o, avuçlarımdan öpmüştü.

Gözlerim doldu ama çekmedim elimi onun sıcak elinden. *"Eksik olduğumu bu kadar belli etme."* Yanağımdan süzülen o bir damla gözyaşını sildi. "Fazla..." dedi gözlerime bakarken. "Sen bana fazlasın, Melez." Bu sözleri sancılar çeken kalbimi artçı şoklara maruz bırakırken çektiğim acıyı hissetti. Gözlerini yumdu ve derin bir nefes aldı. Bana karşı koymak için kendisini zorluyordu. Ona acı versem de onu bırakamazdım. Usulca açtığı gözlerinde kendimi bulmak, tebessüm etmemi sağlamıştı. Yavaşça uzaklaştı benden. Ayağa kalktığında öylece boşlukta kalan ellerime bakıyordum. Hiç ummadığım bir anda, "Drew," diyen sesini duydum. "Gerçek adım Drew Bruce Marshall," dediğinde başımı hızla kaldırıp ona baktım. Bana gerçek adını mı söylemişti?

Bana gerçek adını söyleyecek kadar güveniyordu artık.

Bu beklenmedik itirafı beni çok şaşırtmıştı. İkinci ismini biliyordum ama ilk ismi sürpriz olmuştu. Yeni fark ettiğim şeyler yüzünden gözlerimin büyümesine engel olamadım. Aceleyle yerimden kalkarak yataktan çıktım. *"Marcus Bruce Marshall senin ne..."* diye başladığım sözlerimi kesti.

"İlk doğan o." Sırtını duvara yaslayıp yaptığı açıklamaya, güldüm. Zaten bir tek o böyle bir cevap verirdi. Aslında bu isim benzerliğini daha önce fark etmediğimin şaşkınlığını yaşıyordum. *"Yani abin mi?"* derken hâlâ gülüyordum.

Yüzünü buruşturdu. "Sadece benden önce doğdu." Söylediği şeyleri duyunca kahkaha attım. Her konuda o kadar iyiydi ki bu konuda ikinci olmak onu rahatsız ediyordu.

"Çok tatlısın." Kıkırdayarak söylediklerim sonunda onu güldürmüştü. "Bana hakaret etmen bittiyse şimdi doğru yatağa, Dolunay Surat." Tatlı ve güzel kelimelerini hakaret olarak gören adamı başımla onayladım.

Yatağıma girdiğimde aklımdaki son soruyu sordum. *"O biliyor mu? Veya kimler Drew'un aslında Gölge olduğunu biliyor?"* Eminim ailesi bir şekilde şüphelenmişti bu durumdan.

"Sadece sen," derken bir şeyleri anlamak ister gibi bakıyordu, daha çok büyük sırrını neden bana açtığını sorgular gibiydi.

Kendimi nedense özel hissettim. *"Peki, korkmuyor musun bunu birilerine söyleyeceğimden?"* diyerek dudaklarımı oynattım. *"Bu duyulursa Marshall ailesinin adı lekelenir. Sadece sen değil, ailen de büyük bir çıkmaza girer."* Neden sadece benim bildiğimi öğrenmek istiyordum. Evet, resmen beni öldür diyordum ona ama tutamazdım ki ben düşüncelerimi. Aklıma gelen her şeyi hemencecik söylerdim. Sadece beni izlemeye devam etti. Kusursuz ve muazzam yüzünde ne bir korku ne de bir endişe vardı. Beğendiği bir tabloyu izler gibi huzurluydu bakışları. "Hayır," diyerek geçiştirdi beni. "Korkmuyorum." Çünkü bir yıldır benimleydi ve birine söyleyecek olsaydım bunu çoktan yapardım. Daha uzun bir cümle kurmak yerine *korkmuyorum* diyerek kestirip atmıştı. Dilsiz olan bendim, yani o konuşabiliyordu ama ben ondan daha gevezeydim. Onun cümleleri hep kısa ve özdü.

Kendimle alay edercesine güldüm. *"Korkmazsın tabii çünkü ben konuşma engelliyim. Kim korkar ki böyle yarım bir kızdan? Ama yazabilirim, yani senin gerçek kimliğini herkese söyleyebilirim."* Bunu asla yapmazdım, sadece onu kızdırmak istiyordum. Bunu neden istediğime gelirsek işte bunu ben de bilmiyordum.

Bana ters ters bakmaya başlayınca yine onu kızdırdığımı anlamıştım. Dişlerinin arasından, "Yarım değilsin, engelli hiç değilsin!" dedikten sonra dik dik bana bakmaya başladı. "Konuş, ifşa et beni. Öyle bir konuş ki kim olduğumu haykır tüm dünyaya, umurumda olmaz!" Sırtını duvardan ayırdı ve yatağımın ucunda durdu. "Ama konuş," dedi buna ihtiyacı varmış gibi. "Sonumu getir ama ilk ve son kez duyur bana sesini."

Umutsuzluk içinde başımı iki yana salladım. Bu mümkün değildi, imkânsızdı, asla mümkün değildi. En çok annem duysun istemiştim sesimi ama ne kadar istediysem olmadı. Yeniden denemek istesem de yapamayacağımı biliyordum. Başımı kaldırıp tepemde dikilen adama baktım. *"Kelimelerimi kanattılar ve sesimi öldürdüler. Kabul et, Avcı. Ben asla sana konuşamayacağım."* Bunu ne kadar erken kabullenirse konuyu o kadar çabuk kapatırdı. Bu yüzden herkese doğuştan engelliyim diyordum çünkü bu konuda bana baskı yapılmasını istemiyordum.

Kararan lacivert gözleri ölüm ve kan istiyordu, bunu görebiliyordum. "Bana isim ver!" dedi üstüne basa basa. "Sana bunu yapanların ismini ver!" Benim alamadığım intikamı benim için almak istiyordu. Fakat bana bunu yapanı söyleyemezdim, kendi ailemi öldürtemezdim.

Yüzümdeki buruk gülümsemeyle seyre daldım onu. *"Onları görmedi,"* diye dudaklarımı oynatmıştım ki sertçe sözlerimi kesti: "Sakın!" diyerek beni uyardı. "O yalanın devamını getirme, Melez Kız. Kendi iyiliğin için sus ama bana yalan söyleme!" diye öfkeyle beni tehdit edince kalbim korkuyla attı. Yalandan neden bu kadar nefret ediyordu? Bunun altında bir şey olmalıydı, değil mi? Üzerine gitmedim ve başımı salladım. Başımı yastığa koyduğumda bana kızdığı için ışıkları kapatıp gitti.

Bana bunu yapanı itiraf etmek hiç kolay değildi.

"Neyi bekliyoruz?" Stew'un sorduğu sorunun cevabını ben de bilmiyordum. Yemekhaneye inmiştim ama Emily bizi buraya, yani bahçeye getirmişti. Havalar gittikçe soğuduğu için üzerime hırkamı alsam da üşümüştüm. Ve en kötüsü şiddetli bir yağmurla karşı karşıyaydık, kara bulutlar gökyüzünü kaplamıştı. Gerçi hava bulutlu olmasaydı şu anda bahçe yerine odamda gün ışıklarından saklanıyor olurdum. Şu an bile şapkamla ve gözlüğümle tüm önlemlerimi almıştım.

Her zamankinden daha gergin görünen Emily, üzerindeki ceketin yakasını düzeltti. "Deborah gelsin anlatacağım," diyerek saatini kontrol etti. "Nerede kaldı bu kız?" dedi sabırsızlıkla. Tam bu sırada arkamda Deborah'nın sesini duydum.

"Geldim, Edward." Emily, Deborah'nın sesini duyunca, başını kaldırıp baktı ve Deborah yanımıza yetişmeden hemen önce bizi uyardı. "Kırmızı alarm; bu gelen Deborah değil, Dezli. O yüzden ne derse desin alttan alın." Sesi uyarı doluydu. Deborah'ya baktım ama bir değişiklik bulamadım. Tek fark, sarı saçları artık siyahtı. Stewart ve ben soru dolu bakışlarımızı Emily'ye çevirdik. Hâlâ Deborah'ya bakarken güldü. "Dezli'nin gözleri içten bakarken Deborah'nın gözleri hırsla bakar, oradan anlıyorum." Bu açıklamadan da anlayacağım gibi Emily gerçekten iyi bir gözlemciydi.

Stewart gülerek Dezli'yi gösterdi. "Sevgilinizi nasıl tanırsınız diye bir yarışma olsa birinci olursun, Emily." Bu sözlere ben kahkaha atarken Emily somurtarak karşılık vermişti.

Dezli yanımıza geldiğinde gülerek bize baktı. "Hepinizi çok özledim." Diğer ikisi ona aynı şekilde karşılık verirken ben hâlâ bu karakter değiştirme işinde takılıp kalmıştım. Aynı bedende iki farklı ruh gibiydi.

Emily gözlerini kısarak Dezli'ye baktı. "Saçların sarıydı diye biliyorum." Onun bu tavrı Dezli'yi güldürdü. "Hayır, asıl rengi siyahtı ama ben onları boyatıyordum. Bu yılki trend doğallık, o yüzden rengini değiştirdim" Bu sözlerden tek anladığım, Dezli modayı her yerden takip ediyordu.

Dezli, aklına bir şey gelmiş gibi korkuyla etrafını kontrol etti. Stew bu şüpheli bakışlarından bir şeyler olduğunu bizim gibi fark ettiği için, "Sorun ne?" dedi. Dezli etrafta bizden başka kimsenin olmadığını anlayınca bize iyice yaklaştı. "Korkuyorum, çocuklar. O gün geldiğinde burada olmak istemiyorum. Bu yüzden yerimi sık sık Deborah'ya veriyorum." Gözlerinden korkusu ve endişesi okunuyordu. Her ne biliyorsa bu, onu gerçekten korkutuyordu.

Emily huzursuz bir şekilde kaşlarını çatarak ona baktı. "Ne biliyorsun, Dez? Bize her şeyi anlatabilirsin." Sesi samimi çıkıyordu. Dezli ona bakarak yutkundu. "İnfazcıları duydum, Edward. Yılbaşı için çok büyük bir şey planlıyorlar." Beni endişelendiren sözlerin ne anlama geldiğini anlamamıştım. Bu konuda yalnız değildim, diğerleri de aynı durumdaydı.

Emily, "Daha açık konuş lütfen," diyerek konuşması için onu teşvik etmeye çalıştı. İçimde ansızın oluşan bu sıkıntı, hemen nefes alışlarımı değiştirmişti.

"Kontrolsüzler," diyen Dezli korkuyla ürperdi. "İnfazcılar onlardan bahsediyordu. Tam anlamadım ama Kontrolsüzler'i diğer bloklara karşı silah olarak kullanacaklarından bahsediyorlardı. Ve bunu geliştirdikleri bir çip sayesinde yapacaklarmış." Derin bir nefes alarak üçümüze baktı. "Deney... Kontrolsüzler'i deneylerinde kobay olarak kullanacaklar ve genlerini mutasyona uğratacaklar. Bu mümkün mü, bilmiyorum ama insani duygularını kaybeden bir Kontrolsüz bile bizim için büyük tehdit oluşturabilir. Bir blok Kontrolsüz ise sonumuz olur," dediğinde duyduklarımın şokuyla yerimde kaskatı kesildim. Fazla stresten nefes alamadığımı fark edince, cebimdeki astım ilacımı çıkarıp kullandım.

Stew yutkunarak itiraz etti. "Bunu başaramazlar, yani Kontrolsüzler'den bahsediyoruz, onlar asla kobay olmaz." Stew bizi rahatlatmak için olumlu konuşmaya çalıştı ama açıkçası pek işe yaramıyordu. Suikastçım, Kontrolsüzler'in lideriydi ve aynı zamanda azılı bir seri katildi. Onu çipin etkisinde hayal edince bile ürpermiştim.

Emily sarsılarak, "Tabii ki yapabilirler," dedi. "Ne sanıyorsunuz, izin alacaklarını mı? Hayır! Eğer bunu planlıyorlarsa eminim bir şekilde yaparlar." Bu okul gittikçe beni ürpertiyordu. Kontrolsüzler'in yönetimini ele geçirmekle neyi amaçladıklarını bile bilmiyordum. Fakat başarılı olurlarsa bu bir felaket olurdu. Öyle bir durumda Avcı beni tanıyabilir miydi? Şu anda beni koruyan adam ya tekrar bana zarar vermeye kalkışırsa?

Stewart ellerini saçlarından geçirirken kaşlarını çatmıştı. "Bu deneyin amacı ne?" Hiçbirimiz bunun cevabını bilmiyorduk çünkü tüm cevaplar Dezli'deydi.

Dezli, "Silah," diyerek sıkıntıyla soludu. "Genleriyle oynanmış tehlikeli birinin ölümcül bir silaha dönüştüğünü düşünsenize. Düşünme yetisi yok, kontrolü yok, sadece vahşi dürtülerle hareket ediyor. İnfazcılar eğer durmazsa blokların hepsi tehlike altında. Kontrolsüzler buradaki dengeyi koruyan kolonlar gibiler. En tehlikeli olanlar ama kimseye zarar vermiyorlar. Bu bile yolunda gitmeyen bir şeyler olduğunu gösteriyor. Dikkatinizi çekmek istiyorum; tamamı sadistlerden, psikopatlardan ve seri katillerden oluşan bir blok uslu duramaz. Sanki büyük kıyamet için uyutuluyorlar gibi. Uyandıklarında infazımın çoktan yapılmış olmasını diliyorum. Aslında hepimiz birer deneğiz. Üç yüz kişiden oluşan Kontrolsüzler'i bine yakın insanın içine atacaklar ve katliam yaptıracaklar. Bence okuldan bunu isteyen mahkeme değil, daha güçlü ve büyük kişiler var bunun altında. Nedense bu okulun mahkemeye bağlı olduğunu sanmıyorum. Hatta böyle bir çipi ordu bile istemiş olabilir. Askerlere taktıklarını düşünsenize, ölümden korkmayan ve öldürmek için yanıp tutuşan bir birlikle neler yapılır!" Dezli konuşmaya başladığı andan itibaren Deborah'yı ne kadar çok özlediğimi fark ettim. Kız gelir gelmez tüm yaşam enerjimi çekip aldı.

"Ne yapmalıyız? Böyle seyirci mi kalacağız?" Stewart'ın çaresiz sesine Emily *bilmiyorum* dercesine omuz silkti. "Şimdilik beklemede kalalım. Eğer bunu bildiğimizi öğrenirlerse bir gecede bizden kurtulurlar. Ben yılbaşına birkaç gün kala tüm liderleri bir araya getirip bu konuyu konuşacağım. Onlarla birlik olabilirsek Kontrolsüzler'i geri püskürtebiliriz." Emily'nin sözleri içime su serpmiyordu çünkü tüm blokların Kontrolsüzler'e karşı iş birliği yapmasından bahsediyordu. Gölge, Kontrolsüzler'in lideri olduğu için o da tehdit altındaydı. Eğer infazcılar gerçekten öyle bir çipin peşindeyse Ötanazi kan gölüne dönerdi.

Aceleyle bir kâğıda düşüncelerimi yazarak Emily'nin eline tutuşturdum. *"Alex, Kontrolsüzler'in lideri! Ne yani, ona karşı mı savaşacağız?"* Bu çılgınlıktı, bunu Gölge'ye anlatacaktım. Ona o lanet şeyi vermelerini sadece böyle engelleyebilirdim.

Emily ona kızmamı umursamadan omzuma dokundu. "Şimdi beni iyi dinle, Alev Kafa!" diyerek derin bir nefes aldı. "Bahsi geçen çipin onda etkisinin ne olacağını bilmiyoruz. İnfazcıları engellememizin bir yolu yok ve başarılı olurlarsa dostun sandığın kişiyi, sana silah çekerken bulabilirsin. Alex şimdi seni koruyor ama çipin etkisiyle sana zarar verebilir. O da bir lider olduğu için bu konuyu onunla da konuşacağım." Çip konusunda ne yazık ki haklıydı, ayrıca çipin ne gibi etkileri olduğunu henüz bilmiyorduk. Ama Gölge asla bana zarar vermezdi. Vermezdi, değil mi?

Bugün hepimiz fazla ciddiydik, pek neşemiz yoktu. Okula gireceğimiz esnada Emily'nin ettiği küfrü duyduk. Adım atmayı bırakıp bir yere bakarak, "Gerçekten gelmiş!" diye kızdı.

Başımı kaldırdığımda Erich ile sohbet ederek bize doğru gelen adamı gördüm. Marcus yine şık kıyafetlerin içinde dikkat çekerek bize doğru geliyordu. Gölge'nin ağabeyi olduğunu öğrendikten sonra daha dikkatli bir şekilde ona bakıyordum. Genlerinde mi vardı, bilinmez ama Marshall erkekleri girdiği her ortamda tüm gözleri üzerine çekiyordu. "İnfazcının yanındaki bu adam da kim?" Dezli'nin neden böyle bir soru sorduğunu başta anlamadım ama sonra Deborah ile yaşadıkları karışık ilişkiyi hatırladım. Deborah, Marcus'u tanırken Dezli, ilk kez görüyordu. Sanırım bu çift karakter durumuna alışmam biraz zaman alacaktı.

Stew, "Marcus Bruce o, Passion sana tanıdık geldi mi?" diyerek ona küçük bir açıklamada bulundu. Dezli'nin dudakları bir balığı aratmayacak şekilde açıldı. "Bay Gizem'in abisi olan Marcus Bruce mu?" dedi heyecanlanarak.

"Bay Gizem mi?" diye dayanamayıp sordum. Okuduklarına başını salladı. "Buraya gelmeden önce hapishanede bir arkadaşım vardı ve sürekli Drew Bruce'dan bahsederdi. Onu sadece isim olarak duydum malum Drew'un pek fotoğrafı yok. Ama kız, bildiğin kafayı yemişti çünkü isim olarak herkesin dilinde olan ama gizemini koruyan biriyle sevgili olduğunu söylemesinin başka anlamı olamaz," dediği an Emily ve ben aynı anda şaşkınlıkla ona baktık. Hapishane kalan biri Drew'un sevgilisi olduğunu mu iddia ediyordu?

Emily afallayarak, "Drew Bruce ve sevgilisinin olması mı? Üstelik hapishanede olan bir sevgili, öyle mi? Buna hayatta inanmam," dediğinde gözleri beni bulunca güldü. "Belki de gerçekten öyle biri vardır, belki de sorunlu kızlardan hoşlanıyordur." Eğlenmek için söylediği şeyleri fazla ciddiye almıştım çünkü Gölge bana eski sevgilisinden daha önce kısaca bahsetmişti. Daha doğrusu konu yalanlardan açılınca ben anlamıştım. Eski sevgilisi yüzünden yalanlardan nefret ettiğini o gün odamda gerçekleştirdiğimiz konuşmada anlamıştım. Fakat bahsi geçen kadının şu anda hapishanede olduğunu bilmiyordum. Belki de o değildi, bunun cevabını sadece Gölge verebilirdi.

Kalbim kırılmış bir şekilde somurtarak kollarımı göğsümde birleştirdim. Emily haklı olabilir miydi? Bu adam gerçekten sadece sorunlu kızlardan mı etkileniyordu? Amcam ve Marcus yanımızda durunca rahatsız edici düşünceleri rafa kaldırdım. Erich bize bakarak tebessüm etti. "Müdür Connor bana Marcus'a yardım edecek mahkûmların siz dördünüz olduğunu söyledi, doğru mu?" dediği an ben ve Stewart bir adım geriye gittik ve Dezli'yi de yanımıza çektik. Bunu yaparak Emily'yi bir kez daha hedef hâline getirmiştik.

Stewart anında Emily'yi satarak, "Yardım edecek kişi Edward," deyince Emily bize ters bir bakış atarak önüne döndü. "Fedakâr ruhumun bu hainler için kendini kurban ettiği doğru," diye sızlanmıştı.

Marcus dikkatli gözlerle Emily'ye baktıkça yüzünde tehlikeli bir ifade oluşuyordu. Marcus gözlerini Emily'den ayırmadan, "Sen gidebilirsin, Erich," dedi. "Bu gözlüklü yaratık benimle ilgilenecek." Marcus ve amcamın birbirlerine isimleriyle hitap ettiklerini fark ettim. Sanki eskiden tanışıyorlarmış gibi samimiydiler.

Amcam beni göstererek Marcus'a baktı. "Yeşil hasta, o yüzden ona fazla yüklenmeyin." Amcamın sözleri üzerine bana bakan adam tebessüm ederek göz kırptı. "Bir rahatsızlığı olduğu solgun teninden anlaşılıyor. Merak etme, bu küçük tanrıçayı fazla yormam," deyince amcam içi rahatlayarak bana son kez baktı ve gitti.

Marcus yeniden Emily'yi hedef alarak, "Başlayalım mı artık?" dedi sabırsızca. Ona yapacağı işkenceler için sabırsızlandığını görebiliyordum. Başını sallayan kız mümkün olduğunca onunla göz göze gelmemeye dikkat ediyordu.

3 Saat Sonra...

Ayaklarımda yürüyecek derman kalmayınca yorgunlukla kendimi bir ağacın altına attım. Saatlerdir bahçenin her bölgesini gezmiştik ve şimdi D bölgesine giriş yaptık. Bahçe gerçekten çok büyüktü. Her on dakikada benim için mola vermelerine rağmen hâlâ gezilmemiş yerler vardı. Tabii, bu sürede Marcus, Emily'nin anasından emdiği sütü burnundan getirmişti. Özellikle onunla uğraşıyordu. "Edward?" diyen Marcus yüzünden oturduğum yerden kahkaha attım. Kim bilir, ona bu kez ne yaptıracaktı. Eğer Gölge'den onun kim olduğunu duymasaydım hayatta inanmazdım. Bu adam anlatılmaz, yaşanırdı; o derece değişik biriydi. Üstelik biri esmer, diğeri kumraldı; yani hiçbir yönden birbirlerine benzemiyorlardı.

Emily adım atmayı keserek, ona doğru dönüp bıkkınlıkla soludu: "Yine ne oldu, Bay Bruce?" dedi canından bezerek. "Eğer esen rüzgârı durdurmamı istiyorsanız henüz o mertebeye ulaşmadım." Sesinden yorgunluk akıyordu.

Marcus başını eğerek ona baktı. "Neden laf kalabalığı yapmak yerine açık konuşmuyorsun, Edward?" Edward ismine öyle bir vurgu yapıyordu ki her defasında gülmek istiyordum.

Stewart ve Dezli de yanıma oturunca ikisini izlemeye başladık. Yalnız Dezli'nin kıskanç bakışları ikisinin üzerindeydi. Emily kaşlarını çatarak karşısında duran adama baktı. "Diyorum ki, yine ne isteyeceksiniz? Her on dakikada bir geldiğimiz tüm yolu dönmeme sebep olan kahvelerden yenisini mi? Yoksa o kahveyi soğuk bulup başka bir kahve mi isteyeceksiniz? Ya da ağaçların altından geçmeden önce beni durdurmanızdan mı bahsedelim? Yine üzerinde herhangi bir şey var mı diye gördüğümüz her ağaca çıkmamı mı istiyorsunuz? Ama hayır, siz kesin yine beni botanik bahçeye gönderip boyum kadar olan saksıları kenara çekmemi istersiniz. Bel fıtığı olmamdan hiç endişe etmeyin, yeter ki sizin işiniz görülsün, değil mi?" Büyük bir kinaye taşıyan sözlerini Marcus duymazdan geldi ve evet, hepsini yaptırdı. Hiç olmayacak şeyleri kafaya takıp Emily'yi çalıştırmıştı.

Eliyle ayaklarının önünde duran ceviz büyüklüğündeki taşı gösterdi. "Şu taş geçmeme engel oluyor, çek şunu yolumdan." Gözlerini irice açan kız önce yerdeki küçük taşa, sonra da karşısında duran adama bakıyordu.

"O sadece küçük bir taş," dedi afallayarak. Birazdan sinir krizi geçireceğine emindim, bence çok bile dayandı.

Marcus kollarını göğsünde birleştirerek ona kibirli bir bakış attı. "Kör değilim, ben de bunun bir taş olduğunu görüyorum. Fakat yolumu kapatan bir taş," derken gülmemek için kendisini zor tutuyordu. Eğer bilerek bunu yapmıyorsa ben de hiçbir şey bilmiyordum.

Emily, içinde bulunduğu duruma inanamıyormuşçasına bakıyordu, yüzünü ona çevirdi. "Elmadan daha küçük bir taş, Bay Bruce!" dedi elleri yumruk olurken.

"Evet."

"Ve benden onu almamı mı istiyorsunuz?" dediğinde artık kontrolünü kaybetmek üzereydi.

Onun bu kıvranan hâlinden zevk alan adam, "Sağır mısın? Evet dedim ya," deyince Emily çıldırdı. Yerinde deli gibi tepinip çığlık attı. "Üstünden atlayın işte!" diye bağırdığında Marcus inatla *hayır* dercesine ona bakıyordu.

"Fazladan hareket etmeye niyetim yok, gelip al şunu."

"Yanından geçin o zaman."

"Küçük bir taş beni yolumdan çeviremez." Eğlenerek söyledikleri Emily'yi ağlayacak hâle getirdi. "Beni çıldırtıyorsunuz!" diye bağırıp yere eğildi ve taşı alıp ağaçların arasına fırlattı.

Fakat Marcus bundan memnun olmamış gibi yine sinsi bakışlarını ona çevirdi. "Sana taşı atmanı kim söyledi, gözlüklü şey? Derhâl git ve o taşı bulup bana geri getir," dediğinde Stew ve ben aynı anda kahkaha attık. Kesinlikle bu adamın düşmanlığını kazanmak istemiyordum, zira bu adam insanı sinirden delirtebilirdi.

Emily bir ayağını sertçe yere vurdu. "Tanrı'm, delireceğim! Sormaktan korkuyorum ama taşı ne yapacaksınız?" dedi ağlamaklı bir sesle.

Tek kaşını yavaşça kaldıran adamın yaptığı açıklamaya artık ne tepki versem bilemedim. "Vazgeçtim, üstünden geçeceğim," dedi onun inadına. "Atmadan önce bana sormalıydın, yani bütün bunlar senin hatan." Bunları öyle bir soğukkanlılıkla söylemişti ki, Emily üzerine atlayıp parçalamak istercesine bakıyordu ona.

Sinirinden tek kelime etmeyen kız, sert adımlarla ağaçların arasına girdi. Marcus yerinde hiç kıpırdamadan dururken aniden ağaçların arasından bir taş fırlayıp kafasına çarptı. "Bu da ne!" diye kükreyen adam elini alnına atınca kanadığını gördü. Kan yüzünden başımı başka tarafa çevirirken Marcus'un bir küfür savurduğunu duydum. "Kim attı bu taşı?"

Tam o esnada bir taşın daha ona doğru geldiğini gördüm. Bu seferki taş omzuna çarpmıştı. Ve birbiri ardına gelen birçok taş... "Neler oluyor?" Dezli'nin sorusuyla ben ve Stew gülerek birbirimize baktık. Anlaşılan Emily Lewis intikamını alıyordu. Marcus, üzerine gelen taş yağmurunu görünce koşarak yanımıza geldi. "Bu yaratık çıldırmış olmalı!" dedi dişlerinin arasından. Hak etmediğini söyleyemezdi.

Küfürler ederek cebindeki mendili alnına bastırdığını gördüm. İki dakika sonra Emily keyifli bir şekilde ağaçların arasından çıkıp geldiğinde elinde şu meşhur taş vardı. Ağacın altına kaçan Marcus'u görünce gözlerinde tehlikeli bir parıltı oluştu. Yanımıza gelerek ona ölümcül bakışlar atan adamın tam karşısında durdu. "Doğru taşı bulmakta biraz zorlandım ama sonunda buldum," dedikten sonra elindeki taşı uzattı. "Buyurun, rahatlıkla üzerinden geçebilirsiniz, Bay Bruce," dedikten sonra sırıtarak onun alnına baktı. "Size ne oldu?"

Yumruklarını öfkeyle sıkan adam burnundan soluyordu. "Hadsizin teki yaptı!" diye bağırarak yürümeye başladı.

"Taş ne olacak?" Emily arkasından bağırınca, Marcus durup ona öyle bir baktı ki Emily, "Sormadım farz edin," dedikten sonra elindeki taşı korkuyla yere attı.

İkisi resmen birbirine savaş açmış durumdaydı.

"Ed-Edward, bebeğim, onlar ölü mü?" Dezli'nin korku dolu sesini bile algılayamıyordum, şu anda hepimiz kaskatı kesilmiş, karşımızdaki şeylere bakıyorduk.

Larvaları işaret edip, *"O şeyler canlı mı?"* diye korkarak yazdığım notu Marcus'a uzattım.

Sadece yarım saat yürüdükten sonra bir ağacın altında iki beden görmüştük. Hareket etmiyorlardı, çoktan ölen bu insanların cesetleri çürümüştü. Sinekler üzerlerinde uçuşurken çürümüş etlerinin her yanında larvalar vardı. Evet, iğrenç görünüyordu. Rüzgârın burnuma getirdiği pis kokuları ise mide bulandırıcıydı.

İkisi de kadın cesediydi ve üzerlerindeki elbiseler parçalanmıştı. Bileklerindeki turuncu kelepçeyi görünce Değişkenler'in bloğuna ait iki kadın mahkûm olduklarını anladım.

Marcus ona verdiğim notu okuduktan sonra aklına bir şey gelmiş gibi Emily'ye baktı. "Bizi Erich'in bahsettiği yasaklı bölge, yani E bölgesine getirmediğini söyle?" dedi gözlerini kısarak. Sanırım amcam bu bölgeye girmememiz için onu uyarmıştı.

Emily sertçe yutkunarak başını salladı. "Şimdi neden kimsenin E bölgesine gelmediğini anlıyorum," dediğinde Marcus bir küfür savurdu. "Sen işe yaramaz birisin!"

Dezli artık daha fazla dayanamadı ve araya girdi. "Sevgilime bağırmayı kesin, onu korkutuyorsunuz!" diye Marcus'u azarlayınca Marcus derin bir nefes aldı. "Şu mesele, siz bir de şeysiniz, değil mi? Sevgili?" Sanki acı bir şey yemiş gibi bunları söylerken rahatsız olmuştu.

Emily onun küçümseyen bakışlarına karşılık elini Dezli'nin beline koydu. "Evet, öyleyiz ve lütfen Dezli'ye karşı biraz kibar olun. Kız arkadaşım çok hassas biri," dediğinde Dezli anında âşık gözlerle Emily'ye baktı. "Edward, beni korurken çok tatlı oluyorsun. Sanırım seni öpeceğim." Sevimli bir şekilde bunları söyledikten sonra Emily'yi öpmek için ona doğru uzandı. Fakat Marcus onu ensesinden tutarak geriye çekti. "Lanet ilişkinizi izlemek zorunda değilim, şimdi çıkarın beni buradan!" diyerek ikisini azarladı.

Ağaçların arasında iki karaltı görünce korkuyla ürperdim. Kalbim dehşete düşmüş gibi göğsüme yumruklarını indirmeye başlamıştı bile. Ellerim titreyerek bir şeyler yazdım ve yine Marcus'a uzattım. *"Orada bir şey gördüm ama şimdi yok, nereye gitti?"* dediğimde, "Sen kötü haber vermekten başka bir şey bilmez misin?" diyerek gözlerini bana dikti. "Bakıcısı mıyım ben onların? Nereden bileyim kim olduklarını!" diye serzenişte bulunurken ben kahkaha atıyordum. İsyanı çok tatlıydı.

Marcus şoke olarak, eliyle beni gösterip Emily'ye baktı. "Etrafta koşuşturan azılı katiller var ve bu kız gülüyor mu?" Emily başını *maalesef* der gibi salladı. "Genelde gülmekten başka bir şey yapmaz."

Hemen arkamızdaki ağaçların arasından bir hışırtı duyduk.

Marcus dışında hepimiz çığlık atarak onun arkasına saklandık. Olduğu yerde milim kıpırdamayan adam başını çevirerek Stewart'a ve Emily'ye baktı. "Şu değişik kızı ve Yeşil'i bir yerden sonra anlarım çünkü kızlar bu gibi durumlarda korkar. Peki, siz iki erkeğin arkamda ne işi var?" Büyük bir alayla söyledikleri, ikisini de utandırmıştı.

Stewart erkeklik gururunu bir kenara atarak hâlâ korkuyla ağaçlara bakıyordu. "Benim beklenmeyen şeylere karşı fobim var," dedi. "Ne zamandır?" Dezli hemen arkamda dururken bunu sormuştu. Stew, "Şu andan itibaren," deyince güleceğim esnada hepsinin ölümcül bakışlarını üzerimde hissedince sustum.

Marcus *ya sen?* der gibi Stew'un arkasında gömleğini sıkı sıkı tutan Emily'ye baktı. Emily etrafına tedirgin gözlerle bakarken, "Şey, ben de çok hassas bir erkek olabilirim," deyince Marcus başını iki yana sallayarak güldü.

Bizden kurtulmak için bir adım öne atmıştı ki, dördümüz ona yapışık bir hâlde onunla hareket ettik. Başını çevirip bize uyarı dolu gözlerle baktı. "Ben gidiyorum, siz de ne hâliniz varsa görün," diyerek kendisini bizden kurtardı.

Dördümüz yerimizde hiç kıpırdamadan kaldık. Marcus bizden daha büyük ve daha güçlüydü. Eğer giderse hiçbirimiz E bölgesinden sağ çıkamazdık. Bizi bırakıp ağaçların arasına girince dördümüz kedi yavrusu gibi kaldık. "Kalpsiz despot!" diye arkasından bağırdı Emily, o ise çoktan gitmişti.

Titreyen parmaklarım bir şeyler yazarak not defterini onlara uzattı. "*Şimdi ne yapacağız? Orada iki gölge gördüğüme eminim.*"

Hepimiz Emily'ye bakınca o da Dezli'ye baktı. "Güzelim, buradan sağ çıkmamızı istiyorsan bize Deborah'yı gönder çünkü içimizde dövüşmeyi bilen sadece o," diyerek gönülsüz bir şekilde istekte bulundu.

Fakat Dezli ağlayarak Emily'nin elini tuttu. "Şu anda çoktan gelmesi gerekiyordu ama sanırım o da korkuyor," dediğinde hepimiz kaşlarımızı çatmıştık çünkü Deborah kolay kolay korkacak bir kız değildi.

"Bu da ne demek?" Stewart gözlerini kısarak ona bakınca, "Bilmiyorum, beni gönderdiğine göre gerçekten korktuğu bir şey görmüş olmalı. Ve o yeniden gelene kadar bunu öğrenemezsiniz," diyerek somurttu. Bugün kesinlikle aksilikler bitmiyordu, Deborah gibi birini korkutan ne olabilirdi?

"Tamam!" diye bağırdı Emily. "Şimdi planı açıklıyorum, takım. Ben Dezli'yi, Stew sen de Yeşil'i bir şekilde koru. Hadi, yürüyün bakalım, o gölgeler karşımıza çıkacak cesareti gösterme..." demişti ki, Dezli ve Stew aynı anda bir yere bakarak çığlık attı. Felaket ötesi bir takımdık.

Başımı yavaşça kaldırdığımda Araftakiler'i gördüm. Kadın erkek karışık bir grup tam karşımızdaydı ve ellerinde kalın sopalar vardı. Neyse ki bu sefer herhangi bir kesici alet yoktu. Kahretsin, sopa mıydı? Yeni fark ettiğim acı gerçeklerle korkudan yerimde felç geçirdim. Bunlar bizim için ya da benim için buradaydı. Hepimiz korkuyorduk, biz dövüşmeyi bile bilmiyorduk; olacakları izlemeye bile dayanamazdı kalbim. Onlar korkumuzu hissetmiş gibi sırıtarak birbirlerine bakarken biz, bu durumdan nasıl kurtulacağımızı düşünüyorduk. E bölgesinde olduğumuz için kimse bizi göremiyordu, gardiyanların bile bizi burada bulması bir saatten fazla zaman alırdı. Araftakiler'den bir kadın gülerek bana baktı. "Ne dersin, açılışı ikimiz yapalım mı?" diyerek bana meydan okudu. Benimle mi? Tanrı aşkına, ben tokat atmasını bile bilmiyordum.

Emily kaşlarını çatarak kolumdan tuttu ve beni arkasına çekti. "O dövüşemez! Neden gidip kendi denginde birini bulmuyorsun?" Korkuyordu fakat korkusunu onlara yansıtmamaya çalışıyordu çünkü çok kalabalıklardı. Toplam üç erkek ve iki kadın saydım.

Kadın gülerek bir adım öne çıktı. "O zaman onun yerine sen gel," dedi sırıtarak. Dövüş konusunda çok iyi olmalı ki korkusuzca bize meydan okuyordu. Ve bizden en az yirmi yaş büyük olduğuna emindim. Saçlarını kazıtmış, yüzünde jilet izleri vardı. Oldukça tehlikeli bir kadına benziyordu. Emily bir lider olduğu için onun meydan okunmasına kayıtsız kalamadı. Tam bir adım öne çıkıyordu ki farklı bir ses herkesin dikkatini çekti.

"Erkekleri ben alırım, kadınlar sizin çünkü prensip olarak onlara el kaldırmam." Marcus'un sesiyle hepimiz rahat bir nefes aldık. Geri gelmişti ama yine de o bir iş insanıydı, yani tek başına o kadar adamla dövüşemezdi. Toplantıdan toplantıya koşmak ve birilerini yumruklamak aynı şey değildi.

Emily ilk kez onu gördüğüne sevinerek minnetle gülümsedi. "Neyse ki benim prensiplerim yok," dediğinde Marcus, onun yanına gelmişti; korkusuz gözleri ise karşısında duran adamlardaydı.

O kadın Emily'ye doğru atıldığında Marcus çoktan iri kıyım bir adama kafa atmıştı bile. Dezli, Stew ve ben, yani biz üç korkak, birbirimize bakarak bir adım geriye gittiğimizde kadın tek hamlesiyle Emily'yi yere düşürmüştü "Edward!" diye bağıran Dezli koşarak kadının yanına gitti ve öfkeyle yüzüne bir yumruk attı. "Ona sadece ben yumruk atabilirim!" Kıskanç sesiyle bağırdıktan sonra kadının saçlarına yapışarak onu yere devirdi. Emily düştüğü yerden kalkarken, "Sonunda geldin, geri zekâlı!" diye bağırınca Deborah'nın ne ara ortaya çıktığını düşündüm. Yine de tam zamanında geldiği için ona minnettardım.

Deborah altındaki kadının kafasını sertçe kaldırıp yere vurunca kadın bayılmıştı. Ayağa kalktığında gülümsedi. "Beni bu kadar çok özlediğini bilmiyordum, bebeğim," dediğinde Emily kusacakmış gibi bir hareket yaptı.

Marcus rakibinin yüzüne attığı yumruktan sonra Deborah'ya baktı. "Yalnızken yaptığınız şey beni ilgilendirmez ama benim yanımda mümkünse flörtleşmeyin, dikkatimi dağıtıyorsunuz!" diye onu azarlayıp yeniden önüne döndü ve yüzüne bir yumruk yedi. Bu onu daha fazla öfkelendirdiği için yumruklarını sıktı. "Bu ne cesaret! Kimse benim mükemmel yüzüme vuramaz!" dedikten sonra ona vuran kişiye sert bir yumruk atarak onu yere düşürdü.

Deborah ölümcül bakışlarını Marcus'a yöneltikten sonra Emily'yi bizim yanımıza getirdi. Sevgilisini güvenli bölgeye çektikten sonra diğer kıza doğru yürüdü. Emily ise hâlâ dizlerine bakıp inliyordu. Pantolondan görünmese de kötü düştüğü belliydi. "Çok kalabalıklar, hepsiyle mücadele edemezler." Stew'un açıklamasıyla Emily ona ters ters baktı. "Evet! Bir erkek olarak senin de orada olman gerekiyordu!" dedi ama Stewart korkuyla koluma yapışınca burnundan soludu.

Marcus tek başına ortadaydı ama etrafını sarmışlardı. Biri arkasından bıçağı çıkartıp ona doğru adım atınca Emily panik yaparak, "Bay Bruce!" diye bağırıp yerdeki odunu aldı ve koşarak adamın kafasına sertçe vurdu. Marcus arkasına dönünce yerdeki adamı ve elinde bir sopayla duran Emily'yi görünce güldü. "Fena değil, Edward." Ona ne zaman Edward dese gülmemek için kendisini zor tutuyor gibi görünüyordu.

Her yer kan olduğu için bedenimi saran bir korkuyla cebelleşiyordum. Kalbim gittikçe hızlanırken aldığım nefesler yetersiz gelmeye başlamıştı. Ellerim titriyor, boğazımdan garip ve hırıltılı sesler çıkıyordu. Bana doğru elinde bir bıçakla gelen kişiyi görünce korkuyla birkaç adım geriye gittim. Stew beni korumak için öne atıldı. "Yeşil, kaç!" diye bağırınca, arkamı dönerek koşmaya başladım. Stew onu fazla oyalayamazdı. Üstelik diğerleri kendilerini kavgaya kaptırmış, benden habersizlerdi.

Her yanımı çizen dalların arasından geçerken son nefeslerimi tüketir gibiydim. Sadece birkaç dakika koşabilmiştim ki nefessizlikten tıkandım. Yaşlı bir ağacın yanında soluk soluğa durduktan sonra cebimdeki astım ilacımı çıkardım. Titreyen ellerim ilacı tutamadığı için yere düşmüştü. Eğilmeye kalktığımda arkamda duyduğum seslere doğru sertçe yutkundum. Yavaşça arkamı döndüğümde o adamı tam karşımda buldum. Gözyaşlarım hızla süzülürken *hayır* dercesine ona baktım. Elindeki bıçağı daha çok kavradı. "Yolun sonu, Taşıyıcı," dedikten sonra üzerime yürüdü.

Ölmekten çok nefessizlik canımı yaktığı için eğilip yerdeki ilacımı aldım. Fakat daha ben elimi yerden çekmeden adam elimin üstüne bastı. Tüm gücüyle elimi çiğneyince acıyla inledim. Parmaklarım çok kötü sızlıyordu, üstelik ilacım avuçlarımda kırılmıştı. Ayağını çeker çekmez saçlarıma asıldı ve diz çökerek bıçağını bana doğru savurdu. Kendimi ondan kurtaramayacağımı bildiğim için elimi bıçağa doğru uzattım ve tuttum. Keskin tarafı avuç içimdeydi ve o birden bıçağı çekince elimde şiddetli bir yanma hissettim. Parmaklarımın arasında sızan kanla hıçkırarak ağlarken başımı yere eğdim. İkinci hamlesini beklerken o, büyük bir gürültüyle benden uzaklaştı. Kanayan elime bakmamaya dikkat ederek başımı kaldırdığımda onu gördüm. Suikastçım... Daha önce hiç olmadığı kadar öfkeli bir hâlde adama sert bir yumruk attı. "Benim himayemdeki bir kıza dokunmayacaktın!" diye bağırıp çenesine ikinci bir yumruğu indirdi.

Hareketleri o kadar hızlı ve sertti ki darbenin nereden geldiğini takip edemiyordum. Adamın yüzü kan içinde kaldığı için artık ona bakamıyordum. Sadece Gölge'nin öfkesini ve bana saldıran kişinin acı dolu çığlıklarını duyuyordum. Kanayan elimi görmemek için karnıma bastırmıştım fakat çok fazla kanıyor olmalıydı ki elbisem ıslanmıştı. Nefes alamıyordum, ilacım ise yerde kırılmış bir şekilde duruyordu. Sağlam elim boğazıma gittiği an o adam öyle bir çığlık attı ki sesi bulutlu havada yankılanmıştı. Başımı tam kaldıracağım esnada Gölge, "Sakın bakma!" diye beni uyardı.

"Lütfen yapma!" Adamın ikinci feryadı bir öncekini bastırmıştı. "Ona dokunan kimseye merhamet etmem!" Soğuk sesi kulağıma geldiğinde adam bu sefer daha yüksek sesle haykırmıştı.

O adamın acı içinde attığı her çığlıkla kalbim korkudan duracakmış gibi oluyordu. Dayanamadım ve başımı kaldırdım. Gördüğüm vahşetle boğazım kanarcasına bir çığlık attım. Adam yaşıyordu ama parmakları, etrafında kesilmiş bir şekilde duruyordu. Elindeki bıçakta o adamın kanı varken lacivert gözleri karanlıklara gebe bir şekilde son hamlesini yaptı ve bıçağı yerdeki adamın boynuna bastırdı. Adamın tüm parmaklarını kestikten sonra hiç acımadan bıçağı onun boğazına saplayarak öldürmüştü. Boğazından fışkıran kanı ve etrafındaki kopuk parmakları gördükçe aklımı yitirecek gibi oluyordum. Onu böyle görmek beni hep korkutuyordu. Öldürürken bir insan değil gibiydi, içindeki kaosu kurbanının bedeninde kullanıyordu. Ve ben böyle birinden etkileniyordum. Kendime lanetler yağdırarak ayağa kalktığım gibi koşmaya başladım. Gözlerimin önü kararıyor, bayılacak gibi oluyordum. "Sana benden kaçma demiştim!" Arkamdaki kükreyişini duyduğumda dizlerimin üzerine düştüm ve hıçkırıklarla ağlamaya başladım. O böyle öldürürken nasıl olurdu da yanında kalırdım?

Adımları yanımda durdu ve önümde diz çöktü. Elini bana doğru uzatınca korkuyla sıçrayacak geriye doğru sürünmeye çalıştım. Yaralı elimi yere bastırıp, arkaya doğru sürünürken gözlerimi kanlı elinden ayıramıyordum. Soğukkanlı bir katilin kanlı ellerine bakıyordum. Kriz geçiren bedenim şiddetli bir şekilde titrerken kolumdan tutarak beni durdurdu. "Gördüklerini unut ve nefes al!" diye emir verdi ama ben deli gibi titriyordum.

Gözlerim kanlı ellerinde oyalandıkça dudaklarımdan çıkan hıçkırığa engel olamadım. Ellerine baktıkça daha kötü olduğumu görünce, tişörtünü ensesinden tutarak çıkardı. Çıkardığı tişörtüyle elindeki kanı temizledi. İnce bir parçayı yırtarak tişörtünden ayırdı ve kanayan elimi tuttu. Başka bir zaman olsaydı gözlerimi çıplak teninden ayırmazdım. Ona olan tüm korkum anında yok olur ve yerini farklı duygulara bırakırdı. Esmer teni kusursuz derecede mükemmeldi, özellikle kasları. Evet, nefes kesiciydi, zaten nefes de alamıyordum. Eğer beni kalpten götürmek için bunu yapıyorsa gayet başarılı oluyordu. Fakat az önce yaptığı vahşet onun kaslarına olan ilgimden daha baskındı. Hiç acımadan birinin parmaklarını sökerek onu öldürmüştü. Üstelik bundan zerre kadar pişman değildi çünkü elimi sararken dişlerinin arasından, "Onu bu kadar kolay öldürmemeliydim!" dedi. Kolay mı demişti? Adamın parmakları şu anda bedeninde değildi ve bu adam, kolay mı diyordu?

Kesinlikle uzak durulması gereken biriydi ama onun yanında mutlu olurken nasıl yapacaktım bunu?

İşi bitene kadar korkuyla yüzünü inceledim. Elime baktıkça kaşlarını çatıyor, dişlerini sıkıyordu. Sanki benim yerime onun canı yanıyordu. "Dikiş atılması gerekiyor." Elimi sardıktan sonra sonunda bana bakmıştı. Fakat şu anda elimden daha ciddi sorunlarım vardı. Nefes alamıyordum ve gözlerimin önünde duran kasları kalbimi heyecandan ağrıtıyordu. Bunu istemediğim hâlde bronz teni beni heyecanlandırıyordu. Üstelik hastalıklı zihnim yine, *Gölge yapmasaydı o adam seni öldürecekti,* diyerek katilimi aklamaya başlamıştı. Böyle düşündükçe korkum yatışıyordu. Fakat buna rağmen astım krizimi durduramıyordum. Boğazımda hırıltılı sesler çıkarken, *"Ne-Nefes,"* diye dudaklarımı oynatıp sadece bunları söyleyebilmiştim.

Endişeli gözleri üzerimdeyken pantolonunun cebinden çıkardığı astım ilacını görünce gözlerim büyüdü. Homurdanarak, "Bakma şöyle, sadece önlem," dedikten sonra ensemden tutarak ilacı dudaklarıma yaklaştırdı. Dudaklarımı aralayınca ilacımı sıktı. Benim için ilacımı yanında taşıması, bu durumdayken bile beni mutlu etmişti.

Ciğerlerime yeniden hava doluşurken rahatlayarak ona baktım. *"Teşekkür ederim,"* dediğimde, "Etme," diye öfkeyle bana baktı. "Benden kaçmayı bırakman yeter bana!" Öfkesinin sebebini anlıyordum ama o da beni korkuttuğunu anlamalıydı.

Saçlarımı yüzümden çekerken titreyen elimi uzattım ve çıplak göğsüne dokundum. Bedeni anında kasılınca elimi tutarak bana baktı. "Yanımda kalp ilacını taşımıyorum, o yüzden uslu dur, Dolunay Surat." Kalbim bu yakınlıktayken zaten ağrıyordu, gülümsedim. *"Seni hissetmek istiyorum,"* dediğimde sertçe yutkundu. Ona dokunmak istiyordum ama lanet kalbim beni engelliyordu.

Elim onun çıplak teninde dururken bakışları iyice kararmıştı. Sıcak eli ensemi kavradı. Dokunuşuyla harekete geçen tüm duyularım *uzaklaş* dercesine beni uyarıyordu. Yapmadım, eğer duracaksa kalbim onu hissettikten sonra durmalıydı. Gözleri koyulaşırken, "Canın yanarsa durdur beni," dedi fısıltıyla. Gözlerimle onu onayladığım esnada yüzünü iyice bana yaklaştırdı. Beni öpmeyi benden daha fazla istiyordu.

Dudakları benimkilere değeceği an aşırı heyecandan ölecek gibi hissettim. Dayanabilirim sandım fakat kalbim damarlarıma yoğun bir acı pompalayınca elimi göğsüne bastırarak onu durdurdum. Gözyaşlarım yanağımdan kayıp giderken, *"Üzgünüm,"* dedim büyük bir azap çekerek. Gözlerini kapatıp derin bir nefes aldı. Yeniden açtığında ise bu duruma lanetler yağdırıyordu.

"Sorun yok," diyerek ayağa kalktı ve omuzlarımdan tutarak beni de kaldırdı. Daha fazla acı çekmemi istemediği için yine benden uzaklaşmıştı. Kendimi o kadar kötü hissediyordum ki bunu anlatacak doğru kelimeleri bulamıyordum. *Gidelim* der gibi eliyle yolu gösterince Marcus'un afallayan sesini duydum: "Drew?"

Bizden birkaç adım uzaktaydı, yanındaki Emily ile bize bakıyordu. İkisi de perişan bir hâldeydi ama adamlar yanında olmadığına göre Marcus gerçekten iyi iş çıkarmıştı. Deborah ve Stew yoktu burada. Bu, beni endişelendirmişti fakat Emily *her şey yolunda* der gibi bana bakıyordu. O ikisinin başına bir şey gelseydi Emily bu kadar rahat olmazdı. Fakat burada rahat olmayan biri vardı ve onun şaşkın bakışları suikastçımın üzerindeydi. Marcus, "Sen burada ne arıyorsun?" dediğinde Gölge'nin ettiği sessiz küfürleri duymuştum. Ne yani, Marcus kardeşinin Ötanazi'de olduğunu bilmiyor muydu? Ama Drew biliyordu çünkü Marcus dün de okuldaydı. Mutlaka onu görmüş olmalıydı.

Marcus'u gördüğüne sevinmemiş gibi hoşnutsuz bir şekilde ona bakıyordu. "Burada kalıyorum." Anladığım kadarıyla Marcus bunu bilmiyordu ve yalandan nefret eden adam, tüm dürüstlüğüyle onu cevaplamıştı.

Marcus şoka girmiş gibi birkaç dakika boyunca hiç konuşamadı. Daha sonra gerçeği yeni idrak etti ve hızla kardeşinin yanına geldi. "Ne demek burada kalıyorum? Sen aklını mı kaçırdın, Drew. Bu lanet yer suçlu kaynıyor!" diye onu azarlayarak bağırdı. Kardeşi için endişelendiğine göre onun nasıl bir psikopat olduğunu bilmiyordu çünkü daha az önce bir adamı doğramıştı. Marcus görüp görebileceği en azılı suçluya baktığından habersizdi.

Kaşlarını çatan Gölge umursamazca, "Ne zamandan beri sana hesap veriyorum?" diyerek onu uyaran bir kaygısızlıkla konuştu. Bu tavrı Marcus'u kızdırmış olmalı ki, "Büyüğünüm ben senin, it herif!" diyerek yumruğunu Gölge'nin yüzüne savurdu. Bunu yapması şart mıydı?

Gölge çenesine yediği yumruktan hiç etkilenmemiş gibi düz bir ifadeyle Marcus'a baktı. "Bundan daha iyisini yapabildiğini biliyorum. Neden üzerindeki şu ceketi çıkartmıyorsun? Hareketlerini kısıtlıyor." Gayet rahat bir şekilde söylediklerine karşılık ben afallarken Marcus bir açıklama duymadığı için daha çok çıldırdı. İkinci kez elini yumruk yapınca hemen araya girdim ve Marcus'un bacak arasına sert bir tekme attım. Ona vurmayı bırakmalıydı!

Marcus inleyerek dizlerinin üzerine düştüğünde, Gölge afallayarak bana baktı. "Ne yaptın sen?" diye sorunca, kaşlarımı çatarak Marcus'u gösterdim. *"Sana vuruyordu."* Söylediklerimi duyup, önce şaşkınca bana baktı fakat daha sonra sesli güldü. "Sen de beni korumak için ona vurdun, öyle mi?" Eğlenerek sorduğu soru beni kızdırdı. Gözlerimi kapatan kâküllerimi düzelterek ona ters ters baktım. *"Sana vurmasını izleyemezdim!"* dediğimde, başını iki yana sallayarak keyifli bir şekilde güldü. "Beni şaşırtıyorsun, Dolunay Surat." Bana böyle hitap ettiğine göre keyfine diyecek yoktu.

Gölge yere doğru eğilip Marcus'a elini uzattığında Marcus, benden çok ona küfrederek onun elini tuttu ve ayağa kalktı. Bana onaylamaz bakışlar atan Marcus, "Bu saygısız velet için mi bana vurdun?" diye sorunca dayanamayıp kıkırdadım. Cebimdeki kâğıdı çıkardığımda sargılı elimle zor olsa da yazdım. *"O saygısız velede değer veriyorum."* Uzattığım kâğıdı okuyunca anında gözleri kardeşini buldu. Bazı şeyleri daha yeni anlıyordu.

Kardeşine bakarak beni gösterdi. "Drew bana burada olma sebebinin bu ufaklık olduğunu söyleme!" Ses tonu oldukça şaşkın çıkmıştı. Suikastçım bu soru üzerine uzun uzun ona bakınca Marcus bir küfür daha savurdu. "Lanet olsun, Drew. Bu bakışı tanıyorum!" diye bağırarak parmaklarını hırsla saçlarının arasından geçirdi. "Erich, bana bu kızın Taşıyıcı olduğunu söyledi," dedikten sonra karşısında umutsuz bir vaka varmış gibi kardeşine baktı. "Her zaman imkânsızı bulmak zorunda mısın?"

Emily yanıma geldi, o da benim gibi iki kardeşi şaşkınlık içinde izliyordu. Gölge derin bir nefes alarak Marcus'a baktı. "Benim yanımdayken iyi hissediyor," dedi. "Marcus o..." deyip iç çekerek sustu. Ben bir şey anlamadım fakat Marcus anlamış olmalı ki gözlerindeki öfke usulca silindi. Kardeşine üzgün gözlerle baktı ve onun yarım bıraktığı cümlesini tamamladı. "O bir Taşıyıcı ve hasta, değil mi?" dedi küçük kardeşine bir şeyleri anlatmak istercesine. Benim yanımda, benim hakkımda konuşmaları tuhaf hissettirmişti.

Gölge'nin lacivert gözleri beni buldu. Gözlerindeki yoğun duyguyla, "O sadece küçük bir kız," deyince pes eden Marcus sıkıntıyla bir nefes koyuverdi. "Pekâlâ, biri burada olanları bana doğru düzgün anlatsın," dediğinde Gölge'nin kıvrılan dudaklarını görünce ona ters ters baktı. "Hiçbir şeyi onayladığım yok serseri!" diyerek onu azarladı. "Annemi oyalamak için her şeyi bilmeliyim, hayvan herif."

Gölge, Emily'ye bakıp beni gösterdi. "Onu revire götür," dediğinde Emily başını sallayarak koluma girdi. Biz giderken Marcus gözlerini kısarak Gölge'ye ve Emily'ye bakıyordu. Ansızın bir şeyi fark etmiş gibi kardeşine baktı. "Biliyor muydun?" dediğinde biz iki kadın bir şey anlamamışken suikastçım sinsi bir şekilde gülerek başını salladı. Marcus'un ettiği küfürleri duymamak için hızla oradan uzaklaştık. Kesinlikle farklı bir ağabey kardeş ilişkileri vardı. Özellikle bugün Marcus için pek güzel bir gün olmamıştı. Bence burada olanların şokunu uzun süre üzerinden atamayacaktı. Çünkü hâlâ kardeşini böyle bir yerde görmenin şaşkınlığını yaşıyordu.

Yol boyunca Emily'le dinlenip sohbet ederek okula gelmiştik. Söylediğine göre, Deborah yeniden Dezli'ye dönüşüp bayılınca Stew onu okula götürmüştü. Beni merak ettiği için Marcus ile beni aramaya çıkmışlardı. Marcus'un o süre zarfında onu canından bezdirdiğini de söylemeyi unutmamıştı. Okulu girmeden hemen önce onu durdurdum. *"Onu tanıyor gibisin."* Bir süre yazı yazmasam daha iyi olacaktı. Kalem tutan elimde sorun yoktu ama sol elim defteri tutarken acıyordu.

Yüzünü buruşturarak başıyla beni onayladı. "Buraya gelmeden hemen önce Passion'da staj görüyordum. Bay Bruce'u o kısacık zamanda iyi tanıdım. Fakat kardeşi Bay Marshall'ı şirkette sadece bir kez gördüm ve ondan da çok korkmuştum." Şimdi anlaşılıyordu neden Marcus'un ona takıntılı olduğu çünkü onun Emily olduğunu anlamıştı. Özellikle burada asistanı olarak Edward'ı, yani onu istemesi bile bunu doğruluyordu. Ancak bunu ona söylemeyecektim çünkü ikisinin atışmaları beni eğlendiriyordu. Ayrıca Gölge herkesin içinde Taylor'ı döverken Emily ona "patron" demişti. Aslında parçaları birleştirince her şey çok açıktı.

Okula girdiğimizde Emily revire gitmemi sıkı sıkı tembihledikten sonra Deborah'yı ve Stew'u bulmaya gitti. Merdivenleri çıkıp küçük adımlarla revire gidiyordum. Koridora çıktığımda duyduğum çığlık sesleri yüzünden durdum. Etrafıma korkuyla baktım. Dördüncü kattaydık ve kimsecikler yoktu. Yeniden yukarı çıkacağım esnada bir kız karşı koridordan çıkıp bana doğru koşmaya başladı. Korku içinde bir adım geriye gittiğimde bu gelenin Chloe olduğunu gördüm. Beyaz elbisesinin önü kan olmuştu ve ağlayarak koşuyordu. Beni gördüğünde gözlerini irice açarak durdu. "Yeşil..." diye adımı fısıldamıştı.

Fakat hemen sonra arkasını kontrol ederek bana doğru koştu. "Yeşil, git buradan!" diye bağırıp koşuyordu.

Neler olduğunu anlamadığım için korkudan yerimden kıpırdayamıyordum. Hemen onun arkasından çıkan iki silahlı adamı görünce elim korkuyla kalbimin üzerinde durdu. Chloe yanıma gelip, hiç durmadan elimi tuttu ve "Koş!" diye bağırarak beni peşinden çekti. Neler oluyordu?

Olayları idrak edemeyen beynim hemen ona ayak uydurmuştu. Bir anda beni asansöre itip kapıyı kapattı. "İyi misin?" Asansör çalışınca rahat bir nefes aldı. Endişeli gözleri beni bulunca tekrar paniklemişti. Korku içinde beni incelerken aynı şekilde onun için korktuğumu fark ettim. Üzerindeki kanı gösterirken yerimde sendelemiştim.

Başını iki yana salladı. "Benim kanım değil." Beyaz elbisesini eteklerinden tutarak çıkardı. Karşımda kısa kot şort ve yarım atletle kalınca gözlerim büyümüştü. "Bu gibi durumlarda rahat hareket etmek için hep ikinci bir kıyafet giyerim, kardeşim," deyip göz kırpınca yüzümde buruk bir gülümseme oluştu. Onun dudaklarından çıkan "kardeşim" kelimesi bile içimi sıcacık etmişti.

Asansörde olduğumu yeni fark edince sertçe yutkundum. Hemen asansörü durdurup kendimi aceleyle dışarı attım. Nefes nefese kaldığım esnada Chloe peşimden gelerek sağlam elimi tuttu. Gözleri bir süre karnımdaki kanla yıkanmış kıyafetlerimde oyalandı. Bayılmamak için özellikle üzerime bakmıyordum. Chloe etrafını kontrol ederek elimi daha çok sıktı. "Yeşil, onların kim olduğunu biliyorum ve ne için burada olduklarını da öyle. Seni buradan çıkarmalıyım!" Telaş içinde konuştuğu için onu anlayamıyordum. Bahsettiği kişiler kimdi ve ne için buradaydı? Chloe yeniden hareket edeceği esnada bir anda inleyerek, yere düşüp bayıldı. Endişe içinde ona doğru eğileceğim esnada Chloe'nin arkasında duran adamı gördüm. İlk kez gördüğüm bir yabancı, elindeki tuhaf silahla koluma ateş edince dengemi kaybettim. Bedenimde yoğun bir uyuşma başlayınca her şeyi bulanık görmeye başladım, Chloe'nin yanına yığılırken aklımdaki tek soru, bize ne olacağıydı. Neden kimseler etrafta yoktu? Tamamen karanlığa çekildiğimde Gölge'nin gelmesi için dua eder olmuştum.

18

İKİ HAYAT, TEK BİR KALP

**Ve içli kelimeler döküldü adamın dudaklarından,
"Bu kadar özleyeceğimi bilseydim, bir saniye olsun
gözlerimin önünden ayırmazdım."**

İlahi Bakış Açısı

Bu sıkıcı durumdan kurtulmak isteyen adam, derin bir nefes alarak cebindeki sigara paketini çıkardı. Marcus'un nutuklarını dinleyecekse sabırlı olması gerekiyordu, aksi takdirde onu susturmanın farklı yollarını arayacaktı. Az önce her şeyi beklediğinden daha ılımlı karşılayan Marcus, şimdi olanları yeni duymuş gibi öfkeliydi. Drew, o an onun şokta olduğunu ve bu şoku bir dakika önce atlattığını fark etti. Yine de Dilsiz Kız'ın yanında fazla tepki vermemesi Marcus'a karşı saygı duymasını sağlamıştı. Fakat bunu ona tabii ki söylemeyecekti. Marcus iğneleyici gözlerle ona bakarken, "Demek ortadan kaybolmanın sebebi bu okul," dediğinde sesi oldukça şaşkın çıkmıştı. Bal rengi gözlerini kısarak kardeşine baktı. "Ya da o kız mı demeliyim?" Sesindeki eleştirici tavır, bu durumu onaylamadığını gösteriyordu. Kendisini kandırılmış ve onun büyüğü olarak yetersiz görmüştü. Drew, onun küçük kardeşiydi ve onun görevi kardeşini korumaktı. Şimdi öğreniyordu ki kardeşi bir yıldır buram buram tehlike kokan bir yerde kalıyordu. Çıldırmak işten bile değildi! Ya başına bir şey gelseydi? Üstelik peşinden buralara kadar geldiği kız ölüme mahkûmdu ve Drew yine bir imkânsıza tutulmuştu! Kız öldüğünde uzun bir süre kendisini toparlayamayacaktı. Neden kendi denginde birini bulmuyordu ki?

"Sadece bir süre daha burada kalmalıyım." İkinci sigarasına başlarken sırtını hemen arkasında duran ağaca yasladı.

Duyduklarını bir türlü kabul edemeyen Marcus, "Ne kadar

bir süre?" diye alay ederek ona baktı. "Bahsettiğin süre onun öleceği günle mi sınırlı?" dediğinde Drew'un hiddet dolu bakışlarını görünce kaşlarını çattı. "Bana şöyle bakma çünkü gerçek bu!" diye âdeta kükredi. "Drew, o kız bir Taşıyıcı! İstesen de onu kurtaramazsın. Bu kadarını sen bile yapamazsın!" Az önce Emily ve Taşıyıcı'nın yanında kardeşini rencide etmek istemediği için susmuştu ama daha fazla sabredebileceğini sanmıyordu.

Drew sakinliğinden ödün vermeden uzun parmakları arasında duran sigaradan bir nefes daha çekti. "Yani?" dedi soğuk bir sesle. "Taşıyıcı olması neyi değiştirir?" Büyük bir kayıtsızlık taşıyan bu sözler Marcus'un bal rengi gözlerinde öfke ateşleri yaktı. Bir de soruyor muydu?

"İstediğin Taşıyıcı mı yoksa paha biçilemez kalbi mi?" Aslında cevabını Drew'un o kıza olan bakışlarından almıştı fakat bir konuda da çok emindi. Taşıyıcı, Drew'un bağlanacağı bir kız değildi. Kardeşi olgun, öz güveni olan ve ne istediğini iyi bilen kadınlara ilgi duyardı. Oysaki şimdi söz konusu olan kadın bütün bunların tam tersiydi.

"Yeşil."

"Anlamadım?"

"Onun adı Taşıyıcı veya o kız değil," diyerek Marcus'a dik dik bakmaya başladı. "Adı Yeşil."

"Lanet olsun, Drew. Ona tutuldun, değil mi?"

"Sanmıyorum."

"Sanmıyor musun? Emin bile değilsin yani!" diyen adam kardeşine öldürecekmiş gibi bakıyordu. "Farkında mısın, hayır diyerek kestirip atmıyorsun! Ayrıca ne zamandır bir kadının adıyla ilgileniyorsun?"

Rahatça omuz silkti. "Bir süredir."

Marcus sabrının sonuna gelmek üzereydi, serseri kardeşinin kayıtsızlığı onu deli ediyordu. "İstediğin hangisi?" diyerek sakinleşmeye çalıştı. "Yeşil mi yoksa kalbi mi?" Bunun cevabını almalıydı.

Drew içine çektiği dumanı havaya bırakırken, "İkisini de istiyorum," diyerek omuz silkti. Bu gerçeği dile getirmek bile farklı hissetmesini sağlamıştı. Gerçekten istediği neydi? Buraya tüm zorbalığını konuşturarak, kızı öldürüp sahiplendiği kalbi almaya gelmişti. Fakat şimdi işler tersine dönmüştü ve bu hissettiklerine isim verememek onu çıldırtıyordu.

Onu sevmiyordu.

Âşık değildi.

Bağlanmamıştı.

O hâlde sebep neydi?

Neden onu korumak zorunda hissediyordu? Oturduğu yerde bir küfür savurarak yumruklarını sıktı. Kıza karşı bir hissi bile yokken ona kalbini vermek istemesini anlayamıyordu! Sevmediği bir kadını yaşatmak için neden bu kadar çok çabalıyordu? Dışarıda sahip olacağı onlarca kadın varken neden bir tek onu arzuluyordu? Bütün bunlara bir anlam veremiyordu ve bu durum onu deli ediyordu. Marcus, "Bu okuldan derhâl ayrılmanı istiyorum, Drew," deyince sadece ona boş gözlerle bakmakla yetindi. Marcus'un kolayca geri adım atacağını hiç düşünmemişti. Hatta az önce kızlar buradayken bu kadar kolay bir şekilde durumu kabul etmesi onu afallatmıştı. Onun tanıdığı Marcus, onu buradan uzaklaştırmak için elinden geleni yapardı.

"Hayır!" diyerek kestirip attı. Buradaki işi henüz bitmemişti ve gitmeye niyeti yoktu.

Marcus kardeşinin ne kadar inatçı olduğunu iyi bildiğinden sıkıntılı bir nefes aldı. "Onu seviyor mu..." Daha sorusunu tamamlamadan Drew büyük bir öfkeyle onu susturdu. "Yardımıma ihtiyacı var!" diyerek gözlerini ona dikti. "Kendisini koruyamayacak kadar zayıf ve tecrübesiz!" dedi tükürürcesine. Zayıf insanların hep ölmesi gerektiğini düşünmüştü. Ona göre bir insan kendisinden farkı olmayan başka bir insandan korkuyor ve ona boyun eğiyorsa yaşamayı hak etmiyordu. Drew Bruce için güç, hep ön planda olmuştu. Kadın erkek fark etmez, ona göre zayıf insan yoktu; sadece korkak ve aciz insan vardı. Onu en çok kızdıran da buydu işte, Dilsiz Kız kesinlikle aciz değildi ama ne yazık ki kendi başına adım atamayacak kadar korkak biriydi!

Dışarıdaki dünyayı tanımıyordu bile.

Marcus gözlerini kısarak, "Bu seni neden rahatsız ediyor?" dedi. "Yeşil'e karşı bir sorumluluğun yok, böyle bir yerde olduğun duyulursa tüm prestijimiz yerle bir olur!" Kardeşinin böyle sorumsuzca bir işe kalkıştığına hâlâ inanamıyordu. Neden şirkette işe başlayıp sakin bir hayat yaşamıyordu ki? Üstelik Marcus Yeşil'i sevip sevmediğini sorunca Drew, yardım etmek için burada olduğunu söylemişti ama hayır dememişti. Çünkü Drew asla yalan söylemez, söyleyemezdi! Köşeye sıkıştığında bile doğrulardan oluşan farklı cevaplar verir ama yine de yalan söyleyemezdi. Kahretsin, Yeşil'e âşıktı!

Drew biten sigarasını söndürüp ayağa kalktı ve Marcus'un karşısında durdu. "Seninle aramızdaki fark bu işte," dedi hep olduğu gibi mesafeli bir tavırla. "Sen planlı programlı nefes alır ve yaşarsın. İçinde bulunduğun dünyaya ayak uydurur ve ona göre hayatını şekillendirirsin." Bir adım geriye giderek eliyle kendisini gösterdi. "Ben ise bu hayata ayak uydurmam, yaşadığım hayatı kendime uydururum. Ölüm veya yaşam... Benim için fark etmez çünkü ben doğaçlama atarım adımlarımı. Söylesene Marcus, en son ne zaman kendin için bir şey yaptın?" diye sordu. Drew kimseyi umursamaz, önceliği daima kendi tercihlerine verir ve kafasına estiği gibi özgürce yaşardı. Fakat Marcus öyle değildi. Ailesi, nişanlısı ve çevresi gibi etkenlerin memnuniyeti için kendini hep geri plana atardı. Zaten Gölge'yi kızdıran da buydu çünkü Marcus şirket ve toplantılar dışında kurulu bir saat gibiydi. Günlük rutinleri olduğu için sıkılmadan hep aynı döngüyü yaşardı. Nişanlısını bile kendi seçmemişken onu eleştirmeye hakkı yoktu.

Marcus her zamanki gibi kendinden taviz vermeden kardeşinin söylediklerini kulak ardı etti. Onun belli bir çizgisi vardı ve Drew'u memnun etmek için o çizgiyi geçecek değildi. Son derece ciddi bir şekilde, "Şu işi baştan sona anlat, Bruce," dediğinde Drew'un alay eden ifadesi anında silindi. Çünkü Marcus, en son babasının ölümünde ona Bruce demişti. Marcus sadece üzgün ve ciddi olduğunda ona ikinci ismiyle hitap ederdi.

Drew öğrendiklerinin Marcus'a çok ağır geldiğini biliyordu. Bu yüzünden fazla uzatmadan her şeyi kısaca anlattı. Uzun uzun konuşmayı sevmediği için tüm olanları sadece birkaç cümleye sığdırmıştı. "Bir yıl önce bir arkadaşımın aracılığıyla buraya gelmek zorunda kaldım ve onu görünce kalmaya karar verdim. Burada adım Alex, eğer o değer verdiğin prestijine zarar gelsin istemiyorsan diğerlerinin yanında beni tanımazlıktan gel." İşte, Drew'un bir solukta anlattıkları bunlardı. Uzun cümlelerle arası hiçbir zaman iyi olmamıştı, geveze insanlardan da pek hazzetmezdi. Kelime kirliliği onu rahatsız ederdi, gün içinde yaptığı en uzun konuşması da buydu.

Ansızın aklına bir şey geldi ve güldü. Melez Kız konuşamıyor olsa da gördüğü en geveze kadındı. Tuhaftı ama onunla ilgili hiçbir şey rahatsızlık vermiyordu.

Marcus kardeşinin üslubunu bildiği için daha fazla uzatmak yerine pes etti. "Sahip olacağın onca kadının içinde hiç olmayacak birini bulduğunun farkında mısın?" Drew sadece koruduğunu söyleyerek merhamet duygusunun arkasına saklanıyordu. Fakat Marcus daha fazlası olduğunu görüyordu. Onu endişelendiren şey de tam olarak buydu çünkü Drew zor sevenlerdendi. Okul zamanında o kızdan sonra bir daha kimseyi hayatına alamamıştı. Bunu birçok kez denemiş fakat yapamamıştı ve şimdi yine aynı şeylerin olacağına emindi. Kız, Taşıyıcı'ydı ve Drew ile bir geleceği olması söz konusu bile değildi.

Marcus'un sorduğu soru onu güldürmüştü. Kolayı herkes bulurdu ama zor olan bir mıknatıs gibi onu çekiyordu. "Emily Lewis konusunda ne yapmayı düşünüyorsun?" diyerek konuyu Dolunay Surat'tan uzaklaştırdı.

Emily aklına gelince Marcus gülüşünü engelleyemedi. "O çirkin kurbağayla ilgili farklı planlarım var," dedi yüzündeki sinsi sırıtmasını silmeden. Bugün onunla yaşadıklarını hatırlayınca gülüşü büyüdü. Bayan Lewis'in ne kadar dayanacağını merak ediyordu.

Drew dikkatli bir şekilde Marcus'u inceledi. Emily'nin adı geçtiğinde bile yüzünde oluşan gülüş dikkatinden kaçmamıştı. Luna ile evliliğine çok az kaldığı için Marcus'un buraya gelmesi aslında bir bakıma onu memnun etmişti. Çünkü şu zamana kadar

Emily'yi de uzaktan korumasının bir nedeni vardı. Marcus'u o evlilikten vazgeçirecek tek kişi şimdilik Emily gibi görünüyordu. Evet, Drew o ikisini şirkette gördüğü an, bazı şeylerin değişeceğini anlamıştı. Bugüne kadar kimse Marcus ile göz göze gelerek konuşmaz ve asla ona saygısızlık yapmazdı. Marcus, bunu deneyen herkese dava açtığı için kimse ona uzun süre karşı çıkamazdı. Fakat Emily Lewis, elinde kahve fincanlarıyla ofise girdiği an Marcus'un gözlerine bakarak ateş püskürmüştü. Marcus bunu hakaret sayıp kızın peşine düşmüş olabilirdi. Ancak Drew'a göre Marcus içten içe cesaretinden dolayı Emily'yi takdir ediyordu. Tabii, bunu ona söylese hayatta kabul etmezdi. Bundan sonrası için ne olacağını bekleyip görecekti.

"Emily'nin zaten birçok sorunu var, bir de sen ona zorluk çıkarma," diyerek küçük bir uyarıda bulundu ama Marcus'un onu dinlemeyeceğini biliyordu.

Kardeşinin onu savunmasını görmezden gelerek dağılmış kıyafetlerini düzeltti. "Onun sorunları umurumda değil, öyle ya da böyle o asistan benden af dileyecek," dediğinde Drew gülerek onun şişen alnını gösterdi. "Bu süre zarfında dikkat et de daha fazlasını yapmasın." O yaranın oluştuğu zamanda burada değildi ama az önce Marcus'un alnına dokunurken Emily'ye öldürücü bakışlar attığını görmüştü. Bu hareketinden, bunu yapanın Emily olduğunu anlamıştı.

Drew'un yaptığı hatırlatmayla yeniden kaşlarını çatan adam dişlerini öfkeyle sıktı. "Bunun için de farklı bir ceza keseceğim o yaratığa!" diye tısladı. Kadın demeye bin şahit isteyen bir canavarın kendisine taş atmasının bir bedeli olmalıydı! Kadın her şeyiyle ona ters bir yapıya sahipti.

İki kardeş bir süre daha konuştular. Marcus bugün yaşadığı tatsız şeylere rağmen kardeşini uzun zaman sonra gördüğü için bir yanı rahatlamış şekilde okuldan ayrıldı. Drew'un bir şeyler karıştırdığını hep hissetmişti ama bu kadarını beklemiyordu. Belanın göbeğinde yaşamaya alışık olan kardeşinin daha farklı bir hayatı olduğunu düşünüyordu. Fakat bugüne kadar tuttuğu tüm dedektifler, Drew'un yaşadığı yer dışında hiçbir şey bulamamıştı. Bundan sonra kardeşi için şans dilemekten başka bir şey yapamazdı.

Çünkü Drew okulda kalmakta kararlıydı ve Marcus, bu okulu hiç sevmemişti.

"Annem bunu duyduğunda olacakları düşünmek dahi istemiyorum," diye homurdanarak arabasına bindi. Babasının ölümünden sonra Marcus; Annalees ve Drew'a adamıştı kendisini. Onların mutluluğu kendi hayatından önce geliyordu. Sırf annesi üzülmesin diye Luna ile nişanlanmıştı, annesine hayır demek istemiyordu. Drew'u Ötanazi'de bırakmasının nedeni de aynıydı çünkü kardeşi babasının ölümünden sonra ilk kez küçük bir kızın yanında gerçek anlamda gülüyordu. O kızın Taşıyıcı olması ise Marcus'u kahrediyordu çünkü kız ölecekti. O gittikten sonra Drew'a olacakları görür gibiydi.

Onları zor günler bekliyordu, hem de çok zor.

"Sen ne diyorsun, Hanks? Ne demek King öldü?" Vanessa duyduklarının şokuyla korumasına bakıyordu. Az önce kız kardeşinin yakın korumasının ölüm haberini aldığına hâlâ inanamıyordu. Bu doğru muydu?

Genç adam *maalesef* der gibi başını salladı. "Ölmüş, efendim. Ötanazi'de Bayan Chloe'ye yapılan bir suikast esnasında hayatını kaybetmiş." Hanks için bu haberi vermek hiç kolay değildi, King'i severdi ve arkadaşı, bu öğle saatlerinde ölmüştü.

Chloe'nin kaçırıldığı haberini alan Vanessa, çıldırmış gibi okuldan ayrılmıştı. Fakat şimdi de King'in ölüm haberi gelmişti. Çaresizlik içinde evin bahçesinde kıvranırken annesine ve babasına bu durumu nasıl açıklayacağını düşünüyordu. "Ben bittim," diye fısıldadığında Hanks onun içinde bulunduğu durumu anlayabiliyordu. Bu tuzağın asıl hedefi Vanessa olabilirdi.

Hanks, "Bu işi babanıza bırakmalısınız," diyerek aklından geçen düşünceyi dile getirdi.

Vanessa anında itiraz etti. "Olmaz! Hanks, babam bu işe bulaşmayacak!" dediğinde itiraz kabul etmiyordu. "Eğer adı böyle bir olayla anılırsa kariyeri büyük bir darbe alır." Kimsenin onları dinlemediğinden emin olmak istercesine etrafını kolaçan etmişti.

Genç koruma ona katılmıyordu. Tıpkı Vanessa gibi o da aslında Chloe'nin kaçırılmasının Vanessa'ya kurulmuş bir tuzak olduğunu biliyordu. Yıllarca Vincent ve Elijah ile Vanessa'yı bu vâris olayından uzak tutmaya çalışmışlardı. Ama şimdi görüyordu ki düşmanları ısrarla Vanessa'nın bir seçim yapmasını istiyordu. Bir kere eline silah aldı mı asla geri dönüşü olamazdı. Yeraltının karanlığına bulaşan biri için gün ışığı söz konusu değildi. Sam Green, vârisi olarak Vanessa'yı seçtiğinden beri tüm mafyalar genç vârisin bir seçim yapmasını bekliyordu. Eğer büyükbabasının yerine işlerin başına geçerse artık hedefleri Vanessa olacaktı. Ama bunu reddederse o zaman kendi meselelerini Sam Green ile çözmeye devam edeceklerdi. Fakat istediğini elde etmeye alışık olan Sam Green, kendisi yerine kurtlar sofrasına torununu atmaya kararlıydı.

Bulundukları kamelyaya doğru gelen Elijah ve Vincent'i gördü. Vanessa koşarak yanlarına gitti. "Chloe?" dedi sabırsızca. "Lütfen bana onu bulduğunuzu söyleyin!" dediğinde dolan gözlerini kontrol edemiyordu. Başkalarının yanında zayıflıklarını asla göstermeyen kız, bu üç korumasının yanında maskelerinden arınıyordu.

Genç kızın dolan gözlerini gören Vincent, yumruklarını sıkarak bakışlarını kaçırdı. Vanessa'yı üzgün görmeye hiç alışamamıştı. Tüm kalbiyle bağlanıp sadakat yemini ettiği tek kişi Vanessa'ydı. Çünkü Vanessa göründüğünün aksine onlara aile sıcaklığını yaşatan tek kişiydi. Bu üç adam için Vanessa, değerli bir hazineydi. Onun mutluluğu daima öncelikleri olmuştu. Vanessa, "Vincent!" diyerek ona yalvarınca bu hâli Vincent'in tüm direncini kırmıştı. Vanessa sadece umutsuz ve mutsuz olduğunda ona böyle bakardı.

"Bayan Chloe'yi kaçıranları bulamadık, efendim." İlk kez doğruları söylediği için kendisinden nefret etmişti.

Duyduklarıyla yerinden sendeleyen kızı, Elijah son anda kolundan tutmuştu. "Onu bulacağız, siz biraz dinlenin." Elijah'ın endişeli sesini dinlemeyen Vanessa, aceleyle onun kolundan çıkarak gözyaşlarını sildi. "Hayır, onu ben bulacağım! Hazırlanın gidiyoruz."

"Nereye?" Üç korumanın aynı anda sorduğu soruya az önceki ağlayan hâline inat, buruk bir şekilde güldü. "Büyükbabama," diyerek derin bir nefes aldı. "Sanırım bu işten kurtuluşum yok." Sesindeki yenilmişliği gizleyememişti. Belki de onun için seçilen kaderden kaçmayı bırakmalıydı.

Büyük çiftliğin kapısından giren arabayı gören bahçedeki tüm korumaların bakışları arabayı bulmuştu. Arabayı kullanan Hanks'i gördükleri an Vanessa'nın geldiğini anlamışlardı. Bahçedeki bir düzine koruma hemen kendilerine çekidüzen vermişti. Üç korumanın arkasından inen kız, dizlerine kadar gelen beyaz elbisesiyle tüm bu pis işlerden çok uzak görünüyordu. Siyah saçlarındaki beyaz bandanasıyla, bir vâristen çok evinde televizyon karşısında zaman geçiren küçük bir kızı andırıyordu. Hatta korumalardan birinin aklına gelen bu düşünce, gülümsemesine sebep olmuştu. Diğer korumalar ona ters ters bakarken gülüşünü yüzünden sildi. Onları ciddiye alamıyordu, küçük bir kızdan bu kadar korkmalarını saçma bulmuştu. Genç koruma, bu işte yeni olduğunu her hâlinden belli ediyordu.

Üç koruması küçük patronlarının bir adım arkasında yerini aldılar. Vanessa kendine güvenen bir ifadeyle başı dik bir şekilde yürümeye başladı. İki tarafında bir duvar gibi sıraya dizilmiş korumaların arasında geçerken adımları, az önce gülen korumanın hizasında durdu. Boyu ondan uzun olan korumaya başını kaldırıp baktı. "Açıkla." Sakin sesiyle dudaklarından tek bir kelime çıkmıştı.

Balkondan aşağıya bakan Sam Green, merakla torununu izliyordu. Korumanın yaptığı saygısızlığı o da görmüştü ve Vanessa'nın bu ayrıntıya takılması onu hiç şaşırtmamıştı. Çünkü torunu ne kadar inkâr etse de Vanessa, oğullarından daha çok Sam Green'e benziyordu. İşte bu yüzden ısrarla Vanessa'yı yanında istiyordu. Sam Green'in dudakları yavaşça kıvrıldı. Yanındaki danışmanına bahçedeki küçük torununu gösterdi. "Sence ne yapacak?" diye sordu.

Sam ile aynı yaşta olan zeki danışmanı Albert, "O daha küçük bir kız, Sam," dedi. "Bir şey yapmadan içeri girecek." Albert, her zaman Sam'in torununu gözünde fazla büyüttüğünü düşünmüştü.

Büyükbaba Sam'in gülüşü büyüdü. "Ben o yaştayken biri bana saygısızlık yapsaydı bunun için onu öldürürdüm," dedi kendisiyle övünerek. Hoş, hâlâ bu konuda taviz vermiyordu. Aklı olan kimse de ona karşı en küçük bir hatada bulunamazdı.

Albert, "O sensin ve bu da küçük bir kız," dediğinde artık Sam'in bir şeyleri anlamasını istiyordu. Torunu işlerin başına geçecek kadar güçlü biri değildi ve yaşlı adam bunu anlamıyordu. Sam ona cevap vermeden bahçedeki kıza çevirdi yorgun bakışlarını. O, ne istediğini iyi biliyordu ve yanlış bir seçim yapmadığına emindi.

Vanessa hâlâ bir cevap beklercesine korumaya bakarken, "Anlamadım efendim?" diyen adamın sesiyle sevimli bir şekilde tebessüm etti.

"Az önce bana gülüyordun, bana nedenini açıkla." Ilımlı çıkan sesine karşı koruma daha da rahat bir tavır takındı. "Aklıma bir şey geldi, ona güldüm." Karşısında duran kıza attığı küçümseyici bakışlar, diğer korumaların kaşlarını çatmasına sebep olmuştu.

Vanessa göz ucuyla diğer korumalara baktığında onların kendisi için bu saygısızlığa ne kadar kızdıklarını görebiliyordu. "Aklına gelen şeyi bilmek istiyorum." Şu anda şeker için inat eden bir çocuktan farklı görünmediğine emindi. Fakat kimse onun bu kadar sabırlı olduğunu daha önce görmemişti.

"Bu sizi ilgilendiren bir durum değil, efendim." Korumanın son söyledikleriyle bir adım geriye giderek kahkaha attı. "Haklısın, beni ilgilendirmez," dediğinde hâlâ gülüyordu.

Koruma artık iyice gevşeyince Vanessa aniden yüzündeki gülümsemeyi sildi. "Elijah, silahını ver!" Ciddi bir sesle söyleklerine koruma bir anlam veremedi ama Elijah, gülerek belindeki silahı Vanessa'ya uzattı.

Genç kızı tanıyan, herkes onun değişken ruh hâlini bildiği için bu duruma alışmıştı. Gülüşü çoğu zaman yanıltıcı olabilirdi. Fakat bir hafta önce işe başlayan yeni koruma bunu bilmiyordu. Gülen birinin bir anda kaşlarını çatmasına anlam verememişti. Vanessa silahı karşısında duran korumaya doğrulttu. "İlk kural, görünüş yanıltıcı olabilir!" dedi ve korumayı ayağından vurdu. "İkinci kural, kimse ama kimse karşıma geçip gülemez!" dediği an ikinci kez tetiğe basmıştı.

Her iki bacağından vurulan adam, yere diz çöküp acıyla haykırdı. Korumanın karşısında diz çökerek ona baktı. "Bir dahaki sefere aklından geçenleri yüzüne yansıtma." Az önceki öfkeli hâlinden sıyrılarak yine sevimlice güldü ve silahı yerde acıyla kıvranan adamın alnına bastırdı. "Yoksa senin için bir dahaki sefer diye bir şey olmaz," diyerek göz kırpınca yerdeki adam şoka girdi.

Vanessa doğrulup silahı yeniden Elijah'a uzattı ve diğer korumalara döndü. "Bundan sonra işe alacağınız adamlar konusunda daha seçici olmazsanız bunun cezasını hepiniz çekersiniz." Korumaların içinde en kıdemli olana baktı. "Şu adam için bir doktor çağır, Luka. Tedavisi bittiğinde gönder gitsin!" Verdiği emri Luka hemen başıyla onu onaylarken diğer korumalar az önce gördüklerinden sonra başlarını yerden kaldırmıyorlardı. Vanessa hiçbir şey olmamış gibi içeri girerken balkonda onu büyük bir gururla izleyen bir çift gözden habersizdi.

Merdivenleri çıkarak büyükbabasının çalışma odasına geldiğinde Albert dışarı çıkmıştı. Genç kıza başıyla selam veren adam, az önce gördüklerinin etkisindeydi. Vanessa, giden adamın tuhaf bakışlarına aldırmadan içeri girdi. Çalışma masasında oturarak parmaklarının arasındaki purosunu içen ihtiyara doğru yürüdü. Altmış yaşında olmasına rağmen hâlâ dinç ve sağlıklıydı. *Acaba ne zaman ölecek* diye düşünmeden edemedi. Belki o ölürse sorunları kendiliğinden ortadan kalkardı. Bu düşüncesine güldü. Bazen gerçekten kendi düşündüklerini anlayamıyordu. Saçları beyazlaşmış adamın yüzündeki kırışıklığa tezat siyah gözleri, tüm canlılığıyla ona bakıyordu.

Oturduğu yere keyifle yaslanan büyükbabası, "Vanessa Green," dedi adını vurgulayarak. "Üç yılın ardından seni evime getiren sebep nedir?" Büyük bir alayla sarf ettiği kelimeler, genç kızı güldürmüştü. Sanki onu buraya getirmek için her yolu deneyen o değilmiş gibi...

Çalışma masasının önündeki koltuğa otururken tıpkı büyükbabası gibi rahatça arkasına yaslandı. "Özledim diyelim, ihtiyar," dedi aynı alayla.

Sam Green güldü. Kendi oğulları bile karşısında bu kadar rahat davranmaya korkarken küçük torunu ona kafa tutabilen tek kişiydi. İki torununu karşılaştırdığında Chloe'nin sert mizacı rağmen Vanessa'nın kendisine daha çok benzediğini düşünüyordu, Vanessa da kendisi gibi otoriterdi. Dışarıdan bakan biri, onun korkak ve sevimli bir ev kızı olduğunu düşünürdü. Fakat Sam Green, Vanessa'nın istediğinde ne kadar tehlikeli biri olacağını iyi biliyordu. Purosunun dumanını havaya üflerken yüzüne yalancı bir kızgınlık yerleştirdi. "Benimle konuşurken kelimelerini özenle seçsen iyi olur, velet."

Oturduğu yerden kahkaha atan Vanessa, "Affedersin," dedikten sonra bacak bacak üstüne atarak iyice yerine yayıldı. "Sana saygıda kusur etmek ne haddime, büyükbaba." Dudaklarından çıkan sözler, sergilediği ukala tavrıyla çelişiyordu ve bu sefer yaşlı adam gerçekten kızmıştı.

Yumruk yaptığı elini sertçe masaya vurarak karşısındaki kıza baktı. "Haddini aşma!" diye bağırdığında Vanessa da kaşlarını çatmıştı. "Henüz değil!" diyerek büyükbabasına dik dik bakmaya başladı. "Saygı görmek istiyorsan sen de bana karşı saygılı olacaksın!" Sıktığı dişlerinin arasından konuşması, yaşlı adamı kısa bir an için şaşırtmıştı.

"Ne demek istiyorsun?" diye sorarken sakin olmak için kendisini zorluyordu. Evet, Vanessa'nın bastırılmış bir kişiliği olduğunu en başından beri biliyordu hatta o baskın yanını dışarıya çıkarmak için az uğraşmamıştı. Fakat bu kadar kısa sürede torununun inanılmaz değişimi onu meraklandırmıştı.

Vanessa artık tüm kontrolünü kaybederek ayağa kalktı. "Chloe nerede? Kardeşime bir şey yaptıysan sana yemin ederim ki bu krallığı, sen içindeyken yıkarım!" diye bağırdığında ses tonu bunu gerçekten yapacak gibiydi.

Sandalyesini sertçe geriye iterek kalkan yaşlı adam burnundan soluyordu. "Bu kadar yeterli! Chloe'nin kaçırılmasıyla bir ilgim yok! Sen gelmeden hemen önce adamlarım onların izini buldu!" diye kükrediğinde Vanessa korksa da sert tavrından ödün vermedi. Aynı karaktere sahip iki insan bir araya gelince ortaya oldukça hararetli bir konuşma çıkıyordu. Vanessa onun tarafından büyütülmüştü. Onun tarafından böyle biri olarak yetiştirilmişti, zayıflıklarını kimseye göstermezdi. Buna büyükbabası da dâhildi.

"Sana neden inanayım?" diye sordu. "Sonuçta sen kendi kanından olanlara bile acımayan bir adamsın. Neden kardeşimi sen kaçırmamış olmayasın ki?" Bu sözlerinin ne anlama geldiğini Green ailesinden sadece Vanessa ve Sam biliyordu. Vanessa bilerek büyükbabasının yarasına basmıştı. Canı yandıkça etrafına saldıran yaralı bir hayvandan farkı olmadığını düşündü.

Duydukları karşısında sinirlerine hâkim olmaya çalışan yaşlı adam, dişlerinin arasından, "Git!" dedi, ona zarar vermemek için kendisini tutuyordu. "Sen burada benimle tartışırken adamların kardeşini almak için gittiler bile! Eve git ve bekle, Vanessa. Bu işe karışma!" Vanessa'nın buraya geleceğini bildiği için adamlarına emir vermişti. Vanessa içeri girdiği an onun korumalarına Chloe'nin tutulduğu yerin adresini vereceklerdi. Ama Sam Green de tıpkı Vanessa gibi bir şeyi bilmiyordu: Kaçırılan yalnızca Chloe değildi.

Duydukları Vanessa için yeterli olmuştu. "Gidip kendim alacağım kardeşimi," diye inat edince yaşlı adam onu dinlemeyeceğini bildiğinden ısrar etmedi. "Adamlarım seni götürsün," diyerek onu onayladı. Vanessa ile sürekli kavga etseler de değer verdiği tek torununu kaybetmeyi göze alamazdı. Korumaları onun yanında olursa içi daha rahat ederdi.

"Yalnız gideceğim, ihtiyar," diyerek inat etti. Daha fazla ona borçlu kalamazdı zira büyükbabası en acımasız yollarla borcunu tahsis ettirirdi. "Bana arabalardan birini vermen yeterli." Tek arabayla geldikleri için kendi adamları o arabayı alıp gitmiş olmalılardı.

Büyük bir hiddetle ona bakan adam, "Buna asla izin vermem!" diye karşı çıktı.

Vanessa gülerek ona yaklaştı ve hızlı bir hareketle masanın üzerinde duran arabanın anahtarını aldı. "O hâlde durdur beni, ihtiyar," dediği an arkasına dönerek koşmaya başladı. Evden çıktığında korumaların meraklı bakışları eşliğinde büyükbabasının son model arabasına bindiği gibi gaza yüklendi. Devasa çiftliğin bahçe kapısından çıkan arabayla rahatlayarak gaza biraz daha bastı. Büyükbabasının adamları birazdan onun peşine takılırdı fakat araba kullanmakta üstüne kimseyi tanımıyordu. Birazdan onları rahatça atlatacağına emindi.

Dediği gibi olmuştu, arkasındaki bir düzine korumayı kolaylıkla atlatmıştı. Hatta yolda Elijah'ı aramış ve bir ton azardan sonra kardeşinin yerini de öğrenmişti. Ama mutlu olmak yerine korkudan titriyordu, arabanın frenleri tutmuyordu! Frene üst üste bastığı hâlde bir işe yaramadığını gördü. "Kahretsin büyükbaba!" diye bağırdı. Onun gibi dikkatli bir adam arabanın bakımını nasıl ihmal ederdi.

Son sürat arabaların arasından geçerken bir süredir kulağına gelen sesleri daha fazla duymazdan gelemedi. Hep aynı sesi duyuyordu. Tik tak, tik tak... Bu sesler beş dakikadır sürüyordu. Arabalara çarpmamaya dikkat ederek sesin nereden geldiğini anlamaya çalıştı. Bu rahatsız edici sesin torpidodan geldiğini anlayınca gözlerini yoldan ayırmadan, eğilip torpido gözünü açtı. Gördüğü şeyler yüzünden gözleri korkuyla büyürken bir küfür savurdu. "Lanet olsun! Şaka mı bu?" diye bağırdı. Artık arabanın frenlerinin neden tutmadığını anlıyordu.

Suikast!

Birileri büyükbabasına suikast düzenlemişti ve onun yerine bu tuzağa Vanessa düşmüştü. Aksi hâlde tutmayan frenler ve torpido gözündeki bomba düzeneğinin bir açıklaması olamazdı. "Bana bir can borçlusun, yaşlı kurt," diye bağırarak avucunun içini sertçe direksiyona vurdu. "Etrafındaki düşmanları fark edemeyecek kadar yaşlanman bana pahalıya patlayacak!" diye söylenirken arabanın kontrolünü gittikçe kaybediyordu.

Trafiğin oldukça yoğun olmasına kızarak arabayı ana yoldan çıkarmanın yollarını aradı. İleride kırmızı ışığın yandığını görünce, öfkeyle elini direksiyona vurarak arabanın camını açtı. "Çekilin oradan!" diye bağırırken önünde duran arabaya sertçe çarptı.

Öne doğru savrulurken son anda direksiyonu çevirdi ama öndeki siyah arabanın durumu içler acısıydı. "Umarım içindeki yaşıyordur," diye dua ederek kırmızı ışıkta geçti. Bir arabaya çarptığı hâlde lanet arabanın hızı kesilmemişti.

Peşindeki polislerin siren sesi ise ona hiç yardımcı olmuyordu. Cebindeki telefonu ısrarla çalınca, direksiyonu daha sıkı tutarak telefonu açtı. "Elijah, yardım et bana," diye fısıldadığında kimin aradığına bakmamıştı bile.

"Umarım arabamı haşat etmenin mantıklı bir sebebi vardır, küçük hanım!" Yabancı ama bir o kadar da tanıdık sesi duyunca, telefonu kulağından uzaklaştırıp baktı. Kayıtlı olmayan bir numara mıydı?

Önündeki arabayı sollayıp telefonu yeniden kulağına yaklaştırdı. Eğer araba kullanmakta bu kadar iyi olmasaydı şu anda çoktan kaza yapmış olacağından emindi. Ama bombalar konusunda aynı şeyi söyleyemezdi, *keşke bomba konusunda da iyi olsam,* diye geçirdi içinden. "Kimsiniz?" diye sorarken bu durumdan sağ çıkamayacağını kabul etmişti.

"Soluna bak." Aldığı komutla hızla başını sol tarafına çevirdi ve hemen yanındaki arabayı kullanan kişiyi görünce gözleri irice açıldı. "Bay Miller?" Ne yani, arabasına çarptığı kişi o muydu? Lanet olsun, neden onunla normal bir şekilde karşılaşmıyordu ki?

"Durdur arabayı!" Peter'ın sesi oldukça kızgın geliyordu. Muhtemelen arabasına çarptığı için ona kızmıştı.

Zaten ona aşkını itiraf etmesini beklemek aptallık olurdu.

Vanessa tam karşısından ona doğru gelen tırı görünce dudaklarından çıkan çığlığa engel olamadı. "Yapamam!" derken bir eli kulağındaki telefonu sıkıca tutuyordu.

Peter kırmızı ışıkta ona çarpıp kaçan araba yüzünden çıldırmıştı. Büyük bir öfke içinde kısa sürede o sorumsuz şoföre yetişmişti. Arabanın zikzaklar çizerek yol alması ise onu daha çok delirtmişti. Böyle sorumsuz insanlar yüzünden birçok masum insan hayatından oluyordu. Onu durdurup bu sorumsuzluğu yüzünden ona haddini bildirmek istemişti. Trafik magandasına yetiştiğinde açık camdan onun yüzünü görmüştü. Küfrettiği magandanın eski öğrencisi çıkmasını beklemiyordu. Bugüne kadar derslerinde biraz şaşkın ve sakar bir öğrenci izlenimi vermişti fakat buna rağmen gündüz vakti sarhoş bir şekilde araba kullanmayacak kadar aklı başında biri gibi duruyordu. Evet, arabalara çarpa çarpa gitmesinin başka bir açıklaması olamazdı, genç kız kesinlikle sarhoştu. Şimdi ise arabayı durdurmayacağını söylüyordu.

Karşı yoldan genç kıza doğru gelen tırı görünce kaşlarını çattı. "Vanessa, derhâl arabayı sağa çek!" diye telefonda bağırdı. Ters şeride girdiğinin farkında değildi.

Vanessa ağlayarak frene basıyordu ama işe yaramıyordu. Yolun her iki tarafında arabalar vardı ve tırla çarpışması kaçınılmazdı. Telefonu tutan eli korkudan titriyordu. "Frenler tutmuyor, Bay Miller ve arabada bir bomba var," dediğinde sona geldiğini anladı. Yine de ölürken son duyduğu sesin ona ait olması onu mutlu etmişti.

Duyduğu şeyler yüzünden az kalsın kaza yapacak olan adam, direksiyonun hâkimiyetini son anda kavramıştı. Peter, her konuda soğukkanlılığını korumaya çalışırdı ama bu şartlar altında çok zordu. Hemen arabasını sola çekerek Vanessa'ya geçit verdi. Şu anda trafik kurallarının canı cehennemeydi! "Vanessa, sol kavşağa gir!" diye endişeyle kükrediğinde Vanessa son anda ona çarpacak olan tırın önünden arabayı çekebilmişti.

Tüm arabaların üst üste kornaya bastığını duymazdan gelen Peter, genç kızın hayatı için korkmaya başlamıştı. Telefonun diğer ucundan gelen hıçkırık sesleri onu hüzne boğuyordu. Önündeki arabayı geride bırakarak gaza yüklendi ve Vanessa ile aynı hizaya geldi. "Şimdi beni dinle, genç bayan. Sana yardım etmemi istiyorsan önce sakin olmalısın." Ses tonunu ılımlı tutmaya çalışıyordu fakat Vanessa ağladıkça dikkati dağılıyordu.

"Sakinim! Arabamın frenleri tutmuyor ve ne zaman patlayacağını bilmediğim bir bomba ile yolculuk ediyorum, yani ben çok sakinim!" Vanessa'nın ağlayıp bağırarak söylediklerine, bu durumda bile dudakları kıvrılmıştı. Küçük, hırçın bir kedi gibi üzerine gelindiğinde pençelerini çıkarmaktan çekinmiyordu.

Vanessa arabaların arasında hızla giderken, az önce platoniği olduğu adama bağırdığını hatırlayınca kendine küfretti. Onun ne suçu vardı ki? Sadece yardım etmeye çalışıyordu. Yeniden onun sıcacık sesini duyunca gözyaşları biraz olsun durmuştu. "Sana söz veriyorum, zarar görmene izin vermeyeceğim. İlerideki kavşaktan sağa dönerek F-5 Karayolu'na gir ve benden komut bekle." Vanessa o an onun gerçekten bir psikolog olarak yaratıldığını düşündü. Bu hâldeyken bile onu sakinleştirmeyi başarmıştı ve evet, ona her konuda güveniyordu.

Peter'ın dediği gibi ilk kavşaktan dönmüştü. Tabii, bunu yaparken birkaç arabayla burun buruna gelmişti ama son anda kontrolünü sağlamıştı. "Şim-Şimdi ne yapmalıyım?" Yeniden konuşurken Peter'ın arabasını yakınlarında bulamayınca panikledi. "Bay Miller?" diye yeniden ağlayarak fısıldadı.

"Sakin ol, şu anda benim arkamdasın." Sesi duyunca, başını kaldırıp Peter'ın öne geçtiğini gördü. Daha çok panikledi çünkü kendisi çok hızlı gidiyordu ve onun arabası şu anda öne geçtiğine göre o daha hızlı gidiyordu. "Siz? Kahretsin, bu hızla giderseniz kaza yapacaksınız!" diye korkuyla bağırdı. O bilmese de varlığı Vanessa'nın nefes alma sebebiydi.

Peter, genç kızın kendisi için endişelenmesine tebessüm etti. "Sadece beni takip et ve bunu yaparken mümkünse tek parça kal," dedikten sonra yan yola saparak yoğun trafikten çıkmıştı.

Vanessa hemen arkasında giderken tiktak seslerini artık duyamadığını fark etti. Korkuyla başını çevirince birbirine bağlantılı düzeneğin üzerinde duran sayacın devreye girdiğini gördü. "02.36 mı?" diye hayretle bağırdığında telefonun diğer ucundaki adam onu duymuştu. Araba ormanlık bir alana girip toprak yolda hareket ederken, "Anlamadım?" diye sordu.

Vanessa artık telefonu tutmaktan zorlandığını fark edince derin bir nefes aldı. Hoparlörü açıp telefonu yanına koymak aklına bile gelmiyordu. Araba kullanmakta usta olsa da tek eliyle arabanın hâkimiyetini sağlamak çok zordu. Verdiği direksiyon derslerinden dolayı Vincent'e teşekkür etmeyi ve hızlı kullanmamasını söyleyen Elijah'ı dinlemeyi aklına kazıdı. "Bombanın üzerindeki sayaca göre bir dakika kırk yedi saniye kaldı!" Yaptığı açıklamayla Peter'ın küfrettiğini duydu. Öndeki arabanın daha da hızlanması bazı şeyleri anlamasını sağlamıştı.

Sayaç sıfırı gösterdiğinde patlayacaktı!

Araba sonunda düz bir araziye geldiğinde Peter aniden direksiyonu çevirdi ve Vanessa ile karşı karşıya geldi. "Kemerini tak!" diye bağırdığında Vanessa hızla kemerini takmıştı. Kemerini takmadığının farkında bile değildi ve onun bunu nasıl fark ettiğini o an için anlamamıştı. Kendi arabasının Peter'ın üzerine gittiğini görünce, çığlık atarak direksiyonu çevirecekti ki onun uyaran sesini duydu: "Hayır, dümdüz devam et!"

"Bu çılgınlık!" diye bağırdı ama Peter aniden arabasını durdurunca Vanessa son sürat ona çarptı.

Çığlık atarak gözlerini kapattı. Arabanın büyük bir gürültüyle Peter'ın arabasına çarptığını ve buna rağmen tekerleklerin hâlâ hareket ettiğini hissetti. Bedeni hızla öne doğru savrulmuştu. Eğer emniyet kemeri ve açılan hava yastıkları olmasaydı camdan fırlayabilirdi. Neyse ki hiç yara almadan bunu da atlatmıştı. Arabanın sonunda durduğunu hissettiğinde kalbi duracakmış gibi hızlı atıyordu. Başını kaldırınca Peter'ın arabası görüş açısına girdi. Tıpkı kendi arabası gibi onun arabasının da ön camı paramparça olmuştu ve kaportadan gri bir duman yükseliyordu. Peter'ın sürücü koltuğundan ona baktığını görünce rahat bir nefes aldı. Durumu nasıldı, bilmiyordu ama buradan baktığında alnından süzülen kan dışında iyi gibiydi.

Ya başını çarptıysa? Ya onun yüzünden beyin kanaması geçirirse?

Korku onu ele geçirince hemen kemerini çözerek arabadan indi. Daha iki adım atmıştı ki Peter'ın arabadan inerek ona doğru koştuğunu gördü. "Başınız kanıyor, yaralandı..." Vanessa durduğu yerde hâlâ konuşurken, genç adam koşarak yanına geldiği gibi onun elini tuttu ve "Koş!" diye bağırarak onu peşinden sürükledi.

Vanessa başta bilinçsizce koşarken, aklındaki soruyu sormadan duramadı. "Araba durdu, neden koşuyoruz?" Nefes nefese koşarken sorduğu soruya karşılık Peter onun elini daha çok sıktı. "Patlamak üzere olan bir bomba yüzünden olabilir mi?" dediğinde Vanessa aniden elini çekerek durdu ama daha sonra bunu yeni fark etmiş gibi çığlık attı. "Bomba!" diye bağırıp Peter'in elini yeniden tutarak koşmaya başlayınca genç adam gülüşüne engel olamamıştı.

Büyük bir gürültünün ardından gelen sarsıntıyla yere düşerek ağaçların altında yuvarlanmaya başlamışlardı. Nihayet durduklarında Vanessa yavaşça başını kaldırdı ve genç adamın yüzüne baktı. "Yaşıyor muyuz?" diye sorarken onun üzerinde uzandığının farkında bile değildi.

Peter kollarının arasında duran küçük bedene baktı. Siyah saçları yüzüne doğru süzülen genç kız, badem gözlerini kırpıştırıp ondan bir cevap bekliyordu. "Sen gerçekten bir baş belasısın, Vanessa Green," derken nefes nefese kalmıştı.

Vanessa utançtan gözlerini kaçırdı. "Şey, ben çok üzgünüm, Bay Miller," dedi çekingen bir sesle. Kendini sürekli rezil ediyordu ve bunu nasıl başardığını o da bilmiyordu.

Peter hâlâ onun kızaran yanaklarına bakarken son söylediği şeylerle öldürücü vuruşu yapmıştı. "Hangisi için? Arabamı hurdaya çevirmenden mi bahsediyorsun? Yoksa hasar gören kemiklerime baskı yaptığın için mi özür diliyorsun?" Doğrudan onun gözlerinin içine baktı. "Bu arada üzerimden kalkmayı düşünüyor musun?" diye sorduğunda onun yüzünün aldığı şekli zevkle izledi.

Vanessa, o söyleyene kadar bulunduğu utanç verici konumun farkında bile değildi. Elleri onun göğsündeydi ve tüm bedeni ona yapışıktı. Rüyasında bile görmediği bir yakınlıkta onu izliyordu. Yüzü sadece birkaç santim uzağında olduğu için kehribar rengi gözleri tüm güzelliğiyle yakınındaydı. Elini uzatıp onun yüzüne dokunmak istedi. Alnından yanağına akan o uğursuz sıvıyı silmek istedi ama yapamadı. Verdiği sıcak nefesleri genç kızın yüzüne çarparken sertçe yutkundu. "Be-Ben üzgünüm," dedikten sonra hemen onun üzerinden kalktı. Onu ölesiye seviyordu ve onun tarafından aynı şekilde sevilmediğini biliyordu. O yüzden duygularını ona yansıtamazdı.

Peter onun bir anda ciddileşen yüzünü fark edince ayağa kalktı. Üzerindeki tozları silen genç kıza baktı. "Bana bir açıklama yapacak mısın?" Bütün bu olanları anlayamıyordu. Freni tutmayan bir araba ve patlayan bombalar genç bir kızın yaşayacağı şeyler değildi.

Vanessa onun sorduğu soruya karşılık başını hızla kaldırdı. "Kahretsin, Chloe!" diye haykırdığında kardeşini unuttuğuna inanamıyordu. Aceleyle etrafına baktığında patlamanın sesine gelen birkaç arabayı gördü. Peter'ın sorusuna cevap vermeden, koşarak bir arabanın yanına gitti. Arabanın yanında duran adama ulaştı. "Merhaba, ben Vanessa; Vanessa Green," dedi nefes nefese. "Birkaç saatliğine arabanızı ödünç alabilir miyim?" dediğinde Peter kaşlarını çatarak onu izliyordu.

Arabanın sahibi, karşısındaki üstü başı dağınık kıza baktı. "Hayır," diyerek başını iki yana salladı. Kim olduğu belli olmayan birine yeni aldığı arabasını vermeyi düşünmüyordu.

Vanessa bu cevaba hiç şaşırmamış gibi sevimlice güldü. "Kendinize geldiğinizde Nicholas Green'in evine gidin ve benim size bir araba borcum olduğunu söyleyin. Merak etmeyin, onlar size daha iyi bir araba verecektir," dedikten sonra yumruğunu adamın yüzüne geçirdi. Geriye sendeleyen adamı ensesinden tuttu ve dizini sertçe yüzüne geçirince adam bayılmıştı.

"Bu da neydi? Küçük bir kız nasıl böyle yumruk atabilir?" Peter'ın şaşkın sesini duyunca onun varlığını unuttuğu için kendisine küfretti.

Mahcup olmuş bakışlarını yavaşça ona çevirdi. "Lütfen bugün gördüğünüz şeylerden dolayı benden nefret etmeyin, Bay Miller," dedikten sonra kapısı açık arabaya binerek hızla oradan uzaklaştı. Kendi hâlinde normal bir kız imajını tek günde yerle bir etmişti. Arabaya binerken dehşete düşmüş yüzü aklına gelince acıyla inledi. "Kesinlikle bir daha beni görmek istemeyecek!" diye fısıldadı ağlamaklı bir sesle. Her hareketi onu daha çok kendisinden uzaklaştırıyordu.

"Umarım yaşıyorsundur, kardeşim çünkü benden çekeceğin var!" diyerek gaza yüklendi. Şimdi tek işi, Chloe'yi bulup ailesi bir şey anlamadan onu eve götürmekti. "Yoruldum," diyerek iç çekti. Tüm hayatı Chloe'nin ve ailesinin mutluluğu üzerine kuruluydu ve artık Vanessa tek başına savaşmaktan gerçekten çok yorulmuştu. Özellikle Chloe'nin ondan nefret etmesine dayanamıyordu. Yeşil için ondan nefret ettiğini biliyordu, belki de canını bu kadar çok yakan şey buydu.

Elini kalbine koyarken, gözlerinden kayıp giden yaşlara engel olamadı. "Seni ona verirsem her şey biter mi?" dedi kısık bir sesle. Son zamanlarda bu düşünce aklından hiç çıkmıyordu.

"Yeşil..." diye fısıldadı. "Sanırım seninle yüzleşme cesaretini asla bulamayacağım," diyerek kendisine bunu itiraf ederken kendi ayaklarıyla küçük kardeşine gittiğinin farkında bile değildi.

Kader, iki kardeşi hiç olmayacak bir zamanda buluşturmanın planlarını yapıyordu!

Drew, Marcus'un gidişiyle uzun süre bahçede tek başına oturdu. Marcus'un Ötanazi'ye gelmesi planlarının içinde yoktu. Drew'u burada görmesi hiç iyi olmamıştı. Aslında sorun Marcus değildi, o en fazla esip gürler sonra da durulurdu fakat annesini bu konuya dâhil ederse asıl o zaman büyük sıkıntı olurdu. Annalees kaçak oğlunun Ötanazi gibi bir yerde olduğunu duyarsa bir dakika durmaz, burayı basardı. Ne yazık ki annesi kızınca buradaki tüm mahkûmlardan daha tehlikeli olabilirdi. Özellikle söz konusu iki oğluyken onu durdurmak imkânsızdı. Bu konuda Marcus'a güvenmeyi seçerek ayağa kalktı. Eğer Annalees'e Drew'un burada olduğunu söylerse buradan da kaçacağını biliyordu. Marcus, onu daha yeni bulmuşken tekrar kaybetmeyi göze alamazdı. İşte bu düşünce Drew'un rahatlayarak okula girmesini sağladı. Koridorda yürürken sütunlarda tek başına duran Erich'i gördü. "Bir sorun mu var?" diyerek arkadaşına doğru yürüdü.

Sırtını büyük kolondan ayıran Erich, oldukça düşünceli görünüyordu. "Belki de, dostum; belki de..."

İkisi bir süre sonra balkona çıkmıştı. Drew balkonun soğuk mermerine ellerini bastırarak başını kaldırdı ve bulutlu gökyüzüne baktı. "Anlat, Erich." Arkadaşının sesinden yolunda gitmeyen bir şeyler olduğunu anlamıştı.

Kollarını göğsünde toplayan Erich ona bakarak güldü. "Israr edersen neden olmasın," dedi eğlenen bir sesle ama Drew'un bunu asla yapmayacağını iyi biliyordu.

Ellerini mermerden ayırarak, Erich'i orada bırakıp koridora doğru yürüdü. Onun bu hâline kahkaha atan Erich, "Tamam, madem çok ısrar ediyorsun, anlatacağım!" diye arkasından bağırdı. Drew'un insanlarla olan iletişimsizliği onu eğlendiriyordu. Yakın arkadaşı olmasına rağmen bazen onunla bile konuşmuyordu. Her daim ciddi olması Erich'e fazla sıkıcı geliyordu. Fakat Drew gibi bir adamın tek arkadaşı olduğunun da farkındaydı. Kimse kolay kolay bu huysuz adama katlanamıyordu.

Yavaşça arkasına dönen Gölge, "Kısa kesmen şartıyla dinlerim," diyerek onu uyardı. Marcus'tan sonra bir de Erich'in çenesiyle uğraşamazdı.

Erich, "Bilimciler..." diye söze başladığında tüm neşesi büyük bir hızla silinmişti. "Son günlerde çok sık bir araya geliyorlar ve beni bunun dışında tutmaları rahatsız etmeye başladı." Artık bundan emindi, okulda bir şeyler dönüyordu. Daha kötüsüyle karşılaşmamak için çok geç olmadan ne olduğunu öğrenmeliydi.

Drew ciddi tavrından ödün vermeyen adama baktı. "Meslektaşların seni dışlıyor diye onları bana şikâyet mi ediyorsun?" *Anladım* dercesine başını salladı. "İstersen hepsini öldürebilirim." Ölümü bu kadar basit bir şekilde dile getirmesi Erich'i güldürmüştü. Drew'un alay ettiğini düşündüğü için onu fazla ciddiye almadı. Evet, arkadaşı tehlikeli biriydi ama birini öldürecek kadar da tehlikeli değildi.

"Hayır, dostum. Bu öyle bir dışlanma değil, onlar bir şeyin

peşinde," diyerek küçük bir açıklamada bulundu ama Drew, anlattıklarını gerektiği kadar umursamıyordu. Erich'in bazı şeyleri abarttığını bildiği için yine aynı şeyi yaptığını düşündü.

"Öyleyse bile er ya da geç bu ortaya çıkar, sen kafanı bunlarla meşgul etme," diyerek kestirip attı. Oysaki ileride Erich'in ne kadar haklı olduğunu görecekti. Bugün umursamadığı her şeyin ileride başına geleceğini nereden bilebilirdi ki?

Yeniden gitmeye hazırlanıyordu ki Erich'in söyledikleri yüzünden kıpırdamadan kaldı. "Test sonuçların Drew..." demişti fısıltıyla. "Yeşil ile uyumlu." Başını çevirip arkadaşına burukça baktı. "Onca zamandır aradığımız kalp sende."

Arkadaşının ve yeğeninin sonuçları pozitif çıkmıştı. Yıllardır Yeşil için aranan kalp Drew'un kalbiydi. Nasıl bir ironiydi bu, ikisinin kalbi birbirleri için atarken tek bir kalp, hayatta kalanı seçecekti.

Erich için asıl azap buydu. Yeşil'in yaşamasını istiyordu ama onun yaşaması için çocukluk arkadaşı, kardeşi gibi gördüğü birinin hayatına sebep olmamalıydı. Yeşil bunu öğrendiğinde olacakları tahmin bile edemiyordu. Ya Drew? O gerçekten bu saçma kararının arkasında mıydı? Bunu bilmek istiyordu fakat alacağı cevaptan ölesiye korkuyordu, böyle çılgınca bir işe kalkışmak istemiyordu. Nihayetinde Drew'un söyledikleriyle merak ettiklerine cevap bulurken aynı zamanda beyninden vurulmuşa dönmüştü. Drew son derece kararlı bir şekilde ona baktı ve "En kısa zamanda nakil işlemleri başlayacak," dedikten sonra arkasını dönerek yürümeye başladı.

Erich şaşkındı. "Sen?" derken bile konuşmakta güçlük çekiyordu. "Kahretsin, bu çılgınlık!" diye arkasından bağırdı. "Yeşil ameliyat olursa sana olacakları biliyorsun!" diye öfke ve çaresizlik içinde bağırdı.

"Bunun farkındayım." Neyi göze aldığını zaten biliyordu. Artık ona baktığında gözleri acıdan dolmuş ve çenesi titreyen küçük bir kız görmek istemiyordu. Nakilden sonra bir daha asla onu görme şansı olmayacaktı fakat son nefesini verirken pişmanlık duymayacaktı. Çünkü o yaşayacaktı.

Erich duygusal biri olduğu için gözleri sızladı ve bakışlarını balkondan dışarıya yöneltti. "Sağlıklı bir bedenden kalp alamayız, Drew. Bu, bir cinayet olur ve hiç etik değil! Kimse buna yanaşmaz çünkü bu konuda kesin kurallar ve yasaklar var. Kanunlardan daha büyük değiliz!" dediğinde öfkesini gizleyemiyordu. Ondan böyle bir şey istediğine hâlâ inanamıyordu.

Drew alayla gülerek ellerini pantolonun cebine soktu ve göğsünü şişirecek bir nefes çekti. "Küçük bir istisna yapılabilir, değil mi? Ayrıca kuralsız biri olarak kuralsız bir okulda olduğumun farkındayım. Mazeret üretmeyi bırak, Erich çünkü bu okulda çok daha fazlası yapılıyor," dediği an Erich öfkeyle ona doğru döndü. "Öleceksin, piç kurusu!" diye bağırdı. "Ve bunu benim yapmamı bekleme!" Çocukluk arkadaşının kanı eline bulaşmayacaktı. Yeşil için bile olsa bunu asla yapmayacaktı.

Drew derin bir nefes alarak ona doğru yürüdü. Erich'i böyle görmek fazlasıyla canını sıkıyordu. "Bu konuda senden başka güveneceğim kimse yok, Erich. Bunu onun için yapacaksın çünkü Green ailesi o kıza çok şey borçlu." Onun hayatını emanet edeceği tek kişi, yine onun amcasıydı.

Erich *hayır* dercesine başını iki yana salladı. Yüreğinde kopan fırtınaya inat derin bir iç çekti. "Yapamam, ayrıca Marcus'a ve annene ne açıklama yapmamı bekliyorsun? 'Drew artık yok çünkü yeğenime kalbini verdi' mi demeliyim? Bunu duymak istediklerini sanmıyorum!" Ondan istediği kesinlikle imkânsız ötesi bir şeydi. Tanrı aşkına, burada hayatı söz konusuydu!

"Onlara bir açıklama yapmana gerek yok çünkü sürekli ortadan kayboluyorum, yani bunu bilmelerine gerek yok." Annesi konusunda endişelenmiyordu Marcus onunla gerektiği gibi ilgileniyordu. Ve Marcus, o zaten kendi başının çaresine bakacak kadar tecrübeliydi. Drew sık sık ortadan kaybolduğu için öldüğünü bile anlamazlardı. Annesini görmeyeli neredeyse iki yıl olmuştu, bir yıl aradan sonra ise Marcus'u daha bugün görmüştü. Onlar Drew'un bir görünüp bir kaybolmasına alışıktılar. Yine bir yerlerde takıldığını düşüneceklerine emindi.

Erich onun gözden kaçırdığı küçük bir detaya değindi. "Ya

Yeşil?" diyerek ona baktı. "Ameliyata girerken seni yanında isteyecektir ve çıktığında gözlerini açar açmaz yine seni arayacak. Lanet olsun, Drew! Başka bir kalbi beklemeliyiz!" Yeşil, bu inatçı adama körkütük âşıktı. Onu hayatta tutan kalbin aslında sevdiği adama ait olduğunu öğrenirse bu, bir felaket olurdu.

Dilsiz Kız'ın adının geçmesi bile sertçe yutkunmasına sebep olmuştu. Duygularını gizleyemeyen ve gizlemek istemeyen o küçük yaratığın hislerini uzun zaman önce anlamıştı. Gün geçtikçe talepleri artıyor ve daha fazla cüretkâr oluyordu. Öleceğini düşündüğü için her şeyi hemen yapmak istiyordu. Ondan kendisini öpmesini istediğini hatırlayınca dudakları yavaşça kıvrıldı. O gece gerçekten ona karşı koymak için insanüstü bir çaba harcamıştı. Yeşil gözlerini kırpıştırdıkça uzun kirpikleri titriyordu. Dişlerini kan kırmızısı dudağına geçirmiş, ondan karşılık beklemişti. Tek kelimeyle karşı konulmazdı ve çok istese de o dudakların tadına bakamazdı. Bir kere sınırı geçerse bunun geri dönüşü olmazdı, bunu bir kez yaparsa her fırsatta yeniden hatta daha fazlasını isteyeceğini biliyordu. Sürekli ona yasak olan bir kadını öpüp koklamak isteyecekti. Melez Kız yasak bir meyvenin sihrini taşıyordu, karşı konulmaz ve ulaşılmazdı. O geceyi hatırlamak bile tüm bedeninin büyük bir arzuyla kasılmasına yetmişti. Kendisine daha fazla işkence yapmamak için derin bir nefes alarak Erich'e baktı. "Asla bilmeyecek," dediğinde bu konuda itiraz istemiyordu. "Ameliyattan önce buradan gittiğimi ve onu bıraktığımı düşünmesini sağlayacağım. Hayatına kaldığı yerden devam etmesi için bu sırrı ölene kadar koruyacaksın. Hazırlıklarını yap çünkü onun daha fazla dayanamayacağını fark ettiğim an bu operasyon gerçekleşecek," dedikten sonra yeniden yürümeye başladı. Dilsiz Kız, taşıdığı kalbin kime ait olduğunu hiçbir zaman öğrenmemeliydi.

"Senin kalbinle mutlu olacağını mı sanıyorsun? Kahretsin, her iki taraf için de ölüm bu!"

Drew asansöre bindiğinde artık Erich'i duymuyordu. O da kendisine olacakları biliyordu ama buna değerdi. Bazılarına göre kısa fakat ona göre uzun ve sıkıcı yirmi beş yıl geçirmişti. Ve biri için hayatından vazgeçecekse bu kesinlikle bir çift yeşil göz için olmalıydı. O, bu hâldeyken bile hep gülüyordu ve gülüşünü korumalıydı.

Odasına girdiğinde Marcus'tan aldığı ceketi çıkartıp attı. Kendi tişörtüyle kanlı ellerini sildikten sonra onu yırtmış ve korkak kadının elini sarmak için kullanmıştı. Kan kokuyordu, birazdan Türk kızının yanına gideceği için duş almak istedi. O Küçük Melez onun kokusunu seviyordu. Ne zaman yakınında olsa kokusunu içine çekmesi tuhaf hissetmesini sağlıyordu. Hızlı bir şekilde soğuk bir duş aldıktan sonra beline sardığı havluyla banyodan çıktı. Elindeki küçük havluyla saçlarını kurularken aklı yine Dilsiz Kız'la meşguldü. Kıyafetlerini giydikten sonra saatin epey geç olduğunu gördü.

Çoktan uyumuştur.

Onun odasına gitmekten vazgeçti fakat onu görme dürtüsünden kurtulamıyordu. Yatağına uzandı ve sırtını yatak başlığına yaslayarak kumandayı eline aldı. Duvara monte ettiği büyük televizyon Yeşil'in odası ve okuldaki kameralarla bağlantılıydı. Normal kanallar yerine sadece kameraların çektiği yerleri gösteriyordu. İlk kamerayı, yani Yeşil'in odasındaki kameraları açarak izlemeye başladı. Fakat Dilsiz Kız yatağında yoktu. *Belki okumaya dalmıştır,* diye düşünüp kütüphanesinin olduğu kamerayı devreye soktu. Lakin orada da yoktu. Banyoda ve lavaboda kamera yoktu ama kamerayı yaklaştırdığında ışıklarının kapalı olduğunu gördü. Tuhaftı, bu ışıklar akşam oldu mu otomatik olarak açılıyordu. Onun odasına ve kütüphanesine özel olarak bu sistemi taktırmıştı. Böylece dışarıdan geldiğinde karanlıktan korkmayacaktı çünkü bu ışıklar biri kapatmadığı sürece hep açık kalacak şekilde ayarlanmıştı. Yeşil'in odasına hiç gelmediğini anladı, gelseydi hep yaptığı gibi gece lambasını açarak diğerlerini kapatırdı. Ansızın kaşlarını çatarak hızla onun okula girdiği saatteki kayıtları açtı.

Odasına gelmediyse neredeydi bu kız?

Sabırsızca parmaklarıyla ritim tutarken Emily ile okula girdiği kısımdan itibaren izlemeye başladı. Daha sonra Emily'den ayrılıyordu. Birkaç kat çıktıktan sonra koridorda ansızın durunca onu soluksuz izlemeye başladı. Yeşil gözlerini endişeyle açtığında Chloe görüş açısına girmişti. Chloe'nin üzerindeki kanları gören suikastçı, Dilsiz Kız için endişelendiğinin farkında bile değildi. İki kardeşin koşarak asansöre binmesiyle ekranı yaklaştırarak kaçıncı katta indiklerine baktı. Vakit kaybetmeden giriş katının kameralarını devreye soktu. Kısa süre içinde iki kız asansörden inince, Chloe kardeşini durdurup telaşla bir şeyler anlatmaya başlamıştı. Fakat Gölge, Chloe'nin arkasında duran adamları gördü. Ellerini yumruk yapmıştı, iki kardeş onların silahından çıkan uyuşturucu iğnelerle yere yığılmıştı. Silahlar konusunda usta olan adam, bu silahların hayvanları uyutmakta kullanıldığını fark ettiğinde öfkesi kor gibi damarlarında akmaya başlamıştı. Adamlar kimseye görünmeden kızları okuldan çıkardıklarında, içeriden yardım aldıkları konusunda emin olmuştu. Güvenlik kameraları hep izlenirken onları gözden kaçırmaları imkânsızdı. Bu kaçırılma olayında okulun da parmağı vardı! Burnundan öfkeli nefesler verirken Dilsiz Kız'ı taşıyan adam için binlerce ölüm senaryosu düşündü. Sanki değersiz bir eşyayı kollarında tutuyormuş gibi kızı sarstıkça öfkesi katlanılmaz bir boyuta ulaşıyordu.

Müdür Connor Wood'un izni olmadan onu okuldan bu kadar kolay çıkaramazlardı.

Koridor bu kaçırılma işi için ayarlanmış gibiydi, etrafta hiç gardiyan yoktu!

Ayağa kalktığında ellerini sinirle kumral saçlarına daldırdı. Tüm hücrelerini ele geçiren kan dökme isteği, yapacaklarının bir sınırı olmadığını bir kez daha gösteriyordu. Boğazından yükselen vahşi hırıltıyla yumruk yaptığı elini duvardaki çerçeveye geçirdi. Büyük çerçevenin kırılan camı yere saçılırken elindeki kanlar çerçevenin içindeki fotoğrafa bulaşmıştı. Elini sertçe çektiğinde kan elinin derisinden süzülüp yerdeki halıya aktı. Bir anda etrafındaki her şey değersiz ve güçsüz bir hâle gelmişti. Ter damlacıkları şakaklarından boynuna doğru süzülürken, dişlerini sıkarak gözlerini yumdu. Sakinleşemeyeceğini anladığında, kanayan elini sarma zahmetine girmeden ceketini üzerine geçirdi. Çekmecedeki silahı beline takarken aklında olan tek şey yapacağı katliamın detaylarıydı. Kimse ama kimse ona dokunamazdı!

"Şşt, seni kızdırayım mı?" Dilsiz Kız'ın gülerek dudaklarını oynatıp söylediği şeyleri hatırlayınca kaşları sanki mümkünmüş gibi daha çok çatılmıştı.

Dişlerinin arasından, "Başardın!" diye hırladı. "Ama beni kızdıran sen değilsin, yokluğun!" Sert adımlarla odasının kapısını çarparak çıktı. Yeşil'i bulmak onun için hiç zor değildi. Onu kaçıranlar, yakalandıklarında başlarına gelecek olanları düşünse iyi olacaktı. Bastığı zeminden öfkesini çıkarmak istercesine sert ve hızlı adımlarla okuldan çıktı. Onun tek bir saç teline zarar geldiyse bunu en ağır şekilde ödetecekti! Özellikle kızın hasta kalbi aklına geldikçe deliye dönüyordu.

Kaybetme korkusu saklandığı yerden çıkıp, usul usul onu zehirlemeye başlarken boğulduğunu hissetti. Tam o esnada aklına bir şeyler geldi ve nefes alamadı. İlacı yanında yoktu! Ya yine bir kriz geçirirse? Hassas bedeni kırılmaya o kadar müsaitti ki en küçük bir üzüntü sonu olabilirdi! Birilerinin şu anda ona dokunduğunu, incittiğini düşündükçe aklını kaçıracak gibi oluyordu. Onu bulmasına bulurdu ama ne hâlde bulacağını bilmemek onu deli ediyordu. Aklına gelen senaryolar korkusunu çığ gibi büyütmekten başka bir işe yaramıyordu. O, ortadan kaybolduktan sonra etrafındaki her şey bir anda anlamını yitirmişti. Sanki uzun zamandır bir enkazın altında çürümeye yüz tutmuş bir cesetti ve hasta bir kız ona yeniden hayat vermeye başlamıştı. Şimdi ise nefesini yitirmiş gibi boğulduğunu hissediyordu.

"Sakın, Yeşil!" dedi onun adını bir kez daha sesli söylerken. "Sakın gitmek gibi bir aptallık yapma!" Aksi takdirde bu sefer Yeşil bile onu durduramazdı! Kan dökmemesini istemiyor muydu? O zaman onun yanında olmalıydı!

Onu mutlaka bulacaktı. Kaçıranların hayatı ise onu bulduğunda onun ne hâlde olduğuna bağlıydı.

Devam Edecek...

MARAL ATMACA
"Herkes sustuğunda bu ölüm çukurunda sadece benim çığlıklarım vardı."